西 北 师 范 大 学 青 年 文 丛

清初关中诗人群体研究

冉耀斌◎著

中国社会科学出版社

图书在版编目（CIP）数据

清初关中诗人群体研究／冉耀斌著 . —北京：中国社会科学出版社，2017.4
（西北师范大学青年文丛）
ISBN 978-7-5203-0468-9

Ⅰ.①清…　Ⅱ.①冉…　Ⅲ.①古典诗歌–诗歌研究–中国–清前期②诗人–
作家群–研究–陕西　Ⅳ.①I207.22

中国版本图书馆 CIP 数据核字（2017）第 111944 号

出 版 人	赵剑英
责任编辑	王　茵
责任校对	胡新芳
责任印制	王　超

出　　版	中国社会科学出版社
社　　址	北京鼓楼西大街甲 158 号
邮　　编	100720
网　　址	http://www.csspw.cn
发 行 部	010-84083685
门 市 部	010-84029450
经　　销	新华书店及其他书店

印　　刷	北京君升印刷有限公司
装　　订	廊坊市广阳区广增装订厂
版　　次	2017 年 4 月第 1 版
印　　次	2017 年 4 月第 1 次印刷

开　　本	710×1000　1/16
印　　张	25.5
插　　页	2
字　　数	366 千字
定　　价	95.00 元

凡购买中国社会科学出版社图书，如有质量问题请与本社营销中心联系调换
电话：010-84083683

目　录

绪　论

一　地域文学研究视域中的清初关中诗歌研究

自古以来，中国是一个幅员辽阔、地形复杂的多民族国家，各地由于地理环境不同，文化传统也多有差异，所以形成了各种不同的地方音乐和民情风俗。《汉书·地理志》云："凡民函五常之性，而其刚柔缓急，音声不同，系水土之风气，故谓之风；好恶取舍，动静亡常，随君上之情欲，故谓之俗。孔子曰：'移风易俗，莫善于乐。'言圣王在上，统理人伦，必移其本，而易其末，此混同天下一之乎中和，然后王教成也。"① 周代设有采诗之官，收集各地的民歌，供之廊庙，用以"观得失"，察民情。《诗经》作为中国最早的诗歌总集，有十五国风，展现了各地不同的风土人情和政治得失。

中国古代思想家一致认为人的气质决定于其风土。《孔子家语》云："坚土之人刚，弱土之人柔，墟土之人大，沙土之人细，息土之人美，耗土之人丑。"② 古代思想家还认为人们的生活方式与风土也紧密相关。这种论述最早可以追溯到《黄帝内经·素问》，后来《汉书·地理志》、《乐志》还详细探讨了风土与人们生活习性的关系，由此引发了曹丕《典论·论文》的地域气质论。六朝时期，人们已经注意到地域与学风的关系，如《世说新语》"文学篇"、《颜氏家训》"音辞篇"都指出南北语音、学风、民俗的差异。清初顾

---

① 班固：《汉书·地理志》，中华书局1962年版，第1640页。
② 张涛：《孔子家语注释》卷六，三秦出版社1998年版，第289页。

炎武、傅山、潘耒也曾注意到南北学风和文风的不同，后来王鸣盛《蛾术编》卷二"南北学尚不同"、刘师培《南北文学不同论》曾对这一命题进行了全面研究。然而就文学的地域特征来说，直到宋代以前，地域观念还很淡漠，文学的地域性并没有引起学者重视。因为秦汉以至盛唐，大多为大一统的集权国家，文化和文学创作主要集中在京师士大夫中间，未能出现多元的文学格局。虽然中唐有了殷璠《丹阳集》这种地域诗选，但也未能形成真正意义上的地域诗歌流派。文学创作中的地域差异，实际上到宋代才开始受到学界重视。江西诗派作为中国历史上第一个文学流派，虽然其取舍标准在于风格而非地域，所谓"诗江西也，人非皆江西也"①，但它以地域命名仍显现出地域观念在诗学乃至文学中的重要作用，具有划时代的意义。

明清时期，随着王朝疆域的开拓，交通的发达，强大的一统国家有力地促进了各地经济、文化的发展。不仅南方地区如江、浙、赣、川等自唐宋以来文学基础雄厚的地区文学事业持续繁荣，而且闽、粤、滇、黔等历来较闭塞落后的地区，也成为新兴的文学基地。西北、东北甚至新疆等相对南方经济文化较为落后的地区，也出现了文学兴盛的局面。归允肃《赵云六倚楼游草序》曾云：

> 古今风会不同，而仕宦之好尚亦异。唐宋以岭表为荒绝之区，昌黎莅任潮阳，极言风土之陋。柳子厚以为过洞庭，上湘江，逾岭南，人迹罕至，其情词可谓蹙矣。明之仕宦无所不及，亦未见人情如此之困。今国家统一宇内，梯山航海，无远弗届。仕宦者大率乐就外郡，而尤以南方为宜。五岭以南，珠崖象郡之饶，人皆欢然趋之，与唐宋间大异。岂非以海宇宁谧，无风波之阻，为仕者乐尽其长，宜德泽于万里之外，声教四讫之所致欤？②

---

① 杨万里：《江西宗派诗序》，《诚斋集》卷七十九，四部丛刊本。
② 归允肃：《归宫詹集》卷二，清光绪刊本。

他已经注意到随着交通的便利，各地经济文化的发展，昔日蛮荒之地也成为文明之邦，士大夫乐于出仕岭南等地即为明证。乾隆中吴镇为王曾翼作《吟鞭胜稿序》，也对新疆在清代文学发展中出现的新局面极为欣喜。他曾说："天之下、地之上，皆诗境也，然声教所阻，则讴歌遂阙焉。若夫声教远矣，殊方绝域睹记皆新，而乘轺持节者，于其山林水土民风物产之类，未能吟咏之万一。……新疆为金天之奥区，自汉迄明，羁縻而已。及至我圣朝，悉成编户，此诚千古所希逢，亦宁非文教覃敷之景运。将欲令昆仑月窟之左右，尽变为风雅之乾坤乎？则新疆不可无诗，而作新疆之诗者，尤不易。……先生以江左宿儒，通籍最久，一官而成一集，殆有家风。……自东而西，则由玉门、安西以至喀什噶尔、叶尔羌，其内地之诗，经前人所题咏者，先生独开生面。至新疆回部之诗，则古所未有者，而今忽有之，以采民风，以宣圣化，是非徒雨雪杨柳、感行道之迟迟也。"① 由此可见，广袤的中华大地已形成不同往昔的多元的文学格局和异彩纷呈的地域特征。

明清时期，各种地域文学流派风起云涌，蔚为壮观。明初开国，有越派、吴派、江西派、闽派、粤派等不同的地域诗歌流派，与庙堂诗派"开国派"、"台阁派"分流竞进，预示了以地域性为主要特征的文学时代的到来。清代文坛，除了以文学风尚为标志的"神韵派"、"格调派"、"性灵派"、"肌理派"之外，基本是以星罗棋布的地域文学群体为单位构成的。而诗歌流派最为繁盛，如虞山派、河朔诗派、高密诗派、畿辅七名公、关中三李、江左三布衣、岭南三大家、西泠十子、浙西六家、岭南四家、娄江十子、江左十五子、吴会英才十六人、辽东三老、江西四才子、吴门七子、毗陵四子、越中七子、湘中五子等等，诗社更是层出不穷，指不胜屈。可以说，地域诗派潮流的涌现，已改变了传统的以思潮风尚为主导的诗坛格局，出现了以地域性为主的诗坛格局。②

明清时代流派纷呈、门户林立的诗歌创作，引发了文学批评对

① 吴镇：《王芍坡先声吟鞭胜稿序》，《松花庵文稿》卷二，宣统二年狄道后学重梓本。

② 蒋寅：《清代诗学与地域文学传统的建构》，《中国社会科学》2003 年第 5 期。

诗歌风土特征的注意，也激起了学界对诗歌的地域特征和文学传统的自觉意识。杨际昌《国朝诗话》曾云："三楚自竟陵后，海内有楚派之目，昊庐先生一雪之；秦中自空同酷拟少陵，万历之季，文太清翔凤复为扬波，海内有秦声之目。"① 魏禧《容轩诗序》亦云："十五国风，莫强于秦，而诗亦秦唯矫悍，虽思妇怨女，皆隐然有不可驯服之气。故言诗者必本其土风。"② 清代关中诗人也自觉继承和弘扬地域诗学传统，表彰先贤。③ 杨鸾《玉堂诗钞后序》曾云："往者富平李子德先生，嗣音北地，树帜词坛。郃阳则有王黄湄、康孟谋两先生，风格峻洁，不染恒蹊，卓然成一家之言。文章千古，公论攸存，固非乡曲所能阿好也。"④ 可见清代关中诗人对其自身所属的地域诗歌传统的自觉维护。

明清诗人不但自觉继承和发扬各自地域文学传统和地域诗学风格，而且有意识地编选各地的郡邑诗话和地方诗文总集和选集，为地域文学的繁盛和传承推波助澜，显示出强烈的以地域为视角批评诗歌的自觉意识。据蒋寅《清代郡邑诗话叙录》统计，清代就有各种以郡邑文学批评为代表的诗话作品 30 多种，比较有代表性的如郑方坤《全闽诗话》、杭世俊《榕城诗话》、林正青《榕海诗话》、赵知希《泾川诗话》、董沛《甬上诗话》、饶仪锦《庐山诗话》等等。而各种地域诗歌总集和选集更是层出不穷，汗牛充栋。比较著名的如卢见曾《国朝山左诗钞》、陶梁《国朝畿辅诗传》、阮元《淮海英灵集》、王昶《湖海诗传》、郑方坤《岭海丛编》、刘绍攽《二南遗音》等。

（一）新时期地域文学研究的繁盛与清初关中诗歌研究之冷遇

近代以来，文学的地域性研究愈来愈受到学界的关注，运用现

---

① 杨际昌：《国朝诗话》卷二，《清诗话续编》第 3 册，上海古籍出版社 1983 年版，第 1724 页。

② 魏禧：《魏叔子文集》外篇卷九，中华书局 2003 年版，第 481 页。

③ 孙枝蔚：《张康侯诗草序》，赵逵夫点校《张康侯诗草》卷首，兰州大学出版社 1989 年版。

④ 杨鸾：《邈云楼文集》卷一，《四库未收书辑刊》拾辑《邈云楼集六种·文集》，北京出版社 2000 年版，第 613 页。

代科学方法研究中国文学的地域特性也成为学术研究的热点问题。1901 年起，梁启超在《新民丛报》上接连发表了《中国地理大势论》、《地理与文明之关系》、《近代学风之地理的分布》等论文，全面论述了中国地理与文化及文学的关系。他认为地理决定生产方式，地理环境也影响社会风俗、民族精神、学术思想和文学艺术。梁启超开启了近代地域文学研究之先声。1905 年，刘师培发表了《南北文学不同论》，他认为南北文学之所以不同，主要有两个原因：一为声音，"声音既殊，故南方之文亦与北方迥别"。二为水土，"大抵北方之地，土厚水深，民生其间，多尚实际。南方之地，水势浩洋，民生其际，多尚虚无。民崇实际，故所著之文，不外记事、析理二端。民尚虚无，故所作之文，或为言志、抒情之体"①。他不但指出了南北文学的差异，而且揭示了南北文学相互渗透交融的历史进程。王国维《屈子文学之精神》继承了梁启超和刘师培等人的思想，认为中国古代虽有南北学派，北派多感情，南派富想象，而屈原取得的辉煌成就恰恰就在于他能够"通南北之驿骑"，具有兼容并包的多元文化特征。王国维还在《宋元戏曲考》中将元杂剧作家籍贯进行排列，根据杂剧发展的不同时期，杂剧作家中北人、南人的数量差异，判断杂剧创作中心的转移。这也是地域文学研究方法在文学史研究上的成功应用。

近人汪辟疆《近代诗派与地域》一文对同光以来的著名诗派做了深入探讨，他认为近代诗家"可以地域系者约可分为六派"：湖湘派、闽赣派、河北派、江左派、岭南派、西蜀派。②他将各个地区的自然环境、人文风尚与诗派风格结合起来论述，观点新颖，见解独到，开启了近代诗歌地域流派研究的先河。他还撰文专门论述了高密诗派，也开创了清代诗歌流派研究的新局面。1943 年，唐圭璋发表《两宋词人占籍考》一文，对两宋词人之籍贯按省排列，论述了宋代各地词风之异。1950 年，胡小石发表《南京在中国文学史上的地位》一文，从山水文学、文学教育、文学批评等方面论列

---

① 陈引驰编校：《刘师培中古文学论集》，中国社会科学出版社 1997 年版，第 260—261 页。

② 《汪辟疆文集》，上海古籍出版社 1988 年版，第 275 页。

了东晋下迄南唐，南京在中国文学史上的地位。成为新中国成立之后较早论述地域文学的研究成果。这些具体的研究实践为后来地域文学研究提供了精彩的范例。但是由于后来庸俗政治学的影响，研究地域文学一度被称为"地理决定论"并受到批判，所以很长时期地域文学研究处于停滞阶段。

20 世纪 80 年代以来，随着改革开放的深入和思想的解放，许多研究领域的禁区被打破，而文学的地域研究和流派研究也方兴未艾，蓬勃发展。文化地理学家陈正祥的《诗的地理》和《中国文化地理》两书开启了这一时期的地域文学研究之先河。金克木先生《文艺的地域学研究设想》（《读书》1986 年第 4 期）也为新时期地域文学的发展提供了理论上的依据和方法上的指导。袁行霈先生《中国文学概论》第三章专列"中国文学的地域性"与"文学家的地理分布"两节，系统论述了中国文学史中的地域文化特征以及历代文学家的地理分布，对于人们重新认识中国文学发展中的时代和地域的不平衡有着深刻的意义。① 而各种地域文学和流派研究的论文也层出不穷，如李敬敏的《地域自然环境与地域文化和文学》（《文学评论》2002 年第 4 期）、曹道衡的《关中地区与汉代文学》（《文学遗产》2002 年第 1 期）、《略论南朝学术文艺的地域差别》（《南京师范大学文学院学报》2002 年第 3 期）、曾大兴的《中国历代文学家的地理分布——兼谈文学的地域性》（《学术月刊》2003 年第 9 期）、李浩的《地域空间与文学的古今演变》（《陕西师范大学学报》（哲学社会科学版）2005 年第 3 期）、周晓琳的《古代文学地域性研究的回顾与前瞻》（《文学遗产》2006 年第 1 期）、王祥《北宋诗人的地理分布及其文学史意义分析》（《文学遗产》2006 年第 6 期）、钱建状《南渡词人的地理分布与南宋文学发展的新趋势》（《文学遗产》2006 年第 6 期）等文章。专著如莫励锋《江西诗派研究》（齐鲁书社 1986 年版）、蒋寅的《大历诗人研究》（中华书局 1995 年版）、张宏生《江湖诗派研究》（中华书局 1995 年版）、李浩的《唐代三大地域文学士族研究》（中华书局 2002 年版）、

———————

① 袁行霈：《中国文学概论》，北京大学出版社 2010 年版。

《唐代关中士族与文学》（中国社会科学出版社 2003 年版）、景遐东《江南文化与唐代文学研究》（人民文学出版社 2005 年版）、汤江浩《北宋临安王氏家族及文学考论》（人民文学出版社 2005 年版）、戴伟华《地域文化与唐代诗歌》（中华书局 2006 年版）等论著，将家族、地域与文学研究相结合，创获甚大。

随着地域文学研究的深入，明清文学中的地域和流派研究也取得了许多可喜的成果。如王学泰《以地域分野的明初诗歌派别论》（《文学遗产》1989 年第 5 期）、严迪昌《阳羡词派研究》（齐鲁书社 1993 年版）、曹虹《阳湖文派研究》（中华书局 1996 年版）、陈书录《明代前后七子研究》（江西人民出版社 1994 年版）、张仲谋《清代文化与浙派诗》（东方出版社 1997 年版）、邹秀容《云间词派研究》（中国文学研究所硕士论文，台湾中兴大学，1997 年）、张兵《清初遗民诗群研究》（博士论文，苏州大学文学院，1998 年）、钟林斌《公安派研究》（辽宁大学出版社 2001 年版）、沙先一《清代吴中词派研究》（人民文学出版社 2004 年版）、陈广宏《竟陵派研究》（复旦大学出版社 2006 年版）、王富鹏《岭南三大家研究》（人民文学出版社 2008 年版）、刘勇刚《云间派文学研究》（中华书局 2008 年版）等，对明清相关地域文学进行了专题研究，具有一定的深化和开拓的意义。而各种地域文学史也不断涌现，从纵的方面对不同地区的文学发展进行了认真梳理，具有继往开来的宏通史识。如陈永正《岭南文学史》（广东高等教育出版社 1993 年版）、陈庆元《福建文学发展史》（福建教育出版社 1996 年版）、马宽厚《陕西文学史稿》（中国文学出版社 2001 年版）、乔力《山东文学通史》（山东教育出版社 2002 年版）、彭放《黑龙江文学通史》（黑龙江出版社 2002 年版）、范培松《苏州文学通史》（江苏教育出版社 2004 年版）、邱明正《上海文学通史》（复旦大学出版社 2005 年版）、聂大受《陇右文学概论》（兰州大学出版社 2007 年版）等，其中有相当篇幅论述到明清地域文学的成就。

袁行霈先生在《中国文学史》"总绪论"中曾谈到"中国文学发展的地域不平衡"这一现象。他指出："所谓地域的不平衡包含两方面的意思：一是在不同的朝代，各地文学的发展有盛衰的变化，呈现此盛彼衰、此衰彼盛的状况。""二是不同的地域有不同的文体孕育生长，从而使一些文体带有不同的地方特色，至少在形成后相当长的一段时间内是如此。"① 其实早在明代中期，著名诗人兼诗论家李东阳已经注意到中国古代文学发展的地域不平衡问题。其《怀麓堂诗话》曾说：

> 文章固关气运，亦系于习尚。周召二南、王幽曹卫诸风、商周鲁三颂，皆北方之诗，汉魏西晋亦然。唐之盛时称作家在选列者，大抵多秦晋之人也。盖周以诗教民，而唐以诗取士，畿甸之地，王化所先，文轨车书所聚，虽欲其不能，不可得也。荆楚之音，圣人不录，实以要荒之故。六朝所制，则出于偏安僭据之域，君子固有讥焉。然则东南之以文著者，亦鲜矣。本朝定都北方，乃为一统之盛，历百有余年之久。然文章多出东南，能诗之士，莫吴越若者。而西北顾鲜其人，何哉？②

这里已经注意到南北文学发展的差异问题，南方文学的繁盛已经成为人们的共识。曾大兴在《中国历代文学家的地理分布——兼谈文学的地域性》一文中也深入探讨了中国古代文学发展中的地域不平衡问题。他还通过列表具体分析了各地文学在不同时代的盛衰演变和具体原因，对于我们认识中国古代各地文学的发展流变具有重要的启发作用。

相对于文学发展的地域不平衡，文学研究的地域不平衡也成为一个重要问题。明清时期，与南方文学的繁荣发展相呼应，南方文学的研究也极为繁盛，相比之下，对于北方文学的研究极为冷清。清初朱彝尊在与王士禛书中曾慨叹："两诵来书，论及明诗之流派，发蒙振滞，总时运之盛衰，备风雅之正变，语语解颐。至云选家通

---

① 袁行霈：《中国文学史·总绪论》，高等教育出版社1999年版。

② 李东阳：《怀麓堂诗话》，《历代诗话续编》（下），中华书局1983年版，第1377页。

病，往往严于古人而宽于近世，详于东南而略于西北。辄当绅书韦佩，力矫其弊。惟是自淮以北，私集之流传江左者，久而日希。赖中立王孙衮之《海岳灵秀集》、李伯承少卿之《明隽》、赵微生副使之《梁园风雅》，专录北音。然统计之，北只十三，而南有十七，终莫得而均也。"① 可见当时学界对北方文学的轻视。清代道光年间，张维屏在编选《国朝诗人征略》时也慨叹："二百年来陕西名人，如李楷、孙枝蔚、李念慈、王弘撰、李因笃、王又旦、康乃心全集皆未见，岂道远莫致耶，抑无人刊行耶？可见者惟《邀云集》耳。"② 而谢章铤在《答石生廉夫书》中对李因笃、李柏、王弘撰、李颙、王心敬、康乃心等清初关中学人均极为敬佩，但以不能读其诗文全集为憾。③ 近代以来，南方文学的研究更是蓬勃发展，出版了许多专著和相关论文，可以说对明清时期江南、岭南、荆楚各地的地域文学流派都进行了深入研究，开创了南方文学研究的繁盛局面。相比之下，北方文学研究略显逊色，发表的相关论文数量不多，出版的著作更是寥寥无几。1997 年，陈书录先生在其硕士论文的基础上做了修改，出版了《明代前后七子研究》一书，开启了明代北方文学研究的先河。2006 年，陈书录先生指导黄玉琰完成了其博士论文《明末清初中州诗人群体研究》，对明末清初这一重要北方诗群做了系统研究。王小舒《清初的河朔诗派》（《厦门大学学报》2006 年第 4 期）曾经详细讨论了"河朔诗派"这一清初北方重要诗人群体。杨挺《明代陕西作家研究》（硕士学位论文，上海师范大学，2007 年）、师海军《明代中期关陇作家研究》（博士学位论文，西北大学，2010 年）、魏强《明中叶秦陇文人集团及其诗学观》（《深圳大学学报》2009 年第 4 期）等，对明代秦陇诗人李梦阳、康海、王九思、胡缵宗、赵时春均有比较深入的研究，开创了明清北方诗歌群体研究的新局面，但是相对于南方文学研究的兴盛局面，学界的重视依然不够。而对于清初关中诗歌的研究，成果

① 朱彝尊：《答刑部王尚书论明诗书》，《曝书亭集》卷三十三，《四部丛刊》本。
② 张维屏：《国朝诗人征略二编》卷二十九，中山大学出版社 2004 年版，第 944 页。
③ 谢章铤：《赌棋山庄文集》卷四，国家图书馆藏清光绪十年刻本。

更是少得可怜。虽然清初钮琇已经提出了"关中诗派"的概念①，而乾隆时期王鸣盛也有了"三秦诗派"的提法②，严迪昌先生在其《清诗史》一书中也对清初秦晋遗民诗人列了专节论述，并对"关中三李一康"和王又旦、屈复评价较高。张兵先生博士论文《清初遗民诗群研究》也深入探讨了清初关中遗民诗群，对孙枝蔚、王弘撰、李柏的诗歌创作进行了详细论述，对于我们认识清初关中诗人的创作盛况具有启发意义。李世英先生《清初诗学思想研究》一书中专列"北方诸诗人的诗学思想"，论述了关中李因笃、孙枝蔚的诗学思想，具有一定的开创意义，也引发了蒋寅先生对清初关中诗学的兴趣，他曾先后发表《清初李因笃诗学新论》（《南京师大学报》2003年第1期）、《康乃心及其诗论》（《南京师范大学文学院学报》2002年第4期）、《清初关中理学家诗学略论》（《求索》2005年第2期）等文章，深入探讨了清初关中诗学，贡献卓著。高春艳在其博士论文的基础上修改出版了《李因笃文学研究》（中国社会科学出版社2011年版）一书，是新时期以来对李因笃研究的一个里程碑。虽然一些学者对清初关中诗人如孙枝蔚、李因笃、李柏、康乃心等做了一些个案研究，为我们深入研究清初关中诗人群体打下了良好的基础，但是许多清初关中诗人如李楷、韩诗、李念慈、康乃心、张恂、雷士俊等人的诗歌创作仍然没有进入学界的研究视野，令人极为遗憾。

探究清初关中诗歌研究不够兴盛的问题，可能主要有以下几个原因：

第一，经济和文化落后的原因。明清时期，随着政治和经济中心的远离，昔日繁华的长安已经黯然失色，只留下了"西风残照，汉家陵阙"让后人凭吊。而被历史上称为"陆海"的八百里秦川，也由于过度开垦而不再富饶。再加上时有发生的自然灾害和朝廷的苛捐杂税，关中地区百姓的生活日益困苦。随着经济的衰退，文化

---

① 钮琇：《觚賸》卷八《粤觚》云："关中诗派，多尚沉郁。"《续修四库全书·子部》第1777册，上海古籍出版社2002年版。

② 王鸣盛：《戒亭诗序》云："三秦诗派，国朝称胜。"刘壬《戒亭诗草》卷首，国家图书馆藏乾隆间刻本。

发展也受到了制约。明清两代，各地的官学和书院有了长足发展，尤其是书院教育对于培养士人的文化素质具有重要的意义。由于经济不发达，秦陇地区的书院也不够兴盛。大多数关中士人由于家庭贫困，甚至无法完成秀才、举人考试，更不用说远赴京师参加会试。据郎菁《陕西历代进士数量及地理分布统计分析》（《长安大学学报》2011 年第 6 期）统计，自隋代实行科举以来，迄清代光绪三十一年科举废除。陕西历代共有进士 2530 名，明代有 952 人，清代有 1089 人。与南方科举比较兴盛的江苏、安徽、浙江等地相比，明清时期陕西的进士数量大为逊色。据范金民《明清江南进士数量、地域分布及其特色分析》（《南京大学学报》1997 年第 2 期）一文统计，明清江南共考取进士 7877 人，占全国 15.24%，其中明代为 3864 人，占全国的 15.54%，清代为 4013 人，占全国 14.95%。江南地区不但科举数量众多，而且科名也极显赫，被称为"天子门生"的状元在明代江南有 89 人，清代有 112 人。而陕西在明清两代也只出过 3 个状元。科举的兴盛虽然与诗文创作的繁盛没有必然的联系，但是这些科名卓著的士大夫在朝廷有机会高居台阁，左右诗坛风会，促进文学创作的兴盛。另外，这些身居高位的朝廷大员可以利用便利的机会和雄厚的财力出版自己和友人的著作。明清时期江南的刻书和藏书事业极为发达，与这些富庶的官僚士大夫的推动不无关系。相比之下，明清时期关中诗人的著作得到刊刻和流传的比较少。就清初来说，李因笃《受祺堂诗集》、《受祺堂文集》、王又旦《黄湄诗选》、李念慈《谷口山房诗集》、李楷《河滨诗钞》、《河滨文钞》等都只刊刻过一次，流传不广。由于他们的诗文集流传不广，所以许多研究者很难见到，自然无法置评。张维屏就在《国朝诗人征略》中慨叹清初关中诗人诗文集的难觅。沈德潜编选《清诗别裁集》，因为找不到王又旦的《黄湄诗选》，只能从王士禛《感旧集》中选录几首。①

　　第二，清代统治者禁毁的原因。清初统治者对汉族士人采取打

---

① 沈德潜：《清诗别裁集》卷五："王又旦，字幼华。……惜未得全集，于选本中采取，故所收止此。"河北人民出版社 1997 年版，第 93 页。

击和拉拢的两手政策，尤其是康熙皇帝，他通过"博学鸿词科"用功名利禄诱使汉族知识分子与新王朝合作，对明遗民较为礼遇。清初关中士人李因笃、孙枝蔚、李颙、王孙蔚、王又旦等人也得到了特别的恩礼。李因笃参加"博学鸿词"考试，曾被授为翰林院检讨，由于他屡次上疏辞官，康熙皇帝特别恩准其归乡养亲。孙枝蔚也被特旨授为中书舍人，准其还乡。李颙虽然坚决拒绝清廷征招，康熙皇帝西巡之时，还赠其"操志高洁"的亲笔匾额以示褒扬。但是到了乾隆时期，随着清王朝统治的进一步稳固，统治者加强了思想文化的控制，兴起了一系列"文字狱"，打击汉族知识分子的不满思想。又通过编辑《四库全书》搜罗天下藏书，抽毁和禁毁许多所谓"大逆"和"违碍"书籍，许多士人因著述和藏有所谓"违碍"书籍而被牵连入狱，甚至倾家荡产，身死族灭。① 清初关中士人虽然没有牵连进这些"文字狱"中，但是很多关中诗人的著作要么被列于"禁毁书目"，要么被列入"四库存目"，要么根本没有提及。据《四库全书总目提要》记载，列入存目的著作有孙枝蔚《溉堂集》、李因笃《受祺堂诗集》、李念慈《谷口山房诗集》、杜恒灿《春树草堂集》、王心敬《丰川全集》、杨素蕴《见山楼诗集》等；列入禁毁书目的有李柏《槲叶集》、雷士俊《艾陵文集》、东荫商《东云雏诗》、屈复《弱水集》等；② 没有提及的有李楷《雾堂全书》、王孙蔚《韬香集》、张恂《樵山堂集》、王又旦《黄湄诗选》、王弘撰《砥斋集》、曹玉珂《缓斋诗文集》、康乃心《莘野遗书》、南廷铉《南鼎甫诗集》等。由于惧怕清廷严密的文网，许多清初关中作家的著作在清代得不到重视和研究。由于四库馆臣推崇"温柔敦厚"的清正诗风③，对意象苍茫、骨力刚健的"秦风"颇为不满，因此对清初关中诗文评价普遍不高。这也是清初关中诗人

① 张兵、张毓洲：《清代文字狱的整体状况与清人的载述》，《西北师大学报》（社科版）2008年第6期。

② 参见姚觐元辑《清代禁毁书目四种》，载王云五主编《国学基本丛书》，台北：商务印书馆1968年版。

③ 龚诗尧：《〈四库全书总目〉之文学批评研究》，《古典文献研究辑刊初编》第1册，台北：花木兰文化工作坊2005年版。

的著作不能入选《四库全书》的一个重要原因。

第三，文学观念和学术思想的原因。由于明清时期文学发展的地域不平衡的现实，当时诗人和学者大多有"北不如南"的观念。清初徐嘉炎《赠别华州王山史兼呈秦晋诸同学》曾说："东南称才薮，不如西北士。西北崇朴学，东南尚华靡。朴学必朴心，华靡徒为耳。此固地气然，人情亦复尔。"① 可见"东南称才薮"已经是人们的共同认识。虽然朱彝尊、王士禛、钮琇、计东、施闰章等人对清初关中诗学之兴盛赞不绝口，但由于明清时期各立门户、党同伐异的诗坛陋习的影响，尤其是钱谦益对李梦阳和关中地域诗风肆意攻击之后，南方学者大多闻风影从，耳食陈言，对清初关中诗人评价每况愈下，加之乾隆年间清廷对清初关中诗人著作的禁毁和四库馆臣对其诗作的贬抑，使得清代很长时期关中诗人及其著作无人问津。清初邓汉仪《诗观》、魏宪《百名家诗选》、王士禛《感旧集》选录清初关中诗人甚众。乾隆年间，沈德潜《国朝诗别裁集》也选了关中诗人李因笃、孙枝蔚、康乃心、李念慈、王又旦、屈复等人，基本上涵盖了清初关中的重要诗人，但是郑方坤《本朝名家诗钞小传》，关中只有孙枝蔚、屈复入选。20世纪90年代，钱仲联作《顺康雍诗坛点将录》，关中诗人只有孙枝蔚一人入选②，也可见学界对关中诗人逐渐冷落的发展趋势。鸦片战争以后，随着清廷文网渐疏，许多学者开始关注清初关中诗人及其著作。张维屏《国朝诗人征略》虽然惋惜未能收集到李因笃、孙枝蔚、王又旦等人的诗集，但还是根据各种文献记载对他们进行了介绍。民国时期，徐世昌编辑《晚晴簃诗汇》，收集了清初许多关中诗人的作品，但是并没有引起学界的普遍关注，南方学者轻视西北诗人的观念也并没有改变。赵尔巽等人修《清史稿》，竟然将《清史列传》中所收关中诗人王又旦、屈复等全部剔除，显示了更为狭隘的学术观念。

20世纪初，由于受到王国维"一代有一代文学"思想的影响，

① 徐嘉炎：《抱经斋集·诗集》卷四，《四库存目丛书·集部》第250册，齐鲁书社1997年版，第368页。

② 钱仲联：《顺康雍诗坛点将录》，《苏州大学学报》（哲社版）1991年第1期。

元明清诗文的成就和价值没有引起学界的重视。冯沅君所著《中国诗史》，所论诗人仅止于唐，宋代只收词人，元代只收曲家。闻一多更是提出"唐以后无诗"的观点，对宋元明清的诗歌成就一笔抹杀。新中国成立以后，由于受到庸俗社会学和狭隘文学观念的影响，古代文学的地域性研究陷于停滞，而元明清诗文的研究也没有受到重视，更不用说偏于一隅的清初关中诗人及其作品的研究。许多文学史著作也对明清诗文论述极为简略，例如郑振铎的《中国文学史》只论述到明代文学，对清代诗文只字不提。游国恩的《中国文学史》论述清代诗文词也只用了两节的篇幅（不包括近代诗文）。20 世纪 80 年代以后，随着地域文学研究的逐步深入，明清时期地域文学逐渐受到学界重视，成为新的学术研究热点。袁行霈主编的《中国文学史》也开始注意到文学的地域问题，并对清代一些著名的文学流派如虞山诗派、桐城文派等进行了论述，但是也没有提到清代关中诗人的创作。蒋寅先生主编的《清代文学通论》专列了一章论述清代文学的地域特征，也论述了一些地域流派，但没有提到清初关中诗人。由此可见，长期以来对清初关中诗学成就的轻视导致了学界普遍对清初关中诗歌研究的忽视。

（二）清初关中诗学研究之回顾与展望

清初关中诗人成就突出，并呈现出鲜明的地域文化特色，也曾引起过当时和后世学者的关注和好评。尤其是 20 世纪 80 年代以来，随着元明清诗文研究逐渐被学界重视和地域文学研究的逐步兴盛，对于清初关中诗人研究也有了一些积极的成果，为我们进一步深入研究打下了良好的基础。

1. 清初关中诗学研究之主要成果

由于清初关中士人大多是学者兼诗人，他们也是振兴"关学"的代表人物，因此与清初诗学研究相比，关于清初关中学术研究的论文和著作较多，现分别论列如下。

"关学"是后来学者对宋代张载以来关中学术的总称，冯从吾《关学编》云："我关中自古称理学之邦，文、武、周公不可尚已，有宋横渠张先生崛起眉邑，倡明斯学"，"而关中之学益大显于天下。"① 后来王心敬、李元春、贺瑞麟又做了《关学续编》，对清代以来的关中学者及其思想做了阐发。民国学者张骥曾采集关学典籍，在前人研究基础上，编成《关学宗传》56 卷，共收录宋元明清关中儒家学者近 250 人。徐世昌《清儒学案》著录清代关中学人亦复不少，为研究清初关中学术奠定了基础。20 世纪初中期，关学研究一度沉寂。各种哲学史著作对张载及关中学者大多不做论述，即使提及了，也是蜻蜓点水，一笔带过。论文只有赵俪生在《大公报》（1947 年）发表的《清初山陕学者交游事迹考》一篇。20 世纪 80 年代以后，关于张载及"关学"研究也逐渐受到学界重视，而清初关中学人也逐步进入学者的视野，发表论文和专著也较多。代表性的有刘学智《心学义趣　关学学风——李二曲思想特征略析》（《孔子研究》1997 年第 2 期）、武占江《李颙与关学》（《西北大学学报》（哲学社会科学版）1998 年第 1 期）、赵吉惠《关中三李与关学精神》（《西安交大学报》（社会科学版）2001 年第 3 期）、刘学智《关学宗风：躬行礼教，崇尚气节——从关中"三李"谈起》（《陕西师范大学继续教育学报》2001 年第 2 期）、常新《明清之际关学与外界的学术互动——以李二曲与顾炎武的交往为例》（《西北大学学报》（哲学社会科学版）2006 年第 2 期）等论文；赵俪生《顾亭林与王山史》（齐鲁书社 1986 年版）对清初顾炎武入秦与王弘撰、李颙、李因笃等人的交往有详细考辨。近年来，一些博硕士学位论文也开始以清初关中学人为研究对象，如房秀丽《李二曲理学思想研究》、高馨《王弘撰思想初探》、原延平《清初关中儒学群体与南北学术交流》、常新《李柏思想研究》等。方光华《古都西安——关学及其著述》（西安出版社 2003 年版）也对清初关中学术列专章论述，显示了学界对清初关中学术的逐步重视。

随着清初关中学术研究的逐步深入，关于清初关中文学的研究成果也逐渐增多。20 世纪 80 年代以前，关于清初关中诗人研究的专著只有吴怀清《关中三李年谱》（1928 年默存斋本），对谱主生

---

① 冯从吾：《关学编自序》，《关学编》卷首，中华书局 1987 年版。

平和诗文做了系年研究。新时期以来，关于清初关中诗人研究逐渐进入学界的视野，发表的论文和出版的专著也逐年增多。代表性的有曹冷泉《清初具有民族气节的蒲城诗人屈复》（《人文杂志》1980 年第 4 期）、赵俪生《清初关中二李一康诗之比较的分析》（《中华文史论丛》1983 年第 3 辑）、赵逵夫《孙枝蔚的一篇佚文与清初寓居江南的秦地诗人》（《陕西理工学报》（社会科学版）1986 年第 3 期）、张兵《清初关中遗民诗群的构成与王弘撰、李柏的诗歌创作》（《兰州大学学报》2000 年第 3 期）、《清初关中遗民诗人孙枝蔚的交游与创作》（《宁波大学学报》2000 年第 3 期）、蒋寅《清初李因笃诗学新论》（《南京师大学报》2003 年第 1 期）、《康乃心及其诗论》（《南京师范大学文学院学报》2002 年第 4 期）、《清初关中理学家诗学略论》（《求索》2005 年第 2 期）、张兵《秦风遗响　工部精神——清初关中诗人李念慈及其诗歌创作》（《西北师大学报》（社会科学版）2013 年第 6 期）、高春艳《论李因笃的诗歌创作》（《西北大学学报》（哲学社会科学版）2007 年第 4 期）、《论李因笃的文学成就》（《西北大学学报》（哲学社会科学版）2009 年第 1 期）、杨泽琴《孙枝蔚诗学思想刍议》（《甘肃社会科学》2010 年第 6 期）等论文，对清初关中一些代表诗人诗作及其诗学思想都进行了详细论述，取得了一些可喜的成果。近年来，一些博硕士学位论文也开始以清初关中诗人为研究对象，还出版了一些研究专著，如高春艳《李因笃文学研究》（中国社会科学出版社 2011 年版）、李海娟《王又旦年谱及交游考》等，对于进一步研究相关作家提供了便利。

虽然清初钮琇已经提出了"关中诗派"的说法，乾隆年间王鸣盛又明确提出"三秦诗派"的观点，但是由于各种原因，长期以来关于清初关中诗人的研究一直处于停滞阶段。新时期以来，相对于单个作家的研究，清初关中诗人群体也引起了学界的关注。除了赵俪生《清初关中二李一康诗之比较的分析》一文对关中"二李一康"综合研究以外，著名学者严迪昌先生的《清诗史》在"顾炎武与吴中、秦晋遗民诗人网络"等章节中对王弘撰、王又旦、"三李一康"和其他清初关中诗人都做了深入论述。张兵先生博士论

《清初遗民诗群研究》也深入探讨了清初关中遗民诗群，对孙枝蔚、王弘撰、李柏等清初关中著名作家的诗歌创作进行了详细论述，揭示了清初关中诗坛的创作盛况。

2. 清代关中诗学研究之展望

虽然目前学界对于明清地域文学研究取得了许多丰硕的成果，但也存在许多问题和不足。李圣华先生在其《明清区域文学史研究的价值、局限及走向》一文中对现在地域文学史编著过程中存在的问题进行了深刻剖析，他认为明清区域文学史研究的问题与误区主要有以下几种："其一，缺乏创新意识，转抄旧的文学史，拼凑加工，少有新意，文学史几乎成为作家作品论的'缝接'。""其二，局限于旧的文学史观，沿袭旧的书写模式，陈陈相因，拘泥不化。""其三，缺乏宏观的文学史意识，由此滋生了两大问题：一是为避免文学史描述的'单线发展'模式，而变成杂乱无章的'散点铺陈'。……二是陷入狭隘的地域观念。""其四，文献发掘不深，流于表面，不仅使文学史的描述未能实现区域文学研究所应有的细致深入，而且也有许多空白未被触及。"① 虽然论述的是地域文学史编著所存在的问题，但是对于我们研究地域诗学不无裨益。鉴于当前明清地域文学研究存在的诸多问题，陈书录先生在其《加强区域文化视野中明清区域文学的特色研究》一文中提出了明清区域文学研究的宗旨是"探究与把握区域文学的区域特色，发掘不同区域文学特定的历史价值、认识价值、道德价值和审美价值。"② 他还提出了一些研究的具体方法，倡导明清区域文学研究中"应该深入进行文献的发掘与整理，并在流派意识、主题取向、文学主张、审美情趣、意象或意境或人物形象、文学渊源等多方面继续深化与开拓，但尤为重要的是应该进一步强化明清区域文化与文学的交叉研究，

---

① 李圣华：《明清区域文学史研究的价值、局限及走向》，《西北师大学报》（社科版）2010 年第 1 期。

② 陈书录：《加强区域文化视野中明清区域文学的特色研究》，《西北师大学报》（社科版）2010 年第 1 期。

努力把握不同区域文学流派或群体的文化心态与审美特征"①，这些观点对于我们研究清代地域诗学具有重要的指导意义。

根据以上诸位学者的观点，笔者觉得清初关中诗歌研究将来可以在这些方面展开：其一，基本文献的整理。清初关中学者和诗人的著作极为丰富，但是至今只有李颙的《二曲集》得以整理出版，其他著作大多没有校点整理本。一些有志于关中文学研究的学者可以选择一两部著作进行校点整理，为学界研究提供方便。其二，单个作家的系统研究。现在许多博、硕士论文都将单个作家的研究作为学位论文，许多硕士研究生可以选择单个作家作为研究对象深入发掘，以后再展开多方面的研究。其三，诗人群体研究。一些学者可以选择一个或几个诗人群体进行研究，对这些诗人的创作特色、主题取向、审美情趣等进行多方面的综合研究，突出他们的地域文化特色。其四，文学—文化研究。这是一种交叉研究，通过地域文化、家族文学、学术思想、人文品格、文化交流等多角度综合研究，全面揭示清初关中诗歌特定的历史价值、认识价值、道德价值和审美价值。

二　明清文学批评中的"秦风"、"秦声"

明清时期，随着中国文化的繁荣发展，文学的地域性也越发凸显，而用地域风格评价诗文作品的情况越来越多，而外地诗人大多以"秦风"、"秦声"来评价关中诗人的创作。在不同的时期，这种评价有褒有贬，带有鲜明的时代特色。本节通过对"秦风"、"秦声"在不同时代的含义和特征进行深入探讨，尤其着重探索明清时期文学批评中"秦风"、"秦声"的运用和特殊内涵，对于新时期地域文学研究提供有益的借鉴。

---

① 陈书录：《加强区域文化视野中明清区域文学的特色研究》，《西北师大学报》（社科版）2010年第1期。

（一）"秦风"、"秦声"的起源和流变

《秦风》作为《诗经》十五国风之一，主要指秦统一天下之前的秦地民歌。秦国作为周的诸侯国之一，其地域极为辽阔。《汉书·地理志》云："秦地，于天官东井、舆鬼之分野也。其界自弘农故关以西，京兆、扶风、冯翊、北地、上郡、西河、安定、天水、陇西，南有巴、蜀、广汉、犍为、武都，西有金城、武威、张掖、酒泉、敦煌，又西南有牂柯、越巂、益州，皆宜属焉。"又曰："秦地于《禹贡》时跨雍、梁二州，《诗·风》兼秦、豳两国。"①可见当时秦国地域之广。

秦之祖为颛顼之后，数传至其子孙大费，舜赐姓嬴氏。周孝王曾召其后人非子养马于汧、渭之间，封非子为附庸，邑之秦，号曰秦嬴。周宣王即位后，以秦仲为大夫，率兵伐西戎被杀。公元前771年，犬戎杀周幽王，秦襄公率兵伐戎救周有功，平王封襄公为诸侯，赐岐、丰以西之地，正式立国。穆公于公元前659年亲政，改革内政外交，遂霸西戎。秦孝公任用商鞅变法，使国力强盛，疆土扩大，遂成战国七雄之一。孝公十二年（前350年）迁都咸阳。

《诗经》中之《秦风》十篇作于东周末至春秋这个时间范围内。具体来看，《车辚》、《驷骥》、《终南》、《小戎》、《蒹葭》、《晨风》作于襄公之世；《无衣》作于文公之世；《渭阳》、《黄鸟》作于穆公之世；《权舆》作于襄公至康公这段时间。《秦风》的内容比较丰富，上到君臣之道、政治得失，下至车马战斗、劳人思妇，多有涉及。其诗刚健质朴，非他国可比，有"招八州而朝同列"之气概。②

《秦风》的起源已如上述，而关于"秦声"的记载最早可追溯到李斯《谏逐客书》。《秦风》为秦地民歌，当以秦地乐调演奏。由于年代久远，中国的雅乐早已消亡，而秦风的音乐性也很难考证。最早关于秦风音乐特征记载的是李斯《谏逐客书》，其中有云：

---

① 班固：《汉书》，中华书局1962年版，第1643页。

② 贾谊：《过秦论》，载严可均《全上古三代秦汉三国六朝文》，中华书局1965年版。

"夫击甕叩缶，弹筝搏髀，而歌呼呜呜快耳者，真秦之声也；郑、卫、桑间、韶、虞、武、象者，异国之乐也。今弃击甕叩缶而就郑、卫，退弹筝而取昭、虞，若是者何也？"①《史记·廉颇蔺相如列传》亦云："（赵王）遂与秦王会渑池。秦王饮酒酣，曰：'寡人窃闻赵王好音，请奏瑟。'赵王鼓瑟，秦御史前书曰：'某年月日，秦王与赵王会饮，令赵王鼓瑟。'蔺相如前曰：'赵王窃闻秦王善为秦声，请奉盆缶，秦王以相娱乐。'秦王怒，不许。于是相如前进缶，因跪请秦王，秦王不肯击缶。相如曰：'五步之内，相如请得以颈血溅大王矣。'左右欲刃相如，相如张目叱之，左右皆靡。于是秦王不怿，为一击缶。相如顾召赵御史书曰：'某年月日，秦王为赵王击缶。'"②缶至汉代尚有人用，杨恽《报孙会宗书》云："家本秦也，能为秦声。妇，赵女也，雅善鼓瑟。奴婢歌者数人，酒后耳热，仰天拊缶，而呼乌乌。"③

由此可见，缶和筝的确为秦地乐器。汉应邵《风俗通义》卷六谓："缶者，瓦器，所以盛浆，秦人鼓之以节歌。"④但南宋林栗《周易经传集解》认为："缶，瓦器也。鼓之所以节歌。按庄周鼓盆而歌，蔺相如进盆，并请秦王击缶。汉杨恽'仰天击缶，而歌乌乌'。风俗通曰：'缶，所以盛酒浆。秦人鼓之以节歌。'诗曰：'坎其击缶，宛邱之道。'则鼓缶不特秦声也。简陋之器，中国通用之。"⑤明朱朝瑛《读诗略记》亦云："击缶，古之俗乐。非独秦声，故易有鼓缶而歌，即庄周之鼓盆亦是也。"⑥可见缶并不是秦地专有之乐器，只是其器简陋易得，秦人多用之击歌，可见当时秦地音乐确实单调，以至于要引进"郑、卫、桑间、昭、虞、武、象者"等

①　李斯：《谏逐客书》，载严可均《全上古三代秦汉三国六朝文》，中华书局1965年版。

②　司马迁：《史记·廉颇蔺相如列传》，中华书局1959年版，第2442页。

③　杨恽：《报孙会宗书》，载严可均《全上古三代秦汉三国六朝文》，中华书局1965年版。

④　王利器：《风俗通义校注》，中华书局1981年版，第303页。

⑤　林栗：《周易经传集解》卷十五，影印文渊阁四库全书本，台北：商务印书馆1986年版。

⑥　朱朝瑛：《读诗略记》卷二，影印文渊阁四库全书本，台北：商务印书馆1986年版。

别国音乐。秦王也并非因击缶而觉得受辱，而是为赵王击缶才让他觉得失去尊严。

筝为秦地乐器，元黄镇成《尚书通考》云："筝，秦声也。傅玄《筝赋序》曰：'世以为蒙恬所造。'"[1]筝为蒙恬所造，世多疑之，然为秦地乐器无疑。元马端临《文献通考》亦云："鼓筝，说文曰：'筝，鼓弦筑身乐也。'《英雄记》述袁绍使鼓筝于帐中。《敦煌实录》述索承宗伯夷成，善鼓筝。又张华令郝生鼓筝，《史记》李斯曰：'弹筝而歌者，真秦之声。'《晋书》曰：'桓伊抚筝而歌。'由此观之，筝之为乐，真秦声也。古人非特鼓而弹之，亦抚而歌之者矣。"[2]唐代亦盛行秦筝曲。岑参《秦筝歌送外甥萧正归京》云："汝不闻秦筝声最苦，五色缠弦十三柱。怨调慢声如欲语，一曲未终日移午。"白居易亦有《筝》诗云："云鬟飘萧绿，花颜旖旎红。双眸剪秋水，十指剥春葱。楚艳为门阀，秦声是女功。"

虽然雅乐在历史中逐渐消亡，但是秦地音乐在历史的变迁中却与各种音乐互相融合保存了下来，以至汉以后很多主流乐曲都有"秦声"的因素。西汉初年，雅乐在大乐官，但已很少有人能通其义，高祖不得不任命叔孙通组织秦朝的乐官制定宗庙乐。《汉书·礼乐志》记载："汉兴，乐家有制氏，以雅乐声律世世在大乐官，但能纪其铿锵鼓舞，而不能言其义。高祖时，叔孙通因秦乐人制宗庙乐。"[3]有《嘉至》、《永至》、《登歌》、《休成》、《永安》等制。高祖乐楚声，故《房中乐》为楚声。至武帝时定郊祀之礼，并立乐府，采诗夜诵，有赵、代、秦、楚之讴。[4]可见秦乐为汉所继承创造并流传下来。

汉代又有琵琶曲，也属秦声，为唐燕乐调之起源。琵琶有直项琵琶和曲项琵琶。黄镇成《尚书通考》云："琵琶。傅玄《琵琶赋》曰：'汉遣乌孙公主嫁昆弥，念其行道思慕，故使工人裁筝、

① 黄镇成：《尚书通考》卷六，影印文渊阁四库全书本，台北：商务印书馆1986年版。
② 马端临：《文献通考》卷一百三十七《乐十》，中华书局1986年版，第1219页。
③ 班固：《汉书·礼乐志第二》，中华书局1962年版，第1043页。
④ 同上书，第1045页。

筑为马上之乐。……俗语之曰琵琶，取其易传于外国也。'……杜挚曰：'秦苦长城之役，百姓弦鼗而鼓之。'并未详孰实。其器不列两厢。今清乐奏琵琶，俗谓之'秦汉子'。圆体修颈而小，疑是弦鼗之遗制。"① 其实这里所说的秦汉子就是直项琵琶，汉代即已流传。后来五胡乱华，清乐式微，胡人之曲项琵琶亦传入中原。符秦之末，吕光得西凉乐。唐祖珽《议定旧乐书》云："魏氏来自云朔，肇有诸华，乐操土风，未移其俗，至道武帝皇始元年，破慕容宝于中山，获晋乐器，不知采用，皆委弃之。……盖符坚之末，吕光出平西域，得胡戎之乐，因又改变，杂以秦声，所谓秦汉乐也。"② 西凉乐也称秦汉乐，其所用之琵琶也称秦汉子，其实秦汉子便是琵琶，不过为了区别从北方传来曲项之胡琵琶而已。唐代乐器又有阮咸。《尚书通考》云："阮咸亦秦琵琶也。而项长过于今制，列十有三柱，武后时蜀人蒯朗于古墓得之。晋竹林七贤图阮咸所弹与此类同，因谓之阮咸。咸世以善琵琶，知音律称。"③ 唐代清乐所用的乐器，有琵琶一，当为秦琵琶。琵琶为秦声，在唐代音乐中广为流传。唐代音乐有十部乐，其中《西凉伎》为"凉人所传中国旧乐，而杂以羌胡之声也"，其所用有箜篌、琵琶、筚篥、横笛、腰鼓等，还有钟、筝、笙等中国旧器。④ 史载唐王维也善琵琶，唐人薛用弱《集异记》记载："王维右丞年未弱冠，文章得名，性闲音律，妙能琵琶，游历诸贵之间，尤为岐王之所眷重。"⑤ 可见琵琶曲在唐代广为流传，而白居易之《琵琶行》尤为脍炙人口。刘禹锡《更衣曲》亦有"满堂醉客争笑语，嘈囋琵琶青幕中"之句。唐人多以乐器代指富有秦地特色的音乐，并不专言"秦声"，因为唐代都城在长安，关中音乐极为丰富多彩，不能以地域概括。

　　宋元乐曲，颇多唐代的遗留，而宋元所谓"秦声"，也多指乐

---

① 黄镇成：《尚书通考》卷六，影印文渊阁四库全书本，台北：商务印书馆1986年版。

② 魏征等：《隋书》卷十四《音乐志》，中华书局1973年版，第378页。

③ 黄镇成：《尚书通考》卷六，影印文渊阁四库全书本，台北：商务印书馆1986年版。

④ 丘琼苏：《燕乐探微》，上海古籍出版社1989年版。

⑤ 陈铁民：《王维集校注·附录》，中华书局1997年版，第1248页。

曲而言。晏殊《赋得秋雨》云："秦声未觉朱弦润，楚梦先知薤叶凉。"梅尧臣《陈丞相燕息园》："岂不有秦声，酒酣歌在侧。"王安石《送董传》："文章合用世，颜发未惊秋。一听秦声罢，还来上国游。"可见当时秦声音乐在士大夫中广为流传。元代北曲兴盛，徐渭称之为"北鄙杀伐之音，武夫马上之歌"（《南词叙录》），也吸收了许多秦地音乐，元柳贯《次韵伯庸无题四首》（其三）云："新来代地闻歌曲，尽撷秦声入管箫。"① 可见当时秦声与北方音乐已经充分融合。

至明代地方戏剧开始流行，而曼绰（俗称高腔）流行于秦陇，遂与旧有之秦声融合成为新的剧种。谢章铤《赌棋山庄词话》卷九云："自三百篇不被管弦，而古乐府之法兴，乐府亡而唐人歌绝句之法兴，绝句亡而宋人歌词之法兴，词亡而元人歌曲之法兴。至明代曲分南北，檀板间各成宗派。……演剧昉于唐教坊梨园子弟，金元间始有院本。……院本之后，演而为曼绰，俗称高腔，在京师者为京腔，为弦索。曼绰流于南部，一变而为弋阳腔，再变而为海盐腔。至明万历后，魏良辅、梁伯龙出，始变为昆山腔。弦索流于北部，安徽人歌之为枞阳腔，今名石牌腔，俗名吹腔。湖广人歌之为襄阳腔，今谓之湖广腔。陕西人歌之为秦腔。秦腔自唐宋元明以来，音皆如此。"②

清乾隆年间，秦腔流行于大江南北，而京师演秦腔尤盛，世人多以"秦声"称之。戴璐《藤阴杂记》记载："《亚古丛书》云：'京师戏馆，惟太平园、四宜园最久，其次则查家楼、月明楼。'此康熙末年酒园也，查楼木榜尚存，改名广和，余皆改名，大约在前门左右，庆乐、中和似其故址。自乾隆庚子回禄后旧园重整，又添茶园三处，而秦腔盛行，有魏长生、陈渼碧之流。悉载吴太初《燕兰小谱》。"③ 又云："京腔六大班盛行已久。戊戌、己亥时尤兴王府新班。湖北江石公燕鲁侍御赞元在座，因生脚来迟，出言不逊，手批其颊，不数日侍御即以有玷官箴罢官，于是缙绅相戒不用王府

① 柳贯：《柳待制文集》卷五，《四部丛刊初编》本，商务印书馆1922年版。
② 谢章铤：《赌棋山庄词话》卷九，清光绪十年刻赌棋山庄全集本。
③ 戴璐：《藤阴杂记》，上海古籍出版社1985年版，第64页。

新班。而秦腔适至，六大班伶人失业，争附入秦班觅食，以免冻饿
而已。"① 由此可见乾隆间秦腔之胜，至要压倒其他剧种。因为秦腔
极盛，优伶奢侈，竟有人上疏禁止秦腔。清周广业《过夏杂录·戏
园》记载："城内外戏园凡三十余所，班名最著者曰永庆、辛庆、
宜庆，各有擅场，至聚观占席，稍迟即无所容，所演号秦腔者，大
都淫哇之音，嬺嫚之状，至极丑则必齐声曰好，其实不过髻发朱
粉，有类妇人耳。歌喉既非李八郎弓足，复逊黄蟠绰，而狎之者或
且千金买笑，寒生馋眼，则制词赋以媚之，彼偶开筵醵会，投片纸
相招，虽典质必应，咄嗟间朱提可掬，出则壮舆，居必华屋，皆出
豪家囊也。会给事御史孟公兰蕙奏请逐禁弹唱娈童俗，所谓档子
者。廷议以秦腔戏旦既乱雅音，更縻不赀之费，今改习昆、弋二
腔，衣帽不得侈僭，其风稍戢。"②

乾隆间不但北方盛行秦腔，即南方亦有秦腔戏班。李斗《扬州
画舫录》："天宁寺本官商士民祝禧之地。殿上敬设经坛，殿前盖松
棚为戏台，演《仙佛》、《麟凤》、《太平击壤》之剧，谓之'大
戏'。事竣拆卸。迨重宁寺构大戏台，遂移大戏于此。两淮盐务例
蓄花、雅两部，以备大戏。雅部即昆山腔；花部为京腔、秦腔、弋
阳腔、梆子腔、罗罗腔、二簧调，统谓之'乱弹'。"③ 南方秦腔大
盛，至有掩盖雅部昆曲者。童槐《连日公燕与诸同年观剧占得竹枝
词六首》（其三）云："江南乐总变秦风，想为知音不易逢。可惜
当时魏良辅，枉将曲律授吴侬。"④

清代士大夫所谓"秦声"，多指秦腔而言。百龄《上元前一日，
西苑散直，邀同树堂、芝轩两侍讲城南观剧》云："画栏东畔共飞
觞，聒耳秦声亦绕梁。同是大罗天上客（是日为同年公会），踏歌
谁谱月分光。（元宵曲名）"⑤ 其《元旦偶成示王公玉阿艺圃》又
云："故人琅琊王，过我同守岁。中书闲无事，元旦惠然至。（公玉

①　戴璐：《藤阴杂记》，上海古籍出版社1985年版，第64页。
②　周广业：《过夏杂录》卷三，国家图书馆藏清种松书塾抄本。
③　李斗：《扬州画舫录·新城北录下》，中华书局1960年版，第107页。
④　童槐：《今白华堂诗录补》卷五，清光绪三年童华刻本。
⑤　百龄：《守意龛诗集》卷三，天津图书馆藏清道光二十六年读书乐室刻本。

无家，来度岁。艺圃官中书。）醉来共寻乐，复携儿女辈。梨园重秦声，竟日听歌吹。技击争踊跃，无敌冠同类。苟非训练精，安能独拔萃。乃叹作优俳，习武亦非易。"

由此可见，秦地音乐在历史变迁中与各地音乐融合交流并保存了下来，其"秦声"特色依然未变。但以地域音乐风格"秦风"、"秦声"来批评诗文，在明代以前尚未有。明代以后，中国文化不断繁荣，地域文学创作也开始兴盛，各地诗人的创作都有比较鲜明的地域特色，所以用地域风格评价诗人诗作开始兴盛。而明清两代秦陇诗人的作品，海内多以"秦风"、"秦声"论之。明清时期文坛风尚多变，诗学思想多有不同，因此以"秦风"、"秦声"评价秦陇诗人，或褒或贬，含义不同，具有鲜明的时代特征，下文将详细论述。

（二）明清文学批评中的"秦风"、"秦声"

明清时期，文学的地域特征在创作中愈加凸显，人们多以地域特征来评判个人的诗歌风尚，秦陇诗人的创作特色大多被人们视为有"秦风"（或者"秦声"）遗响。明胡松《浚谷赵公文集序》称赵时春"秦人而为秦声"①，李开先也称赵时春"诗有秦声，文有汉骨"②。钟惺《文天瑞诗义序》亦云："天瑞秦人，嗜古而好深沈之思，其所为诗义，盖犹有秦声焉。"③ 至此以秦风来评价秦陇诗人诗作始大盛。清初关中诗人也大多追步"秦风"传统，李因笃云："沧溟表齐帜，北地本秦风。绝构皆千古，雄才有二公。"（《二李》）足见其诗风倾向。他曾称赞康乃心诗"雄姿逸气，不受羁衔，故皆直抒性灵，磊落壮凉，得秦风本色。"④

明代中期之前，茶陵派李东阳主盟文坛之时，西北文学尚处于

---

①　胡松：《赵浚谷诗集序》，《赵浚谷文集》卷首，西北师大图书馆藏明嘉靖四十年刻本。

②　李开先：《李中麓闲居集》文卷六，明刻本。

③　钟惺：《隐秀轩集》卷十八，上海古籍出版社1992年版，第281页。

④　李因笃：《莘野诗集序》，《莘野先生遗书·莘野诗集》卷首，中国社会科学院文学研究所藏抄本。

沉寂阶段。李东阳《怀麓堂诗话》曾说："本朝定都北方，乃为一统之盛，历百又余年之久。然文章多出东南，能诗之士莫吴越若者，而西北顾鲜其人，何哉？"① 李东阳不仅讨论了南北文学消长的大势，而且深慨明初西北文学之不竞。就在李东阳叹息未歇之时，陕西新进士李梦阳、康海、王九思等崛起文坛，倡言复古，天下响应，遂使"台阁坛坫，移于郎署"②，而李东阳之文坛领袖地位也被复古派所取代。王世懋《对山集序》亦云："先生当长沙柄文时，天下文靡弱矣。关中故多秦声，而先生又以太史公质直之气，倡之一时。学士风移，先生卒用此得罪废，而使先秦两汉之风至于今复振，则先生力也。"③

李梦阳等人倡言"文必秦汉，诗必盛唐"，作诗多取法杜甫，主张格调，其诗具有鲜明的秦地风格，遂使"秦风"盛行一时。《明史》云："弘治时，李东阳主文柄，天下翕然宗之，梦阳讥其萎弱，倡言文必秦汉，诗必盛唐，与何景明、徐祯卿、边贡、朱应登、顾璘、陈沂、郑善夫、康海、王九思号十才子，又与景明、祯卿、康海、九思、王廷相号七才子。"④ 郭正域《与王参上》亦云："国朝学子美者共推献吉，第献吉于子美靡怠者，振以轩举，然自是雅南之音悉为秦声。"⑤ 李梦阳论诗亦有强烈的地域自觉，其《七夕遇秦子咏赠》即云"我今为秦声，子也当吴讴。酣歌达清曙，临分赠吴钩"⑥。徐祯卿举进士前与文征明、唐伯虎、祝枝山称"吴中四子"，后至京师从梦阳学诗，其《苦寒行》等诗具有明显的模仿痕迹，梦阳犹讥其"守而未化"⑦。

自李梦阳、康海等崛起文坛之后，其诗文的地域特征得到了海内论诗家的关注，胡应麟《诗薮》云："李献吉诗文山斗，一代其

① 李东阳：《怀麓堂诗话》，载《历代诗话续编》（下），中华书局 1983 年版，第 1377 页。

② 陈田：《明诗纪事》丁签卷一，上海古籍出版社 1993 年版，第 1135 页。

③ 王世懋：《对山集序》，王世懋《王奉常集》卷六，明万历刻本。

④ 张廷玉等：《明史·李梦阳传》，中华书局 1964 年版，第 7348 页。

⑤ 郭正域：《合并黄离草》卷二十八，明万历刻本。

⑥ 李梦阳：《空同集》卷十五，文渊阁四库全书本。

⑦ 张廷玉等：《明史·徐祯卿传》，中华书局 1964 年版，第 7351 页。

手，辟秦汉盛唐之派，可谓达磨西来，独辟禅教，又如曹溪卓锡，万众皈依。"① 陈子龙亦云："献吉志意高迈，才气沉雄，有笼罩群俊之怀。其诗自汉魏以至开元，各体见长，然峥嵘清壮，不掩本色，其源盖出于《秦风》。"② 后来诗家论秦陇诗人，多以"秦风"标的。胡松称赵时春诗"秦人而为秦声"，而王慎中序胡缵宗之诗，也对秦风三致意焉，其序云：

> 昔季札观周乐，至于秦风，知其声之夏也，卜其将大叹其为周之旧。其大也，已信于他日矣。然观《车辚》、《驷驖》、《小戎》、《无衣》之诗，盖战斗杀伐之习，胡云周之旧也？彼皆负坚操锐之人，发乎性情，播为音节，莫不有贤士名卿之风，于此见文王、周公之化之远，而《诗》之为教亦宏矣。至于专精果毅，敏于有为而不偷，则深厚之水土不为无助。自秦之大也，邠、岐、丰、镐之间，率谓之秦，而故名秦者，则西倾、朱圉之所表，沔、渭之水之所从流也。由周以来，至于今，涵育震发，宜不陋于非子、秦仲之时，而风未有闻于中土，某盖疑焉。乃今得读中丞可泉公之诗，中丞于诗甚宏深，某不能测窥，而知其为周之遗也。深厚之意，于是乎生，用其专精果毅之力，致之于学，渐服文王、周公之教，文以泽其质，律以谐其音，彬彬乎何声之富也。③

王慎中与唐顺之、归有光等不满"前七子"学秦汉古文之弊，倡言学习唐宋古文，他与秦地诗人胡缵宗要好，但序中不提其前辈李梦阳、康海等人，已有轩轾之意，只说"由周以来，至于今，涵育震发，宜不陋于非子、秦仲之时，而风未有闻于中土，某盖疑焉"，将李梦阳等人的成就一笔抹杀，有失公允。而唐顺之相对来说没有太多的地域偏见，其《东川子诗集序》云：

① 胡应麟：《诗薮》续编一，上海古籍出版社 1979 年版，第 346 页。
② 陈子龙：《皇明诗选》卷一，华东师范大学出版社 1991 年版，第 45—46 页。
③ 王慎中：《鸟鼠山人小集序》，《遵岩集》卷九，文渊阁四库全书本。

　　西北之音慷慨，东南之音柔婉。盖昔人所谓系水土之风气，而先王律之以中声者。惟其慷慨，而不入于猛，柔婉而不邻于悲，斯其为中声焉已矣。若其音之出于风土之固然，则未有能相易者也。故其陈之，则足以观其风，其歌之，则足以贡其俗。后之言诗者，不知其出于风土之固然，而惟恐其妆缀之不工。故东南之音，有厌其弱而力为慷慨，西北之音，有病其急而强为柔婉。如优伶之相斗，老少子女杂然迭进，要非本来面目，君子讥焉，为其陈之不足以观风，歌之不足以贡俗也。①

　　他肯定了各地不同的地域风格是由其风土和文化传统所决定，不能强使之改变，其所批评的"后之言诗者，不知其出于风土之固然，而惟恐其妆缀之不工。故东南之音，有厌其弱而力为慷慨，西北之音，有病其急而强为柔婉"正是对复古派不顾地域特征而强使之统一的弊病的批评，也极为中肯，可谓李梦阳之净友。他还赞扬东川子能为"秦声"："然则读是诗者，不必问其何人，而知其必为秦人之诗无疑也。余南人也，而不能为楚声。窃喜东川子之为，能为秦声也，乃为之题其首，后有采风谣者自当得之。"表现出对地域风格和文化传统的尊重。

　　明代继唐宋派而起者，又有复古派之"后七子"，以王世贞、李攀龙、谢榛最为著名，他们主动继承李、何之衣钵，亦倡言复古，比李、何取径更窄、气局更狭，号召不读唐以后书，甚至以模拟剽窃为能事。但其对"秦风"传统大力弘扬，功不可没，其中以王世贞最为不遗余力。其《谢生歌七夕送脱屣老人谢榛》高度评价了李梦阳、何景明的文学成就，成为复古派的旗帜。诗云：

　　长安送别今七夕，北斗卓地银河昃。此时痛饮不快意，青衣行酒无颜色。呜呜击筑为秦声，和以短铗霜纵横。大白入手葡萄惊，慷慨为尔歌平生。谢生长河朔，奇笔破万卷。日月纵

---

① 唐顺之：《荆川集》卷十，四部丛刊本。

游翱，乾坤任偃蹇。开元以来八百载，少陵诸公竟安在。精爽
虽然付元气，骨格已见沉沧海。先朝北地复信阳，一柱不障东
澜狂。人握隋珠户和璧，及吐中夜无精光。谢家一瓯椒浆水，
晨兴自荐开元鬼。俯仰宁教俗子骂，声名肯傍豪贤起。①

　　王世贞认为李梦阳、何景明可继盛唐之李、杜，鼓励谢榛傍先
贤而起，共同竖起复古的大旗。在李攀龙视学关中之时，他还念念
不忘让他学习杨一清，宏奖关中人才，其《赠李于鳞视学关中序》
云："然吾闻孝庙时，北地有李献吉者，一旦为古文词，而关中士
人云合景附，驰骋张揭，盖庶几囊古焉。父老言故相杨文襄公实为
之师倡之，献吉与诸君子时时慕称杨公不衰也。"② 谢榛在王世贞等
人的倡导之下，也对秦风极为肯定，其诗亦多有慷慨之气。其《新
乡城西昔送李学宪于鳞至此感怀》中有"凤台月出谁同醉，独爱秦
声听玉箫"，正是其诗学风尚的自白。其《送郭山人次甫游秦中》、
《送汪郎中伯阳出守北地》对秦声尤念念不忘，"地出三峰雄陕服，
天分八水杂秦声"、"人家尽周俗，羌笛半秦声"亦可谓秦地风物的
真实写照。③

　　值得注意的是，王世贞在晚年对其诗文风尚已有反思和修正，
不再拘执于秦汉盛唐，对归有光的散文也给予充分肯定。④ 其诗歌
也不再拘执于"秦风"，对友人欲综合秦风、江左之诗的想法极为
肯定，其《（寄）李本宁参政》云："仆比待罪邻壤，因得窃窥秦
风之雄，但于时业稍觉粗旷，又乏师友渊源，公欲取江左清华之气
参之，甚善，甚善。"⑤

　　明代诗人，虽已厌薄复古派末流模拟剽窃之习，但对秦风激烈

---

　　① 王世贞：《弇州四部稿》卷十六，明万历刻本。
　　② 王世贞：《赠李于鳞视学关中序》，《陕西通志》卷九十三，文渊阁四库全书本。
　　③ 谢榛：《四溟集》，文渊阁四库全书本。
　　④ 钱谦益：《列朝诗集小传》丁集"王尚书世贞"，上海古籍出版社 2008 年版，
第 437 页。
　　⑤ 王世贞：《弇州四部续稿》卷一百九十五，明万历刻本。

攻击者尚少。他们大多对李攀龙、王世贞、李梦阳、何景明的诗学宗尚和创作成就进行批评，但很少对其地域风格进行批评。杨慎曾云："唐子元荐与余书论本朝之诗，李何一出，变而学杜，壮乎伟矣，然正变云扰，而剽袭雷同，比兴渐微，而风骚稍远。"① 正如前述唐顺之从不同的地域风格着眼，看到了不同的文化习染对诗人的影响，明代诗人也大多对不同的地域文学传统表示尊重，对强求诗文风格一致的偏激做法深表不满。明末申时行也有这种认识，其《徐侍御诗集序》云："然闻之昔人，以为诗心声也，而系之土风。东南之音柔婉而多情致，西北之音慷慨而尚气力。吴讴越吟，不能强而秦声也。赵之瑟，燕之筑，不能变而齐竽也，习也。"② 黄文焕《自课堂集序》亦云："地有南北之分，北方风气高劲，不坠纤丽，本属诗文之区，空同、于鳞均擅北产。然南方唱和，习所渐染者多，至于以时论之，则宜少宜多又各分焉。"③ 亦可谓持平之论。

　　明末清初，诗坛风尚多变，公安、竟陵、云间、虞山诗派次第代兴，对复古派前后七子褒贬不一，可见诗坛的不同风尚。公安派厌弃复古派末流的模拟剽窃，他们一空依傍，自我作古，主张"独抒性灵，不拘格套"④，完全跳出了文学复古的窠臼，但他们并不对李、何等人尖锐攻击，更不对"秦风"进行批评。竟陵诗派也主张学古，更强调性灵和格调的统一，吸收了复古派和公安派的合理主张。但他们特别强调抒发诗人的"幽情单绪"，追求风格的"幽深孤峭"，将诗歌创作引向了气局狭窄、风格单一的不良方向。但他们也没有对复古派等人推崇的秦风进行贬低，甚至给予相当的尊重。钟惺评价明末秦中诗人文翔凤的作品，曾对其"秦风"特色大加赞扬，其《文天瑞诗义序》云：

---

　　① 杨慎：《升庵诗话》卷七，载《历代诗话续编》（下），中华书局1983年版，第774页。
　　② 申时行：《赐贤堂集》卷十，明万历刻本。
　　③ 程康庄：《自课堂集》卷首，清康熙刊本。
　　④ 袁宏道：《小修诗序》，载钱伯城《袁中郎集笺注》卷四，中华书局1981年版，第187页。

天瑞秦人，嗜古而好深沉之思，其所为诗义，盖犹有秦声焉。然有寄情闲远，托旨清深，又使读者想见其蒹葭白露，在水一方，不可远近亲疏之意。天瑞之为诗义，盖聊托于《驷驖》、《小戎》之音，使世之学者，知有此一种之诗，以广夫畏难就易者而已矣。而和平冲澹之教，卒不失焉。①

云间诗派之陈子龙、李雯在明末有感于国家动乱，风雅不兴，乃重新举起复古之大纛，以李梦阳、何景明等为师法对象，倡言恢复盛唐风调。他们对李梦阳极为推崇。陈子龙曾说他"志意高迈，才气沉雄"。李雯也说："献吉以雄厚之思，发清刚之气，如华岳秋高，奇云秀彩，变动不竭。古诗乐府，纯法汉魏，下及阮谢，无不神合。近体则专宗少陵，然于合处反见其离，于离处反见其合。"②但他们对七子派的弊端也看得很清楚，陈子龙《仿佛楼诗稿序》曾说："诗衰于宋，而明兴尚沿余习，北地信阳，力追风雅；历下琅琊，复长坛坫，其功不可言，其宗尚不可非也。特数君子者模拟之功多，而天然之资少。意主博大，差减风逸；气极沉雄，未能深永。"③其批评至为中肯，可谓学诗之苦心独得之言。

虞山诗派之领袖钱谦益早年虽学习李梦阳，但后期便对其攻击诽谤，不遗余力。钱谦益曾自述其作文经历云：

仆年十六七时，已好陵猎为古文，《空同》、《弇山》二集，澜翻背诵，暗中摸索，能了知某纸，摇笔自喜，欲与驱驾，以为莫己若也。为举子，偕李长蘅上公车，长蘅见其所作，辄笑曰："子他日当为李、王辈流。"仆骇曰："李、王而外，尚有文章乎？"长蘅为言唐、宋大家，与俗学迥别，而略指其所以然。仆为之心动，语未竟而散去。浮湛里居又数年，与练川诸

---

① 钟惺：《隐秀轩集》卷十八，上海古籍出版社1992年版，第281页。
② 陈子龙：《皇明诗选》卷一，华东师范大学出版社1991年版，第46页。
③ 陈子龙：《陈忠裕公全集》卷二十五，清嘉庆八年刻本。

宿素游，得闻归熙甫之绪言，与近代剽贼顾赁之病。①

后来他的确开阔了眼界，诗文取径更宽，学问更广博，足以称一代宗师。但钱谦益具有明人党同伐异的门户偏见，对李、何等人的批评越来越严厉，偏离了正常的诗学批评轨辙，甚至变为人身攻击，而"秦风"在他的批评中也备受诟病。其《黄子羽诗序》云："近代之学诗者知空同、元美而已矣，其哆口称汉魏，称盛唐者，知空同、元美之汉魏、盛唐而已矣。自弘治至于万历百有余岁，空同雾于前，元美雾于后，学者冥行倒植，不见日月甚矣，两家之雾之深且久也。"② 其《列朝诗集》对李梦阳等人的攻击更是不遗余力，其论李梦阳云：

> 献吉生休明之代，负雄鸷之才，僴然谓汉后无文，唐后无诗，以复古为己任。信阳何仲默起而应之，自时厥后，齐吴代兴，江楚特起，北地之坛坫不改。近世耳食者至谓唐有李、杜，明有李、何，自大历以迄成化，上下千载无余子焉。呜呼！何其悖也，何其陋也……国家当日中月满，盛极尊衰，粗材笨伯，乘运而起，雄霸词盟，流传讹种，二百年以来，正始沦亡，榛芜塞路，先辈读书种子从此断绝，岂细故哉。③

钱谦益论复古派之弊端，自有其创见，至谓"流传讹种"，"正始沦亡"，"先辈读书种子从此断绝"，其攻击之恶毒，即王士禛等人亦表示不满。王士禛《古夫于亭杂录》云："钱牧翁撰《列朝诗》，大旨在尊西涯，贬李空同、李沧溟，又因空同而及大复，因沧溟而及弇州，索垢指瘢，不遗余力。夫其驳沧溟拟古乐府，拟古

---

① 钱谦益：《答徐伯调书》，载《牧斋有学集》卷三十九，上海古籍出版社 1996 年版，第 1347 页。
② 钱谦益：《牧斋初学集》卷三十二，上海古籍出版社 1996 年版，第 925 页。
③ 钱谦益：《列朝诗集小传》丙集"李梦阳"，上海古籍出版社 2008 年版，第 311 页。

诗是也。并空同《东山草堂歌》而亦疵之，则妄矣。"① 沈德潜《明诗别裁》亦云："空同五言古，宗法陈思康乐，然过于雕刻，未极自然。七言古雄浑悲壮，纵横变化。七言近体开合动荡，不拘故方，准之杜陵，几于具体，故当雄视一代。钱受之诋其模拟剽贼，等于婴儿之学语，至谓读书种子从此断绝，吾不知其为何心也。"②

　　钱谦益不但对复古派激烈攻击，而且对"秦风"也进行批评，已失明人公允之气度。其《李屺瞻诗序》云："余观秦人诗，自李空同以逮文太青，莫不亢厉用壮，有《车辚》、《驷骥》之遗声。屺瞻独不然，行安节和，一唱三叹，殆有兼葭白露、美人一方之旨意，未可谓之秦声也。"③ 钱谦益此处认为"亢厉用壮"为秦声，"兼葭白露"不为秦声，犯了逻辑的错误。他这样讲的目的还是为了批评李梦阳等复古派。其《王元昌北游诗序》说得明白："秦之诗莫先于《秦风》，而莫盛于少陵，此所谓'秦声'也。自班孟坚叙秦诗，取'王于兴师'及《车辚》、《驷骥》、《小戎》之篇，世遂以尚气力，习战斗，激昂嘄杀者为秦声。至于近代之学杜者，以其杜诗为杜诗，因以其杜诗为秦声，而秦声遂为天下诟病，甚矣，世之不知秦声也。"④ "秦声"为天下（其实主要是钱谦益）诟病的原因，是因为李梦阳等人"以其杜诗为杜诗，因以其杜诗为秦声"，他批评李梦阳，致使秦声也受累。他所倡导的秦声是"兼葭苍苍，白露为霜。所谓伊人，在水一方。怀贤之思也。'未见君子，寺人之令'，谲谏之义也；'佩玉将将，寿考不忘'，规颂之辞也；'如可赎兮，人百其身'，殄瘁之痛也。温柔敦厚，婉而多风"之诗。他批评李梦阳等人"不知原本，猥以其浮筋怒骨，龃齿吽牙者号为杜诗，使后之横民以杜氏为质的，而集矢焉，且以秦声为诟病"。他在《列朝诗集》中评论秦陇诗人诗文，对那些清丽缠绵的作品比较偏爱，甚至认为它们不属于秦风。他评价金銮"诗不操秦声，风

①　王士禛：《古夫于亭杂录》，中华书局 1988 年版。
②　沈德潜：《明诗别裁集》，上海古籍出版社 1979 年版，第 89 页。
③　钱谦益：《牧斋有学集》卷四十七，上海古籍出版社 1996 年版，第 1564 页。
④　钱谦益：《牧斋初学集》卷三十二，上海古籍出版社 1996 年版，第 931 页。

流宛转，得江左清华之致"①，认为赵时春的作品"伉浪自恣，不娴格律，李中麓云：'浚谷诗有秦声'，信然"②。

客观来说，钱谦益对七子派的批评有失公允，尤其扩大到对秦风的不满，至要一笔抹杀秦风中特有的慷慨之气，昂扬之风，更为偏激。但他对秦风的文学渊源论述很有创见，认为"秦之诗莫先于《秦风》，而莫盛于少陵，此所谓'秦声'也"，更是发前人所未发。其《学古堂诗序》还一再强调"自汉以来，善言《秦风》，莫如班孟坚；而善为秦声者，莫如杜子美"③。

清初士人痛明之亡，慨叹国家缺乏尚武雄猛之气，士人缺少同仇敌忾之心，故许多遗民志士对《秦风》颇多赞誉。陈维崧《孙豹人诗集序》云："余少读诗，则喜《秦风》。每当困顿无聊时，辄歌《驷骥》以自豪也。继又自悲，悲而至于罢酒。厥后读《楚辞》，伤其词义悱恻，不自振拔，又辄掩卷而叹。夫南风之不竞，而章华鄢郢之鞠为蔓草也。"④ 陈维崧将其亡国之痛，忠爱之意，借《秦风》以发之。清初遗民对秦风和秦地念念不忘，以至频频入秦考察，欲图恢复大业者大有人在，而顾炎武和屈大均最为突出。顾炎武中年以后，曾屡至关中，与关中学者李因笃、王弘撰、李颙等结下了深厚的友谊，他对关中之人情风俗和地理形势颇为赞赏。其《与人书》云："秦人慕经学，重处士，持清议，实与他省不同。"⑤ 屈大均和关中诗人杜恒灿入秦以后，亦与当地士人广泛联系，互通声气。其诗文中对秦风表现了无限赞扬之情，如《吴门逢京兆杜子赋赠》云："我爱秦风劲，无衣不自谋。美人居板屋，女子解戎韬。岳走三峰势，河吞入水流。君从关内至，意气正横秋。"⑥ 其诗中多赞扬秦风那种慷慨激昂、同仇敌忾的战斗精神。如"慷慨无衣赋，

① 钱谦益：《列朝诗集小传》丁集"金銮"，上海古籍出版社 1991 年版，第490 页。

② 钱谦益：《列朝诗集小传》丁集"赵时春"，上海古籍出版社 1991 年版，第418 页。

③ 钱谦益：《牧斋有学集》卷二十，上海古籍出版社 1996 年版，第 841 页。

④ 陈维崧：《陈迦陵文集》卷一，四部丛刊本。

⑤ 顾炎武：《顾亭林诗文集·蒋山佣残稿》卷二，中华书局 1983 年版，第 202 页。

⑥ 屈大均：《翁山诗外》卷五，清康熙刻凌凤翔补修本。

艰虞不世才。平生一匕首，为子入秦来"（《同杜子入秦初发滁阳作》），"吴俗轻高节，秦风急好仇"（《姑苏秋夕与余丈广霞坐京兆杜子寓楼》）等。他对朋友诗歌创作的期望也是继承秦风和李梦阳的传统，创作慷慨悲壮的诗篇。其《赠电白令》云："使君慷慨奋秦声，欲继空同一代名。花县不嫌神电小，炎天偏有玉壶清。人飞国士无双誉，家住朝那第一城。他日夔龙多事业，更令珠海尽销兵。"顾炎武、屈大均入秦之后，受关中文化的熏陶，诗风也为之一变。施闰章《顾宁人关中书至》诗云："旧迹满西京，高谈就友生。书曾搜孔壁，诗已变秦声。多难余身健，新编计日成。别来头并白，望远不胜情。"①"诗已变秦声"准确地看到顾炎武诗风的变化。而屈大均之《边词》、《登潼关怀远楼》等诗描写边塞风光，抒发战斗热情，大有秦风慷慨之气。

清初关中文学之繁盛名闻海内，而"秦风"也再次得到诗论家的关注。孙枝蔚《张戒庵诗集序》曾说："然予与康侯（张晋）皆秦人，而东南诸君子颇多观乐采风如吴季子者，能审声而知秦为周之旧；又数年来诗人多宗尚空同，而吾秦之久游于南者，如李叔则、东云雏、雷伯吁、韩圣秋、张稚恭诸子，一时旗鼓相当，皆能不辱空同之乡。"②计东《西松馆诗集序》亦云："明则空同崛起，主持一代之诗教，诗之系于秦久矣。今昭代诗人林立，而秦中为盛。"③姚文然《邑侯石二孺诗序》亦云："关中故多伟男子，秦风激扬慷慨，为天下壮。"④计东还有一首长诗，盛赞清初关中友人，可谓关中人文兴盛之明证。其《作送止庵诗毕，偶问屺瞻，知李叔则明府已殁，因追悼韩圣秋兵部，暨亡友雷伯吁、杜杜若、东云雏、刘客生，兼柬孙豹人、王筑夫、李天生、王山史，诸公皆秦中人，负海内盛名》云：

---

① 施闰章：《学余堂集》卷三十二，文渊阁四库全书本。
② 孙枝蔚：《张戒庵诗集序》，赵逵夫先生整理点校《张康侯诗草》卷首，兰州大学出版社1989年版。
③ 计东：《改亭诗文集》文集卷二，清乾隆十三年刻本。
④ 姚文然：《姚端恪公集》文集卷十三，清康熙二十二年刻本。

每忆先朝末，空文盛才俊。复社聚同人，敦盘互辉映。东南尽闽粤，西北走秦晋。……揭谁咸阳来，东刘最先应。固庵（即圣秋）继有声，河滨望颇峻。（叔则称河滨先生）论文奇三吴，品论颇矜慎。……洎今三十年，风流续余韵。雷、王擅古文，孙、李发高咏。格律求老成，伪体能拨正。杜子敬爱客，京华喜投赠。……秦声虽雄凉，吴歈亦雅靓。①

清初诸人评论关中诗人诗作，概以"秦风"论之，多有赞扬之词，极少轩轾之意。熊文举《韩圣秋学古堂近诗序》云："人言乐府稍规摹崆峒，彼其笋头自异，硁硁萧瑟，禀秦声，韩子固自作古也。"② 龚鼎孳《寿圣秋同孝威赋》亦以秦风来赞美韩诗，其诗有"上苑即今夸羽猎，争看《驷骥》擅秦风"③。钱澄之遇关中诗人房廷祯，一见如故，亟称关中友人之盛，并盛赞秦风。其诗云："平生友谊数关中，揖罢相看臭味同。好把酒杯谈汉事，每吟诗律喜秦风。"（《与房兴公库部初不相识，遇白仲调坐间，一见倾倒，言手抄拙集，日置案头，因抵掌剧谈，颇为白君所讶》）④ 曹溶忆李因笃之诗，直以秦风代之，其《旧游杂忆十首》云："不见秦风十八年，雄心时拟向龙泉。记闻虎啸关门上，酒敌严霜夜不眠。"（李天生）⑤ 他赞叹孙枝蔚诗慷慨悲壮，至谓其"秦声天下稀，壮激扬其标"（《题豹人溉堂诗集》）。施闰章也称孙枝蔚"诗操秦声，出入杜韩苏陆诸家，不务雕饰"⑥。由此可见，清初诗坛并没有受钱谦益太多影响，大多数诗人持论比较公允，而秦地诗人之高尚节操、秦风之质朴劲健均受到大江南北的推崇。

康熙中期，王士禛主盟诗坛，倡导"神韵"，以盛唐王、孟为宗，不喜李、杜，他要做天下诗坛的盟主，故论诗独主一尊，并不

① 计东：《改亭诗文集》诗集卷一，《续修四库全书·集部》第1408册，上海古籍出版社2002年版，第27页。
② 熊文举：《雪堂先生文集》卷二十四，清初刻本。
③ 龚鼎孳：《定山堂诗集》，清康熙十五年刻本。
④ 钱澄之：《田间诗文集》诗集卷十八，清康熙刻本。
⑤ 曹溶：《静惕堂诗集》卷四十七，清雍正刻本。
⑥ 施闰章：《送孙豹人归扬州序》，《学余堂集》文集卷八，文渊阁四库全书本。

重视各地的地域风格。王渔洋和关中诗人交往颇密，与李楷、孙枝蔚、王又旦、王弘撰、李因笃、李念慈、康乃心等最为莫逆。其《带经堂诗话》云："关中名士，予生平交善者，如三原孙豹人枝蔚、韩圣秋诗、华阴王无异弘撰、富平李子德因笃、邰阳王幼华又旦、富平曹陆海玉珂，皆一时人豪。"① 他评论关中诗人诗作，很少用"秦风"立论，但他对钱谦益肆意攻击李梦阳深为不满，可见其理论和胸怀均超迈钱谦益远甚。

清代中期，继"神韵派"而起者有沈德潜倡导之"格调派"、袁枚主盟之"性灵派"和翁方纲倡导之"肌理派"影响较大。翁方纲之"肌理派"以考据论诗，不重性情，姑置不论。"格调派"继承前后七子的诗学理论，更规范于"温柔敦厚"的诗教，主张诗歌要有盛明广大之音，也要发挥诗歌"美刺"的传统。但由于清廷文网颇密，士大夫动辄得咎，并不能实现其创作理论，被袁枚讥为"褒衣大袑"②。但沈德潜没有地域偏见，他对明清关中诗人多有肯定，其《明诗别裁集》、《清诗别裁集》选录关中诗人较多。袁枚作为江南风雅领袖，对庙堂诗风极为不满，曾和沈德潜关于选诗发生了矛盾，书信往来，辩难极多。袁枚之《随园诗话》虽然流传较广，但其选诗之失，较沈德潜更甚。袁枚对明清以来的关中诗人大多置若罔闻，诗话无一涉及。除了诗学好尚不同之外，政治的高压也是重要原因。沈德潜因选钱谦益等人的诗作，被乾隆大加训斥，以致著作被禁。袁枚虽作为广大教主，但其在政治高压下趋吉避凶可以理解，具有故国之思、怨怒之音的清初关中诗人不被入选也在情理之中了。

乾隆间修《四库全书》，由于受钱谦益诗论的影响，四库馆臣对秦陇诗人的评价也有失公允，论秦风则概以"亢厉"目之，每况愈下，较钱谦益失之更远。《空同集提要》谓其诗如"武库之兵，

---

① 王士禛：《带经堂诗话》（下），人民文学出版社 1963 年版，第 557 页。
② 袁枚：《答沈大宗伯论诗书》云："至所云'诗贵温柔，不可说尽，又必关系人伦日用。'此数语有褒衣大袑气象，仆口不敢非先生，心不敢是先生。"《小苍山房诗文集》，上海古籍出版社 2006 年版。

利钝杂陈者"①，尚未明显攻击秦风。评胡缵宗诗则云"激昂悲壮，颇近秦声，无妩媚之态，是其所长；多粗厉之音，是其所短"②，已有轩轾。至评清初关中诗人，概以"亢厉"目之，且多被摒弃。李因笃、孙枝蔚、李念慈、王心敬等著名诗人的作品只列于四库存目，雷士俊、李柏、东荫商、屈复等人的著作被禁毁，李楷、韩诗、王又旦、张晋、康乃心等竟未提及。四库提要评李因笃诗云："其诗大抵意象苍茫，才力富赡，而亢厉之气，一往无前，失于粗豪者盖亦时时有之。"③评孙枝蔚诗亦云："本秦声，多激壮之词，大抵如昔人评苏轼词，如铜将军铁绰板唱大江东去。"评李念慈诗则云："其诗吐属浑雅，无秦人亢厉之气。"而这种论调在后来陈田《明诗纪事》和徐世昌《晚晴簃诗汇》中还有延续，错误乖谬，混淆视听，导致后人对秦风和关中诗人多有偏见，以致忽视了他们的创作成就。

　　比较有趣的是，清高宗弘历有《读秦风》一首，评论秦风并没有贬低之意，其文云："岐、丰乃二南兴化之地，其民质，其风淳，其土厚而水深，秦之兴，教之以猛，驱之以利。其强毅果敢之资，足以成富强而诸侯畏之。故其诗如《车辚》、《驷骥》、《小戎》、《无衣》诸作，莫不美其车马之盛，而无室家之思。"④正如弘历所言，秦风有"战阵之勇"，"无室家之思"，鼓励人们同仇敌忾，保家卫国，明遗民正是从这个角度鼓扬秦风，寄托故国之思，希望有所作为，客观上对清廷带来了很多威胁。清代前期，西北反抗清廷的活动一直没有停止。顺治五年三月，回族米喇印、丁国栋奉明延长王朱识锛，以反清复明为号召，率众起义，连下凉州、兰州、河州、洮州、岷州，关陇大振。十二月，大同总兵姜瓖举城反清，附近十一城皆应。康熙十三年十二月，平凉提督王辅臣于宁羌叛应吴

　　① 永瑢等：《四库全书总目》卷一七一《空同集提要》，中华书局1965年版，第1497页。
　　② 永瑢等：《四库全书总目》卷一七一《鸟鼠山人集提要》，中华书局1965年版，第1571页。
　　③ 永瑢等：《四库全书总目》卷一八三《受祺堂诗集提要》，中华书局1965年版，第1659页。
　　④ 弘历：《乐善堂全集》卷九，文渊阁四库全书本。

三桂，陕西大震。康熙二十六年，葛尔丹叛乱，二十九年，康熙御驾亲征，直到三十六年，这次叛乱才被完全平定。康熙皇帝看到了西北地区民风劲悍，对清朝统治不太驯服，故其《谕宁夏文武官员兵民人等》云：

> 若夫秦风健勇，自昔为然，其在朔方，尤胜他郡。尔等或职居将领，或身隶戎行，尚各励精锐，以効干城御侮之用，斯国家有厚赖焉。至于忠信慈惠，服官之良轨，孝弟齿让，生人之大经，法纪不可不明，礼教不可不肃。勿以地处边陲，而不治以经术，勿以习尚气力，而不泽于诗书。总期上率下从，庶几驯臻雅化。①

清廷为了巩固统治，要努力改变西北民风，因此他们提倡诗书礼教，使百姓安守本分，乐于统治。四库馆臣对清王朝的政治手段心领神会，当然不会提倡秦风雄健激昂的斗争精神。其对秦风的贬低正是配合清王朝的统治策略，与诗文理论关系不大。

综上所述，"秦风"、"秦声"作为明清诗学批评的重要术语，有着极为深远的诗学渊源。"秦风"、"秦声"在历史演变中曾有不同的内涵，可以考察中国古代诗乐离合的历程，但它作为诗歌批评的专有术语兴盛于明清时期，许多秦陇诗人诗作大多具有"秦风"传统，引起了学界的重视和探究的兴致。"秦风"、"秦声"在流传的过程中也具有了丰富的文化内涵，值得学界进一步探讨。

---

① 玄烨：《圣祖皇帝御制文集》卷二十九，文渊阁四库全书本。

第一章

清初关中诗人群体总论

杜工部曾说:"秦中自古帝王州。"作为周、秦王朝的发源地,关中地区历来为北方政治文化的中心。秦时明月,汉家雄关,再加上唐韵缠绵,关中地区孕育了中华民族古老文化的精华核心,成为备受后人景仰的繁盛之区。它东有崤函之固,西占陇蜀之利,沃野千里,物产丰饶,历来被人们称为"金城千里"的帝王之都。

经唐末战乱之后,民生凋敝,文物荡然,汉唐盛世的辉煌遂不可复现。明太祖朱元璋虽然曾一度想建都关中,但是战乱之后长安凋敝,再加上当时蒙古骑兵残余尚在陇右活动,所以他打消了这个念头。这使关中失去了一个千载难逢的政治复兴的机会。这片有着悠久文明的丰厚土壤,在以后的岁月中结出的硕果只有学术。北宋时期,张载在关中倡导"关学",与程颐兄弟的"洛学"、陆九渊的"闽学",鼎足而三,蔚为北方理学主流。明代大儒吕楠、马理、冯从吾等更倡导"文必载道,行必顾言"的"关学"传统,使关中成为理学之邦。

明清时期,关中地区远离了政治文化中心,使关中士人在取得科举功名方面增加了难度,但是却造成了他们淡泊名利、潜心诗文创作的客观条件。同时这种相对独立的创作环境使他们的文学观念和写作方式也与时风保持一定的距离。孙治《学古堂集序》曾云:"北地风气悲凉,土俗劲直,其所长者,皆诗之所通也。其所短者,皆诗之所避也。且山川辽关,津梁疲远,公车制举之言,或终岁弗及于境。士大夫世其学者,惟左、国、班、马,及王、孟、李、杜诸书耳。夫公车之业损,则风雅之事进。志一而性朴,气强而力果。或间气一钟，必为诗之三宗也欤。”① 在这样的社会历史条件下，明代关中地区涌现出了许多杰出的文学家，如李梦阳、康海、王九思、赵时春、胡缵宗、文翔凤、金銮等著名诗人。熊文举《文西序》曾云：“天西北角，风气刚厉，盖积高之府，是为灵奥都居，大文萃焉……西京高古典严，超轶百代，步武崇躅，荡涤开辟，则推有明。崆峒踔厉鸿远，无不善摹者，莫能尚，岂西周之于文学固天性乎？等而下之，允宁之法、德涵之骏、苑雒之奇、浃陂之丽、浚谷之闳，仲木、伯循之理，星辉电灼，彬彬各有其文。而端毅、忠介、恭定、恭毅、槲山诸君子，又以事功节概轴地撑天，名山大川，轩翥暎发，又何伟也。太青草微拟玄，瞀儒莫能窥其涯际，岂谓浅易文之艰深，徒写难字欺典记乎？”② 而清初关中士人正是在这样优秀的文化传统浸润下开始了他们振兴“关学”，激扬“秦风”的文化里程，创造了关中学术文化的又一个高潮。

有清一代，地域性文学流派层出不穷，除了文派、词派、曲派之外，诗歌流派也是百派争流，群星璀璨。据刘世南先生《清诗流派史》所论，除了“神韵派”、“格调派”、“肌理派”、“性灵派”等以诗学理论和诗歌风尚命名的流派之外，以地域冠名的就有“河朔诗派”、“虞山诗派”、“娄东诗派”、“岭南诗派”、“秀水诗派”、“桐城诗派”、“高密诗派”、“常州诗派”等不下十种③，主要集中在江南等地，而对于西北诗人只字不提。蒋寅先生曾说：“在清代初年，天下至少形成三个地域性的诗学分区：一是江南诗学，一是山东诗学，还有一个是关中诗学。迄今为止，学界关注较多的是江南诗学和山东诗学，关中诗学似乎尚未进入研究者的视野。然而关中诗学是值得注意的，不仅因为关中诗学与关学关系密切，而关学又是清初思想史的重要一页，更重要的是关中诗学的确具有不同于江南、山东的倾向，具有独特的理论价值。”④ 蒋寅先生还撰有系列

① 孙治：《学古堂集序》，韩诗《学古堂集》卷首，国家图书馆藏明崇祯刻本。

② 熊文举：《文西序》，《雪堂先生集选》卷六，《四库禁毁书目丛刊·集部》第33册，北京出版社1997年版，第625页。

③ 刘世南：《清诗流派史》，人民文学出版社2004年版。

④ 蒋寅：《康乃心及其诗论》，《南京师范大学文学院学报》2002年第4期。

论文专门讨论清初李因笃、康乃心、李柏、李颙、王弘撰等人的诗学理论，开启了清初关中诗学研究的先河。

第一节　清初关中诗人群体的由来及作家构成

对清初关中诗人群体的认识和评价，曾经经历了一个漫长的历史过程。从清初王士禛提出"关中二李一康"①、钮琇标举"关中诗派"，到乾隆年间李华春、王鸣盛提出"三秦诗派"，显示了清代学人对清代关中诗学认识的逐步深化。而从王士禛、钮琇、王鸣盛所论诗人来看，其论述地域也发生了明显的变化，王士禛、钮琇所论仅为关中一隅，而王鸣盛已经扩展到对清代陇右诗人的关注，所以有必要对清初关中诗人群体的由来和作家构成加以探讨。

一　清初关中诗人群体的由来

明末清初，关中地区人文繁盛，作家众多，创作兴盛，引起了海内关注。吴怀清《关中三李年谱自序》云："吾秦当有清之初，人文颇盛，隐逸为多，王山史、孙豹人、王复斋、雷伯吁诸贤其卓卓者。而当时雅重，又以三李之道为最尊。说者不一，或进河滨，或进屺瞻，而皆退雪木，此特主声气言之。至于泉石烟霞，志同道合，自必以天生'伯中孚而仲雪木'之语为断。"②"关中三李"一时为人们广为传颂。如《文献征存录》卷四云："李因笃，字天生，……时盩厔李容以理学显名，与泾阳李念慈及因笃号为关中三李，其后复与郿县李柏，朝邑李楷亦有三李之号。"③虽然"关中三李"的组合颇多，说法不一，但恰好显示了当时关中理学和诗学之兴盛。而当时李颙、李柏、李因笃、李楷与王弘撰又有"关中五

----

① 王士禛：《居易录》卷二十九："康生字太乙，合阳人，……秦人语曰：'关中二李，不如一康。'"载《王士禛全集·杂著》第五册，齐鲁书社 2007 年版，第 4262 页。
② 吴怀清：《关中三李年谱》卷首《关中三李年谱自序》，默存斋本。
③ 钱林：《文献征存录》卷四，周骏富编：《清代传记丛刊》，台北：明文书局 1985 年印行，第 602 页。

虎”之号。刘绍攽《二南遗音》卷一云：“王弘撰，无异，号山史。华阴人。明诸生。康熙己未举博学鸿词。善书法，顾亭林乐与之游。李中孚、天生、雪木、河滨并称‘五虎’，言雄长关中也。”①徐世昌《晚晴簃诗话》亦云：“关中国初文儒，推三李，而朝邑李楷叔则工文词，名辈尚在三李前。山史从之游，读书华山，治《易》，精图象，学者翕然宗之。”②可见当时关中诗人众多、人文兴盛的繁荣局面。

康熙末年，江苏吴江人钮琇任陕西白水县知县，与关中诗人李因笃、李柏、康乃心、王建常、王弘撰、宋振麟曾经交往密切，经常诗文酬答，他在其《觚賸》中提出了“关中诗派”的说法，并对李因笃、李柏、康乃心等诗人都有论列，开启了关中诗人群体研究的先声。

由于做官、避难、经商等原因，清初流寓江南的秦陇诗人亦颇多。孙枝蔚曾说：“然予与康侯皆秦人，而东南诸君子颇多观乐采风如吴季子者，能审声而知秦为周之旧；又数年来诗人多宗尚空同，而吾秦之久游于南者，如李叔则、东云雏、雷伯吁、韩圣秋、张稚恭诸子，一时旗鼓相当，皆能不辱空同之乡。”③在孙枝蔚之前，关中诗人马御辇、王相业、李楷、韩诗已经在江南声名籍甚，被称为“关中四子”。《朝邑志》云：“李楷，字叔则，晚号岸翁，学者称河滨先生。弱冠举天启甲子乡试。……已而避寇白门，与马元御、王雪蕉、韩圣秋等称‘关中四子’。”④李楷在寄孙枝蔚的信中也说：“伏念好学勤苦，千秋自命者，吾里则圣秋、稚恭与吾兄差相仿佛。弟不才，阑入此中。”⑤可见当时流寓江南的关中诗人之

①　刘绍攽：《二南遗音》卷一，《四库全书存目丛书》第412册，齐鲁书社1997年版，第744页。
②　徐世昌著、傅卜棠编校：《晚晴簃诗话》卷十二，华东师范大学出版社2009年版，第43页。
③　孙枝蔚：《张戒庵诗集序》，载赵逵夫先生整理点校《张康侯诗草》卷首，兰州大学出版社1989年版。
④　金嘉琰、朱廷谟修：载《朝邑志》卷四，清乾隆四十五年刻本。
⑤　李楷：《与孙豹人》，载周在浚等辑《赖古堂名贤尺牍新钞·藏弆集》卷七，《四库禁毁书丛刊·集部》第36册，北京出版社1997年版，第351页。

盛况。

对于清初关中诗文创作之繁盛，外地学者也有很高的评价。王士禛《带经堂诗话》云："关中名士，予生平交善者，如三原孙豹人枝蔚、韩圣秋诗、华阴王无异弘撰、富平李子德因笃、邠阳王幼华又旦、富平曹陆海玉珂，皆一时人豪。"① 朱彝尊《王崇安诗序》亦云："予求友于关中，先后得五人：三原孙枝蔚豹人、泾阳李念慈屺瞻、华阴王弘撰无异、富平李因笃子德、邠阳王又旦幼华。五人者，其诗歌平险或殊，然与予议论未尝不合也。"② 计东《作送止庵诗毕，偶问屺瞻，知李叔则明府已殁，因追悼韩圣秋兵部，暨亡友雷伯吁、杜杜若、东云雏、刘客生，兼柬孙豹人、王筑夫、李天生、王山史，诸公皆秦中人，负海内盛名》③ 一诗列举了清初关中诗人十多位，并给予了很高的评价。施闰章在《溉堂篇赠孙豹人》、《赠关西杜苍舒，兼怀李屺瞻、孙豹人诸子》、《邗江赠关中孙豹人》等诗中也对孙枝蔚、李楷、杜恒灿、李念慈、王岩、雷士俊、王又旦等关中诗人深表钦佩。

乾隆年间，著名学者王鸣盛读到秦陇诗人吴镇、刘壬的诗歌，对秦陇地区诗歌创作的繁盛大为赞叹，提出了著名的"三秦诗派"的观点。其《戒亭诗草序》云："三秦诗派，国朝称盛。如李天生、王幼华、王山史、孙豹人，盖未易更仆数矣。予宦游南北，于洮阳得吴子信辰诗，叹其绝伦。归田后复得刘子源深诗，益知三秦诗派之盛也。"④ 王鸣盛的这一论断也揭开了清代秦陇诗歌研究的新局面，将以前仅从单个作家或作家群体的关注提升到对地域文学流派的高度进行研究。

关于文学流派的界定，陈文新先生《文学流派的成立标准新论——以明代的文学现象为例》一文曾经说文学流派"有所谓'自

① 王士禛：《带经堂诗话》（下），人民文学出版社 1963 年版，第 557 页。
② 朱彝尊：《曝书亭集》卷三十九，《四部丛刊》本。
③ 计东：《改亭诗文集》诗集卷一，《续修四库全书·集部》第 1408 册，上海古籍出版社 2002 年版，第 27 页。
④ 王鸣盛：《戒亭诗序》，载刘壬《戒亭诗草》卷首，国家图书馆藏乾隆间刻本。

觉的文学流派'和'不自觉的文学流派'之分"①。"自觉的文学流派"的流派资格自然无可置疑，"不自觉的文学流派"的流派资格就会仁者见仁、智者见智，较难界定。他提出了界定文学流派标准的三个要素：流派统系、流派盟主（代表作家）和流派风格。流派统系是指文学流派对文学传统的选择和继承。每一个文学流派都有一个效法和学习的对象，这是中国古代文学流派的重要特点。还有，每一个文学流派都有自己的盟主或代表作家。没有领袖的文学流派是群龙无首的一盘散沙，不足形成整体的影响。另外，相同或相近的流派风格是文学流派的基本标志。

　　由此标准来看，钮琇提出的"关中诗派"和王鸣盛所提出的"三秦诗派"，还不是严格意义上的"文学流派"。虽然清代秦陇作家大多继承的是明代复古派李梦阳、康海、文翔凤等关中作家所开创的文学传统，以杜甫作为效法对象。与宋代"江西诗派"效法杜甫诗歌"无一字无来历"的创作方法不同，明清关中诗人大多继承了杜甫"忠君爱国"的现实主义创作传统，努力表现诗歌对国家命运和现实民生的关怀。他们还将效法对象上溯到《诗经·秦风》所开创的独特地域风格，让"秦风"或者"秦声"成为秦陇诗人群体的独特地域风格特征。但是秦陇诗人群体由于特殊的经历和不同的活动地域，没有形成比较完整的流派统系，其诗学思想也呈现出分流竞进的局面。在清初关中本土，有"关中三李一康"等人为代表的诗人群体，李因笃以其卓越的创作成就堪为盟主，而李颙、顾炎武、曹溶、龚鼎孳、傅山等人也一直认为他是关中诗坛的领袖。在清初流寓江南的秦陇诗人中，孙枝蔚以其高尚的人格精神和卓著的创作成就，也成为实际的流寓江南的秦地诗人领袖。他反对明代以来诗坛分门立派、互相标榜的习气，主张表现个人"风神气骨"的独创精神。虽然孙枝蔚等流寓江南的秦陇诗人对李梦阳等人开创的地域诗学传统极为重视，其创作也因有鲜明的"秦风"特征而誉满天下，但他们和关中本土诗人联系较少，未能形成完整的流派统

　　① 陈文新：《文学流派的成立标准新论——以明代的文学现象为例》，《学习论坛》2004 年第 7 期。

系。由此可见，王鸣盛提出的"三秦诗派"虽然是对于清代秦陇诗人的研究有着非常的意义，但是客观来说，他们还没有具备文学流派成立的基本要素，是一个尚未成熟的文学流派。

王鸣盛提出的"三秦诗派"包括了乾嘉年间的秦陇诗人，而钮琇所谓"关中诗派"仅讨论清初关中本土诗人，没有提及流寓江南的关中诗人。为了研究的方便，也是本着真实反映清初关中诗人创作的实际，本书以清初关中诗人作为研究对象，主要包括清初关中本土诗人和流寓江南的关中诗人，不包括陇右诗人。这样确定研究范围，可以使研究对象更加具体和明确。

二　清初关中诗人群体的作家构成

清初关中诗人众多，而士人结构也比较复杂，主要可以划分为遗民诗人群体和国朝诗人群体。清初关中遗民诗人主要有李颙、李柏、王弘撰、王建常、东云雒、孙枝蔚、雷士俊、王岩等为代表的士人群体，还有"青门七子"为代表的前明宗室诗人群体。国朝诗人群体主要以南廷铉、房廷祯、杜恒灿、李念慈、王又旦、周灿、王孙蔚、曹玉珂、杨端本、杨素蕴、梁舟、任玑、康乃心等新朝科举官员为代表。还有一些关中士人的政治身份历来多有争议，例如李因笃、李楷、张恂、宋振麟等人，有些学者认为他们是遗民，而有些学者认为他们在明代有功名，入清曾参加博学鸿词或者做官，应当为贰臣。我们这里主要从地域文学和文化的角度探讨清代关中诗歌创作的盛况，对他们的政治身份不强作解释。

清初关中士人大多不囿于关中一隅，很多士人曾经漫游大江南北，甚至长期流寓江南，因此以他们一生活动的地域范围又可以划分为两大地域诗人群体：关中本土诗人群体和流寓江南的关中诗人群体。

关中本土诗人群体主要以"关中三李"和朱谊泊、王弘撰、宋振麟、康乃心等为代表，他们大多长期居住关中，其文化活动主要在关中地区展开，在关中本地有着很高的声望。许多诗人都将李因笃推为关中诗人领袖。顾炎武称赞李因笃"高才冠雍州"（《重过代州赠李处士因笃，在陈君上年署中》）。傅山也说"以子觇文运，西京此一时"(《为李天生作十首》），他还说："宁人向山云：'今日文章之事，当推天生为宗主，历叙司此任者，至牧斋死，而江南无人胜此矣。'"① 计东在康熙年间赠关中诗人侯绍岐时曾说："富平奇士李天生，长律于今最横行。此是尔乡才第一，莫因相近失逢迎。"（《即席口号送侯明府归秦中四首》其二）。清初关中诗人之间的交往也极为密切，他们互通声气，诗文酬答，形成了一个富有凝聚力的创作群体。李柏与李颙相识较早，他们志同道合，以兄弟相称。李柏曾云："忆昔与吾兄（指李颙）相见于沙河东村，兄年二十二，弟年十九。兄囊萤而读书，弟爇香而照字，学之勤同兄；企慕于先民，弟亦不屑为今人，志之远亦同。"② 李因笃比李颙、李柏年龄较小，但对他们极为崇敬，以兄礼事之。王子京《槲叶集序》云："闻同里子德先生曰：关中三李余行季，伯中孚先生，仲雪木先生。"③ 江藩曾云："（李因笃）学以朱子为宗。时二曲提倡'良知'，关中人士皆从之游。二曲与因笃交最密，晚年移家富平，时相过从，各尊所闻，不为同异之说。君子不党，其二子之谓乎。"④ 李因笃《雪木二兄过草堂同子祯作三首》可谓对李柏人品和生活的真实写照。李颙和李柏曾相约去汉南度荒，因故未同往。其《答惠少灵》曾云："吾以奇穷遭奇荒，保生实难，曾与雪木商及度荒之策，相约共适汉南。吾家累二十余口，留半难割，通移维艰，因循荏苒，尚无定期。乃雪木则先我而往矣。"⑤ 王弘撰与"三李"亦交往密切。《山志》"李天生"条云："李天生天资敏异，所谓目所一见，辄诵于口，耳所暂闻，不亡于心者也。予昔邂逅于长安茶肆，隔席遥接，各以意拟名姓，及询之皆不谬，遂与定交。"⑥

① 傅山：《霜红龛集》卷九，《续修四库全书·集部》第1395册，上海古籍出版社2002年版，第502页。

② 李柏：《与家征君中孚先生书》，《槲叶集》卷三，中科院图书馆藏清康熙三十四年刻本。

③ 王子京：《槲叶集序》，《槲叶集》卷首，中科院图书馆藏清康熙三十四年刻本。

④ 江藩：《国朝汉学师承记》附《国朝宋学渊源记》卷上，中华书局1983年版，第160页。

⑤ 李颙：《二曲集》卷十八，中华书局1996年版，第208页。

⑥ 王弘撰：《山志》初集卷三"李天生"条，中华书局1999年版，第64页。

王弘撰对李颙也极为钦佩，称赞他"有高明之资，学识渊邃，以讲学明道为任"①。清廷征招，李颙坚决拒绝。《山志》云："中孚称疾不起，过予草堂，论及出处，有确乎不拔之志，允矣，狂澜之砥柱矣。"②康乃心年辈较晚，对三李和王弘撰极为敬佩，曾为李颙入室弟子，李因笃称其诗为秦中第一。康熙三十三年，又与李柏读书五台山，以振兴关学为己任。其《六月一日访二曲李征君恳留信宿赋此志怀用太白李雪木述怀初韵》可见一斑，诗云："盛代全嘉遯，南山接豹林。避人城郭外，筑舍薜萝阴。鸡黍三秋梦，乾坤万古新。烧灯风雨夜，端不负追寻。"③

清初流寓江南的关中诗人主要有王相业、东荫商、李楷、孙枝蔚、韩诗、雷士俊、王岩、杨敏芳、张晋、任玑、梁舟、凌元熏等人，他们长期寓居江南，其诗学活动已经融入到江南诗人群体，在南北文学交流中起到了重要作用，也让当时江南诗人深入了解了关中诗歌创作的盛况。孙枝蔚曾说："然予与康侯（张晋）皆秦人，而东南诸君子颇多观乐采风如吴季子者，能审声而知秦为周之旧；又数年来诗人多宗尚空同，而吾秦之久游于南者，如李叔则、东云雏、雷伯吁、韩圣秋、张稚恭诸子，一时旗鼓相当，皆能不辱空同之乡。"④李楷也说："秦之诗，空同而后，……与余后先同时者，延安之刘（湘客），华下之东（云雏），三原之韩（诗）、温（自知）、雷（士俊）、孙（枝蔚）诸子。"⑤孙枝蔚与李楷所举关中诸名士，当时大多游历江南，形成了一个声势极为浩大的关中流寓江南诗人群体，而以李楷、韩诗、孙枝蔚等为代表的"关中四子"和"丁酉诗社"是关中诗人在江南的主要创作群体，在江南诗坛有着重大影响。孙枝蔚与流寓或仕宦江南的关中诗人交往密切，成为关

① 王弘撰：《山志》初集卷三"李中孚"条，中华书局1999年版，第63页。
② 同上书，第64页。
③ 康乃心：《莘野先生遗书》卷上诗，宋联奎辑：《关中丛书》本，陕西通志馆1936年排印本。
④ 孙枝蔚：《张康侯诗草序》，赵逵夫点校：《张康侯诗草》卷首，兰州大学出版社1989年版。
⑤ 李楷：《张康侯诗草序》，赵逵夫点校：《张康侯诗草》卷首，兰州大学出版社1989年版。

中诗人在江南的实际领袖。汪懋麟《征君孙豹人先生行状》曾说：
"当是时，南昌王于一猷定、泾阳雷伯吁士俊、长安王筑夫岩、黄
岗杜茶村濬、朝邑李叔则楷先后称寓公，与先生相往还。诸君各以
诗古文名，先生独以诗名海内。无论识与不识，皆知有豹人先生
矣。是时新城王公阮亭士禛、三原梁公木天舟官于扬。其乡人李屺
瞻念慈、任淑原玑亦来游，咸折节于先生。休宁孙无言默讲宗人之
好，时左右之。……而郃阳王幼华又且自秦中来，见先生与三人
者，倾写（心）愿交，相与论诗无间，及归，命画工绘《五子论文
图》以去。"① 可见孙枝蔚交游之广，但交往最密切的还是秦地诗
人，翻检他们的诗文集和邓汉仪《诗观》、魏宪《百名家诗选》等
文献，可以发现他们互相酬答的作品不胜枚举。

从现存资料来看，由于当时信息闭塞，交通不便，关中本土诗
人与流寓江南的诗人之间联系不太紧密，但他们互相倾慕却是事
实。康熙十一年，孙枝蔚游河北之时，遇到其乡人王又陶，他向孙
枝蔚称述李因笃不置口，孙枝蔚也对李因笃极为赞赏。其《赠王又
陶及令侄孙德符》云："五民称游子，百年老异县。异县何足悲，
乡里衣冠久不见。……听汝论人物，数言豁胸臆。四海一李生，吾
惭面未识。大雅久寂寥，朋辈多姑息。已闻交不苟，固宜名早立。"
自注云："每称述李因笃子德不置口。"② 康熙十七年，李因笃和孙
枝蔚因举博学鸿词科一同来到了京师，他们在一起探讨出处，砥砺
志节，互相倾倒不已，并对诗歌创作的一些本质问题进行了深入交
流。孙枝蔚《赠张幼南廷尉兼送之归娶》曾云："廷尉君家旧有声，
重闻掌法最宽平。独看结袜寻尝事，未必王生胜李生。"自注云：
"谓富平李子德。"其《赠李湘北学士》又云："国门身再入，齿稀
发更疏。老鹤使乘轩，心知理所无。但喜蓬莱阁，仙伯旧相于。别
来今七载，重得上阶除。况看坐上人，作赋敌相如。（谓毛大可甡）
或似张安世，记诵到亡书。（谓李子德因笃）"③ 这些聚会也让他
们加深了互相了解，李因笃也对孙枝蔚极为钦佩。其《艾悔斋诗

①　汪懋麟：《百尺梧桐阁集》卷八，上海古籍出版社1980年版，第510页。
②　孙枝蔚：《溉堂集》续集卷四，上海古籍出版社1979年版，第772页。
③　同上书，第907页。

集序》曾说："吾秦风气，在家则驽钝，而出门则千里也。献吉生北地而长于大梁，遂为故明三百年文人之冠。……而焦获孙豹人浮家广陵，亦声震江淮矣。"[1] 他在晚年所作《存殁口号一百一首》中还写道："处士竹西眉宇古（三原孙处士枝蔚家扬州），将军泉下羽旄青。世人不解桃源记，吾道还高河鼓星。"对孙枝蔚高尚的志节和卓越的才华更是赞颂有加。王弘撰客游扬州，亦曾与孙枝蔚见面。孙枝蔚康熙二十年有诗《雨中王大席司教招同余澹心、王山史、周雪客诸子燕集，迟徐松之不至》。王弘撰《山志》"孙豹人"条也对孙枝蔚的绝世才华和出处志节深表赞叹。孙枝蔚一生很遗憾没有与李颙晤面，其《处士三人被招不至，美之以诗各一绝·李中孚》云："平生未识李中孚，只道相逢在帝都。不上征车拼饿死，闻风愧煞懦顽夫。"[2] 足见他对李颙的崇敬之情。遗憾的是，李颙、李因笃曾游历江南等地，但是没有和流寓江南的关中诗人展开广泛交流。李楷、张恂晚年回到关中以后，和李因笃、宋振麟、王弘撰等人交往密切，带来了江南等地的文学思想。他们的交往也促进了关中本土诗人和流寓江南诗人之间进一步的交流和沟通，促进了关中诗人群体作家的联系和诗文理论的整合和提升，在清初诗坛具有重要的文化意义。

第二节　清初关中诗人群体的总体特征

清代关中地区在自然环境、文化渊源等方面与江南、山左、岭南等地不同，因此，清初关中诗人的创作相比其他地域诗歌流派也显示出了独有的地域特征。关中文化源远流长，上溯周秦，而汉唐时期所创造的灿烂文化最为士人所骄傲。明清关中士人的诗文创作，极为重视继承汉唐传统，有着鲜明的地域文化色彩，学界多以"秦风"目之。由于"关学"的影响，清初关中士人也重视经术研

---

① 李因笃：《艾梅斋诗集序》，吴怀情《李天生年谱》附录，默存斋本。
② 孙枝蔚：《溉堂集·后集》卷一，上海古籍出版社 1979 年版。

究，强调"躬行实践"，他们大多既是诗人，又是学者，其诗作中或多或少都有一些理性化色彩。清初关中诗学也具有强烈的道德色彩，他们多继承明代格调派的观念，注重诗法和诗律的研究。清初关中诗人大多标举盛唐，主张格调，宗法明代前后"七子"。但他们对明代格调派的理论也有所修正，与江南诗学思想的碰撞中也有一定的融合，表现出了一定的开放态度。关中士人在明末清初风云变幻、波谲云诡的战乱时代，其出处态度也较他处不同。他们普遍反对农民起义，甚至有些还亲身参加过抗击农民军的活动。对于清王朝，相对江南、浙东、山左等地士人的强项不屈，关中士人则略显通达，也可见他们的理性精神。清代关中地区虽远离政治文化中心，但关中士人并不故步自封，他们大多曾经宦游南北，在诗文交流和文化碰撞中，融合了许多异域文化因素，形成了多元的创作风格，这也是清代值得重视的文化现象。

一　以"实践"为指归的关学品格

关学自张载创立以后，与周敦颐的濂学、二程的洛学鼎足而立，成为宋代新儒学的著名学派，在关中地区绵延不绝，代有伟人。冯从吾曾说："我关中自古称理学之邦，文武周公不可尚已，有宋横渠张先生崛起郿邑，倡明斯学，皋比勇撤，圣道中天。……当时执经满座，多所兴起，如蓝田、武功、三水，名为尤著。……迨我皇明，益隆斯道，化理熙洽，真儒辈出。"① 明代薛瑄、吕柟、马理、段坚均为关学后劲。冯从吾赞扬"诸君子之学，虽由入门户各异，造诣深浅或殊，然一脉相承，千古若契，其不诡于吾孔氏之道则一也。"② 明末清初，"三李"崛起关中，以振兴关学为己任，使关学得到进一步的发展。王心敬曾说："盖关中道学之传，自前明冯少墟先生后寥寥绝响，（二曲）先生起自孤寒，特振宗风。"③ 清朝初年，外地学者频频进入关中，与关中学者进行了广泛的学术交流，其学术思想也发生了明显的变化，尤以顾炎武、李塨最为特

---

① 冯从吾：《关学编自序》，《关学编》卷首，中华书局1987年版。
② 同上。
③ 王心敬：《二曲先生传》，《关学编》（附续编），中华书局1987年版，第87页。

出。钱穆先生曾说："亭林自四十五北游，往来鲁、燕、秦、晋二十五年。尝自谓'性不能舟行食稻，而喜餐麦跨鞍'。然岂止舟鞍、稻麦之辨哉？其学亦北学也。虽其天性所喜，亦交游濡染有以助之矣。"① 梁启超也曾说："康雍之际，三李主之于内，亭林、恕谷辅之于外，关学之光大，几埒江南、河朔。"② 这是一个非常客观的评价。

关中学者从张载开始，大多倡导刚毅厚朴、重礼务实、崇尚气节、躬体力行的精神。冯从吾《横渠张先生传》曾云："先生气质刚毅"，"居恒以天下为念"，"慨然有志三代之治。"③ 王心敬《少墟冯先生传》亦云："先生之学始终以性善为头脑，尽性为功夫，天地万物一体为度量，出处进退一介不苟为风操，其于严端是非之界，则辨之不遗余力。盖其禀性刚毅方严，……然所守虽严，而秉心渊虚，初不执吝成心以湮大道之公。"④ 黄宗羲称赞吕柟也说："关学世有渊源，皆以躬行礼教为本，而泾野先生实集其大成。"⑤ 他评价《三原学派》还说："关学大概宗薛氏，三原又其别派也。其门下多以气节著，风土之厚，而又加之学问者也。"⑥

明朝末年，"心学"泛滥，学者大多空谈心性，束书不观，致使学风大衰。顾炎武批评晚明学者之陋曾说："一皆与之言心言性，舍多学而识，以求一贯之方，置四海之困穷不言，而终日讲危微精一之说。"⑦ 易代之际，学人同思以学救世，而经世致用的实学研究成为当务之急。顾炎武曾明确指出："士当求实学，凡天文、地理、兵农、水火及一代典章之故，不可不熟究。"⑧ 他还明确提出要"博

---

① 钱穆：《中国近三百年学术史》，商务印书馆1997年版，第168页。
② 梁启超：《近代学风之地理的分布》，《梁启超全集》卷十四，北京出版社1999年版，第4262页。
③ 冯从吾：《关学编》卷一《横渠张先生传》，中华书局1987年版，第1—3页。
④ 王心敬：《少墟冯先生传》，《关学编》（附续编），中华书局1987年版，第73页。
⑤ 黄宗羲：《明儒学案》，中华书局1985年版，第11页。
⑥ 同上书，第158页。
⑦ 《顾亭林诗文集》卷三《与友人论学书》，中华书局1959年版，第40页。
⑧ 《顾亭林诗文集·亭林余集》，《三朝纪事阕文序》，中华书局1959年版，第154页。

学于文"、"行己有耻"①，从学术思想和人格操守两方面扭转晚明学术陋习。而黄宗羲也以"儒者之学，经纬天地"的理想来研究史学。方以智更以"质测之学"来推动清初科学研究的发展，他们无不以经世致用为目标，推动了明末清初"实学"的兴盛。

在明末清初这个学术大变革时期，关中学者也紧随时代潮流，倡导实学，以讲明学术为己任，尤以"关中三李"和王心敬为代表。李颙是清初倡导经世致用、反对空谈性理的代表人物。他以"躬行实践"、"明体适用"为宗旨，倡导理学于关中，与容城孙奇逢、余姚黄宗羲鼎足而三，称"清初三大儒"，深为天下所景仰。李颙早年也曾喜欢文艺，偶读《周钟制义》，见其发理透畅，言及忠孝节义则慷慨悲壮，遂流连玩摹，极为赞赏。既而闻周钟失节不终，则气愤不已，以为"文人不足信，文名不足重，自是绝口不道文艺，厌弃俗学，一意求圣贤之道"②。李颙为了挽救儒学危机，匡正时务，提出了"道不虚谈，学贵实效"等主张，主张"悔过自新"、"躬行实践"的理论，既强化了关学体用一致的哲学思想，又深化了道德内省的修养原则，高扬了儒家的人文精神，使关学回归了孔孟儒学正宗，走上了实学化道路，也使关学在中国思想史上大放异彩。

李颙和顾炎武、黄宗羲等学者一样，也认为治世道人心莫先于明学术。《二曲集·历年纪略》"康熙九年庚戌"条云："是春，因友人言及时务有感，叹曰：'治乱生于人心，人心不正，则致治无由；学术不明，则人心不正。故今日急务，莫先于明学术，以提醒天下人心。'自此绝口不谈经济，惟与士友发明学问为己为人内外本末之实，以为是一己理欲消长之关，君子小人之所由分，即世道生民治乱之所由分也。"③康熙二年，顾炎武来访，两人一见如故，互相倾倒。然而二曲之学以"躬行实践"为先务，以"悔过自新"

---

① 《顾亭林诗文集》卷三《与友人论学书》，中华书局1959年版，第40页。
② 李颙：《二曲集·历年纪略》"顺治二年丁酉"条，中华书局1996年版，第557—558页。
③ 李颙：《二曲集·历年纪略》"康熙九年庚戌"条，中华书局1996年版，第571页。

为标的，与亭林之注重考据略有不同。《二曲集·历年纪略》"康熙二年癸卯"条云："十月朔，东吴顾宁人讳炎武来访。顾博学宏通，学如郑樵。先生与之从容盘桓，上下古今，靡不辩订。既尔叹曰：'尧舜之知，而不遍物，急先务也。吾人当务之急，原自有在，若舍而不务，惟务精神于上下古今之间，正昔人所谓抛却自家无尽藏，沿门持钵效贫儿也。'顾为之怃然。"①《二曲集·四书反身录》又云："友人有以日知为学者。每日凡有见闻必随手札记，考据颇称精详。余尝谓之曰：知者无不知也，当务之为急。尧舜之知而不遍物，急先务也。若舍却自己身心切务不先求知，而唯致察乎名物训诂之末，岂所谓急先务乎？假令考尽古今名物，辨尽古今疑误，究于自己身心有何干涉？诚欲日知，须日知乎内外本末之分，先内而后外，由本以及末，则得矣。"②李颙与顾炎武的学说确有向内向外、为人为己之别，但注重实践、崇尚气节是其共同特征，因此后来两人往来极为密切。顾炎武《广师》一文中曾称赞李颙说："艰苦力学，无师而成，吾不如李中孚。"③

李柏学问渊邃，贯穿百家，不拘于宋儒陈说，会通佛、儒、道三家学说，形成了自己独特的思想体系。李柏在《重修大兴善寺大佛殿碑记》中说"天有三光，治有三统，教有三种"，"教有三而天则一阳"。④这和宋儒明斥佛、道，暗偷其理论的思想不同。他甚至认为"空"为三教会通的"把柄"⑤。这和传统儒家思想相去甚远，因此贺瑞麟等编《关学续编》没有将其列入关学家的行列。李柏深刻反思明亡教训，提倡实学，极力反对空谈"性命"，或"训诂文字中讨生活"的空疏学风，其"三教论"具有明显的经世致用色彩。他认为"圣人因时变化道，非有二"，儒家、道家、佛教均是古帝王修齐治平天下之道。其《憨休和尚语录叙》云："（憨休）

---

① 李颙：《二曲集·历年纪略》"康熙二年癸卯"条，中华书局1996年版，第566页。
② 李颙：《二曲集·四书反身录》，中华书局1996年版，第508页。
③ 《顾亭林诗文集》卷六《广师》，中华书局1959年版，第134页。
④ 李柏：《槲叶集》卷二，中科院图书馆藏清康熙三十四年刻本。
⑤ 李柏：《憨休禅师敲空遗响叙》云："三教圣人，皆以空为把柄者。"《槲叶集》卷二，中科院图书馆藏清康熙三十四年刻本。

身着坏衣，手握锡杖，上则帝古皇之臣王、如来之佐；下亦不失蒲团，乐衲衣良平，而乃以空门老也，此可以观世变矣。"① 李柏把憨休视为传统儒家眼中的王佐之臣。他之所以"以空门老"，是在等待时机建功立业。这也正是清初很多遗民迫于压力，暂栖空门的真正原因。李柏还提倡儒家的诗教，从厚人伦、明教化的儒家理想出发，批评明末日趋浇薄的世道人心。高熙亭《重刊槲叶集序》称李柏"皆大为表章于正学缺微之日，此关学再起之一机也"②。

　　李因笃之父系关学大师冯从吾的私塾弟子，故其学有渊源，他对经学有很深的造诣，时人极为推崇。王士禛《池北偶谈》云："李天生年二十，弃诸生。博学强记，十三经注疏尤极贯穿。"③ 李因笃尝著《诗说》，顾炎武称之曰："毛、郑有嗣音矣。"又著《春秋说》，汪琬见之亦折服。④ 李因笃论学恪宗程朱理学，他和顾炎武等人一样不满晚明士人空谈心性、"空疏不学"的学术弊端，提倡"躬行实践"的关学精神。王弘撰《正学隅见述》云："予友李子德谓先朝天下之乱，由于学术之不正，其首祸乃王阳明也。予尝嫌其言太过，然持世明教，亦卓论也。士而有志于正学，则又乌可不凛然知警也哉。"⑤ 李因笃虽然独尊朱子，但是不强为异同之说，没有明末学者党同伐异的陋习。他学问渊博，贯通古今。宋振麟曾评价他说："论学必缉以经，说经必贯于史，使表里参伍互相发明，当时学者洒然有得，因记之为《会讲录》。"⑥ 他也积极倡导关学经世致用的思想，在其所著《圣学》、《漕运》、《治河》、《荒政》、《钱法》等文中贯穿崇实黜虚的主张，为关中经世思潮的代表人物。

---

　　① 李柏：《憨休禅师敲空遗响叙》，《槲叶集》卷二，中科院图书馆藏清康熙三十四年刻本。

　　② 高熙亭：《重刊槲叶集序》，《槲叶集》卷首，中科院图书馆藏清康熙三十四年刻本。

　　③ 王士禛：《池北偶谈》卷十一，中华书局1982年版，第251页。

　　④ 《清史列传·李因笃传》，中华书局1981年版，第5303页。

　　⑤ 王弘撰：《正学隅见述》，《四库全书》本。

　　⑥ 宋振麟：《朝阳书远奉迎李太史子德先生会讲录序》，《中岩集》卷六，《四库全书存目丛书·集部》第233册，齐鲁书社1997年版，第209页。

关中三李虽然学术宗尚略有不同，但都代表了清初关中的"实学"思想，是清代学术史上光辉的一页。蒲城人井岳秀曾对"关中三李"有过很中肯的评断。他说："关中学者，清首三李。三君者，处境各殊，学亦不同，而志趋则一。皆遭易世之后，怀玉被褐，逐世而无闷，困厄穷饿而不悔。天生以文学名海内，而慷慨有豪侠气。雪木行事颇少概见，要其坚苦卓绝，观其辗转太白山中，餐冰饮雪，而意气浩然，不改其素。而二曲最为儒宗，实践躬行，守死不贰。"① 他们虽然各有所长，出处略有不同，但都体现了关学"崇尚气节"、"实践躬行"的精神。

清初关中学者之中，以天下生民为念，并重视农业生产、河渠水利、漕运盐法等有关国计民生大事的学者还有王心敬，他是李颙的入室弟子，曾随李颙研读经史，造诣非凡，四方之士，以识其面为荣。蒲城某进士殿试时，大学士鄂尔泰问："丰川安否？"某茫然不知所对，鄂笑着说："天下莫不知丰川，子为其同乡人，顾不知耶？"② 王心敬曾主讲江汉书院，诸生云集，人人倾服。《清史列传》云："心敬为学明体达用，西陲边衅初开，即致书戎行将吏，筹划精详，所言多验。"③ 其《荒政考》、《区田法》、《选举》、《饷兵》、《马政》诸篇，皆有关于国计民生，继承并发扬了李颙、李因笃的实学思想。

二　以"格调"为宗旨的开放诗论

清初诗坛，各种诗学思想层出不穷，而江南诗坛在钱谦益等人的影响下，对明代诗学进行了全面的批判和清算，对明代秦地诗人李梦阳等人也有不当的批评。清初关中诗人具有强烈的道德色彩，他们继承了明代格调派的观念，注重诗法和诗律的研究。孙枝蔚、李念慈、李因笃、康乃心等曾潜心钻研诗学，其诗歌理论可谓关中诗学之代表。他们论诗大多推尊盛唐，主张格调，宗法明代前后

---

① 井岳秀：《关中三李年谱序》，《关中三李年谱》卷首，默存斋本。
② 《清史列传·王心敬传》，中华书局1981年版，第5305页。
③ 同上。

"七子"①。他们在与江南诗学思想的碰撞中,对明代格调派的理论也有所修正,体现出了一定的兼容并蓄的观念。

清初关中诗学和江南、京师等地不同,相对于江南等地对明代复古派、竟陵派的批评和攻击,关中诗人大多对李梦阳、谭元春等人抱有一定的支持和同情。钱谦益对明七子和竟陵派批评最为激烈,正如他晚年所云:"余之评诗,于当世抵牾者,莫甚于二李及弇州。"②他指斥李梦阳"生休明之代,负雄鸷之才,……一旦崛起,侈谈复古,攻窜窃剿贼之学,诋諆先正,以劫持一世。"③批评李攀龙"操海内文章之柄垂二十年,其徒之推服者以为上追虞姒,下薄汉唐"④。他还批评王世贞说:"吾吴王司寇以文章自豪,祖汉祢唐,倾动海内。""自弘治至于万历,百有余岁,空同雾于前,元美雾于后,学者冥行倒植,不见日月。"⑤其攻击之恶毒,甚至被他认为文坛接班人的王士禛亦表示不满。王士禛《古夫于亭杂录》云:"钱牧翁撰《列朝诗》,大旨在尊西涯,贬李空同、李沧溟,又因空同而及大复,因沧溟而及弇州,索垢指瘢,不遗余力。夫其驳沧溟拟古乐府,拟古诗是也。并空同《东山草堂歌》而亦疵之,则妄矣。"⑥钱谦益攻击竟陵派更是不遗余力,近乎谩骂。他批评钟惺"其所谓深幽孤峭者,如木客之清吟,如幽独君之冥语,如梦而入鼠穴,如幻而之鬼国"⑦。其论谭元春,言辞更为尖刻:"才力薄于钟,其学殖尤浅",其诗"无字不哑、无句不谜,无一篇章不破碎断落。一言之内,意义违反,如隔燕吴。数行之中,词旨蒙晦,莫辨阡陌"⑧。对竟陵派可谓一笔抹杀。

对于钱谦益的这些偏颇之论,清初关中学人大多不以为然,进

---

① 蒋寅:《清初李因笃诗学新论》,《南京师大学报》2003年第1期。
② 钱谦益:《题徐季白诗卷后》,《牧斋有学集》卷四十七,上海古籍出版社1996年版,第1562页。
③ 钱谦益:《列朝诗集小传》(上),上海古籍出版社1983年版,第245页。
④ 同上书,第429页。
⑤ 同上书,第921、925页。
⑥ 王士禛:《古夫于亭杂录》,中华书局1988年版。
⑦ 钱谦益:《列朝诗集小传》(上),上海古籍出版社1983年版,第570页。
⑧ 同上书,第572页。

行了有力的驳斥。李因笃曾说："顾虞山论诗与予异，昔者沧浪专主妙悟，献吉不取大历以下，宗伯（钱谦益）皆深非之。"① 康乃心《莘野遗书自序》亦云："历下之言，世讥其阔；竟陵之论，又病其寂。要之皆起衰救弊者也。宗伯谭诗，以初盛中晚陋新宁氏，至诋严沧浪为妄作解事。其说博□，而取材于宋元，浸淫于天竺，稗官巷谜尽入格律，亦似晚节之穷而失归也。"② 他还说："偶披谭子诗观之，遂至尽卷，幽光清异，迥绝尘俗，不如是何以服伯敬，拔正希哉？"③ 他们的诗论均与钱谦益的诗学观点针锋相对。李念慈虽然与钱谦益交好，钱谦益对其诗评价亦较高，但李念慈并没有对钱谦益的诗论闻风影从，对前后七子之代表李梦阳、李攀龙评价都较高。他和竟陵派诗人谭元春子谭籍要好，对竟陵派也赞誉有加，可见他开阔的人生胸怀和兼容并包的诗学观念。王源《莘野集序》也对钱谦益肆意贬低李梦阳的用心和其论诗偏颇做了中肯的评论，可谓清初诗坛对钱谦益功过得失的一次清算。他曾说：

　　钱蒙叟之訾崆峒，何以异此？且夫蒙叟欲驱天下以从己，而自为名，不得不自立一说，以新天下之耳目。欲新天下之耳目，不得不力排前人，谓其说之不足以相从，然后可使天下舍彼而从我。于戏！修辞立其诚，固非可妄为大言以欺人者。严沧浪、高廷礼之于诗，虽未能探其本，穷其变，然其于唐也，会心远矣，用力勤矣。所见既真，而论亦确矣，其于后学不为无功矣。蒙叟安能驾而出其上，既不能出其上，乃欲别开一径，以为天下宗，势不得不遁而归于宋。然则率天下以趋于宋，不但尽失三百之旨，并唐人之格调亦沦胥以亡，而不可得，谁之罪耶？④

① 李因笃：《张源森诗序》，《续刻受祺堂文集》，清道光十年刻本。
② 康乃心：《莘野先生遗书·莘野集》卷首诗跋，中国社会科学院文学研究所藏抄本。
③ 康乃心：《书谭友夏诗后》，《莘野先生遗书·莘野文集》，中国社会科学院文学研究所藏抄本。
④ 王源：《居业堂文集》卷十四，清道光辛卯刊本。

　　清初关中学人，出于对地域文化传统的尊重，他们对明代七子派极为推崇。李因笃《二李》诗中对李攀龙、李梦阳的景仰之情，可谓溢于言表。其《寄怀杨太舅白石先生》历叙了李梦阳以来秦地文学的成就，也借助讴歌先辈，倡导关中诗人继承先辈遗风，努力发扬乡邦传统。康乃心《讷斋诗序》亦云："近代北地（李梦阳）、西极（文翔凤），雄视万古。"①

　　跟明代复古派的狭隘诗学观念有所不同，清初关中诗人将取法对象大多追溯到《诗经》，主张学习三百篇。李因笃曾说："学三百而得苏李，学苏李而得曹阮鲍谢，学曹阮鲍谢而得开元、天宝诸公，是真能学者矣。是故湛于三百而后为苏李，学苏李未能为苏李也。"② 康乃心也是奉《诗经》为圭臬，他强调："唐人诗可继三百，不在字句之间，温柔敦厚其大旨也。"③ 李因笃还将取法的对象扩大到六朝古诗，重视对《文选》的学习，这也与明代复古派大为不同。李因笃为曹溶《静惕堂诗集》卷四作跋云："天下无言《文选》者，诗日趋于敝，而五言为甚。近日始知羞称景陵，更溯正始。然吾尝见其诗，考其原委，所为正始，自大历已耳。无论风雅为几筵，汉魏为俎豆，即开府、参军、李、杜，常亟引之，而近人一涉六朝，辄去之若将浼焉。竭其生平之智力，区区从盛唐诸公庑下周旋，岂真以庾、谢风流反出其下耶？嗟乎！时贤不学至于如此。"④ 这也正是杜甫"熟精《文选》理"的理论阐释。康乃心虽曾断言"宋元无诗，唐诗真可谓上继《三百》，一字千金，此事非小非近，难为一二俗人道也"⑤。但他对宋元一些大家的创作成就也给予了肯定。其《书杜诗韩文后》云："吾以为康节之诗，高逸神化，不可方物，是直以经为韵者，读之如空山钟鼓，令人惊回醉梦，秦汉而还，几无其匹。"《书刘静修集后》又云："雷溪神骨清

---

　　① 康乃心：《莘野先生遗书·莘野文集》，中国社会科学院文学研究所藏抄本。

　　② 李因笃：《许伯子苗斋诗序》，《续刻受祺堂文集》卷一，清道光十年刻本。

　　③ 康乃心：《莘野文集·与门人》，《莘野先生遗书》，中国社会科学院文学研究所藏，稿抄木。

　　④ 曹溶：《静惕堂诗集》卷四附录，首都图书馆藏清雍正三年李维钧刻本。

　　⑤ 康乃心：《莘野文集·杂言》，《莘野先生遗书》，中国社会科学院文学研究所藏，稿抄木。

绝，古风奇宕雄逸，在少陵、昌谷之间。近体高澹深稳，浸浸乎初唐矣。至其一往孤情，寄托幽远，上下千古，欲泣欲歌，晦明风雨，如将促席，想见其为人。"这种评价出自清初学宋诗人之口，也是难能可贵，而出自深受格调派浸润的关中诗人之口，真可谓空谷绝响。

　　跟清初关中本土诗人略有不同的是，流寓江南的关中诗人由于逐渐融入了江南诗人文化圈，对江南诗学多有接受，因此他们持论与本土诗人有所不同，两地的诗人领袖李因笃和孙枝蔚也有过争议。李因笃曾云："天之赋才，非啬于今而丰于古，江河日下，视古人不营径庭，岂独其才殊哉？学之不逮久矣。'读书破万卷，下笔如有神。'往惟吴郡顾亭林征君不愧斯语。征君古文词纵横《左》《史》，诗独爱盛唐，尝言诗有景有情，写景难，抒情易，舍难而趋易，趋向一乖，辟王之学华，去之愈远。"① 由此可见，李因笃的创作观念与钱谦益为代表的力主宋诗、崇尚理趣的江南诗学殊途异趣。孙枝蔚则不然，他不但对钱谦益极为崇敬，论诗也是唐宋并重，甚至在具体创作上也与李因笃的主张略有不同。孙枝蔚《溉堂集·枫桥七绝》自注云："唐人每善作景语，张继枫桥诗尤为高手。富平李翰林子德谓予诗长于叙事言情，惜写景诗尚少，予尝心是其言而不能用也。然而痛者不择音而号，犹醉者不择地而眠。予方自恨写情与事有所不能尽，远不及老杜百分之一，又安知诗中何者为景少于情，何者为情不如景乎？当子德见教时，适他客至，惜未毕其说，后遂别归江都，至今未有以奉复也。"② 李因笃深受顾炎武之诗论影响，批评当时缺乏意境、随意抒写的诗坛弊病，可谓一针见血。但是将情与景截然分开则大谬，难怪孙枝蔚表示不赞同他的观点。孙枝蔚认为诗歌当出以真情，不必拘泥宗唐、宗宋的藩篱，更不必刻意划分情语、景语等细枝末节，可以看出孙枝蔚在多元文化交流中所采取的兼容并蓄的诗学态度。

---

　　① 李因笃：《临野堂集序》，钮琇《临野堂集》卷首，《四库全书存目丛书》，齐鲁书社1997年版。

　　② 孙枝蔚：《枫桥》绝句自注，《溉堂集》（下），上海古籍出版社1979年版，第1397页。

由此可见，关中诗人大多继承了明代七子派的格调说，但也对复古派的诗学理论有所修正。他们大多与钱谦益为代表的江南诗学主张异趣殊途，甚至针锋相对，体现了关中学人善于独立思考，不闻风影从的理性精神。另外，关中诗人并不故步自封，墨守成规，他们的诗学思想较为开放，对于江南诗学思想的合理因素也有一定的吸收和有选择的接受，体现了兼容并包的开放观念。

三　以"秦风"为主流的多元风格

明清时期，文学创作中的地域特征愈加凸显，学界多以地域特征来评判个人的诗歌风尚，清初秦陇诗人的创作特色大多被世人目为"秦风"（或者"秦声"），带有鲜明的地域特征。胡松谓赵时春"秦人而为秦声"①，李开先也称赵时春"诗有秦声，文有汉骨"②。钟惺《文天瑞诗义序》亦云："天瑞秦人，嗜古而好深沈之思，其所为诗义，盖犹有秦声焉。"③ 四库提要评孙枝蔚诗亦云："诗本秦声，多激壮之词。"④ 清代关中诗人也大多倡导"秦风"慷慨壮凉的诗歌特色。李因笃《元麓堂诗集序》云："夫论诗与古文词异。关中北地崛起，含宫吐角，其乐府骎骎汉人矣。……先生诗慷慨激发，兼周、秦之故，此系乎其地也。"⑤ 他还称赞康乃心诗"雄姿逸气，不受羁衔，故皆直抒性灵，磊落壮凉，得秦风本色"⑥，均表现出了对地域文化的尊重和自豪之情。

"秦风"原指《诗经·国风》中的秦地民歌，共有10篇。其内容多写车马整肃和从军战斗生活，质朴劲健，慷慨激昂。王嗣槐《读幼华给谏黄湄集，歌以赠之》云："秦诗删后传十篇，其气壮厉

---

① 胡松：《赵浚谷诗集序》，《赵浚谷文集》卷首，西北师大图书馆藏明嘉靖四十年刻本。
② 李开先：《李中麓闲居集》文卷六，明刻本。
③ 钟惺：《隐秀轩集》卷十八，上海古籍出版社1992年版，第281页。
④ 永瑢等：《四库全书总目》卷一八一《溉堂集提要》，中华书局1965年版，第1636页。
⑤ 李因笃：《受祺堂文集》卷三，清道光丁亥刻本。
⑥ 李因笃：《莘野诗集序》，《莘野先生遗书·莘野诗集》卷首，中国社会科学院文学研究所藏抄本。

风土牵。武人事出文人口，雄劲还如挽强手。……"① 因为秦国地近边陲，常受西戎侵扰，大敌当前，促使秦人"修习战备"、养成"好义急公"、"尚武勇"、"尚气概"之风。② 这种豪侠仗义的风俗一直在秦地流传不绝，但是秦陇地域诗风的正式形成却在明代中期以后。明代复古派领袖李梦阳、王九思、康海俱为秦陇人士，他们提出"文必秦汉，诗必盛唐"的口号，反对以李东阳为代表的台阁诗风，天下闻风响应，正是对地域文化的重视和自觉继承。李梦阳"才力富健，实足以笼罩一时"③，在当时和后世引起了很大反响。胡应麟《诗薮》云："李献吉诗文山斗，一代其手，辟秦汉盛唐之派，可谓达摩西来，独辟禅教，又如曹溪卓锡，万众皈依。"④ 而"秦风"作为关中诗人的共同风格也引起了人们的普遍关注。郭正域《与王参上》云："国朝学子美者共推献吉，第献吉于子美靡怠者，振以轩举，然自是雅南之音悉为秦声。"从此"秦风"或者"秦声"便成为评价关中诗人地域风格的重要标准。

首先，《秦风》具有急公好义、同仇敌忾的战斗精神，备受后人的重视。《秦风》中的《车辚》、《驷骥》、《小戎》均写车马之盛，武备之强。《无衣》更是反映了当时周王朝号召秦地人民反对西戎侵略，秦人踊跃奔赴战场、慷慨从军和团结友爱的战斗精神。《诗序》以为《无衣》"刺用兵"，是反对战争。而《鲁诗》则以为是赞美秦文公。《汉书·地理志》云："安定、北地、上郡、西河，皆迫近于戎狄，修习战备，高上气力，以射猎为先。故秦诗曰：'王于兴师，修我甲兵。与子偕行。'"⑤ 王先谦更讲得明白："西戎杀幽王，是于周室诸侯为不共戴天之仇，秦民敌王所忾，故曰同

---

① 王嗣槐：《桂山堂诗选》卷十一，《四库未收书辑刊》柒辑，北京出版社 2000 年版，第 684 页。

② 胡朴安：《中华风俗志》卷七《陕西》，上海文艺出版社 1988 年影印本，第 14—15 页。

③ 永瑢等：《四库全书总目》卷一七一《空同集提要》，中华书局 1965 年版，第 1497 页。

④ 胡应璘：《诗薮》续编一，上海古籍出版社 1979 年版，第 346 页。

⑤ 班固：《汉书·地理志》，中华书局 1962 年版，第 1644 页。

仇也。"① 此外，秦之先秦仲在为周宣王伐戎时"死于戎"，因而秦军伐戎，既是为周王复仇，又是为秦国复仇，是保家卫国的正义战争，故戎行战士、妇人女子皆乐于支持。可见秦国大敌当前，促使秦人"急公好义"，养成"修习战备"、"尚武勇"、"尚气概"之风。②

秦风"尚武勇"、"急公好义"的精神一直被秦人传承下来。《汉书·赵充国、辛庆忌传赞》云："秦、汉已来，山东出相，山西出将。秦时将军白起，郿人；王翦，频阳人。汉兴，郁郅王围、甘延寿、义渠公孙贺、傅介子，成纪李广、李蔡，杜陵苏建、苏武，上邽上官桀、赵充国，襄武廉褒，狄道辛武贤、庆忌，皆以勇武显闻。苏、辛父子著节，此其可称列者也，其余不可胜数。何则？山西天水、陇西、安定、北地处势迫近羌胡，民俗修习战备，高上勇力鞍马骑射。故《秦诗》曰：'王于兴师，修我甲兵。与子皆行。'其风声气俗自古而然，今之歌谣慷慨，风流犹存耳。"③ 而钱谦益《学古堂诗序》也说："余往与泾华数子言诗，以为自汉以来，善言秦风，莫如班孟坚，而善为秦声者，莫如杜子美。"④ 唐代安史之乱，杜甫曾有《三吏》、《三别》、《兵车行》等诗慨叹战争给人民带来的苦难。诗中虽然表现了百姓和士卒对战争的厌倦，但为了国家安危，他们还是慷慨赴义，这正是秦人"急公好义"精神的体现。朱熹曾说："秦人之俗，大抵尚气概，先勇力，忘生轻死，故其见于诗如此。……雍州土厚水深，其民厚重质直，无郑、卫骄堕浮靡之习，以善导之，则易以兴起而笃于仁义，以猛驱之，则其强毅果敢之资，亦足以强兵力农而成富强之业，非山东诸国所及也。"⑤ 这正是关陇地区慷慨豪侠、崇尚节概风气的由来。

明末清初，战乱频仍，在国家和民族危亡之际，关中士人也表

① 王先谦：《诗三家义集疏》，中华书局1987年版，第457页。
② 胡朴安：《中华风俗志》卷七《陕西》，上海文艺出版社1988年影印本，第14—15页。
③ 班固：《汉书》卷六十九，中华书局1962年版，第2998—2999页。
④ 钱谦益：《牧斋有学集》（中）《学古堂诗序》，上海古籍出版社1996年版，第840页。
⑤ 朱熹：《诗集传》卷六，上海古籍出版社1982年版，第79页。

现出了"急公好义"的高尚品格。他们曾踊跃地为明王朝慷慨赴
义，尤以孙枝蔚和李因笃最为特出。孙枝蔚于李自成占领西安以
后，曾散家财组织地方武装和农民军相抗，后来兵败奔逃，差点被
农民军所杀，他不得不背井离乡到扬州，以祖上所留盐业生意为
生。陈维崧《孙豹人诗集序》云："甲申，李自成作乱，孙子结同
里恶少年数十人杀贼，天阴月黑，失足堕土坑中，追者垂及，属有
天幸，得不死，后脱身走广陵。"① 孙枝蔚经商，并不以聚敛钱财为
念，屡致千金而随手散去，颇有陶朱公之风，江南士人深为叹服。
陈维崧曾说："（孙枝蔚）学小贾则已倾广陵诸中贾，稍学中贾，则
又倾广陵诸大贾。孙子学中贾之三年，三置千金，诸大贾日以肥肉
大酒啖孙子，孙子益饮啖自若。"② 孙枝蔚在扬州虽然家产颇丰，但
念念不忘故国，时刻牢记国仇，因此坚决不出仕清朝。他和方文、
林古度、潘陆、魏禧、杜濬等遗民俱有密切的来往，还曾为抗清义
军提供过积极的帮助，导致家产荡尽，生计潦倒，后来不得不乞食
江湖。溉堂诗中写于明亡前后的作品多忧时悯乱之情。他不仅在
《哀纤夫》、《旱诗》、《水叹六首》等篇中写天灾给百姓带来的灾
难；而且在《空城雀》、《蒿里曲》、《乱后过瓜洲》、《余生生示所
作悲哉行长篇，感赋三首题其后》、《广化寺谒忠烈祠步吴梅村韵》
中揭示战乱给百姓造成的痛苦。

　　李因笃全家被农民起义军所杀，他母亲带他和弟弟去了外公家
才幸免于难。李因笃长大以后，慷慨豪侠，胆识过人，曾经组织勇
敢之士抗击农民军，足见其"捐躯赴国难"的勇气。③ 李因笃笃于
朋友情谊，勇于为友人排忧解难。他和顾炎武在雁门相识以后，互
相倾服，成为莫逆之交。亭林曾因黄培《启祯诗集》案被牵连入
狱，李因笃闻讯后，冒暑走三千里往京师求助当事诸公，随后亲赴
济南狱中探望顾炎武，终于使顾炎武脱离险境。宁人曾称赞李因笃
道："富平李天生因笃者，三千里赴友人之急，疾呼辇上，协计橐

---

　　① 陈维崧：《孙豹人诗集序》，《溉堂集》（上）卷首，上海古籍出版社 1979 年版。
　　② 同上。
　　③ 李因笃是否抗击农民军，学界还有争议。高春艳《李因笃文学研究》一书曾有
详细考辨，认为李因笃不可能抗击农民军，有可能抗击过清军。

坛，驰至济南，不见官长一人而去。此则季札、剧孟之所长，而乃出于康成、子慎之辈，又可使薄夫敦而懦夫立者也。"① 孙枝蔚和李因笃正是关中士人急公好义、慷慨豪侠精神的杰出代表。

历代统治者也注意到秦风慷慨劲猛的特点，努力加以驯化利用，以巩固其统治。《晋书》记载，姚弋仲为魏国平西将军，石虎克上邽，弋仲说之曰："明公握兵十万，功高一时，正是行权立策之日。陇上多豪，秦风猛劲。道隆后，服道污先叛，宜徙陇上豪强，虚其心腹，以实畿甸。"② 李龙嘉纳其言，奏明石勒以弋仲为安西将军。清代前期，西北战事不断，清朝统治者也注意到秦地风俗不易驯化。康熙、雍正都曾敕谕西北地方官员兴诗书礼教，以让民服从统治。雍正曾说："夫秦风朴直，自古为然。朴则易被人欺，直则善言易入。只以向来未有宣谕化导之人，而该省督抚以及有司既有刑名钱谷之专责，又有征兵筹饷之军需，簿书鞅掌，难于兼顾。"③ 他希望通过诗书礼教移风易俗，使秦民安于统治。许多官员也向朝廷献策，对秦民加以引导，实现长治久安。明左懋第尝云："读《秦风》、《车辚》、《无衣》，一遄猛劲不可控御之气，其君用之以强有力，雄长天下，而不可致太平一日。豳、秦皆《禹贡》雍州域，居处迩，性情无异同。周得其忠君爱国之心，蟠结不可解，而太和以成。秦用其气，忘生轻死而无补于治，风异也。知风所繇来，则人知所自求，而亦识朝廷求人意矣。"④

其次，"秦风"具有鲜明的地域特色，诗中描写秦陇特有的山川地势和人情风物，具有明显的地域特征。《汉书·地理志》云："天水、陇西，山多林木，民以板为室屋。及安定、北地、上郡、西河，皆迫近戎狄，修习战备，高上气力，以射猎为先。故《秦诗》曰'在其板屋'；又曰'王于兴师，修我甲兵。与子偕行'；

① 顾炎武：《顾亭林诗文集·蒋山佣残稿》卷二《与人书》，中华书局1983年版，第202页。

② 房玄龄等：《晋书·姚弋仲传》卷一百十六，中华书局1974年版，第2959—2960页。

③ 《平定准噶尔方略》卷二十二，文渊阁四库全书本。

④ 左懋第：《萝石山房文钞》卷二，清乾隆四十二年刻本。

及《车辖》、《驷骥》、《小戎》之篇，皆言车马田狩之事。"① 历代关中诗人有关秦人、秦地、秦事、秦俗的诗文层出不穷。"华山"、"太白山"、"潼关"、"曲江池"、"华清池"等山川名胜更是关中诗人反复歌咏的对象。李因笃诗中一再抒写长安、华岳、潼关、咸阳、临潼等关中胜迹，表现了对汉唐气象的缅怀和对关中风物的挚爱。其《题关中八景图绝句》分别写了"灞柳风雪"、"雁塔神钟"、"华岳仙掌"、"骊山晚照"、"曲江流饮"、"太白积雪"等关中极具代表性的风景，具有深厚的文化底蕴。其《邑里绝句五十首》又写了富平一地的历史人物和风土民情，充满了对家乡的热爱之情。其"河经百二开天地，华枕西南锁雍凉"（《潼关》）一语道尽潼关之险要。而"玉女盆中含落黛，仙人掌上接明星"（《望岳》）则让人对华山之雄奇秀丽无限遐想。李柏常年隐居太白山中，餐冰饮雪，意气浩然，其诗多反映关中的奇山胜水，表现自己的高洁情怀。如《潼关》、《山行》、《白山有乔木》、《磻溪》等。屈复虽然年辈较晚，但其诗集中有关明清战事颇多。如《红芝驿》、《过流曲川》、《戊戌春日杂兴二十八首》记载李自成追饷缙绅、吴三桂屠戮蒲城之事。其《三月二十八日登东城楼感往事十首》更是直斥吴三桂之卖国求荣，有句云："降将豺狼性，孤城蚍虮臣。健儿死争战，奸逆善荒淫。"放言无忌，痛快淋漓。最后一首云："中有吾家季，时危守北城。敌人惊铁面，从此有骁名。"可见屈复叔父也参加过抗清斗争。还有《琵琶行》纪三藩之乱，王辅臣叛于陇右之事。其序云："琵琶行，悲西陲也。王辅臣叛，人民杀戮，妇女被掳掠，金粟子伤之，而作是诗。"其事均发生在关中、陇右之地，可补清初关中史料之阙。康乃心《郡中感怀》二首，抒写"三藩之乱"带给关中人民的深重灾难，亦堪称"诗史"。其一云："孤城萧索戍楼空，故苑荒台一望中。何处蓬蒿生里巷，谁家井臼冷西风？飞花忍别墙头去，断草应怜落照红。最是旧巢双燕子，归来难认主人翁？"而《圣主》一诗更是真实地反映了康熙年间关中百姓的悲惨生活。诗云："圣主恩波真浩荡，秦民万里复流亡。须

---

① 班固：《汉书·地理志》，中华书局1962年版，第1644页。

知贾谊书堪上，莫道汉文让未遑。此日田园寻井灶，他日妻子尽参商。凭谁寄语调元相，好作甘霖辅禹汤。"

另外，"秦风"在风格层面上讲，当指关中作家诗文中流注的一种刚健质朴之气。这从《诗经·秦风》中的《小戎》、《无衣》就可以看出其端倪。清汪绂《诗经诠义·国风小序》云："风之以国异也，南靡东张，西刚北朴，此风土之囿，人有各得其近似者，而政治盛衰其间，则贞淫正变，自上转移，又风会风化之风，列国各君其君所以有不能齐之势也。"① "秦风"的这种刚健质朴，与南方的清丽缠绵大异其趣。明清时期，南方人士对秦陇刚健质朴的诗风多有偏见，甚至目为"亢厉"，且以之为短。明正德年间薛蕙曾说："俊逸终怜何大复，粗豪不解李空同。"（《戏为五绝句》）这种"粗豪"正是秦陇诗歌的地域特色，但是薛蕙对李、何诗风已有轩轾。钱谦益《题李屺瞻谷口山房诗》曾云："余观秦人诗，自李空同以逮文太青，莫不亢厉用壮，有《车辚》、《驷骥》之遗声。屺瞻独不然，行安节和，一唱三叹，殆有兼葭白露、美人一方之旨意，未可谓之秦声也。"② 大概受钱谦益影响，南方学者评秦陇诗人诗作，也多以"亢厉"为标的。四库总目提要评李因笃诗云："其诗大抵意象苍茫，才力富赡，而亢厉之气，一往无前，失于粗豪者盖亦时时有之。"③ 评李念慈诗则云："吐属浑雅，无秦人亢厉之气。"④ 这些评价明显带有地域偏见。客观来说，秦风并不一味"亢厉用壮"，也有非常清丽缠绵、兴象超然的作品，例如《蒹葭》一诗，凄婉缠绵、一唱三叹，历来为人们所传诵。而《晨风》也写得情真味永、意在言外。顾奎光《邈云续草序》曾说："《秦风》如《小戎》、《无衣》诸篇，公义私情靡所不备。《晨风》、《渭阳》之诗，意致最深长矣。至《蒹葭》三章，溯洄伊人于秋水白露之间，

---

① 汪绂：《双池文集》卷五，清道光一经堂刻本。
② 钱谦益：《钱牧斋有学集》（下），上海古籍出版社1996年版，第1565页。
③ 永瑢等：《四库全书总目》卷一八三《受祺堂诗集提要》，中华书局1965年版，第1659页。
④ 永瑢等：《四库全书总目》卷一八二《谷口山房诗集提要》，中华书局1965年版，第1650页。

绵缈萧邈，若近若远，尤诸国风中所仅见者。盖惟其厚重质直，故发于性情者，不失温柔敦厚之教。而其形于言者，沉郁顿挫，无佻轻浮薄之失。或以其尚气好勇，为西京之变，而与燕赵幽并悲歌慷慨者同类并观，至以击缶而呼呜呜者为秦声，此未读《秦风》者也。"① 李因笃还从秦风的地域复杂性入手，提出了秦风具有多样风格的见解，驳斥了钱谦益等人的偏见。李因笃将《诗经》中周、秦地区诗歌做了统计，共计 105 篇，这些诗歌风格多样，不独《车辚》、《驷骥》的雄壮之声，还有《蒹葭》深情绵渺之幽致。②《汉书》也曾说："秦地于《禹贡》时跨雍、梁二州，《诗·风》兼秦、幽两国。"可见对秦地诗歌多样性的认识由来已久。清初关中诗人的作品除了那些感激浩荡的爱国篇章，也有许多清丽缠绵的山水之作。如王弘撰《留别白门友人》云："春花落尽鸟空啼，春水东流人向西。有梦常依桃叶渡，寄书应到碧云溪。"如清水芙蓉，风致天然，于平淡中见真情。李柏《山行》、李因笃《秦台古意兼怀茹明府》等诗作，无不清新流畅，音韵和谐，给人亲切自然之感。可见以"亢厉"概括秦风的特点并不完全准确。当然每个地方都有一些主导的地域风格特征，这种风格有得有失，不能以偏概全。明末申时行曾说："然闻之昔人，以为诗心声也，而系之土风。东南之音柔婉而多情致，西北之音忼慨而尚气力。"③ 施闰章认为"东南之音多失之靡，西北之音多失之厉"较为公允。④ 康乃心也认为"声音之道，和平淡宕已尔，激壮悲凉与夫清微婉丽，因时地而然，有难强者"⑤。

如前所述，清初关中诗人大多曾经周游大江南北，足迹遍及全国各地，在各种文化的交流与碰撞中，也融合了多种文化因素，形

---

① 顾奎光：《遯云续草序》，《遯云楼集六种·遯云续草》卷四，《四库未收书辑刊》拾辑，北京出版社 2000 年版，第 463 页。
② 参见第二章第一节。
③ 申时行：《赐贤堂集》卷十，明万历刻本。
④ 施闰章：《谷口山房诗集序》，《四库全书存目丛书·谷口山房诗集》卷首，齐鲁书社 1997 年版。
⑤ 康乃心：《莘野先生遗书》卷首《莘野诗集跋》，中国社会科学院文学研究所藏抄本。

成了多元的创作风格。李念慈长期宦游南北，深受江南、荆楚文化的熏陶，不但钱谦益认为其诗"行安节和，一唱三叹，殆有兼葭白露、美人一方之旨意"，施闰章也认为其诗"秦风而兼吴、楚者"①。孙枝蔚的诗歌更是南北文化交流融合的又一杰出代表。孙枝蔚长期淹留扬州，已经融入了江南诗文化圈。但他时时口操秦声，念念不忘关中，对关中文化有深深的眷恋。陈维崧曾说："（孙枝蔚）时时为秦声，其思乡土而怀宗国，若盲者不忘视，痿人不忘起。非心不欲，势不可耳。"② 孙枝蔚由于长期受江南文化的濡染，其诗兼有秦风慷慨之气和江南清丽之美，潘耒《邗上赠孙豹人》曾云："秦声刚烈吴声缓，君能兼美无偏伤。"③ 孙枝蔚不但不受地域束缚，而且冲破了清初"宗唐桃宋"的门户之见。清初关中诗人深受明代"七子派"的影响，大多宗法唐诗，崇尚格调。孙枝蔚虽然早年也崇尚前后"七子"，曾有《四杰诗选》，以明代李梦阳、何景明、李攀龙、王世贞为师法对象。后来则取径更宽，不为声气所动，熔铸唐宋于一炉，自成一家。李天馥曾说："豹人之为诗，当竟陵、华亭互相兴废之际，而又有两端杂出、旁启径窦如虞山者，而豹人终不之顾，则以豹人之为诗，固自为诗者也。"④ 吴嘉纪、王士禛、王士禄等人都认定孙枝蔚学唐诗，但汪懋麟却说："不见征君之为诗乎，最喜学宋，时人大非之。"⑤ 魏禧《溉堂续集序》亦云："今其诗自宋以下皆有之矣。冲口而出，摇笔而书，磅礴奥衍，不可窥测。"⑥ 施闰章认为孙枝蔚："诗操秦声，出入杜、韩、苏、陆诸家，不务雕饰。"⑦ 最能概括孙枝蔚诗歌的特点。孙枝蔚诗之所以能兼容并包，在清初诗坛独树一帜，正是地域文化的交融促成了

①　施闰章：《谷口山房诗集序》，《四库全书存目丛书·谷口山房诗集》卷首，齐鲁书社1997年版。

②　陈维崧：《孙豹人诗集序》，《溉堂集》（上）卷首，上海古籍出版社1979年版。

③　潘耒：《遂初堂诗集》卷八《海岱游草》，《续修全书丛书·集部》第1417册，上海古籍出版社2002年版，第259页。

④　李天馥：《溉堂诗集序》，《溉堂集》（上）卷首，上海古籍出版社1979年版。

⑤　汪懋麟：《溉堂文集序》，《溉堂集》（下）卷首，上海古籍出版社1979年版。

⑥　魏禧：《溉堂续集序》，《溉堂集》（中）卷首，上海古籍出版社1979年版。

⑦　施闰章：《送孙豹人舍人归扬州序》，《溉堂集》（中）卷首，上海古籍出版社1979年版。

其诗风的变化。

四　以"审几"为指导的理性态度

清初顾炎武曾说："秦人慕经学，重处士，持清议，实与他省不同。"① 陕西学者贺瑞麟也说："关中之地，土厚水深，其人厚重质直，而其士风亦多尚气节而励廉耻，顾有志为圣贤之学者，大率以是为根本。"② 因此尚气节、重廉耻是清初关中士人的一个重要特点。

明末清初被时人认为是一个"天崩地解"的时代，明王朝政治腐败，各地农民起义。后来清军入关，明朝灭亡，各地反清义军风起云涌。康熙年间，又有持续八年的"三藩之乱"。在这一系列急剧变化的社会事件中，各地士人经历着血与火的煎熬，考验着他们的政治智慧和伦理操守。清代初年，各地士人的政治态度主要集中在"反清"抑或"降清"、"入仕"还是"退隐"等等选择之中。山左、江南、岭南等地的士人政治态度异常鲜明，基本上分化为两个群体。他们之中的许多人投靠清廷，觍颜事敌，如钱谦益、王铎、龚鼎孳等人；也有很多爱国人士坚贞不屈，积极抗清，如陈子龙、夏允彝、张煌言等人。相对于山左、江南等地士人的强项不屈，而关中士人审时度势，大多选择了与清廷不合作的态度。

"三藩之乱"时，许多遗民志士曾经希望借助三藩之力达到兴复明室的目的，所以他们相机而动，积极策应，屈大均、顾祖禹就曾对三藩抱有热望。邬庆时《屈大均年谱》"康熙十三年"条云："春，（屈大均）从军于楚，与吴三桂言兵事，旋建义始安，以广西按察司副司，监督安远大将军孙延龄军于桂林。"③ 客观来看，"三藩"并非正义之师，明室也不是非复不可，因此关中士人普遍持有

---

① 顾炎武：《与三侄书》，载《顾亭林诗文集》卷三，中华书局 1959 年版，第 86 页。

② 贺瑞麟：《关学编识》，载《关学编》（附《续编》），中华书局 1987 年版，第 125 页。

③ 邬庆时：《屈大均年谱》，广东人民出版社 2006 年版，第 139 页。

较为理性的态度，并没有对三藩寄托希望。① 三藩之乱发生前，李因笃正在武昌高钦如幕府，朝廷商议撤藩，他敏锐地洞察到时局将要动荡不安，因此他坚决辞幕，还归关中。临走之时，李因笃曾向友人湖北督粮道王孙蔚献策说："吴逆故战将耳，非谙于攻取之大计也。盗国威，宠冒虚声，今益老悖，称兵构逆，所任不出其甥侄，乱非可以数作，幸非可以恒邀。即三叛连衡，皆海内罪人，远来内犯，食必不继，但坚壁挫其锐，悉授首矣。"② 后来三藩失败，果如李因笃所料。李颙虽然誓死不仕清廷，但坚决与三藩划清界限。《二曲集·历年纪略》云："是时云、贵构乱，蜀、汉尽陷，螯屋密迩南山，敌人盘踞于中，土人往来私贩者，传敌营咸颂先生风烈，先生闻之大惊，亟拟渡渭远避。"③ 王弘撰也筑"读易庐"，读书其中，以示不问世事之意。王宜辅曾说："大人素多疾，乙卯春构学易庐，书朱子语于门曰：'闲中今古'、'静里乾坤'。又书座右曰：'养身中之天地'、'游物外之文章'，遂谢人事，弃去一切，朝夕讽绎，惟四圣之《易》而已。"④ 三位先生的这些举动除了全身远祸之外，也可以看出他们审时度势的理性态度。由此可见关中士人复杂的心路历程及其独特的精神品格。

康熙皇帝在镇压"三藩之乱"即将成功之时，诏开博学鸿词科，采取怀柔政策笼络各地遗民志士。《康熙实录》云："（十七年）正月乙未。谕吏部：'自古一代之兴，必有博学鸿儒，振起文运、阐发经史、润色词章，以备顾问著作之选。……我朝定鼎以来，崇儒重道、培养人材。四海之广，岂无奇才硕彦、学问渊通、文藻瑰丽、可以追踪前哲者。凡有学行兼优、文词卓越之人，不论已仕未仕、令在京三品以上、及科道官员、在外督抚布按，各举所

---

① 赵俪生《顾亭林与王山史》一书中曾经认为"三藩之乱"中，顾炎武曾经与李颙、王弘撰等人有秘密会谈，可能与反清有关，但是缺乏第一手材料，只能留此存疑。

② 李因笃：《湖广督学前方伯茂衍王公墓表》，《受祺堂文集》卷四，道光丁卯刻本。

③ 李颙：《二曲集·历年纪略》"康熙十四年乙卯"条，中华书局1996年版，第583页。

④ 王宜辅：《刻砥斋集记》，《续修四库全书·砥斋集》卷首，上海古籍出版社2002年版。

知，朕将亲试录用。……'于是大学士李霨等荐原任副使道曹溶等七十七人。"① 后来经过康熙帝的督促，各地举荐之人有 186 人。王士禛《池北偶谈》云："康熙十七年，内阁奉上谕，求海内博学鸿词之儒，以备顾问著作。时阁部以下内外荐举者一百八十六人。"② 许多汉族士人看到复明无望，也借助博学鸿词特科体面地出来为新朝服务，甚至早年曾经参加过抗清活动的朱彝尊、陈维崧等人也应召进京。法式善《槐厅载笔》卷九云："本朝己未召试博学鸿词，最为盛典。……其中人材德业，理学政治，文章词翰，品行事功，无不悉备，洵足表彰廊庙，矜式后儒，可以无惭鸿博，不负圣明之鉴拔，诚一代伟观也。"③ 但是也有许多人对他们的出仕新朝颇多讽刺。《清朝野史大观》曾记载："明国变后，诸生抗节多不试者。后出示云：'山林隐逸有志进取者，一体收录。'诸生乃相率而至。昔人作诗嘲之曰：'圣朝特旨试贤良，一队夷齐下首阳。家里安排新雀帽，腹中打点旧文章。当年深自惭周粟，今日幡然食国粮。非是一朝忽改节，西山薇蕨吃精光。'"④ 清初关中名家辈出，成就卓著，举博学鸿词的就有李因笃、李颙、王弘撰、孙枝蔚、李大春、王孙蔚、宋振麟、李念慈、赵天赐等九位。李颙态度最为坚决，誓死不受清廷的征召。顾炎武曾说："李君中孚，遂为上官逼迫，舁至近郊，至卧操白刃，誓欲自裁。关中诸君有以巨游故事言之当事，得为谢病放归。然后国家无杀士之名，草泽有容身之地，直所谓威武不屈。"⑤

　　与李颙誓死抗拒不同的是，其他被荐之人都曾应召进京。但是他们大都鄙薄名利，志操高洁，并不与清廷合作，尤以孙枝蔚、王弘撰、李因笃最为世人敬重。王弘撰被迫应征北上，他僵卧昊天寺托病不参加考试，也不与京师达官交往。其《北行日札·答阮亭太

① 《清实录·圣祖实录》，中华书局 2008 年影印本，第 910 页。
② 王士禛：《池北偶谈》卷二"明史开局"条，中华书局 1982 年版，第 35 页。
③ 法式善：《槐厅载笔》卷九，清嘉庆四年刻本。
④ 小横香室主人：《清朝野史大观》卷五《清人逸事》，河北人民出版社 1997 年版，第 484 页。
⑤ 顾炎武：《答李紫澜书》，载《顾亭林诗文集》卷三，中华书局 1959 年版，第 64 页。

史》云：“承召即赴者，本心也；病体不任，遂敢方命，他日西归有期，定当奉过领高谈，作不速之客也。病夫不出寺门，左右所知，既忝宗谊，自可垂谅，即不允辞，宏撰亦终不至也，勿罪。”[①]博学鸿词结束，被清廷放归原籍。孙枝蔚参加考试，但未完卷即出，康熙特赐为内阁中书舍人，其他人皆至吏部谢恩，独孙枝蔚前去辞官。吏部官员见其须眉皆白，戏语之云：“君老矣！”孙枝蔚正色对曰：“仆始辞诏，公曰不老，今辞官，公又曰老。老不任官，亦不任辞乎？何旬日言歧出也？”[②]吏部官员皆惊愕不已。李因笃不但殿试被取中，而且名列一等第七名，被授予翰林院检讨，但他以母老待养，坚决辞官。一时轰动天下，南北士人惊叹不已。《槐厅载笔》卷九云：“而最恬退者，李检讨因笃，于甫授官日，旋陈情终养，上如其请，命下即归，更能遂其初志。”《槐厅载笔》卷六还说彭启丰序李石台集，“论国初鸿博，首推关西李氏”[③]。可见外地人士对关中士人的钦佩之情，尤其对李颙、王弘撰、李因笃和孙枝蔚评价最高。王弘撰曾说：“王阮亭有寄予札云：‘倾征聘之举，四方名流，云会辇下，蒲车玄纁之盛，古所未有。然自有心者观之，士风之卑，惟今日为甚。……独关中四君子，卓然自挺于颓俗之表。二曲贞观丘壑，云卧不起。先生褐衣入都，屏居破寺，闭门注《易》，公卿罕识其面。焦获迹在周行，情耽林野。频阳独为至尊所知，受官之后，抗疏归养，平津阁中独不挂门生之籍。四君子者，出处虽不同，而其超然尘埃之表，能自重以重吾道、重朝廷者，则一也。此论藏之胸中，惟一向蔚州魏环溪、睢阳汤荆岘两先生言之，不敢为流俗道也。’”[④]同条还记载汤斌亦有此论，足见当时海内学人对关中四子的景仰之情。

---

① 王弘撰：《王山史全书·北行日札》，南京图书馆藏光绪甲午刻本。
② 郑方坤：《国朝名家诗钞小传》卷一《溉堂诗钞小传》，周骏富辑《清代传记丛刊》本，台北：明文书局1985年印行。
③ 法式善：《槐厅载笔》卷六，清嘉庆四年刻本。
④ 王弘撰：《山志》二集卷五“外大吏”条，中华书局1999年版，第280—281页。

李因笃晚年在频阳书院讲学，提出以"审几"为指归的思想，最能代表清初关中学人的理性精神。宋振麟《频阳书院奉迎李太史子德先生会讲录序》云："先生首发横渠以礼教人之旨，次论有守有为之义，而断之于审几，以著思诚之体。"① "审几"思想出自《易经》，"几"是指事物发展变化的预兆。《易·系辞传》云："子曰：知几其神乎！……几者，动之微，吉之先见者也。君子见几而作，不俟终日。"又云："君子知微知彰，知柔知刚，万夫之望。"② 人们处在复杂的社会矛盾之中，首先要了解事物发展的规律和动向，然后采取正确的选择和行动才能成功，这就是所谓"知几其神"。李因笃在明末清初，对于社会现实有着深刻的洞察，他甚至准确预测到吴三桂的必然失败。李因笃知道"反清复明"已经不现实，但是出仕清廷也有悖于他的志向节操。他虽被迫参加鸿博考试，以致被人们排除于遗民之列，但他并没有贪恋富贵，而是坚决辞官。从时代因素和现实处境来看，李因笃的这种选择是无奈之举，也是他"审几"思想的具体表现。李因笃的这种思想也代表了关中士人的理性精神。

清朝初年，顾炎武、王夫之、黄宗羲也有鉴于汉族士人所处的尴尬处境，曾经作过天下、国家之辨，为清初士人之出处选择做了有益的指导。顾炎武曾说："有亡国，有亡天下。亡国与亡天下奚辨？曰：易姓改号，谓之亡国。仁义充塞，而至于率兽食人，人将相食，谓之亡天下。……保国者，其君其臣，肉食者谋之。保天下者，匹夫之贱与有责焉耳矣！"③ 王夫之也认为"一姓之兴亡，私也；而生民之生死，公也"④。黄宗羲则认为僚臣的职责也是"为天下，非为君也；为万民，非为一姓也"⑤。可见在清初三位著名的思想家看来，"易姓改号"不同于"亡天下"，保国之责由肉食者谋

---

① 宋振麟：《中岩集》卷六，清华大学图书馆藏清乾隆十六年王文昭刻本。
② 阮元：《十三经注疏·周易正义》卷八，上海古籍出版社1997年版，第88页。
③ 黄汝成：《日知录集释》卷十三"正始"，岳麓书社1994年版，第471页。
④ 王夫之：《读通鉴论》卷十七《梁敬帝》，中华书局1975年版，第598页。
⑤ 黄宗羲：《明夷待访录·原臣》，沈善洪点校《黄宗羲全集》，浙江古籍出版社2005年版，第4页。

之，而天下兴亡、生民生死则普通百姓也责无旁贷。陆世仪也曾说："大约当今时事，不待智者而后知其不可为，……窃谓士君子处末世，时可为，道可行，则委身致命以赴之，虽死生利害有所不顾。盖天下之所系者大，而吾一身之所系者小也。若时不可为，道不可行，则洁身去国，隐居谈道，以淑后学，以惠来兹，虽高爵厚禄有所不顾。盖天下之所系者大，而万世之所系者尤大也。"① 由此可见，明遗民将国家与天下、万世对举，表明他们不仕新朝，苦节自守，不全是"忠君"、"报国"的传统道德责任感。他们的理想是为天下万民谋幸福，为他们改变生存的环境。当为天下生民谋幸福的理想不能实现的时候，明遗民大多坚定地选择了传承和弘扬汉文化的历史使命。顾炎武曾说："窃意出处升沉，自有定见，如得殚数年之精力，以'三礼'为经，而取古今之变，附于其下，为之论断，以待后王，以惠来学，岂非今日之大幸乎?"② 相对于传承汉文化这一伟大的历史使命，个人的出处选择就显得微不足道。因此清初许多著名学者选择了"实学"之路，以救治汉文化的弊端为己任，为清代的实学研究首开风气。顾炎武的《日知录》、《天下郡国利病书》、《肇域志》，黄宗羲的《明夷待访录》，王夫之的《读通鉴论》、《宋论》，还有许多有关河渠水利、典章制度、天文质测的研究，无一不是这种实学思想的体现。清初关中学人同样表现出孤介耿直、洁身自好、不谐流俗的高洁品质。他们也自觉地以"天下为己任"，潜心学术研究，发扬了关学的"实践"精神，为后世留下了很多宝贵的精神财富，值得我们尊敬和重视。

综上所述，清初关中诗人大多有着一脉相承的诗学思想，还有共同的地域风格特征，涌现出了许多著名作家，应当在清代地域文学研究多元并存的格局中占有一席之地。清代关中士人在学术研究、诗文创作、立身行事中所体现出来的独特的学术品格、诗文风格和伦理观念都与山左、江南、岭南等地不同，具有独特的关中文化特质。

① 陆世仪：《论学酬答》卷一《与张受业先生论出处书》，小石山房丛书本。
② 《顾亭林诗文集·亭林文集》卷三，中华书局 1959 年版，第 60 页。

第三节　清初关中诗人群体创作的主题取向

清初关中诗人群体作家众多，活动地域较广，他们的生平经历也不尽相同，但是关中诗人群体深受关中文化的熏陶和关学的影响，具有较为相似的文化传统。他们大多具有忧国忧民的高尚品质，敦尚气谊的仁者情怀，对故乡风物和祖国山河也有执着的热爱，因此他们的创作在主题取向上也有许多共同的特征。

一　家国之悲

明末清初，天下大乱，故国沦亡，百姓蒙难，空前巨大的灾难煎熬着广大具有血性的汉族知识分子的灵魂，而家国沦亡的悲痛也是清初许多诗人反复吟咏的主题。另外，关中士人阶层在明末清初的战乱中受到了严重的冲击和打击。李自成农民起义军占领关中之后，对关中士人严厉镇压，许多缙绅破产亡家。关中大族如渭南南氏、京兆房氏、城南杜氏、富平李氏、三原张氏、雷氏、焦氏家族都受到了严重迫害。李因笃一家最惨，全家 81 人躲进土楼，被士兵放火烧死，只有李因笃母亲带着他和弟弟在外家才幸免于难。李颙之父李可从也是抗击农民军而阵亡。孙枝蔚父亲在李自成攻占西安以后，忧愤而死。屈复叔父屈谐吉在蒲城人民反抗清军的战斗中也壮烈殉国。还有雷士俊、张恂、王又旦的家族在战乱中大多遭到了破坏。因此清初关中诗人的创作中多有故国之思和身世之悲。

清初关中许多诗人对故明王朝大多怀有深深的眷恋之情，他们不仕新朝，志操高洁，甚至与外地遗民广通声气，伺机恢复，王弘撰、孙枝蔚、李因笃、雷士俊、李楷等可谓其中的佼佼者。王弘撰在明亡以后，曾经多次漫游江南，与江南遗民诗人广泛联络。王弘撰、李因笃还曾和顾炎武至昌平祭拜明陵，表现了对明王朝的深沉眷恋。孙枝蔚、李楷等人在江南曾经和潘陆等人结"丁酉诗社"，他们通过魏耕等人与海上抗清义军积极联络，孙枝蔚还散家财暗中助饷。李楷又远涉陇首，希望实现魏耕等人江南和秦陇义军东西夹

击、推翻清廷的战略构想。可是由于时运不济，南明王朝依然腐
败，各地抗清势力也群龙无首，各自为战，甚至同室操戈，兄弟相
残，最后导致明王朝彻底灭亡。

在看到复明无望之后，关中遗民诗人大多潜心著述，他们将深
沉的故国之思和家国之悲寄托于其诗文之中。孙枝蔚、王弘撰、李
因笃、李柏等人在明亡以后，写了许多黍离麦秀、故国铜驼的亡国
悲歌。孙枝蔚《潼关》、《书怀呈同志》、《北山》、《行子吟》等诗
抒写了他在国难当头之际，仗剑从军，希望杀敌保国的雄心壮志。
如《潼关》云："潼关已失守，南北势仓皇。养寇诛何及，求贤诏
可伤。有家惭里社，无用悔词章。胆略归年少，吾初爱子房。"① 还
有"拊剑望中原，谁为济时人？关中帝王州，萧曹古名臣"（《行
子吟》）、"男儿须战死，时危见忠良"、"与国雪大耻，何暇恤杀
伤"（《与客二十余人夜发三原赴张果老崖》）② 等诗句无不表现出
他杀敌立功的爱国精神。清朝定鼎以后，孙枝蔚远走维扬，混迹商
旅，但依然不忘报国之志，与江南遗民广泛结交，时刻关注时事变
化。其《与李岸翁、潘江如初订丁酉社，喜医者何印源招饮》其二
云："采药春山愿易违，冬深四坐惜余晖。事知塞上频年异，客自
台州昨日归。海县每愁催战舰，江村正苦失渔矶。樽前尚有二三
子，何日高居傍翠微。"③ 此诗写潘陆从台州回到镇江，带来了魏耕
等人与郑成功海上义军联络的消息，抒写了作者盼望恢复的激动心
情。孙枝蔚还有和李楷的《惜夏》诗也作于丁酉年："送春虽有泪，
徒滴落花旁。我饯朱明后，无衣暗自伤。"④ 直接点出了"朱明"
的远逝，让作者伤悲，眷念故国之情，表露无遗。而"无衣"又借
用《秦风》"岂曰无衣，与子同仇"的典故，更表现了杀敌报国的
豪情。其《清明日阎再彭携歌童泛舟城北，取"今日天气佳，清吹
与鸣弹"为韵》一诗还通过他们清明祭拜史可法的活动，抒写遗民

① 孙枝蔚：《溉堂集》（上）前集卷四，上海古籍出版社 1979 年版，第 206 页。
② 孙枝蔚：《溉堂集》（上）前集卷一，上海古籍出版社 1979 年版，第 71—
72 页。
③ 孙枝蔚：《溉堂集》（上）前集卷七，上海古籍出版社 1979 年版，第 336 页。
④ 孙枝蔚：《溉堂集》（上）前集卷八，上海古籍出版社 1979 年版，第 396 页。

心事，表达了深沉的亡国之恨。还有"空传越国亡吴国，只觉杭州似汴州"、"披发大荒麟作马，伤心故国蜃为楼"（《广化寺谒忠烈祠步吴梅村韵》）等诗句无不表现了对故国的思念之情。在海上抗清义军接连失败，恢复无望之后，孙枝蔚并没有像很多士人那样，转而投降清廷，出仕新朝。即使在康熙十八年博学鸿词考试中，被康熙帝特授为中书舍人之后，他也没有感恩戴德，变其志节。他通过《冬青行》、《读郑所南作文丞相叙》、《书谷音后》、《书月泉吟社诗后》等诗对南宋遗民高度赞扬，赞美他们孤介自守、慷慨悲歌的高尚情操，也更加坚定了他的遗民信念。

　　李因笃在《秋兴八首》中描述了经过明末农民起义、清军入关以后饱受战争残破的长安、咸阳等汉唐胜迹的衰败情状，也表现了作者深沉的故国之思。如"黍逼故宫秋自满，鸿号中泽暮何之"、"烟霜渐老伊人色，日月犹悬故国愁"、"着处关山虚少壮，故园风雨叹飘零"、"古甓荒台残野戍，健儿哀角和秋风"等诗句①，黍离麦秀之哀、故国铜驼之悲，在这种沉郁苍凉的诗句中得到了尽情抒发。曹溶曾称赞这组律诗为"风雅以来，仅有斯制"②。李因笃还有《同顾征士恭谒天寿山十三陵》、《天高》、《昌平州过前督司马朱公西翁表祖遗署有感兼怀太史山辉先生》、《清明寓昌平》、《奉寄太守叶公三十韵》等诗同样表现了对故明王朝的忠贞之情。其《同顾征士恭谒天寿山十三陵》抒写作者和顾炎武于康熙七年谒拜明陵之事，通过对明十三陵全景扫描式的描述，让后人对清初明陵的规模和制度有了清晰的认识，而作者的亡国之痛也深寓其中。其"九京望谁是，三献声复吞"、"春秋期讨贼，普天责攸分"、"臣志在躬耕，乱离惟苟全"③，还有"偷存衰朽质，忍负圣明朝"（《天高》）等语也抒发了他忠贞不贰的遗民节操。还有雷士俊、李柏、王弘撰等人也无一不在其诗中流露出深沉的故国之思。李柏《卓烈妇》、

---

　　①　李因笃：《受祺堂诗集》卷一，《四库全书存目丛书·集部》第248册，齐鲁书社1997年版，第470页。
　　②　钱林：《文献征存录》卷四："傅青主云：'往秋岳先生谓风雅以来，仅有此制，非阿好也。'"周骏富编《清代传记丛刊》，台北：明文书局1985年印行，第602页。
　　③　李因笃著、张鹏一校：《受祺堂诗集卷四补佚》，鸳鸯七志斋1931年排印本。

王弘撰《梦游浮玉山》、雷士俊《哀广陵》等诗，不但表现了作者对明王朝的眷念，而且深刻揭露了清朝统治者残酷杀戮汉族人民的暴行。

清初遗民诗人对故国的眷念，不仅是出于传统的"忠君"思想和"华夷"之辨，更深层次的是对清初统治者残酷杀戮汉族人民和肆意破坏汉文化的不满。满清入关之后，进行了野蛮屠杀，如惨绝人寰的"扬州十日"、"嘉定三屠"等等。后来山西姜瓖反，蒲城人民举兵响应，吴三桂破城以后也进行了残酷杀戮。满清政府的这些暴行激起了汉族知识分子的仇恨，他们也通过诗笔揭露这些暴行。如李柏《卓烈妇》诗，前有"小序"云："前指挥卓焕妻钱氏，乙酉扬州郡城陷，先一日投水死，从死者长幼七人，哀而赋之。"诗云："黑云压城城欲摧，北风吹折琼花飞。扬州乙酉遭屠戮，卓氏贞魂至今哭。将军已降丞相死，一家八口齐赴水。池中土作殷红色，血渍波痕转逾碧。曾闻精卫能填海，一勺之池想易改。"① 诗人以沉痛的笔触，表达了对清廷的仇恨。雷士俊在扬州，也亲身经历了清军占领江南所犯下的累累罪行。其《舟行感怀》云："青草岸边秀，白骨水中流。万家尽烧毁，短墙委荒丘。"② 其《哀广陵》又云："血流道路赤，儿童尽国殇。将士抱鬼妾，饮酒吹笙簧。"③ 描写清军破扬州之后的杀戮蹂躏，真是惨绝人寰。孙枝蔚虽然是在顺治二年才到江南，但是当时扬州等地依然残破不堪。其《不得大兄消息》云："江都闻已失，鸡犬少能留。齐说睢阳死（谓史道邻相公），谁成范蠡游。……笳声处处哀，道路几时开。……饥寒应易及，生死况难猜。"④ 他还在《秋胡行》一诗中对清军打败郑成功军之后，对镇江人民不分青红皂白，野蛮杀戮进行了严正谴责。其序云："己亥九月，江上乱既定，闻镇江郡人有以姓名相同被祸最烈者，与客骇叹竟日。偶谈及《西京杂记》所载

---

①　此诗《槲叶集》中不存，卓尔堪《明遗民诗》卷十一收录。
②　雷士俊：《艾陵诗钞》卷上，《四库禁毁书丛刊·集部》第90册，北京出版社1997年版，第196页。
③　同上书，第197页。
④　孙枝蔚：《溉堂集》（上）前集卷四，上海古籍出版社1979年版，第208页。

杜陵秋胡事，因以秋胡名篇。"① 作者愤慨清军真假未辨就大肆杀戮，真是"草木尚堪嗟伤"，谴责"用法如斯堪惊"的残暴镇压。

清朝统治者入关之后，推行野蛮的"圈地"、"逃人"、"剃发"等政策杀戮汉族人民，抢夺汉族人民的财产。后来又借"科场案"、"通海案"、"奏销案"等杀戮、打击江南士人，甚至连归顺清朝的文士也不放过，造成了许多人间惨剧。雷士俊对清王朝"剃发易服"，破坏汉民族传统的"衣冠文物"极为不满。其《暖帽》云："发秃何愁冷，轻温胜幅巾。深毛环额软，乱绪拂檐新。旧制更前帝，均恩及小臣。天寒冰冻日，率土戴王春。"② 作者用反讽的手法，嘲弄了清王朝在冷酷的高压政策下，让汉族人民"共戴皇恩"的残酷现实。孙枝蔚也对清政府的暴行多有揭露。如"昔日闻歌处，圈城正可忧"（《再至姑苏纪感》）、"大宅住将军，妻孥徙极边"（《蚊叹》）、"纷纷请看上阳堡，白草黄沙愁杀人"（《客句容五歌》）、"杀戮眼中半名士，君今安稳到黄泉"（《挽胡彦远处士》）等诗句，对满清政府野蛮圈地、抢掠汉人资产和严酷打击汉族士人的暴行揭露无遗。李因笃在其《良乡》、《雁门秋日三首》也对清朝贵族野蛮圈地，肆意侵夺汉人资产深表愤慨。李念慈在河间司理任上，还曾为阻止旗人野蛮圈地和借"逃人法"敲诈百姓，被仇家中伤拘于狱中。其《答主人》云："前年任瀛海，其郡号冲疲。十田九被圈，百姓绝生资。良者为俑佃，劣者为偷儿。黠者事雀角，健讼无已时。大家倘饶裕，群起诈剥之。溪壑一不饱，贝锦立可期。窝逃与匿盗，任意成飞辞。狱吏畏其锋，贬法相诡随。善良那得直，忍创独含悲。"③ 对清朝政府野蛮统治的不满，是清初关中士人不出仕新朝的重要原因。甚至出生在清朝的关中诗人屈复，也具有深切的遗民情结，对故明王朝念念不忘，拒不出仕新朝。其诗中如《过流曲川》、《春日杂兴十八首》、《戊戌春日杂兴二十八首》等诗无不流露出深沉的故国之思。如《三月二十八日登东城

---

① 孙枝蔚：《溉堂集》（上）前集卷二，上海古籍出版社 1979 年版，第 156 页。
② 雷士俊：《艾陵诗钞》卷下，《四库禁毁书丛刊·集部》第 90 册，北京出版社 1997 年版，第 215 页。
③ 李念慈：《谷口山房诗集》卷九，国家图书馆藏康熙二十八年杨素蕴刻本。

楼，感往事作》云："天地空流血，郊原芳草新。百年又三月，往事此重闉。"还有"御座供麻经，威仪忽汉官。明伦方痛哭，战士已凋残"、"留得余春在，安知草不菲。……楼高通帝座，欲问忽沾衣"[1] 等诗句，通过对蒲城人民英勇抗清的赞美，表达了对恢复故国的期望之情。

清初关中诗人虽然对故明王朝怀有深沉的眷恋，但是对明王朝的腐败也有深刻的反思，使他们的诗歌创作具有超越历史的深度。清初关中诗人普遍对晚明皇帝的昏庸和官员的无能深恶痛绝。例如李柏《崇祯儒将》、李因笃《追问诸将》、孙枝蔚《近说》、张恂《述往五首》、李楷《冥蒙二章》等诗，无一不对晚明朝政混乱、文恬武嬉、丧师辱国的腐败现象进行了严厉的批判。如李柏《崇祯儒将》其四云："朽木本樗才，而为大厦栋。栋摧厦亦倾，徒使贾生恸。"[2] 孙枝蔚《初至扬州客有谈南京事者感赋》云："司马何人撰曲忙（自注云：'《燕子笺》传奇曾进御览。'），可怜天堑势仓皇。南京歌舞骄南渡，四镇功名误四方。"[3] 李因笃《题世胄都指挥使崔公汝明像》云："高皇养士三百秋，卫帅食恩等通侯。铭钟书帛列上第，玉案金樽罗群羞。一朝河上度檿氛，虎啸崤函不可闻。"[4] 张恂《述往五首》亦云："军覆沐猴汙汉苑。患深跃马望蓬莱。谁令自兹嗟离黍，草木川原痛劫灰。"[5]

晚明时期，虽然朝政腐败，文恬武嬉，但也有一些忠臣良将如孙传庭、史可法、黄道州、陈子龙等英勇抗敌，杀身成仁，这些英烈成为清初爱国诗人反复歌咏的对象。李因笃、孙枝蔚、李楷、雷士俊等人对孙传庭、史可法都给予了崇高的赞美，通过对这些忠臣义士的歌颂，寄托了关中诗人对故国的向往之情。如李因笃《孙督

① 屈复：《弱水集》卷六，《续修四库全书·集部》第 1423 册，上海古籍出版社 2002 年版，第 613 页。

② 李柏：《槲叶集》卷五，清光绪重刻本。

③ 孙枝蔚：《溉堂集》（上）前集卷七，上海古籍出版社 1979 年版，第 317—318 页。

④ 李因笃：《受祺堂诗集》卷一，《四库全书存目丛书·集部》第 248 册，齐鲁书社 1997 年版，第 468 页。

⑤ 张恂：《樗山堂集·为舟草》卷下，陕西图书馆藏清康熙刻本。

师郊园二首》，李楷《怀孙司马传庭》、《史坟》，雷士俊《梅花岭》等诗，尤以李楷《史坟》最为杰出。诗云：

> 梅花岭畔短榆坟，三尺丰碑日暮云。遗墅有邻思太傅，孤城此处恨将军。若教半壁存江左，应有旂常纪大勋。春水拍天流紫海，到今怒血浪氤氲。①

史可法拒绝清廷的诱降，大节凛然，最后殉难，成为晚明抗清史上最壮烈的一幕，成为人们景仰的对象，也是遗民诗人坚持气节的精神支柱。

二　生民之哀

明末清初，战乱频仍，战争造成的最大灾难就是生产破坏，百姓死亡。老子曾说："夫兵者，不祥之器，物或恶之，故有道者不处。"② 又说："兵之所处，荆棘生焉；大兵之后，必有凶年。"③ 儒家也极力反对不义的战争，孟子曾说："争地以战，杀人盈野。争城以战，杀人盈城。此所谓率土地而食人肉，罪不容于死。"④ 宋倪天隐《周易口义》也曾说："夫国家兵武，至刚威者也。动则蠹民之财，残民之命，圣人不得已而用之也。"⑤ 可见古代思想家对战争带来的灾难的深刻认识。清廷发动的侵略战争，不但推翻了明王朝的统治，而且客观上给汉族人民带来了空前巨大的灾难，城郭毁坏，生产停滞，士兵死亡，饿殍遍野。清初关中诗人在抒发故国之思、身世之悲的同时，还表现了对国计民生的关注，有着杜甫"穷年忧黎元"的仁者情怀。孙枝蔚《蒿里曲》云："道旁白骨走蚁虫，不如秋草随飘风。此曹有母复有妻，谁令抛置古城东。肢骸杂

---

① 李楷著、李元春选：《河滨诗选》卷七，陕西图书馆藏清嘉庆刻本。
② 王弼注、楼宇烈校释：《老子道德经注校释》第三十一章，中华书局2008年版，第80页。
③ 同上书，第78页。
④ 杨伯峻：《孟子译注》，中华书局1960年版，第175页。
⑤ 倪天隐：《周易口义》卷一，《四库全书》本。

乱相撑拄，知汝或为雌与雄。或为壮士或老翁。"① 作者用质朴的笔触沉痛地描绘了"白骨露于野，千里无鸡鸣"的残乱惨象，抒发了对生民大量死亡的无限同情。他还在《空城雀》、《余生示所作悲哉行长篇，感赋三首题其后》、《乱后过瓜洲》、《登安肃城楼》、《乱后登金山有感》等诗中一再慨叹战乱给老百姓带来的死亡和灾难，如"可怜风雨夕，鬼哭满江山"、"江边人牧马，山下骨随舟"、"白骨高于山，宫阙荡为灰"、"邻舍不知窜何处，时闻雀声噪檐前"等诗句，真是字字血泪，触目惊心。李因笃也频频感叹"冀北犹艰食，天南未解兵"（《雨无正》）、"哀多声转峭，战伐几时休"（《闻笛二首》）、"东望多鳏独，忍饥号路旁"（《繁峙县》），对战乱年代老百姓的悲惨生活极为同情。他还在《久旱》、《旱》等诗中写旱灾导致百姓生活无着、饥饿满地的深切关心。其《发代州书触目七十六韵》更是详细描述了水旱交替、饥饿满途的悲惨情景，并从天道和人事两方面追根溯源，为统治者提出治理方案，警示统治者必须改变策略，关心百姓疾苦。雷士俊也曾在《苦雨》、《述忧》、《送族叔雨化归秦》、《岁莫叹》等诗中一再慨叹战乱和天灾带给老百姓的深重苦难。如"皇天不爱人，近事异前古。城郭血流赤，那堪继岁凶"（《苦雨》）、"新炊脱粟饭，啼哭争童幼。上天颇好杀，积潦惊罕觏"（《述忧》）等诗句，将老百姓在战乱和天灾中的悲惨遭遇和盘托出，凄惨悲怆，让人不忍卒睹。

李楷、李念慈、王又旦、张恂等关中诗人虽然出仕清朝，但他们也经历了战乱，蒿目时艰，悯念苍生，多有伤时念乱的篇章。李念慈曾经仕宦各地，对民生疾苦极为同情。他曾有"都人犹自征多饷，剥尽江头野树皮"（《蜀中竹枝词》），感叹在清政府的严酷压榨下，四川百姓不得不以树皮草根为食的悲惨生活。还有"妇女行乞无远近，两江南北同辛酸。童孺十岁换斗粟，蹇逢饥岁谁收存"（《黔阳夜泊述怀》）等诗句，慨叹贵州等地百姓在"三藩之乱"时，背井离乡、乞讨他乡、卖儿卖女的悲惨遭遇，可见当时战乱带

---

① 孙枝蔚：《溉堂集》（上）前集卷一，上海古籍出版社 1979 年版，第 46 页。

给人民的深重苦难。还有李楷《土肤歌》、《宿张公铺书事》，王又旦《屯营堤叹》、《塞白湖》、《牵缆词》，康乃心《郡中感怀》、《圣主》等诗，要么抒写战争带来的严重灾难，要么记叙自然灾害导致的民生困苦，反映了明末清初中华民族经历的深重苦难，揭示了当时深刻的社会矛盾，具有特殊的认识价值。

除了战争和自然灾害造成的死亡之外，清初汉族人民还要忍受统治者的严酷剥削。清人入关之后，实行了野蛮的圈地政策，公开抢夺汉族人民的资产。后来虽然被废除，但是苛捐杂税多似牛毛，汉族人民依然承受着严重的剥削。如王又旦的《一貉行》、《养豕词》、《牵缆词》、《秋获词》、《击辘词》、《糜麦歌》、《野菜行》等乐府歌行，以饱含同情的笔触描绘了老百姓生活的惨状。孙枝蔚在《观骤风雨喜惧并集而作》、《马食禾代田家》、《禽言》、《佃者歌》、《捉船》、《哀纤夫》、《流民船和吴宾贤》等诗中也一再批判贪官污吏的横征暴敛。其《禽言》写一老人驱牛进城，被清军抢夺，老人求告无门，官吏还要催讨税银，真是惨绝人寰，人民之流离死亡就在所难免。其《佃者歌》写债主逼债，佃农走投无路，发出"与其丰年转苦饥，凶年活我君何为"的痛苦呼声，正是百姓在赋役繁苛的清初社会的无助悲叹。雷士俊《岁莫叹》、张恂《湖田》、《及春小行》大多反映了农民在苛捐杂税的压榨下走投无路的悲惨处境。

清初关中诗人不但反映了明清易代的战乱带给百姓的痛苦，而且进一步揭露了在专制制度统治下，一些老百姓不辨是非、愚昧狠戾的"暴民"性格，使他们的创作更具有了现实批判的广度和深度。明代由于长期以暴政和高压统治士民，所以朝野上下多有"戾气"，朱鹤龄曾说："今也举国之人皆若饿豺狼焉，有猛于虎者矣。"[1] 崇祯皇帝中了满人的反间计，将抗清功臣袁崇焕磔于市，而京城百姓竟然食其肉，甚至一钱大小的肉值一两，百姓之愚昧残忍可见一斑。[2] 扬州也发生了相似的惨剧，郑元勋希望调节高杰乱兵

---

① 朱鹤龄：《获虎说》，《愚庵小集》卷十四，上海古籍出版社 1979 年版，第658 页。

② 计六奇：《明季北略》卷五"逮袁崇焕"条，中华书局 1984 年版，第 119 页。

和扬州百姓相安无事，不顾个人安危往来奔波，扬州乱民竟然因为一句误听就将他乱刀杀死，至食其肉，其狠暴残忍，不亚于乱兵。雷士俊《蚊》诗曾云："微生依溽暑，晚节惜良时。欲饱几忘死，趋腥竟若饴。群飞千辈合，众和一声随。但恐凉风起，咸同贱草萎。"① 批判了愚民偏听偏信、不问真相、胡作非为的愚蠢行为。而其《哀扬州》诗还有"市儿敌王忾，空拳出郭门。议者身万段，公卿不敢论"②，也是暴民昏乱狠戾的形象写照。扬州城破之后，百姓遭到了残酷的杀戮，但是"封刀"之后，在清政府的蛊惑之下，许多居民竟也忘记亡国之痛，杀戮之悲，为侵略者歌舞取乐。雷士俊曾有"焜耀明光锦，称身短袖衣。高馆张灯晚，清歌拂尘飞"（《哀扬州》），孙枝蔚也有"乱余轻白骨，愁里负青春。几处喧歌吹，谁家宴四邻"（《春日登扬州城楼》）、"自到前旗多姊妹，笑声一半是扬州"（《难妇词》）等诗句，对这种亡国之后尚且醉生梦死、不顾廉耻的行为极为痛恨。

三 故园之思

中国古人都有安土重迁的思想，非常依恋家乡和亲人。孔子曾说："父母在，不远游。"但是在现实中很多人希望建功立业，不得不告别故土，远走他乡，他们对故乡的思念便凝结成一首首动人的诗歌，如杜甫"露从今夜白，月是故乡明"（《月夜忆舍弟》）、李白"举头望明月，低头思故乡"（《静夜思》）等诗句脍炙人口，流传千古。清初关中诗人由于做官、避难、游幕，甚至流放等各种原因，使他们常年滞留他乡，对故乡的思念之情也与日俱增，因此关中诗人的思乡之作也值得珍视。

孙枝蔚在明清易代之后，常年寄居扬州，终身未能还乡。他名其居曰"溉堂"，取"谁能烹鱼，溉之釜鬵"之义，即寓不忘乡关，常怀西归之意。尤侗《溉堂词序》云："盖先生家本秦川，遭

---

① 雷士俊：《艾陵诗钞》卷下，《四库禁毁书丛刊·集部》第 90 册，北京出版社 1997 年版，第 212 页。

② 雷士俊：《艾陵诗钞》卷上，《四库禁毁书丛刊·集部》第 90 册，北京出版社 1997 年版，第 198 页。

世乱流寓江都，遂卜居焉。每西风起，远望故乡，思与呼鹰屠狗者游。"① 溉堂虽居扬州，但时时为秦声，念念不忘故乡。他曾写道"乡思今倍急，征战罢潼关"（《乱后过瓜洲》），"我家渭河北，飘然江海东。偶逢旧乡里，握手涕泪同"（《赠邢补庵》），"西京尚有敝庐在，岁岁不归非丈夫"（《渡江阻风》）等感情炽烈的诗句，可以想见作者思乡之深情。溉堂诗中对关中山水也是念念不忘，魂牵梦萦。华山、终南山、商山、渭水等名胜古迹在作者笔下被反复歌咏。如"君性同直木，我忠齐清渭"（《送王金铉归里》），"终南太华咫尺间，我昔年少美容颜"（《夏日寄题渭北草堂》），"终南山色好，引领似蓬莱"（《村居杂感》），"太华终南不可游，经春无意更登楼"（《纪感》）等诗句，不但抒发了对家乡的思念，而且表现了崇高的济世情怀。

张恂曾经长年客游江南，后来因为"科场案"被牵连而远戍尚阳堡，其诗中也充满着浓郁的思乡之情和身世之感。张恂客居扬州之时，他便频频发出"今唯嗟古处，久不梦长安"，"五湖推被麓，千里有归心"（《移居杂诗》）②，"浮云问尔初何意，故里知吾本不忘"（《春暮自海岸归旧舍》）的思乡之叹。在与友人酬答中，他也常常流露出归乡之思，"怀抱好辞千古谊，乐饥长令慰归秦"（《春日宋尚木年兄见过》）③。当他含冤被谪塞外之后，艰苦险恶的流放生涯更激起了他的乡关之思，"望古川原异，怀乡道路赊。青门如可去，学种邵平瓜"（《夏日边村》）④，还有《久不得家信》、《梦中得句》均流露出深切的思乡之情。其弟复恭、寿恭还乡之时，张恂送别时更是发出"王母膝前团聚好，何年同尔永依依"（《城西送复恭、寿恭两弟》）的悲凉之叹。关中诗人李楷、王弘撰、李念慈、王又旦、李因笃、雷士俊等人也有许多思乡之作，如

---

① 尤侗：《溉堂诗余序》，孙枝蔚《溉堂集》（中）卷首，上海古籍出版社 1979 年版，第 932 页。

② 张恂：《樵山堂集·为舟草》卷上，陕西图书馆藏清康熙刻本。

③ 同上。

④ 邓汉仪：《诗观初集》卷六"张恂"，《四库禁毁书目丛刊·集部》第 1 册，北京出版社 1997 年版，第 425 页。

李楷有"客有他乡恨，非关野树红"、"归卧希夷侧，山林兴不穷"（《病后始至瓜州三首》），雷士俊也有"回首终南山，把臂共入秦"（《酬李叔则》）、"誓将携手寻白帝，援藤挽葛登危峰"（《王无异啸月楼歌》）、"余亦关中人，君今关中去。心随君奋飞，先到旧游处"（《送王休庵归秦》）等诗句，无不表现了关中诗人对故乡的深厚感情。尤以孙枝蔚、张恂的思乡曲，唱出了清初关中流寓他乡的诗人们的共同心声。

四　亲友之情

关中地区，土厚水深，民风质朴，士人大多遵循儒家礼教，对儒家崇尚孝友，敦本人伦的思想身体力行。明末清初，由于战乱频仍，家园毁坏，因此战乱年间诗人对亲情友情更为重视。他们为了恢复故国、保卫家园，许多诗人曾经结下了生死不渝的友谊。战乱之后，许多诗人感叹家国沦亡，希望找到志同道合的友人，寄托孤苦无依的遗民心魂。不管是关中本土诗人，还是流寓江南的关中诗人，他们都同声相应，同气相求，使得传统的友情主题在清初关中诗人中引起了强烈的心灵共鸣。

清初关中诗人不论是和本土诗人之间的友谊还是和外地诗人的友情，大多是建立在志同道合的基础上，尤其以关中遗民之间以及与外地遗民的友谊最为可歌可泣。他们大多怀有家国沦亡的感伤，又有苦节自守、志存恢复的理想，因此他们的友谊建立在血与火的考验之后，表现了关中诗人重视节操、崇尚气节的纯朴士风。这里仅以"关中三李"之间，李因笃与顾炎武、屈大均，孙枝蔚与吴嘉纪，雷士俊与李沂、李沛兄弟之间的友谊作以论述，以见清初关中遗民诗人友谊之一斑。

李柏为人孤介绝俗，不苟交往，但与李颙、李因笃交往最为密切。他们以道义相勉，志操高洁，患难相扶。李柏曾约李颙去汉南度荒，李颙因故未同往。其《答惠少灵》曾云："吾以奇穷遭奇荒，保生实难，曾与雪木商及度荒之策，相约共适汉南。"① 李因笃对李

---

① 李颙：《二曲集》卷十八，中华书局 1996 年版，第 208 页。

颙、李柏极为崇敬，尊为兄长。他曾说："关中三李余行季，伯中孚先生，仲雪木先生。"① 清廷征召博学鸿儒，李因笃在京师，还向京中士大夫推荐李柏，而天下始知雪木之名。李因笃也在李颙、李柏、王弘撰、顾炎武等友人的精神感召下，没有贪恋富贵，毅然放弃清廷授予的职位，辞官还乡，修其初服，与李颙、李柏、王弘撰等友人悠游林下，保持了遗民的气节。

　　李因笃对外地友人也极为关心，他与朋友交往都是推心置腹，患难与共，表现出他敦尚气谊、为人慷慨的性格。李因笃曾全力帮助过顾炎武、屈大均、傅山等友人，尤其是为救顾炎武之难，他曾冒暑走三千里至京师、济南，最终病倒，让顾炎武无限感动。李因笃赠顾炎武的诗作共有二十九首，书信若干封，他们通过诗文酬答，共同探讨学术，勉励志节，结下了生死不渝的深厚友情。李因笃被迫参加鸿博，又劝李颙一起应征，曾被顾炎武严厉批评。他说："窃谓足下身蹑青云，当为保全故交之计，而必援之使同乎己，非败其晚节，则必夭其天年矣。"② 但并没有影响他们之间的真挚友情。李因笃辞官以后，还真诚地邀请顾炎武再来华下居住，还致信王弘撰请为全力经营（《顾祠小札》）③。顾炎武去世之后，李因笃极为痛心，他曾有《哭顾征君亭林先生一百韵》，回顾了顾炎武一生艰难的人生历程和精深的学术造诣，其中"愚蒙沾善诱，等列荷区铨。谬许私盟牒，频期轶草玄。深恩鸿鸟并，暂别鲤鱼联"等诗句，对他们之间生死相依的深厚友情也深表怀念。

　　屈大均随关中诗人杜恒灿至三原以后，与关中诗人李楷、王弘撰、李因笃等人结下了深厚的友谊，得到了关中诗人的热情接待。王弘撰曾陪同他登华山，屈大均写下了《登太华》长律，为关中诗人广泛传诵，并获得了李因笃的高度赞扬。其《宗周游记》云："（五月三日）李叔则、苍舒、山史、李天生、伯佐置酒高会，时有十五国客，予与曲阜颜修来以诗盛称于诸公，一座属目。先是，有

---

　　① 王子京：《榭叶集序》，《榭叶集》卷首，中科院图书馆藏清康熙三十四年刻本。

　　② 顾炎武：《答李子德》，载《顾亭林诗文集·亭林文集》卷四，中华书局 1983 年版，第 76 页。

　　③ 吴怀情：《关中三李年谱·天生先生年谱》附录《顾祠小札》，默存斋本。

传予登华长律至西安，天生见而惊服，谓自有太华，无此杰作，可与于鳞一记并传。比相见，即再拜定交，谓今日始得一劲敌云。"①李因笃还约屈大均同游代州，过了一段裘马轻狂、诗酒风流的浪漫生活。屈大均《与孙无言》云："仆又从秦之代矣，于李克用墓前昼射猎，夜读书，或与二三豪士李天生、田约生辈，及弹筝唱炼相诸姬觞咏于雁门之关，广武之戍，慷慨流连，不知其身之羁旅也。"②傅山与李因笃交往也极密切，也曾得到李因笃的特别照顾。其《为李天生作十首》云："燕笑流风穆，莺花醉露盘。由来高格调，发自好心肝。是语敢深信，凡交怪竭欢。令人怀抱尽，重觉此时难。"自注云："余所见交于天生者，皆责望无已，而天生不难为之，区画不厌，不谓贫士乃尔。"③陈康祺《壬癸藏札记》卷十一曾说："李天生检讨，性行慷爽，尚气概而急人患，一秉秦中雄直之气。"④

孙枝蔚至扬州后，不但与关中旧友时常往来，与江南诗人之间的交往也极为密切。汪懋麟曾说："当是时，南昌王于一猷定、泾阳雷伯吁士俊、长安王筑夫岩、黄岗杜茶村濬、朝邑李叔则楷先后称寓公，与先生相往还。……无论识与不识，皆知有豹人先生矣。"⑤他尤其和吴嘉纪最为莫逆，其集中赠答吴嘉纪诗也最多。如《怀吴宾贤》、《雪中喜雨同于皇、宾贤、舟次》、《雪中忆吴宾贤》、《将之屯留省五兄大宗，留别宾贤、羽吉、舟次》等，对友人的关怀之情，洋溢于字里行间。《雪中忆吴宾贤》云："故人有茶癖，不合生长海之涯。积雪寒如此，妻儿乞米向谁家。高贤受饿亦寻常，且复烹雪赏梅花。平生不识孟谏议，何人为寄月团茶。"⑥对吴嘉纪

---

①　屈大均：《翁山文外》卷一，《续修四库全书·集部》第 1413 册，上海古籍出版社 2002 年版，第 20 页。

②　屈大均：《翁山文外》卷十六，《续修四库全书·集部》第 1413 册，上海古籍出版社 2002 年版，第 204 页。

③　傅山：《霜红龛集》卷九，《续修四库全书·集部》第 1395 册，上海古籍出版社 2002 年版，第 502 页。

④　陈康祺：《壬癸藏札记》卷十一，光绪十一年苏州刊本。

⑤　汪懋麟：《征君孙豹人先生行状》，《百尺梧桐阁集》卷八，上海古籍出版社 1980 年版，第 508 页。

⑥　孙枝蔚：《溉堂集》（上）前集卷三，上海古籍出版社 1979 年版，第 191 页。

贫困潦倒但高洁自守的遗民精神极为敬佩。其《怀吴宾贤》又云：

> 重游东海上，窃喜近吴生。十日不相见，秋风无限情。雨余流水急，寺里晚钟鸣。为有扁舟约，踟蹰立古城。

"十日不相见，秋风无限情"也真实地写出了他们之间倾心结交、患难相扶的珍贵友谊。

张恂也是一位宅心仁厚、敦尚交谊的关中诗人，流放塞外期间，他和"同是天涯沦落人"的郝浴、丁澎、陆庆曾、张天植、孙梗、诸豫等成为患难之交，时常往还，诗文酬唱。其《陆子玄孝廉来访》、《宿丁飞涛仪部书带草堂》、《秋日访友开原古刹》、《张司马蓬林、诸太史震坤、陆子玄、孙鹿樵同集饮郝复阳侍御斋中》等即为这类诗歌的代表之作。他们在冰天雪窟中诗文往来，互诉心曲，共叹命运之多舛。其《上巳前一日野集赵家台》云："空林峻岭麋鹿群，古戍于今静不闻。岂为先期修禊事，聊因谋野眺归云。花无半点春将暮，酒及千巡日未曛。谁料昔年征战地，漫容觞咏客纷纷。"① 这些罹难流放之人在诗文酬答中互相勉励，聊宽愁肠。"信得幽栖山水好，春游莫厌数相寻"（《陆子玄孝廉来访》），让他们在绝域荒徼中孤寂的心魂得到了慰藉。"问尔孤山旧茅里，何年青梦许招携"（《宿丁飞涛仪部书带草堂》）也充满了对重获自由、安度余年的向往。方拱乾被释放还之时，张恂曾自威远堡星驰来送，方拱乾《别张稚恭》云："眼见前期迥不悲，暂别亦复感临歧。马驰三夜冰间路，怀出群峰画里诗。交到穷荒迟古穆，笔经患难益神奇。平山二水真堪似，迟尔春风共眺时。"② 对张恂的深情厚谊极为感动。

清代关中士人是儒家思想的真诚实践者，对儒家崇尚孝友，敦本人伦的思想身体力行，他们孝敬父母、友爱兄弟，对于夫妇子女之情，也是极为珍视。李因笃从小由母亲和外祖父抚养成人，他对

---

① 邓汉仪：《诗观初集》卷六"张恂"，《四库禁毁书目丛刊·集部》第1册，北京出版社1997年版，第425页。

② 方拱乾：《甦庵集》，黑龙江大学出版社2010年版，第333页。

外祖父和母亲也是饱含感激之情，终身铭记。集中有《寿外祖》、《旅夜追思外祖高士田公溃泪成八百字》、《灵宝拜先外祖田公去思碑》等诗，对外祖的养育之恩深表感激。他在赴雁门之时作有《纪别八首》，表现了母子、兄弟、夫妻、父子之间的骨肉深情。李念慈幼年丧母，其名念慈，也是为了表示对母亲的怀念。其《书汪五河为其母挽诗后》云："我母弃我十四日，怀中呱呱不解痛。容貌声音那可悉，我父语我泪沾巾。母死实由生我身。因之名子曰念慈，终天此恨长酸辛。"①

　　清代关中士人对于亲情的重视，还表现在对妻子和孩子的热爱和关心方面。孙枝蔚抗击农民军失败之后，与家人寓居扬州，后来家道中落，但是其妻无怨无悔，全力经营，孙枝蔚极为感激。其《埘斋记》就是为了歌颂贤妻对他的支持而作。其中有云：

　　　　斋名埘，孙子乐有贤妇而自名之也。……妇既知其独畏客，谓客以外，夫必听我，遂畜鸡。贫者必俭，俭者必慈，遂又不忍杀鸡。夫既不善治生，妇则微戒其事，因而好小利焉，遂多畜鸡斋之旁，乃又为埘。其夫察其见之甚小，又悲其事甚苦，方悯恻不遑，忍重拂焉！盖自是孙子竟不得不为宋处宗矣。然鸡日多，则儿女日乐，乐而呼，而笑，而啼，儿女之声势进，而鸡之党更稍退。孙子虽欲为处宗之静谈，又不可得。客有过之者曰："悲乎。"曰："何悲？其夫好读书，其妇不忍违其意，则听其置斋焉。其妇好畜鸡，其夫不忍违其意，则听置埘焉。夫妇相得，名曰埘斋，乐矣。"②

　　作者以幽默的笔法叙写了妻子甘于贫贱，患难与共，默默支持丈夫的勇敢举动，其伉俪情深，不言自明。孙枝蔚还有《荣启期》云："裘索怡然趣自真，何须得意为男身。我从读罢《秦风》后，不敢仍前待妇人。"《秦风》里面有妇女送丈夫上战场，鼓励丈夫杀

―――――――――
　　① 李念慈：《谷口山房文集》卷四，国家图书馆藏康熙二十八年杨素蕴刻本。
　　② 孙枝蔚：《溉堂集》（下）文集卷三，上海古籍出版社 1979 年版，第 1143—1145 页。

敌报国的篇章，这也无疑是对妻子贤明的赞扬。

李因笃在武昌时，友人曾提议为他娶妾，他断然拒绝，表现出了他对妻子的专一和深情，在封建社会的确难能可贵。其集中思念妻子的诗作虽然不多，但都表现出他们伉俪之间的深情。如《纪别八首》其二云："病妻扶下床，相视首蓬飞。谓我当引迈，有泪不敢挥。"其《田家诗，暇日用杜拟陶，得近体二十首》其五亦云："牛羊驻旁阜，馌彼候山妻。"也表现了他们夫妻和睦，躬耕自给的甜美生活。

"寄内"、"悼亡"等古典诗歌的传统题材在关中诗人手中也得到了发扬光大，可以看到诗人情感世界的另一层面。王又旦的夫人范氏在潜江去世后，王又旦极为悲痛，其《悼亡二首》曾云："死别今已矣，生时亦太劳。辟垆何曾辞，井臼躬自操。贫贱备艰辛，念往周纤毫。"① 赞美了妻子贫贱相守、患难与共之真情，读之令人心酸。十年以后，他再经潜江，又写了《经潜江县重悼亡内》、《后悼亡诗五首》怀念范氏夫人。其《后悼亡诗五首》其一云：

> 蕙帐无人黯自怜，悲来华发早盈颠。十年再洒安仁泪，百亩新荒冀缺田。虚室灯明萤火地，孤坟月黑塞鸿天。平生不识泉台路，欲问音容竟惘然。②

伉俪之情，虽然"十年生死两茫茫"，但是"不思量，自难忘"，经过岁月的沉淀和磨砺之后，愈发显得深沉和真挚。

鲁迅曾说"无情未必真君子，怜子何必不丈夫"。父子之爱也是人类的天性。关中诗人抒写对子女疼爱的作品也值得珍视。李因笃对孩子极为疼爱，其《生寿子》云："孑孑怜羁旅，呱呱慰寂寥。"表现了中年得子的喜悦心情。儿女夭折，他悲痛欲绝，其《寄弟四首，时儿陈新殇》、《哭殇女季赢、殇儿泗三首》均表现出他丧子后的无限悲痛，读之令人断肠。孙枝蔚对孩子也特别疼爱，

---

① 王又旦：《黄湄诗选》卷三《汉渚集》，南京图书馆藏清康熙刻本。
② 王又旦：《黄湄诗选》卷七《续山中集》，南京图书馆藏清康熙刻本。

其诗中有很多劝勉爱怜子女的诗篇。如《言志示儿》、《对第五女阿淡有感》、《示儿燕》、《见两小女各啼其母怀中有感》、《对第六女阿宜作》、《戒儿》、《示燕、谷、仪三子》、《寄诫诸子诗》、《忆炎儿》等诗。诗中不但表现了自己对孩子的疼爱之情，而且教导孩子要相互友爱，珍视亲情。孙枝蔚还谆谆教导孩子一定要以读书为农为本。他曾说："半世高眠老自悲，从来勤苦是男儿。"（《示燕、谷、仪三子》）他在《诫子文》中还回顾自己一生，教导孩子切莫好高骛远，要立身勤谨，以读书为根本。当他看到孩子们勤苦读书的情景，却是又喜又悲，极为矛盾。其《无酒》云："稚儿勤诵读，音节更琅琅。听之使人愁，诗书非糇粮。恐此再误汝，不如肆农商。苦怀难卒语，攒眉坐空床。"① 孙枝蔚教导孩子读书是希望他们读书明理，以保家风。虽然他看到在那时候读书不入仕很难谋生，但是读书做官之人在清朝专制统治下也朝不保夕，作者心情之矛盾可想而知。后来孙枝蔚看到学医可以谋生，也能保持汉文化传统。其《勉儿辈学医》云："相马相牛者，亦各立其身。使儿无处所，所愧非贤人。读书守章句，有志常不伸。吾已成自误，忍复误子孙。矧今乱靡定，富贵安足云。古圣隐卜医，斯语可书绅。审择二者间，惟医术更仁。出能活妇孺，入能寿双亲。"② 可见作者在教育孩子方面的良苦用心。

五　山水之乐

山水田园之作，也是中国古典诗歌的重要题材，孔子曾说："仁者乐山，智者乐水。"对山川景物的热爱，反映了中国古代士人崇尚自然，怡情适性的高雅情怀。他们通过对名山大川的歌颂和赞美，来表现自己的胸怀理想和精神气度。清初关中诗人在抒发故国之思，反映民生疾苦、歌咏亲情友情之外，还常常将笔触伸向山水田园，或借名山大川以歌咏志趣，或借山水景物以陶冶性情。清初关中诗人，不论是胜国遗民，抑或国朝文士，不论他们游走大江南

---

① 孙枝蔚：《溉堂集》（中）续集卷五，上海古籍出版社 1979 年版，第 848 页。
② 孙枝蔚：《溉堂集》（上）前集卷二，上海古籍出版社 1979 年版，第 106 页。

北，还是隐居家园，均徜徉于山水田园之中。清初关中遗民诗人和国朝诗人在立身处世、精神追求方面不尽相同，他们对山川景物的歌咏所寄寓的思想情怀也略有差异。

清初关中遗民大多曾游走大江南北，饱览各地山川风物，登山临水之余，他们多抒发山河依旧、故国沦亡的感慨。其山水诗中的山水景物或与怀古情思相融合，或与个人心态相联系，均表现了丰富的思想内涵。这类作家有孙枝蔚、李柏、王弘撰、李因笃等人。孙枝蔚年轻时曾在陕西老家抗击农民军，失败后移家广陵。他一生在扬州之日最多，但也曾漫游大江南北，因此其诗集中纪游之作颇多。王泽弘曾云："先生秦人也。寄居广陵，穷老无归，以谋生不暇，日奔走于燕、赵、鲁、魏、吴、越、楚、豫之郊，其所阅历山川险阻、风土变异及交友、世情向背厚薄之故，皆一一发之于诗，以鸣不平而舒怫郁。"①孙枝蔚《客中吟五首》其一曾云："客中何所携，一杖历燕齐。已觉九州小，兼看五岳低。男儿非妇女，安可老深闺。"②也抒发了作者漫游天下的壮志豪情。孙枝蔚在陕西之时，其《潼关》、《北山》大多抒发对国事的担忧和报国的豪情。他起兵失败之后，背井离乡，将要远走扬州，有《渡黄河》诗云："雪后寒沙不起尘，离家虽远未离秦。今朝已渡黄河口，应作天涯海角人。"功业未成，但豪情依旧。孙枝蔚在扬州后，曾漫游江南各地，留下了许多歌咏江南风光的作品。如《乱后登金山有感》、《西湖》、《姑苏台》、《百花洲》、《历阳怀古四首》、《发扬州至京口》、《登北固山》、《金山》、《寄题康山兼怀张稚恭》等诗作。他还曾至屯留探望大兄枝蕃，又至丰城、潜江、任城探望友人房廷桢、王又旦、任玑，所过之地，多有题咏。如《登滕王阁》、《遥望彭泽县》、《鄱阳湖作》、《黄鹤楼纪感》、《汉水》、《泊舟任城同凌蔚侯游南池》、《登安肃城远眺》等诗篇。这些诗作，不论登临怀古，还是叙事咏怀，都和作者的身世际遇和爱国热忱紧密相关。如《发扬州至京口》云："诸山何参差，展眺雨雪中。茫茫临长江，开

---

① 王泽弘：《溉堂后集序》，载《溉堂集》（下）后集卷首，上海古籍出版社 1979 年版，第 1207 页。

② 孙枝蔚：《溉堂集》（上）前集卷六，上海古籍出版社 1979 年版，第 301 页。

此万古胸。言寻甘露寺，缅怀诸葛翁。当其建策时，妙算布深衷。事往迹尚存，世衰道谁同。寄言游览士，毋为徒匆匆。"作者乘船至镇江，仰望诸山，俯临大江，赞叹江山如此多娇，遥想三国争雄之时，孙、刘联军在诸葛亮和周瑜的指挥下，打败了气势汹汹的曹操大军，三分天下。可惜晚明王朝腐败不堪，将帅无能，将大好河山尽付于清之手。尾联"寄言游览士，毋为徒匆匆"正是作者山水诗作的志趣所在，其游览诗作不仅仅为模山范水，披风抹月，还要有深刻的思想和广阔的内容。又如《登多景楼》云："登眺初多感，江南古战场。羁人念坟墓，故国弃封疆。仰面孤鸿下，回头一水长。亿翁曾到此，愁绝为襄阳。"故国之思，黍离之悲，通过登临怀古一发之于诗。还有"楼船看海上，歌哭听江南"（《金山》）、"兴衰饱经眼，又见古雷塘"（《夏日同前民、无言、南宫泛舟至平山，登观音阁》）、"流离满郊野，谁忍把清樽"（《五日寓楼》）、"荒旱悲今岁，艰难到客船"（《东台场杂诗》）等诗句，大多通过登临凭吊表现作者忧国忧民的爱国热情。孙枝蔚的一些山水诗，还表现了作者壮志难酬、恢复无望的遗民心事。其《鄱阳湖夜泊》云："芦荻萧萧雨满湖，舟如一叶卧狂夫。经过诸将成功地，老去封侯梦也无。"[①] 抒发了作者江湖漂泊、功业未成的愤激和感伤。

李因笃早年多往来秦、晋、燕、赵之间，也曾漫游扬州，入幕武昌，足迹遍及大江南北，其山水之作数量也极可观。如《雁门关三首》、《潼关三首》、《雁门秋日三首》、《宿敷廉坊》、《渡易水》、《卢沟桥》、《宁武关四首》、《咏怀古迹六首》、《元日武昌谒孔庙二首》、《望江》、《再登黄鹤楼》等最为杰出。这些诗，要么与怀古情思相融合，要么直接与现实事件相联系，既抒发故国之思，又表现对现实的关怀，绝少羁旅漂泊之苦和流连风景的描写。在对山水景物的描写中糅合着诗人浓厚的情感，气魄豪壮，感情凝重。如《再登黄鹤楼》云：

黄鹤楼高天半窗，下临万里之长江。中流画舫纷无数，对

---

① 孙枝蔚：《溉堂集》（中）续集卷二，上海古籍出版社1979年版，第621页。

岸丹梯亦自双。静夜蛟龙吟汉水，清秋鸿鹄站荆邦。每来搔首
怀前哲，披泻烟涛郁未降。①

此诗意境雄浑，格调高迈，将山川景物与咏怀思古融合起来，
表现了作者慷慨坦荡的个人情怀和遗世独立的精神境界。

李柏在关中遗民诗人之中较为特殊，他一生游踪不广，多徜徉
于关中地区，最为人们称道的也是他的山水诗歌。李柏一生大部分
时间隐居太白山中，对太白山有着强烈的热爱，甚至通过山中的一
草一木都能领悟人生的智慧和大自然的深意。萧震生《槲叶集叙》
云："深山之中，每遇一古木、一怪石，则必曰：'可悟文章。'每
遇松风、涧响，则必曰：'可悟文章。'每遇枝头啼鸟、水面落花，
则必曰：'可悟文章。'故先生为文多得山水清音，不作人间丝竹
矣。"② 李因笃《雪木二兄过草堂同子祯作三首》也有句云："吾兄
生长横梁间，有兴多居太白山。时采芝苓作佩缬，饱餐霜雪为容
颜。烟溪草长少人渡，石磴云霾无处攀。忽讶羽毛在两腋，飘然飞
出扶风关。"③ 对李柏隐居山林，遗世独立的高洁情怀极为赞扬。李
柏《自述》亦云："结发之年学隐客，爱看家山雪太白。一卧峨岩
四十年，肩背峻增风霜迫。"李柏的山水诗，不仅是他登临凭吊，
抒发内心感情的对象，甚至成为他遗民心魂的寄托。如其《山居》
云："群籁无声夜未央，青山入梦是蒙阳。觉来依旧终南月，万壑
千峰似水凉。"④ 故国沦亡的痛苦，江山易主的哀悼，促成了诗人悲
愤无奈、寂寞冷峭的心境。其《避世》其二云："一入深山抱月眠，
华胥国里梦年年。觉来白眼看浮世，枫化老人海变田。"在李柏冰
霜其外的写景诗中，依然是一颗火热的报国之心，所以作者不时发
出"曹马封疆何处是，此原犹属汉山川"（《望五丈原有感》）的

① 李因笃：《受祺堂诗集》卷十六，《四库全书存目丛书·集部》第 248 册，齐鲁
书社 1997 年版，第 616 页。

② 萧震生：《槲叶集序》，载《槲叶集》卷首，中科院图书馆藏清康熙三十四年刻
本。

③ 李因笃：《受祺堂诗集》卷二十九，《四库全书存目丛书·集部》第 248 册，齐
鲁书社 1997 年版，第 742 页。

④ 李柏：《槲叶集》卷五，中科院图书馆藏清康熙三十四年刻本。

豪迈呼声。此类诗歌还有《太白山》、《潼关南城望大河有感》、《白山有乔木》等诗，都可以体会到作者缅怀故国山河，期望建功立业的火热心魂。

　　清初关中国朝诗人与遗民诗人略有不同，他们的山水之作大多没有了故国之思，只有兴亡之感，他们游览山水也只是为了开阔眼界，开拓诗境，以取得所谓"江山之助"。其中以王又旦和李念慈游踪最广，其诗集多以其生活和游历的地区命名，可见作者对其人生经历的重视。

　　王又旦一生喜欢游历，他中进士之后，曾经两游江南，远至浙江嘉兴等地，后来任职潜江，公事之余，他和友人还游览了荆楚大地。康熙二十三年，王又旦充广东乡试正考官。他和友人屈大均、陈恭尹也曾游览岭南名胜罗浮山等地。他用诗笔真实地记录了其一生的游踪，反映了各地的风景民俗，对于研究各地不同的风土人情具有一定的参考价值。王又旦曾和友人登华山，共作诗十九首记其游踪，华山之雄伟壮丽，尽展现在其笔下。王士禛曾说："每恨子美官华下、退之游华山，顾皆无诗，有幼华十九首补其阙略，亦一快也。"[1] 如《苍龙岭》云：

　　　　削壁突断绝，微径始跻攀。长虹驰远影，飞落青冥间。迅飙两崖起，猎猎云气还。连峰若动摇，我行亦孔艰。天色扑莲花，瑶草何斒斓。陟危千万虑，旷望忽开颜。璇宫应不遥，从此排天关。[2]

　　此诗之奇绝壮美，可与李白《蜀道难》相媲美。其《落雁峰看月》、《下山》、《夜坐仰天池》亦自高视阔步，不同凡响，王士禛曾为其"天风赴万壑，松涛向我鸣。大荒静游氛，素魄忽已生"（《落雁峰看月》）、"大河折东流，波荡弘农郭。万古东西路，世往事冥漠"（《下山》）等句击节叹赏。其《登东少梁山禹庙眺黄

_____

　　① 王又旦：《黄湄诗选》卷一《山中集》，《山谷》诗后王士禛评语，南京图书馆藏清康熙刻本。
　　② 王又旦：《黄湄诗选》卷一《山中集》，南京图书馆藏清康熙刻本。

河歌呈同游诸公》更有天风海涛之势，王士禛曾赞叹"豪宕感激
中，一段挟名山大川之气"①。王又旦游历江南，东至大海，为大海
之苍茫无际所震撼，曾赋诗云："生来未见日出海，朝登堤岸增彷
徨。穷发仿佛云霞紫，须臾上下摇红光。借问东皇谁促迫，鞭打六
龙太匆忙。"（《盐官杂兴》）② 他在赴任潜江、途经鄂州之时，为
长江之雄伟气象所震撼，其《晓渡望鄂州》云："晓雾压城头，苍
茫古鄂州。风烟盘赤壁，波浪下黄牛。星动连江锁，旌高隔岸楼。
由来征战地，不忍问东流。"③ 王士禛称其三四句有"居然万里之
势"，可见其气象之不凡。其游罗浮山之《登飞云峰顶》亦雄健奇
丽，笔力千钧，将罗浮山的高旷险峻和作者的逸怀豪情表露无遗，
读之让人有飘飘然凌云之志。

第四节　清初关中诗人群体创作的审美特征

　　清初关中诗人大多继承了《诗经·秦风》所开创的地域特色，
发扬了明代复古派李梦阳所倡导的格调理论，又吸收了江南、荆楚
等地不同的文化元素，所以在创作实践中也形成了多样化的诗文风
格，在审美情趣方面也不尽相同。但是总体来说，清初关中诗人的
创作具有以下三种主导的审美特征。

一　刚健之风

　　关中地区，土厚水深，人民质朴厚重，加之先秦之时，地处边
陲，人民修习战备，有勇武强悍之风，所以《诗经·秦风》中的作
品，大多具有刚健之气，与其他地方大有不同。魏禧《容轩诗序》
云："十五国风，莫强于秦，而诗亦秦唯矫悍，虽思妇怨女，皆隐

---

　　① 王又旦：《黄湄诗选》卷五《芝阳集》附王士禛评语，南京图书馆藏清康熙
刻本。
　　② 王又旦：《黄湄诗选》卷二《涉江集》，南京图书馆藏清康熙刻本。
　　③ 王又旦：《黄湄诗选》卷六《续汉渚集》，南京图书馆藏清康熙刻本。

然有不可驯服之气。"① 叶方蔼《愿学堂诗集序》亦云："余尝读《秦风》，至《车辚》、《驷骥》、《小戎》、《无衣》诸篇，所言皆田猎驰骋，攻击战斗之事，怃然想见其时之人，乔佶雄鸷，跃马贾勇之概。下而妇人女子，亦知有赴敌死绥，不敢含怨之意，何其刚劲如此？窃意五方之禀不齐，东南之音柔婉，而西北之音猛厉，得之于天。距今虽数千百年，当有终不可得而变者。"② 当代陕西学者焦文彬曾总结说："秦民长期的高原奔驰，养成了自己的彪悍奇勇的秦俗，以至秦'以渐雄风，皆勇于公义'。其发于诗者，'有趋车赴公之勇，不愧夏声也'。历来人们把这种诗风，用《诗经·秦风》中两首诗的首句二字概括为'车辚驷骥'。"③ 这种刚健之风在后来秦人诗中多有体现，明代李梦阳倡导"文必秦汉，诗必盛唐"，大力提倡杜诗的沉郁顿挫之致，但其诗也有秦地的刚健质朴之气，虽然被当时人们讥为"粗豪"，但恰恰说明李梦阳诗歌秉承了秦风的传统。陈子龙曾说："献吉志意高迈，才气沉雄，有笼罩群俊之怀。其诗自汉魏以至开元，各体见长，然峥嵘清壮，不掩本色，其源盖出于《秦风》。"④

　　清初关中诗坛诗人众多，名家辈出，他们的创作也大多继承了《秦风》所开创的这种刚健之气，具有激昂慷慨的特色。姚文然《邑侯石二孺诗序》曾云："关中故多伟男子，秦风激扬慷慨，为天下壮。"⑤ 关中诗人也自觉发扬这种激昂刚健的地域诗风，形成了共同的审美特色。李因笃曾有诗云"林谷关音本，乾坤老爱才"（《望夏屋山》）、"秦风遵自出，塞月照同愁"（《寄八舅》），也反复强调关中诗人之诗风渊源。虽然他对钱谦益论诗以"亢厉"说秦风极为不满，将秦风的多样风格做了论述，还一再强调"渊源幽雅得，不独赋秦风"（《稷郊即事再呈孟公》），但是他对秦风慷慨

---

① 魏禧：《魏叔子文集》外篇卷九，中华书局 2003 年版，第 481 页。

② 周灿：《愿学堂诗集》卷首，《四库全书存目丛书·集部》第 219 册，齐鲁书社 1997 年版，第 429—431 页。

③ 焦文彬：《秦腔史稿》，陕西人民出版社 1987 年版，第 14 页。

④ 陈子龙：《皇明诗选》卷一，华东师范大学出版社 1991 年版，第 45—46 页。

⑤ 姚文然：《姚端恪公集》文集卷十三，清康熙二十二年刻本。

激昂的主导风格还是极为喜欢。其《康孟谋诗集序》说："孟谋诗数百首，诸体略具，雄姿逸气，不受羁衔，顾皆直抒性灵，磊落壮凉，得秦风本色。"① 其《元麓堂诗集序》又云："先生诗慷慨激发，兼周秦之故，此系乎其地也。……故先生诗，力厚思雄，不为细响。"② 李因笃诗歌也大多雄深雅健，有着秦风慷慨激昂之风。如"无衣未敢赋秦风，感兴怀交寂寞同"（《赠孙二谥生》、"并向秦风夸战士，谁论驷骥本王朝"（《阅兵美阃使张公》）、"一赋哀鸿违晚角，中原铁骑日萧骚"（《雁门关三首》）等诗句，莫不浩荡慷慨，苍凉悲壮。此类作品还有《追问诸将五首》、《雁门关三首》、《重憩雁门关五首》、《长城》、《高河晓发》、《河曲中秋待月二首》、《边上》等，大多笔力劲健，意向苍茫，具有秦中雄直之气。如《边上》云：

　　萧关城堞望中分，鹿苑干戈道上闻。野霁卷芦吹白日，霜清驱马下黄云。征西尽撤三千戍，镇朔遥归十万军。谁抱遗弓攀鹤表，赐冠空满骏駃群。

　　此诗大概作于他随陈上年备兵雁门之时，作者目睹雄关巍然，可惜江山易主，塞外朔风劲吹，边地战马奔驰，但是由于明王朝的腐败和边将的无能，致使大好河山，尽归他人之手，作者感时伤事，壮怀激烈，郁勃不平之气，流淌于字里行间。曹溶对李因笃的这种刚健之风也极为赞赏，曾说："三秦自昔关枢要，驷骥吟成壮有余。"③

　　孙枝蔚生长于关中，虽然他后来长期寓居扬州，但也秉承了关中士人好勇尚义之风，其发为诗歌，也多慷慨激昂之词。四库提要评孙枝蔚诗曾云："诗本秦声，多激壮之词。"汪文桢《赠孙豹人中

---

① 李因笃：《莘野诗集序》，康乃心《莘野先生遗书》卷首，中国社会科学院文学研究所藏抄本。
② 李因笃：《受祺堂文集》卷三，清道光七年刻本。
③ 曹溶：《李天生以修明史授简讨，不拜请养归秦，寄怀四首》，《静惕堂诗集》卷三十六，首都图书馆藏清雍正三年李维钧刻本。

翰》亦曾有句云"酒后唾壶须击碎，长歌耳热本秦声"。汤大奎曾云："孙豹人如西人弹琵琶，音节慷慨，特多秦声。"① 彭孙遹更进一步指出："豹人先生以旷世之奇才，挥忧时之涕泪，故其发为诗歌，沉郁悲壮，吻合杜陵。"② 可见孙枝蔚之诗也多有慷慨激昂之气。其《北山》、《忆昔》、《与客二十余人夜发三原赴张果老崖》、《少年行》、《从军行》等诗大多抒写杀敌报国的决心，词气激越，悲壮苍凉。其《从军行》云："夜半提兵起草莱，天明秣马指龙堆。平原太守临危日，诸道勤王四面来。"表现了作者临危受命，慷慨报国的志向。像这样激昂慷慨的诗句还有"莫言豪气全收敛，无限恩仇气未平"（《张良进履》）、"将军多恐英灵尽，万古长江有战船"（《楚霸王庙》）、"忆昔仗剑果老崖，雄心能轻虎与豺"（《忆昔》），无不雄浑激越，表现了他的豪迈情怀。

除了李因笃、孙枝蔚等人之外，清初关中诗人的创作大多有激昂慷慨的"秦风"特征。王又旦之诗，虽然王士禛认为有三变："一变而清真古澹，逾于其旧。……再变而为奇恣雄放，类昌黎所谓妥帖排奡者。……及归龙门，读书太史公祠下，其诗益变而沦泫澄深，渺乎莫窥其涯涘。"③ 但其诗也有感激浩荡之作，有明显的地域特征。雷士俊评价王又旦诗曾说："近诗推秦风，高古比驷骦。"（《送王幼华归秦》）陈恭尹《扶胥歌送王阮亭宫詹祭告南海事竣还都，兼柬徐健庵、彭羡门、王黄湄、朱竹垞诸公》亦云："徐公渊博能下士，黄湄慷慨多秦声。"④ 雷士俊的诗歌也是具有鲜明的"秦风"特征。陈田《明诗纪事》云："伯吁诗古直老苍，有唐人格调，时攀魏晋，此秦风之壮激者。"⑤ 其《醉歌行》、《哀广陵》、《舟行感怀》、《暮游河畔》等作品，大多辞气直率，激昂慷慨，在流寓江南的关中诗人中最为独特。如《暮游河畔》云："击楫中流

① 汤大奎：《炙砚琐谈》卷上，清乾隆五十七年赵怀玉亦有生斋刻本。
② 彭孙遹：《溉堂前集》卷六评语，《溉堂集》（上），上海古籍出版社1979年版，第309页。
③ 王士禛：《黄湄诗选序》，《黄湄诗选》卷首，清康熙刻本。
④ 陈恭尹：《独漉堂诗集》卷四，《续修四库全书·集部》第1413册，上海古籍出版社2002年版，第67页。
⑤ 陈田：《明诗纪事》（六），上海古籍出版社1993年版，第1568页。

无祖逖，皇天岂不念烝黎。"《雪后写怀》又云："淮阴袴下子，愤懑望登坛。"在寄同社诸友的诗中还一再提及他们当年"忧时抵掌悲栖燕，壮志弯弓欲射鲛"的豪情壮志，激励同仁的斗志。他还用周瑜和鲁肃的友情来勉励同志："自古英雄深内结，鲁周二子正相亲。"（《过张孚聪庄留二日》）张恂含冤被谪尚阳堡之后，其诗多描写壮观的塞外风光、艰苦的流放生活及奇异的边地风俗，"于身世阅历可喜可愕之情状，毕见之于诗"①，其诗风格也变为悲壮苍凉。如《铁岭》、《烧荒》、《古塞上》、《远堡》、《龙堆行》等诗，大多气象恢宏，声调悲壮，是边塞诗中的上乘之作。邓汉仪曾说张恂"塞上诗以壮凉悲激为胜，极有盛唐气概"②。

二　清丽之美

如前所述，自秦汉以来，许多学者已经注意到中国各地地理环境、文化传统的差异，导致了各地文学地域风格的不同，宋明以来，这种差异和不同在文学创作方面更为鲜明。唐顺之《东川子诗集序》云："西北之音慷慨，东南之音柔婉。盖昔人所谓系水土之风气，而先王律之以中声者。惟其慷慨，而不入于猛，柔婉而不邻于悲，斯其为中声焉已矣。若其音之出于风土之固然，则未有能相易者也。"③ 而关中地区的"秦风"特征也成为学界公认的地域风格。但是以单一的"慷慨激昂"或者"亢厉用壮"概括"秦风"或者关中地区诗文风格却未见恰当。即使以《诗经·秦风》十篇来看，除了慷慨劲健，音调激烈的《车辚》、《驷骥》、《小戎》、《无衣》等诗之外，还有《蒹葭》、《晨风》等情致缠绵、意境婉丽的作品，因此班固曾说："秦地于《禹贡》时跨雍、梁二州，诗风兼秦、豳两国。"④ 钱谦益虽然认为李梦阳、文翔凤等关中作家大多"亢厉用壮"，但也承认李念慈的诗歌"行安节和，一唱三叹，殆有

---

① 计东：《西松馆诗集序》，《改亭诗文集》文集卷二，《续修四库全书·集部》第1408册，上海古籍出版社2002年版，第105页。

② 同上。

③ 唐顺之：《荆川集》卷十，四部丛刊本。

④ 班固：《汉书》，中华书局1962年版，第1643页。

蒹葭白露、美人一方之旨意"①，充分说明清初关中诗人风格多样的历史事实。可见激昂刚健的诗风虽然是秦中诗歌的主导风格，但是清丽自然的诗风也是其有益的补充。尤其是孙枝蔚、王弘撰、张恂、李念慈、王又旦等关中诗人曾经漫游大江南北，有些甚至长期寓居江南，在江南文化的熏陶中，对其深情绵渺的地域诗风也有吸收，使得清丽缠绵的审美取向在关中诗文中也占有特殊的地位。客观来说，关中本土诗人的创作大多倾向于激昂慷慨，例如李因笃、康乃心、屈复等人的作品，而流寓江南的关中诗人如孙枝蔚、王弘撰、张恂、韩诗等，大多两种审美取向不相伯仲。但是也有特殊情况，雷士俊虽然长期寓居江南，但他性格耿直，风骨凛然，因此其诗却少清丽之美，而多刚健之气。

李因笃之诗，许多学者认为"意象苍莽，才力雄赡"，最有秦风刚健激昂的特色，但是他晚年定居关中之后，看到社会逐渐安定，人民生活得到一定改善，他的心境也渐趋平和，其诗风也转向和婉。如《冬日再如金州赋柬使君弟五首》、《秦台古意兼怀茹明府》、《东湖行和茹岐山用元韵》、《家五兄宅对海棠有感》等诗。其《秦台古意兼怀茹明府》云：

> 蕲年门逐渭川开，弄玉吹箫旧有台。一曲自凌霄汉去，三峰曾引凤凰来。云移别馆秋长闼，月满空山夜不回。逝水无情仙佩杳，闻笙却想故人才。②

此诗高华典丽，声调和婉，颇有盛世大雅之风。还有《即事再别张、宋二绝句》其二："东来柳丝细如蚕，欲去桃花放正酣。独有多情牵暮雨，消魂千尺是江潭。"亦复萧疏散淡，得韵外之致。其《邑里绝句五十首》、《田家诗，暇日用杜拟陶得近体二十首》、《雨》、《元日孙阳弥月》也质朴清新，闲适自然，深得陶诗之神韵。

---

① 钱谦益：《牧斋有学集》卷四十七，上海古籍出版社1996年版，第1564页。
② 李因笃：《受祺堂诗集》卷二十六，《四库全书存目丛书·集部》第248册，齐鲁书社1997年版，第713页。

王弘撰存诗不多，但其诗大多语言简洁，清新自然。如《留别白门友人》、《观高澹游画册即境短述》、《为贾作霖题行乐图》、《梅》等诗，洗尽铅华，不事雕琢，纯以自然平实取胜。又如《题秋溪独坐图》云："古木幽篁紫翠分，溪桥石径也氤氲。高人独坐茅堂里，似有书声出白云。"情景交融，宛然如在目前，所谓"诗中有画"，得右丞之神。李柏诗风虽然被人们认为"冷艳峭刻"，但王心敬却说："（李柏）生平最爱者渊明，故于渊明之诗，嚼咀尤熟，不知不觉风韵逼真耳。"故其诗歌大多自出胸臆，任心独往，而天机自然。如《山行》云："漫道桃源路不通，溪行十里道心空。鸟啼流水落花外，人在春山暮雨中。"在清新流畅的诗句中蕴含了深奥的哲理。他还有一些不落言筌，想落空妙的作品，如《太白山月歌》、《雁字》、《凤泉别墅》、《钟吕坪》等。康乃心的诗歌曾被钮琇认为"豪荡感激，大类青莲"①。但是其《秦庄襄王墓》含蓄蕴藉，韵味无穷，为王渔洋所激赏。其集中如《红叶》、《象山晚眺》、《华清宫》等诗也清新蕴藉，意内言外，颇有"神韵"特征。其《红叶》一诗，在悲秋之余，抒写了心中"著雨去留难"的矛盾心情，萧疏淡雅，音调和婉，寓无尽之情，见于言外。

孙枝蔚、张恂长期寓居扬州，受江南文化的濡染，对其轻柔婉转的诗风也有一定的吸收，其诗也多有清丽之美。潘耒《邗上赠孙豹人》曾云："秦声刚烈吴声缓，君能兼美无偏伤。"②孙枝蔚集中有许多一唱三叹、轻灵婉约的诗作。如《扬州竹枝词》、《冶春口号》、《山中》、《新翻子夜歌》等诗。其《扬州竹枝词》云："杨花落尽燕双飞，天末王孙尚未归。家在竹西歌吹地，忽闻水调泪沾衣。"此诗情致绵渺，音调和婉，韵味无穷。还有《红桥观荷即用为韵同张虞山、黄大宗、吴仁趾》云："水后风光未寂寥，歌声依旧出兰桡。江南江北堪行乐，惟有红桥与段桥。"亦复风流自赏，

---

① 钮琇：《除夕与李子德》，《临野堂诗文集·尺牍》卷二，《四库全书存目丛书·集部》第 245 册，齐鲁书社 1997 年版，第 201 页。

② 潘耒：《遂初堂诗集》卷八《海岱游草》，《续修四库全书·集部》第 1417 册，上海古籍出版社 2002 年版，第 259 页。

洗尽铅华。其《新翻子夜歌》写江南女子的爱情，也极细腻真切。如其三云："莫笑东家蝶，今向西家飞。愿郎开醉眼，看侬颜色稀。"活画出一位痴情少女对负心男子的眷恋、埋怨之情，寄兴自然，言简意深，是五言绝句的上乘之作。张恂早年隐居扬州，生活优裕，他又置身世事之外，所以诗中多有飘逸出尘和闲适淡远之作。其《溪上》云："雨色烟客一气同，平田远趁晚来风。谁将小阁秋江鹤，客到澄溪听草虫。荷味半舒花槛外，茶香全落药栏中。思驱溽暑唯高枕，别有羲皇半亩宫。"萧疏散淡、平实自然，别有一番江南风致。其《听雨》、《忆平川元旦》、《雨中至平山待南生鲁先生》也大多写乡居生活，平实简洁，淳朴真挚，富有田园水乡气息。李楷诗歌也有许多语言简洁，感情真挚的作品。如《秋色》云："秋色苍苍秋水深，寒潭月影似人心。欲知静者门中事，鸿雁来时韵晚砧。"质朴自然，萧疏散淡，别有韵致。其《秦州》诗云："水走山飞稻吐芒，谁家小麦尚登场。西东千里分时候，何故州名记夏凉。"作者以简练的诗句写出了陇右气候与关中的不同，塞外风景，跃然纸上。

　　总体来说，清初关中诗人在多种文化交流之后，对江南等地的地域诗风多有吸收，其诗大多呈现出激昂慷慨的"秦声"与风流婉转的"吴音"的多重审美特征。但是由于清初关中诗人都经历了明清易代的战乱，家国沦亡的悲伤，背井离乡的哀愁，使得其诗中多有郁勃不平之气，多慷慨激昂之声。清丽缠绵的作品，多为他们晚年之作，在整体创作中所占比重不是很高。

三　质朴之气

　　清代学者评论清初关中诗人的作品，除了强调其刚健之风，还一再推崇其质朴之气。王泽弘《溉堂后集序》曾云："予闻海内诸君子论诗者云，豹人先生得力在一朴字。"① 汪楫也曾说："溉堂诗朴处到不得，俚处学不得。愈俚愈古，愈朴愈秀。读书一万卷，养

---

① 王泽弘：《溉堂后集序》，《溉堂集》（下）后集卷首，上海古籍出版社 1979 年版，第 1206 页。

气三十年，乃能办此，未许草草读过也。"① 徐世昌也曾说："（李因笃）胎息深厚，本于朴学，非驰骋才华者比。"②

朴是古代的一种哲学观念。《老子》有六章提到"朴"，大概有两个方面的含义：一方面是指未加雕琢的木材或木的本来体态，由此"朴"可理解为本真或不受私欲干扰的自然状态。另一方面是指天真混沌的本体存在。后来"朴"的内涵慢慢从哲学观念演化为诗歌批评的境界。晚唐司空图《诗品》中至少有五品直接论"朴"，而"雄浑"被理解为是一种同乎自然本体的最高的美，也就是诗歌创作的最理想境界。清初关中诗人论诗大多推崇"朴老"的艺术境界。潘耒《李天生诗集序》曾说："先生尝慨世不乏才人，而争新斗巧，日趋于衰飒，故其为诗，宁拙毋纤，宁朴毋艳，宁厚毋漓，乍读之不甚可喜，而沉吟咀味，意思深长，与夫翡翠兰苕，繁弦促节者相去霄壤矣。"③ 李楷更是将"朴老真至"推为诗歌艺术的最高准则。其《北游草序》云："朴老真至，诗之则也。予观草木之华，香艳沁人，结而为果，坚确可举，方子之诗，诗之果也。朴老真至，则果之熟时也。"④ 孙枝蔚更对这一命题做了系统论述。孙枝蔚论诗强调朴拙雄浑之美，反对模拟造作之习，更鄙弃堆砌辞藻的浮华之美。《龙性堂诗话续集》曾引用《溉堂诗话》云："杜于皇谓某友诗已细矣，惜尚未到粗处。王阮亭谓某友诗极美矣，恨不曾见他丑处。孙豹人亦谓某友诗快利不可言，更须造到钝处。此三言人多称之。盖此三言，即予前所云者熟者、密者、巧者，非诗之绝诣之说也。好而知其恶，恶而知其美者，天下鲜矣。"⑤ 可见孙枝蔚等关中诗人推崇朴拙真挚的境界，反对纤巧绮丽的诗风，代表了清

---

① 孙枝蔚：《溉堂集》（上）前集卷二附汪楫评语，上海古籍出版社 1979 年版，第 157 页。

② 徐世昌著，傅卜棠编校：《晚晴簃诗话》卷四十一，华东师范大学出版社 2009 年版，第 265 页。

③ 潘耒：《李天生诗集序》，载《受祺堂诗集》卷首，《四库全书存目丛书·集部》第 248 册，齐鲁书社 1997 年版，第 582 页。

④ 李楷：《北游草序》，载方文《嵞山集》（中）《北游草》卷首，上海古籍出版社 1979 年版，第 544 页。

⑤ 叶矫然：《龙性堂诗话续编》卷下，台北：广文书局 2011 年版。

初诗人们的普遍追求。另外，孙枝蔚等人主张诗要朴拙，并不是说诗歌不用推敲，随意抒写，而正是强调诗歌在反复锤炼之下返璞归真、洗尽铅华的本真状态。孙枝蔚论方文诗曾说："看似寻常最奇崛，成如容易却艰辛。盆山诗合荆公语，轻薄何劳哂古人。"（《题盆山诗卷首》）王弘撰论文崇尚"简"、"淡"、"洁"，其诗也质朴平淡，但不是平淡乏味，而是"绚烂至极"而归于平淡，真如作者所说"浮荡艰深，绮靡啴缓，失其淡也"。

　　关中诗人的创作也大多遵循"朴老真至"的艺术追求，其诗中也多有平实质朴之作。孙枝蔚《溉堂集》中如《老女吟》、《别眄柯园》、《邻牛》诸诗，王士禛、王士禄兄弟多以"寄托深至，愈拙愈古"、"朴直难到"、"周朴"等语评之。周体观评其《朱伟臣招同刘声玉、干有、莫大岸饮编柳堂，伟臣令子含晖、声玉令子宸、匡俱在，明日伟臣次子寓楼杂诗八首韵见示，予亦仍前韵奉酬》也说："前寓楼八首，正风也。续寓楼八首，变雅也。至古朴性成，愈老愈淡，实出一辙，后八首更难得。"[1]李因笃集中如《王筑夫行乐赞》、《除日承王藩伯茂衍贻诗见怀兼致筐币却谢》、《清明二首》、《赠永寿张明府西屏》、《亭林先生肯访山村留宿见赠四诗用韵奉答》等诗，大多情感真挚，语言简洁，不务雕饰。《清明二首》其一云："满目江花丽，牵心陇树长。三年违拜扫，万里湿衣裳。被襫通秦俗，兰苕撷楚芳。汉川会往溯，搔首问归航。"古人云："每逢佳节倍思亲。"作者为了生计而入幕武昌，适逢清明佳节，看到楚人祭拜祖先，其风俗也与故乡相同，愈发勾起了诗人对亲人的思念之情。深厚的思乡之情，用简淡平实的笔法出之，愈觉韵味悠长。还有《承闻亭林先生中秋抵华下阻雨尚稽首视怅然有作四首》、《诣华阴时亭林先生未至一宿而行二首》抒写作者热切盼望顾炎武来关中定居，商讨学术，弘扬文化，对友人的关切之情也以质朴平实的语言娓娓道来，更觉其友情之真挚深沉。李楷的《土肤歌》、《南丘》、《雪怨四首》等诗也以质朴平实的纪事手法，抒写

---

① 孙枝蔚：《溉堂集》（中）续集卷二附周体观评语，上海古籍出版社1979年版，第639页。

自然灾害带给人民的深重苦难，古朴悲凉，读之让人扼腕。他的许多诗歌也写景如画，质朴简练。如"秦地皆纯朴，邑都尚古风"（《鼎州三首》）、"小市惟粗布，填门几束薪"（《郿县》）、"茶筐泥瘦塞，蕨包重采芹"（《巩昌仁寿山》）等诗句，明白如话，简洁自然，有一种浓郁的西北风情。

关中诗人崇尚"朴老真至"的审美境界，虽与诗人们的审美嗜好有关，也与关中高厚朴实的人文风气不无关系。孙治《学古堂集序》曾说："盖诗之为业也，崇者质，薄者靡。宝者拙，莩者纤。贵者刚，贱者柔。北地风气悲凉，土俗劲直，其所长者，皆诗之所通也。其所短者，皆诗之所避也。"①李雯《明文西序》亦云："夫关中百二，天地之首脊，帝王之都居。终南惇物，汧陇泾渭之精华。雄者为武，英者为文，朴者为道风，秀者为才颖，自古以来，不惟今日。"②屈大均评价王又旦的诗风，也一再追溯其文化渊源。其《赠王给事》其三云："读书芝阳山，子长祠在侧。土高风淳朴，大文以为则。灏气接周秦，含弘复金德。"③徐嘉炎《赠别华州王山史兼呈秦晋诸同学》曾说："东南称才薮，不如西北士。西北崇朴学，东南尚华靡。朴学必朴心，华靡徒为耳。此固地气然，人情亦复尔。"这正是关中文士"朴学必朴心"的主要原因。傅山曾论"西北之文"，也提到西北风土及文风和江南的不同。其《序西北之文》云："东南之文，概主欧、曾；西北之文，不欧、曾。夫不欧、曾者，非过欧、曾之言，盖不及欧、曾之言也。说在乎漆园之论仁孝也。不周之风，不及清明之风，天地之气势使然。故亦自西北之，不辨其非西北之文也。"④傅山所谓"西北之文"，实际上也是指西北朴实醇厚的文风。可见孙枝蔚、李因笃、李楷、王弘撰等西北诗人的诗风的确有其地域风气的渊源所在。

---

① 孙治：《孙宇台集》卷六，《四库禁毁书目丛刊·集部》第148册，北京出版社1997年版，第715页。

② 李雯：《蓼斋集》卷三十三，国家图书馆藏清顺治十四年石维昆刻本。

③ 屈大均：《翁山诗外》卷二，《续修四库全书·集部》第1412册，上海古籍出版社2002年版，第201页。

④ 傅山：《霜红龛集》卷十六，《续修四库全书·集部》第1395册，上海古籍出版社2002年版，第559页。

第二章

清初关中诗人的诗学思想

清初关中诗人大多学问渊博，他们在诗学理论方面也卓有建树。他们大多提倡地域文学传统，论诗标举盛唐，主张格调，宗法明代前后"七子"，但他们对七子派的弊端也进行了相应的纠正。清初关中诗人对明代士人空疏不学、模拟剽窃的陋习极为不满，强调学问对诗歌创作的重要意义。他们还从当时的现实出发，对传统的"诗本性情"、"文以明道"、"温柔敦厚"、"诗穷而工"等诗学命题进一步阐发，具有鲜明的时代精神。另外，清初关中诗人的诗论大多不偏不倚，具有一定的包容精神，对前代诗人的诗论都能扬长避短，坚持诗学批评的独立精神，与明清一些诗人党同伐异的偏颇观点截然不同。他们在诗歌的具体做法上也认真探索，在诗律、诗法的研究上也有一些积极的成就。

第一节　李因笃的诗论

李因笃是清初关中诗人群体的领袖人物，他学问渊博，品德高尚，在诗歌创作方面取得了卓越的成就。他也曾潜心探索诗学理论，对明代格调派的理论既有继承也有批判，并提出了一些重要的诗学观点，与清初诗坛走向紧密相关。他还努力提倡"秦风"，弘扬地域文学传统，对于构建关中诗人群体的诗学理论体系功不可没。

一　才学并重，重视诗人的主体修养

严羽曾说："诗有别才，非关书也，诗有别趣，非关理也。然

非多读书，多穷理，则不能极其致。所谓不涉理路，不落言筌者，上也。"① 许多人对严羽的思想有误解，认为不读书就可以写出好诗。明末清初，针对晚明士人空疏不学、束书不观的陋习，许多学者提出了"实学"思想，强调学问对于创作的重要意义。顾炎武曾说："吾辈不能多读书，未宜轻作诗文。如盆盎中水，何裨于沧海之大，只供人覆剖瓿而已。"② 黄宗羲亦云："一代之制作，有所至不至，要以学力为深浅。"③ 冯班更是强调："有一分学识，便有一分文章。但得古今十分贯穿，自然才力百倍。相识中多有天性自能诗者，然学问不深，往往使才不尽"，"多读书则胸次渐高，出语皆与古人相应，一也；博识多知，文章有依据，二也；所见既多，自知得失，下笔知取舍，三也。"④ 他们都认为作家的学问决定作品的成就，学问可以丰富素材，拓宽视界，开掘作家的才能，激发他们的创造力。

李因笃作为明代格调派的坚定支持者，特别重视学问对于创作的重要性。其《钮明府玉樵诗集序》曾说："天之赋才，非啬于今而丰于古，江河日下，视古人不营径庭，岂独其才殊哉？学之不逮久矣。"⑤ 他又说："天下无诗久矣。非无诗也，无学诗者也。学诗必本之三百，而三百之后有苏李，苏李之后有曹阮，有鲍谢，有开元天宝诸公，皆其嫡传也。"⑥ 他强调学诗是作诗的基础和前提条件，而学习的对象更不能太单一，要广泛地学习前人的优秀成果。另外，学习更不能局限于诗歌一途，经史子集都是诗人学习的对象。李因笃自己学问广博，这是当时人们一致的公论。王士禛曾说："（李天生）博学强记，十三经注疏尤极贯穿。"⑦朱树滋《李文孝先生行状》也说："（李因笃）居雁门数年，益发愤读六经及关、闽大儒书。所著诗文高古精邃，名播海内，以是骚人词客，趋之若

① 郭绍虞：《沧浪诗话校释》，人民文学出版社 2005 年版。
② 顾炎武：《与归庄手札》，《亭林佚文辑补》。
③ 《黄宗羲全集》第 12 册，浙江古籍出版社 2005 年版。
④ 冯班：《钝吟杂录》，中华书局 1985 年版，第 46 页。
⑤ 李因笃：《钮明府玉樵诗集序》，《续刻受祺堂文集》卷三，清道光十年刻本。
⑥ 李因笃：《许伯子苗斋诗序》，《续刻受祺堂文集》卷三，清道光十年刻本。
⑦ 王士禛：《池北偶谈》卷十一，中华书局 1982 年版，第 251 页。

骛，至邸舍不能容。"① 李因笃尝著《诗说》、《春秋说》，顾炎武、
汪琬亦极为折服。② 其诗歌创作更是出经入史，纵横捭阖，变化无
穷，深得顾炎武、屈大均、魏象枢、曹溶、王士禛等名家的推崇。
魏象枢《富平李天生至蔚，以长歌来见，即赠》云："读尽书千卷，
知君有夙根。平心搜理窟，老气逼词源。既见真如醉，何时进一
言。归家须努力，经史待评论。"③ 曹溶称赞李因笃也说："学海抽
雄藻，尝推李富平。"（《吴香为枉过竟日论诗六首》）博尔都《赠
李天生》亦云："关西籍甚李夫子，独抱经纶天下士。谈经齿冷治
安疏，论世横穿廿二史。天储此才审所用，非图取贵洛阳纸。"④ 可
见当时名家对李因笃学问的推崇，他们都认为李因笃不凡的诗才得
益于广博的学问。

　　李因笃论诗推崇学问，也不忽视性情，他是清初格调派的坚定
支持者，也是性情派诗风的积极倡导者。⑤ 诗本性情是中国古代诗
学的一个旧命题，历代诗论家多有评说。性情即人的气质秉性，
《易·乾》云："利贞者，性情也。"孔颖达疏云："性者，天生之
质，正而不邪；情者，性之欲也。"⑥ 性情作为诗歌评论的术语，出
现在南北朝时期。钟嵘曾说："气之动物，物之感人，故摇荡性情，
形诸舞咏。"（《诗品序》）在古代文论中，性情又称"性灵"，也
是诗歌批评的一个重要术语。颜之推云："文章之体，标举兴会，
发引性灵。"⑦ 明代公安三袁提出"独抒性灵，不拘格套"，使"性
灵"成为风靡天下的文学主张。公安三袁所谓"性灵"，受到了李
贽"童心说"的影响，提倡表现个人真实的情感欲望，摆脱了明代
中期复古派的束缚，对当时文坛影响颇大。

　　① 朱树滋：《李文孝先生行状》，吴怀情：《关中三李年谱·李天生先生年谱》附
录，默存斋本。
　　② 《清史列传·李因笃传》，中华书局 1981 年版，第 5303 页。
　　③ 魏象枢：《寒松堂全集》卷六，中华书局 1991 年版。
　　④ 博尔都：《问亭诗集》卷一，《四库未收书辑刊》，北京出版社 2000 年版。
　　⑤ 高春艳：《李因笃文学研究》，中国社会科学出版社 2011 年版，第 158 页。
　　⑥ 阮元：《十三经注疏·周易正义》卷一，上海古籍出版社 1997 年版，第 1 页。
　　⑦ 颜之推：《颜氏家训·文章篇》，王利器：《颜氏家训集解》，上海古籍出版社
1996 年版，第 221 页。

　　李因笃对"诗以道性情"这一传统诗学命题有着自己独特的认识。既不同于晚明公安派对"性灵"的狭隘认识,又不同于复古派独重格调,忽视"性情"的偏颇主张。公安派末流的弊端是轻佻纤滑,缺乏深刻的社会历史精神,复古派末流的弊端是模拟造作,缺乏作家的真情实感。顾炎武曾说:"近代文章之病全在模仿,即使逼肖古人,已非极诣,况遗其神理而得其皮毛者乎?"(《日知录》卷十九)他进一步提出"诗主性情,不贵奇巧"(《日知录》卷二十一),强调诗歌的抒情本质。黄宗羲亦云:"诗以道性情,夫人而能言之。然自古以来,诗之美者多矣,而知性(情)者何其少也。"① 李因笃在推崇格调的同时,也强调诗人要有真性情,作诗和做人要一致。其《王督学文石诗序》曾说:"传曰:诗以道性情。其人而仁,必言之和易而朴茂;其人廉而且勇,必言之静深而简直。"② 诗歌是心灵的反映,诗人的人品气质决定诗歌的风格特征,只有真实地表现自己的思想感情,这样的作品才有价值。可是许多诗人仅从形式字句上下功夫,缺乏自己的真情实感,违背了创作的规律,当然创作不出高质量作品。李因笃还从诗歌要有真性情出发,强调学习古诗也不能模仿古人,应当抒发作者的真性情。其《艾悔斋诗集序》云:"大抵以三百篇为宗,而浸淫于汉魏三唐之间,得心寓目,各写其性情所欲言,不必拘拘以古人为法,而无不与古人合。"③ 李因笃认为作诗和做人是一致的:"芟伪黜浮而诗文之真气候乃出。真气候出,推之父子君臣朋友之间,一以贯之,沛然若决江河,莫之能御矣。"④ 他的这种主张既与关中地区厚重朴实的民风有关,也和关学强调"躬行实践"的道德修养密不可分。

　　按照儒家的诗教传统,温柔敦厚、中正和平一致被人们认为是

---

① 黄宗羲:《马雪航诗序》,《黄宗羲全集》第 10 册,浙江古籍出版社 2005 年版,第 95 页。
② 李因笃:《王督学文石诗序》,《受祺堂文集》卷三,道光七年刻本。
③ 李因笃:《艾悔斋诗集序》,吴怀清:《关中三李年谱天生先生年谱》附录,默存斋本。
④ 李因笃:《筠庵使君集序》,《续刻受祺堂文集》卷一,清道光十年刻本。

诗歌的雅正之调。孔子曾说："《关雎》乐而不淫，哀而不伤。"①又说："入其国，其教可知也。其为人也，温柔敦厚，诗教也。"(《礼记·经解》) 司马迁也说："《国风》好色而不淫，《小雅》怨悱而不乱。"② 他们都强调诗人要对感情有所节制，诗歌要有中和之美，"温柔敦厚"也成为中国古代诗歌创作的重要原则。后世人们在阐释温柔敦厚之时，过多地强调了诗歌的温厚和平，忽略了对激昂感情的抒发，导致诗歌走向平庸肤廓之弊。明末清初，许多诗人有感于国破家亡之痛，激昂奋发，长歌当哭，与传统所谓"怨而不怒"、"哀而不伤"相去甚远，也导致他们对"温柔敦厚"的诗教重新反思。黄宗羲等人论诗主张性情，最重要的是要抒发"真情"。他批评近人为诗"情随事转，事因世变，干啼湿哭，总为肤受"，"非不出于性情也，以无性情之可出也"③。黄宗羲还批评那种认为"温柔敦厚"就是"委蛇颓堕，有怀而不吐，将相趋于厌厌无气而后已"的庸俗观点。他认为四时有发敛寒暑，人情有喜怒哀乐，"温柔敦厚"也不止为发敛和喜乐，还应包括寒暑之气，怒哀之情。他还进一步从《诗经》找到根据，孔子也没有将《考槃》、《丘中》等诗删掉，因为它们"疾恶思古，指事陈情，不异熏风之南来，履冰之中骨，怒则掣电流虹，哀则凄楚蕴结，激扬以抵和平，方可谓之温柔敦厚也"④。以鲜明的是非、强烈的爱憎为温柔敦厚的主要内涵，提倡"怒则掣电流虹，哀则凄楚蕴结"的诗风，在清初具有典型的意义。顾炎武也说："诗之为教，虽主于温柔敦厚，然亦有直斥其人而不讳者。"⑤ 他还进一步倡导诗歌要有"讥刺"，强调对现实的批判，他曾引用晋葛洪《抱朴子》云："古诗刺过失，故有益而贵。今诗纯虚誉，故有损而贱。"(《日知录》卷二十一)

---

① 阮元:《十三经注疏》(下)《论语·八佾》，上海古籍出版社1997年版，第2468页。

② 司马迁:《史记·屈原贾生列传》，中华书局1959年版，第2482页。

③ 黄宗羲:《黄孚先诗序》，《黄宗羲全集》第10册，浙江古籍出版社2005年版，第32页。

④ 黄宗羲:《万贞一诗序》，《黄宗羲全集》第10册，浙江古籍出版社2005年版，第94—95页。

⑤ 黄汝成:《日知录集释》卷十九，上海古籍出版社2006年版，第1085页。

这和世俗所谓温柔敦厚截然不同。李因笃也主张诗歌要抒发真情，对于那些表现男女情欲、抒发怨悱痛苦的诗歌给予肯定。其《王督学文石诗序》曾说："三百篇具在，彼夫劳人怨女忧愤愉悦之端，未必粹然俱出于正，而圣人犹有取者，以为不欺其衷，其性情固可考而知也。今之作者则异于是，冥搜博骋，日崇其辞。以其性情求之，茫无所据。然则圣门风雅之科，将黜闵、冉而有其性情求之，而有德者必有言，何以称焉。"① 李因笃还在其《汉诗音注》中说："往观汉诗至'荡子行不归，空床难独守'，喟然叹曰：'惟守而后知其难，惟难则益见其贞，此意黄初以下，绝无逮津者。'谓汉人之深得其情，故其语真，语真则至也。夫人情本不相远，岂贞妇别具一肺肝？一一出于自然哉！国风好色而不淫，小雅怨悱而不乱，知是解者，可与读使君之诗。"② 李因笃因为这些诗歌都抒发了作者的真性情而极力肯定，这与晚清国学大师王国维的观点不谋而合。王国维曾说："'昔为倡家女，今为荡子妇。荡子行不归，空床难独守'；'何不策高足，先据要路津？无为久贫贱，坎坷长苦辛'，可谓淫鄙之尤。然无视为淫词、鄙词者，以其真也。五代、北宋之大词人亦然，非无淫词，读之者但觉其亲切动人；非无鄙词，但觉其精力弥满。可知淫词与鄙词之病，非淫与鄙之病，而游词之病也。"③ 王国维认为这些诗词虽然格调不高，但是亲切动人、精力弥满，是诗人真性情的表现，不能因为其淫、鄙而一概否定。这些作品相比那些模拟造作，虚情假意的"游词"当然更有价值。

李因笃强调诗人创作要有真性情，有真性情的诗歌必然有作家独特的个性，而时代的变化也决定了不同时代的作家创作必然有其时代特征。他曾说："苏李不必三百而继三百者必苏李。曹阮鲍谢之于苏李，开元天宝诸公之于曹阮鲍谢，亦莫不然。夫不必者，时固迭为升降矣……学三百而得苏李，学苏李而得曹阮鲍谢，学曹阮鲍谢而得开元天宝诸公，是真能学者矣。"④ 效法前人的创作精神而

① 李因笃：《王督学文石诗序》，《受祺堂文集》卷三，清道光七年刻本。
② 李因笃：《汉诗音注》卷十，关中丛书本。
③ 王国维：《人间词话》，人民文学出版社1960年版，第20页。
④ 李因笃：《许伯子苗斋诗序》，《续刻受祺堂文集》卷三，清道光十年刻本。

形成自己的风格，这正是善学者的特点。每个时代都有自己的时代特点，作者必然要受其影响，创作符合时代的新作，所谓"诗文随世运，无日不趋新"。李因笃强调学古并非模拟剽窃，这是对明代复古派和清初学古而失其本心的作家的尖锐批评。李因笃对钱谦益极力否定复古派李梦阳等人深为不满，他对钱谦益推崇李东阳的拟古乐府也并不苟同。其《与许学宪》云："近宗西涯者莫如牧斋公，请证之牧斋生平作诗论诗之离合，便只此等如狂药诱人，万万不宜入口矣。"① 钱谦益为了打击复古派，对茶陵派李东阳赞赏不已，而被钱谦益极力赞赏的拟古乐府竟然议论说理，毫无古乐府清新质朴的风味。而李因笃更是从钱谦益褊狭的诗学理论和反复无常的政治操守讥讽他，也体现出李因笃要求为人与为诗必须一致的理论观念。

二　推崇唐音，提倡清新蕴藉的诗风

李因笃因为乡曲的原因，对明代李梦阳等格调派的代表人物极为推崇。其《王使君书年五吟草序》云："诗自唐大历以还，至明之李、何再盛。所谓取材于选，效法于唐，虽圣人复起，不易也。"② 其《二李》诗更云："沧溟表齐帜，北地本秦风。绝构皆千古，雄才有二公。"对李梦阳、李攀龙可谓推崇备至。李因笃由推崇格调派出发，更是旗帜鲜明地倡导学唐。他的好朋友顾炎武推尊唐诗，李因笃赞赏不已。其《钮明府玉樵诗集序》曾说："征君古文词纵横《左》《史》，诗独爱盛唐。"在江南诗坛诛伐前后七子已近尾声的康熙初年，李因笃接受格调派的口号，独尊盛唐，这与钱谦益代表的江南诗学殊途异趣，也与清初宋诗风一度高扬的京师诗坛也凿枘不入。

清初诗坛关于唐宋诗之争愈演愈烈，朝野上下分为两大比较有代表性的阵营，邓汉仪曾说："今诗专为宋派，自钱虞山倡之，王贻上和之，从而泛滥其教者有孙豹人枝蔚、汪季用懋麟、曹颂嘉

---

① 李因笃：《与许学宪》，《受祺堂文集》卷三，清道光七年刻本。
② 李因笃：《王使君书年五吟草序》，《续刻受祺堂文集》卷一，清道光十年刻本。

禾、汪苕文琬、吴孟举之振。而与余商略不苟同其说者，则有施尚
白闰章、李岂瞻念慈、申凫盟涵光、朱锡鬯彝尊、徐元一乾学、曾
青黎灿、李子德因笃、屈翁山大均等人。"① 李因笃是坚定的宗唐诗
人，他早在康熙十一年即致信李良年，对当时日渐兴盛的宋诗风
气，就表示了反对。他说：

> 近时作者多以朴胜。试观宋人诗何尝不朴老，究其终逊于
> 盛唐者，失其秀令也。夫秀者清新，令者蕴藉之谓也。合此四
> 字，古人之能事过半矣。杜之称太白曰："清新庾开府。"寄
> 高、岑亦曰："更得清新否？"三公唐之巨擘，而老杜所以许之
> 期之者，其道如此。若蕴藉，则上自三百，下延大历，无诗不
> 然。否则其文不雅训，荐绅先生难言之矣。又有要者，格必整
> 齐，而世多好为散调，气以疏行，而承接繁密，反多间断不
> 属。……然区区欲献其刍荛者，亦惟整与疏是务，而更使无一
> 语凑泊，动自本然，则宏我汉京，度越诸子矣。②

　　李因笃承认宋诗朴老的特点，但他陈述了反对宋诗的理由：第
一，宋诗没有唐诗"清新蕴藉"之美；第二，宋诗没有唐诗格律整
齐，"好为散调，气以疏行"，对宋诗以文为诗极为不满。他还进一
步申述说："少陵云：'更得清新否'，又，'清新庾开府'，'清词
丽句必为邻'，是清尤称要。然未有不古而清者。欲诗之古，舍汉
魏盛唐何尊焉？古则清，清则雅矣。"③ 他又说："求疏于整，求澹
于工，求蕴藉于清新，多读汉魏六朝盛唐而潜心静气以自审其离
合，久之如羚羊挂角，无迹可寻矣。"④ 其《许伯子茁斋集序》又
云："黜议论，绝凑泊，以本色为宗，使情余于声则实沉矣，使景
余于情，则蕴藉矣。要其极则归于妙悟。"⑤ 他强调诗歌要"动自本

---

①　邓汉仪：《宝墨堂诗拾》附，北京图书馆藏抄本。
②　李因笃：《复李武曾》，《续刻受祺堂文集》卷三，清道光十年刻本。
③　李因笃：《曹季子苏亭集序》，《续刻受祺堂文集》卷一，清道光十年刻本。
④　李因笃：《张仲子淮南诗序》，《续刻受祺堂文集》卷一，清道光十年刻本。
⑤　李因笃：《许伯子茁斋诗序》，《续刻受祺堂文集》卷三，清道光十年刻本。

然"，情景交融，含蓄蕴藉，不可凑泊，这与严羽诗论有相通之处。但他强调"情余于声"，"景余于情"就有点机械，因此他在京师与孙枝蔚论诗，孙枝蔚即不甚赞同。但是这种论诗方法却影响深远，晚清王国维《人间词话》曾说："文学之事，其内足以摅己，而外足以感人者，意与境二者而已。上焉者意与境浑，其次或以境胜，或以意胜，苟缺其一不足以言文学。原夫文学之所以有意境者，以其能观也。出于观我者，意余于境。而出于观物者，境多于意。"① 虽然王国维所说"意"与"境"与李因笃、顾炎武所谓"情"与"景"不尽相同，但是可以看出他们对王国维文学理论的影响。

李因笃不但推崇七子派的创作成就，在学诗方法上也继承了七子的主张。李因笃曾说："窃谓学诗有三候：从事既久，己以为佳，人亦以为佳，顾置之唐人集中未类，则顾舍之而益孜孜焉；久而己以为唐，人亦以为唐，顾置之盛唐集中未类，则仍舍之而益孜孜焉；久而己以为盛唐，人亦以为盛唐，顾其声调是矣，而矩矱不无参差，又进而加详焉。所云效法于唐，拟议日新之功渐濡既深，而后水乳融洽。"② 这个观点虽然继承了李攀龙"拟议日新"之说，但是他将其推进一步，不但强调声调、矩矱无不以求合，而且追求"水乳融洽"的神明变化之功。这与后七子的代表谢榛论诗有异曲同工之妙。谢榛曾说学诗要以初盛唐诗之佳作为标本，"熟读之以夺神气，歌咏之以求声调，玩味之以裒精华"，久而久之，"及乎成家，如蜂采百花为蜜，其味自别使人莫之辨也"。(《四溟诗话》卷三)

尤其值得注意的是，李因笃并没有轻视六朝诗人取得的成果，他对《文选》也很重视，表现出了宽阔的学术胸襟。其为曹溶《静惕堂诗集》卷四作跋云："天下无言《文选》者，诗日趋于敝，而五言为甚。近日始知羞称景陵，更溯正始。然吾尝见其诗，考其原委，所为正始，自大历已耳。无论风雅为几筵，汉魏为俎豆，即开

---

① 王国维：《人间词乙稿序》，《人间词话》，人民文学出版社 1960 年版，第 256 页。

② 李因笃：《钮明府玉樵诗集序》，《续刻受祺堂文集》卷三，清道光十年刻本。

府、参军、李、杜，常亟引之，而近人一涉六朝，辄去之若将浼焉。竭其生平之智力，区区从盛唐诸公庑下周旋，岂真以庾谢风流反出其下耶？嗟乎！时贤不学至于如此。"①这也正是杜甫"熟精《文选》理"的理论阐释。因此李因笃对李攀龙等人狭隘的诗学观也有批评。其《王使君书年五吟草序》云："诗自唐大历以还，至明之李、何再盛。所谓取材于选，效法于唐，虽圣人复起，不易也。吾尝准此以衡近代大家，合者独近体耳。于鳞则云：唐无五言古诗。徒矜拟议之能，而略神明之故，固七子所由自域也。"由此可见，李因笃对明代格调派思想在继承的同时，也有一些积极的修正。他强调学习古诗重在精神内蕴，批评七子派末流对字句的模拟造作。他还说："（乐府）至太白则毅然独会心，遂成一家。献吉学六朝者也，事轶而辞近之，于鳞学太白者也，用其诗失其辞也，其失却在于规摹。所谓王之学华尽是形骸之外，去之弥远耳。"②他倡导学古而能变化，有自己的个性，批评李攀龙的字拟句模。钱钟书先生曾说："竹垞诗学曲折处，较之李天生可见。天生与竹垞友好，作诗也同沿明人风会，专学盛唐。……然天生取径既如七子之专，取材亦同七子之狭。"③钱先生因酷喜宋诗，对明清学唐者多有不满，他说李因笃学诗取径极窄，有值得商榷之处。

三　倡导秦风，自觉建构关中诗学传统

中国文学发展到明清时代，一个最大的特征就是地域性特别显豁起来，对地域文学传统的意识也清晰地凸显出来。各地诗人对以乡贤为代表的地域文学传统极为尊崇，并且对地域文学特征开始自觉接受和强调。明清关中诗人大多溯源《诗经》，对《秦风》极为重视，也推崇汉唐气象，表现出对乡邦文学的自觉继承和发扬。杨际昌《国朝诗话》卷二曾云："秦中自空同酷拟少陵，万历之季，

---

① 曹溶：《静惕堂诗集》卷四附录，首都图书馆藏清雍正三年李维钧刻本。
② 李因笃：《与许学宪》，《受祺堂文集》卷三，清道光七年刻本。
③ 钱钟书：《谈艺录》，中华书局1984年版，第88页。

文太清翔凤复为扬波，海内有秦声之目。"① 而李因笃、李楷、孙枝蔚等也重视关中文学传统，为建立关中文学传统而不遗余力。李因笃作为"西京文章领袖"，也对关中文学传统有着深刻的认识，努力提倡以"秦风"为标志的地域风格，自觉建构和弘扬秦关中诗学传统。

李因笃《二李》诗云："沧溟表齐帜，北地本秦风。绝构皆千古，雄才有二公。"他充分肯定了李梦阳为代表的"秦风"传统。李因笃还用"秦风"来评价许多关中诗人的作品，旨在提倡这种地域风格，建立起鲜明的地域诗歌传统。其《元麓堂诗集序》云："夫论诗与古文词异。关中北地崛起，含宫吐角，其乐府骎骎汉人矣。……先生诗慷慨激发，兼周、秦之故，此系乎其地也。"② 他认为南师仲诗"慷慨激发"，具有鲜明的地域特征。他还评价康乃心的诗歌"雄姿逸气，不受羁衔，故皆直抒性灵，磊落壮凉，得秦风本色"③。他认为只要是秦人，不管他居住在何地，其诗中自有鲜明的秦地特色。他评价寓居山东的蒲城籍诗人雷亨豫曾说："吾秦风气，在家则驽钝，而出门则千里也。献吉生北地而长于大梁，遂为故明三百年文人之冠。陇西孙太初，浮湘汉，蹑衡庐，买田苕溪，遂卜居焉，其诗悲壮奇伟，为吴越翘楚。而焦获孙豹人，浮家广陵，亦声震江淮矣。今伊蒿复崛起于海岱间，与献吉诸人声价相先后。古人云：'出门有功'，其是之谓乎？谁谓迁其地而弗能为良哉？"④ 他以李梦阳、孙一元、孙枝蔚三位寓居他乡的秦人为例，称赞他们虽然远离故土，客居他乡，但他们依然具有秦人慷慨激昂的创作风格，而且在地域文化交流中取得了更加辉煌的成就。

如前所述，李因笃对钱谦益指斥"秦风"的特征只是"亢厉用壮"深为不满，他指出："吾秦，周之旧也。小雅之材七十四，大

① 杨际昌：《国朝诗话》卷二，载《清诗话续编》第 3 册，上海古籍出版社 1983年版，第 1724 页。

② 李因笃：《受祺堂文集》卷三，清道光七年刻本。

③ 李因笃：《莘野诗集序》，康乃心《莘野先生遗书》卷首，中国社会科学院文学研究所藏抄本。

④ 李因笃：《艾梅斋诗集序》，吴怀情《李天生年谱》附录，默存斋本。

雅之材三十一，非产于周者乎？"他还说："夫论诗与古文词异。关
中北地崛起，含宫吐角，其乐府骎骎汉人矣。近钱侍郎受之，顾摘
其字句而微疵，至诋之以秦声。不曰关中丰镐旧畿，二雅之遗音俱
存。而诗十五国风如召、如王、如郑、如魏、如豳，皆在邦域之
中，不独秦也。即以秦《小戎》伐收，所言者武勇，而终之曰其人
如玉。兼葭霜露，所感者节序，而承之曰'所谓伊人'，其情悱恻
而缠绵，其词光明而峻洁，殆超然诸国之上矣。"①李因笃认为秦地
地域广阔，曾是周王朝发祥地，《大雅》、《小雅》中有 105 篇属于
秦地诗歌，它也是《国风》中《召风》、《王风》、《郑风》、《魏
风》、《豳风》的故乡，不仅仅是《秦风》十篇，内容极为广泛，
风格也丰富多样。即使《秦风》的风格也不是简单的亢厉用壮，也
有清丽缠绵的《兼葭》、《晨风》等诗。这些论断对于人们全面认
识周秦时期秦地文学的繁荣兴盛具有振聋发聩的意义，一下廓清了
明清时期关于秦风、秦声的许多谬误。

　　李因笃还有《寄怀杨太舅白石先生》一诗历叙李梦阳以来秦地
文学的成就，诗云：

　　　　开元以降南雅坠，五百年来北地兴。步曹蹑刘自跌荡，凌
　　鲍跞谢何峻嶒。此时风气首关内，河岳翕然同向背。壮藻浒西
　　尝竞发，新声鄠杜共酬对。三子并擅德名扬，五星重瞻井魁
　　会。最怜胎簪称俊逸，犹喜昌谷绝伦辈。……哀思一变为楚
　　声，秀令千秋堕唐格。遂有光禄起经学，同时孝廉推词
　　伯。……余溯渊源遵自出，半生飘零不具述。唯桑与梓每系
　　怀，洎去云亭增迥谲。咫尺东里尚书庄（张），嶙峋南川太宰
　　坊（孙）。侍御直声追贾董（杨），中丞古调逼卢王（李）。从
　　遭兵戈尽散佚，况复行役愁苍茫。②

────────────

　　① 李因笃：《元麓堂诗集序》，《受祺堂文集》卷三，清道光七年刻本。
　　② 李因笃：《受祺堂诗集》卷七，《四库全书存目丛书·集部》第 248 册，齐鲁书
社 1997 年版，第 519 页。因为四库存目本里面很多文字如"亭林"、"翁山"等被删掉，
笔者根据南京图书馆藏清康熙三十八年田少华刻本校补，以下所引《受祺堂诗集》内容
均出自此两种刻本，不再注出。

他称赞李梦阳为有唐以来五百年秦地诗人的领袖，同时康海、王九思并起关中，以雄深雅健的汉唐格调引领诗坛，就连吴地诗人徐祯卿也开始遵尚格调雅健的诗歌风调。明末冯从吾倡导经术、文翔凤振起秦风，再次掀起了关中文化学术事业的繁荣。李因笃也借助讴歌先辈，倡导关中诗人继承先辈遗风，努力发扬乡邦传统。其《扶风行赠王九青太史》又云："三百年来论风雅，武功鄠杜皆称雄。石渠金马久寂寞，高视中原得扶风。岂但接迹李何后，才名远与班掾同。……"① 他还时常情不自禁地宣扬秦风，表现出对地域诗学的偏爱。其《寄八舅》曾云："秦风遵自出，塞月照同愁。"《赠采公参藩初度四首》其三又云："一自秦风高鲁史，诸侯皆作小邾人。"可见其对地域文学传统的偏爱。屈大均曾说："往者关中李天生尝以偏军待江南人，比见仆《登华》百韵长篇，始惊叹，以为山东大敌。"②

李因笃本人的诗歌也被人们认为更具有秦风本色。傅山《为李天生作十首》曾云："空同原姓李，河岳又天生。律即三千首，钟消十二声。"③ 将李因笃比作明朝诗坛领袖李梦阳，可见其诗学渊源所在。曹溶甚至将李因笃比作秦风。曹溶《旧游杂忆十首》其五云："不见秦风十八年，雄心时拟问龙泉。记闻虎啸关门上，酒敌严霜夜不眠。"④ 乾隆年间陕西诗人杨鸾《玉堂诗钞后序》云："往者富平李子德先生，嗣音北地，树帜词坛，合阳则有王黄湄、康孟谋两先生，风格峻洁，不染恒蹊，卓然成一家之言，文章千古，公论攸存，固非乡曲所能阿好也。"⑤ 可见李因笃倡导的秦风传统已经深入人心，成为关中诗学传统。

---

　　① 李因笃：《受祺堂诗集》卷十八，《四库全书存目丛书·集部》第248册，齐鲁书社1997年版，第632页。

　　② 屈大均：《复汪于鼎书》，《翁山文外》卷十六，《续修四库全书·集部》第1412册，上海古籍出版社2002年版，第204页。

　　③ 傅山：《霜红龛集》卷九，《续修四库全书·集部》第1395册，上海古籍出版社2002年版，第502页。

　　④ 曹溶：《静惕堂诗集》卷四十四，首都图书馆藏清雍正三年李维钧刻本。

　　⑤ 杨鸾：《邈云楼集六种·文集》卷一，《四库未收书辑刊》拾辑，北京出版社2000年版，第613页。

第二节　孙枝蔚的诗论

清初关中流寓江南的诗人颇多，著名的有孙枝蔚、韩诗、雷士俊、王岩等人，他们大多受到江南文化的熏陶，在诗歌创作和诗学理论方面都相比关中本土诗人更为开放，具有南北文化和南北诗学交融的特点。孙枝蔚长期流寓扬州，在当时江南诗坛影响颇大，其诗学理论兼容并包，融烁古今，具有重要的时代特点。

一　唐宋兼宗，转益多师

明末清初，各地诗歌流派和文学社团风起云涌，各种文学思潮也层出不穷，其中就效法对象来说，争议比较多的就是宗唐或宗宋的问题，这是明末清初诗坛的一个重要话题。清初关中诗人，由于地域的原因，大多效法明代复古派李梦阳，追步杜甫，推崇唐诗。孙枝蔚早年也对明代复古派前后七子极为推崇，曾经选有《四杰诗选》，四杰即前后"七子"的领袖李梦阳、何景明、李攀龙、王世贞四人，可见他早年的诗学宗尚。雷士俊曾高度评价了其《四杰诗选》，其《与孙豹人书》曾说："大抵钟谭论说古人情理入骨，亦是千年仅见，而略于音调，甚失诗意。诗以言志，声即依之，钟谭《诗归》，譬之于人，犹瘢痕也。虽不尽如此，然古人好诗，一入其选，则作如此观。《四家诗选》，可救钟谭之偏矣。"① 但是随着孙枝蔚诗歌研究的逐步精深，他开始不满于自己的诗学主张。其《复王阮亭》云："承索《明四杰诗》，此书久未发印，非为纸贵，因中间评语有未妥者，尚须改刻数板，而囊无一钱，且复置此，是以不敢更问世也。王弇州谓作《艺苑卮言》时，年未四十，与于鳞辈是古非今，此长彼短，未为定论，行世已久，不能复秘。牧斋许其能虚心克己，不自掩护。今仆与山期共笔砚，时年才二十七八耳，

---

① 雷士俊：《艾陵文钞》卷七，《四库禁毁书丛刊·集部》第90册，北京出版社1997年版，第133页。

而才又非元美比。每思此事，澟然汗下，已非一日矣。于鳞为先生乡前辈，若以牧斋《列朝诗》持论存心之法例之，定当在所推挹也。党同伐异，贤者不为。公中之私，或复不免。仆将倾耳而承教矣，暂复不一。"① 孙枝蔚后来遇到方文，与之论诗，悔己取径之狭，又选《诗志》，广收天下名人之作。② 其《诗志序》云：

> 今论诗者曰："夫士风骚自命，幸而生于古人之后，亦不幸而生于古人之后也。祖习诸家，采其所长，如谢灵运之拟七子，江淹之杂拟，规矩当前，取携由我，斯可谓之幸矣。然极盛者难为继，博取者虑不端。钟嵘谓源出于某体，逊于某。元稹谓效齐梁则不逮于魏晋，工乐府则力屈于五言，沾溉残膏。有志羞为蚍蜉撼树，复取讥前辈，几于无一可焉。斯又可谓之不幸矣。"为此说者，大抵似是而非。夫十五国风，各不相同，并为太史所采。圣人所存二雅，非一人之手，不可谓吉甫、家父，拙于周、召三颂，非一代之乐，不可谓周拙于商，鲁拙于周，安见古之为幸而今之为不幸耶？③

孙枝蔚对诗坛所谓诗歌随时代升降的机械论述颇不以为然，他认为各代的诗歌自有其独特的价值，主张诗人要有独创的精神，反对模拟抄袭。创作如此，论诗更应坚持独立的批判立场。

清初江南诗坛，还有竟陵派和云间诗派的影响，但已经引起了当时诗人的不满。张溍《与孙豹人》书云："竟陵诗派，诚为乱雅，所不必言，然近日宗华亭者，流于肤壳，无一字真切，学娄上者，习为轻靡，无一语朴落。矫之者阳尊两家之帜，而阴坚竟陵之垒，其诗面目稍换而胎气逼真，是仍钟谭之嫡派真传也。先生主持风雅

---

① 孙枝蔚：《复王阮亭》，《溉堂集》（下），上海古籍出版社1979年版，第1077—1078页。

② 汪懋麟：《征君孙豹人先生行状》，《百尺梧桐阁集》卷八，上海古籍出版社1980年版，第508页。

③ 孙枝蔚：《溉堂集》（下），上海古籍出版社1979年版，第1060—1061页。

者，具将何以正之？"① 孙枝蔚虽然没有答书，但他在《叶思庵龙性堂诗序》中曾说："《诗》为六经之一，而今人恒易为之，何也？且其失复不在易也。自钟记室作《诗品》，谓某诗源出于某，后乃又有江西诗派曰源曰派，皆不过论其门户耳。夫门户犹之面貌也，人不各有其风神气骨，与夫性情之大不同者乎？奈何舍其内者而第求之于其外者，以为诗如是遂足自豪也。故有信《诗品》之说者，其失也，巧者为优孟之衣冠，拙者为东施之捧心矣。有信诗派之说者，其失也，善者太伯逃荆蛮之乡，不善者公孙作井底之蛙矣。"② 孙枝蔚对诗坛分门立户、党同伐异的陋习极为不满。他自己也不拘于门户之见，自出机杼，无所依傍。李天馥《溉堂诗集序》曾说："豹人之为诗，当竟陵、华亭互相兴废之际，而又有两端杂出、旁启径窦如虞山者，而豹人终不之顾，则以豹人之为诗，固自为诗者也。夫自为其诗，则虽唐宋元明昭然分画，犹不足为之转移，况区区华亭、竟陵之间哉。"③ 当然孙枝蔚的诗学崇尚也经过了一个长期变化的过程。王士禛、施闰章、汪楫、吴嘉纪皆认为孙枝蔚宗唐，汪懋麟却说："不见征君之为诗乎？最喜学宋，时之人大非之。"④ 费锡璜《百尺梧桐阁遗稿序》亦云："自明人摹拟唐调，三变而至常熟，乃极称苏、陆，以新天下耳目。先生与阮亭、愚山、纶霞、豹人、周量、荔裳、公勇诸前辈适承其后，各立畛域以言诗。"⑤ 因此关于孙枝蔚宗唐宗宋的问题，引起了学界的普遍争论。

　　纵观孙枝蔚的创作历程和平生诗作，我们不难发现，其诗取径广阔，唐宋兼宗，其诗学宗尚由早期学唐到后来唐宋并宗，有一个明显的变化过程。魏禧在《溉堂续集序》曾说："余往见《溉堂初集》，古诗非汉魏、律非盛中唐则不作，作则必有古人为之先驱。"而八年后他再读《溉堂续集》："乃喟然而叹曰：'甚矣，豹人之能

　　① 张潮：《与孙豹人》，载周在浚等辑《赖古堂名贤尺牍新钞·藏弆集》卷七，《四库禁毁书丛刊·集部》第36册，北京出版社1997年版。
　　② 孙枝蔚：《溉堂集》（下），上海古籍出版社1979年版，第1067—1068页。
　　③ 李天馥：《溉堂诗集序》，《溉堂集》（上）卷首，上海古籍出版社1979年版。
　　④ 汪懋麟：《溉堂文集序》，《溉堂集》（下）卷首，上海古籍出版社1979年版。
　　⑤ 汪懋麟：《百尺梧桐阁遗稿》卷首，上海古籍出版社1980年版，第13—14页。

变也！'今其诗，自宋以下则皆有之矣。冲口而出，摇笔而书，磅礴奥衍，不可窥测。"① 具体来看，《溉堂前集》收录了孙枝蔚自明末到顺治年间的作品，这个时段孙枝蔚主要效法汉魏盛唐；《溉堂续集》收录其康熙年间的作品，这一时期他受到宋诗风的影响而唐宋并宗。

孙枝蔚曾在《叶思庵龙性堂诗序》中谈到自己的诗学旨趣："余谓林子羽与高廷礼，亦自闽中健者，独惜其诗但从唐人入耳。"② 孙枝蔚认为林鸿、高棅作诗，专学唐人，取径较狭，未能取得更高的成就。因此他主张学诗的一定要博采众长，熔铸诸家，进而形成自己的诗风，因而他对王士禛评价很高："阮亭公诗发源汉魏，傍及宋元，今自云效铁崖，乃似过于铁崖，或以余为佞，非知诗者也。"③ 他指出王士禛的诗上溯汉魏、下逮宋元，不主一家，兼容并蓄，故能引领风骚。孙枝蔚不但强调要广泛学习古人，而且要知其源流正变，避免学习古人而误入歧途。魏禧曾说："学古人之文者，纵不得抗衡故人，亦当为其子孙，不当为奴婢。譬如豪仆，失主人则伥伥无所之。子孙虽历世久，必有真肖其祖父之处。"但是孙枝蔚却说："学古人诗，既当知古人祖父，又当知其子孙。知祖父则我可与古人并为兄弟。然不知子孙，则不识其流弊所至，道德流为刑名，荀卿一传而有李斯。知此然后学之善不善有以自考。"④ 可见孙枝蔚卓越的诗歌史认识和独立的批评精神。

从孙枝蔚的创作来看，他真正实践了自己的论诗主张，博采众长，转益多师，唐宋并宗，形成了自己独特的风格。在唐代诗人中，孙枝蔚对杜甫的学习是贯穿始终的，其《与顾茂伦》中写道："仆于诗所师独有杜老。"⑤ 今观其诗集，追步少陵，沉郁顿挫，得杜诗精神气骨之作数不胜数。此外，他对韩愈、孟郊、白居易、李

① 魏禧：《溉堂续集序》，《溉堂集》（中）卷首，上海古籍出版社 1979 年版。
② 孙枝蔚：《溉堂集》（下），上海古籍出版社 1979 年版，第 1068 页。
③ 孙枝蔚：《王阮亭咏史小乐府序》，《溉堂集》（下），上海古籍出版社 1979 年版，第 1039 页。
④ 魏禧：《溉堂续集序》，《溉堂集》（中）卷首，上海古籍出版社 1979 年版。
⑤ 孙枝蔚：《溉堂集》（下），上海古籍出版社 1979 年版，第 1114 页。

贺的评价也较高，与李因笃、李念慈等崇尚盛唐诗风的关中诗人大有不同。孙枝蔚《读李长吉诗》二首对李贺诗大为赞赏，认为他足以压倒六朝，为中唐诗人之冠。

孙枝蔚何时开始学宋，学界尚未有定论。李念慈《寄孙豹人江右书》曾说："及得读所携近诗，则何其风格顿尔衰下耶。先是汪蛟门舍人多作宋诗，弟诘之云必以唐为的，是固拘见。惟豹人先生广大不执，乃知近日习宋诗者，足下实启之。"① 李念慈此书作于康熙十五年，此时孙枝蔚在江西总督董卫国幕府。而在此之前，康熙七年孙枝蔚往潜江访王又旦，曾在江西丰城房廷祯官署、南昌施闰章寓所逗留数月。江西正是宋诗代表诗人黄庭坚、王安石等人的家乡。其诗风转变大概与这两次的江西之行不无关系。孙枝蔚在江西有《九江舍舟登岸行庐山道中作，用王介甫〈舟中望九华山〉韵，句如其数》、《拟王介甫古诗》、《读王介甫秃山诗有感》、《咏尘次王介甫韵》、《除夕和东坡韵三首》、《除夕怀五兄大宗次东坡韵》、《读陆放翁诗，爱其慷慨悲歌，足以起懦，既复置之而叹，吾直心如放翁，而直口不如，命也，因作此志悲》等诗，可见其专力学宋的倾向。孙枝蔚对苏轼极为赞赏，尝自言"予于宋贤诗颇服膺东坡"（《汪舟次山闻集序》)②，其《溉堂续集》次东坡韵者也不少，如《除夕和东坡韵》、《除夕怀五兄大宗次东坡韵》等。其《王阮亭咏史小乐府序》又云："盖才与学不可偏胜……古之能兼擅者亦不多得，惟少陵、子瞻二公耳。"将苏轼和杜甫相提并论，认为他们才学兼备，冠绝古今。他对江西诗派的领袖黄庭坚也极为赞赏，曾说："山谷先生诗最奇，味如蟹黄及熊白。往年访旧入金陵，走遍坊间购难得。今朝乍见老眼明，却笑时贤吟肠窄。"（《赠周建西》)《溉堂续集》编年自康熙丙午至康熙戊午，正是王士禛等在京师大力提倡宋诗之时，可见当时朝野诗人都在推动宋诗风潮的繁盛，也是清初诗风发展的一个趋势。

孙枝蔚不但唐宋并宗，而且上溯六朝，不薄元明，取得了卓越

---

① 李念慈：《寄孙豹人江右书》，《谷口山房文集》卷一，《四库全书存目丛书·集部》第 232 册，齐鲁书社 1997 年版，第 815 页。

② 孙枝蔚：《溉堂集》（下），上海古籍出版社 1979 年版，第 1044 页。

的诗学成就。王士禛评溉堂诗曾说："古诗能发源十九首、汉魏乐府，而兼有陶、储之体，以少陵为尾闾者，今惟焦获先生一人耳。"① 又说："焦获先生古诗，上溯汉古诗乐府，及其波澜壮阔，乃与陶杜无不吻合，非由陶杜以求汉人者也。"②《溉堂集》中学习汉魏六朝和元明诸大家的诗作也俯拾皆是，如《薤露行仿子建》、《饮酒二十首和陶韵》、《劝酒效乐天》、《短歌行拟王建》、《田家杂兴次储光羲韵》、《腹剑辞和李西涯（李东阳）》、《新丰行和李西涯》等。汪楫曾说："甲申诸律气格绝似刘诚意。"③ 可见溉堂诗兼容并包、融烁古今、自成一家的独特诗学成就。

二　根本经学，吟咏性情

清初学者有鉴于明代士人空疏不学、游谈无根的陋习，大多倡导实学，主张广泛研究经史子集，尤其重视对儒家经典的研读，在诗歌创作方面也主张以学问救空疏，才与学并重。黄宗羲曾说："计一代之制作，有所至不至，要以学力为深浅。"④ 冯班也说："有一分学识，便有一分文章。但得古今十分贯穿，自然才力百倍。相识中多有天性自能诗者，然学问不深，往往使才不尽。"他还说："多读书则胸次渐高，出语皆与古人相应，一也；博识多知，文章有依据，二也；所见既多，自知得失，下笔知取舍，三也。"⑤ 他们都认为学问与创作的关系极为密切，学问可以帮助作者积累素材，拓宽视野，激发他们的创造力。孙枝蔚在论及才、学关系时，同样强调学问的重要性："才与学不可偏胜，然才有尽而学无穷。才犹山之有木，木一本而已；而叶与岁俱新，百岁之荣无以异于一岁

---

① 孙枝蔚：《自邑中归田作》诗末王士禛评语，《溉堂集》（上），上海古籍出版社1979年版，第70页。

② 孙枝蔚：《对第五女阿淡有感》诗末王士禛评语，《溉堂集》（上），上海古籍出版社1979年版，第156页。

③ 孙枝蔚：《村夕》诗末汪楫评语，《溉堂集》（上），上海古籍出版社1979年版，第317页。

④ 黄宗羲：《明文案序下》，《黄宗羲全集》第10册，浙江古籍出版社2005年版，第20页。

⑤ 冯班著、何焯评：《钝吟杂录》，中华书局1985年版，第46页。

焉，是可谓无尽矣。而旦旦而伐，则无牛山之美，故学犹雨露之泽，栽培之力也。吾读咏史之作，又深喜其可以劝学焉。"① 他认为"才"是先天的禀赋，有一定的局限性，但后天的学习和栽培可以弥补"才"的不足，"才有尽而学无穷"，诗人要依靠不懈的努力和苦练，才能充分发挥自己的才华，学有所成。

孙枝蔚强调学问的重要性，对杜甫"读书破万卷，下笔如有神"的创作体会最为推崇，也批判了一些诗人片面理解严羽"诗有别才，非关学也"的诗坛陋习。其《赠张山来兼呈徐松之处士》曾说："维昔杜陵翁，万卷供下笔。谓诗不关学，岂非严之失？（严沧浪诗话：'诗有别才，非关学也。'）时贤吁可怪，读书乃不必？"② 严羽并非一概否定学问，只是反对宋人"以学问为诗"的偏颇。《沧浪诗话》云："夫诗有别才，非关学也；诗有别趣，非关理也。然非多读书、多穷理，则不能极其致。"③ 他以唐诗作为标准，倡导"羚羊挂角，无迹可求"、"透彻玲珑，不可凑泊"的"兴趣"和"妙悟"。当时许多诗人割裂和曲解了严羽的本意，认为不读书就可以写出好诗，以"诗有别才，非关学也"来掩饰其空疏浅陋。

孙枝蔚认为学问的根本是经学，主张"循本"必须"返经"。他对经学颇有研究，尝著《经书广义》，可惜此书已佚，但从其《论语孟子广义序》可一窥其论学之旨趣。他教导子弟为学，必自《论语》始，因其为"总括五经之要书"。但是俗儒拘泥于朱注，因为他们担心"此外恐于举业不利"。孙枝蔚道："误矣！误矣！程、朱岂尽当？""抑知朱注固非无所根据耶？"他首先否定了朱注的权威地位，然后告诉学人要穷源溯流。他还说："近日钱虞山每劝学者通经，先汉而后唐宋。又跋文中子《中说》云：'文中子序述六经，为洙泗为宗子，有宋巨儒自命得不传之学，禁遏之如石压笋，使不得出六百余年矣。'余尝闻其言，而心是之，方

---

① 孙枝蔚：《王阮亭咏史小乐府序》，《溉堂集》（下），上海古籍出版社 1979 年版，第 1039 页。

② 孙枝蔚：《溉堂集》（下），上海古籍出版社 1979 年版，第 1458 页。

③ 严羽：《沧浪诗话》，中华书局 1985 年版，第 6 页。

恨举业盛行时鲜有可共语者。"① 可见他对钱谦益倡导读经的理论极为赞同。孙枝蔚论诗主张返孔孟之道，反对割裂、歪曲经学，继承儒家的诗学理论，纠正俗学轻视经典，拘泥朱注的学术误区，正本清源，有益世道。孙枝蔚主张诗文创作必须以经史为根本，"每劝相知学六经"（《即事送王筑夫归八宝》），熟读经史，其创作才有本源。其《易老堂集序》云："（密庵）性好读书，记览无遗，而尤潜心于理学。故其发而为言，盖不屑求悦今人之耳目者也。譬之有源之水，虽一泉一壑而自有莫可遏御之势，与夫饮水为园池者异矣。有本之木，虽苍枝冷萼，自有一种幽鲜之色，与夫剪纸为牡丹芍药者异矣。"② 冯之图，号密庵，他潜心经学，学有本源，故其诗活色生鲜，与那些腹中空疏，雕词琢句，"剪纸为牡丹芍药者"之诗截然不同。值得注意的是，孙枝蔚所谓"理学"，其实就是顾炎武所谓"经学"。顾炎武《与施愚山书》曾说："理学之传，自是君家弓冶。然愚独以为理学之名，自宋人始有之。古之所谓理学，经学也，非数十年不能通也，故曰：'君子之于《春秋》，没身而已矣。'今之所谓理学，禅学也，不取之五经而但资之语录，校诸帖括之文而尤易也。"③ 因为孙枝蔚也反对俗儒空言心性，"置四海困穷不言，而终日讲危微精一之说"的学术陋习。

"诗主性情"是清初诗学的一个重要理论。顾炎武曾说："诗主性情，不贵奇巧。"④ 黄宗羲也说："诗以道性情，夫人而能言之。然自古以来，诗之美者多矣，而知性（情）者何其少也。"⑤ 他还进一步强调："诗也者，联属天地万物而畅吾之精神意志者也。"⑥ "今之论诗者，谁不言本于性情？顾非烹炼使银铜铅铁之尽去，则

---

① 孙枝蔚：《溉堂集》（下），上海古籍出版社1979年版，第1062—1063页。

② 同上书，第1041页。

③ 《顾亭林诗文集》，中华书局1959年版，第62页。

④ 黄汝成：《日知录集释》卷二十一，上海古籍出版社2006年版，第1172页。

⑤ 黄宗羲：《马雪航诗序》，《黄宗羲全集》第10册，浙江古籍出版社2005年版，第95页。

⑥ 黄宗羲：《陆鉁俟诗序》，《黄宗羲全集》第10册，浙江古籍出版社2005年版，第90页。

性情不出。"① 清初诸大家都强调诗歌创作要表现真实的思想感情。但是他们所谓性情,与公安派所提倡的"性灵"颇不相同。公安派提倡的性灵是个人的情感欲望和人生感受,注重自己的个性体验。而顾、黄诸家所主张的性情不仅为作者的人生感受,往往与时代精神、现实内容相结合,强调作家的社会责任感。他们都反对那些为文造情、矫揉造作的作品。魏象枢曾说:"古人之诗,出于性情。故所居之地,所处之时,所行之事,所历之境,所见之物,至今一展卷了然者,真诗也。若今人之诗,亦曰:'性情物耳。'然而不真者颇多,即如极富而言贫,极壮而言老,极醒而言醉,极巧而言拙,失其真矣。且功名之士,故发泉石之音;狂悖之徒,饰为忠孝之句,尤不真之甚者也。学者亦以真诗为法哉!"(《庸言》)② 魏象枢强调诗歌创作贵在表现"真情",强烈批判了当时诗坛"为文造情"的矫饰虚假之风。

孙枝蔚与顾、黄诸人的主张一致,也强调诗歌抒情言志必须出自肺腑,表现自己的真情。他曾说:"诗句不必如芙蓉,援笔贵取定心胸。"(《题孙钟元征君答刘公勔考功书及和韵诗卷后》)李因笃曾经评价溉堂诗"长于叙事言情,惜写景语尚少",孙枝蔚曾表示并不认同他的观点:"予尝心是其言而不能用也。然而痛者不择音而号,犹醉者不择地而眠。予方自恨写景与事有所不能尽,远不及老杜百分之一,又安知诗中何者为景少于情?何者为情不如景乎?"③ 他认为写诗重在抒发真情,正如"痛者不择音而号,犹醉者不择地而眠",格调、声色等外在的形式并不是太重要。因此他的诗歌处处表现"真情",为当时和后世评论家所推崇。沈德潜《清诗别裁集》评价孙枝蔚诗"自有真意"④,张恂也说其诗"处处见

① 黄宗羲:《万贞一诗序》,《黄宗羲全集》第 10 册,浙江古籍出版社 2005 年版,第 94—95 页。
② 魏象枢:《寒松堂全集》,中华书局 1985 年版,第 655 页。
③ 孙枝蔚:《枫桥》绝句自注,《溉堂集》(下),上海古籍出版社 1979 年版,第 1397 页。
④ 沈德潜:《清诗别裁集》卷五,河北人民出版社 1997 年版,第 238 页。

厚道，非本乎性情而徒求工于字句，终不合拍。"①

孙枝蔚强调抒写真情，对明清诗坛模拟剽窃之风极为反感，其《易老堂集序》云："李韩诗文，半为庸俗所乱，则又毒过祖龙、恶胜洪水者也。"②他强调诗歌如果缺乏真情实感，一味雕琢模拟，"强自托于佩玉鸣珂以为文"、"标枝野鹿以为质"，只从文字的堆砌上构筑诗的外壳，形式过于性情，为文造情，必然会出现如钱谦益所说"诗为主而我为奴"的情况，定会误入歧途，流毒无穷。孙枝蔚还进一步强调："诗与文皆言也，言以传道，而谓道在于是，则有所不可。况今之人舍道而求言，所赏者乃惟是音节之工与体态之美而已乎？夫二者亦何难之有？鹦鹉鹦鹆之类教之，百日能学人语矣。马可使之舞，象可使之拜，其体未尝不备也，奈何俨然号为作者而甘自比于是。宋之不如屈也，班之不如马也，是其大较已。"③他认为学诗一味追求"音节之工与体态之美"，模拟古人的音节体态，就好像鹦鹉学舌，马象拜舞，全然不见诗人的精神气度，则诗歌的生命特质将泯灭殆尽。而屈原倡导"发愤以抒情"，司马迁主张"发愤以著书"，他们的诗文中有作者"不得不发"的郁勃之气，故其诗文真气淋漓，能够流传千古；而宋玉、班固的作品虽然辞藻华美，但是真气匮乏，因此相比屈马，自然略逊一筹。更何况那些雕词琢句，模拟造作的伪诗，其《论诗》曾说"纸作牡丹工剪刻，何如阶下刺桐花"，纸作牡丹还不如刺桐花的风韵天然，真实自然。

诗歌创作要表现诗人的真情，突出诗人的个性，才能成为"一代之人"、"一代之诗"。④孙枝蔚的诗歌真实地反映了他的性情、人格，诗如其人，成就了他清初大家的地位。方象瑛《溉堂后集序》曾说："数卷中岁不多作，而古健质直，旨趣遥深。即偶然赠

　　① 孙枝蔚：《送张哲之先生还里》诗末张恂评语，《溉堂集》（中），上海古籍出版社 1979 年版，第 550 页。

　　② 孙枝蔚：《溉堂集》（下），上海古籍出版社 1979 年版，第 1041 页。

　　③ 孙枝蔚：《易老堂集序》，《溉堂集》（下）上海古籍出版社 1979 年版，第 1042 页。

　　④ 汪懋麟：《溉堂文集序》，《溉堂集》（下）卷首，上海古籍出版社 1979 年版。

答之作，亦感慨萧凉，各有其故，于陶杜间自出一手笔。姜桂之性，老而愈辣，诗固如其人耶！"① 沈德潜《清诗别裁集》也说孙枝蔚诗"称其人品之高"。诗品与人品紧密相关，孙枝蔚高尚的人格成就了他的诗品。孙枝蔚为人真诚，豪宕不羁，棱角分明，其诗也发自肺腑。尽管他心知"直言易取祸，性傲多违时"（《咏怀》其八），但他依旧特立独行，不媚流俗，淡泊荣利，洁身自好。王士禛任扬州推官时，时贤名流趋之若鹜，但他敬而远之，绝不攀附。《清稗类钞》曾记载："王文简司李扬州，慕豹人名，欲往诣之而恐其不见，乃先贻之以诗曰：'焦获奇人孙豹人，新诗雅健出风尘。王宏不见陶潜迹，端木宁知原宪贫。'遂为莫逆。"② 孙枝蔚在京师之时，徐乾学、冯溥位高权重，许多士人汲汲于功名，想方设法投靠他们，但是孙枝蔚极为不屑。《清史稿》曾载："……时左赞善徐乾学方激扬士类，才俊满门，枝蔚弗屑也。"③ 冯溥等人在康熙皇帝的授意下，召集京师的名流大肆挞伐宋诗，但是孙枝蔚参加博学鸿词之时，只是带了一本《黄山谷集》，随时翻阅，并作了许多和黄庭坚的诗，可见他不趋流俗的狷介性格。

孙枝蔚特别强调诗歌创作的自主性，反感一切贡谀文字。其《八行厅记》曾云：

> 蔚闻古人记事之文，有必待其在上之命与一时同事之求，而后应之者，如韩退之《新修滕王阁记》，苏子瞻《凌虚台记》是也。顾命之、求之者一也，而退之承邦伯王公之命，叙修阁一事甚略，而特详及于其上之政事，则命之作者得此可以为幸矣。子瞻应太守陈公之求，记中颇多规讽，至以为世有足恃者，而不在乎台之存亡也，彼求者得此，岂所堪乎？然则命与求而后应者，必其有不得已于此者也。……诗曰："民之秉彝，好是懿德"，则是凡出于好德而有所记述者，不必其才如韩苏

① 方象瑛：《溉堂后集序》，《溉堂集》（下）后集卷首，上海古籍出版社1979年版，第1210页。
② 徐珂：《清稗类钞》，中华书局1986年版，第3600页。
③ 赵尔巽等：《清史稿》，中华书局1977年版，第13355页。

而后可也。有待者为不得已，则无待者为得已，有待者为私，则无待者为公。①

　　他认为诗人如果为权势所诱迫就会丧失创作的个性，"有待者为不得已，则无待者为得已"，"有待者为私，则无待者为公"，强调创作必须像苏轼那样坚持自己的个性，为发扬公道而言，不为个人的私利而作贡谀之文。尤侗读孙枝蔚词，曾称赞道："余读之，有飞扬跌宕之气、嶔崎历落之思、噌吰镗鞳之音、浑脱浏漓之势，此先生本色也。"② 虽然此语为评价孙枝蔚的词，置之其诗，也极为恰当。王泽弘《溉堂后集序》亦云："先生秦人也，寄居广陵，穷老无归，以谋生不暇，日奔走于燕、赵、鲁、魏、吴、越、楚、豫之郊，其所阅历山川险阻、风土变异及交友、世情向背厚薄之故，皆一一发之于诗，以鸣不平而舒怫郁。"③ 孙枝蔚漂泊江湖，困顿风尘，游历四方，人生之艰难，不平之感慨，发之于诗，真情流露，尤为感人。

　　综上所述，孙枝蔚独特的个性和诗文风格并非与生俱来，主要是他经历了明清易代的社会巨变，希望通过诗文创作抒发故国之思，对世道人情进行深刻反思。他也通过艰苦的学习，广泛的阅历和不断的追求人格的完美中才有这样的造诣。汪楫曾说："溉堂诗朴处到不得，俚处学不得，愈俚愈古，愈朴愈秀。读书一万卷，养气三十年，乃能办此。未许草草读过也。"④ "读书一万卷，养气三十年"是对孙枝蔚一生最恰当的概括。孙枝蔚晚年在《诫子文》中也说："居今之世，惟多读书可以使人敬，惟至诚可以使人感，惟耕田可以不求人。此三者之外，吾不能为儿计也。"⑤ 这是他参透人

---

　　① 孙枝蔚：《溉堂集》（下），上海古籍出版社 1979 年版，第 1090 页。
　　② 尤侗：《溉堂诗余序》，孙枝蔚：《溉堂集》（中）卷首，上海古籍出版社 1979 年版，第 932 页。
　　③ 王泽弘：《溉堂后集序》，《溉堂集》（下）后集卷首，上海古籍出版社 1979 年版，第 1207 页。
　　④ 孙枝蔚：《对第五女阿淡有感》诗末汪楫评语，《溉堂集》，上海古籍出版社 1979 年版，第 156 页。
　　⑤ 孙枝蔚：《溉堂集》（下），上海古籍出版社 1979 年版，第 1175 页。

生世相后对子嗣的忠告，也是对自己一生为人、为文的总结。其卓
然自立的人格精神、艰苦卓绝的人生经历，重学问、写真情的诗学
思想，由此亦可见一斑。

第三节　李念慈的诗论

　　李念慈论诗也以唐诗为正宗，对清初宋诗风深表不满，但他和
李因笃、康乃心等关中诗人不同，并不推崇格调声色等诗歌形式，
而是专力探求为诗之本。他倡导诗歌要"根抵性情，蓄积学问"，
对那些"搜奇穷巧，斗异翻新"，徒尚文辞华巧，毫无思想内容的
作品极为厌恶。① 李念慈与钱谦益交谊甚厚，钱谦益对其诗评价亦
较高。钱谦益于清初极力排挤前后七子和竟陵派，但李念慈并没有
闻风影从，他对前后七子之代表李梦阳、李攀龙评价都较高。李念
慈和竟陵派诗人谭元春子谭籍要好，对竟陵派也赞誉有加，可见其
开阔的人生胸怀和兼容并包的诗学态度，与晚明、清初许多党同伐
异的诗学论调截然不同。

一　"诗本性情"与"文以明道"

　　李念慈论诗已经突破了晚明、清初的门户之见，也扬弃了关中
诗人主张格调、崇尚诗法的地域传统，直探诗歌之本源问题，他主
张"诗本性情"。其《计甫草甲辰草题词》云："夫诗本性情，非
可诡焉为之。"② 诗本性情是中国古代诗学的一个旧命题，历代诗论
家多有评说。明末清初，也有许多学者提倡诗本性情之说。顾炎武
曾说："诗主性情，不贵奇巧。"③ 黄宗羲亦云："诗以道性情，夫

---

① 李念慈：《见山楼诗序》，《谷口山房文集》卷二，国家图书馆藏康熙二十八年
杨素蕴刻本。
② 李念慈：《谷口山房文集》卷五，国家图书馆藏康熙二十八年杨素蕴刻本。
③ 黄汝成：《日知录集释》卷二十一，上海古籍出版社 2006 年版，第 1172 页。

人而能言之。然自古以来，诗之美者多矣，而知性（情）者何其少也。"① 但是清初诸家所谓性情，与公安派所提倡的"性灵"颇不相同。公安派提倡的性灵是个人的情感欲望和人生感受，注重自己的个性体验。而顾、黄诸家所主张的性情不仅为作者的人生感受，往往与时代精神、现实内容相结合，强调作家的社会责任感。因此黄宗羲将其分为"一时之性情"与"万古之性情"。黄宗羲曾说："盖有一时之性情，有万古之性情。夫吴歈越唱，怨女逐臣，触景感物，言乎其所不得不言，此一时之性情也。孔子删之，以合乎'兴观群怨'、'思无邪'之旨，此万古之性情也。"② "一时之性情"为作家的个人感受，"吴歈越唱，怨女逐臣"各道其心中之事，虽然都为真实感受，但其价值有大有小，只有那些合乎孔子所倡导的"兴观群怨"的诗歌，具有深广的时代意义和积极的伦理价值的诗歌才称得上"万古之性情"。黄宗羲这样区别性情，和他经世致用的文学价值观有密切的联系。李念慈也推崇这种"万古之性情"，其《萝村诗集序》云："诗与乐相为表里者也，其始发乎一人之性情，而感乎千万人之性情。必其实有动于中，不能已于自吐之怀，而后永言出之，时则歌咏明盛，时则悲悯天人。当其忠孝激发，离忧怨慕，深于一往。人之读之者，因得以见其时世之盛衰，风俗之贞淫，人才之通塞，民生之休戚。莫不憬然感，愀然思，其人之性情，虽旷世而亦若与之相接，夫岂徒然而作也哉？"③ 这种"性情"虽"发乎一人之心"，但"感乎千万人之心"，能够反映广阔的社会现实，具有深刻的认识价值，所以能传世而不朽。

明末清初，政治黑暗，社会动乱，许多思想家深痛晚明文人的空疏不学，提倡经世致用的文风，这种实学的思潮也渗透到了文学批评之中。顾炎武提倡"文须有益于天下"，他曾说："君子之为学，以明道也，以救世也，徒以诗文而已，所谓雕虫篆刻，亦

① 黄宗羲：《马雪航诗序》，《黄宗羲全集》第 10 册，浙江古籍出版社 2005 年版，第 95 页。
② 同上。
③ 李念慈：《谷口山房文集》卷二，国家图书馆藏康熙二十八年杨素蕴刻本。

何益哉。"① 受实学思潮影响，清初诗人多倡导经世文章。李楷曾说："诗之为教，内淑身心，外治宇宙，非己之急物与天下国家之大故，可以不作，作之无益。"② 李念慈也批评晚明文人的空疏不学，倡导作者创作"内之极性命之精微，外之备经世之大法，近之在乎一身，而远之俟诸来者"的经世宏文。③

从这种经世致用的思想出发，儒家"文以明道"或"文以载道"的传统价值观成为清初学者的普遍追求。顾炎武认为有益的文是"明道"，"纪政事"，"察民隐"，"乐道人之善"之文，虽然指的是学术文章，同样适用于诗文创作。黄宗羲也曾说："大凡古文传世，主于载道，而不在区区之工拙。"④ 他更推崇文道合一的至文。李念慈也主张"文以载道"，这和清初实学精神是一致的。他曾说："盖言不载道，不足为言，而苟非实有见于道而身行之，则亦不能为载道之言。"⑤ 虽然"文以载道"的思想有其局限性，过分强调了文学的社会功利目的，削弱了其审美价值，但是在明末清初有其重要的现实意义。当时社会急剧变化，政治混乱，尤其是易代之际，正是"天崩地解"、"率兽食人"的时代，伦理道德观念崩溃，民生极为凋敝，重建儒家的政治秩序和道德观念成为清初学者最为关心的当务之急。顾炎武虽然强调"载之空言，不如见诸行事"，但他也知道其学不会为当世所用，因此他主张"穷而在下者"当"救民以言"。⑥ 李念慈也希望为"明道之言"以俟后世，他曾说："念今世仕宦，舍道则进，守道则退，既不能行其道，犹可为

---

① 顾炎武：《与人书二十五》，载《顾亭林诗文集》，中华书局1983年版，第98页。

② 李楷：《谷口山房诗集序》，《谷口山房文集》卷首，国家图书馆藏康熙二十八年杨素蕴刻本。

③ 李念慈：《胡石庄先生绎志篇序》，《谷口山房文集》卷二，国家图书馆藏康熙二十八年杨素蕴刻本。

④ 黄宗羲：《与李杲堂陈介眉书》，《黄宗羲全集》第10册，浙江古籍出版社2005年版，第161页。

⑤ 李念慈：《答方田伯书》，《谷口山房文集》卷一，国家图书馆藏康熙二十八年杨素蕴刻本。

⑥ 顾炎武：《与人书三》，载《顾亭林诗文集》，中华书局1983年版，第91页。

明道之言，以俟后世。"① 因此他特别强调诗歌对现实的反映和批评。杨素蕴曾称赞其诗"或因誉以为规，或即物以会理。刺人也，而实以讽世；纪事也，而可以考时；咏物写景也，而其山川风土物产俗尚之美恶贞淫，时会之变迁好尚，政教之得失兴废，皆可因而得之"②。

由此可见，"诗本性情"和"文以载道"是清初重要的诗学观念，这两种思想相辅相成，弥补了对方的偏失和不足。既注重诗歌的社会价值，又倡导诗歌的审美价值，开创了较为良好的创作风气，是清初诗坛繁荣兴盛的一个重要原因。在这种诗学观念的影响下，清初诗人对儒家"温柔敦厚"的诗教也进行了新的阐释，赋予了它新的时代内涵。

孔子曾说："《关雎》乐而不淫，哀而不伤。"③ 又说："入其国，其教可知也。其为人也，温柔敦厚，诗教也。"（《礼记·经解》）司马迁也说："《国风》好色而不淫，《小雅》怨悱而不乱。"④ 他们都强调诗人要对感情有所节制，诗歌要有中和之美，"温柔敦厚"也成为中国古代诗歌创作的重要原则。但是诗人在感情激愤之时，并不能做到怨而不怒，而是怒形于色。《诗经》中《硕鼠》、《相鼠》、《巷伯》就可谓愤激之诗。后世人们在阐释温柔敦厚之时，过多地强调了诗歌的温厚和平，忽略了对激昂感情的抒发，导致诗歌走向平庸肤廓之弊。明末清初，许多诗人有感于国破家亡之痛，激昂奋发，长歌当哭，与传统所谓"怨而不怒"、"哀而不伤"相去甚远，也导致他们对"温柔敦厚"的诗教重新反思。

黄宗羲等人论诗主张性情，最重要的是要抒发"真情"。他批评近人为诗"情随事转，事因世变，干啼湿哭，总为肤受"，"非不

---

① 李念慈：《答方田伯书》，《谷口山房文集》卷一，国家图书馆藏康熙二十八年杨素蕴刻本。

② 杨素蕴：《谷口山房诗集序》，《谷口山房文集》卷首，国家图书馆藏康熙二十八年杨素蕴刻本。

③ 阮元：《十三经注疏》（下），《论语·八佾》，上海古籍出版社1997年版，第2468页。

④ 司马迁：《史记·屈原贾生列传》，中华书局1959年版，第2482页。

出于性情也，以无性情之可出也"。① 施闰章也主张作诗应当"言必由衷"，赞扬方文诗"款曲如话，真至浑融，自肺腑中流出，绝无补缀之痕"②。李念慈也称赞杨素蕴之诗"直吐胸臆，无所诡饰，发乎情，止乎义"（《见山楼诗序》），是真性情的自然流露。人生世间，当然有喜怒哀乐之情，发于词章，皆为真诗，这就是孔子所谓"思无邪"的本义。因此清初诸人将温柔敦厚进行了新的阐释。黄宗羲批评那种认为"温柔敦厚"就是"委蛇颓堕，有怀而不吐，将相趋于厌厌无气而后已"的庸俗观点。他认为四时有发敛寒暑，人情有喜怒哀乐，"温柔敦厚"也不止为发敛和喜乐，还应包括寒暑之气，怒哀之情。他还进一步从《诗经》找到根据，孔子也没有将《考槃》、《丘中》等诗删掉，因为它们"疾恶思古，指事陈情，不异熏风之南来，履冰之中骨，怒则掣电流虹，哀则凄楚蕴结，激扬以抵和平，方可谓之温柔敦厚也。"③ 以鲜明的是非、强烈的爱憎为温柔敦厚的主要内涵，提倡"怒则掣电流虹，哀则凄楚蕴结"的诗风，在清初具有典型的意义。顾炎武也说："诗之为教，虽主于温柔敦厚，然亦有直斥其人而不讳者。"④ 这和世俗所谓温柔敦厚截然不同。李念慈也认为"性情"并不只是喜乐之情，还有"怨怒之音"，他也指出《诗》三百篇"亦多幽愁忧思悲愤激切之作"（《计甫草甲辰草题词》）。虽然他承认诗要归于"温柔敦厚"，但也肯定那些"怨怒之音"，因为它们都出于"性情"，是"真诗"。李念慈也有许多悲愤激切之作，如《异时》、《盗贼》、《荆州杂兴六首》等揭露军队腐败，谴责横征暴敛，完全没有温柔敦厚的虚假面具。顾景星曾云："作诗必贵乎真。秋水芙蕖，真诗之辞致也。凶年菽粟，真诗之骨骼也。勖翁兼而有之。"⑤

---

① 黄宗羲：《黄孚先诗序》，《黄宗羲全集》第 10 册，浙江古籍出版社 2005 年版，第 32 页。

② 施闰章：《西江游草序》，《学余堂文集》卷四，《四库全书》本。

③ 黄宗羲：《万贞一诗序》，《黄宗羲全集》第 10 册，浙江古籍出版社 2005 年版，第 94—95 页。

④ 黄汝成：《日知录集释》卷十九，上海古籍出版社 2006 年版，第 1085 页。

⑤ 顾景星：《谷口山房诗集集评》，载李念慈《谷口山房诗集》卷首，国家图书馆藏康熙二十八年杨素蕴刻本。

与顾、黄等遗民诗人不同的是，康熙年间新朝进士出身的施闰章对温柔敦厚的解释可谓庙堂诗人的代表观点。施闰章云："夫诗与乐为源流，……大抵忧心感者其声噍以杀，乐心感者其声啴以缓，怒心感者其声粗以厉，敬心感者其声直以廉，君子怀易直子谅之心，则必多和平啴缓之声，诚积之于中不自知其然也。故曰温柔敦厚诗教也。"① 施闰章虽然承认诗人的人生际遇不同，诗歌风貌也不一样，但他特别强调"和平啴缓之声"，认为这才是温柔敦厚的诗歌。他还进一步倡导"清明广大、一唱三叹之遗音"②。这种"清明广大"诗风的要求，正与温柔敦厚的诗教相表里，体现了清初国家稳定之后，统治者鼓吹休明、提倡清真雅正诗风的祈尚。康熙皇帝崇尚唐诗，其文学侍从冯溥、张英、陈廷敬等也大力鼓扬，倡导为"盛世清明广大之音"，歌功颂德，让温柔敦厚重新纳入了封建政教伦理的范畴。李念慈虽为新朝进士，但他仕途坎坷，饱经忧患，其诗"欢畅之言少而愁苦之言多"③，与这种庙堂风气格格不入。

二 "江山之助"与"诗穷而工"

李念慈论诗不但主张本于性情，还提倡诗歌要有深广的社会内容。他主张多阅历才能开拓心胸，放宽视野，因此他对"江山之助"的诗学命题极为推崇。他曾说："文章一道，虽根性灵，然每有待于山水朋友，而后颢博之观，精妙之绪，映发抉摘，愈出愈新。"④ 施闰章也主张赋诗要有江山之助。其《阳坡草堂诗序》云："诗言志，视其性情，苟非其人，虽学弗工也。其次则视地，邱壑之美，江山之助，古之咏歌见志者，往往藉是。"⑤ 他们都主张诗人不但要有率真的性情，深厚的学力，还需要广泛的阅历，饱览名山

---

① 施闰章：《佳山堂诗序》，《学余堂文集》卷七，《四库全书》本。
② 施闰章：《重刻何大复诗集序》，《学余堂文集》卷三，《四库全书》本。
③ 李念慈：《谷口山房诗集自序》，《谷口山房诗集》卷首，国家图书馆藏康熙二十八年杨素蕴刻本。
④ 李念慈：《蒋玉渊历下存笥草小序》，《谷口山房诗集》卷二，国家图书馆藏康熙二十八年杨素蕴刻本。
⑤ 施闰章：《学余堂文集》卷七，《四库全书》本。

大川，才能激发作家的情思。这些论断都符合诗歌创作的规律。

　　"江山之助"是一个古老的诗学命题。刘勰曾说："若乃山林皋壤，实文思之奥府。……然屈平所以能洞监风骚之情者，抑亦江山之助乎！"① 他认为文学风格与特定的地域风物征候有一定的联系，屈原作品瑰诡朗丽、想象奇幻的特点即受益于楚国云蒸霞蔚的江山景致孕育。我们知道，文学是对自然景物和社会现实的反映。《礼记·乐记》云："凡音之起，由人心生也。人心之动，物使之然也。感于物而动，故形于声。"刘勰也说："诗人感物，联类不穷。流连万象之际，沉吟视听之区。写气图貌，既随物以宛转；属采附声，亦与心而徘徊。"② 都说明了诗人创作对自然环境和社会现实的依赖关系。因此，后人多强调人的现实阅历对诗文创作的制约关系。元好问曾说："眼处心生句自神，暗中摸索总非真。画图临出秦川景，亲到长安有几人？"③ 王夫之更强调："身之所历，目之所见，是铁门限。"④ 他认为大凡优秀的作品都是诗人"身之所历，目之所见"的产物，如果王维不到终南山就写不出"阴晴众壑殊"（《终南山》）这样观察细致的佳句，杜甫不登岳阳楼也写不出"乾坤日夜浮"（《登岳阳楼》）这样气势磅礴的警句。此可谓"只于心目相取处得景得句，乃为朝气，乃为神笔"⑤。

　　古人所谓"江山之助"有两个层面的含义：一是指诗人生长的地域环境对诗人创作风格的影响。班固曾说："凡民函五常之性，而其刚柔缓急，音声不同，系水土之风气。"（《汉书·地理志》）明唐顺之也认为"西北之音慷慨，东南之音柔婉，盖昔人所谓系水土之风气"⑥。他们都强调了各地不同的地理环境和人文风俗对作家的影响。沈德潜也指出："余尝观古人诗，得江山之助者，诗之品格每肖所处之地。"⑦ 正如刘勰认为屈原《离骚》奇幻瑰丽的风格

　　① 范文澜：《文心雕龙注》，人民文学出版社 1958 年版，第 659 页。
　　② 同上书，第 693 页。
　　③ 郭绍虞：《元好问论诗绝句三十首》人民文学出版社 1978 年版，第 67 页。
　　④ 王夫之：《薑斋诗话》，《清诗话》（上）上海古籍出版社 1978 年版，第 9 页。
　　⑤ 王夫之：《唐诗评选》卷三，《船山遗书》，北京出版社 1999 年版，第 4905 页。
　　⑥ 唐顺之：《东川子诗集序》，《荆川集》卷十，四部丛刊本。
　　⑦ 沈德潜：《芳庄诗序》，《归愚文钞余集》卷一，清乾隆刻本。

得力于楚中云蒸霞蔚的江山景致孕育，明清诗人评论关中诗人诗作，也认为其诗歌受关中文化和秦地山水熏陶。王慎中序胡缵宗诗称："昔季札观周乐，至于《秦风》，知其声之夏也，卜其将大叹其为周之旧。……至于专精果毅，敏于有为而不偷，则深厚之水土不为无助。"① 外地文士也多以地域风格"秦风"或"秦声"来评论关中诗歌，如陈子龙评李梦阳诗"峥嵘清壮，不掩本色，其源盖出于秦风"②。

　　"江山之助"另一个层面的含义是指诗人通过广泛的阅历，可以改变其固有的地域特征，呈现出兼容并包、气势磅礴的多元风格。清盛大士曾说："诗画均有江山之助。若局促里门，踪迹不出百里外，天下名山大川之奇胜，未经寓目，胸襟何由而开拓？"③ 许多诗人游历天下以后，诗文风格都发生了改变。《新唐书》曾说张说"为文属思精壮"，后来贬谪岳州，"而诗益惟惋，人谓得江山助"④。袁枚认为王昶早期诗歌"多清微平远之音"，自从随阿桂将军征金川以后，在路间寄《南斗集》一册，"俶诡奇险，大得江山之助"⑤。通过以上材料不难看出，诗人一旦"行万里路"，丰富了阅历，开拓了胸襟，其创作必然受各地不同的山川地貌和人情风俗的影响发生改变，呈现出丰富的审美内涵。

　　李念慈也承认诗文风格与地理环境有密切的关系，西北和东南地气不同，诗文风格也迥异。他曾说："诗文之体气相因，岂不以其地哉？西北山川所自起，厚重闳深，顾硗确湍悍，往往碍舟车害行旅。渐至东南，则秀拔涟漪，可游可赏，然峭削漫涣矣，其地之人，性行才力文章，各因其山川之气而加之以习，罕相能也。"⑥ 他还进一步指出："生乎东南者，不睹西北山川之雄伟，则苍凉灏博之气不出。生乎西北者，不睹东南山川之秀丽，则冲融缅邈之思亦

---

① 王慎中：《鸟鼠山人小集序》，《遵岩集》卷九，《四库全书》本。
② 陈子龙：《皇明诗选》卷一，华东师范大学出版社1991年版，第45—46页。
③ 盛大士：《溪山卧游录》卷一，清道光刻本。
④ 欧阳修、宋祁等：《新唐书·张说传》，中华书局1975年版，第4410页。
⑤ 袁枚：《随园诗话补遗》卷一，人民文学出版社1960年版，第583页。
⑥ 李念慈：《程然明诗序》，《谷口山房诗集》卷二，国家图书馆藏康熙二十八年杨素蕴刻本。

无由发。"① 李念慈鼓励作家通过广泛阅历，取长补短，兼容并包，使创作臻于上乘境界。他认为赵秋水生于河北，当有燕赵悲歌慷慨之气，但其诗"大而非肆，雄而浑，直而壮，伟而能，含蓄蕴藉"，主要原因是诗人"交尽东南，迹半寰宇，所至山川习尚亦多助焉"，因此能"兼南北之长而无其弊"。李念慈自己也是足迹半天下，交游满南北，所以其诗也突破了地域的局限，呈现出兼容并包的多元风格，施闰章即认为其诗"秦风而兼乎吴、楚者"②。李念慈还推崇通过广泛的游览，使创作具有更为深广的社会内容，提高诗歌的认识价值和审美价值。他称赞金德嘉视学滇南边隅，"若文翁之于蜀，而又得于绝徼山川奇异之所映发"，其诗风格不但更进一层，而且诗中所绘"山水之形状，风俗之异同"，"咸可以资考稽，备采风于古陈诗之义"③，高度评价了其诗歌所包含的丰富内容和认识价值。

　　"诗穷而工"也是李念慈诗论中又一重要观点，这一观点有着极深的历史渊源。中国古代自屈原起就有"发愤以抒情"（《惜诵》）的文学主张。后来司马迁也提出"发愤著书"的思想。《报任少卿书》云："西伯拘而演《周易》；仲尼厄而作《春秋》；屈原放逐，乃赋《离骚》；左丘失明，厥有《国语》……《诗》三百篇，大抵圣人发愤之所为也。"④ 后世许多士人继承这一思想，在不得志之时，努力著述，以求不朽。韩愈、欧阳修继承屈原等人的思想，更提出"不平则鸣"、"诗穷而后工"的著名观点。韩愈《荆谭唱和诗序》云："夫和平之音淡薄，而愁思之声要妙。欢愉之词难工，而穷苦之言易好也。"⑤ 欧阳修《梅圣俞诗集序》亦云："予闻世谓诗人少达而多穷，夫岂然哉？盖世所传诗者，多出于古穷人

　　① 李念慈：《赵秋水近诗序》，《谷口山房诗集》卷一，国家图书馆藏康熙二十八年杨素蕴刻本。
　　② 施闰章：《李屺瞻诗序》，《学余堂集》卷六，《四库全书》本。
　　③ 李念慈：《居业斋诗钞序》，金德嘉《居业斋诗钞》卷首，国家图书馆藏清康熙刻本。
　　④ 司马迁：《报任少卿书》，严可均：《全上古三代秦汉三国六朝文》，中华书局1958年版，第271页。
　　⑤ 韩愈：《荆谭唱和诗序》，马其昶：《韩昌黎文集校注》卷四，上海古籍出版社1986年版，第262—263页。

之辞也。凡士之蕴其所有，而不得施于世者，多喜自放于山巅水涯。外见虫鱼草木风雨鸟兽之状类，往往探其奇怪，内有忧思感奋之郁积，其兴于怨刺，以道羁臣寡妇之所叹，而写人情之难言，盖愈穷而愈工。"① 他们都认为诗人在遭受厄运之时，抒发胸中郁勃不平之气，其诗才能悲凉慷慨，具有不朽的精神价值。

为什么"诗穷而后工"？许多诗论家认为主要是历史上治日少而乱日多，诗人们报国无门，有志难伸，故多慷慨不平之气，发为诗歌，多有愁苦要妙之作。白居易曾说："予历览古今歌诗，……多因谗怨谴逐，征戍行旅，冻馁病老，存殁别离，情发于中，文形于外，故愤忧怨伤之作，通计今古，什八九焉。世所谓文士多数奇，诗人尤命薄，于斯见矣。又有已知理安之世少，离乱之时多，亦明矣。"② 黄宗羲也强调时代对创作的影响，他曾说："天下之治日少而乱日多，事父事君，治日易而乱日难。"③ "蚌病生珠"，乱世却促使诗歌兴盛，他认为"汉之后，魏晋为盛，唐自天宝而后，李杜始出；宋之亡也，其诗尤盛，无他，时为之也"（《陈苇庵年伯诗序》）。黄宗羲还主张文章为天地之元气，元气在平时，和声顺气，无所见寄，只有在"厄运危时，天地闭塞，元气鼓荡而出，拥涌郁遏，垄愤激讦，而后至文生焉"④。他们都认为诗歌繁盛的主要原因是社会动乱，"天地闭塞"，诗人通过创作来反映黑暗社会，抨击不平现实，具有一股淋漓的真气，那文章就不求工而自工，真如赵翼所说"国家不幸诗家幸，赋到沧桑句便工"（《题元遗山集》）。明末清初正是"天崩地解"，社会动荡的黑暗时代，诗人们关心民族命运，哀叹民生艰辛的诗篇便有不朽的价值。

时代风潮只是诗歌创作的外在条件，而要创作优秀诗篇，还有赖于作家的自身修养，因此李念慈对"诗穷而工"进行了新的阐

---

① 欧阳修：《欧阳修全集》卷四十三，中华书局 2001 年版，第 612 页。

② 白居易：《序洛诗序》，《白居易全集》卷十五，上海古籍出版社 1999 年版，第 970 页。

③ 黄宗羲：《陈苇庵年伯诗序》，《黄宗羲全集》第 10 册，浙江古籍出版社 2005 年版，第 48 页。

④ 黄宗羲：《谢皋羽年谱游录注序》，《黄宗羲全集》第 10 册，浙江古籍出版社 2005 年版，第 34 页。

释。《程然明诗序》云："诗穷而后工，自昔人言之，靡不以为艰难坎壈不得志于时，然后其精神怀抱一发之于吟讽咏叹中，故能沉郁厚重也。殊不知诗本性情以出，性情由乎内，必先具有真挚笃厚者以为之本，而后感发存乎外，山水朋友交相资焉。"① 李念慈不但强调"诗本性情以出"，作家的个人修养决定诗歌创作的高下，还提倡广泛阅历，友朋切磋，开拓心胸，提高诗艺，才能创作出不朽的篇章。反之则不会有所成就："苟非然者，在内初无其本，而踟蹰困厄于一乡一曲之中，在外又无所得于游览结纳，但以穷求工，天下其少穷老牖下者哉？"② 这样的作家虽然"穷"，但根本不会工于诗文。

他还进一步倡导穷士更要好游，将"江山之助"和"诗穷而工"两个诗学命题紧密联系起来。他曾说："故士惟穷乃游，游则奚囊蜡屐造请过从，山水之情状，友朋之论说，无往不与我之性情引伸映发。穷愈久，游愈广，所得助于外者愈深，而诗之功力亦随之。"③ 其友人大多是穷而好游之士，故其诗亦造诣非凡。他认为友人许虬诗歌气象不凡，其重要原因是穷而好游："竹隐天资既绝，又读万卷书，行万里路。……困穷远宦，志业不遂，其气抑而日积所蓄日厚，故发于笔墨间，响滞力沉，直欲上溯楚骚。"④ 李念慈自己也穷而好游，他曾远宦河间、新城、廉州，三入荆襄幕府。虽饱经坎坷，潦倒江湖，但他不以为苦，就是因为南北奔波让他开阔了视野，提高了诗艺。

韩愈曾说："文章之作，恒发于羁旅草野；至若王公贵人，气满志得，非性能而好之，则不暇以为。"⑤ 李念慈也认为富贵者多受职位的羁绊，"或囿于乡县，或束于职事"，"其于山水，率止得其皮肤"（《程然明诗序》），无以发其性情，故创作不出优秀的诗

---

　　① 李念慈：《程然明诗序》，《谷口山房诗集》卷二，国家图书馆藏康熙二十八年杨素蕴刻本。

　　② 同上。

　　③ 同上。

　　④ 李念慈：《万山楼诗集题词》，《谷口山房诗集》卷五，国家图书馆藏康熙二十八年杨素蕴刻本。

　　⑤ 《韩昌黎文集校注》，上海古籍出版社 1986 年版，第 154 页。

篇。李念慈此论虽有道理，但还不够细致深刻。清代学者赵怀玉之论述更为精彩允当。他曾说："穷在下者，枕葄经史，舍是无他嗜好，故得为专门名家。达则官守劳其心，纷华蠹其志，纵汲汲于古，而夺之者众，其难一也。穷在下者，自治其业而已。达则操陶冶之柄，当以众人之文为文，而未可私为一己之事，古公卿说士之甘，不啻口出，而天下奉为宗匠，苟闻见有未周，精神或稍殆，则觖望多而令名遂损，其难二也。穷在下者，同类切劘，人乐攻其短。达则分位既尊，贡谀日至，虽其侪列，亦不敢肆恣讥弹，故有失而终身或不能自觉，其难三也。"① 由此可见，穷而在下者由于无案牍之劳、应酬之累，他们能潜心钻研艺术规律和创作技巧，故而造诣不凡。另外，穷而在下者因为胸中有不平之气，借诗文创作以发抒其块垒，当然有别于达官贵人内容空洞的官样文章。

　　综上所述，李念慈的诗学理论继承了中国古代诗论的许多优秀思想，并将其赋予了新的内涵，和清初文艺思潮紧密联系，具有鲜明的时代特征。他的诗歌理论不但强调诗本性情，重视作家的人格修养，而且强调文学的社会功能和认识价值，富有积极的用世精神。他还主张诗人在艰难困苦之时，更要立志高远，广泛阅历，师友切磋，提高诗艺，创作既有深刻的认识价值又有丰富的审美价值的优秀诗篇。其诗歌理论兼容并包，内涵丰富，体系严密，在清初诗学理论中具有代表意义，值得学界重视。

第四节　李柏、康乃心的诗论

　　清初关中诗人之中，李柏和康乃心长期隐居乡里，名位不彰，不为世人所了解，但他们与关中学人均有密切关系，其诗学思想也有自己独特的价值。李柏学问渊博，会通佛、儒、道三家学说，形成了自己独特的思想体系，在清初关中诗人均拘守格调理论，争论

---

① 赵怀玉：《存素堂文初钞序》，《亦有生斋文集》卷三，辽宁省图书馆藏清道光二年刻本。

学唐学宋之际，他独辟蹊径，提倡禅理和诗歌的会通，在清初关中诗坛较为独特。

一　李柏的诗论

李柏学问渊邃，贯穿百家，不拘于宋儒陈说，会通佛、儒、道三家学说，形成了自己独特的思想体系。李柏在《重修大兴善寺大佛殿碑记》中说"天有三光，治有三统，教有三种"，"教有三而天则一阳"（《槲叶集》卷二）。这和宋儒明斥佛、道，暗偷其理论的思想不同。李柏甚至认为"空"为三教会通的"把柄"。他曾说："三教圣人皆以空为把柄者。"[①] 李柏把佛教范畴的"空"作为三教会通的门径，这和传统儒家思想格格不入，相去甚远，导致贺瑞麟等编《关学续编》没有将其列入关学家的行列。李柏还提出"教有三种，道归一致"的著名观点，从存心、治化方面阐述了三教合一的可能性。他认为："天人一也。天之日，天之心；天之心，人之心。""有万古此天心，万古此人心也。是一非二，无须臾离。"[②] 他以夸父逐日为喻，讲明以人心合天心，发挥人的主体精神。这种以突出人的主体之心的思想成为李柏会通三教的基础。从事功上看，他认为三教也是"道归一致"的。作为明末清初的思想家，李柏深刻反思明亡教训，提倡实学，极力反对空谈"性命"，或在"训诂文字中讨生活"空疏学风。其三教论具有明显的经世致用色彩。李柏认为"圣人因时变化，道非有二"，儒家、道家均是古帝王修齐治平天下之道。他还认为这种治化之道与佛教也相通。其《憨休和尚语录叙》云："（憨休）身着坏衣，手握锡杖，上则帝古皇之臣王，如来之佐；下亦不失蒲团，乐衲衣良平，而乃以空门老也，此可以观世变矣。"李柏把憨休视为传统儒家眼中的王佐之臣。憨休之所以"以空门老"，在于观世变，等待时机建功立业。这也正是清初很多遗民迫于压力，暂栖空门的真正原因。由于李柏精通佛、道两家学说，其诗歌创作也颇有空灵玄寂的色彩。如《过

---

① 李柏：《憨休禅师敲空遗响叙》，《槲叶集》卷二。
② 李柏：《夸父逐日论》，《槲叶集》卷一。

熊耳山空相寺》云："空空空相寺，相空万法通。不空不是法，是法空不空。"《东湖》又云："水能涵月相，月能印水空。水月两不碍，人天如是同。"充满了佛教万法皆空、物我两忘、镜花水月的玄妙特色。

李柏学问宏通，论学不守宋儒陈说，骆文曾说李柏对"十五国之贞淫正变，千百年之治乱兴衰，靡不刺刺言之，了如指掌"①。反映在其诗歌理论方面，李柏也不守故常，时出新意。清初关中诗人，大多崇尚盛唐诗风，推崇明代前后"七子"，但是李柏却认为唐代以诗赋取士，唐诗缺少《诗经》那种天机独得的自然之美，因此他倡导作诗要吟咏性情，以《诗经》为最高典范。其《襄平张少文诗集序》云："《三百篇》率于性者也。故见鸟吟鸟，见兽吟兽，见草木吟草木，见忠臣孝子吟忠臣孝子，见劳人思妇吟劳人思妇。如造化生物，无心而成，悉出于天机自然。因物之色而色之，因物之声而声之，因声与色而韵之，此三百篇所以为天下万世诗祖也。至唐以诗取士，而海内学士人人能诗，至人人能诗而天下遂无诗。何也？断须镂肝，雕之琢之，斧之凿之，干禄也，非为诗也。凿混沌者，七窍生而混沌死。有唐人干禄之诗，而三百篇亡矣。"② 李柏这种思想来源于杨万里以来的性灵派主张，但他认为唐诗有选拔人才的功能，导致人们刻意为诗，在某种程度上失去了天机自然的生趣，甚至否认了唐诗的整体成就，这在历史上可谓惊世骇俗之论，但也反映出李柏任心独往、不拘故常的论学气概和勇气。他称赞张少文诗能惩唐诗之弊，不法唐诗而法三百篇，诗成千篇而不袭唐人一字，可谓"终身诗有千万篇，实终身诗无一字"。因为作者"率性而成，意不诗也"，这正是作者追求的不刻意为诗而诗自工的境界。

李柏受佛教、道教思想的浸润，他把诗文上升到一种哲理的境界，不拘泥于诗歌文字本身，在更广泛的人文意义上来谈论诗歌，充满"禅意"。其《华岳集》序云："谓山水非诗耶，古人赋何以

① 骆文：《槲叶集序》，载《槲叶集》卷首。
② 李柏：《襄平张少文诗集序》，《槲叶集》卷二。

登高作？诗何以临流水也？谓山水尽诗耶，又何为言志道性情也？盖性情不可见，而托诗以见，诗不能直言，而托山水以为言。此其事极博而道至微也。……人知一家之书数万言也，而不知只山水二物；人知咏山咏水数千篇也，而不知只道性情；人知性情好恶美刺多端也，而不知一本于道。是道也，至精至微，而古今之人品类别焉，盖庙廊之与山林地异而性殊也。"① 首先，李柏探讨了中国诗歌具有意象化的特殊品格，而山水正是人的本质精神的对象化，是孔子"仁者乐山，智者乐水"的具体阐释。但作者并没有停留在诗歌本身，而是进一步提出了诗歌"道性情"的言志功能，和"好恶美刺"的社会功能，但他认为都要"一本于道"，与其理学家的学术追求一致。李柏还进一步提出"是道也，至精至微，而古今之人品类别焉，盖庙廊之与山林地异而性殊也"，廊庙文学和山林文学"地异而性殊"，这正是清初朝野文学离立的重要分野。他称赞许生洲"身在廊庙，情耽山水。盖于道之至精至微者有得也。故足迹所至，见山非山，山即诗；见水非水，水即诗。人见先生之诗，非直见诗，实见山水；非见山水，实见性情"。这里发挥了青原禅师语录，对许生洲身在廊庙而重贤礼士深表赞许，而对其诗歌所流露出来的山林之趣也极为推崇。清初朝野诗人的交流互动和士人心灵的复杂感受都通过这种充满禅机的语言展现出来。可见李柏论诗的一个特点，就是忘记语言文字本身的意义，直指本心，豁然顿悟的哲理色彩。

李柏还强调文学对于尊重个体生命，弘扬忠臣义士精神的特殊意义。其《遵研斋游记序》云："天地山川何以至今不老耶？以忠孝节烈之人存之也；忠孝节烈何以至今不死耶？以文人才子之笔生之也。长安自汉唐以来，瑰意奇行之人不可胜数，使无文人才子之笔以发明之，将古之所谓瑰意奇行者没于天地，亦犹草木虫鱼之腐于山川矣。"② 他强调文学有特殊的使命，文人要用笔记录下古往今来的忠孝节烈、瑰意奇行之士，激发后人的"见贤思

---

① 李柏：《华岳集序》，《槲叶集》卷二。
② 同上。

齐"的精神。这里虽然说的是游记这种文体，也同样适合于诗歌。

二　康乃心的诗论

康乃心学识渊博，著述丰富，会通朱、陆，主张读经自训诂始，以小学为第一义，这和顾炎武、李因笃的主张如出一辙。他博览百家，主张经世致用，被李二曲等人赞为关学后劲。

康乃心是李颙的入室弟子，也受顾炎武的影响，主张"士当以器识为先，一命为文人，无足观矣"①。他论学发挥二曲之教，强调"言以人重"和"以诚为本"的思想，以道德修养作为文章学术的基础，更以真诚作为学术文章的生命。他为李颙所作《南行述序》云："余昔者尝纵论天下之故，以为今世人才气运，非尽与古悬绝，而经济文章理学性命相率而悉出于词华声气之间，总由一不诚故。不诚则无真学术，斯无真人品，遂无真治化。然则今日之为蠧者众矣，而儒或其一也。"②他不但批判了当代思想、学术、文章都流于虚伪不实的现状，而且将矛头直指儒家知识分子，这是一种极为难得的勇气。他对不诚的批判与其尚真的学术观念紧密联系。与许多理学家不同的是，康乃心将"真学术"的内容扩大到审美形态的"文"。他曾说："人谓理学无文者，非也。理学无文，必无真理学耳。"③他在《书阳明集后》还进一步说："吾每恨苏、柳不知道学，伊洛未善文章，今观文成之文，雄奇骏奔，纵横自如，真挟天风海涛之势，鹿门称曰八家后一人，即仆亦以为合长公、元晦而一之矣。"④可以看出他不像许多理学家那样重道轻文，而是文道并重，表现出关中理学的独特品格。

清初关中理学家中，提倡文道并重并在诗学理论方面有所建树的当属李因笃和康乃心。他们都是明代格调派的忠实拥护者，而且

---

① 康乃心：《莘野文集·与门人》，《莘野先生遗书》，中国社会科学院文学研究所藏抄本。

② 康乃心：《莘野文集·南行述序》，《莘野先生遗书》，中国社会科学院文学研究所藏抄本。

③ 康乃心：《莘野文集·书冯恭定公关中乡贤传后》，《莘野先生遗书》，中国社会科学院文学研究所藏抄本。

④ 康乃心：《莘野文集》，《莘野先生遗书》，中国社会科学院文学研究所藏抄本。

对格调派相对狭隘的诗学观念有所开拓，具有自己独特的理论特色。康乃心虽然也将唐诗奉为圭臬，但他论诗吸收了许多新的观念，对一些备受争议的诗人如徐渭、公安三袁和钟惺、谭元春都给予了肯定，这在清初诗人中实属难能可贵。

康乃心和李因笃一样，是明代格调派的拥护者，他们都将《诗经》作为中国诗歌的最高典范，将唐诗作为其嫡裔。他曾说"唐人诗可继《三百》，不在字句之间，温柔敦厚其大旨也"①。他还说"宋元无诗，唐诗真可谓上继《三百》，一字千金。此事非小非近，难为一一俗人道也"②。这与传统格调派的理论并无多大区别。但是康乃心也吸收了晚明性灵派的思想，表现了他论诗的开放态度。他认为"建安诸子以迄有明，考绪穷源，莫不归于忠孝，本诸性灵，而刻文据藻者不与焉"③。这和他尚真的学术观念一致，所以他对明代备受争议的公安派、竟陵派并不排斥，表现出了比李因笃更为通达的观念。康乃心曾说："历下之言，世讥其阔；竟陵之论，又病其寂。要之皆起衰救弊者也。"④ 他还说："偶披谭子诗观之，遂至尽卷，幽光清异，迥绝尘俗，不如是何以服伯敬，拔正希哉？"⑤ 康乃心虽然和格调派一样认为宋元无诗，但对宋元一些大家还是表现出了崇敬之情，对他们的创作成就也给予了肯定。其《书杜诗韩文后》云："吾以为康节之诗，高逸神化，不可方物，是直以经为韵者，读之如空山钟鼓，令人惊回醉梦，秦汉而还，几无其匹。"⑥ 其《书刘静修集后》又云："雷溪神骨清绝，古风奇宕雄逸，在少陵、昌谷之间。近体高澹深稳，浸浸乎初唐矣。至其一往孤情，寄托幽

<hr>

① 康乃心：《莘野文集·与门人》，《莘野先生遗书》，中国社会科学院文学研究所藏抄本。

② 康乃心：《莘野文集·杂言》，《莘野先生遗书》，中国社会科学院文学研究所藏抄本。

③ 康乃心：《莘野文集·玉樵粟语序》，中国社会科学院文学研究所藏抄本。

④ 康乃心：《莘野先生遗书·莘野集》卷首诗跋，中国社会科学院文学研究所藏抄本。

⑤ 康乃心：《书谭友夏诗后》，《莘野先生遗书·莘野文集》，中国社会科学院文学研究所藏抄本。

⑥ 康乃心：《莘野文集·书杜诗韩文后》，《莘野先生遗书》，中国社会科学院文学研究所藏抄本。

远，上下千古，欲泣欲歌，晦明风雨，如将促席，想见其为人。"①
这种评价出自清初学宋诗人之口，也是难能可贵，而出自深受格调
派浸润的关中诗人之口，真可谓空谷绝响。

康乃心深受李因笃诗学影响，对关中前贤多有赞赏，也表现出
对乡邦文化传统的热爱。其《讷斋诗序》云："近代北地、西极，
雄视万古。"② 对于钱谦益鄙薄李梦阳，对"秦风"的不当批评，
康乃心也提出了针锋相对的反击。他曾说：

> 历下之言，世讥其阔；竟陵之论，又病其寂。要之皆起衰
> 救弊者也。宗伯谭诗，以初盛中晚陋新宁氏，至诋严沧浪为妄
> 作解事。其说博□，而取材于宋元，浸淫于天竺，稗官巷谜尽
> 入格律，亦似晚节之穷而失归□也。夫声音之道，和平淡宕已
> 尔，激壮悲凉与夫清微婉丽，□因时地而然，有难强者。如欲
> 返本复始，归极玄化，诚非易然。然□高不亢，无怠无荒，包
> 罗万有，造物为徒，近代以来其青丘乎，其长□乎，其北地、
> 信阳、天池、迪功乎？后有作者，弗可及己。③

这段话对钱谦益贬斥格调派、竟陵派的偏见做了严肃批判，对
明代高启以降的主要诗派给予了肯定，他还以其人之矛攻其人之
盾，对钱谦益变节投降和出入宋元、浸淫佛理提出了批评。对于钱
谦益以"亢厉"评价秦风，康乃心也提出了中肯的看法："夫声音
之道，和平淡宕已尔，激壮悲凉与夫清微婉丽，□因时地而然，有
难强者。"这是极为客观公允的论述，并没有以地域文化特征厚此
薄彼，与清初施闰章、计东等人的观点一致，可见康乃心作为学者
论诗的公允态度。

---

① 康乃心：《莘野文集·书刘静修集后》，《莘野先生遗书》，中国社会科学院文学
研究所藏抄本。
② 康乃心：《莘野文集·讷斋诗序》，《莘野先生遗书》，中国社会科学院文学研究
所藏抄本。
③ 康乃心：《莘野先生遗书·莘野集》卷首诗跋，中国社会科学院文学研究所藏
抄本。

第三章

"林谷关音本，乾坤老彖才"
——清初关中诗人领袖李因笃

　　明朝末年，政治风云激荡，内忧外患深重。朝政腐败，战乱频仍，李自成攻陷北京，后来清军入关，明朝灭亡，但是各地反抗清军的南明势力和地方武装此伏彼起，绵延不绝，后来又有"三藩之乱"。明末至康熙初年将近一个甲子，中国基本上都处于战乱之中，而关中地区受创也极为严重。明末农民起义的烽火首先在这里燃起，后来蔓延大江南北，国家疮痍满目，百姓灾难深重。后来"三藩之乱"，"马鹞子"王辅臣首先在西北响应，连下平凉、兰州、洮州等地，关陇大震，关中地区又陷入战乱之中。

　　明末清初，关中士人阶层受到了巨大的冲击和打击。李自成农民起义军占领关中之后，进行了残酷的"索饷"，对关中士人严厉镇压，许多缙绅破产亡家，甚至被杀害。因此清初关中士人大多反对农民起义，他们中间很多人像孙枝蔚、刘湘客等曾直接参加过对抗农民起义的活动。清人入关之后，关中士人有着极为复杂的心态，他们在传统的"华夷之辨"的观念下是反对清朝统治的，但是他们也清楚地看到明王朝的腐败导致了天下大乱。他们对农民军充满仇恨，也不可能像有些南明士人那样联络农民军残部对抗清廷。因此他们对清初政治势力比较失望，所以大多选择了隐逸之路，著述为学，潜心学术文化活动，在学术研究和诗文创作方面取得了卓越的成就。

　　清初关中地区因为有着天然的形胜之利，在战略上具有高屋建瓴的优势，再加上学术创作极其繁荣，所以很多外地遗民如顾炎武、屈大均、阎尔梅、梁份等人频频向关中移动，他们一方面考察全国的战略形势，一方面进行学术交流，也促进了南北学术的交流和发展，形成了清初关中学术文化繁荣的局面。梁启超曾说："康雍之际，三李主之于内，亭林、恕谷辅之于外，关学之光大，几埒江南、河朔。"① 这是一个非常客观的评价。

第一节　清初关中本土诗人略论

明末清初，关中地区人文氛围之浓厚、诗学之繁盛闻名海内，为时人和后世所推重。王士禛曾说："朝邑李瓒中黄，以其父岸翁遗墨来求跋。岸翁名楷，关中耆宿。……关中名士，予生平交善者，如三原孙豹人枝蔚、韩圣秋诗、华阴王无异弘撰、富平李因笃子德、郃阳王又旦幼华、富平曹陆海玉珂，皆一时人豪，要当以岸翁为冠。"② 朱彝尊、计东等人也对清初关中诗人孙枝蔚、李因笃、王弘撰、雷士俊、李楷、王又旦、李念慈、韩诗等人推崇备至。张云翼《与李阁学书》亦云："前所言李子德以博学闻，信推史才。王山史负德行，兼以词翰著。又李中孚者，抱道而潜，屡征不起。……仆当邀其携杖至止，或诗或史，或以性命之学，各抒其所长，共订千秋业耳。"③ 吴怀清《三李年谱自序》中也对清初关中学人李因笃、李柏、李颙、孙枝蔚、王弘撰、王建常、雷士俊等人的志节文章赞誉有加。

关于清初"关中三李"的组成，历来说法不一，大致有这样几种组合。钮琇《觚賸》卷六《秦觚》云："李雪木，名柏，武功人。关中三李：中南山人李子德因笃，二曲山人李中孚颙与雪木也。"④ 这是一种组合。钱林《文献征存录》卷四："李因笃，字天

---

① 梁启超：《近代学风之地理的分布》，《梁启超全集》卷十四，北京出版社 1999 年版，第 4262 页。

② 王士禛：《带经堂诗话》（下），人民文学出版社 1963 年版，第 557 页。

③ 张云翼：《式古堂集》，北大图书馆藏清刻本。

④ 钮琇：《觚賸》卷六《秦觚》，《四库全书存目丛书·子部》第 250 册，齐鲁书社 1997 年版，第 65 页。

生，更字孔德，一字子德。……时盩厔李容以理学显名，与泾阳李
念慈及因笃号为关中三李，其后复与郿县李柏，朝邑李楷亦有三李
之号。"① 这里说了两种组合，一种为李因笃、李颙、李念慈；另一
种为李因笃、李柏、李楷。《（雍正）陕西通志》卷六十三："李
柏，字雪木，郿县人。……其学贯穿百家，勃窣理窟，与朝邑李
楷、富平李因笃齐名，称关中三李。"这和《文献征存录》中的第
二种组合一致。唐鉴《国朝学案小识》卷十二《经学学案》："李
先生讳因笃，号天生，博学强记，贯穿注疏，……与盩厔李先生
容、泾阳李先生念慈称关中三李先生。"② 这与《文献征存录》中
的第一种组合一致。杨钟羲《雪桥诗话》卷二："泾阳李屺嶦念慈，
号劬庵，与二曲（李颙）、天生（李因笃）当时称三李。"③ 这也与
《国朝学案小识》的说法一致。王士禛《居易录》中所云"关中二
李，不如一康"，很多著作讹传为"三李"。这里的"二李"大概
指李颙和李因笃。后来吴怀清作《关中三李年谱》，以李因笃、李
柏和李颙为"三李"，突出了他们的理学家身份，也符合历史事实。
钮琇和李柏、李因笃都有比较密切的关系，相信他不会弄错。李因
笃也曾说："关中三李余行季，素以虚声闻于人，自问恒多过情之
耻。行伯中孚李先生、行仲雪木李先生，学业文章，诚足羽翼六
经，发矇振聩。"④

　　明末清初关中本土诗人除了"关中三李"和王士禛、朱彝尊等
人所举士人群体之外，还有"青门七子"为代表的故明宗室诗人和
南氏、东氏、房氏、朱氏等世家大族的子弟。他们虽然经历了战乱
的冲击，但在清初依然学有所成，家族文化也得以传承。另外一些
寒士阶层如王建常、刘汉客等虽不为人所知，但也有自己的学术文
化贡献，考察清初关中士人也不应遗忘。

　　"青门七子"是由故明宗室成员组成的具有诗文结社性质的文

　　① 钱林：《文献征存录》卷四，周骏富编：《清代传记丛刊》，台北：明文书局
1985 年印行，第 602 页。
　　② 唐鉴：《国朝学案小识》卷十二，《四部备要》本。
　　③ 杨钟羲：《雪桥诗话》卷二，北京古籍出版社 1989 年版，第 55 页。
　　④ 王子京：《槲叶集序》，载《槲叶集》卷首，清光绪重刻本。

人团体。王弘撰《山志》云："青门七子，皆宗室之贤而笃于学者
也。各有诗文集，卓然成家。余所及与之游者子斗翁，乱后数往省
之，翁亦喜余，尝对人有松柏之誉。翁子伯常存杠年长于余，以翁
与余善而待以执友之礼甚恭。然余固尊事翁，不敢以雁行进也。尝
与顾亭林言，亭林以青门，特访其家。时翁已殁，见伯常，索翁著
述，读之，因为之序。今伯常亦殁，其子孙冒杨氏，盖从翁之母姓
也。"① 青门七子主要活动于明末，清初只有朱谊㳻在世，年八十
余。朱彝尊《静志居诗话》卷一："朱谊㳻，字子斗。秦愍王九世
孙。有集。子斗才情横溢，极为富平李孔德所称览。其《祀灶》千
一百二十字，虽未悉工，而浩瀚不可及也。"② 屈大均也曾说："吾
闻万历已来，宗人之文秀，莫盛于秦，有七子者，善为诗，崇祯
末，六子者先逝，而子斗先生谊斗年至八十，后先皇帝十一年乃
卒。"③ 顾炎武至关中，曾多次提到"青门七子"。其《朱子斗诗
序》云：

> 余闻万历以来，宗室中之文人，莫盛于秦。秦之宗有七子，
> 而子斗最少。及崇祯之末，六子皆先逝，而子斗独年至八十，
> 后先帝十一年乃卒。故其为诗，多离乱之作，有悯周哀郢之
> 意，而不敢深言。……子斗久以诗文为关中士人领袖，其次子
> 存柘（彦衡）乃得为诸生，中副榜。贼陷西安，存柘义不屈，
> 投井死。长子存杠（伯常），扶其父逃之村墅得免。子斗殁后
> 八年，而余至关中，访七子之后，其六子皆衰落不振，而伯常
> 年已六十有二。④

　　清朝初年，七子中只剩朱谊㳻一人，但他仍为关中士人领袖，
李因笃、王弘撰、王建常等人极为服膺。其子弟能诗者颇多。顾炎

---

① 王弘撰：《山志》二集卷三"青门七子"条，中华书局1999年版，第226页。
② 朱彝尊：《静志居诗话》卷一，人民文学出版社1990年版，第16页。
③ 屈大均：《翁山文外》卷一，《续修四库全书·集部》第1412册，上海古籍出
版社2002年版，第19页。
④ 《顾亭林诗文集》卷二，中华书局1959年版，第34页。

武《将去关中别中尉存杠于慈恩寺塔下》即称子斗长子存杠"子建工诗早，河间好学称"。朱氏子弟为了全身远祸，曾改姓杨，亭林《送韵谱帖子》曾说："杨伯常，名谦，故王孙也。住西安府南八里大塔堡内。大塔者，慈恩寺塔也。"① 这些故明宗室成员大多不愿出仕新朝，他们易姓改名，以诗文书画为乐，寄寓其故国情思。

　　明末清初，关中一些世家大族的诗文创作也极受人们瞩目，尤以渭南南氏、京兆房氏为代表。李因笃《元麓堂诗集序》："关中望族，首推渭南南氏。盖上溯太系观察昆仲以来，科名蝉联，勋名彪炳，光家邦，冠国书，震耀吾秦，为近代所未有。"② 渭南南氏在有明一代科举鼎盛，人文兴旺。南大吉字元善，正德中进士，官至户部主事。有《瑞泉集》。其弟南逢吉字元贞，嘉靖中进士，官至督学副使。有《姜泉集》。称为"关中二南"。逢吉子轩，字旸谷，嘉靖中进士，官至四川副使、山东参议。有《渭上稿》。南轩第三子师仲，字子兴，万历乙未进士，善古文词。官至南京礼部尚书。明亡殉国，弘光朝曾经赠谥。有《元麓堂诗集》。③ 李因笃盛推南师仲诗歌"慷慨激发"，"力厚思雄，不为细响"，有秦风本色。南大吉孙企仲，万历进士，崇祯时为南京吏部尚书，李自成入关，不食死。南轩孙宪仲子居益，字思受，万历中进士。崇祯时官至工部尚书。李自成招之不降，加炮烙死。有《青箱堂集》。南企仲长子居业，字思诚，万历中进士，官吏部主事，李自成入关杀之，赠大理寺少卿。可见南氏一门之功业与节慨。南氏后人南庭铉在清初出仕，官柳州推官，与李因笃、王士禛、王弘撰、施闰章等交往颇密，其诗文也备受推重。王弘撰《南鼎甫诗序》云：

　　　　吾乡学士大夫，类无不谈渭上南氏之学者。余闻南氏之学，始自文成，盖昔文成以理学冠一代，功业焕然，成言斑如，南氏之先，实游其门，以世著勋名，凡五传矣至今鼎甫。鼎甫卓

---

① 《顾亭林诗文集·亭林佚文缉补》，中华书局 1959 年版，第 244 页。
② 李因笃：《受祺堂文集》卷三，清道光七年刻本。
③ 李元春：《续秦赋》，《桐阁文钞》卷十一，《稀见清人别集丛刊》本，广西师范大学出版社 2007 年版。

莘自命，不可一世，弱冠登贤能书，绝声色裘马之好，构容庵酒水上，才足蔽风雨，昕夕其中，于四子之理，百家之说，及古今盛衰成败之故，得失是非之略无不晰若指掌。[1]

他还盛赞南庭铉诗歌"端本合彩，泱泱渐渐，以绍大雅之休，杜少陵之称清新俊逸也。问轻俗寒瘦者，无有已，珊瑚钩之称，含蓄天成也。问破碎雕锼，怪险蹴趋者，无有已。而世或以虬户铣溪，筱骖魄兔，欲鼓旗当鼎甫者，及鼎甫一言出，则莫不废然返"[2]。南庭铉还有《寿乐园集》、《金台》、《玉垒》、《岷江》诸集，为仕宦各地所作。卒后，王士禛曾为作《诰授朝议大夫四川按察司佥事六如南公暨配田恭人合葬墓志铭》记其平生。

城南杜氏与故明秦藩有姻亲关系，其子弟如杜恒灿兄弟在清初文名藉甚，与李因笃、屈大均、王士禛、施闰章、孙枝蔚等交往密切，王士禛称之为"人豪"。杜恒灿字苍舒，三原人。其祖父娶秦藩县君，父讳鹤龄，慷慨好义，天性孝友。恒灿八岁能文，年十七补弟子员。关中乱起，家道中落，尝走四方，负米养亲。清初乡试中副榜，遂入太学。与中翰吴炜交相得，同订"观文大社"，以振兴古学为志。及炜使关中，过焦获，复广其社于邑中学古书院。炜去，恒灿主盟，学者多宗之。[3]杜恒灿念老亲家居食贫，因策蹇南游。长安梁化凤镇崇明，遣使迎恒灿至军。既至，化凤以堤成出猎，恒灿陪副乘，即事作《平洋沙》十章，化凤立命谱入铙歌，持千金起为寿。杜恒灿在西湖与屈大均相识，即偕屈大均至关中，屈大均曾赠诗云："我爱秦风劲，无衣不自谋。美人居板屋，女子解戎辋。岳走三峰势，河吞八水流。君从关内至，意气正横秋。"（《吴门逢京兆杜子赋赠》）[4]梁允植《赠杜苍舒别驾》亦云："君

① 王弘撰：《砥斋集》卷一，《续修四库全书·集部》第1404册，上海古籍出版社2002年版，第341页。
② 同上书，第342页。
③ 刘于义、沈青崖等：《（雍正）陕西通志》卷六十三，《四库全书》本。
④ 屈大均：《翁山诗外》卷五，《续修四库全书·集部》第1412册，上海古籍出版社2002年版，第368页。

才天下士，落拓几经春。孝友尊吾道，诗书对古人。家声三辅贵，侠气武陵新。盛世崇儒术，休虚社稷身。"① 但是杜恒灿一生落拓江湖，终身为幕客，卒后魏禧、李因笃为碑传，都惜其才未能尽展。杜恒灿学问渊博，才思敏捷，李因笃称他"才至敏，工诗古文辞，善书法"②。晚年自焚其诗集，其弟在火中捡出余稿，编为《春树草堂集》六卷。四库全书认为"恒灿历为郎廷极、贾汉复、梁化凤诸人客，毕生出入幕府中，故以卖文为活，所作富赡有余，而多不修饰，殆亦由于取办仓卒也"③。今其诗集流传不广，笔者在首都图书馆曾找到《春树草堂集》一本，书中没有著者、刻者姓名，也无序跋，至为可惜。

三原世家大族较多，而房氏在明末清初也为海内称道。房廷祯父建极，字仪凡，曾任新乡知县，后迁兵部主事，晚年解职归乡，李自成称帝关中，仪凡不食死，乡人私谥"贞靖"。孙枝蔚有《敝邑私谥房枢部仪凡为贞靖先生，兼立祠表忠，作诗三章，以代挽歌》，施闰章也有《关中房仪凡驾部初令新乡，有殊绩，及闻李贼陷京师，痛哭山中，不食死，乡人私谥曰贞靖，有表忠祠碑，敬书短歌其后》等。房廷祯有兄弟三人，俱有文名。廷祯与曹玉珂、李念慈、王又旦俱为顺治十六年进士，曾任丰城知县，政绩卓著，考选第一，擢为兵部郎中。房廷祯与孙枝蔚、李念慈、王士禛、陈廷敬、施闰章等交往颇密。施闰章《房枢部文集序》云："枢部房君慎庵出其文若干首，大抵正学术，闲人心，坦然洞达之言，杼轴一出于己，所谓修辞立诚，其言有物者邪。始枢部宰丰城，治行第一，到今舆颂不衰。夫蓄之为德，发之为言，施之为政，一也。汉儒崇尚经学，史氏或称以文章饰吏治，谓之为饰，有道者陋之。君子理义积中，言无缘饰，若植根而木华，若掘地而泉涌，若田夫野

---

① 梁允植：《藤坞诗集》，《四库未收书辑刊》伍辑第30册，北京出版社2000年版，第722页。

② 李因笃：《杜仲子苍舒传》，《受祺堂文集》卷四，道光丁卯刻本。

③ 永瑢等：《四库全书总目》卷一八一《春树草堂诗集提要》，中华书局1965年版，第1643页。

叟之量雨旸、话桑麻也。吾论文如是，枢部曰然，故书之。"① 其弟廷详，字发公，为人孝友，15岁，李自成据关中，尝从父间关至京师告变，至黄河不得渡，甲申国变，其父不食死，廷祥恸不欲生，既葬，庐墓侧不去，中年因病亡。② 陈亭敬《三原房慎庵以季弟发公遗行属为诗》云："人物关中房季子，弟兄名重郑当时。独怜春草西堂句，不愧荒阡有道碑。结发文章轻万户，伤心书卷付佳儿。青衫黄壤连枝恨，泪叶翻风宰树悲。"③ 孙枝蔚早年与房氏子弟、杜氏子弟交往密切，后来还赋诗怀念这段美好的时光。其《夏日寄题渭北草堂》曾云："终南太华咫尺间，我昔年少美容颜。房杜诸孙正来往，偓佺一辈徒等闲。客来日暮休回首，家童颇足供奔走。痛饮还余蜀酒筒，高歌请击秦人缶。"④ 足见当时他们少年风流，饮酒高歌的快乐光景。

除了这些世家子弟之外，清初东荫商、东肇商兄弟、王建常、郭宗昌等人在关中也有文名。东荫商，字云雏，华州人。明崇祯丙子举人。屡上春官不第。与李雯、王士禛、王弘撰、李楷、宋琬等游。有《华山经》一卷。其《东云雏诗》乾隆间列入禁毁书目，军机处第十次奏进全毁书目谓："查《东云雏诗》，系明东荫商撰。诗中挖空处多违碍语，应请销毁。"⑤ 其诗今已不传，王士禛《感旧集》录其诗四首。东氏兄弟家富藏书，精于鉴赏，金石字画碑刻亦多有收藏。其《华山碑帖》尤为著名。郭宗昌字允伯，华州人。曾建沚园于白崖湖上，在二华之间，造一舟居之，曰"斋舫"，自谓一水盈盈，与世都绝。磊落崎嵚，任心独往。又有别业在郑南，即杜子美西溪，与其友王承之、东荫商为"南玭社"⑥。著《园藏六斋疏》、《二戎记》、《金石史》、《陇蜀余闻》诸书。王建常，字仲复，渭南人。明末诸生，入清不仕。家贫力学，所著述皆发明儒

① 施闰章：《学余堂集·文集》卷五，《四库全书》本。
② 刘于义、沈青崖等：《（雍正）陕西通志》卷六十二，《四库全书》本。
③ 陈亭敬：《午亭文编》卷十一，《四库全书》本。
④ 孙枝蔚：《溉堂前集》卷三，上海古籍出版社1979年版，第22页。
⑤ 王彬主编：《清代禁书总述·清代禁书解题》，中国书店1999年版，第141页。
⑥ 刘于义、沈青崖等：《（雍正）陕西通志》卷六十二，《四库全书》本。

先，排斥异说，其得力尤在《孝经》一书。尝与顾炎武、王弘撰、李因笃、康乃心、李柏、李颙游。著有《复斋集》、《律吕图说》九卷、《小学句读记》六卷。四库全书《律吕图说》提要曾说："大抵依蔡氏《律吕新书》次第为之图说，尤力申候气之法，历引《隋志》及明人韩邦奇、王邦直之说，为之发明。……建常所论，亦泥古而不知变通者矣。"① 顾炎武曾与他往返论礼，可见对其器重。王士禛《跋律吕图说》曾云："华阴王弘撰无异，寄其乡王建常仲复《律吕图说》二卷。盖本诸朱、蔡，参之李文利、王子鱼、邢云路诸书，而折衷以自得之义。建常居河渭之间，早弃帖括，以著述自娱。昆山顾炎武宁人访之，一见折服，以为吴中所未有。盖秦士之高尚其志者。"② 王弘撰也称赞王建常"彀迹渭滨，教授生徒。足不入城市，不近名，名亦不著。关西高蹈，当推独步。予则不能藏项斯之善也。"③

　　清初关中诗人不但频频外出，与江南、京畿诗坛有着密切的联系和交流，与此相应，外地文士如顾炎武、屈大均、万寿祺、梁份等也频频进入关中地区，与关中诗人互通声气，形成了南北士人互动交流的网络格局，对关中诗坛有着深刻的影响，也是清初诗坛一个值得注意的文化现象。梁启超曾说："其时关中学者虽克自树立，然受赐于外来学者之奖劝实多，其最重要者，前有顾亭林，后有李恕谷。"④ 顾炎武于康熙二年、十六年、十七年、十八年、十九年、二十年的六年中，曾四次来到关中，前后居住时间达三年之久，足迹遍及华阴、临潼、周至、西安、富平、榆林等地。他还结交了王弘撰、李因笃、李颙、王建常等著名关中学者。亭林曾满怀深情地说："秦人慕经学，重处士，持清议，实与他处不同。"他《广师》一文提到的关中学者就有三位，文云："苦文汪子刻集，有《与人

　　① 永瑢等：《四库全书总目》卷三十九《律吕图说提要》，中华书局1965年版，第336页。

　　② 王士禛：《蚕尾文集》卷八，《王士禛全集》第3册，齐鲁书社2007年版，第1960页。

　　③ 王弘撰：《山志》初集卷三"王仲复"条，中华书局1999年版，第62页。

　　④ 梁启超：《近代学风之地理的分布》，《梁启超全集》卷十四，北京出版社1999年版，第4262页。

论师道书》，谓当世未尝无可师之人，其经学修明者，吾得二人焉：曰顾子宁人，李子天生。……坚苦力学，无师而成，吾不如李中孚；……好学不倦，笃于朋友，吾不如王山史。"[1] 他还考察了关中形势，为反清复明做准备。其《与三侄书》云："关中绾毂关河之口，虽足不出户，而能见天下之人，闻天下之事，一旦有警，入山守险，不过十里之途。若志在四方，则一出关门，亦有建瓴之便。"顾炎武受关中文化的濡染，学术研究和诗文风格俱发生了改变。钱穆先生曾说："亭林自四十五北游，往来鲁、燕、秦、晋二十五年。尝自谓'性不能舟行食稻，而喜餐麦跨鞍'。然岂止舟鞍、稻麦之辨哉？其学亦北学也。虽其天性所喜，亦交游濡染有以助之矣。"[2]顾炎武为秦中壮丽的河山所吸引，写下了一些脍炙人口的动人诗篇，其诗歌也一变为慷慨悲凉。施闰章曾说他"书曾搜孔壁，诗已变秦声"（《顾宁人关中书至》）[3]，准确地道出了顾炎武后期诗歌的变化。

屈大均在关中诗人杜恒灿的导引下，于康熙五年至关中，与李因笃、王弘撰、李楷等结下了深厚的友谊。游历了三原、西安、富平等地，在王弘撰的陪同下曾登华山，写下了《登太华》长律，为关中诗人广泛传诵。其《宗周游记》云："（五月三日）李叔则、苍舒、山史、李天生、伯佐置酒高会，时有十五国客，予与曲阜颜修来以诗盛称于诸公，一座属目。先是，有传予登华长律至西安，天生见而惊服，谓自有太华，无此杰作，可与于鳞一记并传。比相见，即再拜定交，谓今日始得一劲敌云。天生虽心奇予，然尝欲抑予驰骋雄奇之气，而一湛以醇粹，与游辄多所琢磨，予大喜，遂约为雁代之游。"[4] 至代州后，李因笃为屈大均娶前明榆林将军王壮猷女王华姜为妻，夫妻和美，屈大均至为感激。其《有怀富平李孔德》云："与君驰驿骑，赵代去相依。作客从飞将，为媒得宓妃。

---

① 《顾亭林诗文集·文集》卷六，中华书局1959年版，第133页。
② 钱穆：《中国近三百年学术史》，商务印书馆1997年版，第168页。
③ 施闰章：《学余堂集·诗集》卷三十二，《四库全书》本。
④ 屈大均：《翁山文外》卷一，《续修四库全书·集部》第1413册，上海古籍出版社2002年版，第20页。

越歌慚有木，秦俗重无衣。一自关河隔，同心事尽非。"屈大均在代州，受到边塞风光的感染，诗歌也一变而慷慨悲壮。其《与孙无言》云："仆又从秦之代矣，于李克用墓前昼射猎，夜读书。或与二三豪士李天生、田约生辈，及弹筝唱炼相诸姬，觞咏于雁门之关，广武之戍，慷慨流连，不知其身之羁旅也。……近有出塞诗数十章，颇得高、岑气格，不能尽录，录《大同军中》二章奉寄，欲兄知近来能走马不弱并州儿也。"①

徐州遗民万寿祺为了躲避清廷的追捕，曾于顺治十八年由晋入秦，与王弘撰、李因笃等订交，后北游榆林，从宁夏至兰州，再至临夏，足迹遍及秦陇大地，写下了许多反映秦地人情风俗和关河要塞的诗篇。其《华阴书王山史斋中》云："海内征文献，西京两次来。麦田经雨润，山色喜云开。自可刘琨啸，何劳庾信哀。登高齐拍掌，秦岭亦东回。"② 又如魏禧高足，江西遗民诗人梁份，不仅涉足关中，而且只身游历河陇，西出玉门。其《怀葛堂文集》曾言："西塞三边，环七千里之形势，了然在目。"③ 刘献廷《广阳杂记》卷二曾说："梁质人留心边事已久。辽人王定山讳燕赞，为河西靖逆侯张勇中军，与质老相与甚深。质人因之遍历河西地。河西番夷杂沓，靖逆以足病，诸事皆中军主之，故得悉其山川险要、部落游牧，及其强弱多寡离合之情，皆洞如观火矣。"④ 外地学人的频频进入也对关中诗坛产生了深刻影响，促成了关中诗坛的繁荣兴盛。

第二节　李因笃的生平经历与学术思想

"关中三李"在清初最为知名，而李因笃不仅学术造诣深厚，

---

① 屈大均：《翁山文外》卷十六，《续修四库全书·集部》第 1413 册，上海古籍出版社 2002 年版，第 204 页。

② 阎尔梅：《白牟山人诗集》卷五，《四库禁毁书目丛刊·集部》第 119 册，北京出版社 1997 年版，第 296 页。

③ 姜宸英：《怀葛堂文集序》，梁份：《怀葛堂文集》卷首，《四库全书存目丛书·集部》第 236 册，齐鲁书社 1997 年版，第 1 页。

④ 刘献廷：《广阳杂记》卷二，中华书局 1957 年版，第 65 页。

还以诗文创作名著当世。贺瑞麟曾有"二曲关学、天生文学、雪木高隐"的提法。① 徐世昌曾说："国初关中多诗人，惟黄湄与孙豹人、李子德如泰华三峰，俯视培塿。"② 孙枝蔚乙酉后长期寓居扬州，其诗学活动已经融入江南诗人群体，与流寓或者往来江南的秦地诗人交往颇多，成为流寓江南的秦地诗人的领袖；王又旦自顺治十六年成进士后，多漫游大江南北，后来任潜江知县十年，又入京擢为户科给事中，在京师诗坛崭露头角，成为著名的"金台十子"之一，他的诗学活动也主要在江南、湖北、京师等地。而李因笃长期居住关中，游幕代州，往来秦晋，与秦地诗人朱谊泜、李柏、王弘撰、康乃心、李楷、张恂、朱庭璟等交往颇密，又与山西傅山、戴廷栻、朱之俊等人往来酬唱，成为西北文化学术圈的重要人物。顾炎武康熙二年与李因笃在代州相识，一见如故，称赞李因笃"高才冠雍州"（《重过代州赠李处士因笃，在陈君上年署中》）③。傅山也说"以子觇文运，西京此一时"（《为李天生作十首》），他还说："宁人向山云：'今日文章之事，当推天生为宗主，历叙司此任者，至牧斋死，而江南无人胜此矣。'"④ 称赞李因笃为西北文士中的佼佼者。计东在康熙年间赠关中诗人侯绍岐时曾说："富平奇士李天生，长律于今最横行。此是尔乡才第一，莫因相近失逢迎。"（《即席口号送侯明府归秦中四首》其二）⑤ 可见李因笃是当时人们公认的清初关中诗人的领袖。

一　李因笃的生平经历

李因笃（1631—1692），字子德，又字天生、孔德，号中南山人。其祖上为山西洪洞人，后迁居陕西富平。其祖上以边商起家，至其高祖李朝观，家势益振，往来安边、定边、安塞、淮扬诸地，

① 贺瑞麟：《创修李雪木先生祠堂记》，吴怀清：《关中三李年谱·雪木先生年谱》卷五附录，默存斋本。

② 徐世昌：《晚晴簃诗汇·诗话》，中华书局1990年版，第256页。

③ 《顾亭林诗文集》卷四，中华书局1959年版，第373页。

④ 傅山：《霜红龛集》卷九，《续修四库全书·集部》第1395册，上海古籍出版社2002年版，第502页。

⑤ 计东：《改亭诗集》卷六，乾隆十三年刻本。

成为富平财力雄厚的大族。其父李映林不好经商，专好读书，为关学名儒冯从吾的私淑弟子。他恪守程朱理学，躬行实践，崇德守礼，为乡人所尊。李因笃 4 岁那年，李家迭遭变故。先是其父一病不起，英年早逝。其祖父哀子之丧，也相继亡故。不久农民军残部攻占富平，李因笃祖母杨氏率领家人避难楼上，农民军纵火焚楼，李氏一门共计 81 人遇难。李因笃母亲田氏正好带李因笃、因材兄弟前往外家，得以幸免于难。从此孤儿寡母寄居外家。李因笃幼即聪颖过人，深得外祖父田时需的疼爱，他亲自教李因笃读书识字。李因笃 11 岁受县令崔允升的赏识，拔置第一，入邑痒。陕西提学汪乔年按试，取入西安县学，13 岁即食饩。崇祯十六年，李自成农民军攻占西安，遂弃诸生。乡居读书，学问大进。① 李因笃自幼即有报效国家和振兴家族的宏伟抱负，其《咏怀五百字奉亭林先生》曾云："少有四方志，临文生浩叹。肆其躬耕力，谬欲补宵旰。初授古尚书，都愈冀亲见。交臂多高侣，抗怀无近玩。每从诸耆旧，窃忧天下乱。虽蒙迂阔讥，中夜肠数转。岂难弃襦去，驱驰向弱冠。率由祖宗朝，不敢薄操缦。"② 他坦言自己曾经壮志满怀，心忧黎民百姓，希望建功立业，辅佐朝廷，即使别人讥为迂阔，他也不为所动。

　　顺治十六年，崔允升推荐李因笃入泾固道陈上年幕，在署中坐馆授读，后来陈上年转雁平道，又随陈之代州，开始了他长达九年的幕府生涯。陈上年对李因笃极为器重，对他经济方面多有帮助，李因笃没了后顾之忧，遂潜心学术研究，取得了卓越的成绩。所以他对陈上年极为感谢，其晚年有《病居承杜姻家方叔整辑诗稿感赋古体五百字》曾云："弱冠颇好吟，荒边曾驰走。绨衣侵朝霜，破袖且见肘。幸遇颍川公（谓陈使君祺公先生），援之宾客右。千秋徐孺榻，十载腼颜久。公亦具兹好，嗜痂如获藕。罔遗蚓蝺细，尝

　　① 很多史料认为李因笃曾抗击农民军，高春艳《李因笃文学研究》有过详细辨析，此不赘述。

　　② 《顾亭林诗集》第 3 册附《同志赠言》，清光绪十一年吴县孙谷槐家塾校，上海扫叶山房刻本。

附龙虎后。乃大放厥词，濡毫恒携手。纵谈辄继夜，高兴凭酣酒。"① 在代州数年，李因笃游走于山西、陕西、京师、河北、山东等地，与当时名士顾炎武、屈大均、朱彝尊、李良年、傅山、戴廷栻、曹溶、龚鼎孳、程可则、王士禄、潘耒、俞汝言等结下了深厚的友谊，在学术交流中开阔了视野，也获得了众人的赞赏，使他的学术研究和文学创作跻身于当时的学术文化前沿。

康熙六年，陈上年裁缺归，李因笃归关中，与关中旧友王弘撰、李柏、朱长孺、刘石生、杜恒灿、李楷等交往密切，并得到当地官员贾汉复、白如梅、叶承桃等人的礼遇，在关中诗坛有了举足轻重的地位。康熙九年，李因笃东出潼关，前往江南等地游览。在扬州，与张恂、程邃、王岩等人有过交往，但是他在江南时间不长便返回陕西，与当时著名诗人孙枝蔚、雷士俊、邓汉仪等人却没有取得联系，令人遗憾。康熙十一年，由于生计所迫，李因笃在好友张梦椒的推荐下，入湖广按察使高钦如幕。在武昌，他和老友宋振麟、时任湖北粮道的同乡王孙蔚经常聚会论诗。康熙十一年，朝廷商议撤藩，李因笃敏锐地洞察到时局将要动荡不安，所以他坚决辞幕，还归关中。临走之时，他曾向王孙蔚献策说："吴逆故战将耳，非谙于攻取之大计也。盗国威，宠冒虚声，今益老悖，称兵构逆，所任不出其甥侄，乱非可以数作，幸非可以恒邀。即三叛连衡，皆海内罪人，远来内犯，食必不继，但坚壁挫其锐，悉授首矣。"② 后来三藩失败，果然不出李因笃所料。

康熙十八年，清廷诏举博学鸿词，朝廷大臣及地方长官举荐186人至京参加鸿博考试。陕西共有九人，为李颙、李因笃、孙枝蔚、王弘撰、李念慈、王孙蔚、李大春、宋振麟、赵天赐。李颙拼死不上公车，王弘撰至京托病不与试，孙枝蔚入试未完卷即出，除李因笃外，其他人都未入选。李因笃数次陈情求免，当道不许，勉强入试，被选入一等第七名，授翰林检讨，继续以母老为由上

① 李因笃：《受祺堂诗集》卷三十五，《四库全书存目丛书·集部》第248册，齐鲁书社1997年版，第800页。

② 李因笃：《湖广督学前方伯茂衍王公墓表》，《受祺堂文集》卷四，道光七年刻本。

疏 37 次陈情，最后冒着违制的罪名，跪午门外三日，康熙帝特别开恩，获准归养。此后十年长居关中，著书立说。康熙三十一年病卒于家。

二　李因笃的学术思想

李因笃从小刻苦向学，博学强记，学问极为渊博，时人极为推崇。著有《受祺堂诗集》三十五卷、《受祺堂文集》八卷、《汉诗评》十卷、《古今韵考》四卷等，还有《诗说》、《春秋说》、《杜律评语》等，惜已亡佚。王士禛《池北偶谈》曾云："李天生年二十，弃诸生。博学强记，十三经注疏尤极贯穿。"[①] 李因笃尝著《诗说》，顾炎武称之曰："毛、郑有嗣音矣。"又著《春秋说》，汪琬见之亦折服。[②] 李因笃论学恪守程朱理学，他和顾炎武等人一样不满晚明士人空谈心性、"空疏不学"的学术弊端，提倡"躬行实践"的关学精神。王弘撰《正学隅见述》云："予友李子德谓先朝天下之乱，由于学术之不正，其首祸乃王阳明也。予尝嫌其言太过，然持世明教，亦卓论也。士而有志于正学，则又乌可不凛然知警也哉。"[③] 李因笃虽然独尊朱子，但是不强为异同之说，没有明末学者党同伐异的陋习。江藩曾云："（李因笃）其学以朱子为宗。时二曲提倡良知，关中人士皆从之游。二曲与因笃交最密，晚年移家富平，时相过从，各尊所闻，不为同异之说。君子不党，其二子之谓乎。"[④] 宋振麟曾说他晚年讲学朝阳书院："论学必绾以经，说经必贯于史，使表里参伍互相发明，当时学者洒然有得，因记之为《会讲录》。"[⑤] 李因笃不但主张经世致用，而且付诸实践。他曾经和顾炎武、朱彝尊、傅山等垦荒于雁门之北，将学术研究和生产实践相结合，这在古代士人中的确为创举。王冀民云："（顾炎武）先

① 王士禛：《池北偶谈》卷十一，中华书局 1982 年版，第 251 页。
② 《清史列传·李因笃传》，中华书局 1981 年版，第 5303 页。
③ 王弘撰：《正学隅见述》，《四库全书》本。
④ 江藩：《国朝汉学师承记》附《国朝宋学渊源记》，中华书局 1983 年版，第160 页。
⑤ 宋振麟：《朝阳书远奉迎李太史子德先生会讲录序》，《中岩集》卷六，《四库全书存目丛书·集部》第 233 册，齐鲁书社 1997 年版，第 209 页。

生去年置田产于章丘之大桑家庄，今年又与李因笃、朱彝尊、傅山等二十余人鸠资垦荒于雁门之北、五台之东。"① 顾炎武等人垦荒之举是否为反清复明筹集资金，学界尚有争论，但是这种实践精神颇为人们所称道。李因笃不但亲身实践，而且著有多篇文章讨论当时的社会问题和政治弊端，如《圣学》、《荒政》、《漕运》、《治河》、《钱法》等文与顾炎武、李颙的思想互相发明，表现了"崇实黜虚"的经世主张。

　　李因笃还精通古音，顾炎武著《音学五书》，曾采用许多李因笃的观点。其《音学五书》前有《答李子德书》云："三代六经之音，失其传也久矣。其文之存于世者，多后人所不能通，以其不能通，而辄以今世之音改之，于是乎有改经之病，始自唐明皇改《尚书》，而后人往往效之。然犹曰旧为某，今改为某，则其本文犹在也。至于近日锓本盛行，而凡先秦以下之书，率臆径改，不复言其旧为某，则古人之音亡而文亦亡，此尤可叹者也。"② 他把李因笃作为考订古音韵的知音。李因笃著有《古今韵考》、《汉诗音注》专门讨论古诗音韵，多有发明。李因笃精熟杜诗，对杜诗研究也极有贡献。钱钟书曾说："清初精熟杜诗，莫过于李天生。"③ 钮琇《答李子德》也曾说："杜集笺注，近惟钱、朱两家行世，拯讹辟舛之功固多，而牵合穿凿之弊或亦不少。先生则通理会神，分条道窾，凡其君友悱恻，身世牢骚，情见乎词，悉为拈出，不第驱屏千家，抑且指挥二氏。上窥作者得失之心，下开后人师资之路。草堂歌苦，于此有知音矣。"④ 李因笃还发现了杜甫近体诗出句，末字仄声必上、去、入三声递用的规律，被历代研究杜诗的学者广泛引用。⑤

---

　　① 王冀民：《顾亭林诗集笺释》卷四《出雁门关，屈赵二生相送至此，有赋二首》释语，中华书局 1998 年版，第 697 页。
　　② 顾炎武：《音学五书》卷首，中华书局 1982 年版。
　　③ 钱钟书：《谈艺录》，中华书局 1984 年版，第 88 页。
　　④ 钮琇：《除夕与李子德》，《临野堂诗文集·尺牍》卷二，《四库全书存目丛书·集部》第 245 册，齐鲁书社 1997 年版，第 192—193 页。
　　⑤ 蒋寅：《清初李因笃诗学新论》，《南京师大学报》2003 年第 1 期。

第三节　李因笃的文学地位

李因笃在清初学术成就卓著，文学地位也很高，被人们称为"西京文章领袖"①，他能成为关中文坛的领袖人物，主要有以下两个方面的原因。

一　出身望族，家学渊源

李因笃祖上以边商起家，至其高祖李朝观时，已经成为富甲一方的望族。李因笃《孝贞行实》云："月峰公（李朝观）起为边商，输粟延安之柳树涧上，主兵常谷数千万石，食安边、定边、安塞军数万人，通引淮扬，给冠带。自按部御史以下，率礼遇之。"②李因笃还说："我李起盐筴，种粟于塞下，擅素封，历二百年，将帅比肩数十人，祖亦掇武科，自上郡、九原，南涉江淮，皆置园宅。"③可见其家势之富强显赫。李朝观不但财力雄厚，而且任侠好施，名闻四方。李因笃曾赞他："任侠好施，善骑射，几往来荒徼中。挽强弓，乘骏马，不逞之徒望风避匿。他商旅或假其名号以自免。"④李因笃曾自豪地称："李氏既世有隐德，又星麓公（李希贤）以纯孝闻，自是，韩家村之李氏，与亭口王氏、盘石村之石氏、薛家村之路氏，鼎力为财雄里中的富平北乡四大姓，世相婚姻，他族不得与。"⑤李因笃父亲李映林为冯从吾私淑弟子，冯从吾对之期望颇高，临终之际，曾托人将其小像一幅转赠李映林，有衣钵相传的味道。李映林不喜经商，专好读书，不置生产，以致"上

---

① 李因笃：《答许学宪用元韵二首》其二自注云："（龚）宗伯遥题草堂有'西京文章领袖'之字，归失于水，公补赠之。"《受祺堂诗集》卷二十八。
② 李因笃：《孝贞行实》，《受祺堂文集》卷四，清道光七年刻本。
③ 同上。
④ 同上。
⑤ 同上。

郡、淮、扬廛尽成瓯脱"①,家业以是渐落。顾炎武《富平李君墓志铭》曾云:"李氏之先,以节侠闻。及至于君,乃续斯文。刊落百氏,以入圣门。好义力行,乡邦所尊。"② 王弘撰《孝贞先生墓表》称其"致知而力行,不旁趋,不躐等,所谓醇乎醇者。为文章有声庠序间。尤敦孝友居家之仪,准诸家礼,不苟同流俗,里党取法焉。"③

李因笃幼年家族迭遭变故,后来寄居外祖父家。其外家田氏也是名重一方的富平望族。田氏历代科甲鼎盛,名人辈出。李因笃《邑文学竖元田公墓志铭》云:"田氏,为姓,齐之公族也。汉高帝九年从楚之昭屈景怀诸田关中,遂为关中人。……数百年间,其俗皆治诗书,崇礼让,子弟彬彬,有邹鲁之遗风,科第阀阅之盛,一邑莫比,即关以西论门望,必先田氏。"④ 他在《太孺人行实》中亦称:"当是时,外氏门阀科名甲于郡邑。"⑤ 田太孺人的祖父田见龙,在明朝曾官至山西道监察御史。田见龙生有五子,长子田时震,明天启二年进士,曾任山西右参政,为官直言敢谏。李自成占领关中,田时震不屈死。《烈皇小识》卷八云:"宣府巡抚焦源清、山西参政田时震俱不受伪职死。"⑥ 二子田时需,明诸生,即李因笃外祖父。《富平县志》记载:"田时需,山西右参政时震弟,增生。性坦直,内明外刚,临难不夺,遭闯乱,力拒伪命,弃诸生,犹有兄风。"⑦ 三子田时茂,贡生,官汜水知县。四子田时益,贡生,曾任广济知县。五子田时升,崇祯元年武进士,曾任山海关副将。李因笃幼年受到外祖父的悉心指授,使他接受了正统的文化教育,为以后走上文坛打下了坚实的基础。其《旅夜追思外祖高士田公溃泪

① 朱树滋:《李文孝先生行状》,吴怀情《关中三李年谱·李天生先生年谱》附录,默存斋本。
② 顾炎武:《富平李君墓志铭》,《顾亭林诗文集·文集》卷五,中华书局1959年版,第119页。
③ 王弘撰:《孝贞先生墓表》,《受祺堂文集》卷四附,清道光七年刻本。
④ 李因笃:《受祺堂文集》卷四,清道光七年刻本。
⑤ 同上。
⑥ 文秉:《烈皇小识》卷八,北京古籍出版社2002年版,第248页。
⑦ 吴六鳌、胡文铨等:《富平县志》卷四,乾隆四十三年刻本。

成八百字》云：

> 忆我方襁褓，呱呱失所天。举家依外氏，衔恤荷翁怜。膝下亲授读，会心亦偶然。解颐道我颖，嘉誉为之延。时值翁暂出，走趋必随肩。道旁买果饵，恒累倾囊还。五岁就小塾，携持行相联。竹窗伴夜诵，汤饼尝满前。未夕来促坐，中星屡移躔。娇痴至触首，起立多扳牵。八岁通制义，濡毫预群贤。执经俨侍侧，谆复破言诠。十岁解小论，初成云台篇。汇陈中兴佐，提掇冠邓偏。展视双眉动，方诸万斛泉。追随侍御宅，习礼叨宾延。谓我尤强记，藏书腹已穿。诸宾半疑信，即席分彩笺。哦毕贾董策，续宾咏甫田。宾惊起举爵，剩酒沾喉咽。始试崔明府，虚声自此传。日中呈数艺，称我似青莲。翁喜赋神驹，至今犹待镌。入门呼我母，相顾泪潺湲。……①

诗中详细追述了外祖父对他的精心培养和疼爱之情，表达了对外祖父的无限感恩之思。

李因笃的几个舅舅在清初也在科举或文学方面饶有成就，其《存殁口号一百一首》提到的舅氏就有五位。其八舅名田世安，曾任太原知府。李因笃自注云："使君避难易姓，夏登第。"② 李因笃曾有《柏隙观月八舅刺史翁命赋》、《刺史八舅自太原书至》、《寄八舅》、《雁门除夕同两舅氏表兄守岁》等诗。其十六舅名田而珏，曾任兰州学正，李因笃有《舅氏十六翁斋中牡丹盛开，招开美饮，奉寄此作二首》、《送表弟子卫随侍十六舅氏之兰州》、《母舅十六翁两赴江右操外祖大参公丧软旋里，时为兰州学正，假公车以行，藩郡严檄促之，遂不克葬，口占送别》等诗。

田氏与渭南南氏、三原焦氏等望族也有联姻，李因笃两位姨父南庭铉和焦之夏也对李因笃极为赏识。南氏为关中望族，代有伟

---

① 李因笃：《受祺堂诗集》卷一，《四库全书存目丛书·集部》第 248 册，齐鲁书社 1997 年版，第 469 页。

② 李因笃：《受祺堂诗集》卷二十七，《四库全书存目丛书·集部》第 248 册，齐鲁书社 1997 年版，第 729 页。

人。李因笃为南师仲诗作序云："关中望族，首推渭南南氏。盖上溯太系观察昆仲以来，科名蝉联，勋名彪炳，光家邦，冠国书，震耀吾秦，为近代所未有。"①李因笃集中有赠南廷铉诗多首，如《喜鼎甫先生自司农即拜主客大夫》、《表兄约生以画松寿母姨父鼎甫先生属予题句》、《鼎甫先生钞春秋意林见寄奉酬十二韵》等。三原焦氏也是望族，焦之夏父源溥及其伯父源清在明代均为闻人。源溥为万历四十一年进士，历任沙河知县、凤阳兵备副使、山西按察使、右佥都御史、巡抚大同，后因得罪宦官罢官家居，李自成占领关中，源溥不屈，被肢解死。焦之夏怀有家国之痛，才兼文武，可惜不遇于时。李因笃《存殁口号一百一首》云："渭川公子白杨声。……谁识横渠已论兵。"自注云："先母姨父焦公讳之夏，中丞公讳源溥仲子。"②焦之夏对李因笃也有知遇之恩，其《酬母姨父焦二虞先生》序云："不肖因笃自卯年受知于母姨父焦公二虞先生，谬以有道期之，自嗟沦落，使藻拔久虚。然先生一代伟人，遭乱晦迹，时亦未之知也。前冬匹马冲泥拜先生于清湾别墅，悲喜相兼，流连达夜，恩私骨肉，迥出寻常，既醉归，更贻新篇，而因笃以饥驱江汉三载余，始上报章，惟先生鉴而裁之。"③

　　李因笃姑父朱廷璟也是当时闻人，与李因笃交往密切。其《同顾征士恭谒天寿山十三陵》跋云："陵诗藏之箧中，绝不示人，归里，惟就正于太史朱姑父山辉先生，以先公司马崇祯十五年移镇昌平，力疾视事三阅月，竟至不起，铨臣题恤，疏辞称为鞠躬尽瘁，死而后已，方诸诸葛忠武。然则园陵之痛，先生家国并深，非徒以葭莩有托，声气相怜焉。先生更何以教之。同学表甥李因笃盥手敬书。"④《（雍正）陕西通志》云："朱廷璟，字山辉，富平人。前兵部侍郎国栋子。闯逆据西安，多械致士大夫，攫其金。廷璟被执，

　　①　李因笃：《元麓堂诗集序》，《受祺堂文集》卷三，清道光七年刻本。
　　②　李因笃：《受祺堂诗集》卷二十七，《四库全书存目丛书·集部》第248册，齐鲁书社1997年版，第726页。
　　③　李因笃：《受祺堂诗集》卷十九，《四库全书存目丛书·集部》第248册，齐鲁书社1997年版，第641页。
　　④　李因笃著，张鹏一校：《受祺堂诗集卷四补佚》，鸳鸯七志斋1931年排印本。

俄贼败，得免。顺治乙丑成进士，改庶吉士。累迁登莱副使。……
升河南参政。去后果乱海上，未几，廷璟以忧归。再补左江，遂致
仕林居，后绝口不谈世事。性好古，遇鼎彝书画，辄摩娑不去手，
人以是觇其风度。"① 李因笃《存殁口号一百一首》"司马园林太史
楼"自注云："司马谓朱公西昆先生，太史山辉，予表姑丈，时有
招寻。"其集中有《七月晦日呈朱太史山辉》、《春日里门与朱太史
兼述所怀》、《过朱太史镜波园留饮答见贻诗用韵》、《寄朱太史即
问疾二首》等诗。

李因笃在这样的人文环境中成长，使他具有了丰厚的文化素养
和远大的政治抱负，所以在青年时期便崭露头角，声名鹊起，为以
后成为关中文坛的领袖人物打下了坚实的基础。

二　气谊过人，交游广泛

李因笃青年时期与当时关中"青门七子"的领袖朱谊㳦交好，
曾寓居其家，得到了朱谊㳦的特别垂青。其在长安所作《秋兴》八
首深得朱子斗等名士赏识，他和李颙、李柏、王弘撰、宋振麟、杜
恒灿、王孙蔚都是好友，经常诗文聚会，以古道相切劘。陈上年备
兵固原，为子延师，苏东柱、赵志忭等人即推荐李因笃，称其为
"少陵后身"，陈上年大喜，即奉书币邀请李因笃，具礼甚恭。后来
随陈上年至雁门，陈上年对其优待有加，李因笃因此能潜心研讨经
术。朱树滋《李文孝先生行状》曾说："居雁门数年，益发愤读六
经及关、闽大儒书。所著诗文高古精邃，名播海内，以是骚人词
客，趋之若鹜，至邸舍不能容。"② 王弘撰《山志》也说："后天生
从陈祺公于塞上，日事博综，九经诸史，靡不淹通。祺公视为畏
友，投契之深，有同骨肉。天生以是无内顾忧，而益肆力于学。及
祺公备兵雁平，携以入代，复为具橐资游。圭组之英，蓬筚之彦，
俱与交欢。傅青主、顾宁人、朱锡鬯辈尤以古道相底厉。著述日
富。叩其所蓄，如海涵地负，而敦尚义气，鉴拔人伦，有倜傥非常

---

① 刘于义等编：《（雍正）陕西通志》卷五十七，《四库全书》本。
② 朱树滋：《李文孝先生行状》，吴怀情《关中三李年谱·李天生先生年谱》附
录，默存斋本。

之慨。丙午返秦时，已弃诸生，当事诸公知者，争为倒屣。"① 李因
笃不仅潜心研读，而且广交朋友，与顾炎武、朱彝尊、李良年、傅
山、戴廷栻、曹溶、俞汝言、屈大均等交往密切，成为秦晋学人的
著名代表。钱林《文献征存录》卷四："因笃少孤，受业于外祖田
时需，抚之成立，因游代州，与冯云骧善，雅爱其风土，居句注、
夏屋间者十年，与顾亭林、朱竹垞及李武曾为布衣兄弟交，年小于
顾、朱，而长武曾二岁，四人虽在客所及私寓，坐次无或乱者。"②
李因笃《送郭山函广文谒选》曾云："携手两观察，振衣诸词客。"
自注云："时曹侍郎秋岳、陈副使祺公备兵北边，青主、亭林、石
生、锡鬯、翁山、子实皆来游。"③ 后来他随陈上年曾去过河北、北
京、山东等地，与龚鼎孳、王士禄、宋琬等人相识，都对他有很高
的评价，龚鼎孳曾推许他为"西京文章领袖"。可见此时李因笃已
经在西北文坛确立了领导地位，后来他回到关中，要以兄事王弘
撰，王竟然"谢弗敢承，后乃强纳拜焉"④。

李因笃在代州曾经做过两件为同人所称道的事。第一件就是营
救顾炎武。他和顾炎武在康熙二年相识之后，便成为知心好友，曾
一同去昌平谒拜十三陵。康熙七年，山东黄培"启祯诗集"案发，
顾炎武被牵连，他便入济南投案澄清事实。后来事情紧急，顾炎武
寄书李因笃求救，李因笃闻讯即刻启程，冒暑奔走三千里，先往京
师求助当事诸公，随后亲赴济南狱中探望顾炎武，让顾炎武深为感
动。他曾说："富平李天生因笃者，三千里赴友人之急，疾呼辇上，
协计橐坛，驰至济南，不见官长一人而去。此则季札、剧孟之所
长，而乃出于康成、子慎之辈，又可使薄夫敦而懦夫立者也。"⑤ 另
一件就是帮助屈大均娶妻安家。屈大均曾参加过抗清运动，失败后

---

① 王弘撰：《山志》初集卷三"李天生"条，中华书局 1999 年版，第 64 页。
② 钱林：《文献征存录》卷四，周骏富编《清代传记丛刊》，台北：明文书局 1985
年印行，第 602 页。
③ 李因笃：《受祺堂诗集》卷十九，《四库全书存目丛书·集部》第 248 册，齐鲁
书社 1997 年版，第 642 页。
④ 王弘撰：《山志》初集卷三，中华书局 1999 年版，第 64 页。
⑤ 《顾亭林诗文集·蒋山佣残稿》卷二《与人书》，中华书局 1983 年版，第
202 页。

削发为僧,法号今种,顺治十八年还俗,漫游大江南北,遍交豪杰
之士。康熙五年,屈大均随关中诗人杜恒灿至三原,后来与李楷、
王弘撰、李因笃等人相识,得到了关中诗人的热情接待。后来他和
李因笃相约游代州,过了一段裘马轻狂、诗酒风流的浪漫生活。代
州守将赵鼎彝的姐姐有一养女,乃前明榆林将军王壮猷之女。王壮
猷在顺治乙酉建义旗于园林驿,抗击清军,后战败死,一子亦殉
难,留一女,生才三日,母怀之以走其姑侯公家。及长,才貌双
全,家人笃爱之,欲觅一才贤之士为配。侯公托其妻弟代州守将赵
鼎彝为求婿,赵更以属李因笃。李因笃对屈大均的才华和志向极为
赞佩,所以极力说合,屈大均得成佳偶。屈大均"以昔古丈夫与毛
女玉姜当秦之亡,同栖华岳,因字之曰华姜,而自号曰华夫"。华
姜"好驰马习射,诗画琴棋,无所不善。伉俪甚笃"①。一位反清志
士在塞外娶一位抗清烈士之女为妻,这无疑传达出了一种讯号,也
在遗民诗界被广为传颂。屈大均也对李因笃极为感激,他曾赋诗
说:"与君驰驿骑,赵代去相依。作客从飞将,为媒得宓妃。"
(《有怀富平李孔德》)② 表现了对李因笃的感激之情。傅山与李因
笃交往也极密切,也曾得到李因笃的特别照顾。其《为李天生作十
首》:"燕笑流风穆,莺花醉露盘。由来高格调,发自好心肝。是语
敢深信,凡交怪竭欢。令人怀抱尽,重觉此时难。"自注云:"余所
见交于天生者,皆责望无已,而天生不难为之,区画不厌,不谓贫
士乃尔。"③ 也可见李因笃对友人的深情厚谊。陈康祺《壬癸藏札
记》卷十一曾说:"李天生检讨,性行慷爽,尚气概而急人患,一
秉秦中雄直之气。"④

　　李因笃的这种慷慨豪侠的性格也带给了他很高的人望,被海内
文人广泛传诵。孙枝蔚于康熙十一年北上游京师,在河北遇到乡人

　　① 陈恭尹:《王氏华姜墓志铭》,《续修四库全书·独洒堂集》卷十,上海古籍出
版社 2002 年版,第 272 页。
　　② 屈大均:《翁山诗外》卷八,《续修四库全书·集部》第 1412 册,上海古籍出
版社 2002 年版,第 495 页。
　　③ 傅山:《霜红龛集》卷九,《续修四库全书·集部》第 1395 册,上海古籍出版
社 2002 年版,第 502 页。
　　④ 陈康祺:《壬癸藏札记》卷十一,光绪十一年苏州刊本。

王又陶，王称赞李因笃不置口。其《赠王又陶及令侄孙德符》云：
"五民称游子，百年老异县。异县何足悲，乡里衣冠久不见。……
听汝论人物，数言豁胸臆。四海一李生，吾惭面未识。大雅久寂
寥，朋辈多姑息。已闻交不苟，固宜名早立。"自注云："每称述李
因笃子德不置口。"① 后来他们同举博学鸿词，在京师相见，孙枝蔚
对李因笃更是赞赏有加，其《赠张幼南廷尉兼送之归娶》曾云：
"廷尉君家旧有声，重闻掌法最宽平。独看结袜寻尝事，未必王生
胜李生。"自注云："谓富平李子德。"江西著名遗民诗人、"易堂
九子"之一的魏禧在知悉李因笃之后，大为惊叹，称其为"天下
士"。其《与富平李天生书》云："己酉中秋日，禧白。仆僻处南
服之下邑，每恨不得交西北伟人。尝一再游江淮，所交东南士，率
多能文章，矜尚气节，求所谓以当世自任，负匡济真才者，则又绝
少。顷客南州，故人孙豹人介杜公履相见，公履沈实不妄，与之深
谈，询西方奇士何人，公履逡巡为举足下姓字。足下负文武大略，
甫离成童，慷慨建义声，虚心好士，出言而人信之，故天下士归之
如流水。仆闻之，目睛注公履，定不得瞬，背汗交下。太史公所谓
为之执鞭，所欣慕焉者，则仆今日于足下之谓也。"② 魏禧听杜恒焯
讲述李因笃的豪侠事迹之时③，竟然"目睛注公履，定不得瞬，背
汗交下"，可见其神往赞叹之情，并且说愿意"为之执鞭，所欣慕
焉"。足见李因笃的豪侠仗义在南北士人中具有很大的影响，也提
高了他的文坛威望。

康熙十七年，康熙皇帝看到平定三藩的战事进展顺利，为了进
一步拉拢汉族士人，尤其是那些著名的遗民，特开"博学鸿词"考
试，以功名富贵利诱汉人。王士禛《池北偶谈》云："康熙十七年，
内阁奉上谕，求海内博学鸿词之儒，以备顾问著作。时阁部以下内

---

① 孙枝蔚：《溉堂集》续集卷四，上海古籍出版社 1979 年版，第 772 页。
② 魏禧：《与富平李天生书》，《魏叔子文集》外篇卷五，中华书局 2003 年版，第
245 页。
③ 高春艳《李因笃文学研究》误认为杜公履为杜濬，其实他是杜恒灿的弟弟杜恒
焯。魏禧《通判杜君墓表》云："己酉八月，客南州，会三原故人孙枝蔚来，介恒焯相
见，出其兄恒焆所撰杜若行状，涕泣言曰：'将以是冬葬仲兄于东原祖父之兆，请子为
文表诸石。'禧不获以不文辞。"

外荐举者一百八十六人。"① 陕西共举荐九人，为李颙、李因笃、孙枝蔚、王弘撰、李念慈、王孙蔚、李大春、宋振麟、赵天赐。李颙拼死不上公车，王弘撰至京托病不与试，孙枝蔚入试未完卷即出，其他人都未入选。李因笃开始也是坚决不去应考，以母老病辞。早在鸿博之前，康熙帝已经知道了李因笃才学出众。王士禛《池北偶谈》卷二"四布衣"云："上尝问内阁及内直诸臣，以布衣四人名字即富平李因笃、慈溪姜宸英、无锡严绳孙、秀水朱彝尊也，后公卿荐举，独宸英不得与。"② 至此，康熙帝又下旨云："吏部题各省题荐人员，原令其作速起程，今陕西李因笃以老母辞，相应咨催赴京。得旨，李因笃等既经诸臣以学问渊通、文辞藻丽荐举，该督抚作速起送来京，以副朕求贤之意。"③ 皇帝点名要求李因笃赴京，拒绝了他的一切理由。于是地方官不敢怠慢，督促甚严，李因笃无奈入京，寓于张云翼府，张云翼有《戊午冬日喜王山史、李子德入都重晤即事四首》记其事。李因笃至京后"数陈情于部，及吁通政司，弗纳"。康熙十八年三月一日，试应荐诸人于体仁殿。三月二十九日，殿试取中 50 人，李因笃名列一等第七名，授翰林院检讨。同时朱彝尊、潘耒、严绳孙俱以布衣入选，和李因笃成为"四名布衣"，"海内荣之"。李因笃授官后继续陈情归养，疏先后三十七上，均被有司驳回。无奈之下，李因笃不得已冒着"违制"的罪名跪于午门外三日，在魏象枢、叶方蔼等友人的斡旋下，康熙帝准其归养。一时轰动天下，南北士人惊叹不已。当时京城名士如徐釚、陈维崧、汪楫、博尔都、潘耒、魏象枢、汤斌、尤侗、李良年等多有赠诗，对其高远的志向深表赞叹。魏象枢《送李天生检讨特予养母归富平》云："华岳云深奉诏迟，陈情一表袖中随。白沙风节公卿望，司马文章殿陛知。寸草有心具报国，三公不易愿为儿。蔚萝曾与论经史，今日方看实践时。"④《槐厅载笔》卷九云："本朝己未召试博学鸿词，最为盛典。……其中人材德业，理学政治，文章词

①　王士禛：《池北偶谈》卷二"明史开局"条，中华书局 1982 年版，第 35 页。
②　王士禛：《池北偶谈》卷二"四布衣"条，中华书局 1982 年版，第 33 页。
③　《清实录·圣祖实录》，中华书局 2008 年影印本，第 922 页。
④　魏象枢：《寒松堂全集》卷七，中华书局 1996 年版，第 325 页。

翰，品行事功，无不悉备，洵足表彰廊庙，矜式后儒，可以无惭鸿博，不负圣明之鉴拔，诚一代伟观也。而最恬退者，李检讨因笃，于甫授官日，旋陈情终养，上如其请，命下即归，更能遂其初志。"①《槐厅载笔》卷六还说彭启丰序李石台集，"论国初鸿博，首推关西李氏"。可见时人对李因笃的崇高评价。

李因笃在京师之时，与南北士人展开了广泛的交游，翻检李因笃本人及部分友人的诗文作品，大体可以知道，他在京师的主要交游对象是傅山、朱彝尊、潘耒、王士禛、冯溥、曹广端、宋德宜、施闰章、汪琬、陈维崧、阎若璩、陆陇其、毛奇龄、李光地、汤斌、李良年、沈荃、尤侗、邵长蘅、徐釚、冯云骕、李澄中、顾景星、吴雯、汪楫、王泽弘、王弘撰、孙枝蔚、李念慈、王孙蔚等海内知名的学者文士。李因笃渊博的学识、卓越的才华也深为大家推崇。刘绍攽《关中人文传》云："因笃貌朴，性质直。初入都，南人易之，一日燕集，语杜诗，因笃应口诵。或谓偶然，复诘其他，即举全部，且曰：'吾于诸经史类然。愿诸君叩之。'一座咋舌，不敢复问。在馆职时，王阮亭、汪苕文主诗社，树南北帜，士多屈服，因笃与抗礼。"②

李因笃在京师还参加了几次颇具规模和影响的雅集酬唱活动，主要有冯溥、王士禛、曹广端、宋德宜、王泽弘、沈荃等京师高官主持。冯溥为刑部尚书、文华殿大学士，深得康熙帝信任，他在博学鸿词考试中具有举足轻重的作用，他曾多次召集许多名士在其佳山堂集会。《郎潜纪闻二笔》卷十五云："康熙十七年，仿唐制开博学鸿词科，四方之士待诏金马门下，率为二三耆臣礼罗延致，其客益都相国冯公邸第者，尤极九等上上之选，都人称为佳山堂六子。盖钱塘吴君农祥、仁和王君嗣槐、海宁徐君林鸿、仁和吴君任臣、萧山毛君奇龄、宜兴陈君维崧也。"③孙枝蔚、李因笃、王弘撰也是冯溥礼敬的关西名士。李因笃、孙枝蔚皆有为冯溥祝寿诗，李因笃

---

① 法式善：《槐厅载笔》卷九，清嘉庆四年刻本。

② 刘绍攽：《关中人文传》，钱仪吉《碑传集》卷一百三十九，中华书局1993年版，第4144—4145页。

③ 陈康祺：《郎潜纪闻二笔》卷十五，中华书局1984年版，第613页。

《投赠冯相国兼上七秩之觞》自注云："时屡承枉顾，并见招。"冯溥曾多次会见李因笃，足见他对李因笃的尊重和赏识。康熙十八年二月四日，李因笃还参加了京师诗坛盟主王士禛召集的宴会。李因笃作有《二月四日雪后，王侍读阮亭招同诸子集饮，属赋古体五章，即景拈"积素广庭闲"之句》。从邵长蘅《仲春雪后，侍读王阮亭先生招李子德、潘次耕、梅耦长、董苍水同集，用"积素广庭闲"韵五首》、王昊《雪后偕秦中李子德、云间董苍水、毗陵邵子湘、宛陵梅耦长、松陵潘次耕集家阮亭太史寓斋，以王右丞"积素广庭闲"五字为韵，各分赋五言古体五章》可知，此次宴集参加者还有潘耒、梅庚、董俞、邵长蘅、王昊等文坛名家。二月十四日，曹广端又召集李因笃等人聚会，这次参加人数更为庞大，据徐釚《花朝前一日曹正子招同李天生、孙豹人、邓孝威、尤悔庵、彭羡门、李屺瞻、陈其年、汪舟次、朱锡鬯、李武曾、王仲昭、陆冰修、沈融谷、陆云士、杨六谦、李渭清、吴天章、潘次耕、董苍水、田髹渊、吴星若诸君燕集园亭二首》所记，此次参加者有李因笃、徐釚、孙枝蔚、邓汉仪、尤侗、彭孙遹、李念慈、汪楫、朱彝尊、李良年、王嗣槐、陆嘉淑、沈晔日、陆慈云、杨还吉、李澄中、顾景星、吴雯、潘耒、董俞、田茂遇、吴学炯等，共计 22 人，多为清初文坛名家。李因笃通过在京师的广泛交游，南北文士均对他刮目相看，使他成为名副其实的清初名家。

李因笃辞官回乡以后，一直致力于关学的振兴事业。他与李颙、康乃心、顾炎武、王弘撰等友人重建朱子祠堂，又建议地方官员重修张子祠堂，为当地士人树立榜样，引导他们的学术研究方向。他还多次在关中书院、朝阳书院讲学，听者众多，为其破疑解惑，学者洒然有得，将其讲学之作汇为《会讲录》刊刻，宋振麟曾为作序。李颙曾说："关学不振久矣。目前人物，介洁自律，则朝邑有人；孝廉全操，则渭南有人；风雅独步，气谊过人，则富平有人；工于临池，词翰清畅，则华阴有人；其次诗学专门，则眉邬、郃阳、上郡、北地、天水、皋兰亦各有人。"① 他认为李因笃"风雅独步，气谊过人"，的确为关中诗坛的领袖，这出自关中大儒李颙之口，可见是当时人们的共识。

第四节 李因笃诗歌的思想内容与艺术成就

李因笃毕生致力于学术研究和文学创作，成就卓著。著有《受祺堂诗集》三十五卷、《文集》八卷，内容极为丰富。其诗歌在当时已经为许多学者所称道。顾炎武与李因笃在代州相见之后，即称赞他"高才冠雍州"。京师诗坛领袖龚鼎孳也以"西京文章领袖"来赞扬李因笃。据高春艳统计，李因笃现存诗 2650 多首，可以说是清初关中的高产作家。其诗题材广泛，无论感时悯乱、吊古咏怀，还是咏物题画、友朋赠答，莫不体大思精，格律谨严，才力富瞻，意味深长，不愧为清初关中诗人的杰出代表。

一 李因笃诗歌的思想内容

李因笃虽然曾经参加鸿博考试，被很多遗民传记排除遗民之外，但是李因笃和顾炎武、屈大均、傅山、李颙、李柏等遗民为至交好友，他对故明王朝也有深深的眷恋，其诗中多有遗民情怀，浸润着深沉的故国之思。江藩《宋学渊源记》曾云："时天下大乱，因笃走塞上，访求勇敢士，召集亡命，歼贼以报国，无有应者。归而闭户读经史，为有用之学。"② 这表明李因笃曾有报国之举。但是李因笃在山西时曾将其早年诗歌焚毁。其《病居，承杜姻家方叔整辑诗稿，感赋古体五百字》有云："却忆居雁门，前文委鱼筍。荡焚之所馀，珍惜昧瓦缶。"自注云："初至雁门，尽焚已前诗稿，陈

① 李颙：《答许学宪书第五书》，《二曲集》卷十七，中华书局 1996 年版，第177 页。
② 江藩：《国朝汉学师承记》附《国朝宋学渊源记》，中华书局 1983 年版，第160 页。

使君、顾亭林争之不能得。"① 他的这段经历亦不可考。李因笃现存最早的诗歌当为顺治五年寓居长安朱子斗家时所作《秋兴八首》。这八首诗是学习杜甫《秋兴八首》，描述了经过明末农民起义、清军入关以后饱受战争残破的长安、咸阳等汉唐胜迹的衰败情状，表现了作者深沉的黍离之悲和故国之思。如其五云："西来宛马络青丝，万炬围城罢猎时。黍逼故宫秋自满，鸿号中泽暮何之。浮云回首悲关塞，返照经心望崦嵫。一滞双洲情不惬，蒹葭摇落好谁思。"② 黍离麦秀之哀、故国铜驼之悲，在这种沉郁苍凉的诗风中得到了尽情抒发。曹溶曾称赞这组律诗为"风雅以来，仅有斯制"③。李因笃在怀念故国的同时，也对明朝灭亡进行了深刻思考。李因笃的很多学术著作已经探讨了明朝灭亡的原因，他在诗歌中也用艺术手段对明朝灭亡进行了深入反思。其《追问诸将五首》也是学习杜甫《诸将》组诗，而用"追问"二字更表现出作者感情之激越。在这组诗中，他回顾了居庸关、潼关等明末重大战事，对朝廷文恬武嬉，诸将贪生怕死导致山河破碎、故国沦亡进行了严肃批判。其四云：

> 防河一旅誓黄昏，谒陛辞行感至尊。中夜鸾舆临左掖，累朝宗器俟前门。尘飞易水师空次，诏出金台语尚温。释甲不须烦系矢，战场无处赋招魂。

明末关中大乱，潼关失守，朝廷派李建泰督师山西，防守黄河，拒李自成入晋，崇祯帝亲授其尚方宝剑，令便宜从事。可是李建泰贪生怕死，不敢前行，只在河北等地逡巡，后来李自成破宁武，诸军夺气，不战而溃。④ 李因笃以"释甲不须烦系矢，战场无

---

① 李因笃：《受祺堂诗集》卷三十五，《四库全书存目丛书·集部》第248册，齐鲁书社1997年版，第800页。

② 李因笃：《受祺堂诗集》卷一，《四库全书存目丛书·集部》第248册，齐鲁书社1997年版，第470页。

③ 钱林：《文献征存录》卷四，周骏富编《清代传记丛刊》，台北：明文书局1985年印行，第602页。

④ 计六奇：《明季北略》卷二十"李建泰督师"，中华书局1984年版，第420—422页。

处赋招魂"痛斥李建泰不战而降的无耻行径，表现了对明末诸臣的愤慨之情。他对为国捐躯的故明将军崔汝明、孙传庭极为敬仰。其《题世胄都指挥使崔公汝明像》云："高皇养士三百秋，卫帅食恩等通侯。铭钟书帛列上第，玉案金罍罗群羞。一朝河上度檘氛，虎啸崤函不可闻。赤帜无色鼓声死，婴城惟有崔将军。"其《孙督师郊园二首》也对孙传庭鞠躬尽瘁、杀身成仁极为赞赏，对其"出师未捷身先死"的悲惨结局也深表同情。

清朝定鼎以后，李因笃抱道守节，以遗民自居，不接受清廷的屡次征招，表现了高尚的遗民志节。他和顾炎武于康熙七年、康熙十三年曾两至十三陵谒拜，其《同顾征士恭谒天寿山十三陵》长诗不但描述了明十三陵在清初的衰败景象，而且盛赞崇祯帝励精图治、以身殉国的壮烈举动，他曾以"三献声复吞"、"臣志在躬耕"等语表现对故明王朝的忠贞之情。① 而《天高五首》同样表达了对故明王朝的眷恋，以及自己"偷存衰朽质，忍负圣明朝"的坚贞不二的遗民节操。面对清廷的屡次征招，李因笃曾赋诗云："性癖耽薜萝，心高耻稻粱。"（《奉寄太守叶公三十韵》）"芝草歌汉恩，蕨薇荷周德。"（《答孙隐君》） 即使被迫参加博学鸿词考试，他也曾说："冥鸿随所往，不托上林枝。"（《答无异先生》） 表明了自己坚贞的遗民情怀。他的诗中也经常表现出壮志难酬的苦闷心情。如"屈原老至空拭袂，……阮籍途穷未回车"（《醉时歌寄郭九芝明府》）、"男儿不勒万年鼎，龌龊空悲三寸觚"（《太原晤米侍御时谪藩幕闻有里门之役述旧一章》） 等诗句，表现了作者复明无望的悲愤心情。当时许多诗人也是将李因笃作为真正的遗民对待。曹溶《赠答李天生》曾云："胸中一掬遗民泪，物外千年处士庐。"② 钱仲联先生也曾说："李因笃、朱竹垞亦表现了爱国主义。"③

更为可贵的是，李因笃在抒发故国之思、遗民之悲的同时，还表现了对国计民生的关注，有着杜甫"穷年忧黎元"的仁者情怀。清初战乱频仍，天灾人祸连年不断，李因笃对国家太平、人民安乐

---

① 李因笃：《受祺堂诗集卷四补佚》，鸳鸯七志斋 1931 年排印本。
② 曹溶：《静惕堂诗集》卷三十四，首都图书馆藏清雍正三年李维钧刻本。
③ 魏中林校：《钱仲联论清诗》，苏州大学出版社 2004 年版，第 24 页。

极为向往。其《未得》云："未得归朝信，南征事若何。普天兼水旱，终日只兵戈。吏术转相饰，皇猷空自多。安能复清静，击壤再闻歌。"① 他还在《近说》、《闻笛二首》、《繁峙县》、《雨无正》等诗中频频感叹"冀北犹艰食，天南未解兵"（《雨无正》）、"哀多声转峭，战伐几时休"（《闻笛二首》）、"东望多鳏独，忍饥号路旁"（《繁峙县》），表现了作者对战乱年代老百姓的悲惨生活极为同情。他还在《久旱》、《旱》等诗中写旱灾导致百姓生活无着，饥饿满地的深切关心。而当他看到久旱逢雨，马上喜形于色，希望着来年丰收，"市人平米价，生计托新田"（《雨》）正是作者内心喜悦的表现。

李因笃不但关心民瘼，而且对清初许多弊政也进行了严肃批评和揭露。清人入关之后，实行了野蛮的"圈地"。谈迁《北游录》"圈田"云："初徙辽人，圈顺天、永平、保定、河间之田，凡腴亩华宅俱占去，而其人惰，田不甚垦，多芜。癸巳水灾赈六十万金，遂欲转圈真定、顺德、广平、大名，户部持之不行。"② 从而导致许多京畿百姓流离失所，背井离乡。李因笃《良乡》一诗对旗人圈地，野蛮掠夺汉人资产深表愤慨。对他们享受荣华富贵，百姓却背井离乡、饿死沟渠的不公平现实进行了深刻揭露。"吾欲终此曲，此曲闻者苦"（《良乡》）表现了作者对汉族百姓的无限同情。他在《雁门秋日三首》中也对圈地进行了讽刺，"君慎勿言王路近，幸非王路少王田"指的就是雁门地处偏僻的北方，因此没有被八旗贵族圈占。李因笃不仅敢于直刺时弊，而且能提出应对策略，希望统治者实行"仁政"，更表现出作者的民本思想。其《发代州书触目七十六韵》云：

比来冀北水，吾意兼忧旱。今忽岁告饥，两灾交罹难。塞上本瘠恶，丰年耕获半。公家输常征，事事取卒办。科敛之所余，盖藏又非善。……奈何手一杯，无济车薪叹。出门互抱

① 李因笃：《受祺堂诗集》卷五，《四库全书存目丛书·集部》第248册，齐鲁书社1997年版，第493页。

② 谈迁：《北游录》，中华书局1960年版，第378页。

携，中泽号鸿雁。亡命一起呼，必起崔苻乱。……余适观京
师，客星皇华伴。含情未得发，晚泊滹沱岸。所悼络绎人，周
呼环山间。层围拥马首，约略数盈万。自云沾旬饿，呜咽肠中
断。裸拜无完体，仰头尽鸠面。伫立沾我襟，彷徨剪我盼。……
世治庇其根，世衰庇其蔓。世治睹其微，世衰睹其餐。世治制
其聚，世衰制其涣。自古举若斯，安危遂相禅。……①

该诗前半部分详细描述了水旱交替、饥饿满途的悲惨情景，后
半部分则从天道和人事两方面追根溯源，并为统治者提出治理方
案，警示统治者必须改变策略，否则"亡命一起呼，必起崔苻
乱"，导致国家动乱。可见作者对民情之洞察，以及他经世济民的
宏伟见识。

李因笃是儒家思想的真诚实践者，对儒家崇尚孝友、敦本人伦
的思想身体力行。他去世后被后学私谥为"文孝"，可见人们对他
为人的尊敬。李因笃幼年丧父，其《清明长安寓中忆先子》曾云
"未辞怀抱抛遗早，曾接音容想象难"，表现了对父亲的无限缅怀。
李因笃从小由母亲和外祖父抚养成人，他对外祖父和母亲也是饱含
感激之情，终身铭记。集中有《寿外祖》、《旅夜追思外祖高士田公
溃泪成八百字》、《灵宝拜先外祖田公去思碑》等诗，对外祖的养育
之恩表示深切感激。他在赴雁门之时作有《纪别八首》，表现了母
子、兄弟、夫妻、父子之间的骨肉深情。其一云：

　　置酒岁云暮，北堂生远晖。数鸟相与鸣，寒风厉重闱。慈
　母就持箸，欲言先歔欷。出门尚无程，问我何时归。

细腻地表现了母子之间的真情，母亲对远行孩子的关心，足以
感人肺腑。李因笃对兄弟之情也极为珍惜。其《寄舍弟三首》云：
"齿序原相亚，肩随忽至今。啸歌兼好友，贫病是知音。"表现了他

---

① 李因笃：《受祺堂诗集》卷八，《四库全书存目丛书·集部》第 248 册，齐鲁书
社 1997 年版，第 524 页。

们兄弟之间的深情厚谊。

　　李因笃交游极为广泛，其晚年所作《存殁口号一百一首》，一首两人，共计202人，这仅是他交往友人的大部分，其中有家族姻亲、同乡好友，也有遗民同志、学术同行，还有京师显宦、地方官员，可见其交游之广泛，友人身份之复杂。李因笃对友人也极为关心，他与朋友交往都是推心置腹，患难与共，表现出他敦尚气谊、为人慷慨的性格。顾炎武曾说王弘撰"好学不倦，笃于朋友"，其实李因笃何尝不如是。李因笃曾热情帮助过顾炎武、屈大均等友人，尤其是为救顾炎武之难，他曾冒暑走三千里远至京师、济南，最终病倒，让顾炎武无限感动。李因笃赠顾炎武的诗作共有29首，书信若干封，他们通过诗文酬答，共同探讨学术，勉励志节，结下了生死不渝的深厚友情。李因笃被迫参加鸿博，又劝李颙一起应征，曾被顾炎武严厉批评。他说："窃谓足下身蹑青云，当为保全故交之计，而必援之使同乎己，非败其晚节，则必夭其天年矣。"[1]李因笃在京师向友人盛称顾炎武学问渊博、诗才大雅，顾炎武又写信批评："若每作一诗，辄相推重，是昔人标榜之习，而大雅君子所弗为也。愿老弟自今以往，不复挂枯人于笔舌之间，则所以全之者大矣。"[2]因此王山史在《山志》说顾炎武"行谊甚高，而与人过严"[3]，但是并没有影响李因笃对顾炎武的真挚友情，他辞官以后，还真诚地邀请顾炎武再来华下居住，还致信王弘撰请为全力经营。[4]顾炎武去世之后，李因笃极为痛心，他曾有《哭顾征君亭林先生一百韵》，回顾了顾炎武一生艰难的人生历程和精深的学术造诣，其中"愚蒙沾善诱，等列荷区铨。谬许私盟牒，频期轶草玄。深恩鸿鸟并，暂别鲤鱼联"等诗句，对他们之间生死相依的深厚友情也深表怀念。李因笃早年深受陈上年的器重和照顾，陈上年对他有知遇之恩，所以他对这段友情也终身不忘。陈上年客死广东后，

---

　　① 顾炎武：《答李子德》，《顾亭林诗文集·文集》卷四，中华书局1983年版，第76页。

　　② 同上。

　　③ 王弘撰：《山志》初集卷三"顾亭林"条，中华书局1999年版，第61页。

　　④ 吴怀情：《关中三李年谱·天生先生年谱》附录《顾祠小札》，默存斋本。

李因笃曾饱含深情地写下《哭陈使君祺公柩次十二首》，表现了他对这位知己的无限感激之情。康熙二十一年，李因笃还写下《忆亡友陈使君、顾征士两先生三首》，其中有"二君不可作，孤客竟何成。海岳包纤细，文章托死生"等句①，抒写了他们生死不渝的真挚友情。

李因笃一生奔走四方，往来秦、晋、燕、赵之间，也曾漫游扬州，入幕武昌，足迹遍及大江南北，他的游历诗也值得重视。这些诗或者写景，或者记事，或者怀古抒情，都能展现作者的胸怀抱负，也能看到各地的人情风物和政治得失，堪为一代"诗史"。如《雁门关三首》、《潼关三首》、《雁门秋日三首》、《发代州书触目七十六韵》、《宿敷廉坊》、《繁峙县》、《渡易水》、《卢沟桥》、《宁武关四首》、《长至前二日，同右吉、翁山陪曹秋岳先生宿雁门关即事四十韵，拈"玉树凋伤枫树林"之句分凋字》、《昌平忆守陵侍郎朱公》、《河南府梦曹侍郎》、《咏怀古迹六首》、《维扬呈郑枢部澹庵三首》、《元日武昌谒孔庙二首》、《望江》、《再登黄鹤楼》等最为杰出。如《潼关三首》其二云：

> 圣祖垂裳西顾深，前星已肇翠华心。风雷卜鼎浑非故，朔漠开基遂至今。万里自天提锁钥，三王同日贡球琳。终怜战骨横崤左，雪暗春迟白草吟。

自注云："三王谓秦、肃、庆，不言韩者，韩初封开原，永乐中始改平凉。"此诗不但风格遒壮，感情沉郁，而且对潼关的战略地位极为重视，表现了李因笃的宏伟史识。刘献庭《广阳杂记》卷二："偶与紫庭谈及河州、西宁、凉、甘、肃等沿边地方，太祖不设州郡而置卫者，盖以边远重地，提此线索于五军都督府也。紫庭为之击节，因诵李天生《潼关》诗云：'圣主垂裳西顾深，前星已兆翠华临。风雷卜鼎浑非故，朔漠开基遂至今。万里自天

---

① 李因笃：《受祺堂诗集》卷二十五，《四库全书存目丛书·集部》第248册，齐鲁书社1997年版，第699页。

提锁钥，三王同日贡球琳。终怜战骨崤函左，雪暗春迟白草吟。'
第五句亦即此意也。"① 屈大均曾说："孔德长律以十三经、二十一
史熔铸成篇，词无空设，悉有典故。"② 由此可见李因笃学问之渊博
宏通。

二　李因笃诗歌的艺术成就

关于李因笃诗歌的艺术特点和创作成就，前人多有论述。路德
《受祺堂文集序》云："今观先生诗，义衷风雅，派衍汉人，格律则
以盛唐为宗，中晚以下未尝取则焉。"③ 江藩却说："因笃诗文出唐
入宋，乃一代作者。"④ 我们前面曾说过李因笃宗法明代前后"七
子"，推崇唐诗。其诗虽然取径较宽，但独不喜宋诗。潘耒《李天
生诗集序》云："富平李天生先生，关中豪杰也。为人豁达慷慨，
自负经世大略，无所试其奇，一吐之于诗。其诗原本风骚，出入古
歌谣乐府，而以少陵为宗。意象苍莽，才力雄赡，既与杜冥合，而
章法、句法讲之尤精，千锤百炼而出之，此学杜而得其神理，非袭
其皮毛者也。先生尝慨世不乏才人，而争新斗巧，日趋于衰飒，故
其为诗，宁拙毋纤，宁朴毋艳，宁厚毋漓，乍读之不甚可喜，而沉
吟咀味，意思深长，与夫翡翠兰苕，繁弦促节者相去霄壤矣。诚得
先生辈数人主词盟而树之帜，大雅元音庶几不坠矣乎。"⑤ 这是对李
因笃诗歌成就和艺术特点最全面的总结，后人评价李因笃诗歌多引
用其说。如《四库全书》评价李因笃则说："其诗大抵意气苍莽，
才力富赡，而亢厉之气，一往无前，失于粗豪者盖亦时时有之，殆
所谓利钝互陈者欤。"⑥ 由于四库馆臣崇尚庙堂典雅之风，对李因笃

---

① 刘献廷：《广阳杂记》卷二，中华书局1957年版，第80—81页。
② 屈大均：《荆山诗集序》，《翁山文外》卷二，欧初、王贵忱主编：《屈大均全
集》，人民文学出版社1996年版，第66页。
③ 路德：《受祺堂文集序》，《柽华馆文集》卷一，光绪七年刻本。
④ 江藩：《国朝汉学师承记》附《国朝宋学渊源记》，中华书局1983年版，第
161页。
⑤ 潘耒：《李天生诗集序》，《受祺堂诗集》卷首，《四库全书存目丛书·集部》第
248册，齐鲁书社1997年版，第582页。
⑥ 永瑢等：《四库全书总目》卷一八三《受祺堂诗集提要》，中华书局1965年版，
第1659页。

慷慨激昂的"秦风"特征有所贬抑，故称其诗"失于粗豪"、"利钝互陈"。总体来说，李因笃诗歌有两个突出的特点。

1. 推尊盛唐、追步少陵

李因笃曾说："论诗自唐大历以还，至明之李、何称再盛，所谓取材于《选》，效法于唐，虽圣人复起不易也。"① 李因笃在盛唐诗人中最推崇杜甫，这是学界所公认的。王士禛曾称他"长律得少陵家法"②。而近代于右任先生也说："富平李天生先生，天姿高迈，侠义素闻，性耽吟咏，一以工部为宗。"③ 李因笃学杜甫，主要有两个方面：一方面他继承了杜甫现实主义的诗歌传统，忧国忧民，关心国家安危，关怀百姓疾苦；另一方面，他的诗歌风格大多悲壮苍凉，有杜甫沉郁顿挫之风。李因笃的很多诗歌直接借用杜甫旧题，如《秋兴八首》、《追问诸将五首》等等，抒写感时悯乱之情。或者在内容和形式上模仿杜陵，如《发代州书触目七十六韵》就是模仿杜甫《自京赴奉贤县咏怀五百字》，但是李因笃的诗歌不是仅仅模拟声调，而是注重其内容，所以其诗大多力厚思深，内容充实，声调和谐，得杜诗之神理。李因笃在格律、声调方面也颇得杜诗精髓。李因笃精通音韵，对杜诗研究也有独到贡献。潘耒曾说其诗"与杜冥合，而章法、句法讲之尤精，千锤百炼而出之，此学杜而得其神理，非袭其皮毛者也"。徐世昌也曾说："（李因笃）胎息深厚，本于朴学，非驰骋才华者比。五七言近体，纯用杜法，得其神理，不仅袭其皮毛。长律赠曹秋岳一篇为渔洋所推，余亦多杰作。"④ 苏轼曾云："天下几人学杜甫，谁得其皮与其骨？"（《次韵孔毅父集古人句见赠》）自中唐以后，下至明清，杜诗几乎家喻户晓，学杜者如过江之鲫，但是真能理解杜诗之精神，学得杜甫之气骨者为数不多。李因笃的人生经历和诗歌创作继承了杜诗的真精神，是清代诗学宝贵的精神财富。

① 李因笃：《王使君书年五吟草序》，《续刻受祺堂文集》卷一，清道光十年刻本。
② 王士禛：《池北偶谈》卷十一，中华书局1982年版，第251页。
③ 于右任：《李天生手写诗稿跋》，张鹏一校《受祺堂诗集卷四补佚》附录，鸳鸯七志斋1931年排印本。
④ 徐世昌：《晚晴簃诗话》卷四十一，华东师范大学出版社2009年版，第265页。

2. 溯源"秦风"，慷慨激壮

李因笃论诗不但推尊盛唐，而且追本溯源，将取法对象上溯到《诗经》。由于他对乡邦文学的偏爱，对《秦风》极为赞赏。他曾以"林谷关音本，乾坤老爱才"（《望夏屋山》）自况，深得王士禛赞许。他还赋诗说"秦风遵自出，塞月照同愁"（《寄八舅》），道出了其诗歌渊源。虽然他对钱谦益论诗以"亢厉"说秦风极为不满，将秦风的多样风格作了论述，还一再强调"渊源幽雅得，不独赋秦风"（《稷郊即事再呈孟公》），"谁言凄壮本秦声，肯舍周南学小戎"（《再作六绝句寄宁人先生》），但是他对秦风慷慨激昂的主导风格还是极为喜欢。其《康孟谋诗集序》说："孟谋诗数百首，诸体略具，雄姿逸气，不受羁衔，顾皆直抒性灵，磊落壮凉，得秦风本色。"其《元麓堂诗集序》又云："先生诗慷慨激发，兼周秦之故，此系乎其地也。"李因笃诗歌也大多雄深雅健，有着秦风慷慨激昂之风。如《重憩雁门关五首》、《长城》、《高河晓发》、《阅兵美阃使张公》、《董祠感赋再用前韵》等诗，莫不慷慨激发，一往无前，一禀秦中雄直之气。他甚至在诗句中多次引用"无衣"、"驷骥"、"渭阳"、"蒹葭"等《秦风》典故，如"无衣未敢赋秦风，感兴怀交寂寞同"（《赠孙二谥生》）、"并向秦风夸战士，谁论驷骥本王朝"（《阅兵美阃使张公》）、"不然采莒期难待，迟我蒹葭渭水间"（《太原晤米侍御，时谪藩幕，闻有里门之役，述旧一章》）、"君情曲折如巴水，不独秦风有渭阳"（《送王复初随舅之任》），可见他对乡邦文学的自觉继承和对秦风的偏爱。曹溶《李天生以修明史授简讨，不拜请养归秦，寄怀四首》也曾说："三秦自昔关枢要，驷骥吟成壮有余。"①可见其对李因笃诗歌的慷慨之风也赞赏有加。

正如李因笃所说，秦地不只关中一隅，而秦风也不仅是激昂慷慨的"车辚"、"驷骥"之声，还有蒹葭白露的一唱三叹，尤其是他晚年定居关中之后，看到社会逐渐安定，人民生活得到一定改善，他的心境也渐趋平和，其诗风也转向和婉。因此李因笃诗歌风格也

---

① 曹溶：《静惕堂诗集》卷三十六，首都图书馆藏清雍正三年李维钧刻本。

是多样的，这正是他作为清初诗坛大家的重要原因。李因笃诗中有一些高亮明秀之作，如《冬日再如金州赋柬使君弟五首》、《秦台古意兼怀茹明府》、《东湖行和茹岐山用元韵》等诗。其《秦台古意兼怀茹明府》云：

> 蕲年门逐渭川开，弄玉吹箫旧有台。一曲自凌霄汉去，三峰曾引凤凰来。云移别馆秋长阒，月满空山夜不回。逝水无情仙佩杳，闻笙却想故人才。①

此诗高华典丽，声调和婉，颇有盛世大雅之风。还有《即事再别张、宋二绝句》其二："东来柳丝细如蚕，欲去桃花放正酣。独有多情牵暮雨，消魂千尺是江潭。"亦复萧疏散淡，得韵外之致。其《邑里绝句五十首》、《田家诗，暇日用杜拟陶得近体二十首》、《雨》、《元日孙阳弥月》也质朴清新，闲适自然，深得陶诗之神韵。

综上所述，李因笃在清初历经坎坷，有着救世济民的壮志雄心，他学问渊博，精通音韵，与顾炎武、傅山、朱彝尊、王士禛、李颙、李柏等清初著名学者和诗人俱为好友，以道德相砥砺，以学问相探讨，成为清初关中著名学者。他被举荐博学鸿词，并没有贪恋富贵，毅然辞职还乡，其高风亮节，让时人和后世敬仰。他一生著作丰富，诗文并工，尤以诗名为人们推重。其诗内容丰富，格律谨严，风格多样，尤以苍凉悲壮的"秦风"特征为人们所推重，在清初诗坛独树一帜，成为无可置疑的关中诗人领袖，值得后世尊重和深入研究。

---

① 李因笃：《受祺堂诗集》卷二十六，《四库全书存目丛书·集部》第248册，齐鲁书社1997年版，第713页。

第四章

"渊源幽雅得，不独赋秦风"
——清初关中诗人李柏、王弘撰、康乃心的诗歌创作

　　清初关中本土诗人除了李因笃之外，成就比较高的还有李柏、王弘撰、康乃心、李念慈、王又旦、南庭铉、杜恒灿、房廷祯、东荫商、曹玉珂等人。但是由于各种原因，南庭铉、杜恒灿、房廷祯、东荫商等人诗文集已散佚无存，难以深入研究。李念慈、王又旦、曹玉珂等长期在外做官，在关中时间较少，留待下文进行探讨。本章主要探讨长期居住在关中的李柏、王弘撰、康乃心的诗歌成就。

第一节　"太白山人"李柏及其诗歌创作

　　清初"关中三李"之中，"二曲理学，天生文学，而雪木则高隐"，"当时如太华三峰，鼎立天外"。① 李颙屡征不起，李因笃文章足以为关中领袖，两人名满天下，但是李柏耿介自守，不求闻达，所以其声名不显。王子京曾说："二曲、天生两先生久已姓名天壤，独雪木先生不讲学，不广交，匿迹销声，世之知者遂寡。正惟知之寡，益见品之高。若第以石隐目之，犹浅之乎测先生矣。"② 李柏之学术思想、诗歌创作长期不为学界重视，甚至不时被排除在

---

　　① 贺瑞麟：《创修李雪木先生祠堂记》，吴怀情《关中三李年谱·雪木先生年谱》卷五附录，默存斋本。
　　② 王子京：《槲叶集序》，《槲叶集》卷首，中科院图书馆藏清康熙三十四年刻本。

"三李"之外，这和他高隐出世的生活方式有关，但这也造成了李柏独特的精神思想和诗歌表达，应当在清初诗坛占有一席之地。

一 李柏的生平与交游

李柏（1630—1700），字雪木，号太白山人，陕西郿县人。祖上无闻人，以耕读传世。李柏9岁失祜，"门户衰弱，更兼赤贫"①，母为之延师就学，往往出语惊人。明亡后弃帖括，专力古学，以古人为尚，师曾严厉责罚，李柏词气不挠，人皆以为愚。他曾独步九原，看到下面墟墓累累，寒烟荒草，叹曰："百年后化为荒烟蔓草，学者当为身后计。欲为身后计，当别有正学。若俯首芸窗，营营科目，不见源本，是谓章句名利之学。"②后读《小学》，见古人嘉言懿行，豁然悟曰："道在是矣！"遂烧其所读帖括，潜读古书。喜兵家言，有经世之志。20岁，会童子试，李柏"志在山林，避不就"，"或潜走旷野"，"或出亡于外，西鹜升水，南入云栈，东登首阳，拜夷齐墓"。24岁，迫于母命，"举博士弟子，累试高等"③。初名李如泌，学使擅改为"如密"，李柏既感可气，又觉可笑。当面他虽不敢辩，归即易名曰"柏"，字"雪木"，"所以如此者，恐天下后世为人臣者，借蹊李密归晋背汉，而犹得以孝子顺孙闻也"④。母亡，李柏即弃诸生，结庐太白山，读书学道。从此开始了他长年在太白山的隐居生涯，"每至山巅，对天地必徊徘浩歌，久而后去"⑤。后来他曾遍游关中，在陕南也有过三年居留，甚至应邀远游衡岳，但太白山始终是他终生魂牵梦萦的地方，无愧于"太白山人"的雅号。

李柏一生高蹈出世，交游不广。他与李颙、李因笃兄弟相称，交往甚密，与宋振麟、朱庭璟、康乃心、憨休和尚也时相过从。顾炎武、屈大均等人至关中，李柏并没有交往，可见他不为声气所动

---

① 李柏：《答刘孟长先生》，《槲叶集》卷三。
② 萧震生：《槲叶集序》，《槲叶集》卷首。
③ 同上。
④ 李柏：《易名说》，《槲叶集》卷二。
⑤ 萧震生：《槲叶集序》，《槲叶集》卷首。

的孤介性格。他也不愿与清朝官员来往，也不轻易接受他们的馈赠。但是很多地方官员以认识李柏为幸。任过郿县知县的骆文曾说："于山见太华之高，于水见黄河之大且深，于人得见太尉而后可以无憾。今余之获与先生游也，其亦可以无憾矣乎。"① 宋广业以商南令调往省城，闻李柏之名，欲礼致之，李柏谢绝，宋广业即捐二百金，买田数亩，构杜曲精舍，迎李柏居之，李柏始复书致谢。钮琇曾说："雪木孤介绝俗，非澄溪诚于礼贤，未易即致。存此书以见缁衣之好，盘涧之安，两得之也。"② 康熙十七年，李天生被征入京，"数称先生贤，人始有知之者"③。于是，清廷便接二连三征书举荐，但李柏不为所动。他曾说："天下有道则见，无道则隐；邦有道则仕，邦无道则可卷而怀之；用之则行，舍之则藏。须看六则字是何等决绝，何等勇断。今人却因循苴苒，以为通达权变，故终身不济事。"④ 因此在大节上看得最通透。

　　李柏一生隐居不仕，物质生活极其匮乏，但他安贫乐道，独立不改。《国朝先正事略》卷二十七云："李柏字雪木，……公卿多欲荐之，度不获行已志。卒辞谢。昕夕讴吟，拾山中槲叶书之，门人都其集曰《槲叶集》。山居力耕，日食粥，或半月食无盐，意夷然不屑也。尝言：'古之人有七日不火食者，有三旬九餐者，有食木子橡栗者，有屑榆者，有一日长坐者，有十九年餐毡啮雪者。'盖有主于中，不动于外，所谓不忘沟壑也。其高寄绝俗类此。"⑤ 李柏"昕夕讴吟"，著述不少，可是流传下来的不多，其《槲叶集》仅四卷（包括《南游草》），作者自叙云："山中乏纸，采幽岩之肥绿，挹心血之余沥。积久盈筐，遂为集名"。《槲叶集》收文265篇，诗597首，虽然不是皇皇巨著，可是李柏著作态度严肃，其字字句句都是心血的结晶。

---

① 骆文：《槲叶集序》，《槲叶集》卷首。
② 钮琇：《觚賸》卷六《秦觚》，《四库全书存目丛书·子部》第250册，齐鲁书社1997年版，第66页。
③ 钱仪吉：《太白山人传》，《衍石斋记事稿》卷七，清道光甲午钱氏家刻本。
④ 李柏：《六则篇》，《槲叶集》卷五。
⑤ 李元度：《国朝先正事略》卷二十七《名儒》，岳麓书社2008年版，第882页。

二 李柏的诗歌创作

李柏诗歌题材丰富，内容广泛，风格多样，在清初关中诗坛独具一格，他作为遗民诗人，对明清之际的社会动乱也曾亲身经历，但是可惜的是现存《槲叶集》中这类诗作较少，可能是后人在编选过程中为了避免清代文祸而故意删汰了。但其《卓烈妇》一篇，还是能窥见作者痛悼亡国之痛的遗民心事。此诗前有"小序"云："前指挥卓焕妻钱氏，乙酉扬州郡城陷，先一日投水死，从死者长幼七人，哀而赋之。"诗云："黑云压城城欲摧，北风吹折琼花飞。扬州乙酉遭屠戮，卓氏贞魂至今哭。将军已降丞相死，一家八口齐赴水。池中土作殷红色，血渍波痕转逾碧。曾闻精卫能填海，一勺之池想易改。"① 诗人以沉痛的笔触，表达了对清统治者的痛恨，也讽刺了那些卖国求荣的文臣武将。李柏因为长期隐居，不为声气党争所左右，可以冷静地观察思考社会，他曾说："近世嘉靖天启以来，笃实君子在草野，虚文小人满朝廷。上欺其君，下虐其民。民不堪命，聚而为盗。盗满天下，由盗满朝廷也。卒之六龙失御，社稷丘墟。秦关燕城，无一可守。则王公之设险安在乎？"（《过函谷关论》）② 这种振聋发聩的批评，即使当时黄宗羲、顾炎武等人也未必能提出，因为他们与晚明党争有着千丝万缕的联系，论政治尚不能跳出门户之见。李柏批评晚明朝政之腐败，还有《崇祯儒将》五首，诗云：

> 萧娘与吕姥，权尚阃外师。纵盗遍天下，君王犹不知。
> 高冠而大袖，扬眉而掀髯。满腹蕴韬略，者也与之乎。
> 白面朱衣郎，孙吴未入梦。奇谋遥尾之，敌日免劳送。
> 朽木本樗才，而为大厦栋。栋摧厦亦倾，徒使贾生恸。
> 说起前朝事，至今恨不平。大将称走狗，膝行见书生。

---

① 此诗《槲叶集》中不存，卓尔堪《明遗民诗》卷十一收录。
② 李柏：《过函谷关论》，《槲叶集》附《南游草》。

　　他对朝中那些胸无韬略而手握权柄，贪生怕死而又横行霸道的"儒将"进行了辛辣的讽刺。正是因为作者对他们的失望，所以才选择洁身自好、高蹈出世的隐居生活。清廷虽然屡次征召，李柏坚决不出。他曾说："人之宦仕，可以赡亲戚而辉闾里，况乎妻子。人不宦仕，啼饥号寒先自妻子，而况亲戚与闾里。故爱我者劝之隐，而利我者劝之仕。非不仕也，吾见马骑人，吾见虎入市。恶乎仕。"（《杂咏》）他的这种选择是自觉的，并不是为了沽名钓誉，寻找终南捷径。而其《早梅》诗通过对梅花傲雪独立精神的歌颂，表现了自己高洁的人品。诗云："骨带三分傲，心含一点香。年年冰雪里，片片吐奇芳。"李柏还对清初社会贫富不均的现象做了揭露，其《书所见》云："马食粟，犬食肉，农夫耕耘食苜蓿。马锦鞯，奴锦裆，蚕妇织作无衣裳。"这种揭露增加了李柏诗歌的现实批判性，闪耀着人文主义光辉，值得后人重视。

　　李柏最为人们称道的是他的山水诗歌。李柏一生大部分时间隐居太白山中，对太白山有着强烈的热爱，甚至通过山中的一草一木都能领悟人生的智慧和大自然的深意。萧震生《槲叶集叙》云："深山之中，每遇一古木、一怪石，则必曰：'可悟文章。'每遇松风、涧响，则必曰：'可悟文章。'每遇枝头啼鸟、水面落花，则必曰：'可悟文章。'故先生为文多得山水清音，不作人间丝竹矣。"因此李柏的山水诗，不仅是他登临凭吊，抒发内心感情的对象，甚至成为他遗民心魂的寄托，在李柏诗中，主体和客体已经融合无间，达到物我两忘的自然境界。徐世昌曾说李柏"以山为骨，水为肉"①，准确地揭示了李柏的创作特点。如其《山居》云："群籁无声夜未央，青山入梦是蒙阳。觉来依旧终南月，万壑千峰似水凉。"诗人纵然游心物外，淡化凡心，努力摆脱人世间的种种烦扰，但是悲天悯人的情怀不改，对故国沦亡、江山易主的哀悼，往往将诗人又拉回现实，也促成了诗人悲愤无奈、寂寞冷峭的心境。其《避世》其二云："一入深山抱月眠，华胥国里梦年年。觉来白眼看浮世，枫化老人海变田。"国破家亡的伤

---

① 徐世昌：《晚晴簃诗话》卷十二，华东师范大学出版社 2009 年版，第 42 页。

痛，生逢末世的悲哀，避世就是对现实社会的否定，隐居山林就是对黑暗社会的无声反抗，所以说在李柏冰霜其外的写景诗中，依然是一颗火热的故国之心，所以作者不时发出"曹马封疆何处是，此原犹属汉山川"（《望五丈原有感》）、"遥知新发日，破浪断长鲸"（《看剑》）的豪迈呼声。此类诗歌还有《太白山》、《潼关南城望大河有感》、《白山有乔木》等诗，都可以体会到作者缅怀故国山河，期望建功立业的火热心魂。邓之城先生曾说："（雪木）诗文皆极险怪遒峭，盖伤心故国，歌哭行吟，通天入地，以寄其悲愤无穷之感。"①

李柏和清初许多诗人不同，没有机会漫游大江南北，61岁时，曾应友人茹仪凤之邀南游衡山，"先生挟一驼奴，篚书过汉阳，涉江夏，泛洞庭，渡潇湘。发江北之云，宿江南之梦。哀屈原于湘郢，哭贾谊于长沙。谒武侯于隆中，瞻岣嵝于衡岳。酹帝子于苍梧，吊湘君于南浦。怀子房于下邳，想黄绮于商山。讲韬略于襄阳，议战守于函关。此一游也，收尽东南之胜。"② 这次南游开阔了李柏的视野，拓展了他的胸怀，他也将南行途中所见所闻、所游所历形诸笔墨，古人云："挥毫当得江山助，不到潇湘岂有诗。"李柏《南游诗草》正是在这种"江山之助"中完成了他的风格变化，形成了他豪情激扬、大气磅礴的雄健风格。其《自述》云：

> 结发之年学隐客，爱看家山雪太白。一卧峨岩四十年，肩背峻增风霜迫。只道西北千山雄，未见东南万重水。六十老去出函关，坐泛沧浪三千里。汉江乘槎到潇江，双目炯炯射水里。爱水爱山意错落，只缘我心有所著。要使吾心无所爱，直待名山大川不在天之内。

可见此次南行诗人本身的感受极为深刻。湘山楚水的灵秀，屈原宋玉的诗赋，还有湘妃斑竹的传说等等，无不激起诗人创作的灵

---

① 邓之诚：《清诗纪事初编》卷七，上海古籍出版社1984年版。

② 肖震生：《太白山人槲叶集叙》，《槲叶集》卷首。

感。其《金陵》云：

> 荆吴远水落南天，虎踞龙盘王气全。四十帝君迷蝶梦，八千子弟化啼鹃。金坛铁瓮风云变，鹤市凤台鹿豕眠。六代兴亡天不管，怒潮偏为子胥怜。

此诗把登临凭吊和怀古抒愤有机结合，形成一种情景交融、雄浑苍凉的悲壮风格，在李柏诗中独具特色，也和其前期诗歌截然不同。这类诗歌还有《江上》、《长沙吊屈子》、《过洞庭思武穆战功》、《泛舟湘江》等，通过李柏的诗歌我们不但领略了南国瑰丽灵秀的湖光山色，还可以体验到作者至老不衰的那颗遗民心魂。

李柏为人孤介绝俗，不苟交往，其交游不广，但与人交必以道义相勉，因此不作应酬文字，其诗中交游唱和之作也极少。其《送冯别驾之湘南》云："一瓢离别酒，千里雁鱼心。宦路衡山远，乡思渭水深。湖光印楚月，江色倒荆岑。何以赠吾子，囊中有素琴。"此诗语言朴实，情真意切，毫无矫揉造作，体现出他们真挚的友情。此类诗还有《秋日送赵居士游陇西二首》、《和李子德寄鄂抚军南安诗》、《过文学杨献章渭上别墅》等，大多简淡朴实，韵味悠长，充满深情厚谊。

李柏的诗风，清初钮琇认为"冷艳峭刻，如其为人"①。后来的批评者也都沿用这种说法。如《清朝野史大观》卷九云："雪木所著《槲叶集》，冷艳峭刻，如其为人。"李柏诗风的确独特，但以"冷艳峭刻"评之却未见中肯。王心敬曾说李柏："盖生平最爱者渊明，故于渊明之诗，嚼咀尤熟，不知不觉风韵逼真耳。"②李柏也曾多次赞颂陶渊明，如其《尚友》其五云："有道戳且佩，无道负且戴。大哉陶渊明，悠然松菊对。"这也正是李柏崇尚简洁朴实诗风的重要原因。李柏诗歌风格是多样的，有冰雪其志的太白山水诗，如《太白山》、《山居》、《客窗蕉雨》等，也有雄浑沉郁的登临怀

---

① 钮琇：《觚賸》卷六《秦觚》，《续修四库全书·子部》第1777册，上海古籍出版社2002年版。

② 王心敬：《太白山人雪木李先生墓碣》，《槲叶集》附。

古诗，如《潼关》、《汉水》、《潼关城南望大河有感》、《登慈恩寺浮图》等，还有冷艳峭刻的讽世诗，如《渔父辞》、《蝼蚁歌》、《天王家》等。当然，李柏诗中还有一些不落言筌、想落空妙的作品，如《雁字》、《凤泉别墅》、《钟吕坪》等。李柏诗歌大多自出胸臆，任心独往，而天机自然。其《太白山月歌》云："不如无心浑忘却，有时梦逐松风去。兀坐山月但蚩蚩，长揖葛天与伏羲……"《山行》云："漫道桃源路不通，溪行十里道心空。鸟啼流水落花外，人在春山暮雨中。"在清新流畅的诗句中蕴含了深奥的哲理。其《逍遥游》又多以叠字入诗："虚虚实实自家知，是是非非更问谁？山山水水真可乐，名名利利欲何为？……身居寂寂寥寥地，心作兢兢战战思。欲语语时还默默，方愁愁处更怡怡。"读来抑扬顿挫，给人新颖活泼之感。这种打破常规，富于变化而又合乎自然的诗风，引起了后世的注意，蔡尚思先生《中国文化史要论》曾说李柏"诗的作法独特，未为古来学者所注意"。大概就是指这种富于独创，淳朴自然的诗风。

第二节　"鹿马山人"王弘撰及其诗歌创作

曾被顾炎武称作"关中声气之领袖"的关中诗人王弘撰[1]，与"关中三李"齐名，在清初享有很高的声望。顾炎武曾说："好学不倦，笃于朋友，吾不如王山史。"[2]

一　王弘撰的生平与交游

王弘撰（1622—1702），又作宏撰，字文修，又字无异，号太华山史，又署鹿马山人，室名砥斋，陕西华阴人。其父王之良，为明天启五年进士，曾任南京兵部侍郎等职。山史早年曾随父游北

---

① 顾炎武：《送韵谱帖子》："王无异名弘撰，……故少司马公之子，关中声气之领袖也。"《顾亭林诗文集·亭林佚文缉补》，中华书局1959年版，第244页。

② 顾炎武：《广师》，《顾亭林诗文集》卷六（补遗），中华书局1983年版，第133页。

京、江西等地。其父师从冯从吾，为学宗尚朱子，尤重实践。王弘撰曾说："先司马为学宗考亭，尤重实践，不事表暴。为德于乡，人无间言。"① 王弘撰在京时，好为古文词，志趣高远，与频阳朱廷璟等有"三公子"之称。② 其父经常让弘撰兄弟读刘宗周、黄道周奏疏，留心国事。王弘撰《待庵日札·复潜园记》："昔予同三兄云隐侍司马府君于京师，其时圣人在上，公卿朝退，有燕享之乐焉。一日，府君以漳浦石斋黄公《七不如》疏训之诵，寻复闻召对平台，君明臣直，满朝动色。予与兄私相叹仰，以为黄公者天人也。"③ 李自成占领关中之后，其党刘宗敏大肆拷掠缙绅，王弘撰家亦列名其中。王弘撰兄弟争着前往军营，而弘撰止之，孤身前往，薄输而还。南庭铉《砥斋集序》："予闻当逆闯之乱，王氏以司马裔，索饷不赀，时山史兄弟凡六人，且析箸久，皆欲偕行。山史毅然曰：'不可，同罹其毒无益也。余当独往，以观其变。'即乡里咸惧不测，而卒能出险，而庇其家。"④ 后避入太华山中，筑待庵隐居之。明亡以后，即弃绝功名，隐逸终生。山史以游为隐，曾在顺治七年、康熙二年、康熙九年、康熙十九年四游江浙，最后一次在江南寓居达 16 年，足迹遍及大江南北，并曾游历北京、河北、山西、河南、山东、福建诸地。在 20 多年的周游中，他交往了南北许多著名学人。除了冒襄、顾炎武、孙枝蔚、万寿祺、屈大均、傅山、陈僖等遗民，他还与吴伟业、周亮工、梁清标、汪琬、王士禛、孔尚任、施闰章等大批贰臣文人和国朝文士交往密切。山史的漫游活动，一方面是为了生计而奔波，另一方面是为了反清事业而联络。顾炎武、屈大均、万寿祺游关中，他都努力为之经营，为南北士人的文化交流做出了卓越的贡献，他也获得了巨大的声望。顾炎武称赞他为"关中声气之领袖"，可见其当时的地位。康熙十八年王弘撰被荐鸿博，被迫入京。但他寓居昊天寺，托病不参加考试，也不

---

① 王弘撰：《山志》初集卷一"庭训"条，中华书局 1999 年版，第 2 页。
② 康乃心：《王文贞先生遗事》，《王山史全书》附，光绪丙申敬义堂刊藏。
③ 王弘撰：《待庵日札》，《王山史全书》本，光绪庚子敬义堂刊藏。
④ 南庭铉：《砥斋集序》，《砥斋集》卷首，《续修四库全书·集部》第 1404 册，上海古籍出版社 2002 年版。

拜访当朝显贵。博学鸿词结束，被清廷放归原籍。曾筑独鹤亭居之，以示其孤高绝尘之意。屈大均《宗周游记》云："独鹤亭在华北，与三峰相向，岳影满窗，阴翠寒人，可爱也。"① 王士禛、顾炎武、李楷、李因笃、汪琬、施闰章等人都曾为题独鹤亭诗以示敬仰。王士禛《为王山史赋独鹤亭》云："园林华山下，水石远人间。独鹤来江海，萧然相对闲。博台残雪散，仙掌片云还。骑向三峰顶，遥遥不可攀。"

王弘撰学问淹通，兼工书法，尤精于金石鉴赏，所藏书画碑帖多有精品。王士禛《池北偶谈》卷十三《记观王氏书画》云："华阴王弘撰，字无异。工书法，博学能古文。顷来京师，观所携书画聊记之。定武《兰亭》五字未损本，有米元晖、宋仲温二跋。又仲温临赵文敏《十七跋》，又兴唐寺石刻《金刚经》，贞观中集王右军书。又汉《华山庙碑》、沈石田《秋实图》。"② 王弘撰论学也较平允，无门户之习。其《正学隅见述》认为"格物致知之训，朱子为正，无极太极之辨，陆子为长。贤者之异，无害其为同也"③。他还认为冯从吾说王阳明"'致良知'三字泄千载圣学之秘，有功于吾道甚大"极为正确，但对王阳明"无善无恶"的说法表示不苟同④，对其堕入佛教空无的思想不满。可见王弘撰虽然宗尚朱学，但能会通诸家思想之长，形成了他兼容并包的思想体系，在清初思想界有着重要意义。

王弘撰论诗之语不多，但从《砥斋集》中所收数篇诗叙可以看出，王弘撰论诗与关中诗人大多一致，推尊盛唐，不喜公安、竟陵诗派。其《雪舫近诗序》云："石华居恒论诗，睥睨中晚，故其墨采腾奋，翱翔汉魏，驰骋初盛，而必源之三百，矩之六义，则其高薄云天，密比金石，有自来矣。至近世公安、竟陵诸家，尤其所远

① 屈大均：《宗周游记》，《翁山文外》卷一，《续修四库全书·集部》第 1412 册，上海古籍出版社 2002 年版，第 18 页。
② 王士禛：《池北偶谈》卷十三《记观王氏书画》，中华书局 1982 年版，第 296 页。
③ 王弘撰：《正学隅见述》，《四库全书》本。
④ 王弘撰：《山志》初集卷二"冯恭定"条，中华书局 1999 年版，第 29—30 页。

之不道者。石华信翩翩诗人哉。"① 其《霍庵近稿序》又云："（刘博仲）汗漫南北，足迹遍三陲，名山大川，靡所不至，则豪于游。其间兴到长吟，累数千篇，出风入雅，一本正始，大历以后，概所不屑，同侪多无敢当者，故尤以诗豪。"② 但是王弘撰也有一些独到的诗歌见解。他对儒家"温柔敦厚"的诗教进行了重新阐释。《陈尧夫诗小序》云："诗者，志之所之也。圣人禁人之邪以归于正，而温柔敦厚，又以治其性情，而使之不即于戾，则诗之有关于道也，讵不大哉？世衰教微，浸淫于燕游歌舞，流连于风云月露，甚至取悦献媚，以助竽绫苟且之用。崇华诎实，肥词瘠义，诗之亡也，可耻孰甚焉。"③ 对当时诗歌的流弊进行了严肃的批判，但也没有脱离当时诗论的范围。但其《蒋处士诗序》却提出了一个很重要的命题，那就是诗品与人品的统一问题："夫诗之为道，有不自已者焉，有不可已者焉。不自已者，为哀为乐，情之动也，天也；不可已者，为美为刺，礼义之正也，人也。故发乎情、止乎礼义，斯天人之合也。而先王所为温柔敦厚之教，襄大经大法以不坠者，具是矣。"④ 在这里，王弘撰还提出了创作时自然感发和缘事而作的统一问题。《毛诗序》所谓"发乎情，止乎礼义"，是就创作冲动与道德规范的关系而言。而王弘撰这里却将发乎情、止乎礼义解释为两种创作动机，一种是出于感情的自我表现，一种是出于道德的社会批评，将儒家诗教重新阐释，丰富了传统诗论的内涵。

王弘撰一生虽然著作丰富，但存诗不多。康熙九年，他曾焚毁诗稿，王宜辅（伯佐）《刻砥斋集记》云："诗稿旧积二寸许，庚戌元旦，大人悉取焚之，今仅十之三尔。"可是现存《砥斋集》中也是有文无诗。现存诗作，大多散见于其《待庵日札》、《西归日札》、《北行日札》等札记中，吉光片羽，也弥足珍贵。

---

① 王弘撰：《砥斋集》卷一，《续修四库全书·集部》第 1404 册，上海古籍出版社 2002 年版，第 350 页。
② 同上。
③ 同上书，第 383 页。
④ 同上书，第 367 页。

二　王弘撰的诗歌创作

王弘撰一生以游为隐，志操坚贞，故国之思，常萦绕于心。他漫游江南，至钟山祭拜孝陵。康乃心《王贞毅公遗事》云："辛卯先生往江南，过旧京，至钟山下，徘徊唏嘘，黍离麦秀，与古同悲。"又和顾炎武一道至昌平谒十三陵，至明思宗陵则放声大哭，并自署鹿马山人。其《谒思陵祭告文》云："念十七年覆载之恩，心惭书剑；尽三千里草茅之恫，泪洒河山。"① 李沂《鸾啸堂集》中有《鹿马山人歌》即咏此事，诗云："鹿马山头妖鸟啼，鹿马山下草离离，鹿马山人空涕洟。"他的这种坚贞的遗民志节获得了人们的普遍赞誉。王弘撰壬子游江南，曾有《梦游浮玉山》诗云："故国知何处，重来壬子年。相看风景异，洒泪向江天。"故国沦丧之痛，时刻萦绕于诗人之心。康熙十七年，他被迫北上应征鸿博途中，曾作有《即此却寄》诗以明志，诗云："秋风吹长陌，白日被古道。凄泪嗟行役，悠悠耿怀抱。触物靡所慰，衰林间野草。芳华日以歇，颜色安可保。蔼蔼连理枝，栖栖比翼鸟。故心终不移，明誓鉴苍昊。相期展嬿婉，与子以偕老。"在京师，他还有《对菊有怀》，表明他不改初衷的心迹，诗云："御水桥边秋叶黄，一枝寒菊度重阳。临风每忆陶元亮，恐负东篱晚节香。"康熙三十五年，王弘撰将西归故里，曾有《丙子元日将西归感述》的长诗，回忆了自己数十年中所走过的曲折艰辛的人生之路。诗云：

老夫年垂七十五，饱历丧乱心常苦。泉台父母宁知否？苟延残喘终何补。吁嗟悲哉！一万九千日沉渊，丁未以至今戊午。大块岂不荣春色，憔悴独与槁木伍。……生离死别关塞黑，泪洒九野无干土。落拓奈经十余载，穷愁旅舍翳环渚。……皇皇有似失林鸟，朝东夕西群铩羽。惨淡遥瞻鹿马云，萧摵久滞钟山渚。忆昔飞凤失其凰，鹤驾茫茫反遭取。天南逆流波浪恶，蛟龙夜睡鱼鳖舞。李白狂歌走夜郎，杜甫麻鞋

① 王弘撰：《砥斋集》卷十一，第518页。

归灵武。世间是非成败异，悠悠之徒何足数。……徘徊欲归归未得，冷落丘陇废场圃。日暮聊为悲春吟，飘风烈烈飒终古。①

诗境悲凉，语句凄苦，表现了诗人晚年回天无力的悲愤心态。此外，王弘撰《春阴》诗也值得注意，诗云："二月连阴淹冻雨，东风寂历野人家。屋前雀噪声何急，城上鸟飞影复斜。不改青山留暮霭，虚拟杲日向春华。沉吟厥疑追郎顗，扶病从谁泛海查。"此诗末有李颙龙评语云："寄慨时事之作。"虽然不能确切考证为何事而作，内容也比较隐晦，似有较深寓意，但作者通过叙事写景透露出对时事的强烈关注是可以肯定的。

王弘撰虽然存诗不多，但风格比较鲜明，其诗大多语言简洁，感情真挚，犹如清水芙蓉，清新自然。如《留别白门友人》云："春花落尽鸟空啼，春水东流人向西。有梦常依桃叶渡，寄书应到碧云溪。"萧疏散淡，淳朴自然，于平淡中见真情。又如《题秋溪独坐图》云："古木幽篁紫翠分，溪桥石径也氤氲。高人独坐茅堂里，似有书声出白云。"情景交融，宛然如在目前，所谓"诗中有画"，得右丞之神。其《观高澹游画册即境短述》、《为贾作霖题行乐图》、《梅》也是洗尽铅华，不事雕琢，纯以自然平实取胜。王弘撰晚年还乡后，还有《抵潜村旧居》二首，其一云："犹是后山路，依然流水村。荒墟依败灶，宿莽翳颓垣。不见桑麻长，何知雨露存？迟徊拜家庆，洒泪到黄昏。"诗人晚年回归故里，故园之衰颓，人事之沧桑让作者悲喜交集，作者以简朴之笔娓娓道来，读来平实自然。王弘撰诗歌虽然朴淡，但不是平淡乏味，而是"绚烂至极"而归于平淡，真如作者所说"浮荡艰深，绮靡啴缓，失其淡也"。

第三节　"飞浮山人"康乃心及其诗歌创作

清初关中本土诗人，除了李因笃、李柏、王弘撰之外，要推康

---

① 王弘撰：《西归日札》，国家图书馆藏康熙三十七年刻本。

乃心。康熙年间，徐嘉炎撰康乃心诗集序，曾经提出"诗之始于秦
而盛于秦"的说法，但他又慨叹"秦之诗至今而衰。近世北地，武
功、鄠县、华州诸家稍欲振兴，未克当口口之什一"①，他能举出的
清初关中士人，也只有李因笃、王又旦、康乃心三人。李因笃为
"名布衣"，康熙间举博学鸿词，曾任翰林院检讨，名满天下。而
王又旦在康熙年间曾任户科掌印给事中，与王士禛同主京师诗坛，
也是清初关中著名诗人。康乃心长期居住关中，康熙四十四年，
他62岁才中举，终生未做官，以著述讲学终其一生。但是因为王
士禛的赏识，也让他名满京师，成为关中继遗民诗人之后的重要
诗人。

一　康乃心的生平与交游

康乃心（1643—1707），字孟谋，一字太乙，号飞浮山人。陕
西郃阳人。他出生于一个学者家庭，其父姬冕为当地著名学者，明
亡弃举业，以遗民终老。著有《卧游记异》、《居易堂礼钞》、《武
功志考录》、《五代史钞》等。康乃心早年即承家学，留心经史，深
受邑令郭传芳的赏识，有"国士之目"。康熙十一年，康乃心曾坐
馆于道宪胡戴仁官署，尽读其丰富的理学藏书，尤喜刘因、陈献
章、杨继盛、孙奇逢的文章，以振兴关学为己任。康熙十五年，郭
传芳介绍康乃心拜谒关中大儒李颙，李颙因重其人品，收为门生，
为书"道德经济气节文章"八字以励之。②两年后结识李因笃，李
因笃称其诗为秦中第一。③康熙十九年，康乃心携弟康纬谒顾炎武、
傅山于王弘撰家，深受亭林、青主赞赏。亭林为撰《莘野诗集序》，
称他"不可一世，尚友千古，绍横渠，继少墟，再造关中者也。才

---

① 徐嘉炎：《莘野诗集序》，康乃心：《莘野先生遗书》卷首，中国社会科学院文
学研究所藏抄本。
② 康纬：《莘野先生年谱》，康乃心：《莘野先生遗书》卷首，中国社会科学院文
学研究所藏抄本。
③ 李因笃：《莘野诗集序》，康乃心：《莘野先生遗书》卷首，中国社会科学院文
学研究所藏抄本。

节则殆与景略、弘农伯仲间"①。此年叶映榴视学关中，拔康乃心为
第一。康熙三十三年，康乃心又与李柏读书五台山。其与"三李"
的友谊可见于其《六月一日访二曲李征君，恳留信宿，赋此志怀，
用太白李雪木述怀初韵》，诗云："盛代全嘉遁，南山接豹林。避人
城郭外，筑舍薜萝阴。鸡黍三秋梦，乾坤万古新。烧灯风雨夜，端
不负追寻。"②康熙二十四年，京师诗坛领袖王士禛奉命祭告华岳，
游小雁塔时看到康乃心所题《秦庄襄王墓》绝句二首，大为赞赏，
回京后逢人说项，京师人皆知关中康孟谋的诗才。由此康乃心声名
远播，关中人誉为"关中二李，不如一康"③。康熙三十七年应试
入京，谒见王渔洋，渔洋大书"天下士"三字赠之，由是益知
名。康熙四十四年，圣祖西巡，问左右关中理学经济之才，刘荫
枢等以乃心对，康熙皇帝为之叹赏，④陕西布政使鄂洛以"关西夫
子"匾其门。

　　康乃心学识渊博，著述丰富，现存有《毛诗笺》、《居易堂家祭
私议》、《莘野诗集》、《莘野文集》、《河山遗文》、《莘野志》、《河
山诗话》等。其学宏通，会通朱、陆，主张读经自训诂始，以小学
为第一义，这和顾炎武、李因笃的主张如出一辙。他博览百家，主
张经世致用，被李二曲等人赞为关学后劲。康乃心还工于方志、谱
牒之学，与王源为挚友，《莘野集》和《居业堂集》中有他们往复
讨论书信，可见他们对于编修方志的认真态度。

二　康乃心的诗歌创作

　　康乃心一生著作丰富，其传世诗集有《莘野诗集》、《三千里
诗》、《岳麓断句》等，其诗在当时即为人们所称道。从《莘野诗

　　①　顾炎武：《莘野文集序》，康乃心：《莘野先生遗书》卷首，中国社会科学院文
学研究所藏抄本。
　　②　康乃心：《莘野先生遗书》卷上诗，康乃心：《莘野先生遗书》卷首，中国社会
科学院文学研究所藏抄本。
　　③　王士禛：《居易录》卷二十九："康生字太乙，合阳人，……秦人语曰：'关中
二李，不如一康。'"《王士禛全集·杂著》第5册，齐鲁书社2007年版，第4262页。
　　④　《（嘉庆）大清一统志》卷二百四十五："康乃心，合阳人。康熙举人。圣祖仁
皇帝西巡驻潼关，问关中经明行修者，韩城刘荫枢以乃心对，自是文章之名大著。"

集》前所收顾炎武、李因笃、徐乾学、徐嘉炎、王源等序文来看，其诗在清初颇受诸名士好评，具有一定的认识价值和艺术价值。

康乃心生于崇祯十六年（明亡前一年），因此他对明清易代的社会战乱没有亲历，其诗中已经没有了故国之思。但他与顾炎武、傅山、李颙、李因笃、李柏等遗民诗人交往颇密，以经世致用为目标，所以对清初社会动乱，民生凋敝也有反映。其《郡中感怀》二首抒写"三藩之乱"带给关中人民的深重苦难，堪称"诗史"。诗云：

其一

孤城萧索戍楼空，故苑荒台一望中。何处蓬蒿生里巷，谁家井臼冷西风？飞花忍别墙头去，断草应怜落照红。最是旧巢双燕子，归来难认主人翁！

其二

左辅提封翊汉家，谁教劫火冷繁华？嗷嗷鸿雁中原满，落落晨星四野赊。开府旧事传雨露，陇田新鬼哭桑麻。只今圣主频西顾，漫向荒村数寒鸦。

康熙十二年，吴三桂举兵反清，朝野震动。康熙十三年，平凉提督王辅臣反，响应吴三桂，张勇与王辅臣战于洮州、兰州等地，秦陇再次陷入兵燹。关中地区人民被清政府命令向四川、甘肃等地输运粮草等战略物资，人民也处于水深火热之中。顾炎武给其外甥信中曾说："关辅荒凉，非复十年以前风景，而鸡肋蚕丛，尚烦武略，飞刍挽粟，岂顾民生？至有六旬老妇，七岁孤儿，挈米八斗，赴营千里。于是强者鹿铤，弱者雉经，阖门而聚哭投河，并村则张旗抗令。此一方之隐忧，而庙堂之上，或未之深悉也。"① 在这种情景之下，康乃心悯念苍生，秉笔直书，揭露社会矛盾，希望引起统治者的注意。其《圣主》诗又云：

_____

① 顾炎武：《答徐甥公肃书》，《顾亭林诗文集·文集》卷六，中华书局 1983 年版，第 138 页。

圣主恩波真浩荡，秦民万里复流亡。须知贾谊书堪上，莫道汉文让未遑。此日田园寻井灶，他日妻子尽参商。凭谁寄语调元相，好作甘霖辅禹汤。

指陈时事，言辞剀切。其《苦雨》、《上元》、《潼关秋兴四首》等诗还频频感叹"民穷今已极，天意更如何"（《苦雨》）、"一灯犹记节，几郡已无庐"（《上元》）、"貔貅十万王师度，输运经年栈道长"（《潼关秋兴》），充满了对百姓的同情和对统治者的不满，这在清初诗人中也极少见。

但是这类作品在康乃心诗中也不多见，其诗大多抒发对历史兴亡的感慨，表现出了清朝统治稳固之后，汉族知识分子普遍的无奈。其《秦庄襄王墓二首》、《九日游龙门二首》、《华清宫歌为宣四作兼呈张潜谷》、《新丰》、《华清宫四首》等为其此类作品的代表作。诗人也通过对历史兴亡的慨叹表达了他对现实政治的期望。如《华清宫歌为宣四作兼呈张潜谷》云：

君不见华清宫里月如霜，华清宫外草茫茫。客行时向骊山路，绣岭东西落日黄。开元自昔称全盛，薄海清宁岳牧良。巡游却上朝元阁，万骑千官如会昌。荔子飞来妃子笑，梨园法部奏霓裳。高楼羯鼓警花柳，烂漫玉环睡海棠。温泉一片芙蓉露，承恩岁岁沐兰汤。哥舒催战潼关破，烽火弥天塞马强。剑门西去离宫暗，玉辇稀来草树荒。念奴沦落龟年老，世间万事总悲凉。我行此地寻遗迹，昭应官衙得季方。难兄作宰鸣琴久，每从吏治见文章。断碑残碣多零落，得之不异鲁灵光。午夜烧灯勤简阅，奇文相赏岂寻常。济南山水称雄秀，二赵鸿名谁可当。酒酣高歌公莫舞，清词丽句玉琳琅。嵩山高士岩廊侣，论文雅欲渺沧桑。有时握手长生殿，宜春绿阁半斜阳。秋风落叶长安道，坐看牧竖下牛羊。寂寞泰陵金粟里，至今犹似怨香囊。请君更续清平调，为我从头说上皇。

通过对唐朝全盛的追忆表达了对治世的向往，也批判了玄宗晚年骄奢淫逸导致国家动乱，生民疲病。而哥舒翰的潼关失守又映射了孙传庭的潼关之败，表现了对明朝灭亡的深沉思考。这种对历史兴亡的感慨可以说代表了清初汉族知识分子普遍的感伤思潮，与洪升《长生殿》、孔尚任《桃花扇》的感伤基调具有同样的历史认识价值。①

康乃心的许多作品也抒写对著述隐居生活的热爱，表现了诗人洁身自好的隐居情怀。如《寒食村居》、《象山晚眺》、《西峰》等，其《玉女峰阻雪有怀顾亭林、王山史二征君》云：

> 倏忽风云起，缤纷洞壑余。开轩重岭隔，掩户石林居。万古匡山业，千秋白岳书。传经今日事，搔首一踟躇。

诗人驻足华山，为山中的美景陶醉，流连忘返。他极为敬佩顾炎武、王弘撰高洁的人品，也抒发了自己隐居著述，希望成就像顾炎武等人那样的学术事业。

康乃心之诗，人多以"蕴藉"目之。大概是受刘迢俭的影响，刘为康乃心《岳麓断句》作跋云："（康乃心诗）苍然、兀然、黯然、淡然，绝无无聊不平之音，而天时人事之系念于中者，每触景而蕴藉出之。"② 但是李因笃却认为康乃心诗"雄姿逸气，不受羁衔，故皆直抒性灵，磊落壮凉，得秦风本色"③。钮琇曾任富平县令，与李因笃、李柏、康乃心俱有密切交往。他曾说："郃阳康子，体伟多髯，作字如蝌蚪，其诗则豪荡感激，大类青莲。"④ 其《觚賸》亦云："关中诗派，多尚沉郁。郃阳康孝廉孟谋清新豪荡，自

---

① 李泽厚先生在《美的里程·明清文艺思潮》中有《从感伤文学到〈红楼梦〉》一节，他认为清朝的建立导致了明末出现的新文艺思想的倒退，上层浪漫主义则一变为感伤文学，而《桃花扇》、《长生殿》、《聊斋志异》为这一变异的重要杰作。安徽文艺出版社1999年版，第197页。

② 刘迢俭：《岳麓断句跋》，康乃心：《莘野先生遗书》附，中国社会科学院文学研究所藏抄本。

③ 李因笃：《莘野诗集序》，康乃心：《莘野先生遗书》卷首，中国社会科学院文学研究所藏抄本。

④ 钮琇：《除夕与李子德》，《临野堂诗文集·尺牍》卷二，《四库全书存目丛书·集部》第245册，齐鲁书社1997年版，第201页。

成一家。"① 王源《莘野集序》亦云："邰阳康孟谋孝廉诗，用意深厚，得风骚之遗，结体雅健高华，灏灏然御空灵之气，争雄千古，方诸近代，其西涯、北地之流欤。"② 可见以"蕴藉"说康乃心的诗风不尽全面。

我们认为康乃心的诗风受地域传统的影响，秉承了李梦阳、文翔凤、李因笃等人的"秦声"传统，其诗中多有浩荡感激之作，如《苍龙岭以上路》、《潼关阻雨》、《渡灞》、《郡中感怀》等诗，风格雅健，结体高华，清新俊逸。但是正如严迪昌先生所说，康乃心处于关中遗民诗群星散之际，李因笃在为康乃心诗集作序时也感慨："疆事多艰，故友散去，或竟登鬼录，虽存者亦过从寥寥。畴昔平原河朔之游，旷若隔世。"③ 加之清朝统治者加强了对诗坛的干涉，王士禛在京师又以"神韵"倡导天下，所以康乃心的诗风也随着主流诗坛有所变化。其《秦庄襄王墓》诗为王渔洋所激赏，也正是这个原因。康乃心的《红叶》、《象山晚眺》、《华清宫》等诗清新蕴藉，意内言外，确有"神韵"特征。如《红叶》云：

> 风急雁惊寒，林塘一望残。经霜深浅醉，著雨去留难。恨别江郎赋，悲秋宋玉叹。那堪摇落尽，片片泪河干。

诗人在悲秋之余，抒写了心中"著雨去留难"的矛盾心情，萧疏淡雅，音调和婉，寓无尽之情，见于言外，在康乃心诗中独具特色。这种呈现中和之美的"蕴藉"很容易被倡导"神韵"的王士禛所接受。诗风随时代大趋势的更变，也在关中诗坛上表现了出来。

---

① 钮琇：《觚賸》卷八《粤觚》，《四库全书存目丛书·子部》第250册，齐鲁书社1997年版，第97页。

② 王源：《莘野集序》，《居业堂文集》卷十四，《续修四库全书·集部》第1418册，上海古籍出版社2002年版，第214页。

③ 李因笃：《莘野诗集序》，康乃心：《莘野先生遗书》卷首，中国社会科学院文学研究所藏抄本。

第五章

"秦声刚烈吴声缓，君能兼美无偏伤"
——清初流寓江南的关中诗人领袖孙枝蔚

明末清初，关中士人因经商、游学、仕宦等原因流寓江南者颇众。孙枝蔚曾说："数年来诗人多宗尚空同，而吾秦之久游于南者，如李叔则、东云雏、雷伯吁、韩圣秋、张稚恭诸子，一时旗鼓相当，皆能不辱空同之乡。"[①] 李楷也说："秦之诗，狄道康侯、泾阳稚恭，称二张。……秦之诗，空同而后，……与余后先同时者，延安之刘（湘客），华下之东（云雏），三原之韩（诗）、温（自知）、雷（士俊）、孙（枝蔚）诸子。"[②] 孙枝蔚与李楷所说关中诸名士，当时大多游历江南，与江南诗人多有交往，形成了一个声势极为浩大的流寓江南的关中诗人群体，而以李楷、韩诗、孙枝蔚等为代表的"关中四子"和"丁酉诗社"是关中诗人在江南的主要代表，在江南诗坛产生了重大的影响，也让"秦风"这种地域风格在江南诗界再次引起人们的重视。

第一节　清初关中流寓江南诗人略论

明末清初，流寓江南的关中士人颇多，他们来江南的目的和原因不尽一致。有些是因为祖上在江南有产业，他们得以寄籍江南，

[①] 孙枝蔚：《张戒庵诗集序》，赵逵夫先生整理点校：《张康侯诗草》卷首，兰州大学出版社 1989 年版。

[②] 李楷：《张康侯诗草序》，赵逵夫先生整理点校：《张康侯诗草》卷首，兰州大学出版社 1989 年版。

如雷士俊、王岩、张恂、孙枝蔚等人。雷士俊祖籍陕西三原，因为祖上行商扬州，得以补扬州府学。王岩祖籍陕西长安，其祖父在江苏宝应为官，遂居宝应。张恂、孙枝蔚祖上在扬州有产业，国变后他们便寓居扬州。有些是因为与复社同仁有密切关系，在鼎革前后寓居江南，广通声气。如李楷、韩诗、东云雒、刘湘客等人。有些是入清为官江南，也与关中诸名士交往密切，如梁舟、谢天锦、任玑等人。这些寓居江南的关中士人大多学问渊博、秉性刚直、意气浩然，在江南士人中有着广泛的影响。李楷在寄孙枝蔚的信中曾说："伏念好学勤苦，千秋自命者，吾里则圣秋、稚恭与吾兄差相仿佛。弟不才，阑入此中。"①

明末清初，关中诗人马元御、王相业、李楷、韩诗在江南声名藉甚，被称为"关中四子"。《朝邑志》云："李楷，字叔则，晚号岸翁，学者称河滨先生。弱冠举天启甲子乡试。……已而避寇白门，与马元御、王雪蕉、韩圣秋等称'关中四子'。"② 李楷、韩诗俱与明末复社有着密切的关系。

明朝末年，朝政混乱，大江南北，士子喜结社衡文，间则批评时政，以复社最为著名。复社不但影响大江南北，甚至山东、山西、陕西、福建、广东都有分社。关中士人亦多有入复社者。吴伟业《复社纪略》列有陕西籍社员只有田而腴一人。但是清初计东诗中却认为东云雒、刘湘客、李楷、韩诗俱为复社成员。计东《作送止庵诗毕，偶问屺瞻，知李叔则明府已殁，因追悼韩圣秋兵部，暨亡友雷伯吁、杜杜若、东云雒、刘客生，兼柬孙豹人、王筑夫、李天生、王山史，诸公皆秦中人，负海内盛名》云："每忆先朝末，空文盛才俊。复社聚同人，敦盘互辉映。东南尽闽粤，西北走秦晋。……揭谁咸阳来，东刘最先应。固庵（即圣秋）继有声，河滨望颇峻（叔则称河滨先生）。论文奇三吴，品论颇矜慎。"③ 韩诗

---

① 李楷：《与孙豹人》，周在浚等辑：《赖古堂名贤尺牍新钞·藏弃集》卷七，《四库禁毁书丛刊·集部》第36册，北京出版社1997年版，第351页。

② 金嘉琰、朱廷谟修：《朝邑志》卷四，清乾隆四十五年刻本。

③ 计东：《改亭诗文集》诗集卷一，《续修四库全书·集部》第1408册，上海古籍出版社2002年版，第27页。

《学古堂集》有张玄遇、冯延年等人序，俱以"社盟弟"相称。韩诗《悼董宛君》引云："余读《影梅庵忆语》，不信人间有此人也，辛卯仲冬，招辟疆盟兄聚首潭上。"① 可见韩诗为复社中人无疑。李楷在明末寓居南京，曾参与复社中人吴应箕、黄宗羲、侯方域、冒辟疆等人发动的驱逐阮大铖运动，列名《留都防乱揭》，可见也是复社中人。

陕西士人不远千里参加江南复社的活动，有两个现实的原因。一是风气的感召。复社中人大多以气节自励，不畏权贵，抨击黑暗势力，许多青年士子在气节的感召下参加复社。李楷、韩诗等人多有匡救天下之大志，同声相应，同气相求，自然前往加入复社。张玄《学古堂诗序》云："关中韩子圣秋，……每语及古今治乱之会，邪正之分，君子小人之辨，则嘻吁感动，辄欲以身亲试其冲。"② 李元春《河滨诗钞序》亦云："河滨慕善若渴，疾恶如仇。"③ 以韩诗和李楷这样的个性，他们寻找志同道合之人，加入复社，就不难理解。另一个是科考功名的原因。关中地区，在明末之时，由于远离政治文化中心，士子科考大多不得意。而复社中人广通声气，在科考中占尽优势。复社的骨干张溥、张采、吴伟业、杨天枢、吴昌时、陈子龙等先后成了进士，在朝的权贵为了培植势力，也来拉拢复社，因此凡是士子，只要进了复社，就有得中的希望。二张也不遗余力地推荐自己的门生舍友，积极打通关节。陆世仪《复社纪略》云："而溥奖进门弟子，亦不遗余力，每岁科两试，有公荐，有转荐，有独荐。"④ 这种公然的科场舞弊，他们都习焉不察，甚至有的士子已黜落，但只要张溥的专札投进，督学竟然"另换誉进，仍列高等"，陆世仪也认为这样"大妨贤路"。韩诗与李楷在陕西中举之后，会试屡考不中。《（雍正）陕西通志》卷六十三："李楷，字叔则，朝邑人。楷少聪慧，嗜古学，读书朝莱山，遇异人马颠

---

① 冒襄：《同人集》卷六，冒氏水绘庵清乾隆十八年刻本。

② 张玄：《学古堂诗序》，韩诗《学古堂集》卷首，国家图书馆藏明崇祯刻本。

③ 李元春：《河滨诗钞序》，李元春《桐阁文钞》卷一，《稀见清人别集丛刊》本，广西师范大学出版社 2007 年版。

④ 陆世仪：《复社纪略》卷二，北京古籍出版社 2002 年版，第 232 页。

仙，谓当以文章名世。天启甲子登贤书，屡上春官不第。"韩诗中崇祯十二年举人，也是屡上公车不第。他们参加复社，希望得到复社同仁的援引，也在情理之中。

"关中四子"之中，马御辇和王相业现在已不为人们所知。马御辇，字元御，泾阳人，明末避乱居江南，与李楷、王相业、周亮工交往密切。顺治二年任如皋县令。"时海寇及盐徒作乱，遇害，事闻，加赠荫恤。"① 周亮工曾为经纪其丧，其诗文大多散佚，周亮工为刻其赋一卷。《刻马元御赋小引》云："使元御早献策当上意，其所设施，岂有量哉？乃使之郁郁不得志，流落江表，不获已以一令死。同时有与元御避贼南下以愤死者李叔则，为合传之。"② 王相业，号雪蕉，榆林人。故名将子。折节读书，有文名。慷慨能诗，沉雄有大志。屡试不第，以明经起家，顺治二年任凤泗兵备副使。曾漫游江南等地，与邓汉仪、李楷、彭孙贻、杜濬、周亮工、邢昉交往颇密。彭孙贻《赠王雪蕉先生》云："言诗今古几人同，拨尽寒灯午夜风。响彻元声钟蠡外，迸来真气铁菰中。江湖衿履烟岚厚，巩雒乡关象纬雄。深悟读书多未破，十年迟见浣花翁。"③ 将其比作杜甫，可见对其诗歌的推崇。周亮工也有赠王相业诗数首，如《陈阶六坐中次王雪蕉韵与万年少》云："但歌莫听夜蚤清，乱里逢人意已倾。天外梦魂今夕话，杯中涕泪故园情。淮流古岸惟余咽，秋到荒城别有声。笑尔杖藜何所适，始怜雨雪一身轻。"④ 王相业诗亦散佚无存，邓汉仪《诗观二集》选有数首，其自注云："雪蕉与茶村交敦古处，相视如兄弟，藏其诗稿于行笥几二十年，秘不示人。甲寅冬，乃手授于予，因论次若干首行世。其诗苍健浑雅，卓矣可传，恨幅隘尚未能尽登也。"⑤ 李楷《悼旧诗》序云："癸、甲之间，吾里士人同客于异乡者，今亡过半，不概其生平，恐将湮

---

① 《（嘉庆）大清一统志》第 2257 册，《四部丛刊》本。

② 周亮工：《刻马元御赋小引》，《赖古堂集》卷二十一，上海古籍出版社 1979 年版。

③ 彭孙贻：《茗斋集》卷十三，《四部丛刊续编》本。

④ 周亮工：《赖古堂集》卷七，上海古籍出版社 1979 年版。

⑤ 邓汉仪：《诗观二集》卷一，《四库禁毁书目丛刊·集部》第 1 册，北京出版社 1997 年版，第 625 页。

灭，泚毫以悼之。"其《如皋令马元御輦》云："莪元故孝亲，
屈身违所尚。分符鋋矛中，隐忍聊东向。昔时避秦游，死官能云
谅。式谷复俪凡，残帙殆惆怅。"《诗人王雪蕉公相业》云："兰裙
毛和佳，翩翩复矫矫。敝庐在穷边，耽吟人深窈。酒情复不浅，吏
隐直云扰。遗恨在弓箕，诗名犹江表。"①

　　同时流寓江南，与复社中人有密切联系的关中士人还有东荫
商、刘湘客。东荫商，字云雏，华州人。明崇祯丙子举人。屡上春
官不第。与李雯、王士禛、王弘撰、李楷、宋琬等游。有《华山
经》一卷。其《东云雏诗》乾隆间列入禁毁书目，其诗今已不传，
王士禛《感旧集》录其诗四首。刘湘客，字客生。陕西富平人，明
末诸生，与韩诗俱出熊文举门下。清兵入关后，佐南明唐王、桂
王。永历元年授翰林编修，充日讲官，兼陕西道御史。与金堡、袁
彭年善，后以结党之罪贬黜为民，客死岭南。

　　关中诗人如马御輦、王相业、东云雏、刘湘客在江南时间不
长，他们大多名位不显，在乱世中甚至早亡，其诗文集大多未能流
传后世，所以在江南未能领导风气，影响不是很大。

第二节　孙枝蔚的生平、交游及其诗坛地位

　　蒋寅先生曾说清初诗坛主要有三个著名的地域诗学分区：江南
诗学、山左诗学和关中诗学，关中诗人孙枝蔚等人在顺治初年寓居
江南，与江南诗人展开了广泛的诗文交游活动，并将慷慨激昂的
"秦风"特征带到了江南。孙枝蔚、雷士俊还以孤介耿直、强项不
屈的遗民精神成为江南遗民的精神领袖，引起了江南诗人的普遍尊
崇。王士禛、王士禄兄弟在顺康年间也长期宦游江南，与江南诗人
频繁聚会，他们也同孙枝蔚、雷士俊等关中诗人为莫逆之交。我们
可以这样认为，顺康时期的江南诗坛，是江南诗学、关中诗学、山
左诗学交流并进的前沿阵地。孙枝蔚在这个特定历史进程中扮演了

---

　　① 李楷著，李元春选：《河滨诗选》卷三，陕西图书馆藏清嘉庆刻本。

一个重要的角色，成为清初诗坛一个具有代表性的诗人，其人为"一代之人"，其诗为"一代之诗"。①

一　孙枝蔚的生平与交游

孙枝蔚（1620—1687），字叔发，号豹人。世居西安三原之王店。曾祖讳思辉，祖讳绎芳，征仕郎，考讳振生，岁贡生，诰赠奉议大夫。孙枝蔚祖上以经商起家，为三原望族，在扬州有盐业生意。和许多明代商人一样，他们发家之后，一般都要进行文化转型，从商人家族向文化家族转变，因此孙枝蔚祖父开始就已经从事读书科举之途。孙枝蔚《书怀》曾云："三世为儒守一经，文章亦足显门庭。中原寇盗纵横甚，却是何人应将星？"② 孙枝蔚家族有明确的分工，其叔父、大兄伯发主要在扬州经商，其父亲、伯兄枝蕃及孙枝蔚都以读书科举为业。孙枝蔚自幼聪颖过人，抱负不凡，崇祯七年成诸生。其《忆昔篇寄示燕、谷、仪三子》云："十岁到江都，趋庭意潇洒。颇笑玉川儿，九十九须打。上树非所能，渐欲谈风雅。早应秀才试，未时文并写。惊倒杨仆射，爱玩久不舍。是时年十五，老苍臂许把。"③

崇祯年间，轰轰烈烈的农民起义已经席卷大江南北，而关中地区由于连年饥荒和兵祸，生灵涂炭，民不聊生。孙枝蔚虽然年幼，但已立志为国家效力，其"中原寇盗纵横甚，却是何人应将星"已经表现出了杀敌立功的豪情壮志。崇祯十五年，关中大乱，米价昂贵，孙枝蔚家亦以借贷为生，幸得中丞焦源溥周济，焦中丞经常为孙枝蔚谈论国事，更激起了孙枝蔚投笔从戎的豪情。其《代书寄呈大兄伯发》云："吾家本素封，不合轻犁锄。鱼盐颇得利，谓可佐军需。昔在承平日，万里如门闾。行人无阻塞，寄遗岁不虚。桑海既已变，贫富在须臾。此事兄岂知，干戈满道途。……幸有焦中丞（讳源溥，以骂贼死），闲辄来敝庐。既携杖头钱，复折园中蔬。此

---

① 汪懋麟：《溉堂文集序》，载《溉堂集》（下）卷首，上海古籍出版社 1979 年版。

② 孙枝蔚：《溉堂集》（上）前集卷八，上海古籍出版社 1979 年版，第 412 页。

③ 孙枝蔚：《溉堂集》（中）续集卷二，上海古籍出版社 1979 年版，第 634 页。

意过缱绻，敬父是老儒。听公谈旧事，奋袖捋髭须。"① 崇祯十六年，李自成攻陷潼关，孙枝蔚父也以忧愤而死。孙枝蔚义愤填膺，谋招乡里豪杰抗击农民军。其《潼关》云："潼关已失守，南北势仓皇。养寇诛何及，求贤诏可伤。有家惭里社，无用悔词章。胆略归年少，吾初爱子房。"顺治二年，孙枝蔚与乡里少年 20 人联络郭某等义军，赴张果老崖，被推为首领。其《与客二十余人夜发三原赴张果老崖》三首其一云："短衣二十人，徒辈已非寡。行行过古原，村中鸡声哑。数言还相戒，持刀坐树下。古来得祸人，往往由苟且。诸君年皆长，我齿犹少者。坐次反推让，此意尊儒雅。弓刀仗驱除，何地容词社。"汪懋麟《征君孙豹人先生行状》云："时泾阳郭某亦建义杀贼，先生遥应之。尝阴雨入山，粮乌告竭。先生衣短衣，徒步与客二十人夜趋张果老崖，横刀坐树下，招集敢死之士，往复说以大义，皆感动流涕。是时同伍中有故盗闻先生语，踊跃推为盟主，愿效死力，贼亦卒不敢犯。"② 可惜由于粮草不给，义军缺乏训练，加之妇弱夹杂，战斗力不是很强，对此孙枝蔚也极为惋惜。其《北山》三首其二云："仁义虽堪恃，行兵贵有神。未衰防彼气，可守保吾身。马上皆儒者，军中有妇人。兹行恐不利，为尔泪沾巾。"果然不出孙枝蔚所料，他们遭遇敌军后大败，孙枝蔚也险些丧命。陈维崧《孙豹人诗集序》云："甲申，李自成作乱，孙子结同里恶少年数十人杀贼，天阴月黑，失足堕土坑中，追者垂及，属有天幸，得不死，后脱身走广陵。"孙枝蔚《北山》三首其三云："腐儒难共事，间道暂还家。故旧惊犹在，糟糠泪转加。天寒先命酒，日落更闻笳。报主真无策，愁心付岁华。"从诗意来看，孙枝蔚对共事之人多有不满，他们缺乏韬略，导致起义失败。

孙枝蔚起义不成，恰好清军击败了李自成，孙家也没有受到牵连，孙枝蔚遂往广陵依大兄为生。其《留别里中诸友》云："身不能采首阳之薇，复不能进圯桥之履。年二十外称游子，冲寒面发葡

① 孙枝蔚：《溉堂集》（上）前集卷一，上海古籍出版社 1979 年版，第 57 页。
② 汪懋麟：《百尺梧桐阁集》卷八，上海古籍出版社 1980 年版，第 508 页。

萄紫，此行策蹇三千里。"孙枝蔚至扬州后，继承了其祖上在扬州
的产业，也开始盐业生意，屡置千金。陈维崧《孙豹人诗集序》：
"学小贾则已倾广陵诸中贾，稍学中贾，则又倾广陵诸大贾。孙子
学中贾之三年，三置千金，诸大贾日以肥肉大酒啖孙子，孙子益饮
啖自若。"孙枝蔚在扬州一度伤心失意，以"醇酒妇人"来发泄心
中的不满。他在扬州虽然家产颇丰，但念念不忘故国，时刻牢记国
仇，因此坚决不出仕清朝。

　　康熙十七年，清廷诏举博学鸿词科，孙枝蔚也在举荐之列。这
时孙枝蔚刚从江西董公幕府还扬，他听到消息后就赋诗明志，表示
决不出仕。其《阅邸报，见群公荐表滥及野老姓名，将修辞启，先
成二诗》："浪得声名悔已迟，如今檄恐北山移。自经乱后无恒产，
误喜朝中有故知。魏野方思看舞鹤，庄周只愿作生龟。忽蒙匠石频
相顾，栎社神应替我悲。"① 杜濬也寄书力止孙枝蔚勿往。但是孙枝
蔚出于避祸保家，采用了一种变通的拒绝方式。他应召至京师，但
不汲汲功名，其他人在研练诗赋，跃跃欲试，他却泛览他书，不以
为意。曾有人提醒孙枝蔚也重视科考，他却说："吾侨居广陵，数
十口饔餐待我，使我官京师，不令举家饿死乎？"② 其《见征人京后
作》云："百八十人何济济，都矜博学且弘词。钓鳌客亦来龙伯，
卖屐翁初别剑池。高士儒林难共传，柴车骏足敢同驰。布衣老死甘
云壑，岂料遭逢类荔支。"表明自己无心功名利禄，坚持志节不移
的真实心曲。考试之时，他"不终幅而出"，故意不完卷，导致落
榜，他却心中窃喜。后来吏部承康熙皇帝命，以年老未入选者六人
议授司经局正字职衔，帝特命进内阁中书舍人，孙枝蔚与焉。其他
人皆至吏部谢恩，独孙枝蔚前去辞官。吏部官员见其须眉皆白，戏
语之云："君老矣！"孙枝蔚正色对曰："仆始辞诏，公曰不老，今
辞官，公又曰老。老不任官，亦不任辞乎？何旬日言歧出也？"③ 吏
部官员皆惊愕不已。孙枝蔚出都之时，王士禛、施闰章、汪楫、梁

---

① 孙枝蔚：《溉堂集》（中）续集卷六，上海古籍出版社1979年版，第920页。
② 施闰章：《送孙豹人归扬州序》，《学余堂集》文集卷六，《四库全书》本。
③ 郑方坤：《国朝名家诗钞小传》卷一《溉堂诗钞小传》，周骏富辑：《清代传记
丛刊》本，台北：明文书局1985年印行。

清标、陆嘉淑、尤侗、陈维崧、丘象升等皆有诗送别，一时传为美谈。尤以施闰章《送孙豹人归扬州序》最为著名，其"非崇儒敬齿，无以昭示朝廷之恩。非引分守穷，无以见岩穴之志"，众人以为最为得体。陈康祺曾说："先生以老求免数语，与冯唐'文帝爱老，武帝爱少'之言，可云千古绝对。愚山赞语，则又从范文正公《严先生祠堂记》末段脱胎也。而先生愈不可及矣。"① 高度赞扬了孙枝蔚不受清廷利诱，坚持遗民节慨的高尚情操。

　　孙枝蔚在明末清初，以独特的个性和广博的学问赢得了江南诗人的普遍赞誉，他的交游极为广泛，也为他赢得了崇高的诗名。汪懋麟曾说："当是时，南昌王于一猷定、泾阳雷伯吁士俊、长安王筑夫岩、黄岗杜茶村濬、朝邑李叔则楷先后称寓公，与先生相往还。诸君各以诗古文名，先生独以诗名海内。无论识与不识，皆知有豹人先生矣。是时新城王公阮亭士禛、三原梁公木天舟官于扬。其乡人李屺瞻念慈、任淑原玑亦来游，咸折节于先生。休宁孙无言默讲宗人之好，时左右之。东淘有吴野人者名嘉纪、歙县郝羽吉士仪、休宁汪舟次楫俱以工诗名，与先生交最洽。而邠阳王幼华又且自秦中来，见先生与三人者，倾写（心）愿交，相与论诗无间，及归，命画工绘《五子论文图》以去。"② 可见孙枝蔚交友之广。当然孙枝蔚交游之人还有扬州的汪懋麟、汪耀麟等汪氏诗人群体，还有许承宣、许承家兄弟、宗元鼎、宗元豫兄弟，还有来往扬州的遗民诗人林古度、冒襄、陈允衡、胡介、魏禧、潘陆、程邃等。国朝及贰臣诗人王士禄、施闰章、王泽弘、吴绮、田雯、徐乾学、徐元文兄弟、周亮工、周在浚父子等也与孙枝蔚相交莫逆。从孙枝蔚这样庞大的交游网络可以看出其当时在江南诗坛的崇高人望。

二　孙枝蔚的诗坛地位

　　孙枝蔚于顺治三年至扬州，开始了他漫长的流寓生涯，至老未能还乡，其诗学活动主要是在江南诗界展开，他的诗学造诣和诗学

---

① 陈康祺：《郎潜纪闻》三笔卷七，中华书局1990年版，第766页。
② 汪懋麟：《征君孙豹人先生行状》，《百尺梧桐阁集》卷八，上海古籍出版社1980年版，第508页。

地位也与此密不可分。

　　扬州自古就是江南富庶之地，所谓"天下三分明月夜，二分无赖在扬州"（徐凝《忆扬州》），明代以来，扬州是两淮盐务的重要集散地，富商大贾，车马云集。才子佳人，风月无边。但是明末清初，社会动荡，战乱频仍，给这个曾经繁华的城市以致命的打击。

　　崇祯十七年，李自成攻进北京，崇祯皇帝殉国，在江南的明朝旧臣推举福王在南京继位，是为弘光帝。当时朝廷设立四镇，镇守江北各地要冲，抵御清军南下。高杰曾是李自成部下，后投降明朝，至此被封为兴平伯，辖徐、泗，驻于泗水。他艳羡扬州富庶，遂提兵至扬州，扬州之民惧杰兵，闭门不纳。高杰纵兵抢掠，杀戮扬民在城外者甚众。扬州人也固城自保，伺机劫杀杰之散兵。后来引起扬州内乱，新科进士、扬州盐商后裔、复社著名领袖郑元勋被乱民杀害。扬州城遭遇了第一次兵祸。清初诗人汪懋麟对此有真实的记载，其《刘庄感旧》云："扬州甲申岁，夏四月终旬。城头箭如雨，城内夜杀人。余时方七龄，历历记犹真。吾翁守空城，遣家避海濒。提携仗老母，跋涉尝艰辛。……中兄死兵革，季兄陷营屯。老母日夜泣，枯口复焦唇。小时不晓事，索食遭母嗔。"①虽然在史可法等人的调解下，高杰退兵，扬民得以保全，但是大厦将倾，黑云压城，不久，清兵南下，扬州又遭遇了空前的劫难。

　　顺治乙酉，豫亲王多铎率兵围困扬州，曾使人招降史可法，史公大义凛然，拒不投降，坚守城池，清军攻城益急，城破之日，史可法壮烈殉国，清军在扬州进行了惨绝人寰的杀戮。清人王秀楚《扬州十日记》有详细记载。汪懋麟的诗文也对此有所反映，其《哀诗》云："扬州乙酉乱杀人，野无遗黎城中火，夜起新鬼啾啾唬。吾母志凛冽，甘为井中泥。井中水深一百尺，两日不死神扶持。"②在清军的野蛮奸淫杀戮之下，扬州城成了人间地狱。孙枝蔚在顺治三年至扬州，他也看到了当时扬州破败的景象。其《乱后初

---

　　① 汪懋麟：《百尺梧桐阁集》卷二，上海古籍出版社1980年版，第705页。
　　② 同上书，第974页。

抵广陵喜见家兄伯发》云："清晨入郭门，市井新烧燔。此邦经久
别，焉复识吾园。屡逢市中人，欲问不能言。踟蹰蹇驴背，见人疑
贤昆。行行忽相遇，执手如梦魂。……"由此可见，扬州在清初彻
底残破，旧日的繁华风流已经不复再见。冒襄《含英阁诗序》云：
"忆前丁卯，与郑超宗、李龙侯、梁湛至三公结社邗上，后缔影园，
在城南水湄。花药分列，琴书横陈。清潭秀空，碧树满目。余与超
老络绎东南，主持坛坫，海内鸿巨，以影园为会归。庚辰，园中黄
牡丹盛开，名士飞章联句，余为征集其诗，缄致虞山，定其甲乙，
一时风流相赏，传为极奇。二十余年后，再过广陵，兵燹之后，已
为寒烟茂草矣。"①

孙枝蔚正是在扬州残破，文化榛芜之时来到扬州，参与了扬州
重建和文华复兴活动。孙枝蔚首先认识了曹应鹏和吴嘉纪两位遗民
诗人。其《过李家堡访曹僧白》云："水述关门就，先生得意晨。
衣缁头已秃，种瓟愿须伸。胶鬲隐盐市，伯夷居海滨。古来多有
此，莫负瓮头春。"《黄山志》卷二载："曹应鹏，字僧白，歙岩镇
人。世修白业，任侠好施，能诗，体格凡数变，卓然成一家言。"
吴嘉纪为东淘著名遗民诗人，贫而好学，颇受孙枝蔚敬重。孙枝蔚
《题吴宾贤处士陋轩》云："鹳鹆迎宾语，梅花应节香。陋轩陋何
有，陋巷陋相当。扫地双棕帚，堆书一草堂。是予曾卧处，月色更
难忘。"孙枝蔚在经商之时曾与扬州盐商汪氏家族交往密切，而汪
氏子弟好学之士也与孙枝蔚相交莫逆。孙枝蔚《汪舟次山闻集序》
云："汪子舟次年弱冠时，即善笑骂今一切为诗文者。予尝闻之邻
寓汪湛若，湛若其族人之善书者也。"②汪氏子弟除了汪楫，与孙枝
蔚交好的还有汪懋麟、汪耀麟、汪士裕等，皆为孙枝蔚后辈，富而
好学者。其《汪南珍屏斋诗序》云："新安汪氏一门，何诗人之盛
也。予初与舟次定交，盖因其能诗，既复得交叔定、季用，其诗或
如白鹭之皎然独立，或如骏马之不可羁束。皆未易才也。"③孙枝蔚

---

① 冒襄：《含英阁诗序》，《扬州休园志》卷三，《四库禁毁书目丛刊·史部》第
41 册，北京出版社 1997 年版，第 534 页。

② 孙枝蔚：《溉堂集》（下）文集卷一，上海古籍出版社 1979 年版，第 7 页。

③ 同上书，第 13—14 页。

又通过同乡诗人雷士俊、王岩与兴化李氏诗人交往密切。李沂、李长科、李淦也与他倾心相交。孙枝蔚《春日怀友》怀念李沂云："战伐江干苦未休，昭阳才子老林丘。品诗近代钟嵘少，回首君家白雪楼。"李沂《鸾啸堂集》也有《赠孙豹人》云："晒柯园内草萋萋，初夏流莺绕舍啼。一曲清池当槛动，数株高树与云起。壮心直指伊吾北，归梦频飞太华西。四十策名应未晚，看君吐气动虹霓。"① 孙枝蔚还与淮安望社遗民诗人如阎修龄、张养重、靳璧星等交往密切，其《清明日阎再彭携歌童泛舟城北，取"今日天气佳，清吹与鸣弹"为韵》云："拜扫犹未了，哭声杂歌声。白马何太骄，江海方用兵。悠悠对酒盏，忽令心肃清。谁浇赵州土，肯及史公茔。"写的是他们在清明祭拜史可法墓的情景，遗民心事，委屈道出，表现了深沉的亡国之恨。孙枝蔚还曾多次至南京，与南京遗民故老龚贤、梅磊等人交游唱和。可以看出，孙枝蔚在清初的诗文化活动是以扬州为中心，与东淘、镇江、淮安、兴化、南京等地的诗友广泛联系，奠定了他在清初江南诗坛的领袖地位。

　　经过十多年的时间，扬州的生产得到了一定的恢复，文化也有了复苏，而王士禛在康熙初年的红桥修褉和汪懋麟重建平山堂的活动，成为清初扬州文化盛会，使得扬州又成为江南士人文化活动的重要场所，而孙枝蔚在这些活动中也有举足轻重的作用。康熙十七年，王士禛司理扬州，他"昼了公事，夜接词人"，与江南文士展开了广泛的诗文酬答活动。王士禛显赫的家世，卓越的才华，谦和的为人，加之对江南遗民诗人有意的保护，赢得了江南遗民诗人群体普遍的赞誉。冒襄、孙枝蔚、林古度、程邃、孙默等人都成了王士禛的好友。王氏回忆这段时光，也不无得意地说："余在广陵五年，多布衣交。"（《渔洋诗话》）他还不遗余力地奖掖后进，团结了扬州大批青年才俊。《居易录》卷十三云："前在扬州日，所赏拔士，如许承宣（丙辰进士，给事中）、许承家（乙丑进士，编修）汪懋麟（丁未进士、刑部主事）、乔莱（丁未进士，侍读）、汪楫（己未召试，检讨，河南知府）、许嗣隆（壬戌进士，检讨）、吴世

---

① 李沂：《鸾啸堂集》，南京图书馆藏清康熙刻本。

焘（戊辰进士，编修）、张琴（癸丑进士，中书舍人）、刘长发
（丁未进士，工部主事）、张楷（丁未进士，延平知府）、张琬、彭
士右、夏九叙、王司龙之属，以文章登科甲者，亦不下数十人。予
幸生右文之代，获以文事自效，略抒其推贤进达之义。"① 从王士禛
列举的这一长串名单来看，其在扬州文坛的影响力可见一斑。康熙三
年清明，王士禛召集孙枝蔚、林古度、杜濬、孙默、程邃、张纲孙、
许承家、许承宣等名士修禊于红桥，赋《冶春绝句》十二首，诸名士
多有和作，甚至陈维崧、宗元鼎等人未能与会，也有追和之作，一时
风雅盛况空前。李斗《扬州画舫录》曾云："公以文学诗歌为当代称，
总持风雅数十年。……壬寅春，与杜浚、张养重、邱象随、陈允衡、
陈维崧修禊红桥，公作《浣溪沙》三阕，为《红桥唱和集》。……甲
辰春，复同林古度、杜浚、张纲孙、孙枝蔚、程邃、孙默、许承宣、
承家赋《冶春》诗，此皆公修禊事也。吴伟业曰：'贻上在广陵，昼
了公事，夜接词人。'冒襄曰：'渔洋文章结纳遍天下，客之访平山
堂，唐昌观者，日以接踵，渔洋诗酒流连，曲尽款洽。"② 其兄王士
禄也数游扬州，与扬州诸名士诗酒流连，为清初扬州诗坛的一大盛
事。而王氏兄弟与孙枝蔚也倾心相交，视同莫逆。王士禛《题孙豹
人小像》云："绝涧长松不世情，科头箕踞一先生。胸中磊块无人
语，落落琴声大蟹行。"王士禄也称赞孙枝蔚"长松落落对横琴"、
"孙郎直是不凡人"。③ 孙枝蔚对王氏兄弟也极为钦佩，《溉堂集》
中王氏兄弟的评语俯拾皆是，可见他们的亲密友谊。

　　汪懋麟是扬州汪氏家族中一位博学善诗的著名人物，他是孙枝
蔚好友王岩的弟子，也是孙枝蔚的至交好友。汪氏兄弟因为商业的
关系，与孙枝蔚交往较早。他们更因好学而与孙枝蔚终生相交欢
洽。汪懋麟在清初扬州最值得一提的就是重建平山堂的活动。平山
堂是北宋仁宗庆历八年（1048），欧阳修任扬州时所建，他经常和

---

① 王士禛：《居易录》卷十三，袁世硕主编《王士禛全集》（五），齐鲁书社 2007
年版，第 3919 页。
② 李斗：《扬州画舫录》卷十，中华书局 1960 年版，第 221 页。
③ 王士禄：《题孙豹人小像二首》，《十笏草堂诗集》辛甲集，《四库存目丛书补
编·集部》第 79 册，齐鲁书社 2001 年版，第 169 页。

友人在此饮酒赋诗，领导风雅，后代屡颓屡建。《扬州画舫录》卷十六云："平山堂在蜀冈上。……康熙元年改为寺。十二年，山阴金长真镇知扬州府事，舍人汪蛟门懋麟修复平山堂。堂之大门仍居寺之坤隅，门内种桂树。缘阶数十级，上行春台，台上构厅事，额曰'平山堂'。时萧山毛奇龄、宁都魏叔子、郡人宗观，及长真、蛟门皆有记。会太守迁驿传道，十四年过郡，蛟门拓堂后地，建真赏楼，楼下为晴空阁，楼上祀宋诸贤，堂下为讲堂，额其门曰'欧阳文忠公书院'。"① 重建平山堂又是扬州一大文化盛事。平山堂为欧阳修宴游赋诗之地，代表了和平年代文人雅士的风雅生活。清初遭受战争残破的扬州，最需要抚平心灵的创伤，重建平山堂就有了非同一般的文化意义。汪懋麟《平山堂记》云："平山高不过寻丈，堂不过衡宇。非有江山崎丽，飞楼杰阁，如名岳神山之足以倾耳骇目，而第念为欧阳公作息之地，存则寓礼教与文章，废则荒荆败棘，典型凋落，则兹堂之所系，何如哉？"② "存则寓礼教与文章，废则荒荆败棘，典型凋落"可谓道出了清初扬州文人自觉地重建扬州文化的主观意图。孙枝蔚对此活动也极其赞赏，其《汪季甪舍人与令兄叔定招同程穆倩、邓孝威、宗鹤问、陶季深、华龙眉、范汝受、王仔园、家无言泛舟至平山堂，登真赏楼，楼有欧阳公木主，与诸子展拜既毕，乃饮酒堂上，各赋七言古诗一首，时予初归自豫章幕中，登览唱和之乐，二年来所未有也》云：

　　去作豫章老学究，堂甫落成楼未构。归逢内阁贤舍人，云楼可登井可漱。折简忙邀十日前，着屐缓当一雨后。荷花将放荷叶焦，如夏羃妓乏长袖。对此使我感灾伤，乱世蛟龙习战斗。高处忽令怀抱宽，隔江山色青如旧。古人亦赖文章力，盛名不隔往来宙。炀帝何曾有宫殿，欧公俨若在左右。至今真赏迹仍留，坐久何劳笙歌侑。诸君努力争千秋，如欧继韩为时救。授徒自笑如刘昆，但烹瓠叶充俎豆。

---

① 李斗：《扬州画舫录》卷十六，中华书局 1960 年版，第 378—379 页。
② 汪懋麟：《百尺梧桐阁集》卷三，上海古籍出版社 1980 年版，第 233 页。

诗中对汪懋麟重建平山堂的义举深表赞赏，也表现了孙枝蔚自觉融入扬州诗文化活动，推崇风雅，重建汉文化的热情。平山堂再次成为文人雅士诗酒流连的重要聚会场所。从孙枝蔚、汪懋麟、孙默、程邃、杜濬、雷士俊等人的诗文中可以看出，平山堂当时是怎样的繁华热闹景象。孙枝蔚《溉堂集》中有《夏日同前民、无言、南宫泛舟至平山，登观音阁》、《河涨后泛舟至平山同吴宾贤、郝羽吉、吴仁趾作》、《平山堂怀古和彭骏孙》、《初秋同汪叔定、季角、韩醉白陪丘曙戒太史泛舟城西，游诸园林，过红桥观荷，晚登平山堂，时河水大涨，分韵得"山色有无中"五首》、《湖州守吴薗次招同诸子雨中泛舟平山下》、《观察金长真以丁巳八月十三日祀欧阳子于平山堂，招客赋诗，予亦与焉，诗限体不拘韵》（自注云："同程穆倩、杜于皇、盛珍示、邓孝威、方邵村、徐原一、宗鹤间、华龙眉、许师六、黄仙裳、汪叔定、季角、李倚江、王翰臣、刘彦度、赵声伯、家无言宾主共十九人"）等诗。汪懋麟《百尺梧桐阁集》也有《六月七日泛舟登平山堂作歌，同宗鹤问、孙无言、豹人、穆倩、孝威、仙裳、汝受、陶季、仔园、龙眉、家兄叔定》、《丘曙戒侍讲招同豹人、醉白、家兄叔定泛舟登平山堂，用"山色有无中"为韵，分得无字》等多首。

汪懋麟还有百尺梧桐阁、见山楼、十二砚斋等私家园林，经常邀请名士游宴赋诗，孙枝蔚有《汪季角十二砚斋落成诗以贺之》、《九日汪叔定、季角招饮见山楼同程穆倩、姜西溟、徐原一》、《秋来数饮十二砚斋中留咏三首》等诗。汪懋麟有《上巳杜于皇、吴宾贤、孙豹人、黄雨相、华龙眉、王仔园、顾思澹、夏次功、鲁紫漪、家秧涧、左岩、叔定、舟次诸兄集见山楼》，计东有《戊申二月十七日燕集汪蛟门见山楼下，同王筑夫、雷伯吁、孙豹人、郭饮霞、宗定九、王仔园、刘玉少、程穆倩、孙无言、华龙媒、韩醉白、查二瞻、吴仁趾、许师六、许力臣、汪湛若、汪左岩、汪叔定分韵限陶诗"闻多素心人，乐与数晨夕。奇文共欣赏，疑义相与析"，余分得相字》等。可见当时汪氏兄弟在扬州诗坛举足轻重的作用。汪氏兄弟对孙枝蔚极为钦佩，汪懋麟曾推孙枝蔚为"一代之人"，其诗为"一代之诗"，其《征君孙豹人先生行状》又云："先生自董子祠旁移居怀远坊，与予兄弟望衡咫尺，诗酒过从二十有一年。自予归耕，以诗文相质，尤晨夕无间。尝属予叙其文，又画《学稼》、《采药》二图，属予兄弟题其像。虽予识先王稍晚，而知先生心迹终始为粗悉也。"① 也可看出孙枝蔚在清初扬州诗坛的重要地位。

康熙十七年，朝廷开博学鸿词特科，孙枝蔚也在举荐之列。出于对家人安危的考虑，孙枝蔚还是被迫北上，但他并不以科举功名为意。在京师之时，孙枝蔚也与京师诗人展开了广泛交游，获得了极高的声望。他曾与老友施闰章、陈维崧、王士禛、尤侗、王泽弘、汪楫、汪懋麟、乔莱、吴雯、曹禾等名士宴游酬唱。《溉堂后集》有《元日同毛大可、陈其年、朱锡鬯、汪舟次、乔石林、吴天章集饮曹颂嘉斋中，同用青、咸韵》二首、《花朝前社集曹正子寓园分得凉字、观字》、《家惟一学士五十初度》、《纪孟起职方属题画册》、《为王贻上侍读题所藏画》、《题松萱图寿姜西溟母孙太孺人》、《题乔石林行乐图》、《为尤展成翰林悼曹孺人》等诗。孙枝蔚虽被康熙皇帝破例赠以内阁中书的头衔，但他不以功名富贵为念，试毕即整装还乡。他和李因笃、李颙、王弘撰所表现出来的高尚节操，一时轰动天下，赢得了朝野上下的尊敬。在他出都之时，王士禛、施闰章、汪楫、梁清标、陆嘉淑、尤侗、陈维崧、丘象升等皆有诗送别，一时传为美谈。王士禛《送孙豹人授正字归广陵》云："领取头衔贵，名高身更闲。虽蒙秘书拜，只似白衣还。诗即杜陵叟，官如陈后山。鬓眉无恙在，归去卧商颜。"②

孙枝蔚如果仅仅与四方名士诗文唱和，酒食征逐，尚不足以成就"一代之人"、"一代之诗"，他给江南和京师诗坛带来的是关中文士豪侠仗义的个人品格和慷慨激昂的"秦风"特征，尤其为江南诗坛风花雪月、缠绵悱恻的风气注入了新的血液，这是他成为"一代之人"的重要原因。孙枝蔚体格伟岸，状貌魁梧，须眉皆白，声

---

① 汪懋麟：《征君孙豹人先生行状》，《百尺梧桐阁集》卷八，上海古籍出版社1980年版，第509页。

② 王士禛：《渔洋续诗》十二，袁世硕主编：《王士禛全集》（二），齐鲁书社2007年版，第913页。

如洪钟，特别引人注意。尤侗《溉堂诗余序》云："予闻孙豹人先生名久矣，每读其诗，想见其人。意谓身长八尺，声如洪钟，须眉皓白，衣冠甚伟者必是人也。今冬偶客扬州，先生来访，予甫入门，望见即跃起曰：'噫，此孙先生也，吾固识之。'相与握手大笑。"① 孙枝蔚还记载，他们在镇江聚会，隔座的徐明鹿也一眼认出了他。其《呈徐莘叟太史》序云："润州郭外有卖酒者，设女剧诱客。时值五月，看场颇宽。列坐千人，庖厨器用，亦复不恶。计一日内可收钱十万，盖酒家前此所未有也。阳羡陈太史招余同潘江如、陈延喜往观之，方酒酣起席，而六安徐莘叟太史亦携数客至，桐城方退谷在焉。皆与余素不相识，忽于隔席遥指余谓客曰：'此必秦中孙豹人也。'既问，知果是，则一坐皆鼓掌。"② 孙枝蔚状貌甚伟，加之他抗击农民军、屡置千金的传奇经历，使其名声大噪。而真正引起江南诗坛注意的是其诗文中"意气浩然"的秦风特征。陈维崧《孙豹人诗集序》云："余少读诗，则喜《秦风》。每当困顿无聊时，辄歌《驷驖》以自豪也。继又自悲，悲而至于罢酒。……今年孙子年四十余，……然犹时时为秦声，其思乡土而怀宗国，若盲者不忘视，痿人不忘起，非心不欲，势不可耳。"③ 计东也说："尝闻之先辈之言曰：'士君子至刚之气，养而无害，发为诗文，关于世道。'予每壮其言，思求得其人而友之。关中李屺瞻曰：'子识吾友焦获孙先生乎？'既识先生，益叹屺瞻为知言。"（《赠孙焦获序》）④ 可见江南士人对孙枝蔚诗文中的"秦风"特征极为敬重。因为"秦风"所代表的是慷慨好义、苍茫悲凉的关陇精神，在明清易代之际，容易激起人们眷念故国、杀敌立功的豪迈气概。

孙枝蔚寓居江南，还团结了李楷、韩诗、张恂、东云雏、雷士俊、任玑、凌元藑、梁舟、王岩等大批流寓江南的关中士人，而王

① 孙枝蔚：《溉堂集》（中）卷首，上海古籍出版社1979年版，第931页。
② 孙枝蔚：《溉堂集》（上）前集卷七，上海古籍出版社1979年版，第337页。
③ 孙枝蔚：《溉堂集》（上）前集卷首，上海古籍出版社1979年版。
④ 计东：《改亭诗文集》文集卷四，《续修四库全书·集部》第1408册，上海古籍出版社2002年版，第133页。

又旦、李念慈、王弘撰等人屡次游江南，也和孙枝蔚相交莫逆，因此在江南地区形成了一股强大的"西北风"（"秦风"），荡涤着江南地区的颓靡之气，引起了四方人士对西北诗坛的再次重视。计东曾云："明则空同崛起，主持一代之诗教，诗之系于秦久矣。今昭代诗人林立，而秦中为盛。"①（《西松馆诗集序》）姚文然《邑侯石二孺诗序》亦云："关中故多伟男子，秦风激扬慷慨，为天下壮，予向与叔则李、稚恭张轰饮邠上，醉后连纸丈余，更韵迭唱，风雨相属，……屺瞻李、杜若杜、豹人孙诸子先后过龙眠，皆以山居方外，不获见其人，诵其诗无由，如向者凭轼属鞭以当《车辚》、《驷骥》之盛。"②施闰章《李屺瞻诗序》亦云："屺瞻秦人也，余见之孙豹人坐上，其雄爽之气，勃勃眉宇，自秦之晋，南游江淮。所遇山川风物，寄兴属怀，情随境移，蔚焉蒸变，观其羁旅无聊不平之作，盖秦风而兼乎吴楚者邪。"③孙枝蔚也不无自豪地说："然予与康侯（张晋）皆秦人，而东南诸君子颇多观乐采风如吴季子者，能审声而知秦为周之旧；又数年来诗人多宗尚空同，而吾秦之久游于南者，如李叔则、东云雏、雷伯吁、韩圣秋、张稚恭诸子，一时旗鼓相当，皆能不辱空同之乡。"（《张戒庵诗集序》）可见当时流寓江南的秦中诗人之盛。而他们所表现出的"秦风"倾向也引起了江南诗坛的高度重视，在江南地区形成了关中、山左、江南诗学争鸣竞进的繁盛局面。而孙枝蔚领袖群伦，主持风雅，是关中诗坛和江南诗坛交流的代表人物，成就非凡。李因笃曾说："吾秦风气，在家则驽钝，而出门则千里也。献吉生北地而长于大梁，遂为故明三百年文人之冠。……而焦获孙豹人浮家广陵，亦声震江淮矣。"④高度赞扬了孙枝蔚在这种南北文化交流中所取得的卓越成就。

---

① 计东：《西松馆诗集序》，《改亭诗文集》文集卷二，《续修四库全书·集部》第1408册，上海古籍出版社2002年版，第105页。

② 姚文然：《姚端恪公集》文集卷十三，清康熙二十二年刻本。

③ 施闰章：《李屺瞻诗序》，《谷口山房诗集》卷首，《四库全书存目丛书·集部》第232册，齐鲁书社1997年版。

④ 李因笃：《艾梅斋诗集序》，吴怀情《李天生年谱》附录，默存斋本。

第三节　孙枝蔚诗歌的思想内容与艺术成就

孙枝蔚一生力学不辍，著作丰富，现存有《溉堂前集》九卷、《溉堂续集》六卷、《溉堂诗余》二卷、《溉堂文集》五卷、《溉堂后集》六卷。据孙匡《溉堂后集序》所云，尚有《溉堂隅说》四卷、《经书广义》四卷、《古今称谓汇编》若干卷未刻，今已散佚。孙枝蔚还有《溉堂诗话》，叶矫然《龙性堂诗话续集》曾屡次引用，也已散佚。孙枝蔚早年以科举仕进为业，诗歌创作较迟，其《溉堂诗集》编年始于崇祯十六年癸未，正是天下纷扰，关中大乱之时。从此孙枝蔚放弃科举，以济世英雄自命，壮志难酬之时，他以诗歌自遣，开始了他一生读书创作的艰难生涯。其诗歌内容丰富，题材多样，凡抒情言志、登临怀古、宴饮酬答、写景题画，大多情真意切，风度洒然，以雄浑质朴之笔，写"嶔崎历落之思"[①]，在清初诗坛独具一格。

一　孙枝蔚诗歌的思想内容

孙枝蔚早年目睹明王朝政治混乱、社会动荡，以英雄豪杰自命，投笔从戎，希望杀敌报国，因此早年诗歌中多抒发其豪情壮志。其《饮酒二十首，和陶韵》其一云："昔我当弱龄，读史发奇情。气若汗血驹，耻蒙驽马名。一朝逢世变，弃去鲁诸生。诸生虽相笑，亦复或相惊。置之总罔闻，饮酒诗初成。"[②] 他以古代的侠客自命，对张良、专诸等人极为崇拜。其《潼关》云："潼关已失守，南北势仓皇。养寇诛何及，求贤诏可伤。有家惭里社，无用悔词章。胆略归年少，吾初爱子房。"《侠客》亦云："销磨岁月费长吟，慷慨喜闻燕赵音。负剑远行俄十载，呼卢闲戏辄千金。"当他看到国家衰弱，盗贼纵横的混乱情况，他也拔剑而起，希望建功立

---

①　尤侗：《溉堂诗余序》，孙枝蔚：《溉堂集》（中）卷首，上海古籍出版社1979年版，第931页。

②　孙枝蔚：《溉堂集》（上）前集卷二，上海古籍出版社1979年版，第109页。

业，"取金印如斗大"。孙枝蔚曾结客 20 人与邑人郭某联合抗击农民军，其《与客二十余人夜发三原赴张果老崖》云："鹬子横九州，猛虎步高冈。男儿须战死，时危见忠良。左手挂长弓，右手宝剑光。与国雪大耻，何暇恤杀伤。"① 他还曾对共同起事的同志表明心迹："文学早忝窃，报主亦吾分。"（《书怀呈同志》）表明了他投笔从戎、杀敌报国的决心。

孙枝蔚也逐渐看清明王朝政治腐败，君臣昏庸导致社会的动荡不安，他的许多诗也对明王朝的腐败无能进行了批评。其《村夕》云："叹息中原事竟非，金银宫阙少光辉。谁知两党皆亡国，敢恨边臣久失机。贾谊有书曾早上，陶潜为令苦思归。遭逢此日堪谁比，城郭重来丁令威。"②《读兵书》又云："叹息中原事，朝廷任竖儒。虚名羞管葛，上将失孙吴。结客心初壮，论兵调竟孤。床头足书卷，近始爱阴符。"朝廷大臣不顾外侮内患，党同伐异，用人大多矜其虚声，而真正像管仲、诸葛亮、孙武、吴起这样的治世贤才不能得到重用。孙枝蔚结客抗敌之时虽然雄心万丈，但是他正确的军事策略却得不到采用，因此心中忧闷，这也预示了他们斗争的必然失败。孙枝蔚也曾向同仁陈述其军事策略："仁义虽堪恃，行兵贵有神。未衰防彼气，可守保吾身。"（《北山》）③ 但是并不被众人采纳，"举世皆尚同，好言成异说。强争吾何敢，且愿守吾拙"（《杂诗》）④，作者看到他们的军队"马上皆儒者，军中有妇人"，也不得不担忧"兹行恐不利，为尔泪沾巾"（《北山》）。斗争失败之后，孙枝蔚间道还家，感叹"腐儒难共事"，作者无可奈何，只有仰天长叹："报主真无策，愁心付岁华"（《北山》）。

孙枝蔚起兵失败之后，当时李自成在山海关已经大败，各地明朝军民纷纷起事，推翻了李自成设的官吏，因此孙枝蔚一家能够幸免于难。其《诫子文》云："吾少年遭闯寇乱，见张良潜身下邳

---

① 孙枝蔚：《溉堂集》（上）前集卷一，上海古籍出版社 1979 年版，第 71—72 页。

② 孙枝蔚：《溉堂集》（上）前集卷七，上海古籍出版社 1979 年版，第 317 页。

③ 孙枝蔚：《溉堂集》（上）前集卷四，上海古籍出版社 1979 年版，第 212 页。

④ 孙枝蔚：《溉堂集》（上）前集卷一，上海古籍出版社 1979 年版，第 90 页。

故事，心窃奇之，遂朝友屠狗，夕客鸡鸣，短衣匹马，入北山中，谓当尽射猛虎，然后归见妻子，何其雄也？既而几蹈不测，潜遁行间，幸彼时无秦人十日之索耳。"① 但是家园已破，孙枝蔚也不能在关中安身，便辞亲别母，前往扬州，开始了他 40 多年的流寓生涯。

孙枝蔚到扬州之时，扬州经过清军的野蛮屠杀焚掠，也已残破不堪，其《不得大兄消息》云："江都闻已失，鸡犬少能留。齐说睢阳死（谓史道邻相公），谁成范蠡游。……笳声处处哀，道路几时开。……饥寒应易及，生死况难猜。"② 因为生计所迫，孙枝蔚不得不继承祖上的盐业生意，混迹商贾之中，但是他对国事的关心并没有消减。其《夜入真州》云："但见船头渔火明，忽闻黄帽报初更。凄凉丞相祠边去，飘泊盐商队里行。诗句长怀杜书记，功勋全让董先生。萧萧夜雨扁舟上，独坐灯前气不平。"孙枝蔚虽然经商有成，屡置千金，但他并没忘国仇家恨，伺机有所作为，后来他为资助魏耕、潘陆等人的抗清活动散尽家财，受到家人的严厉斥责，他也没有改变初衷。在其诗作中，对古今英雄建功立业的壮举，一再表示钦佩和向往。其《咏史》云：

> 智哉张留侯，借汉以报韩。绛灌皆不知，中心有独安。直至友赤松，而后大节完。仁矣美髯公，寄身于阿瞒。汉以操为枭，操以公为鸾。枭鸾终不合，其始若情欢。二公事已往，千载泪汍澜。奈何愚妄人，翻为借口端。

"英雄"等字眼也在溉堂诗中俯拾皆是，如"贯虱之技吾未学，英雄谁如王景略"（《虱》）、"却看虎来据蒿里，英雄长使路人怜"（《游虎丘》）、"天下英雄今老矣，却向侯门跅珠履"（《客句容五歌》）、"千家寒橘柚，一饭对英雄"（《喜纪伯紫见过山寓》）、"手中纵有张华剑，少小英雄今白头"（《剑池有感》）、"欲处则处

---

① 孙枝蔚：《溉堂集》（下）文集卷四，上海古籍出版社 1979 年版，第 272 页。
② 孙枝蔚：《溉堂集》（上）前集卷四，上海古籍出版社 1979 年版，第 208 页。

出则出，明白磊落真英雄"（《题孙钟元征君答刘公勔考功书及和韵诗卷后》）等，这些诗句要么表现对英雄豪杰的敬仰，要么抒发对英雄失路的慨叹，还有借古今英雄艰难创业对同道之人进行勉励。尤侗曾说："顾先生老矣，虽元龙湖海，豪气未除。"[1] 孙枝蔚有着辛弃疾、陈亮等人恢复故土的远大志向，诗中所流露出的豪情逸气，正是他人生志向的表现。他始终不肯接受清廷的征召，也正是学习古代英雄绝不变节事敌的高贵品质。孙枝蔚还通过赞颂茅浦在靖难之役后不屈而死，讽刺那些"事仇无不为"的变节之士，也可见他爱憎分明的正直为人。他还通过《冬青行》、《读郑所南作文丞相叙》、《书谷音后》、《书月泉吟社诗后》等诗对南宋遗民高度赞扬，赞美他们孤介自守、慷慨悲歌的高尚情操，也更加坚定了他的遗民信念。

　　孙枝蔚不但有李贺"男儿何不带吴钩，收取关山五十州"的远大抱负，还有杜甫"穷年忧黎元，叹息肠内热"的仁者情怀。溉堂诗中抒写乱世之中百姓流离失所，"白骨露于野，千里无鸡鸣"的悲惨景象的诗歌也层出不穷。其《代书寄呈大兄伯发》云："桑海既已变，贫富在须臾。此事兄岂知，干戈满道途。忆昨庚辰岁，米价如真珠。村南人食人，老父心忧虞。"[2] 他在前往江南的路上，看到路边白骨累累，写下了《蒿里曲》这样血泪满纸的文字："道旁白骨走蚁虫，不如秋草随飘风。此曹有母复有妻，谁令抛置古城东。肢骸杂乱相撑挂，知汝或为雌与雄，或为壮士或老翁。"他还在《空城雀》、《乱后过瓜洲》、《余生生示所作悲哉行长篇，感赋三首题其后》、《广化寺谒忠烈祠步吴梅村韵》、《乱后登金山有感》、《登安肃城楼》等诗中一再慨叹战乱给老百姓带来的死亡灾难，"可怜风雨夕，鬼哭满江山"、"眼中非昔日，干戈满村墟"、"白骨高于山，宫阙荡为灰"、"江边人牧马，山下骨随舟"、"邻舍不知窜何处，时闻雀声噪檐前"、"十年边塞不防秋，江海惊看战血流"，真是字字血泪，让人不忍卒读。

---

　　① 尤侗：《溉堂诗余序》，孙枝蔚：《溉堂集》（中）卷首，上海古籍出版社1979年版，第931页。
　　② 孙枝蔚：《溉堂集》（上）前集卷一，上海古籍出版社1979年版，第57页。

清初人民的灾难，除了战乱带来的死亡之外，还要遭受荒旱洪涝等自然灾害的威胁。顺治九年，孙枝蔚客富安场，当时扬州遭受旱灾，庄稼颗粒无收，孙枝蔚作《旱诗》和《东台场杂诗》感叹民生艰辛。顺治十六年，扬州又发生水灾，湖涨五尺，田庐尽没，百姓死亡无数。其《水叹六首》云："老龙驱海上秋坟，江田万顷没耕耘。白骨乱争一寸土，黄牛休嗟四时勤"、"役夫骨填河水塞，舟子泪添海水红"。百姓为了活命，杀犬杀牛充饥，作者慨叹"不知后夜或防贼，那计来年尚有秋"。百姓处于水深火热之中，命悬一线，而官吏竟然置若罔闻，"前有达官坐巨艑，鼓吹能使两耳聋"，辛辣地讽刺了地方官吏草菅人命的卑劣行径。

除了战乱和灾荒，老百姓还要经受酷吏奸商的盘剥榨取，即使遇到丰年也不见得能丰衣足食。作者在《观骤风雨喜惧并集而作》、《马食禾代田家》、《禽言》、《佃者歌》、《捉船》、《哀纤夫》、《流民船和吴宾贤》等诗中一再批判贪官污吏的横征暴敛。他们甚至肆意践踏农民的麦田，抢夺农民赖以谋生的耕牛和渔民赖以活命的渔船。《采莲曲》有序云："西湖苦兵，故有此作。"诗云："前湖又听角声秋，昨夜旌旗满驿楼。闻道捉船无大小，家家沉却采莲舟。"《禽言》又云：

> 布谷布谷，难得今年春雨足。忽闻北兵又经过，家家城中修破屋。可怜牛老进城迟，被夺已饱数人腹。道逢官长聊前诉，但问还有新生犊。官价一钱不肯亏，买送前营免被辱。老农生今不如死，布谷布谷徒聒耳。[1]

如此肆意抢掠而得不到惩治，官府竟然还要催租，真是惨绝人寰，百姓之流离死亡就在所难免。其《佃者歌》写债主逼债，佃农走投无路，发出"与其丰年转苦饥，凶年活我君何为"的痛苦呼声，正是百姓在赋役繁苛的清初社会的无助悲叹。

在官府横行无忌之时，奸商也乘机压榨百姓。他们囤积居奇，

---

[1] 孙枝蔚：《溉堂集》（上）前集卷一，上海古籍出版社1979年版，第52页。

抬高物价，大发不义之财。孙枝蔚《米客行》云："饥人啼满路，米客笑入市。贪痴却怨稻船多，齐趁价高来不止。"作者甚至希望上天惩罚这些奸商。但是在腐败的官府面前，商人有时候也被逼得家破人亡。其《借盐》云：

> 盐政之弊无不有，我客豫章嗟叹久。商欲售盐官借盐，官先得利商袖手。借盐若问自何人？上为司道下郡守。散与属邑索高价，诸属逢迎谁收后。平日邀欢且多术，况此于己毫无取。不过累民惊负贩，上之所为非吾咎。牙侩依势更作奸，和以泥沙官知否。此辈虽巧亦太愚，肥肉大酒邀朋友。限期收价期久悠，包赔往往私逃走。伤哉穷民食且艰，累月不得盐到口。富家见客致恭敬，酱菜点茶供座右。风俗此邦虽俭朴，积蓄此世无丰厚。诸商端坐苦攒眉，迟速岂关货好丑。积弊纷然未易除，嗟汝江湖空皓首。①

商人售盐得利，也要经历风波之险。可是官吏依仗权势，向商人"借盐"牟利，致使商人破产。作者批判清初吏治的败坏真是一针见血，而整个社会贫困的根源也昭然若揭。

孙枝蔚还对清初统治者用铁血政策镇压汉族士民的行径进行了大胆揭露。清朝统治者入关之后，推行"圈地"、"逃人"、"剃发"等政策杀戮汉族人民，抢夺汉族人民的财产。后来又借"科场案"、"通海案"、"奏销案"等杀戮、打击江南士人，甚至连归顺清朝的文士也不放过，造成了许多人间惨剧。诗人在《再至姑苏纪感》、《采莲曲》、《客俎经旬无肉次东坡韵示十四弟实夫》多用直笔予以揭露。如"昔日闻歌处，圈城正可忧"（《再至姑苏纪感》）、"大宅住将军，妻孥徙极边"（《蚊叹》）、"防海多年禁打鱼，钱囊一任久空虚"（《客俎经旬无肉次东坡韵示十四弟实夫》）、"纷纷请看上阳堡，白草黄沙愁杀人"（《客句容五歌》）、"杀戮眼中半名士，君今安稳到黄泉"（《挽胡彦远处士》）等诗句，真是触目惊

---

① 孙枝蔚：《溉堂集》（中）续集卷三，上海古籍出版社 1979 年版，第 663 页。

心。他在《秋胡行》一诗中更是对清军不分青红皂白，野蛮杀戮进行了严正的谴责。其序云："己亥九月，江上乱既定，闻镇江郡人有以姓名相同被祸最烈者，与客骇叹竟日。偶谈及《西京杂记》所载杜陵秋胡事，因以秋胡名篇。"① 作者愤慨清军真假未辨就大肆杀戮，真是"草木尚堪嗟伤"，谴责"用法如斯堪惊"（《秋胡行》）。对清军暴行如此大胆揭露，清初诗人中亦不多见，足见孙枝蔚的气魄和胆识。

孙枝蔚作为英雄豪杰之士，也有天伦父子友朋之情，是关中地区"厚人伦"、"重节慨"的淳朴士风的代表。孙枝蔚对父子、夫妇、兄弟之情极为珍视，其父因国亡忧愤而卒，孙枝蔚极为哀痛。有《癸未十月十日之夕，家大人闻闯寇已据西安，忧剧，不能就寝。枝蔚兄弟侍立至夜半，大人尚坚坐门外，凌晨痰作，忽焉见背。呜呼！实惟忧愤之故矣。吊者在门，谁独非人臣子，及今半月，便闻反面者纷纷道路，因涕泣有述诗云乎哉》诗云："崇祯享国十六载，老父年余六十三。身与山河同日尽，一时吊客半羞惭。"丧亲之痛、亡国之悲交织在一起，读之令人黯然。孙枝蔚对其兄弟也极为关心，其大兄行商扬州，骨肉分离，清兵屠城，他也极为担心兄长安危。其《不得大兄消息》云："饥寒应易及，生死况难猜。饼茹遥相馈，令人想万回。"《寒食对酒有怀兄弟》又云："兄弟多年别，莺花故国思。昨朝家信至，忧我鬓如丝。"五兄枝蕃为屯留令，孙枝蔚曾不远千里去探望。《寄五兄大宗书》云："春处远分一斗粟，闲时珍重万金书。"还有《忆十三弟稚发，时方议诸商助饷，闻已入城》、《寄十四弟实夫》、《久不得徐州五兄大宗书》、《寒食对酒有怀兄弟》、《寄弟稚发、实夫》等诗，均流露出诗人对兄弟手足的关怀思念之情。孙枝蔚结发夫妻石氏极贤良，在孙枝蔚家道中落之时曾畜养鸡豚贴补家用，孙枝蔚极为感激。有《坿斋记》、《坿斋诗》等赞美贤妻。在妻子因劳累过度卧病之时，诗人声泪俱下地写下了三首《妇病》诗，其二云："与君偕老日，忍看病相缠。垂死忧儿瘦，真慈得妇贤。用心到鸡狗，失意绝花钿。一事须宽慰，

---

① 孙枝蔚：《溉堂集》（上）前集卷二，上海古籍出版社1979年版，第156页。

今秋大有年。"① 饱含了对妻子的无限深情，相比潘安、元稹《悼亡》诗追忆于身后，更见作者之真情至性。

孙枝蔚一生居扬州之日居多，但也曾漫游大江南北，因此其诗集中纪游与赠答之作占了较大的比例。王泽弘曾云："先生秦人也。寄居广陵，穷老无归，以谋生不暇，日奔走于燕、赵、鲁、魏、吴、越、楚、豫之郊，其所阅历山川险阻、风土变异及交友、世情向背厚薄之故，皆一一发之于诗，以鸣不平而舒怫郁。"② 孙枝蔚的纪游诗，不论是写景、纪事，还是抒写羁旅苦况，大多慷慨质直，真气淋漓，极为感人。如《鄱阳湖夜泊》云："芦荻萧萧雨满湖，舟如一叶卧狂夫。经过诸将成功地，老去封侯梦也无。"慷慨雄健，苍凉质朴。汪楫曾赞曰："那得壶口不缺。"③ 其《登多景楼》云："登眺初多感，江南古战场。羁人念坟墓，故国弃封疆。仰面孤鸿下，回头一水长。亿翁曾到此，愁绝为襄阳。"沉郁悲凉，含蓄蕴藉。王士禛评曰："筋骨神理，全乎杜陵。"④ 还有"战气云中黑，烽烟水外明"（《曹娥江舟中》）、"遥对千帆影，能空六代愁"（《登北固山》）、"今朝已渡黄河口，应作天涯海角人"（《渡黄河》）等诗句无不写景如画，抒情如诉，情感真挚，感人至深。还有一篇深得王士禛欣赏的《游焦山同尔止、幼华》写道："风起中流浪打船，秦人失色海云边。也知赋命原穷薄，尚欲西归太华眠。"此诗写于孙枝蔚、方文、王又旦结伴游镇江焦山之时，当时江中风云突变，浪涛湍急，而荡舟激流狂风中的诗人却萧然吟诗，表现了一种临危不乱、超凡脱俗的胸襟气度。

如前所述，孙枝蔚一生交游极广，与他唱和之人除了程邃、孙默、杜濬、林古度、吴嘉纪、雷士俊、郝士仪、顾景星、莫与先等遗民诗人外，还有王士禛、施闰章、李念慈、李楷、王又旦、任玑、汪楫、汪懋麟、陈维崧、周亮工、毛奇龄、尤侗、王泽弘等国

---

① 孙枝蔚：《溉堂集》（上）前集卷六，上海古籍出版社 1979 年版，第 290 页。

② 王泽弘：《溉堂后集序》，《溉堂集》（下）后集卷首，上海古籍出版社 1979 年版，第 1207 页。

③ 孙枝蔚：《溉堂集》（中）续集卷二，上海古籍出版社 1979 年版，第 621 页。

④ 孙枝蔚：《溉堂集》（上）前集卷四，上海古籍出版社 1979 年版，第 228 页。

朝诗人。孙枝蔚的诗文化活动不但在江南地区影响颇广，而且在关中、江西、襄汉、京师等地产生了重要影响。方象瑛曾说："先生不得志，买舟浮洞庭，沂长沙，将复游京师。夫自先生之归，辇下诸公相望久矣。余旦晚还朝，待先生于慈仁松下，出新诗读之，其于陶杜间，又不知更何如也。"① 可见京师诗人对孙枝蔚的钦佩之情。孙枝蔚赠答吴嘉纪、王又旦、汪楫、汪懋麟等人诗最多，《溉堂集中》如《怀吴宾贤》、《雪中喜雨同于皇、宾贤、舟次》、《雪中忆吴宾贤》、《将之屯留省五兄大宗，留别宾贤、羽吉、舟次》、《怀汪舟次》、《樽酒论文图送别王幼华归秦中》、《赠王幼华》、《自丰城抵潜江与王幼华明府相见》等诗，其对友人的关怀之情，洋溢于字里行间。其《怀吴宾贤》云：

> 重游东海上，窃喜近吴生。十日不相见，秋风无限情。雨余流水急，寺里晚钟鸣。为有扁舟约，踟蹰立古城。

"十日不相见，秋风无限情"真实地写出了他们之间倾心结交、患难相扶的珍贵友谊。孙枝蔚在潜江，看到王又旦为了抗击洪水，带领民夫日夜操劳的景象，也写诗寄托关心之情。其《雨中大水决堤，闻王幼华明府奔走堤上，忧劳已甚，诗用相宽》、《怜诗，大水后作（王幼华明府）》、《留别王幼华明府》等诗即写于此时。其中《怜诗，大水后作（王幼华明府）》云："年少长安得意人，于今憔悴复清贫。竟同饭颗山前叟，那识河阳县里春。自决新堤诗更怨，相逢旧好酒须醇。可怜常抱文书寝，谁解轻裘覆尔身。"自注云："幼华行堤观水归来，益瘦甚。"② 对友人的殷切关心，流露于字里行间。这种对友谊的珍重，千古之下，犹让人钦佩不已。当然，孙枝蔚的一些应酬之作也写得未免太多太滥，如《戏赠左子直樏纳姬》、《名士悦倾城篇》、《李屺瞻纳姬金陵》、《为周子维缺唇

---

① 方象瑛：《溉堂后集序》，《溉堂集》（下）后集卷首，上海古籍出版社 1979 年版，第 1210 页。

② 孙枝蔚：《溉堂集》（中）续集卷三，上海古籍出版社 1979 年版，第 672—673 页。

解嘲》、《黄大宗纳妾扬州为赋催妆诗》之类，的确无聊乏味，读之令人生厌。

孙枝蔚由于战乱寄居扬州，虽然在江南有着诸多亲朋好友，但他对故乡的思念之情却挥之不去，其诗集中还洋溢着浓厚的思乡之情。孙枝蔚居扬州，名其居曰"溉堂"。施闰章《溉堂篇赠孙豹人》序云："孙，西京人，流寓广陵，自名所居曰'溉堂'。取'谁将烹鱼，溉之釜鬵'之义。"① 即寓不忘乡关，常怀西归之意。尤侗《溉堂诗余序》云："盖先生家本秦川，遭世乱流寓江都，遂卜居焉。每西风起，远望故乡，思与呼鹰屠狗者游。"② 溉堂虽居扬州，但时时为秦声，念念不忘故乡。孙枝蔚诗中表现故土之思的诗句也层出不穷。他曾写道"溉釜待烹鱼，怀音俟西归"、"溉堂那足恋，终南亦有梅"（《溉堂诗》），"我是关中旧酒徒，全家避乱来江都"（《题扇上俞雪朗所画江南山水图，奉酬王正子送予之屯留长句》），"草堂远在清渭北，说与吾儿今不识"（《夏日寄题渭北草堂》），"我家渭河北，飘然江海东。偶逢旧乡里，握手涕泪同"（《赠邢补庵》），"乡思今倍急，征战罢潼关"（《乱后过瓜洲》），"西京尚有敝庐在，岁岁不归非丈夫"（《渡江阻风》）等，这许多感情炽烈的诗句，可以想见作者思乡之深情。当作者乘船过黄河时，他也触景生情，思念故乡，"自是故乡水，曾经万里程"（《黄河舟中》），黄河经过关中黄土高原，带来了家乡那熟悉的黄土颜色，作者不由得思念故土，感慨万千。即使妻子来到扬州，一家团聚，他也没有打消还乡的念头："便问归乡策，真忘路几千。汝夫非荡子，汝母况高年。暂隐鱼盐市，聊登莪莱船。干戈如早定，立马华山前。"（《喜妻子至江都》）因为作者无法割舍与故土的天然联系，更无法忘记故乡的亲人。他打算在战乱平息以后，便立即回乡。可惜作者至老未能还乡，空令诗人在他乡断肠。

溉堂诗中对关中山水也是念念不忘，魂牵梦绕。华山、终南山、商山、渭水等名胜古迹在作者笔下被反复歌咏。如"君性同直

---

① 施闰章：《学余堂集》诗集卷十三，《四库全书》本。
② 尤侗：《溉堂诗余序》，孙枝蔚：《溉堂集》（中）卷首，上海古籍出版社1979年版，第932页。

木，我忠齐清渭"（《送王金铉归里》），"终南太华咫尺间，我昔年少美容颜"（《夏日寄题渭北草堂》），"终南山色好，引领似蓬莱"（《村居杂感》），"太华终南不可游，经春无意更登楼"（《纪感》）等诗句，不但抒发了对家乡的思念，而且表现了崇高的济世情怀。而商山在作者笔下更有了另一番意味，代表了作者不慕荣利、甘守清贫的遗民情怀。其《顾书先雨中携尊过刘升如次山楼，招同杜于皇、徐松之、定九夜集》曾云："商颜即此地，四皓在君家。"他以"商山四皓"代指聚会中的遗民朋友。因为孙枝蔚有这样高洁的志趣，也经常被清初文士比作四皓，而商山在作者笔下就有了更丰富的文化内涵。

二 孙枝蔚诗歌的艺术成就

孙枝蔚一生肆力古学，潜心作诗，其诗题材丰富，风格多样，创作成就不凡，时人已经给予了很高的评价。王士禛曾说："古诗能发源十九首、汉魏乐府，而兼有陶、储之体，以少陵为尾闾者，今惟焦获先生一人耳。"[1] 汪楫也说："溉堂五言近体，前集大概从少陵出，上溯六朝，下逮中晚，变化何所不有，真不易窥此老涯涘。"[2] 魏禧也说："三原孙豹人，以诗名天下垂三十年。予往见《溉堂初集》，古诗非汉魏，律非中盛唐则不作，作则必有古人为之先驱。至其所以似古人者，渐濡陶冶，若丹乌之藏物，初非出于依傍而后有。……既出其《溉堂续集》示予，予袖而藏之。……予归客馆，雨大下，烧烛发袖中诗读之，乃喟然而叹曰：'甚矣！豹人之能变也。今其诗自宋以下皆有之矣。冲口而出，摇笔而书，磅礴奥衍，不可窥测。'"[3] 由此诸家评价可以看出孙枝蔚诗歌成就的不同凡响。

---

① 孙枝蔚：《自邑中归田作》诗末王士禛评语，《溉堂集》（上）前集卷一，上海古籍出版社1979年版，第70页。

② 孙枝蔚：《寓百福寺》诗末汪楫评语，《溉堂集》（上）前集卷六，上海古籍出版社1979年版，第300页。

③ 魏禧：《溉堂续集序》，《溉堂集》（下）卷首，上海古籍出版社1979年版，第479—480页。

（一）以"秦声"为主导的多元风格

孙枝蔚生长关中，秉承了关中士人好勇尚义之风，其发为诗歌，也多慷慨激昂之词，时人多以"秦风"目之。焦文彬曾说："秦民长期的高原奔驰，养成了自己的彪悍奇勇的秦俗，以至秦'以渐雄风，皆勇于公义'。其发于诗者，'有趋车赴公之勇，不愧夏声也'。历来人们把这种诗风，用《诗经·秦风》中两首诗的首句二字概括为'车辚驷骥'"①。后来的关中诗人大多继承了这种地域传统。孙枝蔚的诗歌也被学者认为有"秦声"或"秦风"的特征。施闰章曾说："其诗操秦声，出入杜、韩、苏、陆诸家，不务雕饰。"② 陈维崧也说孙枝蔚"时时为秦声"，"思乡土而怀宗国"（《孙豹人诗集序》）。四库提要评孙枝蔚诗亦云："诗本秦声，多激壮之词。"汪文桢《赠孙豹人中翰》亦曾有句云"酒后唾壶须击碎，长歌耳热本秦声"。彭孙遹更进一步指出："豹人先生以旷世之奇才，挥忧时之涕泪，故其发为诗歌，沉郁悲壮，吻合杜陵。"③ 可见孙枝蔚诗中以"秦声"为代表的慷慨激昂的风格为其主体。其《北山》、《忆昔》、《与客二十余人夜发三原赴张果老崖》、《少年行》、《从军行》等诗大多抒写杀敌报国的决心，词气激越，悲壮苍凉。其《从军行》云："夜半提兵起草莱，天明秣马指龙堆。平原太守临危日，诸道勤王四面来。"表现了作者临危受命，慷慨报国的志向。而一个不畏艰险，忠于国事的英雄形象也跃然纸上。王士禛曾说："胸中有故，绝调浑然，视此题拟唐者皆呓语耳。"④ 而《送李武曾之云中》也雄壮苍凉，为其送别诗中绝调：

　　　　相逢意气本无难，卓绝文词后代看。名士谁令长在路，壮年何用劝加餐。飞狐白马行人少，紫塞青陂落日寒。回首江南

---

① 焦文彬：《秦腔史稿》，陕西人民出版社1987年版，第14页。

② 施闰章：《送孙豹人归扬州序》，《溉堂集》（上）卷首，上海古籍出版社1979年版。

③ 彭孙遹：《溉堂前集》卷六评语，《溉堂集》（上），上海古籍出版社1979年版，第309页。

④ 孙枝蔚：《从军行》诗末王士禛评语，《溉堂集》（上）前集卷八，上海古籍出版社1979年版，第415页。

图画里，春风红药满雕栏。

　　像这样激昂慷慨的诗句还有"莫言豪气全收敛，无限恩仇气未平"（《张良进履》），"将军多恐英灵尽，万古长江有战船"（《楚霸王庙》），"忆昔仗剑果老崖，雄心能轻虎与豺"（《忆昔》），无不雄浑激越，表现了他的豪迈情怀。汤大奎曾云："孙豹人如西人弹琵琶，音节慷慨，特多秦声。"①

　　孙枝蔚诗歌不但有"飞扬跋扈之气"，而且有沉郁顿挫之致，这是因为他壮志难酬，念民生多艰，多挥忧时之泪，故其诗寄托深远，沉郁悲凉。其《春日登扬州城楼》云："江干方罢战，游子未归秦。仍是繁华地，偏留寂寞人。乱余轻白骨，愁里负青春。几处喧歌吹，谁家宴四邻。"作者在春日登扬州城楼，目睹昔日繁华之地，现在白骨遍野，满城萧条，其亡国之恨，油然而生。但是不远处却也传来阵阵歌吹之声，为这个残破的荒城带来了一点生机。作者在这种今昔对比、悲欢交错的情景中，其哀痛又不止一种。真是"以乐境写哀，其哀增加一倍"。这种悲凉沉郁的作品，在《溉堂集》中也层出不穷，各尽其态。如《广化寺谒忠烈祠步吴梅村韵》、《登北固山》、《渔网》、《润州新竹枝歌》、《难妇词》等也大多含蓄蕴藉，苍凉萧瑟。如《难妇词》云："何关出塞始风流，生长江边不解愁。自到前旗多姊妹，笑声一半是扬州。"此诗写清军南下抢掠妇女的暴行，但作者以曲折幽默的笔调写出，让人无限同情，真是"不著一字，尽得风流"。

　　孙枝蔚长期生活在扬州，也受江南文化的濡染，对其轻柔婉转的诗风也有一定的吸收，这正是两种文化交流融合的必然结果。潘耒《邗上赠孙豹人》曾云："本家渭北秦山苍，半生皂帽依维扬。秦声刚烈吴声缓，君能兼美无偏伤。"② 准确地道出了孙枝蔚诗中"秦声"、"吴声"的兼容并蓄。孙枝蔚诗中也有许多一唱三叹、轻灵婉约的诗作。如《冶春口号》、《扬州竹枝词》、《山中》、《新翻

---

① 汤大奎：《炙砚琐谈》卷上，清乾隆五十七年赵怀玉亦有生斋刻本。
② 潘耒：《遂初堂诗集》卷八《海岱游草》，《续修四库全书·集部》第1417册，上海古籍出版社2002年版，第259页。

子夜歌》等诗。其《扬州竹枝词》云："杨花落尽燕双飞，天末王孙尚未归。家在竹西歌吹地，忽闻水调泪沾衣。"此诗如芙蓉出水，风致洒然。王士禛曾赞曰："在唐贤中亦是绝唱。"还有《红桥观荷即用为韵同张虞山、黄大宗、吴仁趾》云："水后风光未寂寥，歌声依旧出兰桡。江南江北堪行乐，惟有红桥与段桥。"亦复风流自赏，洗尽铅华。汪楫曾说："红桥定附此诗以传。"其《新翻子夜歌》写江南女子的爱情，也极细腻真切。如其三云："莫笑东家蝶，今向西家飞。愿郎开醉眼，看侬颜色稀。"活画出一位痴情少女对负心男子的眷恋、埋怨之情，寄兴自然，词简意深，是五言绝句的上乘之作。

孙枝蔚作诗取径较宽，唐宋并尊，"出入杜、韩、苏、陆，不主一家"，其诗也多有辅之议论，流入俚俗之作。如《伯乐之子读〈相马经〉，误蟾蜍为马，感而咏之》、《杂兴》、《蚁子》、《蚁叹》等诗。其《蚁子》云：

> 防患先防内，内患隐难知。不见栋梁柱，蝼蚁坏其基。斯千载小雅，风雨谓不宜。所以避阴湿，正恐生蝼蛄。悠悠历岁月，主人方自怡。木质颇完具，岂料中心亏。及至遭倾覆，然后涕涟洏。譬如长城一万里，乃有胡亥为少子。祸不繇外却繇中，秦皇虽智难及此。复如桓侯病将殆，尚笑越人贪财贿。十五日间无奈何，后时安得咎真宰。呜呼谁是知微者，肯信蚁能倾大厦。

全诗全用议论说理，但作者比喻恰当，说理透彻，发人深省，虽没有唐诗"羚羊挂角，无迹可寻"的神韵，但有宋诗深邃透彻的精义，在溉堂诗中别具一格。但其《虱》、《蛇》、《蜈蚣》等诗虽然比喻新奇，但流于俚俗，偶一为之尚可，非学诗之门径。

(二) 以真朴为极则的审美境界

孙枝蔚为诗虽然不主一家，风格多样，但他以"朴老真至"为终身追求的艺术境界。孙枝蔚的好友李楷曾说："朴老真至，诗之则也。"① 孙枝蔚也以它作为诗之极则。王士禛曾说："焦获先生古诗，上溯汉古诗乐府，及其波澜壮阔，乃与陶、杜无不吻合，非由陶、杜以求汉人者也。"王泽弘也说："别后诸诗，大略数卷中，岁不多作，而古健质直，旨趣遥深。即偶然赠答之作，亦感慨萧凉，各有其故，于陶、杜间自出一手笔。姜桂之性，老而愈辣，诗固如其人耶。"② 郑方坤也曾说："（孙枝蔚）所为诗冲口而出，摇笔而书，老干纷披，天真烂漫，而调古格高，不作一途泽语，固未可与贪常嗜琐之徒同类而并观之也。"③ 可见孙枝蔚诗歌真朴的特色。

孙枝蔚作诗首先追求"真"的境界。他《论诗》曾说"纸作牡丹工剪刻，何如阶下刺桐花"，对那种雕词琢句，模拟造作的诗坛陋习极为不满，他主张风韵天然、真实自然的诗歌境界。沈德潜也曾说："溉堂诗辞气近粗，然自有真意，称其人品之高。"④ 溉堂诗不管抒情言志、登临吊古，抑或祖饯酬答，无不出自胸臆，真情流露。如《自邑中归田作》、《坬斋诗》、《哀纤夫》、《秋耕》、《前有尊酒行》等诗，莫不即景抒情，真切自然，深刻地反映了当时的社会现实。如《自邑中归田作》云：

> 驱车当得路，凿井当得泉。我本东皋氓，适野便悠然。小心事农父，农父谓我贤。授以耘耔法，要言皆可传。节序荷相存，干糇未有愆。始知诗书外，礼法不相悬。此中无羞辱，聊用乐天年。奈何催租吏，箕踞柴门前。野人苦低头，不如对简编。箪瓢与陋巷，昔不有颜渊。

此诗写诗人抗击农民军失败之后返回故里，为生计所迫不得不下地种田。可是由于没有种田经验，便虚心向农夫学习。可是租吏

① 李楷：《北游草序》，方文《嵞山集》（中）《北游草》卷首，上海古籍出版社1979年版，第543页。

② 王泽弘：《溉堂后集序》，《溉堂集》（下）后集卷首，上海古籍出版社1979年版，第1207页。

③ 郑方坤：《国朝名家诗钞小传》卷一《溉堂诗钞小传》，周骏富辑：《清代传记丛刊》本，台北：明文书局1985年印行。

④ 沈德潜：《清朝诗别裁集》卷五，河北人民出版社1997年版，第238页。

催逼，无可奈何。描绘了乱世之中贫士谋生之艰难。全诗语言质朴，叙述真切，深得古乐府之神。张恂曾说："乐府之旨，论者多门，使但取艰深之辞，文其浅陋，何贵乎作也？读溉堂乐府，有一字不动人流连唱叹者乎？乃如深心此道者，精神映发，不取肖声音笑貌之间。"① 孙枝蔚还有《大吏》一诗真实地揭露了清初官吏草菅人命的暴行：

> 大吏下郡邑，赈饥散金钱。纷纷鹄面人，推挤车马前。号呼满道周，肢体或不全。一倒遭践踏，促汝下黄泉。乘舆济溱洧，谁谓子产贤。奉行合有人，施恩恶自专。安得汲黯辈，发仓救时艰。

人民遭遇饥荒，达官名为赈饥，却在车上乱撒钱物，导致饥民混乱践踏，或死或伤，惨不忍睹。作者用古代贤吏汲黯与当时官吏做对比，表现了对他们的不满和愤怒。此诗叙事真切，揭露深刻，非具有真性情、大魄力之人不能到。孙枝蔚曾说他作诗如"痛者不择音而号，犹醉者不择地而眠"（《枫桥》诗引），这正是作者所追求的本真状态。

孙枝蔚作诗还追求"朴"的境界。他论诗强调朴拙雄浑之美，反对模拟造作之习，更鄙弃堆砌辞藻的浮华之美。《龙性堂诗话续集》曾引用《溉堂诗话》云："杜于皇谓某友诗已细矣，惜尚未到粗处。王阮亭谓某友诗极美矣，恨不曾见他丑处。孙豹人亦谓某友诗快利不可言，更须造到钝处。此三言人多称之。盖此三言，即予前所云者熟者、密者、巧者，非诗之绝诣之说也。好而知其恶，恶而如其美者，天下鲜矣。"② 可见孙枝蔚等人推崇朴拙真挚的境界，反对纤巧绮丽的诗风，这也是清初诗人们的普遍追求。

孙枝蔚主张诗要朴拙，并不是说诗歌不用推敲，随意抒写，而正是强调诗歌在反复锤炼之下返璞归真、洗尽铅华的本真状态。他

---

① 孙枝蔚：《溉堂集》（中）续集卷二乐府诗末张恂评语，上海古籍出版社 1979 年版，第 628 页。

② 叶矫然：《龙性堂诗话续编》卷下，台北：广文书局 2011 年版。

论方文诗曾说："看似寻常最奇崛，成如容易却艰辛。盆山诗合荆公语，轻薄何劳哂古人。"孙枝蔚之诗也被人们认为达到了"朴"的境界。王泽弘《溉堂后集序》曾云："予闻海内诸君子论诗者云，豹人先生得力在一朴字。朴其易言哉？江海所以为百谷之王者，渺漫无际，穷岁累月而不能望其涯际，以其朴也。黄河水来天上，行于地中，九折注海，而流不绝，亦以其朴也。……盖其元气浑沦，如江之始流于岷山，黄河之发源于昆仑，虽支分川汇，而总归于海，以故波澜老成，绚烂极于平淡，其喜怒哀乐之迹，不见于语言，而使人会心于意言笔墨之外。此诗之所以朴，朴之所以不可及也。"① 溉堂集中如《老女吟》、《别眄柯园》、《邻牛》诸诗，王士禛、王士禄兄弟多以"寄托深至，愈拙愈古"，"朴直难到"，"周朴"等语评之。周体观评其《朱伟臣招同刘声玉、干有、莫大岸饮编柳堂，伟臣令子含晖、声玉令子宸、匡俱在，明日伟臣次子寓楼杂诗八首韵见示，予亦仍前韵奉酬》也说："前寓楼八首，正风也。续寓楼八首，变雅也。至古朴性成，愈老愈淡，实出一辙，后八首更难得。"② 汪楫曾说："溉堂诗朴处到不得，俚处学不得。愈俚愈古，愈朴愈秀。读书一万卷，养气三十年，乃能办此，未许草草读过也。"③ 可见孙枝蔚在真朴方面的造诣。

综上所述，孙枝蔚一生虽然命途坎坷，但他志节坚贞，好学不辍，在诗歌创作方面取得了卓越的成就。溉堂诗内容丰富，风格多样，兼具关中之豪迈刚健和南方之清丽缠绵之美，而以"朴老真至"为毕生追求的艺术境界，所以其诗"看似寻常最奇崛"，达到了诗歌艺术的最高境界，在清初诗坛独具一格，赢得了时人和后人的钦敬。汪懋麟曾说："先生为诗初喜六朝，继归汉魏，于唐宋元人全集莫不手批心识，即近代凡以诗名者皆流览，能一一道其所

---

① 王泽弘：《溉堂后集序》，《溉堂集》（下）后集卷首，上海古籍出版社1979年版，第1206页。

② 孙枝蔚：《溉堂集》（中）续集卷二附周体观评语，上海古籍出版社1979年版，第639页。

③ 孙枝蔚：《溉堂集》（上）前集卷二附汪楫评语，上海古籍出版社1979年版，第157页。

以。故其诗纵横沉博，有正有变，意思所托，准乎风人，不能名其为何代何人之诗，盖自成其为孙子之诗也。"① 徐世昌也说："溉堂以诗文名天下三十余年，其诗当竟陵、华亭、虞山迭兴之际，卓然自立，出入杜、韩、苏、陆诸家，不务雕饰，同时名流推服，以为当代一人。"② 可谓对溉堂诗歌成就的盖棺论定。

① 汪懋麟：《征君孙豹人行状》，《百尺梧桐阁集》卷八，上海古籍出版社 1980 年版，第 511—512 页。

② 徐世昌著、傅卜棠编校：《晚晴簃诗话》卷十二，华东师范大学出版社 2009 年版，第 41—42 页。

第六章

"秦声天下稀，壮激扬其标"
——清初流寓江南的关中诗人李楷、
雷士俊的诗歌创作

　　明末清初，关中士人因经商、游学、仕宦等原因流寓江南者颇众，形成了一个声势极为浩大的关中流寓江南诗人群体，而以李楷、韩诗、孙枝蔚等为代表的"关中四子"和"丁酉诗社"是关中诗人在江南的主要代表。李楷晚年曾回到关中，漫游陇右，秘密参加了抗清活动。雷士俊、王岩等关中士人明亡前在扬州曾经结有"直社"，与复社分庭抗礼。他们在明朝沦亡之后，拒不仕清，表现出高尚的人格精神。雷士俊还与兴化的"昭阳诗群"联系密切，在江南诗坛产生了重大影响，也让"秦风"这种地域风格在江南诗界引起高度重视。

第一节　"丁酉诗社"与关中诗人李楷、孙枝蔚

　　孙枝蔚在清初来到扬州，与流寓江南的关中士人李楷、韩诗、张恂、王岩、雷士俊、任玑、梁舟、凌元霆、谢天锦、李念慈、王又旦等经常聚会论诗，还与江南的诗人交往密切，影响颇大，但他和李楷、潘陆等人所建之"丁酉诗社"学界关注甚少。"丁酉诗社"是当时江南布衣诗人交游的一个重要场所，并且带有一定的政治色彩，对于了解清初遗民与海上抗清势力的联系多有帮助。

一　"丁酉诗社"的成立及其主要活动
　　"丁酉诗社"见于《溉堂前集》卷七《与李岸翁、潘江如初订

丁酉社，喜医者何印源招饮》三首①，孙枝蔚并没有详细说明建立诗社的宗旨和组成人员，其诗也大多为思念故乡，感慨时势，感念友情之作。李楷《丁酉社诗序》为我们揭开了更多秘密。《河滨诗选》卷七《丁酉社诗序》云："不佞萍飘润浦，常怀用晦之诗；褐被残冬，偶作临邛之客。主人好我（康侯时为令），力振秦风。良友切磋（豹人先予至），顿泽大雅。惜寸阴于陶侃，每附填胸；师至慎于嗣宗，不谈时事。乃有潘、姜琬琰（江如、山公），刘、李龙鸾（原水、木仙）。谓难得者三山，宜贤豪之鼎立。姑相邀于万杏（印源堂名），聊鸡黍以同欢。大举葵丘，先狎盟以胥命；用章骚楚，继白雪于阳春。遂及诸何（林玉、青纶、公年），眷言卜夜。属匏刻烛，阄韵分哦。或感叹于梅边（宋遗民号梅边），或托情于虎下。莫不淋漓酒况，沉着诗肠。予岂敢曰执牛，顾亦愿言附骥。思王恭之往迹，适当还镇之牛（晋安帝丁酉年王恭举兵，帝诛王国宝、王绪恭，乃还镇京口）；从靖节之遗风，略效义熙之例（陶渊明诗书甲子）。锡名丁酉，广集唐声。犹念浼史于林丘（阳羡实庵翁），将寻仙班于句曲（句容在辛侍御自豫章归）。庶几南村晨夕，但析奇书之疑；九老壶觞，不厌真率之会云。"②

从李楷序中可知，张晋时为丹徒县令，他主动联系李楷和孙枝蔚前去做客。孙枝蔚《溉堂前集》卷四《赠丹徒明府张康侯》云："弱龄擅词赋，百里试才贤。江邑正多事，讼堂何寂然？养亲须薄禄，卧病有作篇。但对崔秋浦，长惭李谪仙。"③《溉堂集》中还有《谢张康侯明府送马游山口号》，有"殷勤最有张明府，日日看山送马骑"之句。李楷《河滨诗选》也有《赠张康侯》诗云："江南嗟客久，破瓦露茅茨。有困皆无粟，残桑未见丝。山川有眼界，虞夏剩心期。年少题名早，曾经得意时。"可见张晋在经济上曾经对李楷和孙枝蔚给予过帮助。而李楷与孙枝蔚也曾帮张晋整理诗集，并为其诗集作序。此次聚会的人还有潘陆（江如）、姜山公、刘原水、李木仙、何印源、何林玉、何青纶、何公年，这里除了潘陆生平史

---

① 孙枝蔚：《溉堂集》（上）前集卷七，上海古籍出版社1979年版，第336页。
② 李楷著，李元春选：《河滨诗选》卷七，陕西图书馆藏清嘉庆刻本。
③ 孙枝蔚：《溉堂集》（上）前集卷四，上海古籍出版社1979年版，第336页。

书有记载之外，其他人生平都已湮没无闻。方文《嵞山集》曾经多次提到李木仙，《嵞山集》卷七有《卖卜润州，邬沂公、谈长益、潘江如、钱驭少、玉汝、秦臣溥、李木仙各有诗见赠，赋此答之》，《万岁楼送春诗》序云："同集者南昌彭躬庵、仁和周兼三、吴江顾茂伦、长洲程杓石、施又王、江宁陈翼仲、皮以立、宝应朱监师、金坛高芝侯、丹徒潘江如、吴襄宗、张季昭、陈尊已、李木仙诸子"，可见李木仙也是与潘陆、方文、谈允谦、彭士望、邬继思等遗民联系密切的镇江布衣。何印源大概也是一位隐于医的具有遗民思想的士人。

丁酉诗社的宗旨李楷也说得很清楚："或感叹于梅边（宋遗民号梅边），或托情于庑下。"他们通过感叹宋遗民梅边先生来抒发他们强烈的故国之思。宋遗民王炎午号梅边。李时勉《王炎午忠孝传》云："先生姓王氏，改名炎午，原讳鼎翁，别号梅边，学者称梅边先生。宋敷文阁泸溪先生之诸孙也。世居安成南汶源里。自幼力学，业《春秋》，升太学上舍生。与丞相文公、青山赵公同游。寻以父忧，值宋亡，文丞相募兵勤王，鼎翁谒军门，谕丞相，毁家产，供给军饷，以倡士民助义之心，请购淮卒，参错戎行，以训江广乌合之众。丞相嘉纳，目为小范老子，欲授职从戎，以母病不果，及丞相被执，为生祭文以速丞相之死。既历陈其有可死之义，又反复古今所以死节之道。……"① 由此可见，丁酉诗社中人大多为遗民志士，具有强烈的故国之思。李楷虽然在清初短暂为官，但他很快被诬去官，因此对清廷也极为不满，具有很浓的遗民思想。因此《明代千遗民诗咏》也将李楷列入遗民行列。

另外值得注意的是，李楷序中所云："思王恭之往迹，适当还镇之牛。从靖节之遗风，略效义熙之例。"后句不难理解，因为陶渊明以遗民自居，不遵刘宋之年号，而以甲子纪年。这在清初遗民中间比较突出，例如顾炎武、李因笃等人诗文都不署清朝年号，而是以太岁纪年。孙枝蔚、方文等人也大多以甲子纪年。最重要的是前一句"思王恭之往迹，适当还镇之牛"，其自注云："晋安帝丁酉

---

① 王炎武：《吾汶稿》卷十附录，《四部丛刊》本。

年，王恭举兵，帝诛王国宝、王绪恭，乃还镇京口。"王恭（？—398），字孝伯，东晋太原晋阳人。少有美誉，清操过人。王恭曾说："名士不必须奇才，但使常得无事，痛饮酒，熟读《离骚》，便可称名士。"起家为著作郎，叹道："仕宦不为宰相，才志何足以骋？"累迁吏部郎，历建威将军。会稽王司马道子执政，宠信王国宝等小人，王恭经常正色直言，为道子所忌。晋安帝隆安元年四月，王恭以除王国宝为名向都城建康进军，司马道子赐死王国宝、诛杀王绪以求罢兵，王恭还兵京口。李楷为何提到历史上这个事件呢？看起来和诗社毫无关系，这里正透露出了丁酉诗社中人意图"恢复"的志向，而实践这个愿望的人现在可以肯定的就是镇江潘陆。

顺治初年，虽然清政府灭亡了南明的几个小政权，但是反抗清朝的运动在全国范围内还是此伏彼起，绵延不绝，尤其是东南沿海一带的郑成功、张煌言、张名振等抗清力量，给清政府造成了巨大的威胁，清政府不得不通过"迁界"来断绝沿海居民和抗清力量的联系。顺治十六年，郑成功再次北伐，会同张煌言部队顺利进入长江，一路势如破竹，接连攻克镇江、瓜洲，取得了定海关战役、瓜洲战役、镇江战役的胜利，进而包围南京。张煌言部亦收复芜湖一带十数府县，江东一时震动。后来因为郑成功遭到清军的内外夹击，失利而归。而在此次战役中，沿海一带的反清志士和海上义军密切联系，为郑成功的顺利进军提供了许多帮助，尤以魏耕、钱缵曾、祁班孙等人最为著名。全祖望《雪窦山人坟版文》云：

> 雪窦山人魏耕者，……与归安钱缵曾居苕溪，闭户为诗。……而其里人朱士稚与先生论诗极倾倒，近道见之，亦辄痛骂不置，然三人者，交相得，因此并交缵曾、三岛，称莫逆。先生又因此与祁忠愍公子理孙、班孙兄弟善，得尽读淡生堂藏书，诗日益工。……久之先生又遣死士致书延平，谓海道甚易，南风三日可直抵京口。己亥，延平如其言，几下金陵，已而退军。先生复遮道留张尚书（煌言），请入焦湖，以图再举，不克。是役也，江南半壁震动。既而闻其谋出于先生，于是逻者

益急，缵曾以兼金赂吏得稍解。①

清政府下令严查"通海"人士，由于恶人告发，魏耕、钱缵曾、潘廷聪、祁班孙等因"通海"罪被捕，祁班孙遣戍宁古塔，其兄祁理孙抑郁而死。谢国桢先生曾说："郑成功之军，首破镇江，事平之后，镇江、金坛适当其冲，故通海一案，受祸亦最重。"② 王猷定《四照堂集》卷一《潘江如穆溪集序》云："比少宁，其子钟渡江省觐，抱头相慰，言润州事，辄呜咽。城中十万户，荡为冷灰，独妻孥屹无恙。"③ 计六奇《明季南略》载："金坛因海寇一案，屠戮灭门，流徙遣戍，不止千余人。"可见当时杀戮之惨。

潘陆与魏耕为好友，也是为了恢复而奔波大江南北之人。潘陆，字江如，苏州府吴江人，后移家镇江。家贫，好结客，"四壁萧然，而北海之座恒满"④，他与沈士柱、韩绎祖、方文、邢昉、孙枝蔚、魏耕、王猷定有深交。韩绎祖湖州起义失败，曾至镇江，偕潘陆同登京口北固山。其《访潘江如遂登北固》云："百战江山在，三年羁旅仍。寒潮回铁瓮，落叶掩金陵。痛哭防人觉，悲歌转自憎。孙刘一去后，狼石竟谁凭。"⑤ 可见他们内心的痛苦和失望之情。潘陆也听从魏耕劝告，立志复明，"十年来间关道路"，为抗清四处奔走。王猷定《潘江如穆溪集序》云："当是时，余虽勉慰之，而中怀慷慨，恒与振腕中宵，以致酒悲歌怨，病呓梦魇，狂走西东，而不自知，而世所号为明哲者，目语心笑，江如掉头不顾，方欲涉下邳，历齐鲁之墟，以自坚其志，以此思君子生当斯世，有终老他乡而不悔者，其为感愤可胜道哉。"⑥ 魏耕曾有赠潘陆诗多首，

---

① 全祖望：《雪窦山人坟版文》，《全祖望集汇校集注》，上海古籍出版社 2000 年版，第 174—175 页。

② 谢国桢：《明清之际党社运动考》附录四《记清初通海案》，辽宁教育出版社 1998 年版，第 234 页。

③ 王猷定：《潘江如穆溪集序》，《四照堂集》卷一，《四库未收书辑刊》伍辑，北京出版社 2000 年版，第 163 页。

④ 朱彝尊：《明诗综》卷七十七"潘陆"，中华书局 2007 年版。

⑤ 卓尔堪：《明遗民诗》卷十三"韩绎祖"，中华书局 1961 年版，第 539 页。

⑥ 王猷定：《潘江如穆溪集序》，《四照堂集》卷一，《四库未收书辑刊》伍辑，北京出版社 2000 年版，第 163 页。

其《日出入行赠镇江潘陆》云:"我与汝曹日奔走,茫茫赤县疲人间。才大世人皆欲杀,七尺之躯那值钱。潘江如肯听我言,万古文章置高阁,青蚨须索五十千。天台瀑布插眼前,浔阳酒楼宜酣眠。那待好鞍与好马,才指五岳拂长鞭。海上白鼋横岛去,倏忽已过三山巅。金宫玉阙霄汉间,直与东王西母筵。"① 此诗透露出这样一些信息,他和潘陆等同人为恢复四处奔走,而且冒着"才大世人皆欲杀,七尺之躯那值钱"的危险,但是他们的理想是"金宫玉阙霄汉间,直与东王西母筵",一旦恢复明朝,他们就可以在金宫玉阙中辅佐皇帝,开创一番事业。而"海上白鼋横岛去,倏忽已过三山巅"也隐约能感受到海上抗清势力的壮大。康熙二年三月十九日,方文与潘陆在客舍相遇,也提到潘陆奔走恢复的事情。方文《癸卯三月十九日,润州客舍同潘江如小饮述怀四十韵》云:"三月十九日,先皇之忌辰。同登北顾山,仰首号苍旻。野老或见怜,朝士反见嗔。俄而江北岸,鼓角声振振。君先挈妻子,湖村依所亲。我亦携小妇,追随为比邻。此地既幽僻,可以长垂纶。君复有远图,舍我游越闽。"② 这首诗前面回忆他和潘陆在乙酉年间祭奠崇祯皇帝之事,而"君复有远图,舍我游越闽"正是指潘陆与魏耕等名士联络海上抗清义军的事。潘陆《包惊几夜过》云:"故人寒夜至,风雨暗东蕾。不忍论前事,还同哭所知。住山多病后,学佛破家时。犹念飘零者,殷勤重有期。"③ 此诗大概作于抗清失败之后,其悲苦之心境由此可见一斑。潘陆卒于康熙五年,方文《嵞山集》中有《岁暮哭友五首》,此组诗作于丙午年,其中有《潘江如处士》云:"君病卧荒村,三春瘖不言。我来难命驾,诗去已伤魂。霜月闻凶信,凄风哭寝门。平生师友义,痛绝向谁论。"可见潘陆之前已卧病三年,那正好是魏耕通海案发被杀,祁班孙被遣戍之后不久。孙枝蔚《溉堂集》有赠潘陆诗二首,都作于顺治十四年,潘陆卒后,孙枝蔚应当知道消息,可是并没有作挽诗,以孙枝蔚交友有始有终

① 魏耕:《雪翁诗集》卷六,《续修四库全书·集部》第1393册,上海古籍出版社2002年版。

② 方文:《嵞山集》续集卷一,上海古籍出版社1979年版,第855页。

③ 徐世昌:《晚晴簃诗汇》卷十五,上海三联书店1989年版,第134页。

的个性实难理解。大概为了避免清廷的迫害未作，或者作了后来刊刻时删掉了。可惜潘陆《穆溪诗集》今已不传，没有更多的资料来了解其生平以及他们与海上义军的联系。

从上所述，镇江是郑成功、张煌言军进入长江首先取得的重镇，士人多有开门接应者，这与魏耕、潘陆等人的鼓动策划应该有关系。还有，就在潘陆等人定丁酉诗社一年之后，郑成功军入长江一年之前，关中李楷离开扬州，回到陕西。施闰章《寄李叔则秦中》有句云："举世仍兵革，章逢多老瘦。烈士卷壮心，悲歌倚岩岫。……一朝测祸乱，早计决去就。"① 自注云："君自扬州西归，次年，扬遂苦兵。"这应当不是一种巧合。李楷在陕西和王弘撰、李颙等遗民交往颇密，还与漫游关中的岭南屈大均、吴中顾炎武均有密切的联系。后来他还越过秦岭，漫游陇右。李楷在陕西、甘肃的活动有没有反清的意图，现在很难考证，但是何龄修先生《关于魏耕通海案的几个问题》一文中曾说魏耕选择复明的战略是自秦陇东征，沿海北伐。② 魏耕曾有诗云："中原地势归秦陇，五岭兵机在海涯。"（《寄萧山丁克振兼示毛奇龄》） 又说："安得圣人驾六龙，直法秦汉徙关中。再辟鱼凫与蚕丛，分我浙直输挽功。"（《成都行》） 这仍是重视秦陇与江浙呼应的战略思想。魏耕抗清活动的重点，一方面是针对秦陇，策动、联络夔郧山区义军；另一方面是促进、协助郑成功、张煌言海师北伐，并联系、协调英霍山区义军进行配合。海上义军魏耕有便利的条件可以联络，可是秦陇地区远在千里之外，他们没有合适的联络人可以担此重任，那么关中李楷就是合适的人选。因为李楷没有反清的"前科"，也没有抗击过农民军，清廷不会太注意。孙枝蔚因为曾经抗击农民军，他的政治身份容易引起当局的注意。李楷《丁酉社诗》有《得歌字》曾云："十载忽然丁酉至，四方其谓甲申何。"③"甲申"是清初士人最为敏感的一个词，甲申年间明朝灭亡，崇祯殉国，这是遗民诗人反复歌咏的一个重要事件。还有一个重要证据是李楷曾作《惜夏》诗，孙枝

---

① 施闰章：《学余堂集·诗集》卷六，《四库全书》本。
② 何龄修：《五库斋清史丛稿》，学苑出版社2004年版，第280页。
③ 李楷著，李元春选：《河滨诗选》卷七，陕西图书馆藏清嘉庆刻本。

蔚见而悲之，也有和作。孙枝蔚《惜夏》作于丁酉年，有序云：
"惜春、除夕，古皆有作，李叔则近乃创为《惜夏》诗，予读而悲
之，日月易迈，授衣将至，诚不独景物之足念也，爰有和。"夏在
五行中属南方丙丁火，又属南方朱雀之宿，合起来就是"朱明"！
孙枝蔚和诗云："送春虽有泪，徒滴落花旁。我饯朱明后，无衣暗
自伤。"① 这里直接点出了"朱明"的远逝，让作者伤悲，眷念故
国之情，表露无遗。而"无衣"又借用《秦风》"岂曰无衣，与子
同仇"的典故，更表现了杀敌报国的豪情。联系李楷《丁酉社诗
序》提到的王恭事件，那复明的意图已经不说自明，而且镇江就是
一个重要据点。李楷在陕西有两首诗值得注意，其《夜渡泾》有句
云"柳毅书空寄，洞庭雪亦愁"，诗中借用唐传奇《柳毅传书》的
故事希望打开东西联络的渠道。其《潘云从自吴江入秦》也有句
云："悬镜阴魃藏白昼，聚沙地险在青浦。他时猷略兼西北，分付
六丁辟道途。"青浦在今上海，临近长江入海口，正是当时郑成功
和清廷必争的战略要地，而"他时猷略兼西北，分付六丁辟道途"
说得更加明白，那就是要东南和西北军事方面呼应，而西北战略重
心当为陇蜀之地。六丁（丁卯、丁巳、丁未、丁酉、丁亥、丁丑）
为道教传说中的阴神，为天帝所役使，作者这里借指暗中联络的西北
抗清之士，他们在合适的时机会"辟道途"，为反抗清廷做出贡献。

　　周亮工曾说李楷"因愤而死"，李楷在清初官知县，虽然被诬
罢官，但他平生为人豪爽，罢官后并没有消极失意。可是回到陕西
没几年，就在康熙九年去世。孙枝蔚写给李楷的挽诗也透露了一些
信息。《哭李岸翁叔则》四首其一曾云："遗文谁收拾，勿为仇者
给。"② 他担心李楷诗文被仇家告发，引起清廷的残酷镇压。那么李
楷诗文肯定有一些"违碍"之言，但是其《雾堂全集》今已无存。
其《河滨诗选》为嘉庆年间李元春所选，估计一些会引起政治麻烦
的诗文都已删汰，无从考证其心境思想。

　　我们了解了丁酉诗社的主要成员和政治倾向，就不难理解孙枝

---

① 孙枝蔚：《溉堂集》（上）前集卷八，上海古籍出版社 1979 年版，第 396 页。
② 孙枝蔚：《溉堂集》（中）续集卷三，上海古籍出版社 1979 年版，第 695 页。

蔚的三首丁酉社诗。其中有句云"事知塞上频年异,客自台州昨日归。海县每愁催战舰,江村正苦失渔矶。"台州在浙江,可见潘陆是刚从浙江回来,带来了海上消息。而作者也感慨战乱频繁,百姓生活动荡不安。诗中还有句云"甲子频书添社酒,庚寅旧恨向江鱼","甲子频书"指的是光阴易逝,较易理解,而"庚寅旧恨"所指何事实难考证。庚寅为顺治七年、明永历四年,此年瞿式耜在桂林战死,永历帝逃入梧州,南明反清势力大势已去。如果这样理解不错的话,那么"向江鱼"肯定是指郑成功水师。我们知道,江鱼在气候合适的时候,要溯洄到内地河道产卵繁殖。作者暗喻郑成功水师要想发展壮大,恢复故国,也必须沿江而上,与内地抗清势力联合才能取得成功。

说到这里,我们再来看困扰学界的一个问题,那就是孙枝蔚曾经在扬州拥有大量资产,突然间一贫如洗,乞食江湖的秘密。关于孙枝蔚清初在扬州拥有大量资产,诸书多有记载。《(乾隆)江南通志》卷一百七十二《人物志》:"孙枝蔚,字豹人,三原人。幼为诸生,遭流寇,与其乡少年奋戈逐贼,落深堑,得不死。乃走江都从贾人游,三致千金,皆散去。"①《文献征存录》卷十:"孙枝蔚,字豹人,三原人,流寓维扬。……少遭流寇,与其乡少年奋戈逐贼,落深堑,得不死,乃走江都,从贾人游。累致千金,散之。"②陈维崧《孙豹人诗集序》:"甲申,李自成作乱,孙子结同里恶少年数十人杀贼,天阴月黑,失足堕土坑中,追者垂及,属有天幸得不死,后脱身走广陵,学小贾则已倾广陵诸中贾,稍学中贾,则又倾广陵诸大贾。孙子学中贾之三年,三置千金,诸大贾日以肥肉大酒啖孙子,孙子益饮啖自若。"③但是孙枝蔚在顺治十六年的时候,突然一贫如洗,不但典去了祖上遗留的产业昐柯园,甚至典到书籍。《溉堂前集》卷七《贫甚,典及书籍,自叹有作》云:"睡起呼童扫米囷,复闻赤脚报无薪。经年丐贷如任昉,何日纷纶并大春。襦

① 尹继善等:《(乾隆)江南通志》卷一百七十二,《四库全书》本。
② 钱林:《文献征存录》卷十,周骏富编:《清代传记丛刊》,台北:明文书局1985年印行,第1612页。
③ 孙枝蔚:《溉堂集》(上)前集卷首,上海古籍出版社1979年版。

裤难完犹足活，琴书须典始知贫。却思浏览曾何益，争及颜生只问仁。"诸家并没有提到孙枝蔚突然贫困潦倒的原因。陈维崧《孙豹人诗集序》曾说："一日忽自悔且恨曰：'丈夫处世，既不能舞马槊取金印如斗大，则当读数十万卷书耳，何至龌龊学富家儿为？'于是自秦陇迎其妇来，而僦居于扬州之董相祠旁，闭户日读书。间为诗，而自曼声以歌。孙子既歌诗，而家渐落，诗益工，歌益甚，而家乃益大落。人或咎孙子，孙子益行歌不辍也。曰：'尔曹何为者？'"陈维崧认为孙枝蔚家大落的原因是读书为诗，这是一种委婉的说法。孙枝蔚的志向是"舞马槊取金印如斗大"，读书歌诗只是一种抒发志向的方式，并不会影响他家的产业。孙枝蔚《坿斋记》中曾记载："孙子游广陵二年，初尝学为商，稍致富，始慨然慕梁鸿、孟光同老吴中故事，因寄书与妇，妇亦至矣。家又三年，与其两兄同产业，不同经营。贫日甚，好读书日甚。其叔父心怜而庭责之曰：'吾雅知汝为人，吾所哀怜语汝，吾为汝妇，为汝小儿女，不为汝。'辞甚严，盖不敢不跪谢过者再且三焉。然卒不悔。……自是读书之名渐著一门，怜者皆惧，惧之词曰：'处乱世不忧生者不祥。日与四方士往来不顾其后，一旦有急，是且将不顾其身也。'孙子闻之，因亦自惧。"① 其叔父责备之言值得推敲，"雅知汝为人"就是指孙枝蔚曾经散家财结义勇抗击农民军的事情。而"日与四方士往来不顾其后"且"不顾其身"是让家人恐惧的事情。恐惧什么呢？就是孙枝蔚广交遗民故老，恢复故明的意图让家人恐惧，并不是家道中落的问题。因此家人要求分家产，各自经营，为全身远祸之计。

由此可知，孙枝蔚家道迅速中落的原因有这么一些，一是他支持海上抗清势力，他可能像钱谦益那样曾经拿出大量的家财资助义军。由于这个原因，他对钱谦益的评价在时人中间尤为特殊。《溉堂续集》卷三《哭李岸翁叔则》四首其二云："伊吕等伯仲，秦晋成婚姻。推此论作者，可知必有邻。山川当吾世，所产已不贫。东

---

① 孙枝蔚：《溉堂集》（下）文集卷三，上海古籍出版社 1979 年版，第 1143—1144 页。

有钱虞山，西有李河滨。小儿妄持衡，长短颇纷纷。但知有西子，何曾见虢秦。二鸟鸣唐代，二鬼骇明人。二公未相见，无乃是参辰。回头俱已矣，遗草光千春。发挥愧才短，弥使增酸辛。"他将钱谦益和李楷推为当世之杰，如明代匡救天下之宋濂、刘基，其意不说自明。二是他往来联络接济遗民志士，所费必然不菲。还有就是因为他忙于应酬联络，经营方面不太在意，导致商业失败。由于孙枝蔚的这些义举，他在江南遗民中间声望颇隆，方文、杜濬、孙默、林古度、吴嘉纪、冒襄等俱对他极为推崇，而往来扬州之四方诗人如施闰章、陈维崧、吴雯、魏禧、陈允衡也和他倾心相交，他无疑成为扬州诗坛的精神领袖。

另外值得注意的是孙枝蔚和王士禛的关系。王士禛顺治十七年任扬州府推官，渔洋作为新朝官吏，希望成为文坛领袖，必然要获得江南遗民的支持。因此他在扬州"昼了公事，夜接词人"，努力和江南遗民拉近关系。虽然江南一些遗民如林古度、方文、邢昉、冒襄等人很快成为渔洋好友，但是李沂、徐枋等人并不愿意和他结交。王士禛刚开始接触孙枝蔚，也遭到孙的冷遇。其《与王阮亭》书云："吉节未敢趋贺，非山人之无礼也。循例逐队之后，惟恐转劳贵驾耳。……昨从程穆倩处读手札，知有《布衣诗选》，欲采及拙诗，感甚，愧甚。既不敢久负雅意，而春寒不解，誊写为苦，未免呈教迟迟，读书人少一书记，此正如老人无杖，行人无车，虽不废行，然色已沮矣，此中情事，想蒙察及也。谨先白谢不一。"[①] 他不但不去王士禛那里集会，而且拒绝了王士禛选其诗的善意，可见当时他对王士禛还是敬而远之。顺治十九年，"通海案"发，清廷派刑部侍郎尼满驻江宁，谳海寇陷宣城、金坛、仪真诸大案，罗织问官，监司以下死者甚众。王士禛所审理，于良善者力为保全，奸究率置反坐。《渔洋山人自撰年谱》卷上"顺治十八年"条惠栋注云："先是，海寇犯江上，宣城、金坛、仪真诸邑有潜谋通贼者，朝命大臣谳其狱，辞所连及，系者甚众，监司以下承问，稍不称

① 孙枝蔚：《溉堂集》（下）文集卷二，上海古籍出版社 1979 年版，第 1075—1076 页。

指，皆坐故纵抵罪。山人案狱，乃理其无明验者出之，而坐告讦者，大臣信其诚，不以为忤，全活无算。"① 正是因为王士禛执法宽平，保全了很多无辜，所以在遗民当中获得了极高的声望，孙枝蔚也跟王士禛倾心相交。王士禛《居易录》云："孙豹人侨居扬州，高不见之节。予访之，先以诗云：'焦获奇人孙豹人，新诗雅健出风尘。王宏不见陶潜节，端木宁知原宪贫。'遂为莫逆交。"在孙枝蔚等人的延誉下，王士禛很快在江南诗坛获得了极高的声望。王士禛迁礼部北上之时，诸名士再饯于禅智寺，孙枝蔚有诗云"欲问忘情老，何名共命禽"（《七夕复集禅智寺硕揆上人房，送别阮亭仪部》），也令王士禛极为感动。

李楷与王士禛没有见过面，王士禛司理扬州之时，李楷已经回到关中一年多。但是王士禛却将李楷推为人豪，其《带经堂诗话》云："朝邑李瓒中黄以其父岸翁遗墨来求跋。岸翁名楷，关中耆宿。……关中名士，予生平交善者，如三原孙豹人枝蔚、韩圣秋诗、华阴王无异宏撰、富平李子德因笃、合阳王幼华又旦、富平曹陆海玉珂，皆一时人豪，要当以岸翁为冠。"② 李楷在关中，曾有寄王士禛诗一首。其《抒怀寄扬州王司理贻上》云："山东才子令节推，峻望有□王大令。三尺能化雷电章，五龙还占七公正。"其中"三尺能化雷电章"正是指王士禛在处理"通海案"时执法严明，保护善类的义举，当然也有对江南遗民的曲护，所以李楷、孙枝蔚等人极为感动。王士禛对李楷也极为推崇，其《题李叔则写真云》："腰腹惊看似伯仁，鬓眉仿佛见河滨。寄言江左夷吾辈，定可容渠数百人。"伯仁即东晋时期的周颛（269—322），晋安城（今河南省汝南县东南）人。渡江后，任荆州刺史，官至尚书左仆射。颛忠贞爱国，有雅量高致。《世说新语·排调》曾载："王丞相枕周伯仁膝，指其腹曰：'卿此中何所有？'答曰：'此中空洞无物，然容卿辈数百人。'"③ 永昌元年王敦于荆州举兵，以诛刘隗为名进攻建

---

① 袁世硕主编：《王士禛全集》（六）附《渔洋山人自撰年谱》，齐鲁书社 2007 年版，第 5065—5066 页。

② 王士禛：《带经堂诗话》（下），人民文学出版社 1963 年版，第 557 页。

③ 朱铸禹：《世说新语汇校集注》（卷下），上海古籍出版社 2002 年版，第 661 页。

康，王导诣台待罪。刘隗劝元帝诛灭王家，周颉为王导仗义执言，而王导不知此事。王敦入石头城后，放纵士卒劫掠，王敦问王导周颉何如？王导没回答，遂为王敦所杀。事后王导看到周颉申救之表，大哭说："我虽不杀伯仁，伯仁由我而死。"王士禛以这个典故巧妙地道出了他对李楷等遗民志士的保护，难怪能够赢得孙枝蔚等人的高度尊敬。

综上所述，丁酉诗社是一个政治色彩极为浓厚的清初社团，它不仅是士人诗酒流连、感时伤怀的聚会场所，而且通过诗社活动，潘陆、孙枝蔚、李楷等人积极组织"恢复"活动，也取得了一定的成效。可是由于郑成功、张煌言军事失利，魏耕等人也被奸人告发而亡，虽然魏耕没有出卖朋友，潘陆、孙枝蔚等人没有罹祸，但是潘陆从此流落江湖，而郑成功也据守台湾，海上抗清力量基本消亡。李楷在陕西、甘肃虽然有过积极活动，但是由于路途遥远，秦陇地区抗清力量薄弱，未能形成军事方面的呼应，不久李楷也亡故，所以魏耕、潘陆等人通过秦陇和江浙军事呼应的战略未能实现。

二 李楷诗歌的思想内容与艺术特征

清初流寓江南的关中诗人颇众，大多数因为各种原因未能还乡，只有李楷和张恂晚年还乡，张恂在丁酉"科场案"后被流放尚阳堡，在冰天雪窟中九死一生，被赦免后万念俱灰，潜心禅学，无心世事。正如前文所论，李楷回乡带有一定的政治意图，他以60岁高龄还漫游陇右，在清初关中士人中具有独特的研究价值。

李楷（1603—1670），字叔则，号岸翁，陕西朝邑人。少聪慧，嗜古学，"读书十行俱下，五夜不倦"①。天启甲子举人，屡次会试不第。"尝筑楼高数丈许，屏居其上，命书佐日送图史，手自评骘，学殖益富。"②崇祯十一年，李楷游江南，寓居南京，与复社成员多有来往。时南京复社后劲吴应箕、黄宗羲、冒辟疆等人作《留都防

① 李元春：《河滨诗钞序》，《桐阁文钞》卷一，《稀见清人别集丛刊》本，广西师范大学出版社2007年版。

② 《（雍正）陕西通志》卷六十三，《四库全书》本。

乱揭》，声讨阉党余孽阮大铖等，李楷亦列名其中。他与马御辇、韩诗、王相业称"关中四子"，名满江南。国变后李楷归顺清廷，曾任宝应知县。《江南通志》卷一百八《职官志》："宝应县知县……李楷，朝邑人，举人。顺治二年任。"① 在任勤政为民，"解草米各项，岁省民财万计"②，但是由于他恃才傲物，为人所忌而罢官。《居易录》卷十一："岸翁名楷，关中耆宿。国初仕为宝应知县，高才凌物，为忌者所中，罢官。"③ 李楷罢官后流寓广陵，筑一室曰雾堂，潜心著述，又漫游苏州、杭州、秀水、昆山等地。与冒襄、李长科、邢昉、胡介、邓汉仪、方文、程邃等遗民志士交往颇密。曾与江西李明睿著《二李珏书》。顺治十四年，在镇江与孙枝蔚、潘陆等人订"丁酉诗社"，次年归关中。与关中名士李因笃、李颙、王弘撰、东云雏等人交往密切，又与顾亭林、屈翁山等寓秦遗民定交。后越秦岭，漫游陇右，深入柽罕。曾应陕西巡抚贾汉复之请修《陕西通志》，又修《朝邑志》、《洛川志》。

李楷虽然短暂仕清，但被诬去官后就坚卧不出，其心路历程极为复杂，在清初那个复杂险恶的政治环境中较为特殊。李楷曾为李长科《广宋遗民录》作序，有"宋存而中国存，宋亡而中国亡"之论，钱谦益读后大为感叹。其《复李叔则书》云："翻李小有《宋遗民传目录》，得河滨序文，至'宋存而中国存，宋亡而中国亡'。抚卷失席曰：'此元经陈亡而书五国之旨也。'其文回翔萌折，缠绵恻怆，吴立夫《桑海录序》殆未能及。私自叹向者餐叔则之名，不意其笔力老苍曲折，一至于此。"④ 李长科《广宋遗民录》是在明代程敏政《宋遗民录》的基础上考索收集的宋遗民汇录，并提出"存宋者，遗民也"的著名观点。同时朱明德也有《广宋遗民录》，请顾炎武为序。顾炎武曾说："余尝游览于山之东西、河之南北二

---

① 尹继善等：《（乾隆）江南通志》卷一百七十二，《四库全书》本。

② 《（雍正）陕西通志》卷六十三，《四库全书》本。

③ 王士禛：《居易录》卷十一，袁世硕主编：《王士禛全集》（五），齐鲁书社2007年版，第3889页。

④ 钱谦益：《复李叔则书》，《牧斋有学集》卷三十九，上海古籍出版社1996年版，第1343页。

十余年，而其人益以不似。及问之大江以南，昔时所称魁梧丈夫者，亦且改形换骨，学为不似之人；而朱君乃为此书，以存人类于天下，若朱君者，将不得为遗民矣乎？"①将宋遗民的文化价值提高到"存人类于天下"的高度。顾炎武曾说："有亡国，有亡天下。亡国与亡天下奚辨？曰：易姓改号，谓之亡国。仁义充塞，而至于率兽食人，人将相食，谓之亡天下。……知保天下然后知保国。保国者，其君其臣，肉食者谋之；保天下，匹夫之贱与有责焉耳矣。"②顾炎武认为历代改朝换代是亡国，是其国君臣之事；而元灭宋、清灭明是亡天下，是汉民族失去统治地位，汉文化受到威胁，所以匹夫匹妇皆有责任。这与李楷"宋存而中国存，宋亡而中国亡"的思想是一致的。李楷虽然短暂仕清，但是在"保天下"以及保存汉文化这一庄严而伟大的使命面前，其个人的出处都为小节。这一点和清初吕留良比较相似。李楷在很多诗中也以遗民自况，如"食力流□皆可敬，谁为使者念遗民"（《新安道中》）、"昔时野老吞声尽，今日遗民醉酒余"（《长安怀古四首》）。卓尔堪《明遗民诗》凡例认为遗民"惟重末路，苟求其他，吾则何敢"③，他将李楷列为遗民，正是对李楷"末路"的认可。

李楷为学以朱子为宗，以崇经隆礼为归，兼及释典道藏。其文思敏捷，落纸成文，时人大多叹为观止。施闰章曾云："吾行天下，见著作家颇众，勤敏便给，罕有如河滨李先生者。其为人博雅，善记诵，喜宾客，与人坦然直遂，诗文不起草，有求者即席伸纸直书之，或作飞白，各题识持去。其不屑斧凿，有嗷嗷道古之意。"④李楷著有《雾堂全集》一百卷，后多散佚。嘉庆间李元春为选《河滨遗书钞》六卷、《河滨文选》十卷、《河滨诗选》十卷三种传世。

李楷诗文成就较高，施闰章曾称他"文似子瞻，诗似太白"（《李叔则集序》），王士禛也认为国初关中诸名士，"当以岸翁为

① 顾炎武：《广宋遗民录序》，《顾亭林诗文集·文集》卷二，中华书局1959年版，第34页。
② 黄汝成：《日知录集释》卷十三"正始"，岳麓书社1994年版，第471页。
③ 卓尔堪：《明遗民诗》卷首"凡例"，中华书局1961年版。
④ 施闰章：《李叔则集序》，《学余堂集》文集卷六，《四库全书》本。

冠"，但他却说："予观《雾堂集》，多发前人所未发。诗文颇奥衍
耸拔，有奇气。恨才多不能裁割，加声律不叶，未免拗折嗓子，如
昔人所谯耳。"① 李元春却说："河滨之诗富于文，等而各诣其至。
其教子尝曰：'凡无关于天下国家之故，皆无益之言，皆可以不
作。'此则其生平著述之意，固非肯漫然操觚者，又况才大于海，
学富于山，世历三亦而身经百变，于人情物理随在人目而验之于
心，故其为诗也，一有所触，直抒胸臆，不屑屑于结构，不竞竞于
雕琢，而深邃之思，豪迈之气，苍茫之色，俱令人不可摩拟，犹之
乎其文也。"② 又云："乃者渔洋于河滨推服备至，而犹惜其才大不
能剪裁，是又不然。辞取达意，正恐不能达耳。圣人教人，每不过
一二语。"③ 李元春为李楷七世孙，对先祖有所溢美固然不假，但是
渔洋在国初主持风雅，推尊"神韵"，对关中诗文质朴劲健的"秦
风"倾向并不是很推崇也是事实。

　　李楷论诗重视性情，提倡质朴，强调诗歌要有益于国家。其
《谷口山房诗集序》云："诗之为教，内淑身心，外治宇宙，非己之
急物与天下国家之大故，可以不作。"④ 他对晚明诗坛各立坛坫，党
同伐异的陋习也极为不满，其为方文作《北游草序》云："论诗而
好讥议人者，此其人不足与言诗也。其意以为不排人无以自见，故
于古人亦反唇焉。由此推之，必律天下之人皆归于己一轨，凡古人
之不合于我者，辄訾其瑕，类使闻者无不惊而畏之曰：夫夫也，且
出古人上，其谁敢与之争。"⑤ 因此他主张诗要成"一家之言"才
有价值，方文诗专学白居易，朴老深挚，亦可谓一家之言，有传世
不朽之价值。

---

　　① 王士禛：《居易录》卷十二，袁世硕主编：《王士禛全集》（五），齐鲁书社
2007 年版，第 3902 页。
　　② 李元春：《河滨诗钞序》，《桐阁文钞》卷四，《稀见清人别集丛刊》本，广西师
范大学出版社 2007 年版。
　　③ 同上。
　　④ 李楷：《谷口山房诗集序》，《四库全书存目丛书·谷口山房诗集》卷首，齐鲁
书社 1997 年版。
　　⑤ 李楷：《北游草序》，方文《嵞山集》（中）《北游草》卷首，上海古籍出版社
1979 年版，第 543 页。

李楷诗歌题材广泛，各体皆工，其"四言直追风雅，乐府真比汉魏，五古何减颜谢，而七古亦在李杜韩苏之间，即近体所不喜为，夫岂时人所有？"[①]孙枝蔚曾说李楷"倚马千篇得，雕龙绝代看"(《怀李叔则》)，方文称其"骚雅知音苦不多"、"诗到穷工反自然"(《与李叔则先生感旧》)，胡介也称其"文章健格老愈成，诗思苍凉气弥厚"、"酒酣落笔益有神，纵横飞白如挥帚"(《河滨叟行赠李叔则》)[②]，他们都对李楷诗歌给予了很高的评价。

李楷生当明清易代之际，他目睹了明末政治腐败，农民起义，战乱频仍，清朝入关后的血腥杀戮，他怀着济世之才而不能见用，其胸中之牢愁怨愤，一一发之于诗。其诗虽然对农民起义极尽污蔑，但对明朝的腐败也极为不满。孙传庭守潼关，在急功近利的崇祯君臣的逼迫之下冒险出战，明军一败涂地，传庭战死。诗人回顾此次事件，多年后依然耿耿于怀。其《怀孙司马传庭》云："将士非不力，效死救危城。天运不可知，百万方纵横。当其未出关，秦人保康年。促战一何急，山川亦见轻。后劲与前茅，思愤遗其生。功名未遂志，社稷随之倾。"[③]甲申年李自成攻陷京师之后，崇祯帝殉国，明朝旧臣在南京拥戴福王称帝。皇帝昏庸，不思进取，朝政操纵在马士英、阮大铖之手。阮大铖本为阉党逆案中之人物，整天卖官鬻爵，招权纳贿，朝政乌烟瘴气，很多正直的大臣都被排挤。李楷曾赋诗讽刺。其《冥蒙二章》云："天子傅粉墨，臣亦舞八风。古人略小节，其究莫能终。小器易以满，如狂彼愚蒙。晋家嗜放达，四郊生兵戎。优孟何足为，致身忘其祟。"据《明季南略》记载，阮大铖不但迫害正人，而且引诱弘光帝荒淫享乐，并且在大内演其《燕子笺》传奇。作者慨叹"优孟何足为，致身忘其祟"，对南明小朝廷的荒淫误国深表感慨。李楷对殉难扬州的史可法极为敬重，其《史坟》云：

---

① 李元春：《河滨诗钞序》，《桐阁文钞》卷一，《稀见清人别集丛刊》本，广西师范大学出版社 2007 年版。

② 胡介：《旅堂诗文集》诗集卷一，《四库未收书辑刊》七辑，北京出版社 2000 年版，第 705 页。

③ 李楷著，李元春选：《河滨诗选》卷三，陕西图书馆藏清嘉庆刻本。

> 梅花岭畔短榆坟，三尺丰碑日暮云。遗墅有邻思太傅，孤城此处恨将军。若教半壁存江左，应有旂常纪大勋。春水拍天流紫海，到今怒血浪氤氲。

史可法拒绝清廷的诱降，大节凛然，最后殉难，成为晚明抗清史上最壮烈的一幕。但是当时有各种传言，李楷诗中再一次证实史可法殉国的壮举。只是史可法生不逢时，未能像王导、谢安那样力挽狂澜，存下明室半壁河山，作者甚为惋惜。

李楷虽然短暂仕清，但对清廷挑起战端，致使生灵涂炭极为不满，其《蚩尤旗》云：

> 星芒白射万眸同，不知太史占何宫。非彗非烟亦非虹，夜夜天垣亘虚空。昔三十年见于东，鸭江瑞气验郁葱。世于盘古再有熊。小子无知愁老翁，一统久已息战功。蚩尤旗，泪冲冲，不愿兵强愿岁丰。

蚩尤为上古少数民族帝王，曾与炎帝战于涿鹿。蚩尤旗为彗星名，古代以为此星出，主有征伐之事。《吕氏春秋·明理》云："有其状若众植华以长，黄上白下，其名蚩尤之旗。"李楷诗所说"昔三十年见于东，鸭江瑞气验郁葱"显然是指清廷在东北挑起战事，致使国家长期战乱，民不聊生的历史。其用"蚩尤"代指清廷，明显具有贬低和敌视清朝统治的含义，这在清初遗民诗文中都是不多见的，难怪孙枝蔚担心其遗文为仇家所告发。由于经过清朝历次文字狱的残酷迫害，李元春在嘉庆年间编选河滨诗文，像这类诗文大多已经删汰，集中再不多见。但是反映清初战乱的诗句仍然俯拾皆是。如"胡宽人已非，鸡犬复何处"（《新丰》）、"膏腴虚在眼，矛戟每生愁"（《扬州》）等，这些乱离景象正是明末清初中国社会的真实写照。

李楷在伤时悯乱之时，对民生也极为关注，体现了儒家"己饥"、"己溺"的仁者情怀。明朝末年，关中大旱，民不聊生，李楷对这种社会惨象有着真实的描述。其《土肤歌》云：

> 土肤燥，麦芒枯。三尺之下泉有无。妻忧其夫，妇忧其姑。饘粥焉所出，天田之星何为乎？
>
> 廿年之前人食人，千里之外人市人。人其余几，天多怨嗔。夏之日不忧寒，但愁饥。一日必三饭，八口乃同时。

"人食人"、"人市人"是多么残忍的一种社会景象！在这种悲惨的社会中，人们朝不保夕，甚至铤而走险。其《南丘》云："孱息良家子，讹言选负戈。金钱骄驵狯，鸡犬付悲歌。"不但良家子弟被逼负戈从军，就连亭长也不能幸免，他们不能完成租役赋税，也不得不逃亡他乡，其《宿张公铺书事》云："亭长逃亡旅舍幽，蒙茸有客衣狐裘。扬镳未解柴车苦，鸣镝时深轵里仇。"还有《旱》、《苦雨》、《五冰诗》、《雪怨四首》也写老百姓在旱涝冻雪等自然灾害面前，挣扎在死亡线上的凄凉景象。其《雪怨四首》其一云："扬州积突雪，十日不知止。未见富民丰，先闻贫者死。"还有一些突发的自然灾害也会造成百姓的大量死亡，其《途中闻山半小村落秋雨，山崩，屋宇杳无存迹，作此吊之》就是写在一次泥石流灾害中，造成一个小村庄整个被掩埋的惨象。诗云："陆沉畴目睹，苦雨竟移山。鸡犬非仙去，旄倪未复还。数家蒿里地，一日夜台殷。避水高丘误，吁嗟鬼大艰。"这是多么让人惊心动魄的乱世惨象！即使没有天灾发生，官府繁重的租赋也压得老百姓喘不过气来。其《野田黄雀行》云：

> 黄雀飞入野田中，恼杀守田老衰翁。嗟嗟头白早，野田黄雀故相恼。举族薨薨来，啾啾欺人老。啄我苗根茎，使我苗枯槁。日复日，田生草。我欲捕雀无有罗，雀之伤田可奈何。今岁雀犹可，来岁雀增多。野田之租不可赦，吏又贪饕善催科。空城雀语田中雀，田中不如城中乐。尔虽食穗有余饶，城粟委积堆跳跃。

这首诗写出了农民在贪官污吏压榨下的痛苦和无奈，"野田之租不可赦，吏又贪饕善催科"把统治者仁政的假面具无情撕破。末尾又通过城中雀对田中雀的提醒，警告统治者别太贪得无厌，造成百姓铤而走险。整首诗古朴悲凉，读之让人扼腕。

李楷一生曾经漫游大江南北，李元春说他"又历鼎革之际，赍志不遂，周行南北，阅尽天下之故，平时郁积之气，虽不执笔，几几乎欲吐而出，一有所作，则触绪成章，万言立就。"① 李楷的纪游诗，或写景物，或记风俗，或抒旅途苦况，大都写得慷慨淋漓，真情感人。如《病后始至瓜洲》云："江干传列戍，漕舫尚古风。客有他乡恨，非关野树红。岛烟能宛转，仙迹杳虚空。归卧希夷侧，山林兴不穷。"沉郁真挚，有着深厚的思乡之情。他的许多诗歌写景如画，质朴简练，描绘了各地不同的人情风俗。如"秦地皆纯朴，邑都尚古风"（《鼎州三首》）、"小市惟粗布，填门几束薪"（《郿县》）、"茶筐泥瘦塞，蕨包重采芹"（《巩昌仁寿山》）等诗句，明白如话，简洁自然，有一种浓郁的西北风情。

李楷交游较广，但抉择甚严。方文曾说他"流寓扬州近十年，杜门不喜见时贤"（《与李叔则先生感旧》），可见他在交友方面是比较慎重的。从现存资料来看，李楷在江南时期主要和冒襄、计东、胡介、程邃、孙枝蔚、张恂、王崇简、潘陆、沈荃等人交游酬唱；他回关中以后和李颙、李念慈、李因笃、王弘撰、梁熙等人交往颇密，他的诗学活动在清初具有和王弘撰一样联络南北诗坛的作用，在清初诗坛地位较为特殊。《河滨诗选》中赠友人之诗颇多，如《送家屺瞻北上》、《沈绛堂雅集张将军宅，屈翁山先为诗，时家子德将之代州，要杜苍舒、王山史各成韵》、《赠张康侯》、《赠沈太史绛堂三首》、《抒怀寄扬州王司理贻上》大多真情洋溢，感人至深。其《咏独鹤亭为王山史作二首》尤能见其性情，其一云：

> 鹤声落人间，相怜始相呼。孤鹤反脱累，不受雌雄愚。地

① 李元春：《河滨文钞序》，《桐阁文钞》卷四，《稀见清人别集丛刊》本，广西师范大学出版社 2007 年版。

上即云霄，何必翔虚无。小亭邻高山，湿翠时一铺。池鳞多文锦，相望如江湖。此生苟自得，岁月听肥臞。他人或未解，主者情允符。

王弘撰在关中声望颇隆，顾炎武称其为"关中声气之领袖"，他孤介耿直，建独鹤亭以明志。李楷称赞他"孤鹤反脱累，不受雌雄愚。地上即云霄，何必翔虚无"，正指出了山史不与世俗同流的高洁品质。此诗萧疏洒落，多韵外之致。

李楷诗歌，多关怀国家命运、生民忧苦之作，也印证了他"无关于天下国家之故，皆无益之言，皆可以不作"的文学主张，其集中经过李元春删汰，竟然无一首风云月露之作，在明末清初享乐主义盛行的社会可谓绝无仅有。河滨诗歌的艺术成就，王渔洋认为其"诗文颇奥衍耸拔，有奇气"，但"才多不能裁割"，"加声律不叶，未免拗折嗓子，如昔人所谶耳"。李楷的诗歌艺术特征，其最得力处在一"朴"字，而他论诗也最推崇朴字。其《北游草序》云："朴老真至，诗之则也。予观草木之华，香艳沁人，结而为果，坚确可举，方子之诗，诗之果也。朴老真至，则果之熟时也。"① 方文和李楷将"朴老真至"推为诗歌艺术的最高准则，也是他们毕生追求的审美境界。李楷诗歌大多语言平实简洁，感情淳朴真挚，毫无模拟造作之迹。如《秋色》云："秋色苍苍秋水深，寒潭月影似人心。欲知静者门中事，鸿雁来时韵晚砧。"淳朴自然，萧疏散淡，别有韵致。其《秦州》诗云："水走山飞稻吐芒，谁家小麦尚登场。西东千里分时候，何故州名记夏凉。"作者以简练的诗句写出了陇右气候与关中的不同，塞外风景，跃然纸上。其《鼎州三首》写作者晚年归乡悲喜交集的心情，以及西北地区质朴的风俗和艰苦的生活，都以平实简练的笔法出之，读之自然真朴。李楷也有一些逸兴飞动，激昂慷慨的诗作，以至很多人认为他"诗似太白"。其《海上新捷》云："海岸云华入夜晴，新抽宝剑斩长鲸。共将侠气凌霜

① 李楷：《北游草序》，方文《嵞山集》（中）《北游草》卷首，上海古籍出版社1979年版，第544页。

刃，不许人间有不平。"壮怀激烈，激情澎湃，大有太白慷慨赴义，
建功立业的豪情壮志。李楷生当易代之际，蒿目时艰，内心多有悲
凉之感，诗歌也多沉郁之作。其《石城》云："于湖东下石城荒，
新鬼秋魂事渺茫。谁道鸳鸯七十二，一时罗网打鸳鸯。"大概是感
慨弘光帝大选宫女和清军抢掠妇女的暴行。整首诗含蓄蕴藉，缠绵
凄怆，读之令人神伤。还有《海陵道中》云："广陵东下水田肥，
寒夜天高北雁飞。渔网层层舟不断，鸬鹚到处鳜鱼稀。"将层层盘
剥百姓的贪官污吏比作鸬鹚，不堪忍受压榨而背井离乡的百姓比作
鳜鱼，意在言外，沉郁悲凉。

第二节　"直社"、"昭阳诗群"与关中诗人雷士俊

　　明代中后期，江淮地区的盐业贸易极为兴盛，扬州是江淮盐业
贸易的集散地，各地商人纷纷前往扬州经营盐务，而最著名的当属
徽商、晋商和秦商，晋商和秦商被称为"西商"。秦地商人在扬州
经营盐业历世不衰，而三原和泾阳商人最为著名。清初著名文士孙
枝蔚、张恂、雷士俊、王岩祖上多为盐商，在扬州及附近地区多有
产业。扬州盐商大多重视文化教育事业，他们拥有财富之后多教育
子弟专心举业，通过科考获得更好的进身之路。因此在扬州盐商后
裔里面涌现出了许多著名文士。例如歙县郑氏家族，郑元勋祖上即
经营盐务，而到郑元勋辈，兄弟四人有三人在明末中进士，其弟郑
元弼虽未中进士，但文名藉甚，与雷士俊、王岩、申周良等结为
"直社"，专力经世文章，在江淮间影响颇大。

　　明末清初，流寓江南的关中文士颇多，著名的有孙枝蔚、李
楷、韩诗、雷士俊、王岩、东荫商、曹玉珂等人。王士禛任扬州推
官其间，与关中文士孙枝蔚、李楷、雷士俊、韩诗皆有交往，他称
这些关中文士为"一时人豪"。在这些关中文士中，大多以诗鸣于
江南，而专心致力于古文的人并不多。

　　雷士俊、王岩在明末清初文名藉甚，当时著名文士魏禧、汪
琬、张玉书都对他们的古文成就给予了很高的评价。魏禧《艾陵文

钞序》曾说："先生以古文名天下垂四十年，……自少年为诸生，即慨然有当世之志，往往好论天下事，所论诗文工拙之故，颇类曾南丰。……今天下古文大行，其卓然能名家者不少人，独先生为之于举世不为之日。先生倡之，筑夫和之数十年。天下言古文者，江淮之间必以雷、王为归。"① 汪琬《与王筑夫》亦云："若先生则不然，其识足以穷古人之微，其才足以达古人之变，而且名不挂乎仕籍，身不至乎国门。凡所谓簿书酬酢之类，举皆萧然掉去，故能一志凝神，以求圣贤之遗绪，而陶然自乐于环堵之内。及其发为文章，气厚词丰，如风雨之骤至，如日月之四烛，如尊彝俎豆之渊然邃古，而实可以利物济用，殆亦无愧于作者矣。"② 清初周斯、张玉书更是对雷士俊推崇备至，甚至比之濂洛之学。周斯曾说："伯吁先生古文，三百年来所仅见者，当在荆川、遵岩之上，宋潜江犹伯仲行也。今日王、魏、李、孙、施、汪不及远甚。世有识者，决不以予言为河汉也。"③ 张玉书亦云："伯吁先生及仲升先生读书绩学，以理学名家，江淮间士大夫称美雷先生，至比之濂洛。"④ 孔尚任出于个人的文学好尚，虽然对雷、王古义有所不满，但也承认他们在明末清初古文创作中的成就。其《黄生传》云："盖自明嘉、隆以降，江南北俱习绮靡曼衍之作，其后西江、中州诸子出，乃纯以气行，若奔马之不能御也。近则淮南雷伯吁、王筑夫、陆悬圃辈起而矫之，缓节徐步，法脉条畅，然骨有余而体不足。"⑤ 由于各种原因，雷士俊、王岩在清代中期以后即为学界遗忘，他们成立的"直社"也无人提起，他们在明末清初的诗歌创作以及与"昭阳诗群"的关系更是无人问津。

---

① 魏禧：《艾陵文钞序》，雷士俊：《艾陵文钞》卷首，《四库禁毁书丛刊·集部》第 90 册，北京出版社 1997 年版。

② 汪琬：《与王筑夫》，《四库全书》所收《尧峰文钞》卷三十二改为《与王处士书》，内容没变。

③ 周斯：《论雷伯吁先生文行七条》，《艾陵文钞》卷首，《四库禁毁书丛刊·集部》第 90 册，北京出版社 1997 年版。

④ 张玉书：《郑节母雷太君五十寿序》，郑庆祜辑：《扬州休园志》卷三，《四库禁毁书目丛刊·史部》第 41 册，北京出版社 1997 年版，第 511 页。

⑤ 孔尚任：《湖海集》卷八，《四库全书存目丛书·集部》第 257 册，齐鲁书社 1997 年版，第 682 页。

一　从"直社"到"昭阳诗群"——关中诗人雷士俊

晚明时期，江南士子最好结社。他们通过结社学习时艺，揣摩风气，为科举考试做准备；另一方面也通过结社来选择朋友，互通声气。在复社之前，即有应社、几社等地域性文学社团。后来张溥、张采以古学倡导天下，并且推动年轻士子讨伐江西操选政的艾南英，因得独操选政，又合大江南北的很多社团如应社、几社、洛如社、云簪社等等，更名复社。复社成立之后，曾经举行了三次比较大的文士聚会，最著名的是崇祯五年的虎丘大会。陆世仪《复社纪略》云："癸酉春，溥约社长为虎丘大会。先期传单四出，至日，山左、江右、晋、楚、闽、浙以舟车至者数千人，大雄宝殿不能容，生公台、千人石鳞次布席皆满，往来丝织，……观者甚众，无不诧叹，以为三百年来，从未一有此也。"①

复社的骨干张溥、张采、吴伟业、杨天枢、吴昌时、陈子龙等先后成了进士，在朝的权贵为了培植势力，也来拉拢复社，因此凡是士子，只要进了复社，就有得中的希望。二张也不遗余力地推荐自己的门生社友，积极打通关节。陆世仪《复社纪略》云："而溥奖进门弟子，亦不遗余力，每岁科两试，有公荐，有转荐，有独荐。"② 这种公然的科场舞弊，他们都习焉不察，甚至有的士子已黜落，但只要张溥的专札投进，督学竟然"另换誊进，仍列高等"，陆世仪也认为"大妨贤路"。复社更为让人侧目的是利用在朝党人排挤异己，又利用在野士人的"清议"来制造舆论，以此朝野呼应，结党营私，造成了比较恶劣的影响。

复社同仁遍布天下，列名社中的不仅有江南、山左、浙江、江西等地的士人，远在千里之外闽、广、晋、秦等地人士也有列名社中，互通声气者。《复社纪略》载陕西籍的有田而腴一人。但是据计东诗中记载，当时与复社有联系的还有东云雏、刘湘客、韩诗、李楷等人。但是雷士俊、王岩长期流寓江南，并没有参加复社的

────────────

① 陆世仪：《复社纪略》卷二，北京古籍出版社 2002 年版，第 231 页。
② 同上书，第 232 页。

活动，他们与郑元勋、闵鼎、张问达等人组成直社，与复社分庭抗礼。

直社成立于崇祯八年，雷士俊《直社分义序》云："直社兴自申周良，乙亥（崇祯八年）之春，周良嘱闵渭璜，汪辰初、王筑夫、谈青令、郑廷直、张孚聪而为文，余以庸材获与其事。是时诸子志伟气雄，余亦严严卑视一世，其相与论议，皆有树立，不因循，砥砺切劘，以进于古人之意，而其大指则确守程朱之传注以达于孔孟，中或有违者，亦不甚远也。"① 直社成立之前，雷士俊等人在扬州已结见社，后来在申维翰的推动下改名直社。直社的成员不广，大多为扬州府治下的士子。雷士俊《郑廷直传》云："当是时，士喜建社，各有名号。而四方之士在江都者，相与鸠合，讲习艺术，谓之直社。直社诸子如王岩、张问达、汪蛟、申维翰、谈震德、闵鼎、金怀玉、许承宣、刘梁嵩、许承家，皆一时隽才，喧著州县。"②

直社最初的宗旨是讲论时文，切磋制义，寻求志同道合的朋友。他们曾有制义文章结集刊刻，名曰《直社分义》，而郑元勋文章最多。后来逐渐从时文变为古文。雷士俊曾云："吾社之始为文，纵横奔放者多有，而犹蹈于规矩，庶几先民之轨，至是出入左、马、韩、欧，虽孔孟之微言寓焉，滋泓肆矣。"③ 其《文录一集序》又云："夫制科之文，士无贤愚，莫不心专而口乐道之，且学者求禄利之途在焉，上则为卿相，下亦不失为守令。而独以余性之不喜视之，郁郁不能终日，去之唯恐其迟也。"④

直社的成员中，以郑元勋兄弟最为著名。郑氏原籍歙县，自郑元勋祖父始迁居扬州。郑元勋弟兄在扬州拥厚赀，重交谊，科举兴盛，又广置园林，四方之士游扬州者，多与郑氏兄弟交接。方象瑛《重葺休园记》云："休园在江都流水桥前，水部士介郑

---

① 雷士俊：《艾陵文钞》卷五，《四库禁毁书丛刊·集部》第90册，北京出版社1997年版，第60页。

② 同上书，第102页。

③ 同上书，第60页。

④ 同上书，第61页。

公之别业，而其孙懋嘉孝廉读书处也。水部当明季时，与兄长吉、超宗、赞可三先生文章声气重于东南，各为园亭以奉母。长吉公有五亩之宅、二亩之间及王氏园，超宗公有影园，赞可公有嘉树园。士介公年最幼，闭户读书，独无所营。后以司空解组归，始买朱氏址以娱老，因名曰休园。"①郑元勋当时还举行过黄牡丹诗会，由冒襄主持，四方之士多赋诗参加，由钱谦益评论甲乙，胜出者至以金卮作赏。冒襄《含英阁诗序》云："忆前丁卯，与郑超宗、李龙侯、梁湛至三公结社邗上，后缔影园，在城南水湄，花药分列，琴书横陈，清潭秀空，碧树满目，余与超老络绎东南，主持坛坫。海内鸿巨，以影园为会归。庚辰，园中黄牡丹盛开，名士飞章联句，余为征集其诗，缄至虞山，定其甲乙。一时风流相尚，传为极奇。"②

郑氏又与泾阳雷氏、兴化李氏、江都许氏联络有亲，世有婚姻。郑侠如子郑为光娶雷士俊侄女为妻。张恕可《郑节母雷太恭人行状》云："太恭人原籍陕西之泾阳，世有名德，从高祖望峨公业醵淮南，祖国学仰龙公始占籍江都，而太恭人之伯父伯吁公遂以商籍食饩于扬之郡庠，理学著闻江左，所著有《艾陵文集》行世，殁而崇祀乡贤。伯吁公同怀弟仲升公，是为太恭人之父。……与兄伯吁公，及南州王君于一、白田王君筑夫、楚阳李公小有、映碧、广陵郑职方公超宗、水部公士介诸先辈，俱为直社冠冕。诸公既以文章声气主盟坛坫，尤同德比义，而相师友。会水部公为外舅侍御公求继室，雷郑气谊既亲，仲升公遂以太恭人许字焉。"③郑为光子郑懋嘉又娶李清之孙女为妻。郑庆祜《先妣李太恭人行状》云："吾母姓李氏，上世籍句容，有明迁兴化。自文定公发祥，后代有贤哲。外高祖廷尉公（李清），与先高祖水部俟庵公（郑侠如）、伯

————————

①　方象瑛：《重葺休园记》，《扬州休园志》卷一，《四库禁毁书目丛刊·史部》第41册，北京出版社1997年版，第490页。

②　冒襄：《含英阁诗序》，《扬州休园志》卷三，《四库禁毁书目丛刊·史部》第41册，北京出版社1997年版，第534页。

③　郑庆祜辑：《扬州休园志》卷六，《四库禁毁书目丛刊·史部》第41册，北京出版社1997年版，第597—598页。

高祖职方超宗公同德比义，文章气谊为直社冠冕，由遂李郑契合，兼联姻好。外曾祖总宪木庵公（李楠）侨居扬郡，与曾祖侍御晦中公相比邻，往来尤数。"①郑元勋之妹又为许承家、许承宣之母，他们从小即追随郑氏游，文艺多承自外家。许承家《郑太史制义序》云："余束发从超宗、士介、廷直诸舅氏游，见其慷慨论列。谓士生厮世，苟得摄尺寸柄，举平生所学措于朝，如兵农礼乐刑政之类，必得一节以自效。……余兄弟读书草堂，酒后耳热，奋袂歌呼，遒遒露发已意，未尝不如诸舅氏慷慨论列时。"②

由此可见当时郑氏一门诗书之鼎盛，但是后人对于直社的成员多有误记。按照雷士俊的记载，直社的主要成员是王岩、张问达、汪蛟、申维翰、谈震德、闵鼎、金怀玉、许承宣、刘梁嵩、许承家、杨颙若和他自己。他跟李盘、王猷定、郑元弼、郑侠如俱为好友，但他们不是社中人。李清和雷士俊从未谋面，更无从说李清是直社中人。郑元勋很早就入了复社，与张溥、吴伟业等交往密切。郑氏兄弟居乡有仁声，以气节自励，黄道周、袁继咸因得罪当道，被缉拿过扬州之时，郑氏兄弟和王岩、雷士俊等不顾个人安危，前去饯送，直声震天下。刘肇国《郑水部及汪夫人五十双寿序》云："其为诸生，倾心海内正人君子。崇祯时，黄公石斋、袁公临侯被逮征车，所过门生故人闭门示绝。及抵广陵，公独与其友王筑夫等挐舟迎送，慰劳殷勤，缇骑为之感动，道旁见者咋舌。当是时，祸患在前不顾也。"③

直社中人在明末科考不顺，加之不事干谒权贵，许多人在明亡后隐居不仕，姓名不彰于当世，故其生平事迹多不可考。现将直社主要成员之生平做一简略介绍。

雷士俊（1611—1668），字伯吁，号艾陵先生。江苏扬州人。先世居陕西泾阳，雷氏与张氏为泾阳望族。雷士俊《处士显祖考府

---

① 郑庆祜辑：《扬州休园志》卷六，《四库禁毁书目丛刊·史部》第41册，北京出版社1997年版，第606页。
② 同上书，第529页。
③ 同上书，第507页。

君行状》云："陕西府以八数，而西安为大，府赋税户口甲于诸府。西安州县以三十七数，小者穷瘠，大者殷富，而泾阳尤大县，风俗侈丽，与都邑等。泾阳大族以百数，而雷氏独著。隆万间，雷公斋与张高楼俱号赀巨万，任侠倜傥自雄，至今言泾阳之大族者，必曰张、雷，县令多异视焉。"① 雷士俊祖父名汪，父名起鲤，国子监生，"为人朴直，不苟谈笑，尤慎于取财"。雷士俊弱冠补扬州郡庠生，善举子业，与同里诸子结社，皆一时杰出，制义称雄，号直社。雷士俊屡考举人不中，在江西袁继咸先生的影响下，慨然有事于古。李骈《雷艾陵先生传》："少即不喜制科文，江西袁晦若知名于时，试礼部，过江都，先生从之游。告先生以文章之源流，上溯六经，下讫唐宋大家。是时先生年十五矣，闻之喜，慨然有事于古，而父不之悦也。"② 后来他更潜心濂洛关闽之学，著有《读大学》、《读孟子》、《德说》、《敬说》、《性论》、《颜渊论》、《动静如船之在水论》等，辑为《传心录》。雷士俊认为"天有理有气，人得其理以成性，得其气以成形。有形而有欲，性即天理，而欲者，天之气也。欲原于天，明矣。欲原于天，则理舍欲安能独为理乎。饮食男女，人之大欲存焉。使无饮食男女之欲，则无所谓邪，又安有所谓正释氏之学？无眼耳鼻舌，吾儒所排为异端者，倪悉绝色声臭味空虚寂灭，又何异释氏乎？人受天之气以生情，动于中而物，接于外则欲，有不能一日已者也。强遏之不出，必有横溢溃决之患。时观而自省，务合于礼，而禁其非礼，则形岂有或纵性，岂有或失者哉。"③ 这对宋元以来俗儒所倡"存天理，灭人欲"的谬说以根本的肃清。

雷士俊屡试不中，乃专力于经史古文，"穷讨六经、《周礼》、诸史、百氏之说，究质古今治乱成败得失兴亡，君子小人消长盛衰

---

① 雷士俊：《艾陵文钞》卷十四，《四库禁毁书丛刊·集部》第90册，北京出版社1997年版，第159页。
② 李骈：《虬峰文集》卷十六，《四库禁毁书丛刊·集部》第131册，北京出版社1997年版，第497页。
③ 雷士俊：《颜渊论一》，《艾陵文钞》卷一，《四库禁毁书丛刊·集部》第90册，北京出版社1997年版，第20页。

之故，涵渟沉浸，贯穿纵横，咀茹英华"①。他目睹晚明政治淆乱，
邪说横出，"慨然有当世之志，往往好论天下事"②。黄道周以劾宰
辅抵罪，客或讥其好名，雷士俊斥其庸妄，著《好名辩》。南都福
王立，雷士俊上书史可法，谓："宜正位号，树藩卫，饬纪纲。"③
他又念南都以长江为天险，多凭险自恃，防卫松弛，著《防江》一
文，上之当道，惜不为所用。未几，南都倾覆。雷士俊从此以遗民
自居，但他对时事的关心并没有随之消灭。康熙初年，王士禛从扬
州推官迁礼部主客司，雷士俊送别时还谆谆嘱咐，希望王士禛建议
当政者改变选拔人才的制度。雷士俊晚年以著书为事，不苟交游，
与王岩、李盘、李沂、孙枝蔚、周斯、孙默等遗民诗人交往最密。
与新朝官员王士禛、王士禄、施闰章、李楷、李念慈、周亮工、计
东等人亦有来往，他虽然穷困潦倒，但从不干谒取进，表现了崇高
的人格精神。计东曾云："雷子伯吁、王子筑夫，俱秦中人，侨居
扬州。去予家六七百里而近，予心师之二十年未得见。今予之来客
扬州也，叩门依人，自冬徂夏，久不得去，遂得以其间求事两君
子，皆许为文赠予，意良厚。两君子，天下奇杰男子也。负管、葛
经世之略，隐居杜门，读书授教终其身，穷约以老，怡然安之，非
天下之至勇不能与于斯也。"④ 著有《艾陵文钞》十六卷，《诗钞》
二卷。

　　王岩，字筑夫，原名天祐，字平格，生卒年不详。计东《广陵
五日燕集作》赠王岩有"关中王先生，行年逾六十"之句⑤，此诗
作于康熙十年辛亥（1671），逆推六十年，王岩生于1611左右，与

---

　　① 王岩：《清处士雷君伯吁墓志铭》，《艾陵文钞》卷首，《四库禁毁书丛刊·集部》第90册，北京出版社1997年版。

　　② 魏禧：《艾陵文集序》，雷士俊《艾陵文钞》卷首，《四库禁毁书丛刊·集部》第90册，北京出版社1997年版。

　　③ 雷士俊：《上宰相史公书》，《艾陵文钞》卷十，《四库禁毁书丛刊·集部》第90册，北京出版社1997年版，第113页。

　　④ 计东：《赠雷伯吁、王筑夫序》，《改亭诗文集》文集卷四，《续修四库全书·集部》第1408册，上海古籍出版社2002年版，第132页。

　　⑤ 计东：《改亭诗文集》诗集卷一，《续修四库全书·集部》第1408册，上海古籍出版社2002年版，第18页。

雷士俊年龄相仿。江苏宝应人。其先世为陕西长安人，其祖父始迁居宝应。其祖名思贤，中隆庆庚午乡举，万历己丑授高州府推官。"体貌魁梧，严整有威仪。"① 在任除恶扬善，颇有政声。其父名言绎，宝应诸生，"丰颐阔颜，容貌甚伟，喜议论"。在明末农民起义风起云涌，大明江山岌岌可危之时，曾著文论战守，向当道建议镇压农民起义的策略，惜不为用。王岩少为诸生，与雷士俊最善，曾随雷士俊学古文，后亦成家，名相埒，世称"雷王"，深得当时名家的推崇。朱彝尊曾云："筑夫肆力为古文辞，要以醇朴胜若，惟恐其文之工者，颇有类于穆伯长、柳仲涂、尹师鲁、石守道诸家。"② 王岩也是直社的重要成员，明亡后以遗民自居。时有选刻《夏诗选》者，通过李沛请求王岩与雷士俊诗作，岩答沛曰："仆自废退以来，声影刊落，古之君子不得志于时，既无由致主经国，功德流天壤，又无由发挥语言文字，润色治平，光辉制作，而徒托肥遁以自藏，则夫汲汲以高蹈自见，亦或可以不必也。即一啸一咏，聊自怡悦于山岚水泽间，亦不欲轻以示人。若一二同心，相与唱酬，则我负子戴之言，又无庸遽闻于世。古人身隐则名不可闻，盖为是也。"③ 其耿介自守如是。汪懋麟与兄耀麟曾从其学文。王士禛《比部汪蛟门传》云："（汪懋麟）幼颖异殊常儿，与兄耀麟同授经长安王岩筑夫之门。筑夫宿儒，工古文，通经学，君得其指授为多。"④ 后因贫困潦倒，以卖文为生，友人多不满。周斯曾云："伯吁固穷，能辞某总督之金，不为作战功纪，筑夫为贫，遂有不同处。"又云："卖文虽古人有行之者，最多则蔡中郎，然自以为有惭德也。身既隐，岂得与尘世仆仆作文，若贫无生计，不如三家村里训蒙，大胜卖文与世俗缠扰。"⑤ 著有《白田集》。其诗传世不多，

① 雷士俊：《王高州传》，《艾陵文钞》卷九，《四库禁毁书丛刊·集部》第90册，北京出版社1997年版，第110页。
② 朱彝尊：《静志居诗话》卷二十二，人民文学出版社1990年版，第697页。
③ 王岩：《答李平子》，周在浚等辑《赖古堂名贤尺牍新钞·藏弆集》卷六，《四库禁毁》本，第606页。
④ 袁世硕主编：《王士禛全集》（三），齐鲁书社2007年版，第1814页。
⑤ 周斯：《论雷伯吁先生文行七条》，《艾陵文钞》卷首，《四库禁毁书丛刊·集部》第90册，北京出版社1997年版。

卓尔堪《遗民诗》、朱彝尊《明诗综》、邓汉仪《诗观》选有王岩诗数首。

郑元弼（1611—1645），字廷直，江都人。明末诸生。其兄郑元勋、郑元化、郑侠如皆有文名，与冒辟疆、张溥等善，主东南声气。元弼生有隽才，幼入扬州府学，补高等，每试辄第一。但科考连年不顺，困于场屋近 20 年。元弼博闻强识，上自经传，下至庄、韩、荀、杨诸子与史官纪录，唐宋士大夫之所撰述，无不窥览。面黄瘠而身长，能谈说，每稠人广坐，元弼驰骋纵横，充口而出之，声既雄壮，辞又明辨，众左右顾而不欲听，而磊落奇伟者，悚耳悦心，然亦不能与争是非可否。① 弘光元年，高杰围扬州，郑元勋被乱民所杀，家亦破。未几，清军破扬州，元弼郁郁而卒，时年 35 岁。

申维翰，字周伯，生卒年不详，江南江都（今江苏扬州）人。廪监生，入清不仕。康熙十八年与孙枝蔚、邓汉仪等同举博学鸿词，以年老辞，康熙特命授予内阁中书舍人，后归里终老。见秦瀛《己未词科录》。

汪蛟，字辰初，歙县人，寄籍扬州。崇祯十二年举人。与雷士俊等诗文切劘，雷士俊《寿汪母金孺人六十序》："余与辰初同盟者十有三年，同盟诸子淹滞颠顿。崇祯十二年，辰初先诸子而举于乡。"② 隆武时任琼州推官，永历时补勋司，奔走闽、粤、滇 30 余年。后归黄山，以遗民终老。《云南通志》载："汪蛟，字辰初，徽州人。明末宦滇，以中原多故，避乱至榆爱、太和、古生、傍水，因侨寓焉。博学工诗，为人简静，有志操，后归黄山。"③ 与孙枝蔚、钱秉镫、雷士俊等极投契。著有《滇南日记》、《心远堂诗》等。

张问达，字孚聪，更字天民，江都人。明末为诸生。高杰欲屯兵扬州城内，问达诣史可法军门，力陈不可，可法怒，将斩之，或

① 雷士俊：《郑廷直传》，《艾陵文钞》卷九，《四库禁毁书丛刊·集部》第 90 册，北京出版社 1997 年版，第 102 页。

② 雷士俊：《艾陵文钞》卷七，《四库禁毁书丛刊·集部》第 90 册，北京出版社 1997 年版，第 79 页。

③ 鄂尔泰等：《云南通志》卷二十三，《四库全书》本。

呼曰："此壮士也，不可杀。"① 召入，论时事，改容谢焉。问达为学得力于致良知之说，刻文成全集以志私淑。著有《易经辨疑》七卷、《左传分国纪事》、《河道末议》。后举康熙五年乡试，官赵城知县。

金怀玉，字式如，江都人。顺治十五年进士，授泉州府推官。时海氛未靖，沿海州邑数十里外筑墙为界，有逾墙出者以通海论。怀玉至，录释系狱千余人，白上官曰："此小民资渔利为活者，保无他也。"② 未几，弛禁，人咸服其得政体。迁瑞州府同知，卒。

许承宣，字力臣，号筼庵，生卒年不详。其先为歙人，后移居江都。其父名明贤，好为善事，居乡有清名，卒，祀乡贤。承宣为康熙十五年进士，选庶常。历官工科给事中。曾上《扬州水利》、《赋役》二书，语中利害，直声大著。典试陕西，察民疾苦，著《西北水利议》。著有《青岑文集》，曾编撰《黄山志》。

许承家，承宣弟，字师六，号来庵。康熙二十四年进士。工诗古文，尤长于律绝。许氏兄弟早年从舅氏郑元勋、郑士介和雷士俊等学习经史，慷慨有大志，为直社后起之秀。清顺治间王士禛司理扬州，喜欢推奖后进，许氏兄弟、汪懋麟等人多出王士禛门下。《居易录》卷十三云："前在扬州日，所赏拔士，如许承宣（丙辰进士，给事中）、许承家（乙丑进士，编修）、汪懋麟（丁未进士，刑部主事）、乔莱（丁未进士，侍读）、汪楫（己未召试，检讨，河南知府）、许嗣隆（壬戌进士，检讨）……以文章登科甲者，亦不下数十人。"③ 许承家著有《猎微阁诗集》六卷。许氏一门在康熙间人才辈出，著作丰富，为扬州人文代表。阮元《广陵诗事》卷三云："江都许力臣（承宣）为给谏，有声于台垣。其弟师六（承家）著《猎微阁集》。师六子眉右（昌龄）官比部，著有《碧摩阁小集》。眉右之子荔生（迎年）官中书舍人，著《槐墅诗钞》；娶徐氏淑则德音，著《绿净轩诗》。师六弟惕庵，荔生弟闇如、虞传，

———————

①　姚文田等：《（嘉庆）重修扬州府志》卷四十八，广陵书社2006年版，第92页。
②　同上书，第89页。
③　王士禛：《居易录》卷十三，袁世硕主编：《王士禛全集》（五），齐鲁书社2007年版，第3919页。

荔生子渭符佩璜举词科，皆工诗。许氏一门有《高阳五种诗刻》。"①

刘梁嵩，字玉少，江苏江都人。清顺治十七年（1660）举人，康熙三年（1664）进士。知江西崇义县。

闵鼎，字渭璜，江都人。卓尔堪《遗民诗》选其诗八首。

谈震德，江都人，岁贡。

直社中人虽然和复社成员有千丝万缕的关系，但直社的立社宗旨与行事准则与复社不同，因此直社成员绝不入复社。首先，雷士俊等人对复社领袖的文风不满。雷士俊《与郑廷直书》云："今之知名者，调停于古人肥瘠之间，为一种似秦汉非秦汉，似魏晋非魏晋之文，其人自谓集大成，远过古人，而丛杂浓浊，实不成章。虽时流共推，数年之后，与腐草同灭。"② 这明显是针对张溥等人的文章而言。张溥有《汉魏六朝百三家集》之选，《四库提要》称是书"卷帙既繁，不免务得贪多，失于限断，编录亦往往无法，考证亦往往未明"③。而张溥文也有"贪多务得"，失于伦次之文。但是张溥的文学贡献也不容忽视，他也有博雅条畅之文，如《五人墓碑记》等。雷士俊主要反对复社通过倡导博古之文排挤异己的陋习。他所倡导的古文与张溥等人不同，不炫耀广博，而主张学习古人的精神气度。《与郑廷直书》又云："弟所谓古文，务求至夫古人之域者，神气态度，当一一似古人，不必阳尊秦汉，阴又少之，而欲取魏晋之浮华以补其未足。如此时流虽未必盛称，或群相诽谤，终属一家之言，庶几有传之者。"令雷士俊最为反感的是复社之人多躁进之士，在科场汲汲通关节，求利禄。他曾说："尝笑今知名之士，日投刺拜谒，饮酒高会，其人奇杰者，初亦博学雄才，升古人之堂，而奔走驰逐既久，平生旧所记诵，悉皆遗忘。新者无一字入眼，遂碌碌空疏，无异天下之庸人。弟近者谢却宾客，自恐蹈此，更欲以为吾社兄弟之戒。……欲侥幸于春秋二榜者，则矜夸不置，

---

① 阮元：《广陵诗事》卷三，广陵书社 2005 年版，第 36 页。

② 雷士俊：《艾陵文钞》卷十，《四库禁毁书丛刊·集部》第 90 册，北京出版社 1997 年版，第 117 页。

③ 永瑢等：《四库全书总目》卷一八九《汉魏六朝一百三家集提要》，中华书局 1965 年版，第 1723 页。

卑视一切，弟颇厌之。或吐其所怀以示，彼亦不愿闻。"① 这正是直
社立社的精神，不为利禄所诱，不为声名所动，专心研讨古文，以
求进德立业。但是晚明科场之腐败淆乱已经积重难返，有一二特立
之士终究难挽颓风，因此雷士俊等直社中人往往被摈弃。雷士俊
《郑廷直传》云："是时，士专务禄仕，而古学废绝，间有知用力
者，又短于应主司之考。元弼记诵弘多，而制义赡雅，每篇数千
言，世之中者少与之并。五赴应天试而无成，竟穷厄以卒。"② 他还
在《壬午试事记》中对当时科场的腐败进行了严厉的抨击：

> 余以落落不合于扬州知府冯公，为所摈，不与提学试。而
> 王筑夫就试，提学叙第三等。是时，张孚聪丧未祥禫。明年六
> 月，提学宗公考遗才于江阴，余与筑夫、孚聪赴之。筑夫守
> 正，绝干谒。孚聪疾世之奔竞，励意矫枉。余亦素奉二君子
> 教，心窃慕之，皆以疏拙安命为尚，权要请托为贱。而遗才之
> 试，大抵公卿所关说。虽有刚方提学，执法不回，或于岁科二
> 试，较文取士，务于严平。而至于录遗，则以徇当途者之情。
> 当途者亦明言之提学，以为斯固宜然，人习睹之，群谓录遗固
> 如此矣。而贿赂纵横，恬不忌讳。……士生衰季，承筐造庐之
> 风泯灭已久，非科目无缘而进，已非古制。而又不由其道，无
> 怪乎天下之患得患失，多鄙夫而鲜功业也。且事亦何论于小大
> 乎，以为此细故也，而可以权行之，浸假而施之贡举矣，浸假
> 而移之铨选矣。一唱百和，廉耻贸乱，贤不肖浑淆。今夫堤防
> 之于水也，牢固而无隙，故无水患。溃但蚁穴，洪波随之腾涌
> 漂荡，放乎千里而不知其所极也。③

　　直社中人因不事干谒，不徇权贵，大多在明末困于场屋。雷士

---

　　① 雷士俊：《与郑廷直书》，《艾陵文钞》卷十，《四库禁毁书丛刊·集部》第90
册，北京出版社1997年版，第117页。
　　② 同上书，第102页。
　　③ 雷士俊：《艾陵文钞》卷八，《四库禁毁书丛刊·集部》第90册，北京出版社
1997年版，第89页。

俊不但愤慨于对自身的不公，而且认为长此以往，士大夫多为贪图功名利禄之人，置国家安危于不顾，可能会导致天下大乱，因此他向当道提出改革科考的建议，作《代论科场事宜疏》上之朝廷，可是时间不长，李自成就攻陷了北京。

直社的解散与高杰兵乱，南都覆亡有直接的关系。北都覆亡之后，凤阳总督马士英拉拢高杰、刘泽清拥立福王建都南京，而以史可法、高弘图、马士英为东阁大学士。史可法请在淮、扬、泗、庐设四镇，以黄得功、高杰、刘泽清、刘良佐分守其地。后来马士英为了排挤史可法，调任其为淮扬督兵，协调四镇。高杰初封兴平伯，辖徐、泗，驻于泗水。他艳羡扬州富庶，遂提兵至扬州，扬州之民惧杰兵，闭门不纳。高杰纵兵抢掠，杀戮扬民在城外者甚众。扬州人也固城自保，伺机劫杀杰之散兵。高杰大怒，率众攻城日急。郑元勋与高杰有旧，单骑往杰营，陈说大义。高杰撤兵于五里之外，扬州开启两门，准予货贸。扬民有好事者杀城外杰兵，取其货利，高杰益怒。郑元勋与守城官员在城南商议对策，兵民聚积甚众。郑元勋认为当先杀扬民中启衅之人，以儆效尤，否则高杰攻城，祸且不测。民众认为高兵已杀人，罪不容恕。郑元勋又说："亦有杨诚戕贼者，岂尽由高镇耶？"众人误将杨诚以为"扬城"，认为郑元勋私通高杰，欲献城。其中有张自强、王柱万、陈尝即大喊："郑宦通贼，曲为解免，吾侪若不下手，势必尽遭屠灭！"[1] 于是，郑元勋被害，而郑氏之园林也化为灰烬，直社中人也大多逃出城外避难。许承家《重葺休园记》云："乃未几，高杰兵乱扬州，影园雕墙画阁，一刻废为荒墟。"[2] 雷士俊《与许力臣》亦云："甲申秋，郡城解严，吾社诸兄弟散窜。人各一方，声音笑貌，隔不相接，其中遂有一别而死如吾廷直者，诚可悼也。"[3] 郑廷直卒于顺治

---

[1] 计六奇：《明季南略》卷一"高杰"条，《戴名世集》卷十三《弘光乙酉扬州城守纪略》也有记载。

[2] 郑庆祐辑：《扬州休园志》卷三，《四库禁毁书目丛刊·史部》第41册，北京出版社1997年版，第492页。

[3] 雷士俊：《艾陵文钞》卷十一，《四库禁毁书丛刊·集部》第90册，北京出版社1997年版，第131页。

二年，与高杰兵乱应直接相关。郑侠如也在南明覆亡之后，隐居不仕，后葺休园，优游著书于其中。

高杰兵乱后，雷士俊携家避居兴化，其家亦遭到高杰乱兵的抢掠。其《太学生显考府君及继配杨孺人行状》云："府君重诺人，临财尤不苟。荐绅大夫每以金寄，多者累千，府君必却，受则无负。高杰兵屯扬州，携家避兴化，遂移金置其地涂。遇兵劫，府君曰：'彼金之属人寄者，吾必署其封检之只有若干，他皆属己金，即纪于簿，纤介不以欺也。'"① 雷士俊避居兴化，主要投靠的是李沛、李沂兄弟。其《答李映碧书》云："士俊白，曩以兵乱，投止贵县，始主有声，后主平庵。"② 其《三子惜别诗序》亦云："甲申秋，余辟地兴化，日与平子、艾山高谈伟论，上下古今，非一朝夕也。"③ 如前所述，郑氏与雷氏、李氏俱联络有亲，但甲申之前，未见雷士俊与李氏兄弟有诗文往来。此次避难兴化，当有郑氏兄弟之介绍。兴化处于里下河网络，是个泽国水乡，自然环境恶劣，灾害不断，民生极困苦。吴嘉纪《赠别李艾山》云："年年淮南涨，淼淼昭阳田。既惊里为沼，又苦家无馔。"但正如严迪昌先生所云："在动荡多难的明清易代之际，类此远离郡城都会，交通乖隔不便的穷乡僻壤，却成为遗佚志士们遮蔽惊风疾雨，草野聚合的一大渊薮。"④ 孔尚任曾说"江左遗贤半海滨"⑤，正是对当时海滨遗民群落的真实写照。

兴化李氏家族始迁自江南句容，兴化李氏在明朝科举鼎盛，因此与故明政权有着极深的渊源。明清鼎革之后，兴化李氏隐逸最多。兴化李氏在明代显于李春芳（1513—1585），嘉靖二十六年进士第一，丁未科状元，授翰林学士，隆庆二年任首辅。立朝数十

---

① 雷士俊：《艾陵文钞》卷十一，《四库禁毁书丛刊·集部》第90册，北京出版社1997年版，第161页。
② 同上书，第129页。
③ 同上书，第60页。
④ 严迪昌：《兴化李氏与清初昭阳诗群》，《严迪昌自选论文集》，中国书店2005年版，第45页。
⑤ 孔尚任：《过访黄仙裳依韵奉答》，《湖海集》卷一，《四库全书存目丛书·集部》第257册，齐鲁书社1997年版，第576页。

年，子裔繁多，后辈名家迭出。兴化人文称胜江南，李氏家族首屈第一。明末清初，李氏家族与故明政权、南明皇帝多有关系，为抗清殉国者屡见其人。李长倩为崇祯七年进士，后与黄道周拥立隆武帝于福建，任户部尚书，后兵败被杀，祀入扬州乡贤。此即李盘、李滢、李沂等叔侄兄弟诗中屡见追悼之"维曼伯父"。其从弟李信亦死难于广州任上，均为该家族影响深远的"忠烈"。李清（1602—1683）为李春芳玄孙，为长倩同祖弟长祺之子。崇祯四年进士，弘光中官至大理寺左丞，南明亡后隐居不仕。著有《南渡录》、《三垣笔记》，名重当世。

李氏家族在明末清初不但抗节自守，而且诗名满天下，其家族中如李潜、李沂、李盘、李滢、李瀚、李沛、李骐俱以诗鸣于东南。李沂与从子李骐、李瀚之子国宋最为著名，世称"三李"。李祥在其《李氏一家集序》中曾说：

> 胜国之初，吾家诗人最盛。艾山、镜月、平子屹若三宗，汤孙以从子与之颉颃，有名公卿间，征之往籍，一一可信。虹峰名稍微，然亦作杞宋之附庸，当时谈昭阳诗人，舍王氏外，无与敌也。艾山坚守杜陵家法，汤孙具体文房而下逮义山，镜月、平子阑入宋代，率洸洋自肆，适己之适，而不肯随人作计则一。故吾李在顺康之世，以余荫嬗及子孙，为通人所称道以此。其后诸子，多洁身自爱，不与中原盟会，闲事吟咏，亦自不苟，虽源流不同，其适己之适，固未尝无人在也。[①]

"适己之适，不肯随人作计"准确地揭示了李氏族群的精神风貌。最有代表性的即是李沂。李沂字子化，别字艾山，号壶庵。生于1616年，卒年不详。幼孤，事母孝，补句容县学生，明亡后即隐于兴化。性狷介，与从兄沛订诗社，不与通显交，不入城市。李骐曾说："平子为人傲岸，睥睨一世，稍不可其意，辄怒詈之，人

---

① 李详：《李审言文集》，江苏古籍出版社1989年版，第921页。

皆畏而避焉。先生则和易近人，未尝与流俗忤。"① 雷士俊也说：
"平子豪雄，艾山闲远。" 人皆以为的评。王士禛司理扬州，标榜多
"布衣交"，闻李沂名，"愿一见，不可得。会行县至兴化，命驾访
于门，沂固辞不见。王益以为重，不强其见。人两贤之。"② 卓尔堪
《遗民诗》称他"淡远闲适，喜愠不形"，但他"和平坦易"的性
格中却藏锋甚锐。

　　雷士俊避难兴化，即主李沛家，与李沂等人过从最密，李沛给
他们提供的帮助最多。雷士俊《代家君祭李母吴孺人文》曾云：
"塞余生之不辰，遭群雄之逐鹿。违故里以北奔，苦进退之维谷。
幸主人之仁贤，庶几慰于茕独。平子早已知名，俊儿识之素熟。痛
羁旅之无依，爰投止于夏屋。临患难之与共，情靡殊于骨肉。"③ 李
沂《艾陵诗集序》亦云："鼎革初，雷子避乱昭阳，与先兄平庵及
余为莫逆交，既雷子返扬州，杜门扫轨，余时过之，即治饼饵酌酒
欢笑谈古今事，竟日不倦，三径萧然，不知门外车马阗拥也。"④ 雷
士俊《游海池记》也记载了李沛为兴化无游船，故因陋就简，改装
货船为游船，邀请雷士俊和李沂游海池，"监史既立，罚筹交行，
既醉，论古今之治乱，诗文之高下，陶陶如也"⑤。他们在乱世中找
到了一块暂时遮蔽风雨之地。当他们听到南都覆亡的消息，李沂等
人都主张自杀殉节，雷士俊认为诸人都有家室，不能死，相约不仕
新朝。李骥《雷艾陵先生传》云："毅尝语某曰：'留都初陷，君
家平子、籲史、艾山三先生，及顾叔向、何元长过先君，约同死。
先君曰：'死未易言也。吾辈皆有亲在，惟矢不仕而已。'厥后先生

---

　　① 李骥：《壶庵先生传》，《虬峰文集》卷十六，《四库禁毁书丛刊》，北京出版社
1997 年版，第 500 页。

　　② 姚文田等：《（嘉庆）重修扬州府志》卷五十三，广陵书社 2006 年版，第
223 页。

　　③ 雷士俊：《艾陵文钞》卷十四，《四库禁毁书丛刊·集部》第 90 册，北京出版
社 1997 年版，第 158 页。

　　④ 雷士俊：《艾陵诗钞》卷首，《四库禁毁书丛刊·集部》第 90 册，北京出版社
1997 年版。

　　⑤ 雷士俊：《艾陵文钞》卷八，《四库禁毁书丛刊·集部》第 90 册，北京出版社
1997 年版，第 95 页。

遂弃廪贡，不仕云。"①

　　雷士俊早年致力于古文，未暇为诗。寓居兴化后，痛感国破家亡，始从李沂学诗。赵园先生曾说："诗在明亡之后，不啻为士人的一种生存方式。"②雷士俊在明亡后报国无门，所谓的经世之文也毫无用处，因此他转而学诗抒发自己的亡国之痛。雷士俊《与李艾山书》云："弟少习文章，未达诗指。避乱贵邑，得交足下，牖明砭愚，多所开导。今虽未能窥李杜之阃奥，而略辨其声调工拙，气体高卑，溯流求源，皆足下之赐。"③其诗成必求正于李沂，《与李艾山》又云："弟今春始学为诗。近日读杜集，不敢轻作，废者久之。不能自止，执笔为此，又作以赠。能诗之人，可谓不知量之甚者矣。虽然，鹏蜩异飞，亦各循其力之所至，何必相愧乎。敬录以进，吾兄观之，其或绎于斯义也。"④其《赠李艾山》诗云："李子温如玉，落落当世杰。定交杵臼际，每谈永日彻。笑彼人间友，开隙在晚节。惟君淡若水，耐久义不灭。吐辞谐宫商，道德相磨切。"李沂也将雷士俊作为乱世难逢的知音。其《送雷伯吁移居樊汉》云："秋水寒仍涨，荒城海气侵。故人重避地，此别最惊心。野窜名流尽，烟藏钓艇深。今宵尊酒意，斟酌为知音。"⑤李沂论诗未废"七子"余响，对竟陵诗风极为不满。朱彝尊曾说："启祯间，诗家多惑于竟陵流派。中州张匏客及弟凫客，避寇侨居昭阳。每于宾坐论诗，有左袒竟陵者，至张目批其颊。是时，艾山特欣然相接，故昭阳诗派，不堕奸声。"⑥事实上，朱彝尊和钱谦益一样力斥竟陵，此记载颇有主观揣度色彩。李骥《壶庵先生传》记载："是时，诗家多步趋竟陵。中州有张匏客、凫客两先生者，避寇乱渡淮而南，侨寓兴化。先生与之交，出诗质之。嗟其妍妙，而谓派不乖于正。

　　①　李骥：《虬峰文集》卷十六，《四库禁毁书丛刊·集部》第131册，北京出版社1997年版，第498页。
　　②　赵园：《明清之际士大夫研究》，北京大学出版社1999年版，第452页。
　　③　雷士俊：《艾陵文钞》卷十，《四库禁毁书丛刊·集部》第90册，北京出版社1997年版，第120页。
　　④　同上书，第132页。
　　⑤　李沂：《鸢啸堂集》，南京图书馆藏清康熙刻本。
　　⑥　朱彝尊：《静志居诗话》卷二十二，人民文学出版社1990年版，第698页。

于是与先生纵论古今诗，谓当上宗汉魏，下讫盛唐而止。先生欣然从之。而吾邑诗派独得其正，甲于海内者，盖自先生从二张言始也。"① 李沂《秋星阁诗话》说得清楚："学济南则务藻丽而害清真，学竟陵则蹈空虚而伤气格，不可不知耳。夫人自有性情，原不必摹效前人。"② 但清初昭阳诗群排斥竟陵也是事实。雷士俊与孙枝蔚书曾云："大抵钟、谭论说古人，情理入骨，亦是千年仅见，而略于音调，甚失诗意。诗以言志，声即依之，钟、谭《诗归》，譬之于人，犹瘖痪也。虽不尽如此，然古人好诗，一入其选，则作如此观。《四家诗选》，可救钟谭之偏矣。"③ 雷士俊的这些观点，不能说与李沂的影响没有关系。

　　顺治五年，雷士俊从兴化移家艾陵湖畔，构莘乐草堂，隐居著书，但与李沂、李沛等昭阳诗人往来依然密切。其《三子惜别诗序》云："甲申秋，余辟地兴化，日与平子、艾山高谈伟论，上下古今，非一朝夕也。后余去兹五迁，历时六年，而平子、艾山才一二见。癸巳之春，余将葬先考妣，持志文至兴化，求平子书，因省艾山，三人情好如故。然余一岁有三年之丧二，累累衰惫，几同槁木。而平子豪雄，艾山闲远，气志如昔，对之辄慨叹也。语言既倾，诗以识别，各赋一章。"其《再答李平子书》亦云："因思士之在淮南读书自好者，平子、筑夫、盛际、艾山、伯吁五人而已。……平子勉旃自奋，佳诗格韵日进。别后仆亦作诗三十余首，顷缘哭内，笔墨久停，欲作悼亡诗亦未能也。拙刻具请削正，相别经年，艾山返棹，不觉言之盈纸。"④ 其《寄李艾山》诗云："思君不易得，羁旅见交情。体弱常多病，诗工早擅名。高枝栖野雀，涸水蛰神鲸。日落荒村远，离愁白发生。"表达了对友人的无限思念之情。

---

　　① 李骐：《壶庵先生传》，《虹峰文集》卷十六，《四库禁毁书丛刊·集部》第131册，北京出版社1997年版，第501页。

　　② 李沂：《秋星阁诗话》，《清诗话》本，上海古籍出版社1999年版，第914页。

　　③ 雷士俊：《与孙豹人》，《艾陵文钞》卷十一，《四库禁毁书丛刊·集部》第90册，北京出版社1997年版，第133页。

　　④ 雷士俊：《艾陵文钞》卷十一，《四库禁毁书丛刊·集部》第90册，北京出版社1997年版，第126页。

在艾陵期间，雷士俊与宗元鼎、宗元豫兄弟亦交往颇密。其《宗鹤问山响集序》云："辛卯、壬辰之际，余与江都叶博之辟地郡治东北之桥墅，时鹤问在焉。鹤问与博之及余朝夕饮酒，分韵唱和。后余携家入城，鹤问寻归兴化。李平子、李艾山自兴化至，鹤问又与余从之游。余迂拙何足算，而博之、平子、艾山三人者，今之隐君子也。人之见之者，望望然去耳。而鹤问独密结分好，虽所云中心之好，未有能过之也。"① 雷士俊与兴化诗人往来密切，在兴化诗坛也有很高的声誉。李骐《西陴诗稿序》云："忆六十年前，吾郡士之抱材能可以用世者，多退隐于野，以处士老，其间志苦意高，诗文可以传者，以予所知，盖有三人焉：一为雷江都士俊，号艾陵；一为吴泰州嘉纪，号野人；一为李兴化沂，号壶庵。"② 其《孙尧门广陵旧迹诗序》亦云："窃自有知识来，即闻郡城前辈优于文者，莫如雷艾陵先生，其次则王筑夫岩。长于诗者，莫如孙溉堂先生，其次则蒋前民易。予九岁即学为诗，十二岁即学为古文，于其中探讨研究，盖几几乎六十年矣。海内近今名家，为吾所心折者，于文止得四人，而艾陵先生与焉。于诗亦止得五人，而溉堂先生与焉。若筑夫之文，范于法矣，而乏风韵。前民仅能为五言律，而他则非其所长，于吾心皆有所未满，然亦一时名贤也。"③ 雷士俊后来诗名渐盛，与孙枝蔚、王士禛、王士禄、孙默、邓汉仪、施闰章、计东等名士诗文唱和，在广陵诗坛具有较大的影响，也可谓"贞不绝俗"的名士态度。

二 雷士俊诗歌的思想内容与艺术特征

雷士俊与王岩以古文驰名当时，其诗歌创作并没有被世人重视。王岩没有诗集传世，卓尔堪《遗民诗》、朱彝尊《明诗综》、邓汉仪《诗观初集》仅录其诗数首，邓汉仪曾说："伯吁、筑夫其

---

① 雷士俊：《艾陵文钞》卷五，《四库禁毁书丛刊·集部》第90册，北京出版社1997年版，第58页。

② 李骐：《虹峰文集》卷十五，《四库禁毁书丛刊·集部》第131册，北京出版社1997年版，第466页。

③ 同上书，第419页。

所著古文，人皆知之，而不知其诗学也，予特表之。"① 朱彝尊认为
其诗"源本杜曲"。其《送雷伯吁先生之海上》最为著名，诗云：

> 壮心销欲尽，寥落又东行。晚岁经饥渴，穷途别友生。人
> 烟依海市，沙鸟渡潮声。此地藏名好，顿忘世上情。

穷途之悲，守节之苦，尽流露于字里行间。这也是当时海滨隐
逸诗人生活的真实写照。

雷士俊自甲申国乱之后，从李沂学诗，而诗多忧时念乱，眷恋
故国之思。其抒写亡国之痛、遗民之悲的许多篇章，可以称作明末
清初之诗史。

雷士俊早年以文章名世，希望建功立业，可是朝政混乱，高才
见弃，故诗中多有忧愤之气。王岩曾说："（雷士俊）有志用世，自
谓功业立就，每抵掌雄谈，旁若无人。俯仰上下，自拟古人，其揣
摩经画，若可即见施措。既自废弃无所用，郁郁不得志以老。"② 雷
士俊《舟行感怀》诗也抒发了不为世用的悲愤之情，"应举昔见黜，
上书今不收"真实地抒写了自己报国无门的悲惨处境。但当诗人目
睹"青草岸边秀，白骨水中流。万家尽烧毁，短墙委荒丘"的残破
景象时，他并没有灰心丧气，而是希望同仁们牢记国耻，努力杀敌
报国，"骑马谁氏子，连镳过未休。腰插大羽箭，身被狐白裘。诸
君宜努力，慎毋忘寇仇"③，此寇仇当为清军无疑。

弘光朝灭亡之后，雷士俊感时伤怀，写了《哀广陵》组诗抒发
心中的失望和忧愤。其自序云："哀广陵，悼弘光以后之乱而作也。
即事伤怀，情见乎辞。"诗云：

---

① 邓汉仪：《诗观二集》卷十八，《四库禁毁书目丛刊·集部》第 1 册，北京出版社 1997 年版，第 688 页。
② 王岩：《清处士雷君伯吁墓志铭》，《艾陵文钞》卷首，《四库禁毁书丛刊·集部》第 90 册，北京出版社 1997 年版。
③ 雷士俊：《艾陵诗钞》卷上，《四库禁毁书丛刊·集部》第 90 册，北京出版社1997 年版，第 196 页。

竹西一都会，佳气常氤氲。箫鼓喧月夜，甲第接天云。酒肉臭充塞，雾縠起轻纹。舆台拥素娥，泛舟日纷纷。

溃将从西至，袤骑满平原。铠甲金银耀，旌旗日月昏。市儿敌王忾，空拳出郭门。议者身万段，公卿不敢论。

皇恩念倒悬，督师劳相公。罢敝张仪舌，驱驰诸葛躬。紫泥拜封爵，新纶下褒功。从来中原患，岂在敌国中。

长安豪侠子，紫髯七尺躯。青骢黄金勒，驰走洞达衢。瞋目发上指，叱咤轻文儒。系马入酒肆，笑敖留欢娱。

四郊千幕列，六月犹被裘。饮马邗沟隈，立帜蜀冈头。哀角夜幽咽，近畿饶边愁。迷楼古昔盛，烟花万重稠。

王师迟不进，频烦督府催。辕门陨太白，哀诏抚婴孩。三军咸缟素，痛哭奠金罍。愚夫快目前，欢声喧如雷。

金城高万丈，峻嶒汉封疆。蚁登如平地，万户列旗枪。血流道路赤，儿童尽国殇。将士抱鬼妾，饮酒吹笙簧。

枯骨昨收葬，妻孥今赎归。焜耀明光锦，称身短袖衣。高馆张灯晚，清歌拂尘飞。太盛物所禁，坚城溃重围。①

此诗可谓南明小朝廷从建立至覆亡的全景写照。第一首写扬州昔日之繁华，君臣贪图享乐，对国事漠不关心，正是南明小朝廷的缩影。第二首写高杰围扬州。悍将骄卒，不思进取，只知抢掠百姓，骄横跋扈。"市儿敌王忾，空拳出郭门。议者身万段，公卿不敢论"写愚民的骄纵，致使忠言逆耳，导致了郑元勋的无辜被害。第三首写朝廷懦弱无能，只能多方调停，给高杰等加官晋爵，致使朝廷内外，法度涓乱。作者慨叹"从来中原患，岂在敌国中"，正是因为南明小朝廷君昏臣暗才导致覆亡。第四、五、六首写四镇的骄兵悍将坐糜军饷，寻欢作乐，置国事于不顾。虽然督师史可法费尽心机，多方调停，但是清军南下，诸将望风披靡，令人怒发冲冠。第七、八两首写清军破扬州，杀戮蹂躏，惨绝人寰，"血流道

① 雷士俊：《艾陵诗钞》卷上，《四库禁毁书丛刊·集部》第90册，北京出版社1997年版，第196—198页。

路赤，儿童尽国殇。将士抱鬼妾，饮酒吹笙簧"真是"扬州十日"的惨痛记录，短短两首诗，可抵王秀楚的《扬州十日记》。此组诗悲愤感伤，沉郁顿挫，可媲美杜甫的《诸将》、《北征》等诗，堪称"诗史"，也因其记载真实、揭露深刻，所以雷士俊的著作被列入"四库禁毁书目"。

南明覆亡之后，雷士俊隐居不仕，但他并没有放弃恢复中原的理想，故其诗中多以击楫中流，力图恢复中原的祖逖和能受胯下之辱、最终功成名就的韩信自况。其《暮游河畔》云："击楫中流无祖逖，皇天岂不念烝黎。"《雪后写怀》又云："淮阴胯下子，愤懑望登坛。"他在寄同社诸友的诗中还一再提及他们当年"忧时抵掌悲栖燕，壮志弯弓欲射鲛"的豪情壮志，激励同仁的斗志。他在经历一系列的亡国、亡亲之痛后，在与友人张问达见面时还表示"数载迍邅言不尽，平生壮志未曾灰"，并用周瑜和鲁肃的友情来勉励老友："自古英雄深内结，鲁周二子正相亲。"（《过张孚聪庄留二日》）

可是清军的铁骑纵横中原，南明小朝廷和各地的义军也纷纷败亡，诗人看到复明无望，心中之悲愤感伤，于《登世外楼漫赋赠龚半千》可见一斑：

　　危楼天际起，四望何冥冥。烟寺低虚壁，江城入画棂。途穷那免哭，众醉更谁醒。牢落风尘里，狂歌眼自青。①

这种亡国之痛、穷途之哭只有当时的遗民如龚贤、孙枝蔚等才可理解。而王岩在《雷伯吁墓志铭》中却说："家故饶赀，已日益贫困，多穷愁怨愤，负气刚简，高己忤物，言语气象多与人异，世益以是不合。"王岩因为怕清廷的统治淫威，所以不敢提雷士俊愤懑之由来，但说他"高己忤物"确是不公，难怪周斯要反唇相讥。

———————
① 雷士俊：《艾陵诗钞》卷下，《四库禁毁书丛刊·集部》第90册，北京出版社1997年版，第217页。

雷士俊看到复明无望，在艾陵湖隐居读书，但他时刻等待恢复的时机，其赠友人的诗歌中常以诸葛亮躬耕南阳和吕太公垂钓渭滨作比。其《张二孚聪雨中观稼有作即韵赋之》曾云："孔明遇主曾三顾，犹自躬耕志稻粱。"而《晚与张无功、叶博之、石殿周、宗鹤问同饮即事限东字》亦云："钓渭淹留老吕叟，请缨迟暮愧终童。"

雷士俊对清王朝"剃发易服"，破坏汉民族传统的"衣冠文物"极为不满，有许多诗作对其进行过尖锐讽刺。其《暖帽》云：

> 发秃何愁冷，轻温胜幅巾。深毛环额软，乱绪拂檐新。旧制更前帝，均恩及小臣。天寒冰冻日，率土戴王春。[1]

清王朝下令汉族人剃发，引起了汉族人民的强烈反抗。作者这里用反讽的手法，嘲弄了清王朝在冷酷的高压政策下，让汉族人民"共戴皇恩"的残酷现实。其《冬至晓发港口》更是用"破屋临危岸，荒坟散远沙。千官朝北阙，礼异旧王家"来抒发对清政府用铁血政策统一天下的不满。

雷士俊在忧怀国事、志图恢复的崇高理想之外，还关注到了天灾和战乱给老百姓生活带来的巨大灾难。在扬州兵乱之前，由于连年水灾，城外饿死盈途，而官吏怕饥民变乱，竟然停止了施粥。雷士俊上书太守，请求按户登记施粥，一可以济饥民，二可防止变乱。他还用经济学的眼光考察了扬州必然面临的困境。其《上江都欧阳公论救荒书》云："士俊闻陕西、河南诸省米之极贵者，斗至银一两余。今江都米虽贵，才斗二钱有奇，江都米直仅陕西、河南诸省十之二，是陕西、河南诸省斗米之直，可以得江都米五斗。而民之饿死，不殊陕西、河南诸省者，缘江都多富商巨贾，民以末作依之而生，兼之土号沃壤，间苦嗛馑，亦无大侵，小民习以为常，家鲜升合之积。仓卒遇此岁荒，金低粟昂，生业

---

① 雷士俊：《艾陵诗钞》卷下，《四库禁毁书丛刊·集部》第90册，北京出版社1997年版，第215页。

倍艰，并累日所致之金，不足支一饱之粟，其敛手而毙，无足怪者。"① 他在《苦雨》、《述忧》等诗中还一再感叹民生艰辛。《述忧》云：

> 腐儒多拙为，兵凶何太骤。俛仰二十人，岂能辞讪诟。无田望有秋，升斗向市购。十斛所值金，编户可云富。倾囊取兑籴，乏绝忧莫救。忆昔神熹间，仓廪谷辐凑。玉粒余盘缶，狼藉及䑏鼬。岂知世中变，粗粝艰华胄。酏粥施野蔬，三嚼度清昼。薪炊脱粟饭，啼哭争童幼。上天颇好杀，积潦惊罕觏。洪涛迷沟塍，逮春未耕耨。回首怜妻孥，将恐缘肌瘦。②

此诗进一步描述了扬州市民重商轻农，家无储粟，在天灾兵祸之下，城内米价腾贵，富户尚且朝不保夕，而穷人只有饿死沟洫。其《苦雨》还频频感叹："城郭血流赤，那堪继岁凶。陇麦青青秀，动摇水光中。亩亩将如扫，偃仆万里同。"

扬州百姓在战乱和天灾中朝不保夕，饿殍遍野。战乱之后，曾经有过十年丰收，但又面临米贱银贵，百姓缴不起税的困苦局面。雷士俊《岁莫叹》曾写道："昔曾斗米值千钱，家家不厌粥与饘。今幸十载遭丰熟，家家反恨屡有年。艾陵老儒江干立，岁莫只向空仓泣。谷贱如土巢皆尽，百石还无一金入。"他希望朝廷实行古代的平籴之法，保护老百姓的正常生活。

雷士俊虽然对百姓的苦难极为同情，但对一些百姓的愚昧无知也极为不满。明代由于长期以暴政和高压统治士民，所以朝野上下多有"戾气"，而百姓的"戾气"也不亚于官吏。郑元勋希望调节高杰乱兵和扬州百姓相安无事，不顾个人安危往来奔波，扬州乱民竟然因为一句误听就将他乱刃杀死，至食其肉，其狠暴残忍，不亚于乱兵。雷士俊有感于此，曾有《蚊》诗进行讽刺：

---

① 雷士俊：《艾陵文钞》卷十，《四库禁毁书丛刊·集部》第 90 册，北京出版社 1997 年版，第 115 页。

② 雷士俊：《艾陵诗钞》卷下，《四库禁毁书丛刊·集部》第 90 册，北京出版社 1997 年版，第 215 页。

微生依溽暑，晚节惜良时。欲饱几忘死，趋腥竟若饴。群飞千辈合，众和一声随。但恐凉风起，咸同贱草萎。

"群飞千辈合，众和一声随"正是愚民偏听偏信、不问真相、胡作非为的形象写照。而其《哀扬州》诗有"市儿敌王忾，空拳出郭门。议者身万段，公卿不敢论"，也对暴民的昏乱狠戾做了深刻的批判。

扬州城破之后，百姓遭到了残酷的杀戮，但是"封刀"之后，在清政府的蛊惑之下，许多居民竟也忘记亡国之痛，杀戮之悲，为侵略者歌舞取乐。雷士俊在《哀扬州》诗中写道："焜耀明光锦，称身短袖衣。高馆张灯晚，清歌拂尘飞。"作者对这种亡国之后尚且醉生梦死，不顾廉耻的行为极为痛恨，但他只能用"太盛物所禁，坚城溃重围"来表达其忧愤和无奈。

雷士俊一生择友甚严，早期和他交往密切的多为直社盟友。他们志同道合，不慕荣利，不尚奔竞，因此和复社中人并无来往，声名不彰。雷士俊乱后移家兴化，与兴化李氏家族之李沂、李沛、李瀚兄弟交往密切，故与江南遗民多有来往，宗元鼎、宗元豫、孙枝蔚、孙默、龚贤、魏禧、王猷定等遗民诗人多和他诗文酬唱。清廷统治趋于稳固之后，雷士俊才和清朝官员有所来往，但也仅限于王士禛、王士禄、施闰章、周亮工、汪琬等才华出众、心念黎民的正直官员。

雷士俊诗集中交游诗作颇多，其赠遗民同道多勉励愤激之语，亡国之痛，身世之感多寄寓其中。如《赠李艾山》云："大行捐万国，纲维忽弛绝。风霾白昼昏，訇隐天柱折。芜城当孔道，悍师争窥窃。虐甚洪波溺，忧同猛火爇。……俛仰三五年，事与往昔别。人士半零落，感叹气呜咽。寒冬众木枯，松柏傲霜雪。甘贫且著书，辞荣就岩穴。"[①] 其《兴化留别平庵、艾山二子》又云："与君

---

① 雷士俊：《艾陵诗钞》卷上，《四库禁毁书丛刊·集部》第90册，北京出版社1997年版，第197页。

分袂久，握手意凄然。诡行人同弃，穷交晚更坚。壮心悲旧国，病
眼泣新阡。孤艇明朝去，苍茫罇酒前。""诡行人同弃，穷交晚更
坚"写出了当时遗民的艰难处境和他们坚贞不渝的深厚友谊。雷士
俊还有许多诗作表现了对友人困苦生活的关心和坚守志节的赞扬。
如《寄王筑夫》云："生理应寡少，吾虑在饔餐。"对王岩在清贫
困苦中坚守节操极为赞赏。其《送孙无言》亦云：

> 怜君不得意，岁暮向穷溟。雨至烟云黑，潮回岛屿青。良
> 朋常寂寞，晚节更凋零。谁信乘槎地，辉辉处士星。

清初遗民生存环境极为险恶，有朝廷的迫害及利诱，还有家庭
和社会的逼迫，他们要想保持晚节极为不易，"良朋常寂寞，晚节
更凋零"正是这种无奈和困苦的悲凉倾诉。

雷士俊虽然长年寄寓广陵，但和关中友人李楷、王弘撰、孙枝
蔚、李念慈、王又旦、梁舟等多有来往，他们不但志同道合，而且
多了一些乡曲之情，尤见亲热。其赠李楷诗云："夫子关中杰，气
志何嶙峋。小鲜漫一割，隐忍事艰辛。挂冠蹈东海，幅巾垂钓纶。
作赋拟屈贾，著书准扬荀。"他还一再流露出要和关中同仁还归秦
中的心声，"回首终南山，把臂共入秦"（《酬李叔则》）、"誓将携
手寻白帝，援藤挽葛登危峰"（《王无异啸月楼歌》）、"余亦关中
人，君今关中去。心随君奋飞，先到旧游处"（《送王休庵归
秦》），雷士俊的这些思乡曲也唱出了常年流寓江南的关中友人的
共同心声。

雷士俊以遗民终老，但和国朝名士如王士禛、王士禄、计东、
施闰章、周亮工等多有来往，一方面表现了他"贞不绝俗"的通达
态度，另一方面也表现了他对遗民精神的别样诠释。遗民可以抱穷
守节，不与当道往来，如李沂、徐枋等20年不入城市，不与国朝
官员通问。而大多数遗民如孙枝蔚、冒襄、纪映钟、万寿祺多与王
士禛、龚鼎孳、钱谦益、曹溶等国朝显宦或"贰臣"文士来往，由
此可见遗民生存环境之艰难和遗民精神世界之复杂。雷士俊和国朝
文士交游，并不是为了自见于当道或者获得现实之好处，而是因为

这些人大多不但才华横溢，而且以天下生民为念，赢得了雷士俊的敬重。王士禛在扬州司理任上，不但秉公执法，而且在"通海案"的处理中对江南遗民和百姓多有保护，所以深得江南士人的拥护。雷士俊曾称赞他"人传梅福神仙吏，铁案如山不可摇"（《题王阮亭先生执书图二首》）。[①] 周亮工虽然和钱谦益有迎降之过，但在治理扬州期间，开仓赈济，执法严平，为乱后扬州的复苏多有救益，因此雷士俊也忘其小节，多有褒奖。其《赠周栎园先生》云："忆昔避地初，湖居一土室。夫子临是邦，风雅饶道术。高识定国疑，刑乱用重律。仓卒纷纭际，百姓获宁一。时思闻绪论，平生志愿毕。"[②] 甚至把周亮工作为平生知己，希望能追随其左右而不朽，"秦中漂泊儒，白首愧老丑。长鸣向知己，终期共不朽"。由此可见雷士俊通达的交游态度和丰富的内心世界。

在同这些国朝官吏的交往中，雷士俊经常把自己兼济天下的志向流露于字里行间，希望他们在任能够勤政廉洁，爱护百姓。其《送河间司理李屺瞻赴任》云："河间近京畿，动辄罗愆尤。虎狼恣窥噬，彷徨使人愁。何以垂令名，劳民庶小休。"在送别王士禛任礼部的时候，他还有鉴于明朝科举制度之腐败，向当道建议改革取士和铨选制度，肃清吏治，让国家长治久安。这些言行与一些谨重小节的遗民截然不同，表现出了和顾炎武、黄宗羲等清初大思想家同样广阔的胸怀。

雷士俊虽生长于广陵繁华侈靡之地，但他以濂洛关闽之学为宗，立身行事多期与古圣贤同，因此其诗文非关天下之治乱，生民之利病不苟作，故其集中无风花雪月之作。其抒写兄弟之情、夫妇之爱、父子之情的诗歌也多身世之感、伤时之情，感激浩荡，真挚动人。其《安丰述怀兼寄诸弟》云："半世儒冠恨，残生战角悲。从来兄弟好，坐咏鹡鸰诗。"在忧时念乱中表达了对兄弟的关怀和牵挂。雷士俊继妻韩氏为人和顺，在动乱中尽心照顾家人，以致劳累过度而亡，雷士俊在诗中也常怀念她。其《戏赠孙豹人》云：

---

① 雷士俊：《艾陵诗钞》卷下，《四库禁毁书丛刊·集部》第 90 册，北京出版社 1997 年版，第 225 页。

② 同上书，第 262 页。

"君妻匹孟光，意不望君仕。吾妻亦能贤，中道恨蚤死。"其《悼亡》云：

> 十载为夫妇，驰驱困甲兵。频经闻战角，几度出围城。在昔同甘苦，如今判死生。儿童堂下戏，飘泊恐无成。①

抒发了对亡妻的无限思念和对子女成长的关心，缠绵悱恻，读之让人扼腕。

雷士俊的写景咏物之作不多，其咏物诗大多托物言志，表现自己高洁的隐士情怀，而梅花是其经常吟唱的意象。《蜡梅》云：

> 古树参差雪似银，疏疏捻蜡自天真。羞将老干移官廨，故弄芳姿向海垠。明月岭头松作伴，阴风溪曲竹为邻。烟花烂熳青春好，铁骨凌寒那待春。②

"铁骨凌寒那待春"形象地展现了梅花在冰天雪地中傲然独放的绝世风姿，这正是清初遗民精神的最好写照。雷士俊的写景诗大多在对景物的描述中寄托作者悯念苍生的高尚情怀。其《行经邵伯》云：

> 晚节湖滨隐，时时在此过。堤开千室合，天畔万樯罗。市肆沿斜岸，渔舟闹远波。感怀晋代邈，拨乱谢公多。筑埭恩犹颂，摧秦绩未磨。低头双泪堕，四海尚干戈。③

经过清初短暂的休养生息，扬州暂时获得了安定太平，但天下仍旧扰攘不安。作者隐居湖滨，心系天下，真有少陵"安得广厦千万间"的仁者情怀。

---

① 雷士俊：《艾陵诗钞》卷下，《四库禁毁书丛刊·集部》第90册，北京出版社1997年版，第222页。
② 同上书，第215页。
③ 同上书，第220页。

清初诗坛论秦中诗人之作，多以地域风格"秦风"来概括其创作风格。魏禧《容轩诗序》云："十五国风，莫强于秦，而诗亦秦唯矫悍，虽思妇怨女，皆隐然有不可驯服之气。故言诗者必本其土风。"①凌元鼎和雷士俊、孙枝蔚一样都是流寓江南的秦人，其诗文虽然濡染了江南之风气，但他们都追慕关中先哲，其创作都有鲜明的地域特征。雷士俊在评价王又旦的诗作时，也指出了其地域风格特征："近诗推秦风，高古比驷骥。"（《送王幼华归秦》）②雷士俊的诗歌也是具有鲜明的"秦风"特征。陈田《明诗纪事》云："伯吁诗古直老苍，有唐人格调，时攀魏晋，此秦风之壮激者。"雷士俊有许多诗作感激浩荡，刚健质朴，在清初江南诗坛中个性鲜明。如其《醉歌行》云：

> 淮阴漂泊未知名，屠中少年皆见轻。国人谁识无双士，王孙垂怜乳下婴。汉王设坛拜大将，定齐灭赵六合并。汉飞将军奋猨臂，北平匈奴俱退避。射石没镞更射虎，卫霍功高徒宠嬖。家居夜饮一骑还，霸陵小吏敢嫚詈。荦荦奇男儿，放歌且莫悲。当春草木发，万物自有时。君不见猛虎在山啸，两睛闪烁怒嗥噭，百兽远匿归荒峤。一朝失势槛阱里，俛首求食同鹰鹞。③

此诗借古抒怀，表现了对韩信、李广等古代名将的无限敬仰，希望像他们那样为国立功疆场，可惜时运不济，只能俯首尘世，为世俗所笑。此诗激昂奋发，悲凉慷慨，确有秦风刚健之气。

雷士俊早年以文名江淮，中年以后始学为诗，其诗学思想受李沂的影响最大，而李沂等人多宗法明代"七子"，推尊少陵，所以其诗得力于少陵为多，有"沉郁顿挫"之致。如《哀广陵》、《泊泰州城南》、《过郡城学舍》、《夜泊永安独坐板桥上》、《贞靖歌赠

---

① 魏禧：《魏叔子文集》外篇卷九，中华书局2003年版，第481页。
② 雷士俊：《艾陵诗钞》卷下，《四库禁毁书丛刊·集部》第90册，北京出版社1997年版，第202页。
③ 同上书，第204页。

房兴公》等诗作，忧时伤怀，感激浩荡，直入杜陵之堂奥。如"空弦惊痛鸟，说乱即倾听"（《登城晚望》），"日夕岭头箫鼓奏，山公酩酊正留宾"（《梅花岭》）等诗句，凄楚感伤，言外有无穷之思。其《赠孙将军秉法》云：

> 宇内如沸又如羹，民今疲病虎纵横。至尊蒙尘且旰食，宰相出师急群英。市上贩米卖菜儿，抵掌裂眦争请缨。谁能实办中兴业，玉带锦衣有余荣。将军三秦名将家，将军之兄古颇奢。杀贼擒王犹取携，妇人孺子称孙爷。李广何比卫与霍，才大数奇久叹嗟。史公忠诚志匡君，排患解纷重将军。危言不避王侯贵，斯须利害黑白分。满座青紫侧目视，小声唧唧同飞蚊。予知将军惜不早，倾盖立谈胜旧好。银烛庭前杯酒间，我唱汝和尽怀抱。酒酣耳热忽狂叫，拔剑起舞众惊倒。语罢惆怅月下照，人生驹过身易老。

在国家危难之际，作者多么希望像史可法、孙秉法这样能安邦定国的人才出来解民于倒悬，作者在赞颂他们之时，也表达了为国立功的真诚愿望，可是朝政腐败，怀才难遇，心中也充满无限忧愤，此诗不但有杜甫兼善天下的宏大理想，而且有鲍照"拔剑四顾心茫然"的无限悲愤，沉郁中多有浩荡之情。

雷士俊诗歌语言朴实简洁，毫无模拟造作之痕。如《梅花岭》云："日暮寒鸦绕树鸣，荒丘寂寞对芜城。官梅老干埋枯草，雨夜啾啾鬼哭声。""郭外踏青三五群，环姿艳逸女如云。高楼百尺连云起，只有涛流依旧闻。"在萧疏散淡的笔触下，写出了作者无限的亡国之痛。还有《在城阻雨》、《燕至草堂定巢》等诗，写郡城之残破，人世之变迁，也多以简朴之笔出之，读之平实自然，但余味无穷。

综上所述，雷士俊生当明季政治腐败之时，虽然高才博学，有志经世，可惜怀才不遇，报国无门。明亡后以遗民终老田里，孙枝蔚曾感叹道："与君垂老苦贫穷，扛鼎徒夸笔力雄。"（《赠雷伯吁》）对其怀才不遇、贫穷终老深表同情。王士禄赠雷士俊诗也有

"气凌霄汉身泥涂"（《今夕行共伯吁、散木、介夫寓园守岁作，同依杜用七虞韵》）的感慨，这正是雷士俊一生的真实写照。他有经世之才而不为世用，在清初腥风血雨的政治动乱中，他因"曳尾涂中"，终老乡间而能保全性命，也是不幸之中的大幸。雷士俊去世后，当时著名文士如孙枝蔚、计东、施闰章、王士禛都寄予了深切的哀悼。施闰章曾说："深心推伯吁，鸿笔奋西秦。文字经营苦，江关旅寓贫。"① 对其一生艰苦著述极为赞赏。康熙十二年的状元韩菼也曾赋诗赞美雷士俊。其《题雷伯吁先生像》云：

> 弘道其如命，休论行与藏。先生老被褐，已升作者堂。艾陵书一编，穷理析豪芒。一时来学者，千里或裹粮。而我生也晚，不及弟子行。俎豆侧尝闻，幽微宜阐扬。岂不符甲令，忍独私庚桑。邗沟旧里居，我来炷瓣香。②

韩菼对雷士俊的古文成就极为推崇，并承认自己的古文瓣香艾陵，这可以说是康熙年间文坛对雷士俊的最高评价。但是由于雷士俊和清廷坚持不合作，其诗文中有强烈的民族意识，乾隆年间修四库全书之时，《艾陵文钞》被列入禁毁书目，乾嘉以后的学者再不敢提及，致使其人其文湮没两百多年。笔者在此抉微探幽，将雷士俊及"直社"和"昭阳诗群"的关系深入探讨，以期引起学界研究的兴趣。

---

① 施闰章：《哭雷伯吁，追悼及李叔则、杜苍舒二十韵》，《学余堂集》诗集卷四十三，《四库全书》本。
② 韩菼：《有怀堂诗稿》卷四，《四库全书存目丛书·集部》第245册，齐鲁书社1997年版，第650页。

第七章

"从知衮衣赋，能夏振秦声"
——清初关中仕清诗人群体

清朝定鼎以后，非常重视对汉族知识分子的笼络，顺治二年即开始了科举考试选拔人才。到了康熙年间，随着清朝的统治逐步稳定，汉族知识分子看到复明无望，也陆续参加清朝科考。清朝初年，由于大量的在野遗民诗人的存在，遗民诗群的创作极为兴盛，领导着清初诗歌的发展潮流。随着大量新朝进士出身的诗人如陈亭敬、宋琬、施闰章、宋荦等人登上诗坛，庙堂诗人开始和遗民诗人分庭抗礼。王渔洋主盟京师诗坛之后，鼓扬风雅，提携后进，团结了大批的文人雅士，"燕台七子"、"金台十子"、"佳山堂六子"正是这一时期京师诗坛的代表人物，使得清初诗坛又走上了一段新的雅正之途。关中诗人韩诗、张恂、王又旦、李念慈、周灿等曾在京师等地长期为官，也是清初诗坛风云际会的积极参与者和主导者，在清初诗坛影响颇大。

第一节　清初关中仕清诗人略论

清初关中仕清士人较多，可以分为两大部分：一部分为由明入清的"贰臣"①；一部分为清朝科举文士。由明入清的士人有李楷、马御犎、王相业、韩诗、张恂等人。新朝科考出身的文士数量比较可观，如杨素蕴、杨端本、王孙蔚、李念慈、曹玉珂、王又旦、房廷祯、南廷铉、周灿、梁舟、任玑、凌元霱等。由明入清的士人在

---

① 此处所说之"贰臣"，只是沿用传统说法，表明他们的政治身份，没有贬义。

清初大多仕途短暂，结局凄凉。马御辇在顺治二年被乱兵所杀。王相业也晚景凄凉，流落江湖，以诗人终老。李楷居官不到一年即被弹劾罢官，后来他和孙枝蔚、潘陆联络，走上了秘密反清的道路。张恂于顺治十二年至京师献画受顺治帝赏识，被任为内阁中书。顺治十四年科场案发被牵连，流放尚阳堡。康熙初年被赎归，从此隐居不仕。值得一提的是韩诗，他曾长期隐居南京乌龙潭，后来在熊文举的推荐下任兵部郎中，与龚鼎孳、陈祚明等曾主持顺治京师诗坛，康熙初年被劾罢官，郁郁而亡。

韩诗（？—1662），字圣秋，一字梦航。三原人。崇祯己卯举人，出熊文举门下，雪堂先生以国士目之。国变后寓居南京乌龙潭十年。与冒襄、邢昉、杜濬、方文、方其义、函可、顾梦游、陈允衡等遗民诗人交往颇密。顺治八年，韩诗在熊文举的荐举下，任内阁中书，与魏象枢、魏裔介、龚鼎孳、曹溶、胡介、邓汉仪、陈祚明、纪映钟、申涵光、许珌、赵尔忭等名士交往颇密。诗酒唱酬，名满京师。观龚鼎孳《定山堂诗集》，赠韩圣秋、次韩圣秋的诗作俯拾皆是，可见他对韩诗的重视和推崇。顺治十四年，韩诗出使江西，归朝后擢兵部职方司郎中。康熙元年，在京察时被诬罢官，愤而病卒。熊文举《祭韩圣秋文》云："予盖望君入而清卿，出而建节。乃以甄别休致，谓君老病，疑君此际犹未老未病也。盖山中辇下，相距不得其详，然而君竟病矣。嗟乎，圣秋胸中固自旷达，而乃郁郁为此病乎？"[①]

韩诗学问渊博，抱负不凡，有济世救民之志，可惜生不逢时，未能施展。其诗才敏捷，成就卓著，冒襄、龚鼎孳、熊文举、孙治、纪映钟皆交口称赞。纪映钟《嘉平月夜歌赠固庵》云："昔日太微起西极，人如太白学太元。及门迟董与孙宋，杰出更有韩诗贤。韩子胸中备元气，浑涵云渎翻星渊。……十年出处虽纷然，一片闲心在麋鹿。我来长安冬已三，长安风暖如江南。寄君庑下饮君

---

① 熊文举：《侣鸥阁近集》文集，《四库禁毁书目丛刊·集部》第120册，北京出版社1997年版，第118页。

酒，八斗二酉谁能探。文章勋业本一致，对君始信非空谭。"① 其
《学古堂集》文一卷、诗一卷刻于崇祯末年，入清后之诗文因身后
寂寥，大多散佚不传。王士禛《感旧集》收其诗十首。但从熊文举
等人序中所知韩诗入清后之诗歌更臻佳境。熊文举《韩圣秋学古堂
近诗序》云："韩子圣秋以学古堂近诗邮寄，读而悲之。……十年
来凤衰麟猎，谷改川移，韩子一榻金陵，看尽梁、陈许多风絮。诗
歌乐府，尽所旧撰，具十五国风、大小雅颂、苏李曹刘，余无染
指。人言乐府稍规摹崆峒。彼其笋头自异，硁硁萧瑟，禀秦声。"②
熊文举认为其诗"禀秦声"，当多慷慨激昂之词，具有鲜明的地域
风格。而刘城也说"其诗歌文辞，约略言之，殆远之西京之余烈
也"③。孙治《学古堂集序》更是从关中文学发展的角度，指出了
清初韩诗等人的文学地位："圣秋韩先生，以鄠杜名家，绩学誉闻，
放浪江海，慷慨豪士，与上相贤将，名炳丹青者，抵掌谈说，不可
一世。圣朝奢定，荐入金闺。名益震，学日博。今所集皆与名公硕
卿据鞍挥扇，献酬赠答所成也。雄浑高洁，蕴才炫秀，上自周汉，
中迄建安，下薄六季，体无不臻，量靡弗极。五七近体，出入初
盛。矜而不逼，宏而不肆。至哉艺乎，靡测其届矣。吾览古诗，盛
于三百，然风之始，首《关雎》。风之终，成《七月》，皆周公之
所咏，豳岐之自出也。粤千百年，献吉氏复振拔郇野，龙骧虎顾，
边何诸彦，闻风奋起，然则诗必以北地为宗，而秦风尤其雄鸷者
欤。今韩子继献吉之后，而纂其绪。"④

韩诗处明清易代之际，蒿目苍生，感时伤世，诗中多有流露。
其《宿星轺驿读于忠肃公诗》云："西归又复出东齐，路入条山梦
不迷。苍岭接天秦树渺，长河注海岱云低。已甘十载同匏落，犹忆

① 纪映钟：《戆叟诗钞》卷二，《四库未收书辑刊》柒辑，北京出版社 2000 年版，
第 272 页。

② 熊文举：《雪堂先生集选》卷六，《四库禁毁书目丛刊·集部》第 33 册，北京
出版社 1997 年版，第 629 页。

③ 刘城：《韩圣秋近诗序》，《峄桐文集》卷二，《四库禁毁书目丛刊·集部》第
121 册，北京出版社 1997 年版，第 404 页。

④ 孙治：《孙宇台集》卷六，《四库禁毁书目丛刊·集部》第 148 册，北京出版社
1997 年版，第 715 页。

双溪听鸟啼。近塞陆梁忧社稷，驿亭拭泪和公题。"心忧社稷，泪洒穷途，和于谦一样忧国忧民，拳拳忠爱之心，溢于字里行间。韩诗久客江南，对江南旖旎的风光也颇为钟爱，其《潭居诗》云："六载金陵客，三迁仲蔚居。已甘建业水，遂奄丽华居。岁月沉烟霭，功名付草庐。达生闻道晚，高枕一床书。"金陵为江南富贵之乡，风光秀丽，人文灿烂，是西北地区所无法比拟的，但是作者在战乱年代，壮志难酬，流露出深沉的悲凉之情。韩诗在京诗与龚鼎孳、纪映钟、陈允衡等人交往颇密，唱和之作颇多。他对友情极为珍惜，其唱和诗也感情真挚，风格秀丽，在关中诗人中独具特色。其《冬夜集龚奉常龙松馆听曲同赋》云："繁华高阁听钟飘，枉忆扬州廿四桥。珥笔昔闻嗔宰相，濯缨今许傲渔樵。双成妙舞来朱鹤，秦史清歌映碧箫。浪说樊桐仙去后，云英天汉路迢迢。"诗中描写友人聚会，诗酒风流，情谊欢洽，文笔高秀，真是京华馆阁诗人的代表之作。王岱《韩兵部遗稿序》云："圣秋韩子为余同年友，其主持风雅者数十年。当官夏曹时，则与合淝诸公唱和，而四方之能诗者无不接引推解。……噫！今日词场盛而真诗亡，标榜多而实谊少。圣秋之诗，坚朴澹老，无浮响袭词，真不愧晋唐作者。"① 可谓的评。

韩诗不但有诗才，而且有文献意识，他曾编辑《明文西》，将明代关中文献进行整理，让天下皆知明代关中人文之盛。高弘图《明文西序》云："韩子之以西名其书也，西则备而秦则偏，西则通而秦则碍，于以观周汉之全，而鸣昭代之盛，如是乃得之尔，何其与鄙言吻合也。……是故秦以词赋声律雄天下，而韩子所甄拔诸篇，其为关系国家之治乱，讲求学术之邪正，分别人品之忠佞者，居十之七八。其它风云月露之章，往往在所略。虽间不废，必其敷陈比兴，有豳风之遗意者焉。"② 韩诗在京师还和友人陈祚明选有《国门集》，大多为清朝京师诗人之作，可见清初京华之文采风流。张缙彦《国门集序》云："《国门集》者，圣秋韩子所定也。韩子

---

① 王岱：《了庵诗文集》文集卷六，《四库禁毁书目丛刊·集部》第91册，北京出版社1997年版，第534页。

② 《（雍正）陕西通志》卷九十三，《四库全书》本。

以风雅振其关中，公卿人士结纟屯缟者，韩子搜其集以传。人统于篇，篇统于体，正变备矣。"① 虽然邓之诚先生认为"此集不脱声气标榜之习"，体例也不尽得当，"集中无一篇感叹沧桑"之作，他对此极为不满。但谢正光先生认为"然苟欲窥清初十数年间文事之盛，则《国门集》当在必读之列"②，亦可见其文献价值。

新朝科举出身的秦中士人，他们也有着秦中慷慨质直之气，在任大多勤政廉明，不畏强权，造福百姓，取得了卓越的政绩。如杨素蕴为顺治九年进士，曾任东明知县，他到任后兴利除弊，招抚流亡，一县大治，任满以考绩第一擢为四川道御史。他看到吴三桂恣行不法，即上疏弹劾，望朝廷防微杜渐，得罪吴三桂被免职。后来吴三桂叛，大臣交章举荐，起官督学山西，历顺天府尹，出为安徽巡抚，调抚湖广。时武昌新经兵燹，加意拊循，以劳勤卒于官。《清史稿》曾说："郝浴、杨素蕴秉刚正之性，抗论强藩，曲突徙薪，防祸未形，甘窜逐而不悔。"③ 著有《见山楼诗集》、《西台奏议》、《京兆奏议》等。杨端本也是顺治九年进士，曾任临淄知县，在任兴学校，开水利，革除弊政，百姓安乐。有《潼水阁集》。王又旦为顺治十六年进士，康熙间任潜江知县，在任"亲履亩定赋，杜豪强侵占，葺长堤，拄汉水决啮"④，颇有政绩。并建传经书院，筑说诗台，迎孙枝蔚至潜江论诗。康熙十五年以治行第一擢给事中。房廷祯曾任江西丰城知县，南廷铉曾任柳州府推官，他们均廉洁奉公，颇有政绩。施闰章《房枢部文集序》曾云："始枢部宰丰城，治行第一，到今舆颂不衰。夫蓄之为德，发之为言，施之为政，一也。"⑤ 王士禛在《诰授朝议大夫四川按察司佥事六如南公及配田恭人合葬墓志铭》曾称赞南廷铉云："柳僻在徼外，讼或不两造，而以贿免。君惩其弊，不遣一役下属邑，至即庭鞫，立罢遣之，囹圄一空，报最，为诸郡第一。稍迁同知河间府。"李念慈也

---

① 韩诗、陈祚明辑：《国门集》卷首，清顺治刻本。
② 谢正光：《清初人选清初诗汇考》，南京大学出版社 1998 年版，第 47 页。
③ 赵尔巽等：《清史稿》卷二百七十，中华书局 1977 年版，第 10002 页。
④ 姜宸英：《户科掌印给事中黄湄王公墓表》，《湛园集》卷六，《四库全书》本。
⑤ 施闰章：《学余堂集·文集》卷五，《四库全书》本。

是顺治十六年进士，曾历任河间府推官、新城知县、景陵知县。他历任都能兴利除弊，为百姓谋幸福，却为上司所不容，多次被劾免官。康熙十八年被举博学鸿词，他还"陈诗曲绘下民艰"（《庚申三月一日军中有感》），为当道不喜而落选。正如清人贺瑞麟所说："关中之地，土厚水深，其人厚重质直，而其士风亦多尚气节而励廉耻，顾有志为圣贤之学者，大率以是为根本。"① 可见清初关中士人有些虽然屈节仕清，但他们身上所表现出来的高尚情操值得人们赞扬。

关中仕清士人大多宦游四方，足迹遍及大江南北，与京师、江南、三楚、岭南等地诗人有着广泛的交往，促进了关中诗学的发展，加深了清初不同地域文化的交流。杨素蕴在任安徽巡抚和湖广巡抚之时，曾经招致李念慈、赵湛、陈焯等著名诗人于幕中，经常诗文唱和，并且为李念慈刊刻诗集。杨素蕴诗也备受李念慈等人推崇。李念慈《见山楼诗序》云："退庵杨中丞敦厚本于至性，自幼学，至壮行，其所诵读行习，莫不以圣贤为准的。……以其绪余发为吟咏，虽所存不多，顾天分过人，笔锋矫健，数不屑为奇巧新异之观，以求合乎今之论诗者。历览见山楼一编，则凡生平遭逢阅历，忻畅忧悯，无往不见其忠厚悱恻之志，斯非其性情学问源本充裕，亦乌能随感发露，委曲疏通，不戾于圣人之指如是哉。读之者忠厚廉仁之心，不觉油然而生，若长风之嘘陵谷，洪涛之荡溪壑，皆可感而之正则，即是编也，于圣贤永言、立教之旨已有合焉，不当独以声律气格求之矣。"② 王孙蔚为顺治九年进士，曾历官湖广按察使、福建布政使、湖北粮道参议、四川川东巡宪、湖北提学使等职，在任多有政声，对孙枝蔚、李因笃、宋振麟、周灿等关中诗人多有关照。其诗风格婉丽，自成一家。著有《韬香集》。周灿《王茂衍韬香二集序》云："其骨苍劲，其气浩瀚，如三峰之插碧汉，百川之赴沧溟，至奇句秀字，组练之工巧，若天成，有剥蕉抽丝之

① 贺瑞麟：《关中三李年谱序》，吴怀清《关中三李年谱》卷首，默存斋本。
② 杨素蕴：《见山楼诗集》卷首，《四库全书存目丛书·集部》第221册，齐鲁书社1997年版。

妙，夫非所谓有才大于海而心细如发者耶。"① 曹玉珂也是关中仕清诗人中的佼佼者，他顺治十六年登进士第，官寿光知县，改中书。平生嗜书工诗，摹古帖如其真，尤好收聚法物古器，精于鉴赏。著有《缓斋集》。魏宪曾云："大抵陆海诗，刻意求古人，嘐嘐然视其乡献吉辈超乘而上，庶几乎挽波流而登彼岸，坐进于古之作者而无难。然古之作者，先取法，次声调，次才情。法得则范我驰驱获禽多也，声调得则戛以鸣球瓦缶奔也，才情得则天籁所吹，万有俱动，素质所先，千绚改色也。陆海其诗之神乎神也，而轨于道矣。"②

周灿，字星公，临潼人，生卒年不详。顺治己亥进士。历官礼部仪制司郎中、南康府知府、四川学政。曾出使安南，不辱使命。著有《使交纪事》一卷、《使交吟》一卷、《安南世系略》一卷、《使交好音》一卷。王士禛曾说其出使之作"颇见风土③。周灿为官清廉，勤政爱民。曾讲学白鹿书院，造士多所成就。在京师，与叶方蔼、陈亭敬、施闰章、王士禛等交往颇密。周灿与关中朝野士人多有来往。他与房廷祯、王孙蔚为累世姻亲，与曹玉珂、房廷祯、李念慈、王又旦、梁舟为同榜进士，交往密切。他还与李颙、李因笃、王弘撰、孙枝蔚等遗民也有诗文酬答。孙枝蔚《赠周星公光禄》曾云："娱亲方爱日，事主再朝天。大隐金门里，长贫玉食前。紫薇称故物，红橘奉高年。颜谢皆光禄，诗名尔并传。"④ 李因笃《存殁口号一百一首》称赞周灿亦云："仪部蹉跎竟一麾，（周太守公灿）……横江跨海诗新上（周使安南归，奉诏进所著）……"⑤著有《愿学堂集》二十卷。

周灿诗歌不多，现存两卷。四库提要称其"诗格宏敞，颇胜于

① 周灿：《愿学堂集》卷二，《四库全书存目丛书·集部》第219册，齐鲁书社1997年版，第317页。

② 魏宪：《百名家诗选》卷八十五，《四库全书存目丛书·集部》第397册，齐鲁书社1997年版，第739页。

③ 王士禛：《池北偶谈》卷三《周礼部使交趾诗》，中华书局1982年版，第71页。

④ 孙枝蔚：《溉堂集》（中）续集卷五，上海古籍出版社1979年版，第804页。

⑤ 李因笃：《受祺堂诗集》卷二十七，《四库全书存目丛书·集部》第248册，齐鲁书社1997年版，第728页。

文。然规模唐音，浮声多而切响少，犹袭北地之旧调者也"①。四库提要因周灿诗学李梦阳而不以为然，评价不高，但是清初叶方蔼、孙枝蔚却对其诗赞誉有加。叶方蔼《愿学堂诗集序》云：

> 余尝读《秦风》，至《车辚》、《驷骥》、《小戎》、《无衣》诸篇，所言皆田猎驰骋，攻击战斗之事，忾然想见其时之人，乔佶雄鸷，跃马贾勇之概。下而妇人女子，亦知有赴敌死绥，不敢含怨之意，何其刚劲如此？窃意五方之禀不齐，东南之音柔婉，而西北之音猛厉，得之于天。距今虽数千百年，当有终不可得而变者。星公子生于秦，其居即河渭之间，《诗》所谓"载猃载骄"，"同仇偕作"，故处仕宦，又数踬数起，不得大展志于时，发而为言，宜乎多忼慨壮激，怫郁不自持之致。而吾取其诗诵之，和平温厚，无纤毫类其土风者，岂地气有时移易，今之秦非昔之秦乎？抑星公子所操之音为欲独异乎其乡也？噫！吾知之矣，人之可得而限者，风气也。不可得而限者，学问也。风气之偏，惟学问可以救之。星公子学道有年，其造诣深矣。而我区区拘一隅之风气，怪其诗之变，不亦陋矣哉。抑又闻之古先王，既采天下之音，陈之观其风，歌之贡其俗，而又吹律定中声以示之准，使柔婉者不邻于弱，猛厉者不入于傲，无一人不欲纳之中和之内。今日圣主在上，如有意乎转移世运，一道德，同风俗之事，则星公子之诗其权舆耳矣。②

此序颇长，比较准确地解释了当时仕清诗人虽然大多有秦中刚健之气，但是由于处在庙堂之中，"圣主在上"，在统治者的高压之下，他们大多摧刚为柔，以朝廷"中声"为准，为"盛世清明广大之音"，歌功颂德。即使像周灿这样"数踬数起，不得大展志于时"之人，也不敢有任何怨怒之音，这正是清初仕清诗人共同的悲剧。

---

① 永瑢等：《四库全书总目》卷一八二《愿学堂集提要》，中华书局1965年版，第1644页。

② 周灿：《愿学堂诗集》卷首，《四库全书存目丛书·集部》第219册，齐鲁书社1997年版，第429—431页。

清初关中仕清士人较多，他们不仅治行卓著，而且敦尚气谊，诗文创作也较可观，但是由于各种原因，他们身后声名不彰，著作也大多散佚，本章就张恂、王又旦、李念慈等诗人进行深入探讨，借以展示清初仕清诗人的卓越成就。

第二节　"丁酉科场案"与张恂的诗歌创作

自隋唐开科取士之后，科举就是士子进身的重要途径，很多贫寒士子通过科举考试，"朝为田舍郎，暮登天子堂"，开始自己的仕宦生涯。统治者也通过科举考试选拔人才，委以官职，借以巩固其统治。科举如此重要，科举考试中就难免会有作弊行为，明清时期的科场案更是屡见不鲜。清初科场，依然沿袭明末的弊病，考官徇私舞弊，士子奔走钻营，引起了清朝统治者的极大不满，终于酿成惨绝人寰的丁酉科场大案。关中诗人张恂也无辜罹难，被流放尚阳堡，五年后才得以赦还。他的诗歌创作也被这次巨变深深的影响，此次事件甚至影响到整个关中诗坛。

一　"丁酉科场案"之始末与张恂之命运

顺治十四年丁酉，清廷照例开始各省乡试，鉴于以前屡有科场舞弊事件的发生，顺治皇帝下谕严肃科场法规，杜绝舞弊事件。顺治十四年十月甲午，给事中任克溥参奏顺天乡试考官李振邺、张我朴等交通关节，收受贿赂。顺治皇帝震怒，下旨严查。《世祖实录》卷一一二："先是刑科给事中任克溥参奏：'乡会大典，慎选考官，无非欲矢公矢慎，登进真才，北闱放榜后，途谣巷议，啧有烦言。臣闻中式举人陆其贤用银三千两，同科臣陆贻吉送考官李振邺、张我朴，而贿买得中。北闱之弊，不止一事。此辈弁髦国法，亵视名器，通同贿买，愍不畏死。伏乞皇上大集群臣，公同会讯，则奸弊出而国法伸矣。'事下礼部，都察院严讯得实。奏闻，得旨：'贪赃坏法，屡有严谕禁饬。科场为取士大典，关系最重，况辇毂重地，系各省观瞻，岂可恣意贪墨行私！所审受贿用贿过付种种情实，目无三尺，若不重加惩处，何以警戒来兹？李振邺、张我朴、蔡元禧、陆贻吉、项绍芳，举人田耜、邬作霖，俱着立斩，家产籍没，父母兄弟妻子俱流徙尚阳堡；主考官曹本容、宋之绳，着议处具奏。"①十一月己酉，顺治帝谕礼部将顺天乡试中式举人速传来京，"候朕亲行复试，不许迟延规避"②。

就在清廷审理北闱舞弊案的时候，江南科场案发。《世祖实录》卷一一二："十四年十一月壬戌，给事中阴应节参奏：'江南主考方犹等弊窦多端，物议沸腾，其彰著者，如取中之方章钺，系少詹事方拱乾第五子，悬成、亨咸、膏茂之弟，与犹连宗有素，乘机滋弊，冒滥贤书，请皇上立赐提究严讯。'得旨：'据奏南闱情弊多端，物议沸腾，方猷等经朕面谕，尚敢如此，殊属可恶。方猷、钱开宗并同考试官，俱着革职，并中式举人方章钺，刑部差员役速拿来京，严行详审。本内所参事情，及闱中一切弊窦，着郎廷佐速行严查明白，将人犯拿解刑部，方拱乾著明白回奏。'"③

顺治十五年正月甲寅，顺治帝亲自复试丁酉科顺天举人。二月庚辰，谕礼部："前因丁酉科顺天中式举人多有贿买情弊，是以朕亲加复试。今取得米汉雯等一百八十二名，仍准会试；苏洪濬、张元生、时汝身、霍于京、尤可嘉、陈守文、张国器、周根郕等八名文理不通，俱着革去举人。"④

顺治十五年三月庚戌，顺治帝亲自复试丁酉科江南举人。戊午，谕礼部："前因丁酉科江南中式举人情弊多端，物议沸腾，屡见参奏，朕是以亲加复试。今取得吴珂鸣三次试卷，文理独优，特准同今科会试中式，一体殿试。其汪溥勋等七十四名，仍准做举人。史继佚、詹有望、潘之彪、洪济、黄枢、秦广之、陈溯潢、许允芳、张允昌、何亮功、何炳、曹汉……周篆、沈鹏举、史奭等，亦准作举人，罚停会试二科。方域、林大节、杨廷章、张文运、汪席、陈珍、华廷樾、顾元龄、刘师汉、夏允光、程牧、孙弓安、叶

① 《清实录·世祖实录》卷一一二，中华书局2008年影印本，第880页。
② 同上书，第882页。
③ 同上书，第884页。
④ 同上书，第893页。

甲、孙长发等十四名，文理不通，俱着革去举人。"①

顺治十五年四月，顺治帝就顺天乡试舞弊案诸人定罪："王树德等交通李振邺等，贿买关节，紊乱科场，大干法纪，命法司详加审拟。据奏王树德、陆庆曾、潘隐如、唐彦曦、沈始然、孙旸、张天植、张恂俱应立斩，家产籍没，妻子父母兄弟流徙尚阳堡；孙伯龄、郁之章、李贵、陈经在、邱衡、赵瑞南、唐元迪、潘时升、盛树鸿、徐文龙、查学时俱应立斩，家产籍没；张旻、孙兰苗、郁乔、李苏霖、张绣虎俱应立斩；余赞周应绞监候秋后处决等语。朕因人命至重，恐其中或有冤枉，特命提来，亲行面询。王树德等俱供作弊情实，本当依拟正法，但多犯一时处决，于心不忍，俱从宽免死，各责四十板，流徙尚阳堡；余依议。董笃行等本当重处，朕面询时皆自认委系溺职，姑从宽免罪，仍复原官；曹本荣等亦着免议。"②

顺治十五年十一月，顺治帝就江南乡试舞弊案诸人定罪："方犹、钱开宗俱着即正法，妻子家产籍没入官。叶楚槐、周霖、张晋、刘延桂、田俊民、郝惟训、南显仁、朱祥光、文银灿、雷震声、李上林、朱建寅、王熙如、李大升、朱范、王国桢、龚勋俱着即处绞，妻子家产籍没入官。已死卢铸鼎，妻子家产亦籍没入官。方章钺、张明荐、伍成礼、姚其章、吴兰友、庄允堡、吴兆骞、钱威，俱着责四十板，家产籍没入官，父母兄弟妻子并流徙宁古塔。"③

此次科场舞弊案还蔓延到河南、山东、山西等省，牵连之考官及士子成百上千，是自有科举以来绝无仅有之大案。这也是科举考试积重难返，弊窦丛生，物极必反的结果。清廷利用汉人对功名富贵的热衷，加之汉人互相倾轧的劣根性，行使其专治淫威的结果。此次科场案处理结果，以北闱处罚较轻，除了考官李振邺、张我朴等被处死之外，大多减轻处罚，流放地也在较近之尚阳堡。而南闱将主考立斩，各房考官都处绞，流徙诸人到更荒原之宁古塔。

---

① 《清实录·世祖实录》卷一一五，中华书局 2008 年影印本，第 901 页。
② 同上书，第 907 页。
③ 同上书，第 942 页。

　　此次科场案中，陕西诗人张恂也被牵连。顺治十五年四月上谕有"王树德、陆庆曾、潘隐如、唐彦曦、沈始然、孙旸、张天植、张恂俱应立斩，家产籍没，妻子父母兄弟流徙尚阳堡；……王树德等俱供作弊情实，本当依拟正法，但多犯一时处决，于心不忍，俱从宽免死，各责四十板，流徙尚阳堡。"但没有记载张恂所犯何罪。据方孝标《过张稚恭旧园因忆稚恭二首》其二云："同谪未同归，遥怜丁令威。田园皆易主，妻子更谁依。泪逐梁泥落，心随塞雁飞。生还应共隐，何地卜山扉。"①方拱乾《寄张稚恭》也有"同窜不同地，同归复后先"②之句。方拱乾、方孝标都是丁酉科场案迁戍之人，"同谪未同归"当指张恂也在流放之列。据法式善《清秘述闻》，顺治十四年乡试同考官有方孝标，但没有张恂，可见张恂不是考官。宋振麟《挽张中翰稚恭二十六韵》云："层阴西北起，倏忽澄霄翳。重航落浅濑，苦望失攸济。遥沿辽海波，遂鼓维扬枻。"③从诗意来看，好像张恂是被陕西案件牵连。但是丁酉陕西科场没有舞弊事件，现在不好确定，存疑待考。

　　孟森先生《心史丛刊》引《痛史·丁酉北闱大狱纪略》有："（十月二十六日）吏部狱词上，奉旨：'依议即决，父母兄弟妻子流徙尚阳堡，家产没入。'二十七日而张（我朴）、李（振邺）、蔡（元曦）及新举人田耘、贺鸣郊骈首菜市矣；陆贻吉不先检举，亦坐知情过付同僇矣。"又："诸人正典之次日，该部即檄各省，逮系各家老幼，抄籍各家资产，随又提拿各犯，缇骑四出。于是而张次先父子、孙伯龄父子、郁光伯父子、学士诸震、张汉之兄中书舍人张嘉，又中书张恂、光禄李倩，次第就逮。嗣又遣校拿常熟赵某、湖州沈某二人、闵某二人，皆有关节而不中者。嗣又闻冯元口供有八公子，于是而大老有子获隽者，人凛凛焉。"④可见张恂是被牵连进去。因为诸书均无详细记载，张恂籍陕西，其子

――――――――――

①　方孝标：《钝斋诗选》卷八，黄山书社1996年版，第130页。

②　方拱乾：《甦庵集》，黑龙江大学出版社2010年版，第373页。

③　宋振麟：《中岩集》卷四，《四库全书存目丛书·集部》第233册，齐鲁书社1997年版，第177页。

④　孟森：《心史丛刊·科场案》，中华书局2006年版，第41页。

弟当在陕西乡试，不会参加顺天科考。那么张恂被牵连肯定是科场请托之事。

官场请托在明代相沿成风，尤其在科考和铨选之时更为盛行，清初此风犹炽。丁酉顺天乡试主考官宋之绳和张恂为崇祯十六年同年进士，他们在清初交往密切。宋之绳《载石堂尺牍》还保存有他给张恂的五份信札，其中两份就是为其兄长和朋友请托办事。其《与张稚恭》云：

> 历来积威虐视，废人如营。乡之少年，及舞文之辈，因而张喙设机，苟可以狃舞吾辈者，无所不至。此不独家兄为然，唯家兄受此更甚。故家居愁苦，有不如无生之叹。家兄意中，亦不敢望小草或者督抚公祖应求贤之典，得滥附一名，亦可少免前厄。……今雪老先生以用人之人，居用人之地，倘蒙年兄齿牙余论，奖饰青黄，使家兄姓名得入夹袋，是与年兄为两番门谊矣。已切托圣兄、舟次婉言，得年兄合力同声，万无不济。念家兄年力尚可驱策，真千载一时矣。失此一路，则终于抑郁以老，在知己当恻然悲之也……①

据王崇简《宋之绳年谱》："乙酉，（宋之绳）四月之苏州、嘉定。五月携儿女依莱阳宋璠、瑝、琬伯仲。"文中提到熊文举，号雪堂，在顺治元年降清，二年曾任右通政、吏部侍郎。宋之绳为兄请托当在此年。

虽然不敢肯定宋之绳在丁酉乡试中有作弊之事，顺治帝对他格外开恩，免予议处，也不能推定张恂有作弊之事，但是官场请托，在所难免，张恂被人牵扯进去也有可能。

因为牵涉到科场大案，当时朝野对涉案之人更是避之唯恐不及。丁澎《遗宋玉叔书》曾云："故自获罪以还，京师诸贵游咸以仆为介，见仆一刺，如避荆乡匕首。间有寸牍相通款，书中何如，

---

① 宋之绳：《载石堂尺牍》，《四库未收书辑刊》柒辑，北京出版社 2000 年版，第118 页。

启缄数行，漫灭殆置□楮中，唯恐蝥其指耳。"① 后人对张恂生平记述亦极为简略，对他的科场事件更是讳莫如深。《（雍正）陕西通志》、《（乾隆）江南通志》、《扬州府志》都有张恂传记，但极为简略。徐世昌《清诗汇》、钱仲联《清诗纪事》均未录张恂及其诗作。民国初年张其淦作《明代千遗民诗咏》，却将张恂及其子张湛列为遗民。卓尔堪《明遗民诗》凡例认为遗民"惟重末路，苛求其他，吾则何敢，"② 他将关中诗人李楷列为遗民，但没有将孙枝蔚、张恂作为遗民。李楷入清曾为宝应知县，不久罢官。孙枝蔚曾举康熙十八年博学鸿词，康熙赐为中书舍人，以年老辞去。张恂在顺治十二年召入京师，授中书舍人。十四年即罹科场案，含冤远谪，归来后即隐居不仕。如按此标准，孙枝蔚、张恂为遗民无疑。可是张兵先生在其《遗民与遗民诗之流变》中曾对"遗民"与"明遗民"之内涵与外延做过详细界定，他认为：

　　首先，作为遗民，必须是生活于新旧王朝交替之际，身历两朝乃至两朝以上的士人，不论他们在故国出仕与否、是否有功名，但在新朝必不应科举，更不能出仕，……其次，作为遗民，其内心深处必须怀有较强烈的遗民意识。……至于那些虽自称为遗民、或以遗民自居，而诗文作品中也抒发兴亡之感、寄寓故国之思，但实际上却有过短暂出仕新朝经历的人，我们只能将其归入贰臣行列。这不仅仅是一种道义或人格上的评判，还是一种文化价值的审视。③

　　张恂崇祯十六年中进士，入清后曾官中书，由此可知张恂应不在遗民之列，但也不应贬低其人格魅力和诗画成就。
　　张恂，字稚恭，号壶山。祖籍陕西泾阳。其生卒年各书均未记载。冒襄《巢民诗文集》卷三有《寿张稚恭五十即用庚寅余四十见

---

　　① 周在浚等辑：《赖古堂名贤尺牍新钞·藏弆集》卷五，《四库禁毁书丛刊·集部》第36册，北京出版社1997年版，第301页。
　　② 卓尔堪：《明遗民诗》卷首"凡例"，中华书局1961年版。
　　③ 参见张兵《清初遗民诗群研究》，博士学位论文，苏州大学，1998年，第3页。

赠原韵》①，此诗作于康熙六年丁未，张恂 50 岁，由此逆推 50 年，张恂当生于明万历四十五年（1617）。张恂祖上是盐商，家资殷实，曾在扬州有产业。张恂 14 岁即随家人南游，其《豫中杂兴》云："忆余年十四，游学驾南辕。"在扬州即与著名画家程正揆相识，张恂曾云："余见司空画时，其释褐之秋也。"（《张泾阳画识》）程正揆为崇祯四年进士，张恂南游正在是年，他们成了翰墨之交，后来同供奉中书舍人。崇祯十六年，张恂成进士。此年李自成攻占西安，起义军破泾阳，张恂家亦遭难。此时张恂观政京师，为避兵变姓名逃出，和家人隐居太行山。王猷定《张仲明先生传》云："当李自成入关，恂方观政京师，贼授士大夫伪官，其大索永长屯，时欲得恂，授职不获，踪迹先生。先生不少屈，语贼使曰：'儿去京未归，吾家可破，儿不可得也。'贼大掠去，使报恂曰：'倘出都，则变姓名，毋为伪吏所窥。'未几，贼果败。……先生家有醝业，在广陵，乱时匿大形山，往来尝取道泫上。泫人士交先生父子，陈祖道直达百泉，相与登啸，慷慨怀古，阅六日，游三百余里，乃别。盖所至人爱慕之如此。"② 顺治二年张恂至扬州，过着渔樵隐居的生活。与冒襄、程邃、方其义、王猷定、宋征璧、孙枝蔚、李楷、韩诗等交往密切。顺治十二年，清廷征召入京，以献画为顺治帝称赏，擢为中书舍人。在京师与王崇简、龚鼎孳、程正揆、王岱等人时常往还。顺治十三年任江南推官，曾奉命祭祀黄河。冒襄《闻张稚恭中翰至淮寄赠二章》有"传闻衔诏下黄河，京兆张郎佩玉珂"③ 之句。施闰章《学余堂集》也有《张稚恭为余图白云楼，时奉使祀河，歌以送之》④。

张恂出仕清廷，也怀着极为矛盾的心理。他在明末清初亲历了朝政腐败，党争激烈，农民起义，明朝灭亡，清军入关等等重大事

---

① 冒襄：《巢民诗集》卷三，《续修四库全书·集部》第 1399 册，上海古籍出版社 2002 年版，第 525 页。

② 王猷定：《四照堂诗文集》文集卷四，《四库未收书辑刊》伍辑，北京出版社 2000 年版，第 235—236 页。

③ 冒襄：《巢民诗集》卷四，《续修四库全书·集部》第 1399 册，上海古籍出版社 2002 年版，第 536 页。

④ 施闰章：《学余堂集》诗集卷十六，《四库全书》本。

件。他对晚明党争祸国有着极为深刻的认识。其《自命曰稚》诗序云："间尝古处至东汉之季，未尝不喟然于俊、顾及厨诸君也。从来小人蔓延肆毒而无忌者，始必由于君子之所激而后遂至于不可制，究至君子受其祸而人国狗之，向使诸君以权略济其风节，则天地之纪不绝，桓、灵之祚可绵。"① 诗云："敢曰别流俗，遐思谁庶几。尽言风节士，终动晚衰机。退处宜孤往，知交独贵希。南州徐孺子，食力岂全非。" 张恂认为正是因为晚明党争激烈，最后导致阉党横行，国运衰微。《述往五首》其四也有"一自清流高李杜，随忧庙堂托兵戎"的感慨。明末夏允彝也认为君子持论过苛，激变小人，致使误国亡种。② 张恂入清后隐居扬州，与程邃、方其义、孙枝蔚等遗民交往密切。张恂对于清廷的征召，开始极为不屑。其《门人杨生传予为当事物色走笔聊以代柬》诗云："岱舆樵者海潯客，失路穷天无羽翮。斯世分为林莽人，羲皇岂曰空陈迹。夕岭秋花怡白云，道名未许山公闻。敢令鹤书岩石下，千载复移北山文。"③《北山移文》是孔稚珪讽刺那些伪装隐居以求利禄的文人，可见当时张恂是要坚决以遗民终老的。其《白额虎行》更是将清朝官吏喻为白日横行市中的猛虎，末句"何如田横岛上云，生色至今随沆瀣"，通过对田横和五百壮士拒不投降汉朝的赞颂，表现了作者绝不仕清的决心。其《西溪登眺同儿子湛儒》有"鬐鬣烟空激，旌旗乌自翻。故乡从此道，吾欲觅花源"，也流露了出世退隐的思想。正如很多清初文人，他们不甘心空老山林，看到复明无望，清廷又做出拉拢汉人的姿态，很多文士禁不住诱惑还是出仕了，这也不能苛责张恂，但也使清初遗民的气节更显得难能可贵。程邃对张恂的出仕也极为惋惜。顺治十三年，张恂作为江南推官，与程邃再相会，程邃有"稷契逢巢许，斯言悚惕存"（《张稚恭观政真州别业即席同令子若水》）④ 的叹息。程邃认为张恂要作"稷契"，希

① 张恂：《樵山堂集·为舟草》卷上，陕西图书馆藏清康熙刻本。
② 黄宗羲：《汰存录纪辨》，北京古籍出版社 2002 年版，第 312—313 页。
③ 张恂：《樵山堂集·为舟草》卷上，陕西图书馆藏清康熙刻本。
④ 程邃：《萧然吟》，《四库禁毁书丛刊·集部》第 116 册，北京出版社 1997 年版，第 400 页。

望有一番作为，但他却是"巢许"之流，超然物外，要过"退身高
卧梅花阁，袍笏相将石丈峰"（《人日雪下刘中丞招同邠上流寓诸老
八先生燕集有作》）①的隐居生涯。其《春夜集张稚恭观政顺堂，
同韩俨恭、杜苍略限字有作，兼呈康恭、复恭、睦远、若水》其二
又有"无心成管华，达识反康涛"之句。引用管宁和华歆、嵇康和
山涛的典故，表露了他和张恂出处不同，但还是"乾坤到此谁为
我，山泽如斯独爱君"（《五日自石城还和稚恭观政见柬原韵》）②
的知心朋友。而张恂对程邃始终坚持遗民志节也极为赞赏。其《赠
程穆倩序》云："汉通一艺以上，罔弗征用，彼其继焚书之后，残
缺未兴，尚多能起而修明之。今天下典文明备，其于逸书古文反多
所未睹，况求其讨究之邪。穆倩文探奥府，则洪泉涌于爪画也，诗
超蹊径，则神龙驭乎翠岑也。……今穆倩方有事婚嫁，汲汲分其澄
怀，而道同偕隐，视子平襄阳耆旧又如何也。且莽以篡闻，表以暗
闻。有志之士见几而作，固其宜矣。执于当极隆之代，天下义府听
夕周旋，顾掉臂游行如穆倩者，此犹向长庞德公之所望而逊焉者
也。"他认为程邃处"极隆之代"，而朝廷又求贤若渴，但程邃隐居
山泽，坚不出仕，其襟怀自远迈古人。

顺治十四年，顺天科场案发，张恂被牵连入狱。康熙二年，张
恂为冒襄《题画》序曾云："丁酉前曾定买舟维皋，访同学巢民长
兄于水绘庵之一丘一壑间。中以誓墓不坚，遂遭幻劫。"③顺治十五
年被流放尚阳堡。张恂子张湛出塞看望父亲之时，陈维崧曾赋诗送
别，其诗悲凉慷慨，可以和吴梅村送别吴兆骞之作相媲美。陈维崧
《送张若水出关》（自注：若水，稚恭先生子也）："祖母秦州父锦州，
卢家少妇又邡沟。百年骨肉抛三地，万死悲哀并九秋。欲赠愧无银络
索，将离怕听钿箜篌。汉庭早晚流人赦，望尔归鞭度陇头。"④ 张恂

---

① 程邃：《萧然吟》，《四库禁毁书丛刊·集部》第116册，北京出版社1997年
版，第471页。
② 同上书，第472页。
③ 冒襄辑：《同人集》卷三，《四库全书存目丛书·集部》第385册，齐鲁书社
1997年版，第121页。
④ 沈德潜：《清诗别裁集》卷十一，此诗陈维崧《陈嘉陵诗文集》未收。

在尚阳堡过了三年多的流放生活，耕种之暇，与流放到那里的张天植、郝浴、孙旸、丁澎等诗文往还，在冰天雪窟中鼓扬风雅，排遣忧愤。康熙元年，大赦天下，张恂也纳金赎归，入关后隐居扬州，以卖画为生。周亮工《读画录》卷三云："稚恭自塞外归，家既破，以卖画自给。张小笺示人曰：'一屏值若干，一篝一幅值若干。'人高之。"① 张恂晚年归泾阳，与李因笃、宋振麟等关中文士悠游山水，尤与憨休和尚交往密切，经常讨论佛法，切磋诗艺。憨休和尚给张恂子张湛信中曾说："曩于嘉庆寺获瞻叔度丰仪，兼领大教，清浊澄淆，何啻汪洋千顷之陂，诚令人鄙吝自消，信林宗之言非谬也。见贻佳什，行吐风云，字落珠玑，跨李杜而直上，超王孟而无匹。性情卓绝，新致英奇。"② 对张恂及其子之佛法造诣和诗学成就极为赞赏。

张恂卒年不可考。他晚年与李因笃、宋振麟交往密切。查吴怀清《天生先生年谱》，李因笃晚年赠答宋振麟诗颇多，直到康熙三十年李因笃才没有赠宋振麟之诗，而李因笃卒于康熙三十一年。李因笃又曾为宋振麟作过传，宋振麟当卒于康熙三十年。宋振麟《中岩集》有《挽张中翰稚恭二十六韵》长诗一首，由此可知张恂当卒于康熙三十年之前。康熙二十五年，张恂还曾为《憨休和尚语录》作序。那么张恂卒在康熙二十五年之后，康熙三十年之前。宋振麟《挽张中翰稚恭二十六韵》曾赞美张恂卓绝的诗画技艺，并对其艰难坎坷的一生深表同情："词华遘气生，浴景泻清丽。掀垣惊独步，才美擅多艺。咫尺缩蓬瀛，穷神恣流憩。滂洋动至尊，五色自摇曳。层阴西北起，倏忽澄霄翳。重航落浅濑，苦望失攸济。遥沿辽海波，遂鼓维扬枻。恣情任显晦，长啸何迢递。蹭蹬暮归田，松竹拥高岁。往者过泾皋，僧寮托末契。"③

张恂博学善思，诗画双绝，在清初有重要的影响。《（乾隆）江

① 周亮工：《读画录》卷三，西泠印社 2008 年版。
② 僧如乾：《与张若水太学》，《憨休和尚敝空遗响集》卷五，《四库全书存目丛书补编·集部》第 10 册，齐鲁书社 2001 年版，第 57 页。
③ 宋振麟：《中岩集》卷四，《四库全书存目丛书·集部》第 233 册，齐鲁书社 1997 年版，第 177 页。

南通志》称他"天才隽迈，肆力于诗古文词，兼工画笔"。《重修
扬州府志》更称他："工诗古文，又善画。居江都最久，与之游者
多喜其乐易，而挥毫泼墨，缣素淋漓，故家笥箧中多珍藏之。"① 程
正揆曾称赞张恂："二秀于厚重见秀峭，惟公于秀峭见厚重。此能
以山水为性情，以性情为笔墨者。"② 叶映榴《与稚恭书》亦云：
"画家三品，气韵为神，超凡为妙。谛观佳制，二者兼之。昔范仲
立游秦，得山之骨法，董北苑多画江南山水，幽情婉思，意外笔
前。先生手握华莲，目空江水，宜乎吮笔落纸，无际可寻耳。虽伧
荒不知至理，而宝此墨香，重于拱璧矣。"③ 张恂一生著述颇丰，有
《樵山堂诗》、《西松馆诗》、《雪鸿草》、《绣佛斋诗余》、《张泾阳
画识》等。还曾评注李贺《昌谷集》、高棅《唐诗品汇》。

二　张恂诗歌的内容及艺术特色

　　清初流寓江南之秦地诗人颇多，而张恂和张晋诗名远播，被人
称作秦中"二张"。李楷《张康侯诗草序》："秦之诗，狄道康侯、
泾阳稚恭，称二张。"④ 计东《西松馆诗集序》亦云："今昭代诗人
林立，而秦中为盛。秦中之诗，又以稚恭张先生为尤盛。"⑤
　　张恂诗歌创作以丁酉科场案为界可分为前后两期。前期包括中
进士前后、隐居扬州及居官京师时所作；后期即丁酉科场案之后，
流放尚阳堡及放还入塞，隐居扬州和归乡之作。张恂前期诗歌大多
抒写隐居生活，以及友朋酬答之作，间有描述社会乱离，百姓疾苦
的诗歌，也是以旁观者的身份来叙述，音调温婉，情感内敛。丁酉
科场案中被含冤流放以后，诗人的内心有了极大的震动，开始深入

---

　　① 姚文田等：《（嘉庆）重修扬州府志》卷五十三，广陵书社 2006 年版，第
238 页。
　　② 程正揆：《清溪遗稿》卷二十四《题张稚公画册》，国家图书馆藏清康熙刻本。
　　③ 叶映榴：《叶忠节公遗稿》卷五，《四库全书存目丛书·集部》第 232 册，齐鲁
书社 1997 年版，第 346 页。
　　④ 李楷：《张康侯诗草序》，赵逵夫点校：《张康侯诗草》卷首，兰州大学出版社
1989 年版。
　　⑤ 计东：《改亭诗文集》文集卷二，《续修四库全书》第 1408 册，上海古籍出版
社 2002 年版，第 105 页。

思考世道之艰难，宦途之叵测，加之塞外冰天雪窟之非人的流放生活，让作者极为感激哀怨。这一时期的诗歌内容丰富，雄健遒劲，苍凉悲壮，追步少陵，达到了很高的艺术境界。计东曾说："其格律整暇，才调高华，卓然可以轶宋元而媲三唐，其前之见于天下者无论已。今读其癸巳迄壬寅十余年来之作，自登启事，历廊庙，及衔冤远谪，旋里言怀，凡一千一百余首，于身世阅历可喜可愕之情状，毕见之于诗，而其温厚恻怛，原本忠爱，缠绵于格律，洋溢于篇章，使读者莫不兴起其性情，而思笃乎仁义，诚有如朱子所云者。倘得邕先生倡导之功，以厘正天下之心声，将几于豳风、二南、正雅也不难矣。"①

张恂虽然"诗文雄视一世"②，但其作诗则较迟，现存其最早的诗歌当在25岁中举之后，赴京之时的作品。这时各地农民起义如火如荼，大明江山岌岌可危，诗人在赴京路上触目时艰，对国家之命运，人民之乱离极为忧心。其《豫中杂兴》云：

行行洛阳道，触目心忧烦。远怀良足感，望古停征轩。忆余年十四，游学驾南辕。出关皆错绣，生齿方殷繁。永夜分灯火，犹闻市井喧。华车毂相击，肥马交平原。鸡豚不论值，贱比野蔬蕃。居诸曾未几，所遇尽颓垣。萧条留茂草，不识梁王园。洛邑尚如此，州鄙复何言。③

洛阳经过战争的残毁，到处是颓垣断壁，大有"白骨露于野，千里无鸡鸣"的荒凉景象。张恂回忆其十年前经过洛阳的繁荣情景，"华车毂相击，肥马交平原。鸡豚不论值，贱比野蔬蕃"，真有杜甫"忆昔开元全盛日"的隔世之感。作者通过盛衰对比，抒发了

① 计东：《改亭诗文集》文集卷二，《续修四库全书·集部》第1408册，上海古籍出版社2002年版，第105页。
② 周亮工：《读画录》卷三："张舍人恂，字稚恭，泾阳人。家维扬。舍人诗文雄视一世。"西泠印社2008年版。
③ 邓汉仪：《诗观初集》卷六"张恂"，《四库禁毁书目丛刊·集部》第1册，北京出版社1997年版，第423页。

对国事的感慨。而他一路走过，到处是残垣断壁和背井离乡的百姓，"驱车破晓烟，过眼尽残垒"（《渡漳河》），"虽不闻朝歌，那堪见野哭"（《淇门驿题壁》）是当年社会动乱的真实写照。张恂希望当政者停止搜刮民财，周济贫民，让老百姓少生怨恨，也就减少了祸乱，"谁散鹿台钱，使民无怨尤"（《淇门驿题壁》），的确抓住了当时的社会矛盾。可惜统治者并不悔悟，朝廷在正科之外，还一再加派"辽饷"、"练饷"、"剿饷"，更加激化了社会矛盾，大明王朝就在轰轰烈烈的农民起义中灭亡。李自成进京之时，许多达官贵人依然家产万贯，崇祯皇帝的皇宫里面也是金银珠宝堆积如山。《明季北略》："旧有镇库金积年不用者三千七百万锭，锭皆五百两，镌有'永乐'字。谈迁曰：'三千七百万锭，捐其奇零，几可两年加派，乃今日考成，明日搜刮，海内骚然，而扃钥如故，岂先帝未睹遗籍耶？不胜追慨矣。'"①

明朝灭亡后，张恂隐居扬州，但他对明朝灭亡也曾深刻反思。其《述往五首》表达了对贪官污吏、骄兵悍将丧师误国的批判和愤慨。其一云：

> 天险潼关亦可哀，只轮匹马未归来。悲慨金汤空留俗，丧弃同袍未易才。军覆沐猴汙汉苑，患深跃马望蓬莱。谁令自兹嗟离黍，草木川原痛劫灰。②

晚明潼关之战对明王朝的兴亡具有决定性的意义。当时督师孙传庭率西北精锐部队，应当坚守潼关，以逸待劳消灭李自成农民军。可是孙传庭志骄意满，认为李自成兵弱，上疏多次奏捷。朝廷议论纷纷，崇祯皇帝也急于求成，下令出关迎战，官军大败，西安也相继陷落。在丧师辱国，"川原劫灰"之时，朝中诸臣照样"沐猴而冠"，安享富贵。作者的痛恨忧愤之情溢于言表。

张恂对那些嚣张跋扈，欺压百姓的军官也极为愤慨。他们平时

---

① 计六奇：《明季北略》卷二十"十六日癸酉载金入秦"条，中华书局1984年版，第488页。

② 张恂：《樵山堂集·为舟草》卷下，陕西图书馆藏清康熙刻本。

坐靡军饷，敌人来了便倒戈投降，诗人也对他们进行了辛辣的讽刺。《述往五首》其二：

  登坛尽是骁雄将，跋扈推谁一列营。稽首望风遁铁锁，倒戈承旨侈豻声。桓文胙土徒为尔，李郭军容不再生。闻道彤弓今尚在，亦应怀抱覆麋旌。

这些人投降以后还恬不知耻，招摇过市。作者讽刺他们"闻道彤弓今尚在，亦应怀抱覆麋旌"，可谓入木三分。他更慨叹没有郭子仪、李光弼这样有雄才大略，能挽狂澜于既倒的救世之才。

晚明之腐败无能不只是武将，文官也是整日嬉游享乐，党同伐异，一旦敌人来了便束手无策。起义军围攻京城之时，京师官员还在各自打小算盘，饮酒作乐。最后国家灭亡，玉石俱焚。张恂对他们的愚蠢也进行了严厉的批判。《述往五首》其三：

  制出防河曾几日，寇来倐已薄居庸。朝廷本意依群策，宿卫何人见夕烽。方快处堂将进酒，岂知趋阙不闻钟。金珠满穴空尘土，只听秋花响暮蛩。

"金珠满穴空尘土"是夸张，也是写实，深刻揭露了崇祯君臣贪婪愚蠢的本质。

张恂对明朝文武群臣的腐败无能极为痛恨，因此对明王朝并没有太多的眷恋，诗中也没有清初遗民那样的故国之思，而只有世事沧桑的兴亡之感。这也是他最终出仕清廷的一个原因。《闲居十七首》其十二云："六朝人散大江空，仿佛犹闻说五公。豪贵不知何处歇，铜驼独自立秋风。"其十三亦云："陇上高台眺建康，钟山清露湿残阳。只今鹿走空留迹，不似当年举国狂。"① 国破家亡，繁华飘零，留下的只是铜驼石马，独立秋风。钟山鹿走，残阳如血，让人生发出无尽的悲凉之感。

---

① 张恂：《樵山堂集·为舟草》卷下，陕西图书馆藏清康熙刻本。

张恂在感慨世事沧桑之时，也对民生极为关注，着力表现战乱时期下层百姓的痛苦挣扎。其《湖田》云："濒湖居民湖作田，荄菰叶烂稻花寒，争采荄菰齐刺船。平铺舴艋长桥侧，妇子啼饥售不得。"①百姓在战乱时期以采荄菰为生，采了却不敢吃，还要卖掉，肯定是为了交官税。以不说为说，意在言外，令人无限低徊。其《及春小行》更是以沉痛的心情描述了百姓在水灾之下还要交公粮的悲惨生活：

> 胡为泛宅奔烟澥，上有飞鸿下硕鼠。田化为湖浪拍天，什桃沉柳知无数。君不见昨年麦稻望如云，今日渔船纷如雨。得鱼不得食，何忧无米输。官劳夏楚君，圣尧臣大禹。江汉朝宗物获所，区区河堤衣带流。丸泥不塞民为鲔，嗟嗟春水民为鱼。

虽然洪水中"渔船纷如雨"，但是百姓"得鱼不得食"，为的就是输纳官粮。更为痛苦的是洪水横行，良田被淹，百姓化为鱼鳖。如此惨景，让人无限同情。百姓不但要输纳官粮，还要应付兵丁的敲诈，"仰面疾言非狼虎，荷戈者来急打门"（《中山酒家行》），正是描写这些如狼似虎的兵丁对百姓的残害。

张恂前期诗中多表现的是对归隐生活的向往和洁身自好的隐士情怀。如《真州秋泛》云："幽寻秋色晚，远泛暮江湄。日澹疏杨柳，风寒趁鹭鹚。负喧田父乐，争渡野人迟。顿起樵山念，徘徊属所思。"②《杂感十七首》其十亦云："归来竹屋闭松关，月影当头待鹤还。双杵几家催白露，孤城千里背青山。萧然物外甘终废，蕞尔尘中岂或顽。自是渔樵人未老，三江五岳许追攀。"他在乱世之中就是希望萧然物外，独善其身，对渔樵生涯极为向往。张恂笔下的渔樵生活也极为美好，在清初那个民族矛盾、阶级矛盾极为尖锐的时期，让人有"别有天地非人间"的感觉。其《上巳自真州放船

----

① 张恂：《樵山堂集·为舟草》卷下，陕西图书馆藏清康熙刻本。
② 同上。

口占》云："风帆一片暮江边，烂熳春光上客船。夹岸桃花留不得，任分浓淡湿轻烟。"①《吴陵放船》亦云："吴陵东北水怀天，旧是居人此力田。屋外家家横小艇，追呼尽到打渔船。"其二："竟令河伯据桑麻，一任烟波与暮葭。锄雨犁云无住着，凫鹭自在适晴沙。"其三："柳蒲点缀水云乡，不尽澄湖尚渺茫。谁问此中好风景，一分茅屋九分航。"真有一种春光明媚，人民安居的太平之感，的确有后来王渔洋倡导的"神韵"特征。但这种太平生活只是诗人一厢情愿的幻想，随后的政治风暴便打碎了他的黄粱美梦，让他认识到现实的严酷，诗风一变而为苍凉悲壮。

张恂被流放东北以后，在冰天雪窟中度过了五个春秋。荒凉艰苦的环境，含冤被谪的不满，都反映在他苍凉悲慨的诗句中。其《茅屋》云："出门少所欢，郁郁何处释。山鬼暮窥人，野鸥低向客。日掩小荆扉，栖迟甘扫迹。隔溪语行人，蜮善含沙射。"②作者谪居塞外，郁郁寡欢，周围环境异常恶劣，不得不小心生活。末句"蜮善含沙射"既指出环境的险恶，又一语双关，愤慨官场的险恶，不平之气，充塞心胸。其《塞上》又有"一自霜花凉冷后，雕飞无计避强弓"③，抒写自己高才见忌、含冤忍辱的悲愤心情，反映了对清廷草菅人命、滥施淫威的不满。

张恂还有许多诗作描写了壮观的塞外风光、艰苦的流放生活及奇异的边地风俗，是流人文学中极有特色的作品，具有很高的认识价值。其《开原道中》云："空山少行旅，日夕翠岩荒。野花秋自发，平铺云锦光。雁凫集枉渚，麋鹿下崇冈。策马动遐思，萧条古战场。临风忆往代，运会生悲凉。百雉三城圯，劳劳汉与唐。晴沙莽无际，四顾烟茫茫。"④空旷无际的山川，点缀一些野花，山中行人稀少，麋鹿成群，满目荒凉。作者行经此处，思量往代，战乱频仍，兴亡无常，悲凉之情油然产生。张恂描写塞外风光的还有《古

---

① 张恂：《樵山堂集·为舟草》卷下，陕西图书馆藏清康熙刻本。
② 邓汉仪：《诗观初集》卷六"张恂"，《四库禁毁书目丛刊·集部》第1册，北京出版社1997年版，第423页。
③ 同上书，第426页。
④ 同上书，第423页。

塞上》、《古关歌》、《远堡》、《龙堆行》、《塞上》、《铁岭》等诗，大多意象苍茫，气势恢宏，声调悲壮，是边塞诗中的上乘之作。其《古关歌》云：

> 汉武防边广筑城，远临沧海製修鲸。鱼眼射波风灯乱，丹霞雉堞纵复横。岧峣山势壮西北，东南来与海轮平。设险此中通一线，金银为橹玉为扃。紫塞黄云归节制，神州奥区倚籓屏。函谷丸泥不足侈，成皋天堑空高名。制胜全控百二甲，壮猷方屯十万兵。摩肩击毂重行行，觱篥城头吹月明。一吹茅店荒鸡鸣，再吹杜鹃啼无声，三吹行人白发生。[①]

此诗当写山海关。山海关是明长城的最东端，也是北方防线的要塞。它地势险要，关楼雄伟，易守难攻，“制胜全控百二甲，壮猷方屯十万兵”。可是这样的天险并没有阻止清兵入关，明朝灭亡。作者行经此地，城头觱篥劲吹，让他感慨万端，“一吹茅店荒鸡鸣，再吹杜鹃啼无声，三吹行人白发生”，作者将身世之感、家国之思、兴亡之叹全融合在这悲凉的觱篥声中，读之让人断肠。

边塞环境极为荒寒，而流人生活更为艰苦。张恂《闲居》云：“渐次春光暮，寻春不见春。始知边檄地，原隔洛阳人。乱草蒙芳甸，荒云阻艳晨。惟当自怡悦，寂历避车尘。”[②]真让人“一望苍凉摧两鬓”（《雪后望山涧》）。东北夏短冬长，寒冷异常，春天过去之时，还没有一丝春意。过惯了江南生活的诗人，在这种凄惨生活中，心境更为悲苦。“始知边檄地，原隔洛阳人”正是抒写对这种荒凉生活的极不适应。此地不但酷寒，而且环境异常恶劣，虎豹成群，毒蛇出没：“野外寒驱虎豹蹲”（《雪后望山涧》），“葭墙频过虎，草屋任藏蛇”（《夏日边村》），到处充满危险，让流人生命时刻受到威胁。他们的生活也异常艰苦，房屋逼仄，饮食匮乏。《夏日边村》其二云：“一室真容膝，烦嚣漫伫延。烹泉惟苦叶，种豆

① 邓汉仪：《诗观初集》卷六“张恂”，《四库禁毁书目丛刊·集部》第1册，北京出版社1997年版，第424页。

② 同上书，第425页。

剩闲田。蔓草丰连屋，蚊虫杂蔽天。友于聊慰藉，兄亦解安禅。"①

东北地区地处荒徼，汉、满、蒙古、朝鲜等各族人民杂居，风俗亦与内地不同，东北流人诗中多有反映。如方拱乾《宁古塔杂诗》100首就有许多反映边地奇异风俗的诗篇。其《河冰行》更是饶有兴致地记载了边地妇女严冬在冰上拔河的有趣情景。诗序："俗以正月十六日女子无老少，率以往河冰上卧起，如被褉戏。"诗云：

> 满风春望拔河戏，燕支影落冰痕睡。女子联翩男子观，倾菅穿灯摇鞭至。日高人散客来说，冰床如马凌冰驶。掌大雪花接雪堆，耳寒酒热中流醉。旅况无端听睹新，感时抚地为欢易。长安今夜月盈街，千门环印蝉娟臂。②

"燕支影落冰痕睡"，"女子联翩男子观"在内地汉民族是不可想象的情景，但是边地少数民族却习以为常，引起了流放诗人的极大兴趣，"旅况无端听睹新，感时抚地为欢易"，他们在边地困苦异常，牢愁无端，看到如此奇异的风俗，也随着大家一起欢愉，暂解忧愁。

张恂性格比较内敛，他对含冤流放一直不能释怀，所以面对边地奇异的风俗，也引不起更多的兴致。其《山神庙》云："空山野庙蓬蒿里，自昔边民报赛同。里社数橡纷父老，春光终日走儿童。鸣锣伐鼓迎神曲，酾酒掺豚太古风。所祝牛羊无虎患，非关黍稷愿年丰。"③他对这种粗犷原始的乡村风俗并没有太多的兴致，只是慨叹"几载边树望，荒哉习俗频"（《即事》），更多的是节日期间对自身命运的感慨和对家人的思念。其《九日》云："塞草荒双眼，秋风澹一隅。天高鸿雁去，地僻菊花无。节序憎秋思，文章恋老

① 邓汉仪：《诗观初集》卷六"张恂"，《四库禁毁书目丛刊·集部》第1册，北京出版社1997年版，第425页。

② 方拱乾：《何陋居集》，黑龙江大学出版社2010年版，第136页。

③ 邓汉仪：《诗观初集》卷六"张恂"，《四库禁毁书目丛刊·集部》第1册，北京出版社1997年版，第426页。

儒。穷途知有命，不用醉茱萸。"①

张恂一生敦古谊，重交道，有长者之风。《陕西通志》记载："张恂，字稚恭。……尝有故人中隙者，久之复来谒，恂欢然道故。其人方三丧未办，子女婚嫁俱未办，恂立挥五百金以赠，人以是知其长者。"②张恂对朋友更是坦诚相待。王岱曾称赞他"气谊真无敌，文章实有神"③。程邃亦称他"爱人兼子弟，不自别亲疏"（《春夜集张稚恭观政顺堂，同韩俨恭、杜苍略限字有作，兼呈康恭、复恭、睦远、若水》）。李因笃更称赞他"知音天下重，此曲故园稀"④。张恂一生交游广泛，友人遍及大江南北，其交往之人有关中旧友，如韩诗、孙枝蔚、李楷、李因笃、宋振麟等；也有科举仕宦之同年同僚，如龚鼎孳、方拱乾、陈之遴、熊文举、陈维崧、施闰章、梁清标、宋之绳、程正揆、宋征璧等；还有遗民故老如冒襄、程邃、方其义、纪映钟、姜垛、杜濬、王岱等；还有在塞外迁戍的流人难友，如张天植、方孝标、丁澎、郝浴、孙楗、诸豫、陆庆曾等；还有方外之人如憨休和尚、风穴云峨等。其集中友朋赠答、怀人念远之诗颇多。如《怀庞宓胥》、《怀尹平之》、《怀周农夫》、《怀韩岩公》、《怀梁公狄》、《怀李叔则》、《渔矶独坐怀长安故人》、《怀王子磊》、《怀蒋赤臣》、《怀方直之》等诗作，大多情深意切，襟怀超逸。其《怀梁公狄》云：

> 命棹之葭湖，薄言求我友。豺虎咆其前，风雨阻其右。舟回中道归，返照新诸有。伐本隔浦烟，停云横江柳。长望五噫

① 邓汉仪：《诗观初集》卷六"张恂"，《四库禁毁书目丛刊·集部》第1册，北京出版社1997年版，第425页。
② 《（雍正）陕西通志》卷六十三，《四库全书》本。
③ 王岱：《送石长南还》："邗江闲访戴，嘉客得三人（方邵邨、张稚恭、程穆倩）。气谊真无敌，文章实有神。星联旨太史，剑合自延津。感旧迂疏子，题书寄慰频（张、程皆有札及余）。"《了庵诗文集》诗集卷十，《四库禁毁书目丛刊·集部》第91册，北京出版社1997年版，第240页。
④ 李因笃：《贻张稚恭舍人诗六首，即承次韵见酬，顷枉佳章，仍叠前韵，苦次追酬，如其篇什，生平用来韵不次，此则集中创观也》，《受祺堂诗集》卷二十六，第730页。

歌，四愁吾敝帚。知雄何复言，用拙应相耦。浮云为白衣，未几遂苍狗。山深任茂林，海远出高阜。天风洒北窗，卷帙酣星窗。饱当湖上山，友或湖中叟。何时可容苇，剥柴叩不朽。古人重交情，重论一尊酒。①

诗人高举远怀，思念故人，更将对世事无常的感慨寄寓诗中，"长望五噫歌，四愁吾敝帚"，正是通过梁鸿和张衡的典故表达对现实的不满以及对友人的思念。

张恂对那些身处乱世、怀才不遇的友人更是寄寓了无限同情。如《怀尹平之》云："文能为国华，盐车困千里。近抱许巢心，思齐箕颖轨。中夜论平生，谓吾唯我尔。"② 张恂曾说"退处宜孤往，知交独贵希"（《自命曰稚》），但他并没能隐居终老，屈身为官，险罹大难。他虽然为人慷慨，重视气谊，但在他罹难之时，许多友人为身家计，也不施援手。丁酉科场案之后，张恂与友人赠答之诗锐减，可见他的失望之情。流放期间，他和"同是天涯沦落人"的郝浴、丁澎、陆庆曾、张天植、孙梗、诸豫等成为患难之交，时常往还，诗文酬唱。其《陆子玄孝廉来访》、《宿丁飞涛仪部书带草堂》、《秋日访友开原古刹》、《张司马蓬林、诸太史震坤、陆子玄、孙鹿樵同集饮郝复阳侍御斋中》等即为这类诗歌的代表之作。他们在冰天雪窟中诗文往来，互诉心曲，共叹命运之多舛。其《上巳前一日野集赵家台》云："空林峻岭麋鹿群，古戍于今静不闻。岂为先期修禊事，聊因谋野眺归云。花无半点春将暮，酒及千巡日未曛。谁料昔年征战地，漫容觞咏客纷纷。"③ 这些罹难流放之人在诗文酬答中互相勉励，聊宽愁肠。"信得幽栖山水好，春游莫厌数相寻"（《陆子玄孝廉来访》），让他们在绝域荒徼中孤寂的心魂得到了慰藉。"问尔孤山旧茅里，何年青梦许招携"（《宿丁飞涛仪部书带草堂》）也充满了对重获自由、安度余年的向往。

---

① 张恂：《樵山堂集·为舟草》卷下，陕西图书馆藏清康熙刻本。
② 同上。
③ 邓汉仪：《诗观初集》卷六"张恂"，《四库禁毁书目丛刊·集部》第 1 册，北京出版社 1997 年版，第 425 页。

　　明末清初关中诗坛受先贤李梦阳、文翔凤的影响，论诗大多崇尚盛唐，追步少陵。张恂早年即"博综诗学"，但他没有留下太多的论诗文字，其《闲居十七首》其八云："何李苦心方复古，钟谭好异强分门。若使陈诗观俗尚，寒溪原不出昆仑。"① 可见张恂还是崇尚复古，鄙薄竟陵，与江南诗坛风尚比较一致。张恂对江南文士的弊病也看得很清楚。《闲居十七首》其十又云："吴风越俗每多奇，一字长为学子师。应制务新幽未极，文成不许众人知。"可见他对江南文坛标榜声气，好为人师，"争价一字之奇"的轻薄文风也至为不满。从张恂的实际创作来看，他既不为风气所动，也不以文人自命，其诗歌创作纯为性情所寄托，所以其诗取径较宽，不傍门户，不主一家。其诗既有太白之飘逸、少陵之沉郁，又有王孟之淡远闲适，在清初诗坛别具一格。

　　张恂早年隐居扬州之时，由于生活优裕，他又置身世事之外，所以诗中多有飘逸出尘和闲适淡远之作。其《溪上》云："雨色烟客一气同，平田远趁晚来风。谁将小阁秋江鹤，客到澄溪听草虫。荷味半舒花槛外，茶香全落药栏中。思驱溽暑唯高枕，别有羲皇半亩宫。"萧疏淡远、淳朴自然，别有一番江南风致。其《听雨》、《忆平川元旦》、《雨中至平山待南生鲁先生》也大多写乡居生活，平实简洁，淳朴真挚，富有田园水乡气息。

　　张恂在扬州之时，也写过一些悯时念乱、格调沉郁的作品，但这不是其早年的主导风格。如《杂感十首》其八云："千行杂树总关情，漠漠青烟几变更。天末夕烽仍古戍，眼前哀角动连营。何人忍说吴都赋，此地犹传铁瓮城。偏是王公争设险，不将河汉守神京。"② 格调沉郁，顿挫有致，大得少陵《秋兴》、《诸将》之神。张恂含冤被谪之后，"于身世阅历可喜可愕之情状，毕见之于诗"③，其诗风格一变为悲壮苍凉。如《风》云："发发自天籁，天晴山气

_____

① 张恂：《樵山堂集·为舟草》卷上，陕西图书馆藏清康熙刻本。
② 同上。
③ 计东：《西松馆诗集序》，《改亭诗文集》文集卷二，《续修四库全书·集部》第1408册，上海古籍出版社2002年版，第105页。

昏。惊尘翻草屋，竟日撼柴门。野外蓬科转，林梢阵马奔。飞扬云不动，猛士共谁论。"① 塞北之风与江南之风截然不同，塞北之风如野马，如奔雷，作者在对这一壮观的自然景象的描写中寄寓了内心的不平。情感激越，格调苍凉，让人陡生寒意。邓汉仪曾说："一味粗率，则恐贻有识之诮也。此诗须看其骨力有独异人处。"张恂还有《开原怀古》云："谁留败堞倚斜曛，虎啸荒林暮急闻。水绕犹悬辽左月，烟横尚落海西云。残砖断瓦沉传箭，古垒连冈象伏军。为忆名城全盛日，年年耕牧望中分。"在怀古中寄寓了深厚的兴亡之感，意象苍茫，沉郁悲壮，置之唐人边塞诗中也不逊色。邓汉仪也说此诗"有沉郁之气，不仅藻采缤纷"②。此类作品还有《铁岭》、《烧荒》、《古塞上》、《远堡》、《龙堆行》等诗，大多气象恢宏，格律老苍，邓汉仪曾说张恂"塞上诗以壮凉悲激为胜，极有盛唐气概"③。他还说"觉斯论诗，必以生创为上，稚恭出关诸作，恨不令孟津见之"④。孙枝蔚也曾称赞张恂云："长惜才名有叹嗟，生还转使泪痕加。老来喜见诗如画，塞上惟将雪作花。"⑤ 由此可见张恂诗所具有独特的认识价值和审美价值。

　　张恂诗各体具备，其乐府诗平实自然，意境优美，深得汉乐府之神韵。如《祝雀谣》、《渔者歌》等。其五、七言古诗纵横开阖，感情激荡，富于变化。如《及春小行》、《中山酒家行》、《西溪歌》、《竹溪草堂歌为李子辅臣作》、《寄与亨先生二十韵》等。其律诗格律严整，声韵铿锵，情感沉郁，如《独步兰若》、《河上闲眺》、《杂感十首》、《述往五首》等。计东称赞其诗"格律整暇，才调高华，卓然可以轶宋元而媲三唐"并非虚语。可见张恂诗歌的成就在当时已经为人们所肯定，理应得到学界的重视。

---

　　① 邓汉仪：《诗观初集》卷六"张恂"，《四库禁毁书目丛刊·集部》第 1 册，北京出版社 1997 年版，第 425 页。

　　② 同上。

　　③ 同上。

　　④ 同上。

　　⑤ 孙枝蔚：《喜张稚恭南还因有赠》，《溉堂集》（上）前集卷七，上海古籍出版社 1979 年版，第 371 页。

第三节 "金台十子"之冠王又旦及其诗歌创作

清初关中仕清诗人虽然人数众多，但大多仕途坎坷，沉沦下僚，未能在京师诗坛产生过巨大影响，领导过当时诗坛风气。只有王又旦作为新朝进士、地方廉吏和台阁重臣，在关中、江南和京师诗坛都有较为广泛的影响。他曾经是王士禛亲自选拔的"金台十子"之一，与陈亭敬、王士禛、徐乾学、叶方蔼、汪楫、汪懋麟等庙堂诗人诗文唱和，又和王士禛同主京师诗坛多年，被人们称为"两王先生"①，在康熙诗坛具有举足轻重的意义。

一 王又旦的生平与交游

王又旦（1636—1686），字幼华，别字黄湄。陕西合阳人。其祖父名王必昌，"少为孤童，振拔为闻人以光其先，施于家以及于远，至老不倦"，乡人私谥曰"孝惠先生"②。其父图南亦为名诸生，遭秦中寇乱，不得竟所学，乃佐孝惠理其家。又旦幼学于其叔父斗南先生。斗南号南仲，为关中宿儒，"昌明圣贤之道，立教关中，从游者各有所成就"。王又旦《痛哭》云："弱植愧薄劣，七岁受训诂。哀哀我仲父，引我入阃奥。"③ 王又旦幼年生活贫困，靠母亲纺绩度日。《述哀诗》云："忆昔抚诸子，轧轧亲杼机。儿女着新襦，我母无完衣。使我读诗书，糗糒慰晨饥。长大游宛洛，马上扬光辉。"④ 王又旦聪慧异常，艰苦力学。刘绍攽《关中人文传》云："（王又旦）贫不能就傅，从季（仲）父学。季仅识字，与又旦说经，必先就邻舍生受解义，记其语，归而诵之，又旦复述务肖

---

① 姜宸英：《过岭诗集序》："今京师以诗名家者，称'两王先生'，一为新城阮亭少詹，一为郃阳黄湄给事也。其后新城、予告归省，而都下之言诗者，乃专归郃阳。"《四库全书存目丛书·湛园未定稿》卷二，齐鲁书社1997年版，第633页。
② 汪懋麟：《王氏祠堂记》，《百尺梧桐阁集》卷三，上海古籍出版社1980年影印版，第283页。
③ 王又旦：《黄湄诗选》卷三《汉渚集》，南京图书馆藏清康熙刻本。
④ 王又旦：《黄湄诗选》卷一《山中集》，南京图书馆藏清康熙刻本。

其语，义是而语稍变，扑之，日课数千言，否，亦扑之，其学为最苦，然因以富。"①

顺治十四年以《易》举于乡，十六年成进士。未能及时补官，回乡闲居。朱彝尊《儒林郎户科给事中郃阳王君墓志铭》："顺治十四年以《易》举于乡，明年会试中式，又明年殿试赐进士出身。当授推官，未除，改知安陆潜江县事。"② 姜宸英《户科掌印给事中黄湄王公墓表》亦云："顺治十三年以经魁其乡，明年戊戌举礼部，己亥殿试成进士，需次选人，而南游吴越间，与余邂逅广陵。"③ 王又旦中进士的时候，正当顺治"科场案"爆发，于是未选入翰林的进士俱授外任。王士禛《渔洋山人自撰年谱》："赴殿试，居二甲。馆选不得预。故事：进士二甲前列授部主事，是科以给事中言改外任。二甲前十人为知州，余及三甲如干人以前为推官，余皆知县。庶吉士外无京职，自是科始。"④ 王又旦为二甲九十名进士，当为推官，可是未能补官，只能回老家等待，直到康熙七年才得补官潜江。

康熙二年、康熙四年，王又旦两游江南，与流寓江南的关中诗人孙枝蔚、杨敏芳、房廷祯、雷士俊、王岩等交往颇密；还与江南诗人方文、冒襄、吴嘉纪、汪楫、汪懋麟、郝士仪等结下了深厚的友谊。尤与孙枝蔚、汪楫、吴嘉纪、郝士仪志同道合，他回关中之时，曾请画师画下了他们五人之像携归关中。孙枝蔚《溉堂集》前集卷九《樽酒论文图送别王幼华归秦中》序云："幼华合予与宾贤、舟次、羽吉，命戴生涵为樽酒论文图，携归故里。"⑤ 汪楫《悔斋诗》亦有《题五子樽酒论文图》，序云："渭北王幼华来江东，与吴野人、孙豹人、郝羽吉及楫交，命曰五友，绘图以归，分赋。"其中有云："焦获自昔多名家，孙郎动向人前夸。眼中难见李叔则，

---

① 刘绍攽：《关中人文传》，钱仪吉《碑传集》卷一百三十九，中华书局1993年版，第4145页。

② 朱彝尊：《曝书亭集》卷七十五，《四部丛刊》本。

③ 姜宸英：《湛园集》卷六，《四库全书》本。

④ 袁世硕主编：《王士禛全集》（六）附《渔洋山人自撰年谱》，齐鲁书社2007年版，第5062页。

⑤ 孙枝蔚：《溉堂集》（上）前集卷九，上海古籍出版社1979年版，第461页。

户外忽来王幼华。王生结交殊不苟，屈指素心惟五友。"①

康熙七年，王又旦始任湖北潜江知县。潜江县当时吏治混乱，土地兼并严重，赋役不均，百姓困苦。又处汉江下游，经常遭遇水患。王又旦上任之时，潜江已经多次受到水患侵害，农民流离失所。王又旦"亲履亩定赋，杜豪强侵占，葺长堤，拄汉水决啮"②，水患消除，农民始安居乐业。并建传经书院，筑说诗台，迎孙枝蔚至潜江论诗。徐国相、王新命等《湖广通志·学校志》云："传经书院，在潜江县前西街，国朝康熙十年，知县王又旦建内为传经堂，堂左为说诗台，右为操缦轩，后为藏书楼，楼东西为文场，又旦立有书院约七条。"③他还建有得树草堂，取少陵"老树空庭得"之意，专与当地名士诗酒论文，鼓扬风雅，湖北名士朱载震、莫与先、胡承诺、顾景星等常为座上客。莫大岸有《得树草堂新成郃阳王明府秋夜招集》、胡承诺有《同莫大岸饮得树草堂》、《再饮得树草堂留别王明府》等诗纪其事。

康熙十二年十一月，"三藩之乱"起，吴三桂兵迅速占领云南、贵州、四川等地，而清兵云集郧阳、宜昌、荆州、武昌诸郡，战事频繁，输挽不休。潜江地处要冲，供役繁多。《（雍正）陕西通志》云："甲寅滇逆告变，大军驻荆襄，潜当孔道，羽骑络绎，徭役匌焂，（王又旦）应时立办。"④康熙十五年以治行第一擢给事中，十六年因父丧复还乡守制，服除补吏科给事中，转户科掌印给事中。朱彝尊《儒林郎户科给事中郃阳王君墓志铭》："旋以治行征诣阙下，需次除给事中。俄闻父丧，奔归里，读书中条山之阴，芝川之上。服除补吏科给事中，转户科掌印给事中。"⑤王士禛《黄湄诗选序》："又十年丙辰，幼华自潜江以治行第一，征拜给事中，益朝夕就予论诗。"⑥在京师与王士禛、陈廷敬、叶方蔼、汪懋麟、汪楫、

① 汪楫：《悔斋集五种》卷一，中科院图书馆藏清汇印本。
② 姜宸英：《湛园集》卷六，《四库全书》本，台北：商务印书馆1986年版。
③ 徐国相、王新命等：《湖广通志》卷二十二，《四库全书》本。
④ 刘于义、沈青崖等：《（雍正）陕西通志》卷五十七下，《四库全书》本。
⑤ 朱彝尊：《曝书亭集》卷七十五，《四部丛刊》本。
⑥ 王士禛：《黄湄诗选序》，《黄湄诗选》卷首，康熙刻本。

陈维崧、朱彝尊、姜宸英、纳兰性德等交往密切,经常诗文酬唱。从此他真正融入了京师诗坛,并和王士禛获得了同样高的诗坛声誉。姜宸英曾说:"今京师以诗名家者,称两王先生,其一为新成王阮亭少詹,而一为郃阳黄湄给事也。新城诗最富,成集者数种,牢笼百氏,不名一体,于是海内称诗后进,各随其意之所之,以为唐人宋人者,趋之皆能自标风格,杰然有闻于时,然新城则数称郃阳给事不去口。"① 其《户科掌印给事中黄湄王公墓表》又云:"自京师士大夫,上舍名宿,远方游士,以诗请业者,君与之辨疑送难献酬,竟日无倦容,经其指授,皆有家法,虽天子亦闻之。"② 高士奇曾称赞王又旦说:"当代论诗伯,黄门大历班。登坛把健帜,警句动天关"(《后哀诗·王都谏黄湄》)。王嗣槐亦云:"郃阳今日见伟人,古曲能追朝日新。质如尺玉蕴白石,文若花抽翠柏春"(《读幼华给谏黄湄集,歌以赠之》)③。王士禛还将他与当时著名诗人汪懋麟、曹贞吉、宋荦、曹禾、颜光敏等的诗选为"十子诗选",进一步褒扬。《渔洋山人自撰年谱》卷上:"是年宋牧仲荦、王幼华又旦、曹升六贞吉、颜修来光敏、叶井叔封、田子纶霞、谢千仞重辉、丁雁水炜、曹颂嘉禾、汪季用懋麟,皆来谈艺,先生为定《十子诗略》刻之。"④

康熙二十三年,王又旦充广东乡试正考官。法式善《清秘述闻》卷二:"(康熙二十三年甲子科乡试)广东考官户科给事中王又旦,字幼华,陕西合阳人,己亥进士。"⑤ 王又旦在广东与屈大均、陈恭尹等名士相识,并和屈大均同游罗浮山。其《亭上呈翁山》云:"坦步章丘上,苔华处处斑。青林红几叶,九月下黄湾。天坼禹东地,潮吞海上山。故人家在此,开卷对孱颜。"⑥ 屈大均有

① 姜宸英:《岭海集序》,《黄湄诗选》卷首,康熙刻本。
② 姜宸英:《湛园集》卷六,《四库全书》本。
③ 王嗣槐:《桂山堂诗选》卷十一,《四库未收书辑刊》柒辑,北京出版社2000年版,第684页。
④ 王士禛:《渔洋先生自撰年谱》卷上,《王士禛全集》(六),齐鲁书社2007年版,第5083页。
⑤ 法式善:《清秘述闻》卷二,中华书局1982年版,第62页。
⑥ 王又旦:《黄湄诗选》卷九《岭海集》,南京图书馆藏清康熙刻本。

《登罗浮绝顶奉同蒋王二大夫作（蒋少参莘田、王给谏黄湄）》酬赠王又旦。王又旦回京之际，适逢王士祯奉命祭告南海，各有诗作寄怀，足见他们友情之深。而他们南行途中和各地诗友广泛交游，登临赋诗，颇为时人传诵。姜宸英《岭海集序》云："甲子岁大比，给事奉命典试粤东，事甫竣而新城复使祀南海，两人所过山程水驿，登临宴赏酬和之作，落笔都为人传诵，广南远近，诧为盛事。"① 回京师之后，请朝廷设立花县，以安定地方。李元度《国朝先正事略》卷三十八："（王又旦）典试广东还，过南海花山，建议于其地设县治，夺盗渊薮，皆报可。"②

康熙二十五年，王又旦因病卒于官。其弟请求朱彝尊为作《墓志铭》、姜宸英为作《墓表》。康熙二十七年，朱载震搜集王又旦遗诗，辑为《掖垣集》、《岭海集》三卷，合前面王士祯所选定七卷为十卷，旌邑汤复旦为刊刻。

二　黄湄诗的内容及认识价值

王又旦一生热爱诗学，创作丰富，其甲辰之前诗作被王士祯全部删汰，传世之《黄湄诗选》共十卷，计532首诗作。其诗歌内容丰富，题材广泛，而且风格多样，王士祯云："戊申乙酉间，幼华知潜江县，则再变而为奇恣雄放，类昌黎所谓妥帖排奡者。又十年丙辰，幼华自潜江以治行第一，征拜给事中，益朝夕就予论诗。及归龙门，读书太史公祠下，其诗益变而沦泫澄深，渺乎莫窥其涯涘。"③ 其诗歌涉及清朝初年广阔的社会生活，凡山川景物、人情风俗、亲人生死、友朋聚散、生民疾苦一一表现于笔下，他才高气雄，纵笔所述，无复依傍，深刻地揭示了清初广泛而复杂的社会矛盾，堪称"诗史"。

王又旦童年即遭丧乱，生活贫困，备尝艰辛。其《痛哭》云："维时遭丧乱，羽书日夜报。里人何嚣嚣，视之同蝉噪。携我避溪谷，危坐端风操。有如淋渗鸟，产鷇烦覆菢。种树辟蒋径，刈禾炊

---

① 姜宸英：《岭海集序》，《黄湄诗选》卷首，康熙刻本。
② 李元度：《国朝先正事略》卷三十八《文苑》，岳麓书社2008年版，第1155页。
③ 王士祯：《黄湄诗选序》，《黄湄诗选》卷首，南京图书馆藏清康熙刻本。

墨灶。"① 虽然他刻苦攻读，早成进士，但还是难救贫困。他回乡后
曾叹息："乡曲少屠沽，鸡黍乞南邻。吁嗟结驷客，宁知原宪贫。"
（《杂诗》）王又旦虽然生活贫困，但志向颇高，不与流俗同。其
《秋感》云："少负独行志，读书处东涧。抗怀远名利，奚翅鹏与
鷃。浇俗不可居，颇虑婴忧患。"② 其地风俗浇薄，只好渡江南游，
寻觅同道之人。在江南与孙枝蔚、吴嘉纪、汪楫、方文、郝士仪、
吴周等遗民高士交往，颇受友人赞扬。汪懋麟曾赞叹说："君不见
今人读书无远图，朝登仕籍莫弃书。营营富贵不足齿，致身卿相终
何如？关中王郎早登第，读书直作千秋计。抗志欲高天下人，闲信
马头西出秦。偶来芜城忽心折，酒徒词客相交结。赋就新诗殊不
群，高吟令我称奇绝。"（《赠王幼华》）③ 汪楫亦赞叹他"酌酒与
君君不饮，话到词场气何猛。下问不肯只字虚，眼见英华为军尽"
（《赠王幼华》）④。方文也说："屈指关中友，王郎独少年。科名方
藉甚，风骨更翛然。一见遽相洽，三生或有缘。"（《十月十九日为
邠阳王幼华初度，孙豹人、房兴公、吴宾贤、郝羽吉、汪舟次咸集
其寓，予后至，因赠二诗》）⑤ 王又旦虽为新朝进士，但并没有改
变贫困潦倒的生活。汪楫曾同情他"十月霜飞老雁叫，看君犹自衣
单衣"，"真率常为缙绅笑，形容只恐渔樵鄙"（《赠王幼华》）。王
又旦虽然生活贫困，但对朋友之贫困似乎更为关心。孙枝蔚为了生
计四处奔波，他叹息道："努力为八口，劳子衰暮躯。"（《孙豹人
自历阳归广陵》）吴嘉纪生活困苦，他曾说："地暖君亦寒，岁丰
君亦饥。耕作苦无地，西城宁有时。"他与江南寒士吴周相识之后，
对他"一身常卧病，八口惯啼饥"的贫困生活亦至为同情。王又旦
所展示的是清初寒士诗人普遍的贫困，深刻地反映了当时的社会矛
盾。但他更赞扬吴嘉纪等人"平生独往心，百夫挽强弩"的坚贞志
节。但"愁心时序换，霜雪若为归"的残酷现实，让这些遗民的期

① 王又旦：《黄湄诗选》卷三《汉渚集》，南京图书馆藏清康熙刻本。
② 王又旦：《黄湄诗选》卷八《掖垣集》，南京图书馆藏清康熙刻本。
③ 汪懋麟：《百尺梧桐阁集》卷三，上海古籍出版社1980年版，第612页。
④ 汪楫：《梅斋集五种》卷一，中科院图书馆藏清汇印本。
⑤ 方文：《嵞山集》（下）续集卷三，上海古籍出版社1979年版，第1000页。

望也付之东流，尤其令人扼腕。

王又旦禀性高洁，对世俗追名逐利、钩心斗角至为鄙视。他曾说："走险有兼赢，小人恶坦途。生无驰骋志，安能勉其愚。明河湛清夜，渺渺如江湖。疏茅通纤月，颢气侵肌肤。始知古达士，大隐良非迂。"（《秋感》）① 他更厌恶连年战伐所带来的社会动乱。《焦山》云："殺矟逐牂羊，相倾无朝夕。旌旆明江涯，楼船何络绎。高士卧空山，闭门但自适。"② 但他对这种社会动乱无力改变，唯求与世无争，高蹈远逝，流露出诗人深深的人生苦闷。

王又旦在潜江任上，更加深刻地体验到了社会动乱和自然灾害带给老百姓的深重苦难。他到潜江任时，汉江经常溃堤，冲毁老百姓的田庐。他曾慨叹"南郡多沮洳，十年患水涝"（《痛哭》）。屯营堤和郑浦溃堤之后，潜江变为泽国，老百姓田庐尽毁。他作《屯营堤叹》、《塞白湖》和《哀郑浦》纪其事，为老百姓的苦难生活深深哀叹。《屯营堤叹二首（潜江县西北四十里）》云：

> 四月怒涛高，奇相乱南纪。坼岸无余基，茫茫荡风水。麦豆入渺漫，树杪跃鲂鲤。沱潜称泽国，民力素羸惫。至今千里外，道路多转徙。嗻杏洵失计，忌医养疮痏。遂乘三冬涸，驱策薄修理。总总饥寒人，挟畚到江涘。斟酌啖糇粮，袒裸宿荒藟。残黎能几何，性命贱如蚁。
>
> 一日筑一寸，十日筑一尺。校计尺寸间，民力无轻掷。北风起枯杨，冻雪黯沙碛。岂不怀宴安，长吏有促迫。少小习狂澜，垂老苦行役。嗜尔河伯心，坚忍有如石。③

水患频仍，老百姓流离失所，但是用事之官吏却不顾老百姓死活，玩忽职守。本来潜江和荆州毗邻，两处商议共同筑堤，但荆州之官员却不派人役，致使江堤又溃。其《后屯营堤叹三首》序云："岁戊申，汉水决潜之屯营湾，十一月兴筑，余既作诗以纪其事。

---

① 王又旦：《黄湄诗选》卷八《掖垣集》，南京图书馆藏清康熙刻本。
② 王又旦：《黄湄诗选》卷二《涉江集》，南京图书馆藏清康熙刻本。
③ 王又旦：《黄湄诗选》卷三《汉渚集》，南京图书馆藏清康熙刻本。

时荆人、郢人议协筑，郡县会勘，互有推诿，各持一论甚坚。工既兴，屡促，荆人不应。至次年四月二十九日，又决，而荆亦为鱼矣。此堤数年业三溃，因悼居人之逃散且弃成劳也，作《后屯营堤叹》。"诗中写道："汉水浩渺势亦太，郢中荆南共利害。前年争论何断断，养虺成蛇理已昧。遂令两郡值百罹，坤维震仄鼍龙会。"①看到良田变成水国，百姓困苦不堪，作者愤怒地控诉道："民居今已坏，民力诚可惜。如何桑柘野，三年为泛宅。"（《民居》）此地饱受水患，"三年无有一年丰"（《叹郑浦》），"至今千里外，道路多转徙"（《屯营堤叹》），作者忧心如焚，但是他作为小吏，却无能为力，只有发出深深的慨叹："小吏议防御，筳撞亦何益。无能叫九阍，俯仰愧夙昔。"（《民居》）②他曾向友人孙枝蔚倾诉内心的愤懑："救时亦多术，讳疾不任医。"（《大水后送孙豹人东还》）王又旦为了治理水患，救济灾民，也劳累万状，憔悴不堪。孙枝蔚《雨中大水决堤，闻王幼华明府奔走堤上，忧劳已甚，诗用相宽》云："卑湿潜江县，终朝雨滞淫。村有蛟螭横，堂无燕雀临。……故人百里宰，新罢七弦琴。但想蠲租诏，如闻解愠音。箜篌歌易就，精卫力难任。梦讶波涛验，忧兼簿领深。流离悲赤子，佻达忆青衿。贫苦原从昔，勤劳直至今。高才一作吏，那得更狂吟。"③

　　潜江水灾后老百姓生活困苦，但官吏却促迫缴税，致使百姓生活雪上加霜，困苦万端。王又旦《一貉行》、《养豕词》、《牵缆词》、《秋获词》、《击辀词》、《糜麦歌》、《野菜行》等乐府歌行，以饱含同情的笔触描绘了老百姓生活的惨状，揭示了当时的社会矛盾。老百姓为了完税，养猪换钱，对猪至为爱护，"贫家养豕如养儿，豕食麦麸儿食糜"（《养豕词》），但是还不能缴纳税赋，"十亩田税尚无着，告求宽假官不慭"，而那些基层官吏耀武扬威，"执策者骑白鼻骢，驱人何如圈中豵"（《养豕词》）。老百姓年年辛劳，但依然衣食无着，"年年种田食无粥"，还要应付官府无穷无尽的劳役，"亩税力役相委属"（《秋获词》），即使自家的黄牛饿死，

---

① 王又旦：《黄湄诗选》卷三《汉渚集》，南京图书馆藏清康熙刻本。
② 同上。
③ 孙枝蔚：《溉堂集》（中）续集卷三，上海古籍出版社1979年版，第670页。

也不能回家。相对于老百姓的困苦生活，那些王孙公子却衣冠鲜亮，耀武扬威，"素丝细制光蒙戎，堆床照耀锦绣红。王孙着来骑大马，霜飞雪下无寒风"（《一貉行》）由于连日阴雨，麦子尽烂于场，百姓食不果腹之时，那些官吏却不顾百姓死活，任意鞭挞乡民，"城中胥隶何披猖，经过宝马争辉光。白酒黄鸡不敢献，鞭棰谩骂难遮防"（《野菜行》）。

"三藩之乱"发生后，湖北等地成了战争前沿，赋税和劳役更重，老百姓的生活更是水深火热。王又旦《牵缆词》真实地反映了当时牵缆输挽的百姓之苦难。诗云：

> 昂毕西横夜犹暗，官船催夫牵锦缆。石尤风高霜满河，欲行未行徒蹉跎。天明前村鸡下树，五里六里已为多。橐中糇粮早已尽，前途尚远饥如何。生来不合水边住，负儋欲问山中路。山家奉令猎黄黑，正是昨宵牵缆时。①

老百姓被征牵缆后困苦不堪，深深后悔生在水边，可是作者却说"山家奉令猎黄黑，正是昨宵牵缆时"，可见当时百姓的苦难是普遍的。作者以冷静的语调深刻地揭露了当时的社会矛盾，足与张籍、王建之乐府诗媲美。

当时军事将领也借机敲诈，甚至霸占妇女，作者甚为愤怒，也写诗予以大胆揭露。《击楯词》云：

> 杨柳城头光渐黑，公家悬楯急漏刻。绕城百转天未明，火灭薪残逗霜色。防兵近驻江之浒，醉拥金钗夜歌舞。入市打人知几回，长官不敢促收捕。已闻剽劫如转轴，犹向东郊射鸡鹜。朝来邮吏何匆忙，帖下传说军无粮。②

这些将士不思进取，坐靡军饷，却整天欺压百姓，寻欢作乐，

---

① 王又旦：《黄湄诗选》卷三《汉渚集》，南京图书馆藏清康熙刻本。
② 同上。

作者对这种玩忽职守的行为极为痛恨。其《夏日漫兴》又云："摄甲横行十万师，常年征戍亦堪悲。独怜南郡良家子，半嫁参军帐下儿。笑抚青萍夸燕颔，闲携红袖斗蛾眉。刘郎浦上宜男草，零落东风怨别离。"这些将士杀敌无术，却喜欢宴游享乐，掳掠妇女，给百姓带来了更大的灾难。

王又旦闲居在家之时，也没有忘记社会的动乱和百姓的苦难。他曾频频叹息"年荒实怕秋风入，世乱还愁夏夜长"（《夏夜同诸弟饮家叔莜园》），"可怜比户无烟火，千里赍粮入凤州"（《大雪书事》），"伤心万户穷愁骨，底柱横填咽不流"（《漫兴》）。当他听说官吏在老百姓运粮之时借机勒索，不由义愤填膺，拍案而起，写诗抨击。《自南郑挽运来者备言县吏逼勒状，感愤赋此》：

> 千里军储出塞门，西风阁道最销魂。辞巢鸟雀心先苦，得食豺狼喜自喧。袖铁谁能继朱亥？买丝吾欲绣平原。白头涕泪蓬蒿里，天远何由达九阍。①

"袖铁谁能继朱亥"，王又旦一改往日温和之态，希望有人能像古代侠客朱亥一样用铁锤砸死这些贪官污吏，可见作者愤怒之情。

王又旦为人真朴，待人诚恳，对亲情友情至为珍惜。朱彝尊《墓志铭》曾说："君性纯孝，执亲丧尽礼，与诸弟同居，未尝析爨，俸钱所入，悉以委之。……江都郝士仪善诗，隐于贾，君与为友，士仪死，哭以诗甚悲。又歙人吴周赋《杜鹃行》，君见之惊叹，周死，君序其诗，镂板传焉。"②王又旦对家人至为关心，其母去世后，哭之甚哀，有《述哀诗四首》悼念母亲，至性纯孝，读之催人泪下。其妻在潜江去世，有《悼亡二首》记之，真情至性，发自肺腑。其一云：

> 阴雨无时歇，绕屋悲风高。妇病已经年，一夕如奔涛。万

---

① 王又旦：《黄湄诗选》卷三《汉渚集》，南京图书馆藏清康熙刻本。
② 朱彝尊：《曝书亭集》卷七十五，《四部丛刊》本。

事会有尽，数蹇岂得逃。死别今已矣，生时亦太劳。辟纑何曾辞，井臼躬自操。贫贱备艰辛，念往周纤毫。庄岳述昔闻，迂恠欺我曹。尔道非吾遵，何由忘所遭。春林何黯黯，春水复滔滔。甘同失侣雁，衔芦亦哀号。

王又旦在居官期间，对远在家乡的叔父、兄弟亦极思念，经常寄书问候，对他们的生活也极为同情。其《岁暮感怀》云："目断关河远，心伤弟妹贫。衣裳破残腊，冰雪度新春。母去谁怜汝，吾愁懒傍人。中宵灯烛影，苦照独吟身。"《寄两弟》云："天涯戍火照秦关，移住前林杳霭间。半亩宫中容百口，双扉启处即千山。日高邻舍春粮入，夜久东村汲井还。如此风光犹远别，秋来莫怪鬓毛斑。"其幼子、弱女在战乱中相继夭亡，他也极为悲痛，赋诗寄怀。《过方山哭亡女墓二首》其一云：

> 蹉跎不见掌中珍，四十年来独汝身。死后吾为千里客，坟前哭是二毛人。山临虎豹经行夜，路转松楸寂寞春。千仞莲花西畔路，当年游处总伤神。

在世乱之时，王又旦不但关心家人的安危，更由此推广到对远戍士兵的同情。《寄家》云："渺渺云间数雁飞，烽烟尚在几时归。与君别后霜华落，昔我来时杏子肥。客久方知交谛好，天寒何事尺书稀。却思古戍旌旗满，多少征人卧铁衣。"真有儒家"己饥"、"己溺"的仁者情怀。

王又旦对友人亦极为关心，好友吴嘉纪去世后，他赋诗哭之。《次丰城，得汪检讨书，知吴野人已卒，诗以哭之二首》："结交苦难合，夫子竟贫窭。藜羹寡一斟，力尽皋桥庑。吁嗟王侯门，不易海陵土。平生独往心，百夫挽强弩。……"好友郝士仪、吴周死后，他不但赋诗哭之，而且整理他们的遗诗，镂板以传，不让故人之心血付之东流。

在京师之时，王又旦虽然不满明珠之飞扬跋扈，但对纳兰性德极为敬重，性德去世之后，他曾赋诗悼之："于今推人雅，能不念修文。泛爱无遗物，高怀自轶群。绿尊空玉露，缥帙散香云。竟掩宣尼袂，伤心处处闻。"（《纳兰性德挽诗》）[1] "泛爱无遗物，高怀自轶群"是纳兰性德一生的真实写照，也只有王又旦这样真朴之人才能道出。

王又旦一生喜欢游历，大江南北之名山大川大多留下了他的足迹。他曾经游历江南、京师、中原、两湖、粤东等地，而各地的名胜古迹如康山、雨花台、燕子矶、焦山、华山、太行山、少梁山、太史祠、黄鹤楼、黄鹄矶、拜风台、恒山、罗浮山等多出现在他的诗中。他用诗笔真实地记录了其一生的游踪，反映了各地的风景民俗，对于研究各地不同的风土人情具有一定的参考价值。

王又旦是陕西人，西岳华山是他向往的地方，他曾和友人登华山，共作诗十九首记其游踪，华山之雄伟壮丽，尽展现在其笔下。如《苍龙岭》云：

> 削壁突断绝，微径始跻攀。长虹驰远影，飞落青冥间，迅飙两崖起，猎猎云气还。连峰若动摇，我行亦孔艰。天色扑莲花，瑶草何斒斓。陟危千万虑，旷望忽开颜。璇宫应不遥，从此排天关。

此诗之奇绝壮美，可与李白《蜀道难》相媲美。其《落雁峰看月》亦自高视阔步，不同凡响，王士禛曾为其"天风赴万壑，松涛向我鸣。大荒静游氛，素魄忽已生"而击节叹赏。其《登东少梁山禹庙眺黄河歌呈同游诸公》更有天风海涛之势，王士禛曾赞叹"豪宕感激中，一段挟名山大川之气"[2]。王又旦游历江南，看了大海之苍茫无际之后，亦甚为震撼，赋诗赞美："生来未见日出海，朝登堤岸增彷徨。穷发仿佛云霞紫，须臾上下摇红光。借问东皇谁促迫，鞭打六龙太匆忙。"（《盐官杂兴》）其游罗浮山之《登飞云峰

---

① 纳兰性德：《通志堂集》卷二十《挽诗》，华东师范大学出版社 2008 年版，第391 页。

② 王又旦：《黄湄诗选》卷五《芝阳集》附王士禛评语，南京图书馆藏清康熙刻本。

顶》亦雄健奇丽，笔力千钧：

> 云飙晦天地，精灵出洞穴。置身重云间，山云皆奇绝。神液洒虚无，元气自蓄泄。竟如泛溟海，那知登嵬峼。足底余一线，渺渺辨木蘖。左股复浮去，混茫万景灭。三峰迷旧痕，六鳌无留辙。颇疑众仙真，空际纷罗列。万里驭风马，衣袖想高揭。便欲偕诸君，直上驾虹蜺。谁能走埃氛，步步愁蹩躠。南海有双燕，吾将追往哲。

将罗浮山的高旷险峻和作者的逸怀豪情表露无遗，读之让人有飘飘然凌云之志。

三　黄湄诗的艺术渊源及风格特征

王又旦初学诗并无师承，汪楫《赠王幼华》云："几度招寻未识面，相逢中道颜色喜。怀中辗转出新诗，自说生平无所师。"但他以《易》中举，颇通经史。王又旦作诗崇尚《易》中所推真朴自然之境。如他诗中常有"一气回坤维"（《夜坐仰天池》）、"一气自回复"（《大风雨自玉井归西峰宿范湘滨道人复庵作》）、"一气自磅礴"（《太史祠晚归二首》）、"一气拱神州"（《送林石来舍人之琉球三首》）、"一气连龙窟"（《南海庙二首》）、"元气自蓄泄"（《登飞云峰顶》）、"块圠终古运元气"（《同杨树滋登万寿阁眺华山放歌》）、"元气结重云"（《冲虚观》）之句，此"一气"、"元气"即《易》所谓"天地氤氲，万物化醇"之"元气"，天地有元气，故能生生不息。清初哲学家王夫之亦提倡"元气"之说。船山认为宇宙及其万有的发生是氤氲元气之一体气化流行。"宇宙间森罗万象，无非是一气变化的不同状态或面相"。天地人物说到底都是元气之虚实变化而已。故船山云："天人之蕴，一气而已"，"天地人物之气，其原一也"。① 这"原一"之"气"，即氤氲之元气。宇宙由此发生开展，"于无而使有，于有而使不穷"即从"无

---

① 王夫之：《读四书大全说》卷十，中华书局 1975 年版，第 662 页。

有一无有"产生"有"，又从"有"繁衍出万有众象，成此生生不息之大千世界。诗歌要反映人类情感和世间万物，自然也要有"元气"，才能获得人和世界的本来面目。诗人有元气，其诗才能真朴无华，自然天成。王又旦正是推崇那种浑然真朴、元气淋漓的诗歌境界。这在王又旦一生的诗歌创作中是一以贯之的。

如前所述，清初关中诗人大多继承了《秦风》所开创的地域文学传统，具有鲜明的地域文化特征。王又旦生于郃阳，此地风土淳厚，又有司马迁所开创的"发愤著述"的文化传统，他的诗歌也被当时人们认为具有鲜明的地域特征。屈大均《赠王给事》其三曾云："读书芝阳山，子长祠在侧。土高风淳朴，大文以为则。灏气接周秦，含弘复金德。"① 指出了王又旦地域文化特征的历史渊源。而陈恭尹更是直接点明王又旦诗歌的"秦风"特征。其《扶胥歌送王阮亭宫詹祭告南海事竣还都，兼柬徐健庵、彭羡门、王黄湄、朱竹垞诸公》云："唐诗三变犹堪把，明诗三变风斯下。落落乾坤得数公，尽扫榛芜归大雅。羡门子，竹垞生，与君意气遥相倾。徐公渊博能下士，黄湄慷慨多秦声。"② 诗人阎咏在送别王又旦校士广东之时，也曾赠诗云："政成传楚俗，诗好迈秦风。"③（《送王黄门幼华与试东粤十韵》）流寓江南的关中诗人雷士俊与王又旦相见之后，对于王又旦诗中浓烈的故乡风情，也引起了他的思想共鸣，他曾称赞王又旦诗云："近诗推秦风，高古比《驷骥》。我友有新篇，字字皆《白雪》。"④ 正如《诗经·秦风》的风格比较多样化，清初关中诗人虽然秉承了关中诗学传统，但他们并不是风格单一的创作群体，他们作品中往往风格比较多样，有些更倾向于《车辚》、《驷骥》所开创的慷慨雄健，有些更倾向于《蒹葭》、《晨风》之含蓄

---

① 屈大均：《翁山诗外》卷二，《续修四库全书·集部》第 1412 册，上海古籍出版社 2002 年版，第 201 页。

② 陈恭尹：《独洒堂诗集》卷四，《续修四库全书·集部》第 1413 册，上海古籍出版社 2002 年版，第 67 页。

③ 邓汉仪：《诗观三集》卷十二，《四库禁毁书目丛刊·集部》第 3 册，北京出版社 1997 年版，第 288 页。

④ 雷士俊：《送王幼华归秦》，《艾陵诗钞》卷上，《四库禁毁书丛刊·集部》第 90 册，北京出版社 1997 年版，第 202 页。

蕴藉。王又旦的诗歌整体倾向于后者。杨际昌《国朝诗话》卷二曾
云："三楚自竟陵后，海内有楚派之目，昊庐先生一雪之。秦中自
空同酷拟少陵，文太清翔凤复为扬波，海内有秦声之目。牧斋云：
'《小戎》、《驷骥》外，何可无《蒹葭》秋水？'黄湄先生起，遂有
此致矣。"① 汪懋麟《赠王幼华》亦云："我闻秦风豪以雄，《车辚》
《驷骥》声隆隆。看君意态独骚雅，风流不枉康公下。"可见王又旦
的诗歌发挥了《秦风》中《蒹葭》、《晨风》等诗含蓄蕴藉的传统。
徐世昌也说："国初关中多诗人，惟黄湄与孙豹人、李子德如泰华
三峰，俯视培塿，而三家中，黄湄造诣为尤深，才大而无矜气，采
振而无浮响。其返虚入浑处，虽豹人、子德不能不让出一头，故渔
洋之倾倒为独至。"②

王又旦诗歌成就较高，王士禛、汪懋麟、朱彝尊、姜宸英等人
极为推崇。王士禛曾说："顺治乙亥岁，予以选人在京师，始与幼
华相见。其年冬，予之官扬州，诸词人赋诗祖道，联为巨轴，推幼
华诗最工，然予实未与深言诗也。康熙丙午，予在礼部，幼华自江
南寄《黄湄渔人诗》一卷，一变而清真古澹，逾于其旧。戊申、乙
酉间，幼华知潜江县，则再变而为奇恣雄放，类昌黎所谓妥帖排奡
者。又十年丙辰，幼华自潜江以治行第一征拜给事中，益朝夕就予
论诗。及归龙门，读书太史公祠下，其诗益变而沦泫澄深，渺乎莫
窥其涯涘。"③ 陆嘉淑《掖垣集序》亦云："余盖读邠阳黄湄王先生
之诗，而叹大雅之音犹未堕于今日焉。先生之诗，不求为新，要无
一陈语犯其笔墨，揽之而可亲，复之而深，再三复之而愈不可尽。
五言在陶、谢之间，稍畅于元亮，而微刻于宣城。近体筋力于浣
花，体干于宾客，而泛澜于子瞻、圣俞，澹艳疏老，绝非今人所能
仿佛。"④ 可谓深得黄湄诗之精髓。

---

① 杨际昌：《国朝诗话》卷二，《清诗话续编》第 3 册，上海古籍出版社 1983 年
版，第 1724 页。
② 徐世昌：《晚晴簃诗汇·诗话》卷三十，中华书局 1990 年版，第 1027 页。
③ 王士禛：《黄湄诗选序》，《黄湄诗选》卷首，清康熙刻本。
④ 陆嘉淑：《掖垣集序》，《黄湄诗选》卷首，清康熙刻本。

综上所述，王又旦诗以经史为根底，泛滥百家，取径较宽，不主一宗，对清初诗坛各立门户、出主入奴的不良风气极为反感。因此其诗风虽多变，然"每变而益上"。邓之诚曾说其"诗才清丽，不矜唐宋，自具品格。……故其诗多山水友朋之思，时有幽情，伤时念乱，偶一流露"[1]。因此王又旦在清初诗坛独树一帜，值得学界重视。

第四节 "工部后身"李念慈及其诗歌创作

清初关中仕清士人，大多怀着济世救民的思想屈身仕清，但是由于他们的"仁政"理想和清廷的残暴统治不能调和，导致这些士人终身坎坷，备受磨难。除了韩诗、张恂、张晋结局悲惨之外，诗人李念慈也是终身潦倒，命途多舛。李念慈一生关心国家命运，同情下层百姓，为实现自己的"仁政"理想到处碰壁。他的诗歌继承了杜甫的精神，广泛而深刻地反映了清初纷纭变幻而矛盾重重的社会现实，堪称"诗史"；他还很好地继承了"秦风"的传统，使得关中诗坛独特的地域风格再次引起了世人的关注。

一 李念慈的生平与交游

李念慈（1628—1699），字屺瞻，号劬庵，陕西泾阳人。李念慈生于一个"奉儒守官"的文化家族，这样的出身背景决定了他的人生道路。李念慈祖上最著名者为李世达，是明万历间名臣。他为官清廉，为人刚正，敢于和黑恶势力斗争。万历二十一年，"与吏部尚书孙鑨同主京察，斥政府私人殆尽"[2]，又为赵南星等正人鸣冤，为东林人士推重。卒赠太子太保，谥敏肃。其父李绍荫虽未有功名，但宅心仁厚，重然诺，能急人之难，赢得了乡人的敬重。[3]李念慈正是受家庭的熏陶，从小志向远大，刻苦读书，希望能建功

---

① 邓之诚：《清诗纪事初编》（下），上海古籍出版社1965年版，第873页。
② 张廷玉等：《明史·李世达传》，中华书局1964年版，第5795页。
③ 李念慈：《先考文学府君、先妣常太孺人、继妣扈太孺人行述》，《谷口山房文集》卷四，康熙二十八年杨素蕴刻本。

立业，光宗耀祖。他在《答主人》诗中曾说："圣贤有至理，典籍森昭垂。淑身及济物，其道咸在兹。晚世习帖括，视为科名基。一朝登仕宦，弃之忽若遗。入官欲行道，岂为好爵縻。我本廉吏后，幼攻书与诗。颇亲名理趣，敬业日孜孜。"① 他在《谦儿》诗中还谆谆教导孩子："家贫世方乱，儒术不谋生。服贾近市侩，何如习躬耕。古人带经锄，岂为世上名。幼学先孝弟，本不出户庭。苟能立而身，亦足嗣家声。"

　　李念慈的人生理想就是"入官欲行道"，也就是实现儒家的"仁政"。可是李念慈生不逢时，在明清之际那个"天崩地解"的时代，儒家的仁政是很难实现的，因此他坎坷终身。儒家的第一要义是明"华夷之辨"，孔子说："夷狄之有君，不如诸夏之亡也。"② 又赞扬在维护"诸夏"、抵拒"夷狄"的斗争中做出贡献的管仲说："管仲相桓公，霸诸侯，一匡天下，民到于今受其赐。微管仲，吾其被发左衽矣。"③ 孟子也说："吾闻用夏变夷者，未闻变于夷者也。"④ 但是清初正是以夷变夏，"被发左衽"的时代。清朝统治者进入中原之后，他们要求汉族人剃头发、易服饰，引起了汉族士人普遍的抵抗。许多士人宁愿杀头捐躯、剃发逃禅，也不愿为清朝统治者服务。但是李念慈为了家庭不得不参与科考，这和很多清初士人如王士禛、施闰章一样为无奈的选择，况且像黄宗羲、冒辟疆这样著名的遗民也让自己的子弟参加清朝科考，我们不能苛求于李念慈。

　　顺治十五年，李念慈中进士。康熙三年，他被任命为河间司理，当听到地方官员要重开北河，作为游观地，便上书阻止，认为此役工程浩大，劳民伤财，不利于生产恢复。⑤ 后来他又阻止旗人

---

　　① 李念慈：《谷口山房诗集》卷九《居东集》，国家图书馆藏康熙二十八年杨素蕴刻本。

　　② 《论语注疏·八佾》，《十三经注疏》（下），上海古籍出版社1997年版，第2466页。

　　③ 《论语注疏·宪问》，《十三经注疏》（下），上海古籍出版社1997年版，第2512页。

　　④ 杨伯峻：《孟子译注》，中华书局1960年版，第125页。

　　⑤ 李念慈：《与济南司理钱朴庵论重开北河书》，《谷口山房文集》卷一，国家图书馆藏康熙二十八年杨素蕴刻本。

野蛮圈地和借"逃人法"敲诈百姓，被仇家中伤拘于狱中，会京师地震，朝廷大赦天下而脱罗网。

康熙六年，李念慈补官廉州，甫到任即奉裁缺免官，困居广州一年。继改任新城知县。当时此地水患频仍，居民大多逃亡，但朝廷强制 12 年积欠并征，历任官员因催科不力而受惩处，李念慈也因此报罢。

"三藩之乱"时，李念慈入绥远将军蔡毓荣幕，在湖南转送粮饷有功，授竟陵知县。康熙十八年，与孙枝蔚同举博学鸿词，后竟未能入选，遂辞官。李念慈在举博学鸿词之时，因学问渊雅而受时人推重，都认为他会获得朝廷重用。汪琬《李太公墓志铭》云："御试既竣，京师哗谓屺瞻已前列，语传士大夫间，绝不知所从来，最后竟报罢，无不为屺瞻扼腕太息者。"[①] 李念慈后来曾说"赐宴宠沾高坐渥，陈诗曲绘下民艰"（《庚申三月一日军中有感》），透露出了他落选的原因。博学鸿词考试不过是康熙笼络遗民的手段，很多人心领神会，多以歌功颂德为事，他这种不合时宜"陈诗曲绘下民艰"的做法自然会落选。

李念慈因生计所迫，复入湖北巡抚杨素蕴幕府。杨素蕴卒，李念慈为经济其丧，晚年归乡终老。李念慈一生好游览，足迹半天下，从秦晋至京师，南游吴越、岭南，晚年多在荆楚、蜀中，交游极为广泛，其友人不乏孤忠守节之遗民，如冒襄、顾梦游、徐夜、孙枝蔚、吴嘉纪、方文、邓汉仪等，也有国朝名士钱谦益、王士禛、施闰章、周亮工、李楷、高士奇等。他待人真诚，学问博雅，诗艺精深，获得了朝野诗人的一致称赞。著有《谷口山房诗集》三十四卷，《文集》六卷。

二 李念慈诗歌的思想内容及艺术成就

清人贺瑞麟曾说："关中之地，土厚水深，其人厚重质直，而其士风亦多尚气节而励廉耻，顾有志为圣贤之学者，大率以是为根

---

① 汪琬：《尧峰文钞》卷十六，《四部丛刊初编》本，商务印书馆 1922 年版。

本。"① 李念慈是尚气节、重廉耻的清代关陇士人的代表之一。他也
继承了儒家"知其不可为而为之"的奋斗精神，努力实现自己的理
想。他虽然看到清初社会的黑暗，但他还是不愿改变初衷，有"虽
九死其犹未悔"的殉道精神。其《思归行》云："生不逢怀葛与羲
皇，谁能饱食无忧伤。长安贵游多年少，自惭磬折形仓皇。文章未
可裨缓急，安能趋走空踉跄。……饥来驱我思变策，还顾肮脏复不
可。"② 他在《答方田伯书》中还说："念今世仕宦，舍道则进，守
道则退。既不能行其道，犹可为明道之言，以俟后世。"他也看到
了社会上许多斗智弄巧之人要么飞黄腾达，要么身败名裂的现实，
曾感慨："捷者固可羡，覆者亦可怜。毋宁守轨辙，循分得所安。"
(《驱车行》) 李沂曾说："劬庵凡述怀作，自道生平梗概，辄洒洒
数百言，如大江东注，不可止遏，何其富于才而啬于遇耶？然迹其
诗中，自讼自遣处，盖实有见于道而确然能守，则其不偶也，盖未
可以世俗得失论之矣。"③ 深刻地揭示了李念慈思想的矛盾和对人生
信念的执着。

　　李念慈所处的清初社会，贫富悬殊极为严重，他曾赋诗揭露这
种不公平的社会现实。其《盛筵》云："达官一夕燕，贫家终岁食。
同室叠主宾，约计千金值。觥筹连旬日，中人产可则。"④ 《思归
行》更云："权贵门前多长裾，鱼肉满堂食客坐。"他更看到了朝廷
横征暴敛，社会贫富悬殊给国家造成的危害。其《闻滇、闽、粤三
藩告老各允归安插》云："诸王拥兵过百万，南北协饷尚骚然。四
方水旱亦时有，老弱岂尽免颠连。搜刮利孔无遗剩，锱铢亦入公家
编。蠲租之诏虽屡下，天下百姓无一钱。"⑤ 康熙十八年，京师地
震，皇帝下诏罪己，但李念慈认为天灾无法预测，但人祸可以消
除，他认为"弭灾在本根，应天当以实。民生久不聊，公私罄搜括。

---

① 贺瑞麟：《关学编识》，《关学编》（附《续编》），中华书局 1987 年版，第
125 页。
② 李念慈：《谷口山房诗集》卷二十，国家图书馆藏康熙二十八年杨素蕴刻本。
③ 《谷口山房诗集集评》，《谷口山房诗集》卷首。
④ 李念慈：《谷口山房诗集》卷二十六，国家图书馆藏康熙二十八年杨素蕴刻本。
⑤ 李念慈：《谷口山房诗集》卷九，国家图书馆藏康熙二十八年杨素蕴刻本。

遂使天下财，万流汇一窟。四海尽寒心，东南正尾骶。大法小乃廉，源清流自洁。"（《纪异》）在"三藩之乱"即将平定之时，他看到军队所过之处，横征暴敛，烧杀抢掠，民不聊生，因此他向朝廷警告"征敛给军供，促迫夺生养。……外宁或匪难，内忧惧已酿"（《辰江放舟下诸滩感述》），无不表现出他关怀民生，不满苛政的仁者情怀。

明末清初，战乱极为频繁。农民起义，清军入关，反清斗争，三藩之乱，无不是"争地以战，杀人盈野"的人间惨剧。李念慈自幼熟读经书，也深于韬略，曾数次入军事幕府，参赞军机。由于他出仕清廷，故对农民起义和抗清力量多有歧视，统以"盗""贼"称之，这是他的历史局限性。但在"三藩之乱"时，他坚定地支持清朝政府的统一战争，具有一定的积极意义。这也是出于他的仁政思想，因为战争必然给百姓带来深重的苦难，这是他不愿意看到的。其《纪事口号》其四云："小釜游魂且自尊，八闽那可抗中原。青丝白马终当灭，厦岛铜山岂假存。"① 表现了对国家统一的渴望。而他对战乱给老百姓带来的痛苦尤为关切，《军中纪事》云："振策经辰溪，不复见居人。远望有墟落，既至但空村。间巷洞一视，夕日照危垣。破柱犹撑立，其半砍为薪。雌雉伏灶间，猛虎嗥后门。干戈无时歇，寇退兵复屯。牧马遍原野，寸草安得蕃。欲播曾无种，欲耕皂无犍。民困亦已极，苍天胡不仁？"他还频频感叹"何时偃兵戈，天下少饥寒"（《秋夜》），"但愿世难平，敛薄苏疮痍"（《出门》），无一不表现他向往太平，痛恨战乱的仁爱精神。

李念慈不但反对不义战争，也反对在战争中滥杀无辜，表现了儒家"仁者爱人"的恻隐之心。其《秋风》云："东南列战垒，金鼓日夜惊。彼此矜杀伤，孰非天地生。阴阳有和气，燮理无乖睽。"《杂兴》又云："弄兵赤子本吾民，定乱应须别玉珉。但使军城归难妇，那愁陷邑拒王臣？"在平定三藩之乱时，更严厉地谴责了满洲兵对滇黔人民的杀戮和抢掠，《军中纪事》其十云："转斗荡群寇，禁军亦踵至。昨报复沅州，弹压资精锐。……蔡人即吾人，朝廷岂异视。不知何营卒，旁掠敢纵恣。"其《辰江放舟下诸滩感述》又

---

① 李念慈：《谷口山房诗集》卷十五，国家图书馆藏康熙二十八年杨素蕴刻本。

云："我军此破敌，春天照甲仗。流血殷草木，杀气被岩嶂。战鬼哭未休，秋日含凄怆。我来哀民生，悲风飒回望。"还有"都人犹自征多饷，剥尽江头野树皮"（《蜀中竹枝词》），"妇女行乞无远近，两江南北同辛酸。童孺十岁换斗粟，蹇逢饥岁谁收存"（《黔阳夜泊述怀》），可见当时战乱带给人民的深重苦难。

李念慈从军诗不但真切地反映了老百姓在战乱中的苦难生活，而且真实地记述了当时战争的发展状况，堪称"诗史"。其《军中纪事》、《杂诗》、《军中口号》多有小序，展现了当时的时代背景和作者的爱憎态度，可证史料之缺失。如其《杂兴十首》其一序云："先是安亲王夺茶陵，抵长沙，以调吉安府，守将从征，府遂为别寇侵据，而沅州亦多草寇妨运，平南王薨，其子之信遂叛粤东梗化。"①证之《清史列传》、《清史稿》，纤毫不差。其五云："婺水新安富丽乡，寇来邻郡岂周防。千村扫地连春磨，万室飞烟起盖藏。夜半月明空燕垒，春风雉雏旧鱼梁。荒残碧树茶村冷，谁辨山源七盌香。"小序云："徽州为饶州乱民杀掠，至掘地剥梁碓磨无遗存者。"这和杜诗《哀江头》、《悲陈陶》、《悲青坂》一样为当时战争真实的记载，以诗补史，具有重要的认识价值。难怪顾景星说："空同《秋兴》乃悬虚而说，劬翁此诗乃撝实得之，忠悃殷忧，才力识力俱在其中。"②

李念慈诗歌的艺术渊源，时人多有争议。一些学者认为他继承了"秦风"传统，而另外一些人却认为他的诗歌并非"秦声"。施闰章《李屺瞻诗序》云："屺瞻秦人也，余见之孙豹人坐上。其雄爽之气勃勃眉宇，自秦之晋，南游江淮，所遇山川风物，寄兴属怀，情随境移，蔚焉蒸变，观其羁旅无聊不平之作，盖秦风而兼乎吴、楚者。"③计东《观屺瞻射猎八韵》亦云："归来吟《驷骥》，豪宕发秦声。"④他们均认为李念慈诗有秦风传统。但是钱谦益却

①　李念慈：《谷口山房诗集》卷十六，国家图书馆藏康熙二十八年杨素蕴刻本。
②　《谷口山房诗集集评》，《谷口山房诗集》卷首。
③　施闰章：《李屺瞻诗序》，《学余堂集》卷六，《四库全书》本。
④　计东：《改亭集》卷四，《续修四库全书·集部》第1408册，上海古籍出版社2002年版，第105页。

说："余观秦人诗，自李空同以逮文太青，莫不亢厉用壮，有《车邻》、《驷骥》之遗声，屺瞻独不然，行安节和，一唱三叹，殆有兼葭白露，美人一方之旨意，未可谓之秦声也。"① 后人也多抄袭其说，如四库提要评李念慈也说"其诗吐属浑雅，无秦人亢厉之气"。

钱谦益认为李念慈诗非"秦声"，主要是为了批评李梦阳等关中诗人，甚至错误地将"秦风"所具有的多样风格割裂开来，李因笃、康乃心等人已经对他的错误论调进行过批评。但钱谦益对关陇诗歌的文学渊源论述很有创见，认为"秦之诗莫先于秦风，而莫盛于少陵，此所谓'秦声'也"。他还一再强调"自汉以来，善言秦风，莫如班孟坚。而善为秦声者，莫如杜子美"②。清初关中诗人多有学杜诗者，他也没有全部否定，他曾说："圣秋，秦人也，而工为杜诗。生斯世也，为斯诗也。《癸甲》之篇，拟于《北征》，可以兴，可以怨矣。论圣秋之诗者，谓之秦声可也，谓之楚哭可也。"③

李念慈也专学杜诗，并继承李梦阳等倡导的秦中诗歌传统，这是当时学者都承认的事实。李楷曾说："吾弟屺瞻氏，生平学杜陵。"④ 顾景星评李念慈诗，也多以杜诗相提并论。他曾说："《军中》十四首，虽起杜陵老子亦不能过，胸次高深，老笔盘诘，有此巨篇，谁敢争坐？"又说："蜀道诗状景写情，自然高爽，老杜本宗康乐而变其狭涩，是以千古，劬翁岂后来独步欤？"⑤ 魏宪《百名家诗选》评李念慈亦云："此率真诗也。汰昌谷之险涩，敛太白之粗豪，去辋川、彭泽之萧淡，骎骎乎其进于少陵者乎。曩空同以诗鸣北地，议者谓得杜之神，劬庵固地灵所钟也。"⑥ 后来许多学者也注意到李念慈诗与李梦阳倡导的秦中诗歌之渊源关系。如施闰章《答

① 钱谦益：《题李屺瞻谷口山房诗序》，《牧斋有学集》卷四十七，上海古籍出版社 1996 年版，第 1564 页。
② 钱谦益：《牧斋有学集》卷二十，上海古籍出版社 1996 年版，第 841 页。
③ 钱谦益：《学古堂诗序》，《牧斋有学集》卷二十，上海古籍出版社 1996 年版，第 841 页。
④ 李楷：《谷口山房诗集序》，《谷口山房诗集》卷首。
⑤ 《谷口山房诗集集评》，《谷口山房诗集》卷首。
⑥ 魏宪：《百名家诗选》卷七十，《续修四库全书》本，上海古籍出版社 2002 年版。

关西李屺瞻进士（有登华岳诗）》云："有美西秦客，清歌正始存。雄心侵北地，侧目向中原。"王岱《都门赠李屺瞻》亦云："崆峒崛起后，斯道遂中微。赖有泾阳出，方能大雅归。"① 他们都认为李念慈继承了秦风传统，追步李梦阳，具有鲜明的地域特色。

首先，李念慈诗歌具有"秦风"刚健质朴之气。李念慈不但学问渊博，也极有武勇，大有辛弃疾之风。其《小猎答王筑夫见赠》云："雕弓初燥紫骝肥，雪尽平原好合围。狐兔成擒聊复纵，豺狼若在未应归。"计东《观屺瞻射猎八韵》也称赞他："襜褕貂半臂，结束爱身轻。马作飘风势，弓调礔砺鸣。合围张阵脚，列骑偃长城。俊骨联拳疾，饥鹰独爪明。"可见李念慈有秦人尚武勇猛之气。其《将返荆州军中别汪舟次文学》也说："即今四海尽疮痍，盗起民穷事逢午。我辈雕虫空尔为，小技何能事救补。故应穷卧伏泥途，脱粟漆羹充肺腑。听言色怆未能答，世治右文乱用武。明朝别尔从军去，短衣匹马持弓弩。"大有投笔从戎，建功立业的豪情。其诗中也多写从军战斗生活，颇有激昂劲健之作。其《庄西立春夜感怀》、《己丑元日》、《军中纪事》、《军中口号》、《阿坝东山晚眺》等诗为代表。如《军中口号》其六云："火炮谁为定绝昆，洞函落鸟倒城垣。阵前全倚排枪力，射虎穿杨总不论。"激烈的战斗场面用简练的语言描述出来，让人如临其境。其写战场之险要也颇为惊心动魄，如《军中口号》其五云："飒飒蛮风透骨寒，雨行泥卧几时干。江流险似夔门急，山路高于蜀道难。"

其次，李念慈诗歌也有杜诗"沉郁顿挫"之致。杜甫在《进雕赋表》中曾说其诗"沉郁顿挫，随时敏捷"②，而后世也大多承认其诗的主导风格为"沉郁顿挫"。"沉郁"主要指思想感情之深厚；"顿挫"主要指诗歌语言、声调、结构等富于变化。而"沉郁顿挫"合起来就是诗人将深沉广阔的思想感情用富于变化且结构严密的诗歌形式表现出来，形成了一种整体的美学风格。李念慈对杜诗这种典型的审美范式也心向往之，他的许多诗歌也多有"沉郁顿

---

① 王岱：《了庵诗文集》卷十，《四库禁毁书丛刊》本，北京出版社 2009 年版。

② 杜甫：《进雕赋表》，仇兆鳌《杜诗详注》卷二十三，中华书局 1979 年版，第2172 页。

挫"之致。

李念慈的诗歌各体兼备，古体苍劲质朴，近体格律整严，全面地吸收了杜诗艺术的养分。顾景星曾说："劬庵五言古在选体、中唐之间，其光洁不可及，而无一字戾于法。七古充实完畅，激荡洋溢，往往于结句方见笔力，盖古人谓七言古以结处征才，所谓千军万马，寂若无声是也。五七律皆以理气为骨，而音节深浑，尤长于述事肖物，不可挪移，五排开阖铺序，俱极老道。七排才气足以驱使法律，整齐绝无饾凑。五绝本以含蓄为三昧，劬翁于最淡处最有余韵，如空山清磬，一声已足，七绝已入唐人之奥，至妙处不容言赞。"① 可见他能够"转益多师"，兼收并蓄，并能推陈出新。其《河薪叹》、《出门行》、《偶作》、《驱车行》苍凉高古，已入汉魏古乐府之堂奥。其《刚成屯》、《林公行》、《鸣锣篇》、《封船行》等记事名篇，纵横捭阖，纯从杜甫乐府歌行变化而来。《刚成屯》云：

> 夜宿刚成屯，一老负其孙。两面俱菜色，手持树叶餐。苦称穷饿急，乞食活朝昏。为我数邻里，十家九不存。月终雨如霤，尽去空此村。亦有好室庐，捐弃随人奔。民生习危乱，岁饥有变翻。居恐逢迫胁，相随遭戮冤。不如之他方，展转草树根。饿死免恶名，犹幸为良魂。听此讵忍尽，感叹莫为言。

诗中描写百姓在战乱年间背井离乡、病饿死亡的惨剧，真是不忍卒读。而百姓宁愿远走他乡，也不愿为乱兵和暴民胁迫，"饿死免恶名，犹幸为良魂"更是清初特殊年代人民无所适从的真实写照。苍凉悲愤，沉痛感伤，视"三吏""三别"尤为惊心动魄。

李念慈虽然承认诗要归于"温柔敦厚"，但他肯定了《诗经》中的"幽愁忧思悲愤激切"之作②，因为他们都出于"性情"，是"真诗"。李念慈也有许多悲愤激切之作，如《异时》、《盗贼》、《荆州杂兴六首》、《纪事口号七首》等揭露军队腐败，谴责横征暴

---

① 《谷口山房诗集集评》，《谷口山房诗集》卷首。
② 李念慈：《计甫草甲辰草题词》，《谷口山房文集》卷四。

敛，尤为激愤。《纪事口号七首》其二云："帅老无心更寇边，轻歌妙舞足残年。还朝密奏矜忠悃，私愤何曾计万全？"《荆州杂兴六首》其三云："军兴中饱固营私，核实宁堪较粒丝。昨日城边开玉帐，移时市上卖金羁。偏裨粱肉粗能给，甲卒瓶罍罄不支。啮膝追风多饿死，徒行愁杀荷戈儿。"他听说户部尚书米斯翰死了以后，更是发出了"搜刮民生尽"、"祸本为先除"（《闻户部尚书米斯翰死》）的愤怒呼喊，完全没有了温柔敦厚的虚假面具。

　　但是如果李念慈的诗歌多是这种愤激叫嚣之作，也就失去了诗歌的含蓄深沉之美，而他是主张诗歌要有含蓄之美的。其《赵秋水近诗序》云："赵秋水先生生河北，得气之厚而悲歌慷慨之习，又自古为然。况抱才不遇，奄至皓首，则不平积其胸，为诗文宜乎其粗豪亢直凌厉也。今而何其大而非肆，雄而浑，直而壮，伟而能，含蓄蕴藉欤？"[①] 可见他是以含蓄蕴藉为诗歌最高的审美境界。其诗也多有言外之致，含蓄之美。钱谦益评其诗"一唱三叹，有蒹葭白露，美人一方之旨"，徐世昌也认为其诗"皎而婉绰，有弦外之音"[②]。其《新妇》云："新妇容颜比荛华，妆成心拟众人夸。阿婆蓝褛无儿女，偷借邻灯夜绩麻。"用新妇之华丽富贵对比阿婆之贫困潦倒，真是"不尽之意，含于言外"。三藩之乱平定后，朝廷派人去云南搜求吴三桂宫女送往北京，李念慈也进行了委婉的讽刺，《闻特遣中使迎催滇来宫女船已抵武昌》云："事败身存掳并迁，舞衣不试忽经年。已迷旧梦花辞树，敢望新恩路向天。迎劳星驰中使马，愁思寒压外江船。更怜埋玉沿途在，多少春魂泣杜鹃。"情思沉郁，婉而多讽，颇有含蓄蕴藉之美。顾景星曾云："作诗必贵乎真。秋水芙蕖，真诗之辞致也。凶年菽粟，真诗之骨骼也。劬翁兼而有之。"[③] 准确地揭示了李念慈诗歌丰富的艺术内涵。

　　李念慈也重视对诗歌意境的营造和语言的锤炼。其诗大多意境雄浑，语言凝练，可见作者的艺术造诣。如《阻风道士洑登西塞山》云："西塞山前姑女风，杖藜骋望翠微中。楚江忽触危矶转，

---

① 李念慈：《谷口山房文集》卷一。
② 傅卜棠编校：《晚晴簃诗话》，华东师范大学出版社 2009 年版，第 164 页。
③ 语见《谷口山房诗集集评》，《谷口山房诗集》卷首。

越舸初看锦缆通。洑溜深藏龙窟黑，茂林高隐寺楼红。故园燧火层云外，目断春天少北鸿。"境界阔大，意象苍茫，深得杜甫夔州诗之精髓。而"南纪楼船虚岁月，函关烽火达蓬莱"（《春晴戴鸿烈招饮登大别山》）、"帆开门对武昌出，岸转江吞汉水流"（《汉阳》）同样雄浑雅健，凝练工稳，是律诗中的上乘之作。顾景星曾评其《巢云亭》诗云："'石桥渡马寒林外，木末归鸦返照中'，有能画得寒林，不能画出返照。杜诗'野桥齐度马'可画，此不可画，虽由劬翁少年能画，从胸中景界得来，然此乃化工矣。"①

综上所述，李念慈诗歌继承了杜诗"兼善天下"的政治理想和"心忧黎元"的仁者情怀，其诗真实而深刻地反映了清初复杂的政治矛盾和广阔的社会生活，堪称"诗史"，具有重要的认识价值。其诗不但发扬了"秦风"所固有的激昂慷慨之气，而且具有杜诗"沉郁顿挫"之致。在他宦游南北，奔走四方之时，受多种文化之濡染，形成了多元并存的诗风特征，具有丰富的艺术内涵，在清初诗坛独树一帜。苏轼曾云："天下几人学杜甫，谁得其皮与其骨？"②自中唐以后，下至明清，杜诗几乎家喻户晓，学杜者如过江之鲫，但是真能理解杜诗之精神，学得杜甫之气骨者为数不多。李念慈的人生经历和诗歌创作继承了杜诗的真精神，是清代诗学宝贵的精神财富。白居易《读李杜诗集因题卷后》云："翰林江左日，员外剑南时。不得高官职，仍逢苦乱离。……文场供秀句，乐府待新词。天意君须会，人间要好诗。"③李念慈和李、杜一样，虽然未得高官职，但他的诗歌创作为清代诗坛增添了许多光彩，为百姓发出了真诚的呐喊，值得后人重视。

① 语见《谷口山房诗集集评》，《谷口山房诗集》卷首。
② 苏轼：《次韵孔毅甫集古人句见赠五首》之三，《东坡全集》卷一三，影印文渊阁四库全书本，台北：商务印书馆1986年版。
③ 《白居易全集》卷十五，上海古籍出版社1999年版，第216页。

结　论

　　清初关中诗人群体是清代一个重要的地域性诗人群体，诗人众多，延续的时间较长，诗人活动范围较广，但是他们有着共同的地理生存环境和历史文化背景，终南、太华、黄河、渭水的养育，周秦汉唐文化的滋养，加之张载、李梦阳、康海、文翔凤等先贤的影响，形成了清初关中诗人独特的、带有明显地域文化特色的创作特点。清初关中诗人群体在当时辉煌一时，但在历史的长河中逐渐被学界遗忘。我们不能忽视或抹杀他们在诗学理论和创作实践等方面取得的成就，清初关中诗人群体应当在清代诗歌史上占有一席重要的地位。

一　诗论方面能够继承创新，具有一定的补偏救弊的作用

　　清代诗歌从清初江南诗坛清算明代复古派、竟陵派开始，发展到康熙年间"神韵派"一统天下，呈现出一些新的特点。首先，清代诗歌流派比较兴盛，除了以诗学好尚为标志的神韵派、格调派、肌理派、性灵派之外，还出现了虞山诗派、河朔诗派、岭南诗派、娄东诗派、秀水诗派、桐城诗派、毗陵诗派等地域文学流派。这些地域文学流派大多与诗坛的主流风尚保持一段距离，具有一定的内在凝聚力，其诗论也表现出一定的地域文化特点。清初关中诗人也坚持关中文化传统，在江南诗坛争相批判明代复古派、竟陵派之时，关中学人大多依然支持李梦阳等人所开创的格调主张，他们对

竟陵派也较为宽容和同情，表现出了和江南诗坛截然不同的理性态度。清初关中诗人还通过与江南诗坛的思想交锋，也深化了对李梦阳等倡导的相对狭隘的诗学观念的认识和反思，在继承中也有批判和创新，表现出了兼容并包的诗论特点。

其次，严迪昌先生在《清诗史》"绪论二"中曾说："清代诗史嬗变流程的特点是：不断消长继替过程中的'朝''野'离立。这是迥然有异于前明的复古与反复古态势的特定时空阶段的诗史景观，它渗透过'祖唐宗宋'、崇'才'主'学'等等的论争现象之背后，成为洞见一朝诗史扑朔迷离、胶结纷纭现象的聚焦之点。"①清初关中诗人大多志操高洁，不慕荣利，与庙堂风气保持一定的距离。孙枝蔚、王又旦、李念慈、李因笃等著名诗人虽然也曾被卷入清初唐宋诗之争的诗学潮流之中，也曾有冯溥等庙堂重臣和御用文人倡导和拉拢，但是关中诗人大多孤标独立，不随流俗。孙枝蔚独喜宋诗，至老不衰。李因笃、李念慈虽然批判宋诗，但并没有加入到冯溥等人的政治讨伐当中，把诗学论争变为政治批判。王又旦在京师诗坛名高望众，冯溥弟子王嗣槐曾亲自写信、赋诗给王士禛和王又旦，希望他们作为诗坛领袖，改弦易辙，批判宋诗风潮。王士禛顶不住各方面的压力，不得不倡导"神韵"，选《唐贤三昧集》作为学诗范本。相比之下，王又旦并没有因为政治风潮的影响而改变诗学理念，他虽然没有公开论争，但其创作依然坚持唐宋并尊的通达态度。康熙后期，随着清朝统治的稳固和文化思想的发展，关中诗人也开始受庙堂文学的影响，李因笃、康乃心晚年就有一些歌咏"盛世"、富有"神韵"的清明之音，也可见朝野诗坛的会通与融合。

二　创作成就卓著，极大地丰富了清诗艺术宝库

清初关中诗人之中，隐逸为多，他们大多缅怀故明，不仕新朝，孤介耿直，意气浩然，其诗作反映的内容相当广泛，具有强烈

---

① 严迪昌：《清诗史》（上），浙江古籍出版社 2002 年版，第 16 页。

的现实批判精神。清初李因笃、刘湘客、孙枝蔚等人大多参与过反抗农民军或抗击清军的军事斗争，他们亲身经历了明清易代的巨变，目睹了战火纷飞、尸横遍野的残酷杀戮，他们的许多诗歌对明末清初的战乱有着深刻的反映和批判。清朝定鼎之后，许多关中诗人不但不仕新朝，李因笃、王弘撰等人还和顾炎武屡次至昌平祭拜明陵，表现了深切的遗民心事。其诗中吊古咏怀、感时伤事之作，大多曲折地表达了黍离麦秀之感，故国铜驼之悲，具有鲜明的时代精神。清初统治者为了镇压汉族人民的反抗，曾经多次掀起了血雨腥风的惨案，江南的"科场案"、"通海案"、"奏销案"堪为代表。关中地区虽然没有发生过大规模的案狱，但是著名诗人张恂、张晋曾被牵涉进"丁酉科场案"，张晋被杀，张恂被流放尚阳堡，他们的悲惨遭遇进一步证实了清廷的残暴统治，导致了关中士人对清廷愈发疏离。其诗歌中也有许多怨抑难平、悲愁牢落之气，进一步揭露了清廷统治的残暴，有助于人们对清初政治和社会的认识。流寓江南的关中诗人，更是目睹了清廷通过一系列大案对江南士人和百姓的残酷打击，孙枝蔚、雷士俊等人的诗歌中对"科场案"、"通海案"都有相当深刻的反映，以至于他们不鼓励子弟参加科考和入仕为官，表现出了更为坚决的疏离心态。清初关中仕清士人大多命运坎坷，他们怀着济世救民的理想入仕，可是清廷的残暴统治和他们的"仁政"理想不能调和，导致他们命途多舛，备受磨难。他们的诗歌大多继承了杜甫现实主义的精神，广泛而深刻地反映了清初纷纭变幻而矛盾重重的社会现实，堪称"诗史"。清初关中诗人的作品不但具有深广的现实生活内容，而且大多具有慷慨激昂、意象苍茫的"秦风"特征，具有不可磨灭的认识价值和审美价值，是清代诗歌也是中国诗歌宝库中一笔巨大的精神财富。

清初关中诗人群体成员众多，他们大多主动继承地域文化传统，具有鲜明的地域文化特征，他们的创作丰富而深刻，具有多元的认识价值。他们的创作在共性中又有强烈的个性，基本实践了他们各自的诗学理论，丰富了关中诗坛以及清代诗坛的创作成就。在清诗史上，以至在中国诗歌史上，应当有其不可忽视的重要地位，理应得到学界的重视。

附录一

清初关中诗人年表

明崇祯十七年、清顺治元年甲申（1644）

李楷四十二岁，寓居南京。

韩诗在京师，国变后与熊文举道别，游江南。

雷士俊三十四岁，在扬州，福王立，曾上书史可法，希望"树藩卫，饬纪纲"。秋，扬州被高杰乱兵所扰，遂移家兴化。

王岩三十四岁，在宝应。

张恂二十七岁，在京师，农民军欲获之授官，变姓名遁去，隐居大形山，其父携家亦至。

南廷铉二十六岁。

孙枝蔚二十五岁，在三原，阖家避乱，颠沛流离。

王弘撰二十三岁，曾携家避兵山中。

房廷祯二十二岁。

杜恒灿二十岁。

李念慈十七岁，在泾阳。

李颙十七岁。

杨素蕴十六岁，在宜君。

李柏十五岁，在眉县老家。

李因笃十三岁，从外祖避兵富平北山。李自成杀其外舅田而腴。乱定，归里。

王又旦八岁，在郃阳。

康乃心二岁。

顺治二年、南明弘光元年、隆武元年乙酉（1645）

李楷任宝应知县，不久，被诬去官，寓扬州，曾与张恂、郝璧、王相业、程邃、宋之绳游。

韩诗在南京，宋之绳曾寄书。熊文举辞官南归，至南京访韩诗不遇。刘湘客欲往附隆武帝，韩诗赠别。

雷士俊避兵兴化。南明亡，李沂等曾约殉国，雷士俊止之，约以不仕新朝。雷士俊始作诗。

张恂至扬州，与陈旻昭相识，共谈佛法。方其义与张恂相遇，有诗怀李楷、刘湘客、韩诗。周亮工曾召集张恂、程邃、赵而忭游平山堂。

孙枝蔚感激时势，结乡曲诸豪士抗击农民军，起兵失利，幸不死，走江都。

王弘撰至长安，数拜访朱谊泧。与李因笃相识长安酒家，始定交。

李颙恨周钟失节不终，遂烧毁其制义文，从此绝口不道文艺。

顺治三年、南明隆武二年丙戌（1646）

李楷与姚文然相遇。

韩诗曾游杭州，遇钱谦益。

雷士俊在兴化，曾与李沂、李沛游海池。李沛之母卒，雷士俊代父祭告。

张恂在扬州，万寿祺有诗怀之。

孙枝蔚至扬州，与大兄枝蕃团聚。

李颙在鳌屋，县令樊巕敬其为人，表其门曰"大志希贤"。

南廷铉中举。

李柏偶阅《小学》，慕古人嘉言善行，即烧毁时文。

顺治四年、南明永历元年丁亥（1647）

李楷在扬州，有《太湖》、《宿张公铺书事》感慨战乱。

韩诗在南京，有《骅骝篇》。

王相业有诗寄怀韩诗、杜濬。

雷士俊在兴化，作《祀灶记》、《易名记》。

张恂在扬州，程正揆曾赠画予他。

孙枝蔚五兄枝蕃归里。

李念慈随人游太华，抵青柯坪，因其人畏而还。

李柏喜兵家言，不肯习制举文。

顺治五年、南明永历二年戊子（1648）

李楷在扬州，作《蚩尤旗》讽刺清廷挑起战争。

韩诗在南京，招同方文、杜濬、丁雄飞集乌龙潭寓舍。

雷士俊在扬州樊汉西北隅构莘乐草堂，作《莘乐草堂记》。曾邀请李沂、李沛过樊汉一叙。李沂有《雷大留饮题赠》。

张恂在扬州。

孙枝蔚为谋生，行商扬州。曾访吴嘉纪，并为其陋轩题诗。

李念慈入冯士标幕，从军至庄浪。

李柏至盩厔沙河东村，始与李颙相会，于是定交通谱。

李因笃游青门，住朱子斗家。作《秋兴八首》。

杜恒灿成贡生。

王又旦幼姊遭乱军迫，投井死。

顺治六年、南明永历三年己丑（1649）

李楷在扬州。

韩诗在南京，熊文举、刘城为其《学古堂诗》作序。

雷士俊在樊汉，欲入郡城，曾有诗赠龚贤、王岩、李沂。

张恂在扬州，曾与姚孙棐、李盘、姜垓、赵月潭、陈阶六等集会。

孙枝蔚修缮祖上在扬州所遗园林昒柯园，接妻子至扬州。

李念慈在庄浪冯士标幕，有诗忆杜恒灿。

李柏为避童子试，曾离家漫游关中。

顺治七年、南明永历四年庚寅（1650）

李楷在扬州，曾因贫病典衣。

韩诗在南京，与邢昉登清凉山。

雷士俊在樊汉，有与张问达书，慨叹离群索居之苦。

张恂为冒辟疆题画，与陈维崧相识。

孙枝蔚送友人曾畹之新安。

顺治八年、南明永历五年辛卯（1651）

李楷在扬州。有《元日试笔（辛卯）》。

孙枝蔚有诗怀李楷。

韩诗在南京乌龙潭邀冒辟疆饮，为其赋诗悼董小宛。冒辟疆为韩诗作像赞。

王弘撰始游江南，与陆坛、姚文初、叶襄、吴伟业、韩诗、姜垓等游。

熊文举再起为官，过金陵与韩诗晤。为清廷推荐韩诗，韩诗将离南京至都，万寿祺来访。不久，韩诗至京，授中书舍人。

在京，龚鼎孳偕韩诗、赵尔忭、谈允谦往访阎尔梅于城西之真空寺。韩诗寄函可诗及双管。

雷士俊在江都城东北之桥墅寓居。

孙枝蔚仲兄枝蕃举于乡。

李柏始登太白山。

顺治九年、南明永历六年壬辰（1652）

韩诗在北京，与龚鼎孳、邓汉仪、赵尔忭诸名士集，听王子玠度曲。

雷士俊在扬州，为其子雷毅娉孙枝蔚女，孙枝蔚有诗相赠。雷士俊父卒。

张恂在扬州，有《自命曰稚》。熊文举有诗怀之。

孙枝蔚和吴嘉纪《流民船》诗，反映农民流离颠沛之苦。李沂与孙枝蔚相识，有诗相赠。孙枝蔚曾客富安场，作旱诗。又出游苏州、镇江，时遇兵乱，逢江防，暂不得归。

杨素蕴中进士。

顺治十年、南明永历七年癸巳（1653）

李楷在扬州，与雷士俊、孙枝蔚游。

韩诗在京，与龚鼎孳、纪映钟、邓汉仪、曹溶等名士时常聚会宴饮。

雷士俊在扬州，曾至兴化，与李长祥、李沂相会，作《三子惜别诗序》。曾寄书王猷定、孙枝蔚。

杨素蕴任山东东明知县，张晋赋诗赠别。

杜恒灿考授通判，未能补官。

张恂在扬州，与程邃、宋徵璧游。王猷定为张恂伯父作序。

孙枝蔚归扬州，往晤雷士俊。

李柏尊母命应试，遂补博士弟子员。

顺治十一年、南明永历八年甲午（1654）

李楷在扬州，立春，大雪祁寒，有诗纪异。三月，至苏州，与李明睿游，刻有《二李珏书》。

雷士俊在扬州，有书寄李沂、李沛。

孙枝蔚游安徽，遇方文、潘江，方文对韩诗、李楷、孙枝蔚等关中诗人极为称赞。

张恂在扬州，曾游真州，作《半船图》并诗，姚文然有《半船图和韵》。

李念慈中举。

杜恒灿将游扬州，方文送别。

顺治十二年、南明永历九年乙未（1655）

李楷在扬州，作《扬州杂咏（乙未）》，有诗赠王猷定，王赋答。

韩诗在北京，与龚鼎孳、邓汉仪、许玭等集慈仁寺，有《对松诗》。纪映钟往太原，韩诗、吴伟业有诗送之。

雷士俊在扬州，为陈维崧父陈贞慧作《陈处士传》。曾至安丰、金陵，有诗书寄李沂、张问达、孙枝蔚。

张恂至京师，献画，顺治帝喜，命官中书舍人。与梁清标、王崇简、龚鼎孳、王岱等友人相会。

王弘撰在关中，汤斌为潼关兵备道，对王弘撰极为推许。

孙枝蔚游镇江，至丹徒，与张晋诗歌赠答。同王猷定、杜岕、李明睿游平山堂。

杨端本中进士。

李念慈在京师，与计东相识。不第，至淮扬，访孙枝蔚于溉堂。与李楷、顾梦游、纪映钟、方文、钱谦益定交。李楷、顾梦游、方文、钱谦益均为其诗集作序，赞赏有加。

杜恒灿从采石矶寄书李念慈。

顺治十三年、南明永历十年丙申（1656）

　　李楷在扬州，与胡介、范国禄、方文、阎修龄等人游。李楷为张晋诗作序，称张恂、张晋为秦中"二张"。

　　韩诗在京师，阎尔梅在陕西，游太白山，有诗寄怀龚鼎孳、韩诗。

　　张恂观政江南，至扬州，与程邃、龚贤、李楷、孙枝蔚、纪映钟等友人聚会。

　　雷士俊在扬州，为作《钱烈女诔并序》。李沛卒，雷士俊作《祭李平子文》。

　　孙枝蔚游丹徒，与张晋为好友。又游浙江，至海宁，访查继佐，于其宅观女剧。又至杭州，寓居吴山云居寺。归扬州，与方文、王猷定访孙默于新居。

　　李念慈在金陵。听柳敬亭说书。游庐山。至南昌，登滕王阁。至桐城，与表伯石伯融相见。与方文相遇，为其亡妾赋哀诗。秋杪，游龙眠山，宿椒园。与方中德、方中通相见。冬，再至金陵。

　　李柏有《丙申元旦》五古一首。

　　杨素蕴为临淄令，不久罢归。

　　王又旦中举。

　　王心敬生。

顺治十四年、南明永历十一年丁酉（1657）

　　李楷与孙枝蔚、潘陆等结丁酉社。李楷作《惜夏》诗。施闰章校士山东，李楷曾有书寄施闰章，施闰章答以诗。雷士俊与孙枝蔚曾访李楷于寓所。

　　李长科卒，李楷、孙枝蔚有诗挽之。

　　韩诗在京师，又与陈祚明选《国门集》。韩诗出使江西，道出杭州，张缙彦为其《国门集》作序。韩诗至江西，访熊文举。韩诗至南京，访纪映钟。韩诗至京口，与顾梦游相遇。

　　张恂在扬州，拟访冒辟疆于水绘园，寻以科场案被牵连，后被流放尚阳堡。

　　孙枝蔚至润州，与陈维崧、潘陆、陈延喜聚合，又遇徐莘叟、方退谷等人。张晋母晏太夫人五十大寿，孙枝蔚赋诗为首。

李念慈归乡，顾梦游有诗赠别。冬，再次赴京应试，与韩诗相见于京师。

康乃心不喜科举制义，购金声、黄淳耀、袁宏道诸人集读之。

顺治十五年、南明永历十二年戊戌（1658）

李楷归陕西，有《春日至关门》、《潼关六首》、《入青门》等诗纪之。施闰章有诗寄怀。

韩诗归京，路过扬州，孙枝蔚有诗相赠。归京师，招同方文、许秘、白梦鼐小集。六月望日，韩诗与方文、许秘、程可则、赵尔忭、倪玉纯、陈祚明、张一鹄、吴懋谦、朱轩、靳应升、刘谦吉、吴绮、刘梁嵩、白梦鼐、徐去泰社集陈台孙双槐轩，分韵赋诗。魏裔介与韩诗论为学宗旨，去其以佛济儒的思想。

雷士俊至泰州访王岩。

王弘撰游咸阳，与友人韩石华、刘博仲唱酬。

孙枝蔚至海陵，州守田作泽、郡丞赵天麟、广文钱化洪俱雅重之，又遇邓汉仪、陈雁群等友人。方文至扬州，与孙枝蔚、王猷定、方启曾相会。

李念慈成进士，出大学士冯溥门下。在京师，观政缮司，与汪琬、王士禛来往密切。秋，西归，留别王士禛。方文有诗赠别。韩诗送别，为作序。

李柏为清湫镇撰《重修太白庙记》。

清廷就科场案判决，张晋被处以绞刑，卒年三十一。孙枝蔚有诗挽之。张恂被遣戍北行。有《开原道中》、《古关歌》、《古塞上》、《远堡》、《龙堆行》等诗。

王又旦会试礼部。

顺治十六年、南明永历十三年己亥（1659）

李楷在朝邑老家。

韩诗在京师，与陈祚明、纪映钟、宋荦等人集柳湖萧寺。

雷士俊在扬州，为郑士介作《冬夏行乐歌》。

张恂在尚阳堡戍所。有《茅屋》、《烧荒》、《夏日边村》、《开原怀古》、《铁岭》等诗抒写边地之穷荒。

王弘撰在华阴，筑独鹤亭，读书其中。汤斌将赴豫章，王弘撰作《野语》一卷相送。

孙枝蔚至泰州，同邓汉仪、黄云饮钱化洪广文署。归扬州，因生计艰难，典出扬州祖上所遗眄柯园，移居董公祠，仍题为溉堂。孙枝蔚四十诞辰，雷士俊有诗以赠。

李柏有《除夕歌》七古一首。

李因笃外祖田时需卒，因旋赴里门。苏生紫、赵一鹤荐李因笃为固原兵备道陈上年幕宾。

曹玉珂、王又旦成进士。汪琬为王又旦亡姊作《王烈女传》。

周灿成进士。

顺治十七年、南明永历十四年庚子（1660）

李楷在朝邑，有《庚子恩赦诗与宁观察》。孙枝蔚有诗怀之。

王士禛任扬州推官，龚鼎孳、韩诗、王又旦、刘体仁、汪琬诸名士送别。

孙枝蔚将游河南，有诗投赠王士禛，并和其《无题》诗。

雷士俊在扬州，为宗元鼎作《宗鹤问山响集序》。孙枝蔚四十诞辰，雷士俊有诗以赠。《眄柯园歌赠孙豹人，时豹人四十设弧之辰》。

张恂在尚阳堡戍所，与陆庆曾、丁澎、张天植、诸豫、孙楗、郝浴等流人集会，诗文唱和。

孙枝蔚至海盐，与邢祥访汪汝祺，杨昌龄亦至。

李念慈游华山，后至扬州，寓居孙枝蔚溉堂。至金陵，闻顾梦游卒，诗以哭之。施闰章在扬州，与李念慈、孙枝蔚交往颇密，曾为宗观题李楷画。

陈祺公移雁平道，李因笃随之雁门。

杨素蕴任四川道御史，弹劾吴三桂不法。

曹玉珂任寿光知县。

顺治十八年、南明永历十五年辛丑（1661）

李楷在陕西，与王弘撰讨论书法，山史为其题七夕词，李楷也为独鹤亭题诗。施闰章在杭州，遇杜恒灿，有诗寄怀李楷。

韩诗在北京，与龚鼎孳伏景运门外，恭听世祖章皇帝遗诏。申涵光至京师，下榻韩诗旁舍，过从甚密。

雷士俊为施闰章、李念慈诗集作序。

张恂在尚阳堡戍所。方拱乾被赦放还，临别，有诗赠张恂。

孙枝蔚与王泽弘、梁舟定交。秋，同程邃、周亮工等人宴游。王猷定、姚佺卒，孙枝蔚有诗哭之。张谦至扬州，与孙枝蔚相见。

李念慈授河间司理，王岩随李念慈至河间，为幕友。雷士俊、孙枝蔚赋诗送别。

杨素蕴为川北道，吴三桂见素蕴前疏，具疏辩，杨素蕴罢归。

李因笃在雁平道署。秋，偕舅氏田石臣、陈端伯正弟子陈立游五台三日，得诗百首。

康熙元年壬寅（1662）

李楷有六十自寿，有诗赠王士禛、曹溶。曾与吕于庵、曹潜如、王文含、东云雏、张白石小集。李楷有诗寄。王士禛为李楷题像。

韩诗在京，得病，熊文举至寓所探望。魏象枢寄诗问病。韩诗卒，熊文举为祭文，曾遭弹劾。魏象枢为挽诗。

雷士俊在扬州，有诗为许承家父为寿。

张恂在尚阳堡。冒辟疆有诗怀之。张恂于此年赎还。

孙枝蔚同张谦、季公琦、季南宫、杜濬、汪楫、孙默、蒋易、陶又隐等人游。曾至海陵，与郝士仪、吴麐等人游，偕吴嘉纪归扬州。

是年，孙枝蔚客泰州，访吴嘉纪，嘉纪为作《哀羊裘》诗；到东台，作《东台场杂诗》，在淮安道上，又就所见作《哀纤夫》诗。

李念慈与王岩在开封。有诗怀杜恒灿。旋赴新城任，途中与陈僖相识。

李因笃春归省富平，旋赴代。

康乃心童试得冠。

康熙二年癸卯（1663）

李楷过访李颙不遇，为作《赠孝母序》。曾游频阳，有诗赠房廷祯、李慎闲。李楷邮《雾堂集》给钱谦益，请作序，钱谦益有书答之。

雷士俊在扬州，与魏禧相识，魏禧为作《艾陵文钞序》。

张恂自塞外归。计东为作《西松馆诗集序》。张恂为冒辟疆题画，作像赞。十二月，座师熊文举从京师乞归，道经扬州，张恂赠画一幅，蜡梅二盆。张恂曾赠方拱乾鲟鱼，方有诗致谢。

李因笃在代州，昆山顾炎武游五台，经代州，遂定交。秋，赴太原，旋返代。宁人入秦，至富平，馆李因笃家。顾炎武至华阴访王弘撰，至盩厔访李颙。王弘撰曾为亭林推荐朱子斗，访之青门，亭林为朱子斗诗集作序。

王弘撰再游金陵，登钟山，始与画家"金陵八家"游。

李念慈在河间，曾与济南司理钱朴庵论重开北河书，劝上官不要劳民伤财。孙枝蔚有诗寄怀。

王岩在河间，与汪琬相识，共论作文之法，出文集相示。汪琬别去，曾寄信王岩，对其学问文章极为赞赏。

孙枝蔚客金陵，与周在浚、汪楫、吴嘉纪、林古度、方文等人游。

王又旦至广陵，访孙枝蔚、方文、汪楫、吴嘉纪、郝士仪定交。汪楫、吴嘉纪、孙枝蔚为其姊作《贞女诗》。将归秦中，作《樽酒论文图》（亦作《五客论文图》）。

康熙三年甲辰（1664）

三月初九日清明，王士禛招林古度、杜浚、张纲孙、孙枝蔚、程邃、孙默、许承宣诸名士修禊红桥，即席赋《冶春词》二十四首，诸君皆有和作。

春，陆朝寓扬州，召集孙枝蔚、林古度、陆介祉、钱肃图、杨文沆、王雅、陈维崧、蒋别士、吴嘉纪、程邃、孙默、上人梵伊春夜联句城南。

张恂在扬州，与孙枝蔚相会。陈维崧饮孙枝蔚溉堂，归而填词一阕。孙枝蔚渡江往句容，有诗寄王士禛。孙枝蔚往屯留省兄大宗。

雷士俊在扬州，为闵鼎作《闵渭璜壁帖序》。为汪楫父作《汪生伯六十寿序》。孙枝蔚有诗相赠。

李念慈继母卒，拟奔丧还家，有诗别友人南庭铉。因在任平反冤狱，被诬檄赴山东。计东来访，大喜过望。冬，施闰章从京师入贺回，过济河，自济南往晤，并托施闰章寄讯孙枝蔚。

李因笃在代州，夏游太原，旋还代，秋，省弟病还里。冬仍赴代。有诗寄怀顾炎武、傅山、刘献庭、曹溶等友人。

王又旦丁母忧居家，曾游华山。

康熙四年乙巳（1665）

屈大均与关中诗人杜恒灿在吴门相逢，相约入秦。

李楷应聘修《陕西通志》，尝游陇右，访伏羌令蒋薰不遇。

雷士俊为王士禄、王士禛兄弟作《焦山古鼎图诗序》、《十笏草堂辛甲集序》。周亮工至扬州，与雷士俊相见。王士禛赴京，雷士俊、孙枝蔚、吴嘉纪等友人于禅智寺送别。

王岩为王士禄《十笏草堂集》作序。

孙枝蔚与杜浚、吴嘉纪、华衮、汪楫、汪懋麟等人宴集。为汪楫母寿五十。至安徽和州，吊方退谷，谒州守杨仲延。

李柏闻陇西警，移家入终南山。

李因笃从陈祺公展觐，取道大同，经易州、涞水、涿州、良乡，抵都，叩谒十三陵。出都，经保定返代。

李念慈在济南，有诗怀施闰章。京师地震，大赦天下，李念慈亦被赦免。

王又旦再至扬州，孙枝蔚自历阳归，有诗赠之。汪楫同郝士仪、王又旦登平山堂，有诗怀王士禛。九月九日，王又旦与方文、徐与乔、王之辅、方宝臣、程子介游南京，登木末亭饮景公祠。十月十九日，王又旦生日，孙枝蔚、房廷祯、吴嘉纪、郝士仪、汪楫集其寓所贺寿。

康熙五年丙午（1666）

三月，王士禄复游扬州，与故人孙默、王岩、雷士俊、杜浚、孙枝蔚、程邃、陈世祥、宗元鼎、陈维崧、邓汉仪、王又旦、汪懋麟、吴嘉纪、汪楫、孙金砺辈，数游平山塘、红桥，刻《红桥唱和集》。

五月，番禺屈大均至长安，游华山，与李楷、李因笃、王弘撰定交。六月，偕李因笃赴代。李楷有诗送别，并寄诗傅山。

王弘撰为关中书院掌院，做《关中书院制义序》。冬，其子王宜辅补博士弟子员，李因笃杜恒灿等人聚关中书院祝贺，李因笃为文纪之。

李因笃自代过太原，与秀水朱彝尊定交。顾炎武与李因笃鸠资垦荒于雁门之北。

雷士俊与王又旦相识，为其诗集作序。王又旦归秦，雷士俊赋诗送别。将赴潜江任，有诗寄答郭九芝、杨端本。

孙枝蔚与王又旦、方文同游焦山。又同谈允谦、陈维崧、何絜、程世英、程康庄等人宴集酬唱。张谦归里，有诗送别。与王士禄、汪耀麟、汪懋麟兄弟游康山，送方文归白下。

曹玉珂任中书舍人。

王又旦将游盱江，徐泌召集汪楫、吴嘉纪、汪懋麟等名士登康山送别。王又旦有诗怀郝士仪、汪士裕、杨敏芳。曾至苏州，曹玉珂有诗寄讯。将归秦，雷士俊、吴嘉纪有诗相送。

李念慈在京师，有诗赠魏裔介。

康熙六年丁未（1667）

李楷在陕西，有《皇子生》诗。

陈祚明在京师，赋诗悼念韩诗。韩诗子英其至京，龚鼎孳为周济。

雷士俊与王岩、陈散木、吴尔世、孙介夫、孙默、孙枝蔚等友人多次游红桥。为王士禄作《北归录别诗序》。

张恂在扬州，五十寿辰，冒辟疆有诗相赠。孙枝蔚曾寄书张恂，烦其改校诗稿。

王岩在扬州，为王士禄丙午诗作序。

王弘撰在关中，陕西巡抚贾汉复聘修《陕西通志》。

孙枝蔚又移居怀远坊。同季振宜、季公琦、李三友等人宴游。五月，赴山西屯留省五兄大宗，吴周有诗送别。秋，离屯留归扬州，有诗留别五兄。

李念慈补官廉州，至武昌，登黄鹤楼。过黄州，与宋荦相会。至临江，谒施闰章于官署。闰六月，至广州。在广州，被裁缺，滞留。施闰章亦同时被裁，有诗寄怀。

李柏至凤翔，偕同牛德征广文游东湖。

李因笃过蔚州入都，秋返代，九月，陈祺公裁缺去，李因笃携家归秦，屈翁山送以序。

康熙七年戊申（1668）

二月十七日，燕集汪懋麟见山楼下，孙枝蔚、王岩、雷士俊、郭饮霞、宗元鼎、王仔园、刘玉少、程邃、孙默、华衮、韩魏、查士标、吴仁趾、许承家、许承宣、汪湛若、汪左岩、汪耀麟分韵赋诗。计东有赠雷士俊、王岩序。

王弘撰在华阴，戴本孝来游华山，过独鹤亭访山史。秋，将游燕、赵，李楷有诗送别。至山西祁县，与戴廷栻定交。至保定，与陈上年相遇。至都，请王士禛题独鹤亭。

龚鼎孳题邵与可所藏册子，怀念旧友韩诗、赵尔怀。

雷士俊卒。王岩为其作墓志铭。李良年、孙枝蔚、施闰章皆有诗追悼。

叶方蔼过王岩寓所，悼雷士俊之逝。

李念慈在广州，奉命改官山东新城知县。八月抵新城。

孙枝蔚欲至潜江访王又旦，汪懋麟有诗送别。至江西丰城，访房廷桢兄弟。

李柏至鳌屋，馆于赵氏中南别墅。

杜恒灿卒，李因笃至三原往吊。为作《杜仲子苍舒传》。后经代州入都，寓慈仁寺。至昌平，谒怀宗攒宫。由山西返里，得顾宁人济南狱中书求救，复冒暑入都。旋由德州至济南。秋，去历下。过保定，唁梁木天丧偶于安肃。西归，复出关至霍州度岁。半年，顾炎武出狱。

王又旦知潜江。是年夏，江水泛涨，情势危急，有诗纪之。吴嘉纪、杨端本有诗寄怀。

郭传芳任郃阳令，对康乃心有国士之目。后令富平，每向李因笃、李颙、李柏等名士奖誉之。

屈复生。

康熙八年己酉（1669）

孙枝蔚至武汉，登黄鹤楼，再抵潜江，与王又旦相见。五月，潜江水患，王又旦为救灾奔波操劳，孙枝蔚赋诗慰之，重题《五子论文图》。八月，至南州遇魏禧，同访陈允衡，于湖亭论诗。

魏禧遇杜恒焯，为杜恒灿作《墓表》。

王弘撰至昌平，祭告思陵。南廷铉为《砥斋集》撰序。

李念慈在济南。立秋日，嵇永福宴集趵突泉送宋琬赴西蜀任。

李颙游华山。

李柏仍馆鳌屋赵氏，八月辞归。

李因笃由霍州经灵石抵保定，与顾宁人会，遂入都。寻宁人亦自山东至，清明同谒怀宗攒宫。秋，出都过新城。由保定赴大同。秋杪抵里，旋游青门，还家度岁。有赠顾炎武、王弘撰、李良年、南廷铉、曹溶等亲友诗。魏禧有寄李因笃书。

王又旦在潜江任，江水又决，荆州尽毁，作《后屯营堤叹三首》。

康熙九年庚戌（1670）

李楷卒，孙枝蔚有诗哭之。

孙枝蔚归扬州，同汪楫、唐允甲、施闰章、刘体仁、程邃、孙默、黄大宗、张养重、赵有成、王宾、华衮、汪懋麟等人宴饮，有诗寄怀张恂、汪楫、周斯。施闰章从孙枝蔚处知雷士俊、杜恒灿、李楷相继亡故，有诗哭之。

王弘撰自焚诗稿。读周敦颐全集，并付刻。冬，三游江南，至浙江。

李念慈罢官寄寓济南，徐夜来访。为徐夜母作传。

李柏在终南，二月，草庵成。

李因笃出关南游，经灵宝河南府杞县，至泗州，过太和、凤阳、扬州，晤泾阳张恂，约秋日西归。初秋旋里。游青门、泾阳。冬至三原，旋还里。

孙枝蔚、杜濬有诗怀张恂。

王又旦在潜江任，建得树草堂，与众诗人诗酒流连。

康熙十年辛亥（1671）

李颙赴襄城觅父骨，遂游吴。在江阴、无锡、宜兴、靖江等地讲学，北还，杨瑀为作送行诗文序略。李因笃为撰《襄城义林述》。

孙枝蔚至淮上访孙涵中，并与张养重、赵天醉、黄迁、阎若璩、丘象升、马骏等人宴集。和凌元鼎梅诗。五月，与严沆、魏禧、王岩、邓汉仪、计东、程邃、汪楫等人宴集。魏禧为孙枝蔚作像记。重游苏州，寓定光寺。归扬州，同杜浚、邓汉仪、程邃、陆咸一等人宴集。

魏禧为凌元鼎诗集作序。

房廷祯五十初度，黎元宽为寿序。

李因笃自里门赴三原，至同官。秋游青门。为韩诗子赋诗相赠。

康熙十一年壬子（1672）

李颙讲学毗陵。

王弘撰与范坚游焦山。王士禛典四川试，过黄河，有诗寄王弘撰。冬，王弘撰西归，王氏宗祠建成，有告祭文。

孙枝蔚与汪楫、吴嘉纪、吴麐至金陵，集玉持堂，送别周亮工。凌元霈至任城任，孙枝蔚借其舟北游，至山东任城。至安肃县，访县令梁舟。至河北东光县，访王九鼎明府。乡人王又陶见访，称述李因笃不置口。至京师。房廷祯赠米，有诗谢之。

李念慈再入京师。

李柏在终南曲溁精舍。杜子自粤游归，来访。

李因笃因张鹿洲都阃荐入楚皋高钦如使君幕，旋迎室人张至鄂。冬至荆州，返武昌度岁。与王孙蔚、宋振麟往来密切。有寄顾炎武书。

康乃心应道宪胡戴仁之聘，馆于关门，尽读胡氏理学藏书。

康熙十二年癸丑（1673）

清廷诏征李颙，称疾不就，过王弘撰，论为学出处。

孙枝蔚寓京师报国寺，与房廷祯、房衍公、汪懋麟、梁联馨、李圣年、周灿、潘楚吟等人交往密切。在京师，遇李念慈和计东。春，离京师，欲往徐州，汪懋麟、计东送别。至山东滕县，访任玑。六月，至徐州访仲兄大宗，七月初归广陵。

李念慈在京师，与计东、李天馥、李棠等友人过从甚密。闻朝廷撤藩事，作《闻滇闽粤三藩告老各允归安插》诗。

李因笃在武昌，遣使候陈祺公于保定。九月乘舟上溯，经岳家口、泽口、赵家台、瓦子湖至荆州，旋还武昌。冬十二月西归。三藩乱起，建议王孙蔚坚壁清野，以逸待劳。有诗寄怀程邃、张弨。

南廷铉任松威道按察司佥事。

康乃心遣使求孙奇逢为其先父作谥说，孙已九十岁，手书以报。

康熙十三年甲寅（1674）

孙枝蔚乱中再入滕县，访任玑。重阳节，汪懋麟兄弟招孙枝蔚、程邃、姜宸英、徐乾学饮见山楼。

张恂在泾阳，憨休和尚来访。

计东送别侯绍岐，问李念慈，知道李楷已亡故，遂赋诗追悼李楷、韩诗、雷士俊、杜恒灿、东荫商、刘湘客等亡友，并问讯王弘撰、李因笃、孙枝蔚、王岩诸友人。

七月，李念慈在徐州访孙枝蕃不果，有怀孙枝蔚，下扬州。冬至，李念慈将去苏州，有诗赠孙枝蔚。

李柏登南山钟吕坪。

李因笃里居，郭传芳任富平令，有诗寄贺。

孙奇逢手书"兵农礼乐堂"五字寄赠康乃心。

周灿为王孙蔚作《辂香二集序》。

康熙十四年乙卯（1675）

孙枝蔚为汪懋麟题三好图、题汪叔定小像。和谈允谦《锥铁汉诗》。应江西总督董卫国聘入幕府，教其两子。

王弘撰在华阴，筑读易庐，读《易》其中。子宜辅续辑《砥斋集》。

李念慈赴楚，在军中效力。在荆州，与秦松龄相会。五月一日，许虬、王德扶置酒寓阁邀同秦松龄话别。

李颙携家避兵富平，居军寨。

李因笃游青门。

王又旦至京师，与友人王士禛、李天馥、王曰高、王豫嘉、曹玉珂、彭孙遹、梁联馨等见过。有诗寄怀孙枝蔚。

屈复开始赋诗。

周灿与王孙蔚登骊山。

康熙十五年丙辰（1676）

孙枝蔚仍在江西董公幕。有诗寄怀吴嘉纪、汪楫。

王弘撰《正学隅见述》写成。

王岩为何聚撰《晴江阁集序》。

李念慈在荆州。请檄催饷，下维扬。送孙枝蔚子孙怀丰趋省江右，有书寄孙豹人。从纪映钟知计东卒，诗以哭之。在扬州，与友人何云墅、方邵村、邓孝威、程穆倩、宗鹤问、恽正叔、恽仲骏夜集。与李沂相识，有诗相赠，李沂为评其诗。

李柏游吴道士洞，遂留宿。

李因笃出关，由代至燕。抵都，主张云翼廷尉家。时顾亭林亦在都，有诗赠行。秋，过雁门，度中秋。旋里。

王又旦以治行第一从潜江知县升任给事中。陈廷敬奉使祀北镇，有诗送之。

康乃心至鳌屋谒李颙，二曲破例开关见之，欢若平生。

康熙十六年丁巳（1677）

孙枝蔚自南昌归扬州，汪楫赴赣榆教谕任，不及相送。与汪懋麟、程邃、陶季、邓汉仪、华衮、范国禄、孙默、宗元鼎等人宴集。八月，观察金镇招同程邃、杜浚、邓汉仪、华衮、汪懋麟、孙默诸子于平山堂祀欧阳修。为凌元萧题有怀草堂。冬，尤侗客广陵，孙枝蔚过访，与之定交，并为《溉堂词》作序。汪懋麟为溉堂文集作序。

王弘撰与顾炎武至昌平，同谒思陵。九月初三，顾亭林至华下，主山史明善堂，将同山居著述。九月十九日，至富平吊朱廷璟之丧，与李颙、郭传芳论学，出《正学隅见述》相质证。

张恂在泾阳，六十大寿，憨休和尚有诗祝之。

李念慈在汉口。七夕，同李淦兄弟集秦松龄寓所，送若金东归，托寄书豹人。九月，奉诏举博学鸿词，将赴京师。

憨休禅师过访太白山房，李柏为其诗集撰序。有和李因笃寄鄂抚军诗。

李因笃赴凤翔，复之延安。冬，顾炎武至富平，过所居明月山下，登堂拜母。

王又旦因父丧还乡守制。居合阳老家，游览关中山川名胜。曾同友人杨端本登万寿阁。有诗寄汪楫、王士禛、孙枝蔚、叶方蔼等友人。曹玉珂卒，有诗悼之。王士禛选"十子诗略"，王又旦与选。

康乃心南游，与钱谦益门人姚采亮居建平署中。刻《三千里诗》一卷。夏，遇钱谦益于钟山会斋亭，不合，还次白下。

康熙十七年戊午（1678）

张恂南游松陵。其弟康恭在吴江任，子湛亦随往。憨休和尚有诗送别。

是年，清廷诏举博学鸿词科，征举名士。顾炎武、黄宗羲、朱彝尊、孙奇逢、魏禧、万斯同、傅山、王弘撰、李颙、李因笃、孙枝蔚、李念慈、王孙蔚、李大春等一百八十多人先后被举荐。

王弘撰以疾辞，不许，至京，寓昊天寺。有《对菊有怀》，顾炎武遥和之。

孙枝蔚在扬州，为凌元鼐题像。五月，孙枝蔚客苏州，为姜埰子学在题艺圃。被举博学鸿儒，杜濬有书阻之。赴京师，至石佛峡，遇任玑。至京师，与冯溥、施闰章、汪楫、邓汉仪、赵士麟、黄虞稷、吴雯、毛奇龄、汪琬、李天馥、宋荦、郑为旭、张云翼、项景襄、王咸中、毛际可、吴嵩等人交往颇密。张云翼归娶，有诗送别。

李念慈在京待选。与乔莱、陈维崧等人赋诗唱和。黄虞稷因母丧旋里，孙枝蔚、李念慈等友人有诗送别。十二月，宋荦将榷关赣州，京师友人赋诗送别。

郭传芳迎顾宁人自晋至，李因笃遣家人迎之，会于军寨李中孚先生家。内阁学士项景襄、李天馥、大理少卿张云翼举荐李因笃，以母病辞，不许。九月抵都，仍主张云翼家。数陈情于部，及吁通政司弗纳。与魏象枢、李天馥、王弘撰、项景襄、冯溥等人交往颇密。

李柏游青门。访憨休禅师于敦煌禅院。李因笃至京，在京师数称李柏道德文章，人始有知之者。

杨素蕴被重新起用，任荆南道。

王又旦再至湖北，旅途有诗记行。与顾景星相识并结交。与门人朱载震等相与游览，有诗纪之。

康乃心辑《书目日程》始成，就正顾炎武于华下竹林寺。晤李因笃于富平，李因笃为其诗集作序。又遇傅山、顾炎武于王弘撰家中，亭林极叹赏，赠以诗及所刻《日知录》。冬，学使叶映榴校士陕西，拔置康乃心为第一，食饩。

康熙十八年己未（1679）

正月元日，孙枝蔚在京师。同毛奇龄、陈维崧、朱彝尊、汪楫、施闰章、乔莱、吴雯饮曹禾斋。元夕，施闰章、王士禛、吴雯、梅磊、洪升过访，同游观灯，灯火萧然，败兴而返。毛际可招孙枝蔚、宋既庭、陈维崧、宋惧闻、严江、方雪岷宴集寓斋。李因笃来访，论诗寓斋。

二月四日，雪后王士禛招李因笃、潘耒、梅庚、董俞、邵长蘅、王昊等文坛名家聚会。

二月十四日，曹广端又召集李因笃、徐釚、孙枝蔚、邓汉仪、尤侗、彭孙遹、李念慈、汪楫、朱彝尊、李良年、王嗣槐、陆嘉淑、沈晫日、陆慈云、杨还吉、李澄中、顾景星、吴雯、潘耒、董俞、田茂遇、吴学炯等诗人聚会。

三月，博学鸿词科会试，录取五十人。朱彝尊、严绳孙、潘耒、李因笃、陈维崧、汪琬、汤斌、毛奇龄、施闰章、尤侗等均被录取。其中朱、严、潘、李四人以布衣入选，时称“四名布衣”。

王弘撰托病未与试，放归。在京，与王士禛、魏象枢、施闰章、汤斌、李良年、陈僖、阎若璩、孙枝蔚、李念慈、李因笃等友人相与论学。李因笃辞官不成，曾致书掌院学士叶方蔼为斡旋。至关中，顾炎武来居华下，晨夕与共。

孙枝蔚应试，不终幅即出，落选，吏部拟授年老者六人司经局正字职衔，帝特命进内阁中书舍人，孙枝蔚与焉，辞不得，放归扬州。寓京师，得赵士麟资助，为刊刻《溉堂诗集》。将离京师，赠别京师友人房衍公、王金铉、梁清标、方伸、丘象升、陆嘉淑。王士禛、施闰章等友人送别。

李念慈落选，孙枝蔚有诗慰之。李念慈赴竟陵辞职。

李因笃入选，名列一等第七，命纂修《明史》。夏五月庚戌，诏授检讨，旋乞养，具呈吏部及通政司，皆不纳，不得已冒封事上之。帝鉴其诚，许之，不以违制罪也。秋初出都，龚之麓宗伯遥题草堂，以西京文章领袖六字赠行。朱竹垞检讨祖饯于慈仁寺。过汾州，省顾宁人于天宁寺。抵家，具冠裳拜母，遂易常服，见宗族戚友。

李柏至青门，访朱山人千仞，为其诗集作序。

冬，王又旦在邰阳老家。

康熙十九年庚申（1680）

元夕，孙枝蔚与汪耀麟、冒丹书、饶白眉、韩魏、王丰垣聚会，有怀汪懋麟。为房廷祯父作《双白松歌》。客真州，与郝浴定交，又会汪梅坡、纪映钟、李樗人、袁受旃、汪汝为、吴山若等人。凌元鼐、郝士仪卒，有诗哭之。

王弘撰第四次南游。

李念慈在竟陵。正月，应绥远将军蔡毓荣辟从幕府。在沅州，有诗怀王松麓、严绳荪、李天馥等友人。七月，辞幕，归景陵。

李柏至青门，与满子咸、李挺伯、王奎垣、韩溥其、朱鼎铉、朱千仞、张子猷、憨休和尚游。冬，过盩厔访李颙，并晤其门人王心敬。

李因笃春游三原，秋游青门。曾讲学朝阳书院。母田孺人以先生无子，命立弟因材次子渭为嗣。有诗寄怀朱彝尊、王孙蔚、郭传芳等友人。

王又旦在郃阳老家，有诗怀孙枝蔚。吴嘉纪、郝士仪、汪玠寄书问候。地方官员勒索百姓，作者极为义愤，有诗感怀。《自南郑挽运来者备言县吏逼勒状，感愤赋此》。秋，顾景星为其诗集作序。友人郝士仪卒，有诗哭之。

康熙二十年辛酉（1681）

张恂在泾阳，叶映榴曾相访。

夏，孙枝蔚客南京，同曾锡侯、姜勉中、周在浚、金镇、隙孟象、朱蠡三等人游。客苏州，会徐崧、余怀、周子佩、王大席、姚彦昭等友人。归扬州，送宗观赴贵池训导任。有诗寄怀王士禛、汪耀麟、房廷祯、郭饮霞。

王弘撰在江南，往来于苏州、嘉兴之间。曾与孙枝蔚、徐崧、余怀等友人聚会。

李念慈在竟陵，与友人项嵋雪、谭鹿柴、戴小宋、谭灌村等往还。七月，自郢西至襄阳，有诗呈杨素蕴。十二月十六日，李念慈父李绍荫卒。

李柏过太白村，赠商山一叟养老序。

李因笃居里门。秋，高钦如方伯贻书币。冬十二月，闻顾宁人卧病曲沃小愈，遣使奉候。

秋，王又旦至京师。汪懋麟为其诗集作序。陈维崧为其亡妻张氏作哀辞。王士禛为其诗集题诗。

康乃心读书落雁峰，顾炎武为作《莘野集序》成。

叶方蔼为周灿诗集作序。梁舟卒，周灿为作祭文。

三藩平，屈复作《南原春望感事五十韵》感怀时事。

康熙二十一年壬戌（1682）

王弘撰客扬州。顾炎武卒，夏，山史在海州始悉噩耗。冬，在扬州，与冒襄、叶封游。

正月六日，孙枝蔚应好友刘埰邀至安徽，曾同秦揆一、杨圣藻、申浩然游。至金陵，与王泽弘相会。夏末归扬州，又至徐州，吊仲兄枝蕃。又至山东济宁，访任玑。

杨素蕴任山西提学道。

李柏入太白山结茅屋。九月，至岐山茹紫庭明府公廨，为十日留。

二月二日，张恂约李因笃、宋振麟游三原。

李念慈应中丞韩公辟从幕府，至长沙。

李因笃在富平，闻顾炎武卒于曲沃之宜园，哭以诗百韵。康乃心来访，有诗奉答。为周长伯题张恂画卷。为王弘撰作《王征君山史六十序》。

王又旦擢户科掌印给事中。春，与王士禛、施闰章、徐乾学、毛奇龄、汪楫、汪懋麟游祝氏别墅，即城南山庄。六月，随同康熙皇帝在瀛台打鱼。立秋日，与沈荃、王士禛、李天馥集陈廷敬斋。与王士禛、汪懋麟、陈廷敬、徐乾学再游祝氏园。并作《五客话旧图》，汪懋麟为作记。秋夕，与王士禛、颜光敏、宋荦、张衡集孙孙蕙斋，颜光敏弹琴。王士禛邀同友人雨中游善果寺。王嗣槐寄信王士禛，对宋诗风严厉批评。并赋诗给王士禛和王又旦两位诗坛盟主，进一步申述自己的主张。十二月二十六日，与李天馥、陈廷敬、王士禛、王懋麟集会，赋诗度岁。

周灿出使安南。邵长蘅、王又旦、王嗣槐、金德嘉有诗送别。

康熙二十二年癸亥（1683）

正月，孙枝蔚与曾锡侯、曹溶、杜濬、王安节等人宴集。乘舟往浙江，过镇江，有诗怀李楷、李盘，过常州、富阳，经七里滩，至杭州。至湖北武汉，与董鼎来、王玉倩游黄鹤楼。

王弘撰改读易庐为"顾庐"，纪念顾炎武，李因笃有诗纪之。天生又补作山史六十寿序，誉之为"通隐"。

南廷铉卒，其嗣子至京求王士禛为墓志铭。

李念慈辞韩中丞幕，因交代未清，复滞留荆楚。秋，将去武昌，归途得施闰章病卒消息，诗以哭之。冬，还家。十二月十六日，将其父母合葬于祖茔。

李柏过武功，友人崔玄洲、张尔进招饮于耿园。

夏，李筠庵刺史之任兴安，延李因笃同往。有诗寄赠靖逆侯张勇、四川粮道王孙蔚、好友宋振麟。

宋荦按部海滨地，途中有诗怀王士禛、王又旦等京师友人。冬至前五日，王又旦与曹贞吉在王士禛寓斋一同赏菊。周灿出使安南，王又旦有诗送别。纳兰性德题诗李梦阳诗集，和王又旦韵。

李因笃为康乃心读书庐题匾曰"出处名贤"。

周灿补江西南康知府。

康熙二十三年甲子（1684）

孙枝蔚仍寓留湖北，会王子重、孙威公、俞洁存、胥遇、许可庵、钱永、莫与先等人。王泽弘、方象瑛为《溉堂后集》作序。

王岩流寓兴化，为其地纂《兴化县志》。

李念慈入蜀抚韩公幕，从秦入蜀。知悉孙枝蔚入湖广制府幕，赋诗感慨。有诗怀方中德、张温如、常静伯、吴嘉纪、吴雯、秦松龄等友人。

李柏乡居，华山杨时若造访。许生洲学使奉御书至张子祠，便道过访。

李因笃应方伯希公太守董公之聘主关中书院讲席。秋七月十一日庚辰，母田太孺人卒，年七十有六。为康乃心撰《康孟谋诗序》。王孙蔚卒，撰《湖广督学前方伯茂衍王公墓志铭》。

暮春，王又旦与颜光敏、曹贞吉、谢重辉、赵执信、吴雯、朱载震过胜果寺看桃花。六月，王又旦奉命典试粤东。离京时众友人送别。途中曾有诗寄怀王士禛、顾景星、周灿、吴雯、洪升、朱载震、汪楫、汪懋麟等友人。至广州，试事竣，与屈大均、蒋荇田游罗浮山。十一月，王士禛奉使祭告南海，有诗怀王又旦。十二月二十九日除夕，宋荦招朱载震守岁宴饮，有诗怀王士禛、王又旦。

康乃心父卒，李颙为题墓，李因笃为墓表，王弘撰为墓志铭。

周灿为作《祭王茂衍文》，悼念王孙蔚。

屈复作《三月二十八日登东城楼，感往事作事》，慨叹蒲城反清行动失败。

康熙二十四年乙丑（1685）

张恂有诗寄李因笃，天生次韵作答。

五月初，孙枝蔚离开武昌，与董天池同舟，至江西。王士禛祭告南海至江西，五月初九，与孙枝蔚、周灿游白鹿洞。六月一日抵家。在扬州，与徐崧、韩魏、宗元鼎、查士标、汪长玉、杜浚游。寄贺许承家登第。十二月，汪懋麟十二砚斋落成，有诗祝贺。汪懋麟、李沂为孙枝蔚题《采药图》。

李念慈在成都。曾至成都北郊昭觉寺、诸葛武侯祠、杜甫草堂游赏。二月辞幕，由夔门江行下楚，三月抵荆州，与彭飞云、顾景星、蒋玉渊、杨退庵、胥怡庵、王咸中、嵇永福等友人时相过从。冬，养疴鄂州，湖北抚军石公欲延入幕中，谢病不赴。十月遂避迹汉口，十一月杪东下，十二月少停皖城，旋下秋浦度岁。

李因笃至岐山报谒茹明府紫庭，晤李柏于公廨，旋偕紫庭游五丈原及凤翔之东湖。秋七月，紫庭迎至朝阳书院，与诸生会讲，为梓其语录。

王又旦从广东典试回，特疏请设花县，以绝盗贼渊薮。典试途中所作曰《过岭集》，朱彝尊为题诗。纳兰性德卒，王又旦有挽诗。

康熙二十五年丙寅（1686）

四月，孙枝蔚生日，汪懋麟兄弟有诗为寿。秋，数饮汪懋麟十二砚斋。

张恂在泾阳，作《憨休禅师语录目录序》。

李念慈在池州。至枞阳，宗元鼎邀饮新寓，邀桐城友人出晤。与金德嘉相会，为其诗集作序。与钱澄之相会。春，至黄州。钱澄之寄书相问。五月至竟陵，代事至此方了。旋至荆州。八月，以绥远将军蔡毓荣自滇来，乃往武陵迎晤，因遂留武陵。

杨素蕴任奉天学政。查慎行有诗送别。调顺天府府尹。

李因笃延宋子祯至家塾。夏四月，李雪木先生过草堂。五月，曹冠五太守迎至凤翔，即寓书斋。八月，游青门，寓督粮道许无功署斋，旋返里。茹紫庭明府遗羊百。冬十月，母忧阕，告病，图中丞遣赵不敏验视后具入奏。

立秋日，王又旦曾与陈廷敬、沈荃、王士禛、李天馥宴集。王又旦患病，陈廷敬有诗慰问。是年，王又旦卒。陈廷敬、高士奇、顾景星等友人赋诗致哀。

周灿任四川督学。

屈复至富平拜访李因笃，又至太白山访李柏，欲谒李颙未果。

康熙二十六年丁卯（1687）

正月，孙枝蔚卒。孔尚任与黄云书，倡导同人为孙枝蔚挽诗。

阎若璩《尚书古文疏证》第四卷成书，曾寄王弘撰。

杨素蕴任安徽巡抚。

李念慈在武陵。八月，杨素蕴出抚上江，遣人相迎，乃去常德，道荆南，竟陵、武昌，九月初至皖。

李柏游少白山。为许学使撰《华岳集序》。

李因笃得部咨予告，赴青门报谢抚藩臬诸公。夏，许生洲学使偕邑令胡镜水造访村居，一宿而去。遣子渭赴平阳会茹紫庭尊人别驾之葬。

康熙二十七年戊辰（1688）

王弘撰在金陵，为"金陵八家"撰记。有哭顾炎武诗六首。应张云翼之邀曾至福建游。

正月，李念慈在皖城。闻孙枝蔚卒，诗以哭之。三月杪，从杨素蕴下白门至金闾，五月还署。曾至采石矶，有诗赠郑篆。至无锡，过秦松龄园林留饮。还江宁，至燕子矶。冬，与杨素蕴等饮于静观堂。有诗赠方中德、嵇永福。十一月，随杨素蕴自皖江西上，以腊之八日入楚署。汪琬为李念慈父作墓志铭。杨素蕴为其刻《谷口山房诗集》。

杨素蕴调湖广巡抚。

李柏撰《创建少白山真武殿记》。

许生洲招李因笃同朱长源于元日前游青门，旋闻国恤不果。许生洲偕冯讷生、金子尊两观察造访。有诗答康乃心。撰《许使君刊东云雏孝廉億略序》。康乃心与李因笃共订亭林遗诗。

康乃心接到朱彝尊寄赠联句。

康熙二十八年己巳（1689）

王弘撰在金陵，孔尚任访之，与定交。

张恂卒。宋振麟有挽诗。

正月，李念慈在武昌。

十月，杨素蕴病逝。李念慈作《祭杨退庵中丞文》。邵长蘅为作墓表。

李柏再登钟吕坪。冬，憨休禅师造访太白山房。

春，李因笃早起为人作记，觉右臂舒缓不能屈，遂患瘓。朱长源、康乃心、宋振麟、钮琇等前往看望。撰《康孟谋手录汉诗评序》。

康乃心率士绅修卜了夏祠成。

康熙二十九年庚午（1690）

王弘撰在金陵，为戴本孝诗集作序。遇程然明，为其诗集作序。

二月，李念慈归家，祭告亡女李大姊。大姊适工部尚书霍公达长孙，户部江西司员外于京。

李柏三登钟吕坪。茹紫庭任衡州，邀李柏游南岳。九月出关，过南阳卧龙岗，谒武侯祠。十月，过樊城，泊舟汉上。过长沙，谒屈贾祠，为文祭之。十一月，至衡州，寓茹司马署。

春，李因笃家居，崔雪峰太史、宋振麟造访，杜方叔姻家恒焆为整辑诗稿。为钮琇诗集作序。

康熙三十年辛未（1691）

王弘撰七十岁，寓居吴门，李良年、康乃心遥为首诗。承为文征明孙文点竺坞草庐作记。

李柏游回雁峰。又至衡山，登祝融峰。三月去衡州，北还，至荆州，偕梁份游护国寺。五月，至家。岁大旱，收成大减。曾邀李颙一同离乡度荒。七月，携家去郿，至凤翔。

李因笃家居。钮琇葺县门思齐楼竣工，有诗寄贺。

顾景星遇关中王梓，有怀王又旦、李念慈。

康乃心《太乙子》三卷、《居易堂家祭私议》成，王弘撰为一一考证。冬，至盩厔谒李颙，二曲为书"道德经济文章气节"八字见赠。

屈复送侄敬止携家之襄阳度荒。

康熙三十一年壬申（1692）

李柏仍寓凤翔，田旱麦枯。携家至沔县，五月至洋县度荒。十月，至南郑。

冬，李因笃疾渐剧，十一月二十二日子时卒。友人私谥曰"文孝"。

康乃心应李明府聘修《郃阳志》，作《八高士传》、《高节妇传》二篇，旋罢去。徐乾学为康乃心题读书庐曰"大方家"。

康熙三十二年癸酉（1693）

王弘撰寓居焦山，为秦淮《种纸庵雅集》作记。

李柏二月至南山，觅耕牟氏沙河山田。邹南谷聘修洋县志，坚辞不就。

李因笃是年葬于韩家村南。康乃心为作断句三十首哀之。

钮琇为白水知县，闻康乃心之名，枉驾相访，称康乃心、姜宸英、陈维崧为"海内三髯"。冬，《河山兵法》成。

康熙三十三年甲戌（1694）

王弘撰复至吴门，诣文震孟竺坞草庐，为作记。

李柏移寓张仲贞太守淡园。冬，归青门，主刘辉玉家。

康乃心曾同李柏读书华原五台山。

康熙三十四年乙亥（1695）

李柏在青门，曾至渭南访孙长人孝廉。三月，旋鄜，县令骆钟麟招之，馆于南禅寺，为序刻《槲叶集》。

屈复在大梁，冒雨行数日，有诗寄怀孙扶苍茂才。

康熙三十五年丙子（1696）

王弘撰西归，有诗留别白门友人。归华阴，有诗感怀。抵家前，王士禛主四川乡试，过华阴，访山史不遇，有诗寄怀。

李颙七十大寿，康乃心命弟纬往祝之。至青门，题《秦庄襄王墓》诗二首于慈恩寺塔。三月，王士禛奉使祭告西岳，见其诗，叹为绝唱，还京，逢人说项，康乃心诗名大著。

屈复由大梁赴京。作《秋柳》四首感怀兴亡。

康熙三十六年丁丑（1697）

李柏至武功，访焦卧云于东郊精舍。冬，至青门，主刘辉玉家。

康乃心募修梁山大禹庙成，王弘撰为书榜。吴雯有诗寄赠。

康熙三十七年戊寅（1698）

王弘撰有诗寄王建常，建常有诗答之。

李柏应耀州李穆庵刺史聘，课其子于州东孙真人洞。

康乃心入京赴试，拔海内第一。谒王士禛于京邸。徐嘉炎公子徐祚增来谒，遂叙莘野诗集。又晤冉觐祖于客中。

李念慈卒。

康熙三十八年己卯（1699）

李柏因醉堕床，遂病，返故居。

康乃心《订顽录》成，邮寄王士禛评定。

屈复游江南。

康熙三十九年庚辰（1700）

康乃心试礼闱不第，陈元龙、张廷枢等欲荐之于南书房，备顾问，张曾庆止之，遂罢。

李柏卒。

康熙四十年辛巳（1701）

王建常卒，王弘撰为撰《墓志》。

屈复在江南，有《辛巳元日》诗。

康乃心《河山诗话》草稿成。

康熙四十一年壬午（1702）

王弘撰卒，门人私谥为"贞文"。其子宜辅请王士禛为墓志。康乃心为作《王贞文先生遗事述》。

康熙四十二年癸未（1703）

康乃心偕子侄登华岳。康熙皇帝西巡，询问李因笃、李颙等人情状，又问关中理学经济之才，刘荫枢以康乃心对。陕西布政司鄂洛扁其门曰"关西夫子"。

康熙四十三年甲申（1704）

康乃心《毛诗笺》成。曾至华阴，有诗悼念王弘撰。

康熙四十四年乙酉（1705）

冬，康乃心入都赴试。

康熙四十五年丙戌（1706）

康乃心下第，归乡，刻《亭林先生关中杂诗》成。

康熙四十六年丁亥（1707）

康乃心卒。

附录二

清初关中诗人著作

作者	著作	馆藏地	备注
孙枝蔚	溉堂集	四库存目丛书 上海古籍出版社 南图* 国图**	清史列传、清史稿、国朝耆献类征初编、碑传集、文献征存录、国朝先正事略、国朝诗人征略、己未词科录、鹤征前录、清名家诗钞小传、昭代名人尺牍小传、渔洋山人感旧集、今世说、新世说、晚晴簃诗汇、诗观初集二集、清诗别裁集
朱谊泍	朱谊泍集		千顷堂书目、砥斋集、顾亭林诗文集、雪桥诗话、明诗综、静志居诗话
李因笃	受祺堂诗集 受祺堂诗集 卷四补佚 受祺堂文集 续刻受祺堂文集 汉诗音注 古今韵考 汉诗评 切韵 仪小经	四库存目丛书 陕图、南图、北师大 国图 国图 关中丛书，国图 关中丛书，南图 国图 国图 国图	清史列传、清史稿、国朝耆献类征初编、碑传集、文献征存录、国朝先正事略、清代七百名人传、鹤征前录、宋学渊源记上、国朝学案小识、清儒学案小传、儒林琐记、国朝臣工言行记、己未词科录、词林辑略、今世说、国朝诗人征略、渔洋山人感旧集、尚友记、昭代名人尺牍小传、皇清书史、郎潜纪闻、箧衍集、槐厅载笔、陶庐杂识、清通志、清文献通考、东华录、儒林传稿、清诗别裁集、陕西通志、西安府志
李楷	河滨遗书钞 河滨遗书钞、河滨诗选、河滨文选	关中丛书 国图	碑传集、皇清书史、国朝先正事略、文献征存录、国朝书人辑略、陕西通志、朝邑志、晚晴簃诗汇、雪桥诗话续集

作者	著作	馆藏地	备注
李柏	槲叶集附南游草	南图、首都、中科院、复旦四库禁毁书丛刊	觚賸、碑传集、国朝耆献类征初编、文献征存录、国朝先正事略、清代七百名人传、明遗民传、明遗民录、颜李师承记、道学渊源录、清儒学案小传、皇清书史、陕西通志、遗民诗、晚晴簃诗汇、雪桥诗话三集、清史稿
王建常	复斋录 书经要义 律吕图说 太极图集解	国图 续修四库 四库存目 四库存目	清文献通考、清史列传、文献征存录、关中人文传、小腆纪传、晚晴簃诗汇、清史稿
东荫商	华山经 东云雏诗集	关中丛书	晚晴簃诗汇、感旧集、明诗纪事
王孙蔚	轫香集		晚晴簃诗汇
韩诗	学古堂诗 国门集 明文西	国图 国图	渔洋山人感旧集、皇清书史、尺牍初征、玉台书史、感旧集、带经堂诗话、居易录、陕西通志、西安府志、雪桥诗话、晚晴簃诗汇
曹玉珂	缓斋诗文集 曹陆海诗1卷	华东师大 丛书综录	碑传集、国朝耆献类征初编、国朝诗人征略、皇清书史、国朝书人辑略、书林藻鉴、陕西通志、西安府志、皇清百名家诗
张恂	樵山堂集 雪鸿草	国图 丛书综录	国朝画识、国朝先正事略、历代画史汇传、桐阴论画二编、陕西通志、国朝词综、扬州画苑录、江南通志、二南遗音
杜恒灿	春树草堂集六卷	北图***	清通志、清文献通考、陕西通志、西安府志、四库全书总目、清史稿

续表

作者	著作	馆藏地	备注
王弘撰	砥斋集北行日札 西归日札、待庵日札 王山史全书五种	南图、中科院、续修四库 陕图****、北图、丛书综录 北图、丛书综录 南图	清史列传、清史稿、明遗民录、明遗民所知传、小腆纪传、国朝耆献类征初编、碑传集、文献征存录、国朝先正事略、己未词科录、昭代名人尺牍小传、鹤征前录、今世说、国朝书人辑略、池北偶谈、明遗民诗、清史稿、清文献通考、清通志、儒林传稿、学案小识、南疆逸史、晚晴簃诗汇、雪桥诗话续集
张云翼	式古堂集文一卷 诗四卷	国图	清通志、清文献通考、陕西通志、西安府志、四库全书总目、清史稿、晚晴簃诗汇、雪桥诗话续集
李念慈	谷口山房诗文集	四库存目丛书、南图	清史列传、清史稿、国朝耆献类征初编、碑传集、国朝先正事略、鹤征前录、己未词科录、国朝诗人征略、渔洋山人感旧集、昭代名人尺牍小传、国朝画识、清画家诗史甲下、篋衍集、济南府志、槐厅载笔、清通志、清文献通考、国朝画史汇传、儒林传稿、陕西通志、百名家诗选、本事诗、西安府志、清诗铎、晚晴簃诗汇、雪桥诗话续集
雷士俊	艾陵文钞、诗钞	四库禁毁书目 南图、国图	清史列传、碑传集、碑传集补、国朝耆献类征初编、初月楼闻见录、渔洋山人感旧集、明诗纪事、清经世文续编、江南通志、陕西通志、明遗民诗、晚晴簃诗汇
王又旦	黄湄诗选	上图*****、北图、南图	国朝耆献类征初编、碑传集、文献征存录、国朝先正事略、国朝诗人征略、渔洋山人感旧集、昭代名人尺牍小传、篋衍集、国朝词综补、清秘述闻、清诗别裁集、陕西通志、居易录、本事诗、倚声初集、晚晴簃诗汇、清史列传、清史稿

续表

作者	著作	馆藏地	备注
康乃心	莘野遗书 三千里诗、莘野诗集、莘野集	关中丛书 中国社科院图书馆	清史列传、碑传集、国朝耆献类征初编、文献征存录、道学渊源录、清经世文续编、觚賸、清诗别裁集、陕西通志、居易录、西安府志
南廷铉	南鼎甫诗集		四川通志、文献征存录、陕西通志、居易录、西安府志、渔洋文集
王心敬	丰川全集	四库存目丛书	国朝耆献类征初编、碑传集、文献征存录、国朝先正事略、清儒学案小识、道学渊源录、清儒学案小传、清通志、清文献通考、清经世文续编、儒林传稿、陕西通志、学案小识、晚晴簃诗汇、清史列传、清史稿
杨素蕴	见山楼诗文集	存目丛书	国朝汉名臣传、碑传集、国朝名臣言行录、国朝臣工言行记、国朝耆献类征初编、国朝先正事略、清秘述闻、清通志、清文献通考、重修安徽通志、陕西通志、四川通志、畿辅通志、国朝御史题名、国朝名世宏文、东华录、皇清奏议、江南通志、晚晴簃诗汇、清史列传、清史稿、觚賸
白乃贞	慭斋存稿		词林典故、清秘述闻、清文献通考、清通志、东华录、陕西通志
周灿	愿学堂文集	四库存目丛书	四库全书总目、晚晴簃诗汇、陕西通志、大清一统志、江西通志、四川通志、池北偶谈

注：＊南图，即南京图书馆。

　　＊＊国图，即中国国家图书馆。

　　＊＊＊北图，即首都图书馆。

　　＊＊＊＊陕图，即陕西图书馆。

　　＊＊＊＊＊上图，即上海图书馆。

参考文献

著作类（按著者姓名首字母排序）

［澳］安东篱：《说扬州》，李霞译，中华书局2007年版。

［美］艾尔曼：《经学、政治和宗族——中华帝国晚期常州今文经学研究》，赵刚译，江苏人民出版社2005年版。

阿克当阿等：《扬州府志》，广陵书社2006年版。

班固：《汉书》，中华书局1973年版。

毕沅：《吴会英才集》，清乾隆刊本。

毕沅：《灵岩山人诗集》，《续修四库全书》本，上海古籍出版社2002年版。

蔡冠洛：《清代七百名人传》，中国书店1984年版。

常新：《李柏思想研究》，陕西人民出版社2010年版。

陈祖武：《清儒学术拾零》，湖南人民出版社1999年版。

陈俊民：《张载哲学思想及关学学派》，人民出版社1986年版。

程千帆：《校雠广义》，齐鲁书社1998年版。

邓汉仪：《诗观初集、二集、三集》，《四库禁毁书目丛刊》本，北京出版社2000年版。

邓之诚：《清诗纪事初编》，上海古籍出版社1984年版。

丁福保：《历代诗话续编》，中华书局1983年版。

杜濬：《变雅堂集》，光绪二十年刻本。

法式善：《清秘述闻三种》，中华书局1982年版。

法式善：《槐厅载笔》，清嘉庆四年刻本。

樊增祥：《富平县志稿》，载《中国地方志集成》，凤凰出版社2007年版。

方光华等:《关学及其著述》,西安出版社 2003 年版。

方拱乾:《甦庵集》,黑龙江大学出版社 2010 年版。

方文:《嵞山集》,上海古籍出版社 1979 年版。

方玉润:《诗经原始》,中华书局 1986 年版。

方孝标:《钝斋诗选》,黄山书社 1996 年版。

冯从吾等:《关学编、续编》,中华书局 1987 年版。

傅山著,陈监批校:《陈批霜红龛集》,山西古籍出版社 2007 年版。

高春艳:《李因笃文学研究》,中国社会科学出版社 2011 年版。

巩建丰:《朱圉山人集》,《稀见清人别集丛刊》本,广西师大出版社 2008 年版。

顾炎武:《顾亭林诗文集》,中华书局 1983 年版。

顾炎武著,黄汝成释:《日知录集释》,上海古籍出版社 2007 年版。

郭绍虞等:《中国历代文论选》,上海古籍出版社 1985 年版。

郭绍虞集解:《诗品集解·续诗品注》,人民文学出版社 1963 年版。

郭绍虞编:《清诗话续编》,上海古籍出版社 1983 年版。

何文焕:《历代诗话》,中华书局 1981 年版。

何宗美:《明末清初文人结社研究续编》,中华书局 2006 年版。

洪亮吉:《北江诗话》,人民文学出版社 1983 年版。

胡大浚:《陇右文化丛谈》,甘肃教育出版社 1998 年版。

黄宗羲:《明儒学案》,中华书局 1985 年版。

计东:《改亭集》,《四库存目丛书》本,齐鲁书社 1997 年版。

计六奇:《明季南略》,中华书局 1984 年版。

计六奇:《明季北略》,中华书局 1984 年版。

姜宸英:《湛园未定稿》,《四库存目丛书》本,齐鲁书社 1997 年版。

江藩:《国朝汉学师承记》附《宋学渊源记》,中华书局 1983 年版。

蒋寅:《王渔洋事迹征略》,中华书局 2005 年版。

蒋寅：《清诗话考》，中华书局 2005 年版。

金埴：《不下带编、巾箱说》，中华书局 1982 年版。

柯愈春：《清人诗文集总目提要》，北京古籍出版社 2002 年版。

李苞：《洮阳诗集》，清嘉庆刊本。

李斗：《扬州画舫录》，中华书局 2001 年版。

李集：《鹤征录、后录》，《四库未收书目辑刊》本，北京出版社 2000 年版。

李桓：《国朝耆献类征》，广陵书社 2007 年版。

李灵年、杨忠：《清人别集总目》，安徽教育出版社 2000 年版。

李清：《三垣笔记》，中华书局 1982 年版。

李圣华：《方文年谱》，人民文学出版社 2007 年版。

李元春：《桐阁先生文集》，《稀见清人别集丛刊》本，广西师大出版社 2008 年版。

李元春：《关中两朝诗钞》，清道光刊本。

李元春：《关中两朝文钞》，清道光刊本。

李元度：《国朝先正事略》，岳麓书社 1991 年版。

李沂：《鸾啸堂诗集》，康熙四十一年刻本。

李子伟、张兵：《陇右文化》，辽宁教育出版社 1998 年版。

梁启超：《清代学术概论》，上海古籍出版社 1998 年版。

梁章钜：《枢垣纪略》，中华书局 1984 年版。

刘墨：《乾嘉学术十论》，生活·读书·新知三联书店 2006 年版。

刘绍攽：《二南遗音》，《四库存目丛书》本，齐鲁书社 1997 年版。

刘世南：《清诗流派史》，人民文学出版社 2004 年版。

刘于义等：《陕西通志》，清雍正十三年刻本。

刘熙载：《艺概》，上海古籍出版社 1978 年版。

马大勇：《清初庙堂诗歌集群研究》，吉林人民出版社 2007 年版。

马积高：《清代学术思想的变迁与文学》，湖南人民出版社 2002 年版。

马宽厚：《陕西文学史稿》，中国文学出版社 2001 年版。

〔美〕梅尔清：《清初扬州文化》，朱修春译，复旦大学出版社2004年版。

聂大受：《陇右文学概论》，兰州大学出版社2007年版。

钮琇：《觚賸》，齐鲁书社1995年版。

牛运震：《空山堂诗文集》，嘉庆六年刻本。

钱林：《文献征存录》，台北：文海出版社1986年版。

钱穆：《中国近三百年学术史》，中华书局1986年版。

钱谦益：《钱牧斋全集》，上海古籍出版社2003年版。

钱谦益：《列朝诗集小传》，古典文学出版社1957年版。

钱仪吉等：《清代碑传全集》，上海古籍出版社1987年版。

钱仲联：《清诗纪事》，江苏古籍出版社1987年版。

钱仲联：《中国文学家大辞典》（清代卷），中华书局1996年版。

钱钟书：《谈艺录》，中华书局1984年版。

秦瀛：《己未词科录》，《续修四库全书》本，上海古籍出版社1995年版。

阮元：《十三经注疏》，上海古籍出版社1997年版。

尚小明：《学人游幕与清代学术》，社会科学文献出版社1999年版。

邵廷采：《思复堂文集》，浙江古籍出版社1987年版。

沈粹芬等：《清文汇》，北京出版社1996年版。

沈德潜：《清诗别裁集》，中华书局1975年版。

史革新：《清代理学史》，广东教育出版社2007年版。

孙景烈等：《郃阳县志》，载《中国地方志集成》，凤凰出版社2007年版。

施闰章：《学馀堂诗文集》，《四库全书》本，上海古籍出版社1989年版。

司马迁：《史记》，中华书局2007年版。

宋振麟：《中岩集》，《四库存目丛书》本，齐鲁书社1997年版。

唐鉴：《国朝学案小识》，商务印书馆1935年版。

涂鸿仪等：《兰州府志》，道光十三年刊本。

王昶：《湖海诗传》，商务印书馆1958年版。

王夫之等：《清诗话》，中华书局 1963 年版。

王弘撰：《山志》，中华书局 1999 年版。

王俊义：《清代学术探研录》，中国社会科学出版社 2002 年版。

王鸣盛：《西庄始存稿》，《续修四库全书》本，上海古籍出版社 2002 年版。

王士禛：《王士禛全集》，齐鲁书社 2007 年版。

王士禛：《渔洋精华录集释》，上海古籍出版社 1999 年版。

王钟翰点校：《清史列传》，中华书局 1987 年版。

王晫：《今世说》，《续修四库全书》本，上海古籍出版社 1995 年版。

汪楫：《京华诗》，清雍正刻本。

汪楫：《山闻诗》，清雍正刻本。

汪懋麟：《百尺梧桐阁集》，上海古籍出版社 1979 年版。

汪琬：《钝翁前后类稿》，《四库存目丛书》本，齐鲁书社 1997 年版。

汪中：《广陵通典》，广陵书社 2004 年版。

魏禧：《魏叔子文集》，中华书局 2003 年版。

魏宪：《（清）百名家诗选》，《四库存目丛书》本，齐鲁书社 1997 年版。

魏象枢：《寒松堂全集》，中华书局 1996 年版。

邬国平等：《清代文学批评史》，上海古籍出版社 1995 年版。

邬庆时：《屈大均年谱》，广东人民出版社 2006 年版。

吴怀清：《关中三李年谱》，陕西师范大学出版社 1992 年版。

吴嘉纪：《吴嘉纪诗笺校》，上海古籍出版社 1980 年版。

吴应箕等：《东林本末》（外七种），北京古籍出版社 2002 年版。

吴修：《昭代名人尺牍小传》，台北：文海出版社 1980 年版。

谢国桢：《明末清初的学风》，上海书店出版社 2006 年版。

谢正光：《清初人选清初诗汇考》，南京大学出版社 1998 年版。

谢正光：《清初诗文与士人交游考》，南京大学出版社 2001 年版。

徐鼒：《小腆纪年》，中华书局 1957 年版。

徐鼒：《小腆纪传》，中华书局 1958 年版。

徐世昌：《清儒学案》，中华书局 2008 年版。

徐世昌：《晚晴簃诗汇》，中国书店 1989 年版。

许容等：《甘肃通志》，台北：文海出版社 1966 年版。

严迪昌：《清诗史》，浙江古籍出版社 2002 年版。

严迪昌：《清词史》，江苏古籍出版社 1999 年版。

杨伯峻：《春秋左传注》，中华书局 1990 年版。

杨廷福：《清人室名别称字号索引》，上海古籍出版社 1988 年版。

杨钟羲：《雪桥诗话、续集、三集、余集》，北京古籍出版社 1991 年版。

易宗夔：《新世说》，上海古籍书店 1982 年版。

永瑢等：《钦定四库全书总目》，上海古籍出版社 1997 年版。

余怀：《板桥杂记》，上海古籍出版社 2000 年版。

余英时：《士与中国文化》，上海人民出版社 1987 年版。

余英时：《方以智晚节考》，生活·读书·新知三联书店 2004 年版。

余英时：《论戴震与章学诚》，生活·读书·新知三联书店 2000 年版。

袁枚：《袁枚全集》，江苏古籍出版社 1993 年版。

袁枚：《随园诗话》，人民文学出版社 1998 年版。

袁行云：《清人诗集叙录》，文化艺术出版社 1994 年版。

张岱：《陶庵梦忆、西湖梦寻》，中华书局 2007 年版。

张健：《清代诗学》，北京大学出版社 1999 年版。

张穆：《顾亭林年谱》，《续修四库》，上海古籍出版社 1995 年版。

张廷玉：《明史》，中华书局 1974 年版。

张舜徽：《清人文集别录》，中华书局 1963 年版。

张舜徽：《清代扬州学记》，广陵书社 2004 年版。

张维屏：《国朝诗人征略》，中山大学出版社 2004 年版。

张寅彭：《梧门诗话合校》，凤凰出版社 2005 年版。

张寅彭：《民国诗话丛编》，上海书店出版社 2002 年版。

张寅彭：《新订清人诗学书目》，上海古籍出版社 2003 年版。

张应昌：《清诗铎》，中华书局 1960 年版。

赵尔巽：《清史稿》，中华书局 1977 年版。

赵俪生：《顾亭林与王山史》，齐鲁书社 1986 年版。

赵园：《明清之际士大夫研究》，北京大学出版社 1999 年版。

赵执信等：《谈龙录·石洲诗话》，人民文学出版社 1981 年版。

郑方坤：《国朝名家诗钞小传》，光绪十二年刻本。

朱东润：《中国文学批评史大纲》，上海古籍出版社 2001 年版。

朱熹：《诗集传》，上海古籍出版社 1980 年版。

朱彝尊：《静志居诗话》，人民文学出版社 1990 年版。

朱彝尊：《曝书亭集》，《四部丛刊》，上海书店 1989 年版。

朱则杰：《清诗史》，江苏古籍出版社 2000 年版。

朱则杰：《清诗考证》，人民文学出版社 2012 年版。

博硕士学位论文（按完成时间先后排序）

张兵：《清初遗民诗群研究》，博士学位论文，苏州大学，1998 年。

贺红霞：《王心敬哲学思想研究》，硕士学位论文，陕西师范大学，2002 年。

原延平：《清初关中儒学群体与南北学术交流》，硕士学位论文，西北师范大学，2005 年。

高馨：《王弘撰思想初探》，硕士学位论文，河北师范大学，2006 年。

李金福：《李二曲心性论思想研究》，硕士学位论文，陕西师范大学，2008 年。

刘党库：《王心敬理学思想初探》，硕士学位论文，陕西师范大学，2009 年。

房秀丽：《李二曲理学思想研究》，博士学位论文，山东大学，2010 年。

陈张林：《李二曲思想研究》，博士学位论文，陕西师范大学，2010 年。

马伊笑：《李柏与〈太白山人槲叶集〉研究》，硕士学位论文，西北大学，2011 年。

　　李海娟：《王又旦年谱及交游考》，硕士学位论文，西北大学，2011 年。

　　何柳：《康乃心生平、家世及著述考释》，硕士学位论文，西北大学，2011 年。

　　章蜜：《李因笃〈汉诗音注〉和〈古今韵考〉研究》，硕士学位论文，南京师范大学，2012 年。

　　王霞：《雷士俊研究》，硕士学位论文，扬州大学，2012 年。

　　武晓丹：《清代诗人屈复及其诗歌研究》，硕士学位论文，南京师范大学，2013 年。

论文（按发表时间先后排序）

　　赵俪生：《清初山陕学者交游事迹考》，《大公报》1947 年。

　　曹冷泉：《清初具有民族气节的蒲城诗人屈复》，《人文杂志》1980 年第 4 期。

　　赵俪生：《清初关中二李一康诗之比较的分析》，《中华文史论丛》1983 年第 3 辑。

　　赵逵夫：《孙枝蔚的一篇佚文与清初寓居江南的秦地诗人》，《陕西理工学报》（社科版）1986 年第 3 期。

　　赵永纪：《清初遗民诗概观》，《复旦大学学报》（社会科学版）1987 年第 1 期。

　　原志军：《清初爱国诗人屈复》，《渭南师范学院学报》1990 年第 1 期。

　　王英志：《论屈大均的山水诗》，《文学遗产》1996 年第 6 期。

　　刘学智：《心学义趣　关学学风——李二曲思想特征略析》，《孔子研究》1997 年第 2 期。

　　武占江：《李颙与关学》，《西北大学学报》（哲社版），1998 年第 1 期。

　　张兵：《遗民与遗民诗之流变》，《西北师大学报》（社科版）1998 年第 4 期。

　　钱仲联：《顺康雍诗坛点将录》，《苏州大学学报》（哲社版）

1999 年第 1 期。

肖永明：《论李颙与颜元体用思想之差异》，《广西大学学报》（哲社版）1999 年第 2 期。

赵俪生：《顾炎武在关中》，《兰州大学学报》（社科版）1999 年第 3 期。

张兵：《清初遗民诗创作的社会文化环境与遗民诗群的地域分布》，《西北师大学报》（社科版）1999 年第 4 期。

刘学智：《关学宗风：躬行礼教，崇尚气节——从关中"三李"谈起》，《陕西师范大学继续教育学报》2001 年第 2 期。

赵吉惠：《关中三李与关学精神》，《西安交通大学学报》（社科版）2001 年第 3 期。

赵馥洁：《试论李因笃经世致用的价值追求》，《西安交通大学学报》（社科版）2001 年第 3 期。

王心竹：《论李颙学术思想的王学特征》，《燕山大学学报》（哲社版）2002 年第 1 期。

蒋寅：《康乃心及其诗论》，《南师大义学院学报》2002 年第 4 期。

蒋寅：《清初李因笃诗学新论》，《南京师大学报》（社科版）2003 年第 1 期。

蒋寅：《清初关中理学家诗学略论》，《求索》2003 年第 2 期。

赵逵夫：《张晋交游考》，《西北师大学报》（社科版）2003 年第 3 期。

李圣华：《王士禛与明遗民交游事迹考论》，《沈阳师大学报》（社科版）2004 年第 6 期。

张宏生：《王士禛扬州词事与清初词坛风会》，《文学遗产》2005 年第 5 期。

蒋寅：《王士禛与江南遗民诗人群》，《北京大学学报》（哲社版）2005 年第 5 期。

常新：《明清之际关学与外界的学术互动——以李二曲与顾炎武的交往为例》，《西北大学学报》（哲社版）2006 年第 2 期。

刘磊：《顾亭林的纪游诗及清初士人游历风气》，《沈阳师大学报》（社科版）2007 年第 4 期。

高春艳：《论李因笃的诗歌创作》，《西北大学学报》（哲社版）2007 年第 4 期。

江庆柏：《四库全书地方采进本的地域性问题》，《图书馆杂志》2007 年第 8 期。

潘务正：《王士禛进入翰林院的诗史意义》，《文学遗产》2008 年第 2 期。

李婵娟：《论魏禧在清初的交游及其遗民的一生》，《韶关学院学报》2008 年第 10 期。

高春艳：《论李因笃的文学成就》，《西北大学学报》（哲社版）2009 年第 1 期。

杨泽琴：《孙枝蔚诗学思想刍议》，《甘肃社会科学》2010 年第 6 期。

常新：《"仁义之根"与"万善之原"——关于李二曲"性论"的几个问题》，《孔子研究》2011 年第 2 期。

常新：《"孔颜之乐"与"曾点之志"——李二曲道德人格的境界问题》，《船山学刊》2011 年第 4 期。

张兵、杨泽琴：《孙枝蔚与清初扬州文人雅集》，《西北师大学报》（社科版）2012 年第 1 期。

朱则杰、胡媚媚：《清诗作品丛考——以宋琬、孙枝蔚、郑燮、罗聘、黄遵宪诸家为中心》，《闽江学院学报》2012 年第 1 期。

徐朋彪：《李因笃音韵学研究的得与失》，《渭南师范学院学报》2012 年第 9 期。

邝健行：《李因笃、朱彝尊杜甫"诗律细"说平议引论》，《杜甫研究论集——中国杜甫研究会第六届年会论文集》2012 年 10 月。

平志军：《李柏的遗民气节及其"冰雪诗"》，《北方论丛》2013 年第 4 期。

张兵：《秦风遗响 工部精神——清初关中诗人李念慈及其诗歌创作》，《西北师大学报》（社科版）2013 年第 6 期。

杨泽琴:《孙枝蔚与汪懋麟交游考》,《兰州交通大学学报》2014年第 2 期。

高春艳:《试论清初学者李因笃的漕运思想》,《唐都学刊》2014年第 3 期。

崔静、武晔卿:《李因笃诗韵考》,《语文学刊》2015 年第 2 期。

后 记

　　本书是在我的博士学位论文《清代三秦诗人群体研究》的基础上修改而成。记得14年前，我刚进入西北师大文学院攻读硕士学位，导师张兵先生建议我研究清代陇右诗人吴镇，进而研究三秦诗派，对于我这个学术的门外汉来说，这一切都是极为陌生。在张兵先生的悉心指导下，我认真阅读基础文献，查阅各种资料，不但顺利完成了硕士学位论文，而且对三秦诗派也有了比较清晰的认识。

　　我研究陇右诗人吴镇之时，有感于他和袁枚万里神交，终身未能谋面的遗憾，盼望能来南京，亲身体验"杏花、春雨、江南"的优美风光，以及江南深厚的文化底蕴。2008年春，张兵先生介绍我报考南京师大陈书录先生的博士。在去南京参加博士生入学考试的路上，我乘火车翻越秦岭，沿着陇海线上漫长的铁轨穿越关中平原、中原大地，来到了时常梦到的江南名城南京。一路上风景变换犹如放电影，秦岭陇山之峭拔，关中平原之富庶，江南大地之繁华，让我这个看惯了黄土、黄沙、黄河的陇上青年感慨万端。清初李念慈曾说："生乎东南者，不睹西北山川之雄伟，则苍凉灏博之气不出；生乎西北者，不睹东南山川之秀丽，则冲融缅邈之思亦无由发。"我虽然不是诗人，无法用美妙的文字描述内心的激动，但是灵魂深处已经受到了极大的震撼，爱上了这片神奇的土地。初到随园，也是在一个细雨蒙蒙的早晨，到处绿树成荫，花香鸟语，一派幽静淡雅的江南园林风致。这也是我多少次在读书、写作的时候反复想象的地方。袁枚的"随园风雅"已经烟消云散，但是深厚的人文底蕴依然在校园的任何一个地方都能亲切地感受到。

　　我的博士论文选题是《清代三秦诗派研究》，其中的许多诗人如孙枝蔚、王弘撰、张恂、韩诗、雷士俊、李因笃、李念慈、王又旦、屈复、杨鸾等曾经漫游江南，甚至长年寓居江南。他们给江南诗坛带来了激昂慷慨、质朴劲健的"秦风"，也深受江南清丽缠绵的"吴音"熏陶，促进了南北文化、南北诗学的交流和融合。这种文化的交流若不亲身经历，很难在书斋中体会和想象。读书之余，我曾独自或者和友人漫游扬州、苏州、杭州、常熟、无锡、滁州、南通等地，实际考察了许多名胜古迹，亲身体验了江南的人文风气、虽然在这个世风日下、物欲横流的社会中，许多景观已经无复当年的美好气象，但是我仍然在师生之间、亲友之间感受到了真挚的情谊。

2009 年，我在随园打篮球意外受伤，造成左胳膊肘关节粉碎性骨折。在我住院期间，我的同学经常来看望我，鼓励我，给了我许多关爱和帮助。但是受伤造成的行动不便也影响了我的研究计划，许多资料没有时间去查阅，许多书没有及时阅读，这也造成了我最大的遗憾。学位论文初稿写成之后，陈书录先生觉得我在理论上还没有真正阐释清楚三秦诗派的建构和价值，建议我改为《清代三秦诗人群体研究》。在论文答辩的时候，答辩委员会虽然对我的研究成果比较肯定，但是莫砺锋教授认为我对清初三秦诗人的研究最见功力，这也促成了我工作以后将博士论文改为《清初关中诗人群体研究》的决定。

在我读硕士和博士期间，张兵先生、陈书录先生都以其高尚的人格、渊博的学问、儒雅的风度深深影响了我。他们学术眼光之独到、指导论文之认真，也让我受益匪浅。在此，我对两位先生表示深深的谢意。西北师大的赵逵夫先生、乔先之先生、龚喜平先生、韩高年先生、雷恩海先生对我一如既往的关心和帮助，我也表示真挚的谢意。还有南京师大的陆林先生、浙江师大的李圣华先生、人民文学出版社的周绚隆先生、《文学遗产》编辑部的石雷女士，都关心和帮助过我的学业，在此也深表感谢。博士答辩委员会的莫砺锋教授、张伯伟教授、钟振振教授等曾经对我的博士学位论文提出了许多宝贵意见，在此也深表感谢。本书的责任编辑王茜同志和张潜同志为此书的出版付出了许多劳动，并提出了许多宝贵意见，在此也深表感谢。苏连海叔叔和曹韧阿姨一家多年来一直关心我的成长，在我遇到困难的时候他们都全力帮助，我也对他们表示衷心感谢。西北的友人马世年、马胜科、冉福星、杜志强、包建强、张文、邱林山、王小恒、张毓洲、王刚、王尔义、马培洁……还有南方的友人黄玉琰、邓晓东、敖运梅、张春雷、孙晓文、王爱荣、张冀、金春平、胡明贵、田宏宇、林峪、李明龙、顾金春、赵家栋、沈杏培……在我撰写论文和受伤住院期间，他们都给予了我许多帮助和照顾，虽然一句感谢不能代表我内心的全部心情，但还是要真心向他们说声："谢谢！"我的父母在我漫长的求学生涯中，一直默默地支持和鼓励我，我没能像妹妹们那样悉心照顾过他们的生活，在此表示深深的歉意。我的妻子高敏茜在我撰写论文的时候，给了我许多关爱和支持，在此也深表感谢！我在甘肃省图书馆、陕西省图书馆、国家图书馆、中科院图书馆、首都图书馆、南京图书馆查阅资料时，也得到了相关单位工作人员的帮助，在此一并表示感谢！

2015 年 12 月 1 日作于西北师大